KB126170

악마, 환생 그리고
마녀의 방

유동민

15년 동안 책 한 권을 붙들고 씨름을 한 멍청이. 다른 글도 써보려 안간힘을 썼지만, 마녀 방문에서 손을 놓지 못한 집착의 괴물. 좋은 작가를 만났더라면 더 빨리 세상에 나올 수 있었을 마녀에게 언제나 미안한 태만의 능력자. 결국 완성한 책에서, 자신의 프로필조차 후회로 채운 모자람. 그럼에도 또 글이 쓰고 싶은 40대 철부지.

악마, 환생 그리고
마녀의 방

초판 1쇄 인쇄 | 2022년 01월 28일
초판 1쇄 발행 | 2022년 02월 05일

지은이 | 유동민
펴낸곳 | 장현북스
펴낸이 | 황명석
디자인 | 디자인 버터플라이
등록번호 | 제 2021-000051호
주소 | 인천광역시 서구 승학로422번길 27, 501호
전화 | 070-8242-8548 **팩스** | 050-4466-9664
E-mail | jhbookspub@naver.com

ISBN 979-11-977149-1-7 03810

값 16,000원
□ 잘못 만들어진 책은 구입처에서 교환해 드립니다.

악마, 환생 그리고

마녀의 방

유동민 장편소설

극심한 악몽으로 잠에서 깨는 일이 찾았던 2005년의 어느 날, 그냥 글로 써보자 싶었던 것이 시작이었습니다. 어떻게 전개가 될지, 어떤 사건이 일어날지조차 정하지 않은 글이었음에도 쓰는 것을 멈출 수 없었습니다. 그랬기에 어둠 속에서 스스로 몸을 일으키는 괴물과 마녀를 지켜보는 건 놀라운 경험이었습니다. 다만 그게 끝이었습니다. 이대로 '그들'을 보낼 순 없었기에 우격다짐으로 글을 완성시켰지만, 자그마치 1800페이지에 달하는 군더더기에 불과했습니다.

2018년 말, 불현듯 글을 되살릴 방법이 떠올랐습니다. 창작의 고통이 다시 찾아왔고, 악몽의 밤들이 재현되었습니다. 글을 재구성하고 다시 쓰기를 4개월 여, 제게도 완성이라는 감격스런 새벽이 찾아왔습니다.

마녀의 방문을 열어주지 않으시겠습니까? 어둠과 함께 당신을 기다리고 있겠습니다.

차례

* * * *

1부

각성
覺醒

* * * *

"뭘 가지고 오셨는가, 자네는?"

"어, 어르신. 쌀 한 되만 주시믄 안 되것습니까……."

검버섯이 피어난 얼굴. 조금 굽은 허리. 경박하게 떨고 있는 다리와는 달리 색감이 아름다운 비단을 두른 복색은 범상치 않았다. 긴 곰방대에 불을 붙여가며 연신 뻐끔거리는 것이 전형적인 노인의 모습 같았지만, 눈빛에서 뿜어져 나오는 혈기는 여느 젊은이 못지않았다. 박순구는 6.25 전쟁 발발이후 2년 사이 오히려 더욱 윤택해졌다. 몸도, 마음도, 재물도. 피난을 떠나 지방으로 내려오는 동안 바라본 다른 이들의 불안함과 공포는 자신의 믿음에 대한 보답이나 마찬가지였다.

돈이 필요 없어질 날을 손꼽아 기다렸다. 이를 위해 자신의 모든 재화와 귀중품을 쏟아 부어 생필품과 식량을 사재기 했다. 어차피 더 귀한 것과 바꾸기 위한 투자이니 아쉬울 것 없었다. 그러나 그 와중에도 단 한 가지는 절대 팔지 않았다. 친일파를 자처하며 일본군의 뒤를 봐준 대가이자, 고위 관직자와 친분을 통해 갖게 된 단 한권의 책, 평생을 바쳐 찾아온 바로 그 '검은 책'은 얌전히 모셔두었다. 돈이란 것은 결국엔 무언가 필요한 것을 바꾸기 위한 하나의 도구에 불과했다. 그렇기에 돈 보다는 '필요한 것'을 쥐고 있는 편이 훨씬 나았다. 책은 필요를 넘어 숭배대상에 가까웠기에 피난길에서도 박순구의 품에 안겨있었다.

전쟁이 길어질수록 재물은 하늘 높은 줄 모르고 쌓여갔다. 그러나 박순구는 여전히 굶주린 이리처럼 죽어가는 이의 고혈을 빨고 살점을 뜯었다. 지금 그의 앞에 무릎을 꿇은 채 핏기 없는 얼굴로 구걸하는 남자에게도 일말의 미소나 미동도 없이 항상 있는 일상인 것처럼 편안한 표정으로 딱한 처지를 듣고만 있었다. 그러다 자못 측은한 양 말을 붙였다.

"그러게. 쯧쯧. 불쌍하게 되었구만."

"살려주십시오! 나으리……."

"아니 누가 죽인다 그랬는가? 걱정 놓으시게. 바꿀 것만 가져오시게나. 여기, 쌀은 넘치게 많으니 말일세."

박순구가 창고에 손짓을 하자 장정 두 명이 창고를 열어보였다.

큰 창고 안에 그득그득 들어찬 쌀가마니들이 자칫하다간 밖으로 넘쳐흐를 지경이었다. 그 중 입을 벌린 가마 안의 쌀에 남자의 눈이 홀린 듯 멈췄다.

"난 나쁜 사람이 아니란 말이지. 돈 주고도 살수 없는 것을 물건과 바꿔주질 않는가? 다 타버린 논밭, 사라져버린 들판에서 뭘 얻을 수 있지? 먹지 않으면 죽는 게 인간인데. 그래서 이렇게 바꿔준다지 않은가? 자, 내놔보시게나."

"그, 그렇지만. 저는……."

사내가 망설이자 박순구의 눈썹이 삐죽 치켜 올라갔다. 주인의 불쾌함을 읽은 하인 하나가 덜덜 떠는 남자의 옆에 냉큼 다가가 입을 강제로 벌려 치아를 보고, 바지를 벗겨 항문을 확인하였다.

"왜, 왜 이러십니까요!"

"저거 못씁니다. 나으리."

"흠. 네놈은 일로도 부릴 수 없겠군. 행색으로 보아하니 바꿀 수 있는 물건도 없을 테고, 그렇지?"

박순구는 키득거리며 걸걸한 목소리로 낮게 읊조렸다.

"그냥 나가 뒈져버려라. 이 상것아. 어차피 산거나 죽은 거나 다를 바 없구먼. 클클."

"나, 나으리!!"

그때 박순구의 눈이 어딘가를 향했다. 애타게 그를 부르는 남자에서부터 몇 걸음 떨어진 곳, 작은 주먹을 꼭 쥔 채 자신을 원망과 증오로 노려보는 한 여자아이가 있었다.

"호오……?"

박순구는 토끼눈이 되어 여자아이를 아래위로 훑었다. 눈빛이 아이답지 않게 깊었다. 심안(心眼)이라고 하던가. 마음속을 꿰뚫어보는 듯한 눈. 예로부터 저런 눈을 가진 아이는 나라를 살리든, 그 반대든 둘 중 하나는 해내고야 만다고 했었다. 그 깊은 눈 아래로 아이 답지 않게 오뚝한 콧날과 도톰하고 붉은 입술, 홍조를 띈 볼까지. 이것은 전해 내려오는 절색의 미녀가 될 상 아니던가. 박순구는 사내가 쌀을 바라보던 것 마냥 침을 꿀꺽 삼켰다. 헛기침을 한 번 하고 구걸하는 남자에게 물었다.

"자네 뒤의 아이는 누구인가?"

"네? 아! 제 딸년입니다만……."

"저 아이를 내게 주게. 그럼 쌀을 내어줌세."

남자는 놀란 눈빛으로 박순구를 쳐다보며 소리쳤다.

"그, 그럴 순 없습니다요!!"

박순구가 말없이 손짓을 하자 창고 앞에 서있던 장정이 쌀가마니 하나를 통째로 들쳐 매고 와 박순구와 남자의 사이에 턱하니 세워두었다. 남자는 넋이 나간 듯 입이 벌어진 상태로 굳어버렸다.

"어느 누구에게도 쌀을 이렇게 내어 준적이 없는 날세. 아, 맛이 걱정 되는가?"

박순구가 다시금 손을 까딱거리자 멀리 주방의 여자하인이 밥 한 그릇을 퍼와 조심스레 건넸다. 박순구는 밥그릇을 낚아채서 며칠은 굶은 남자의 코에 들이밀었다.

"이걸 보게. 하얀 쌀밥일세. 그 돼지죽들과 비교해보란 말이야."

달짝지근한 냄새가 스며들었다. 밥그릇 하나 가득 담긴 하얗고 윤기 나는 쌀들을 대체 얼마 만에 보는 거란 말이던가. 남자의 손이 떨려왔다.

"먹어볼 텐가?"

"……."

"그리하면, 저 아이를 내어줄 텐가?"

남자의 눈에서 눈물이 흘러나왔다. 이성을 잃은 그의 손이 밥그릇 속의 밥을 퍼내어 입에 쑤셔 넣었다. 갑자기 밀어 넣은 탓에 말라 버린 목구멍에서 헛구역질이 나오더라도, 남자는 혀끝에 감겨오는 쌀의 향과 맛에 중독된 듯 멈출 수 없는 눈물과 함께 밥을 삼켰다. 굴복당한 남자의 눈에 장정들에게 끌려가는 자신의 딸이 보였다.

"어어……."

아이는 입술을 깨물고 눈물이 그렁그렁 맺힌 채, 울면서 밥을 처먹는 자신의 아비를 무섭도록 노려보았다. 박순구와 눈이 마주칠 때에도 흔들림 없는 원망의 눈빛은 그저 놀랍기만 했다.

"대단하군. 대단해……. 클클. 눈알 좀 보소."

* * * *

여자아이는 밤이 되도록 허름한 창고 안에 갇혀있었다. 앞에 놓여 있던 밥과 고기는 이미 뱃속으로 들어간 지 오래였다. 얼마 만에 먹어

보는 제대로 된 음식이던가. 그러나 그것들을 욱여넣으면서도 한 방울의 눈물조차 흘리지 않았다. 허겁지겁 모두 먹어치우고 난 뒤, 정둘 곳 없는 시선으로 이곳저곳을 둘러보다가 우연히 나무창 사이로 새어 들어온 빛 한줄기를 발견했다. 세월을 힘겹게 버틴 듯 비틀어지고 이가 나간 창이었지만, 달빛을 들여보내 준 것으로도 작은 위안이 되었다. 빛을 바라보던 아이의 머리에 갑자기 아비 얼굴이 떠올랐다.

"나쁜 놈."

어떻게 자신을 팔아버릴 수 있었을까. 하기야 어차피 그 집, 맘에 들지 않았다. 전쟁이 없었을 때에도 가난과 배고픔에 항상 시달려야만 했다. 게다가 오빠라는 작자는 시도 때도 없이 그녀에게 재밌는 놀이를 하자며 이상한 짓을 하려고만 했다. 그럴 때마다 아비에게 일러바쳤지만 그냥 호기심에 그랬을 거라며 믿어주지 않았다. 아이는 생각했다. 어차피 나 따위 소중한 것과는 거리가 멀다고. 세상 그 어느 무엇보다도 하찮다고.

"여기서 죽어 없어진대도, 상관없겠지."

그때 달각거리며 문고리에서 소리가 나더니 문이 툭 열렸다. 곧 근육질의 사내가 우악스럽게 여자아이의 손을 잡아끌었다.

"나오니라."

"아, 아야! 아파요! 나가면 될 것 아니요."

남자는 피식 웃음이 터졌다.

"쪼끄만 년이 겁도 안 나냐? 아프단 말까지 하네. 보통은 말 한마디 못하고 소리만 지르기 마련인데. 그래서 저 영감탱이가 널 고른 건가?"

여자아이는 밝은 등불이 켜진 곳으로 끌려갔다. 가는 내내 아이는 오만 생각이 들었다. 아비에게 밥을 들이대어 자신을 얻어낸 할아버지가 저기 있으려나. 그냥 하란대로 하면 죽이진 않겠지? 나도 참 웃기네. 좀 전까지 죽는 것도 상관없대 놓고 선. 아이의 머릿속이 체념으로 가득할 무렵, 서있으라는 장정의 목소리에 그대로 몸이 얼어붙었다. 무서운 맘에 눈도 질끈 감았다. 좋은 향기가 느껴져 슬며시 눈을 떠보니, 너무도 아름다운 여인이 자신의 눈앞에서 웃고 있었다.

"너구나."

"……."

아이는 무슨 이렇게 예쁜 여자가 다 있나 싶어 그녀를 바라보는 눈을 거두질 못했다.

"나가 계시오. 처녀 목욕하는데 부끄럽게."

만수도 아이마냥 잠시 넋을 놓았다가 머리를 긁적이며 고개를 돌렸다.

"처녀는 무슨……. 뭐, 일 있음 부르오."

창고지기인 김만수가 머쓱한 듯 말을 대충 마무리 짓고 나가버리자 방에는 아이와 여인만이 남았다. 방 가운데엔 나무로 짜인 욕조에 물이 가득 받아져 있었는데, 따뜻한 물에선 꽃잎들이 둥실둥실 떠다녔다. 아이를 호기심 어린 눈으로 바라보던 여인이 고운 입술을 뗐다.

"난 수향이라고 해. 넌?"

"그런 거 없어요. 이름 같은 거."

"이름이 없어? 그럼 뭐라고 불렀는데?"

"그냥 이년 저년, 그렇게 불렸수."

아이의 말투가 녹록치 않았다. 나름 고단한 삶이었나 본데, 수향이 보기엔 아이가 입을 오물조물거리며 말하는 게 귀엽기만 했다. 수향은 잠시 고민하다가 무언가 생각난 듯 박수를 쳤다.

"단월! 이제부터 단월이라고 부를까? 어때? 맘에 드니?"

"네……."

딱히 맘에 들진 않았지만, '년'으로 불리는 것보다야 낫다고 생각한 아이였다. 그리고 너무 예쁜 언니가 하사하신 이름이라니 감지덕지 받아야겠다 싶었다.

"어르신이 이름이 뭐냐 물으시면 단월이라고 하면 돼. 알았지?"

"네."

이런저런 이야기를 주고받으며 수향은 아이의 옷을 벗겼다. 전쟁통에 가난한 집안에서 태어난 아이 치고는 놀라울 만큼 피부가 곱고 희었다. 비록 때와 지저분한 얼룩 때문에 잘 드러나지 않았지만 수향의 눈에는 단번에 아이가 가진 아름다움이 보였다. 이제 사춘기에 곧 접어드는 듯 봉긋하게 솟아오른 가슴과, 허리가 잘록한 것이 얼마나 아름답게 성장할지 불 보듯 뻔했다. 노인네가 나이를 헛으로 먹은 것은 아니었군. 이러한 아이를 골라내다니 말이야.

"너 정말 곱구나."

"거짓말 하지마세요. 그런 말 들은 적 없구먼."

"진짜란다. 아 참! 거기 서있지 말고 어서 욕조 안으로 들어가렴."

따뜻한 욕조안의 물에 몸을 담그자, 잔뜩 긴장했던 아이의 몸과 마음이 순식간에 가라앉았다. 태어나 겪어본 적이 없는 호사에 머리가 살짝 어지럽기까지 했다. 수향은 따뜻한 물을 끼얹으며 아이의 몸을 손으로 닦고 또 닦았다. 때가 다 벗겨지자 아이의 얼굴은 홍조를 띠며 붉어졌다. 긴 속눈썹, 깊은 쌍꺼풀과 오똑하게 솟은 콧날, 입술은 도톰하고 윤기가 흐르며 팽팽했다. 수향은 감탄을 가라앉히며 아이를 바라보았다.

아이의 숱 많은 머리칼을 손에 살짝 쥐자 발그레한 귀와 희고도 아름다운 곡선의 목이 드러났다. 수향은 아이를 바라보며 설레는 가슴을 멈출 수 없었다. 어느 사내의 눈빛에도 흔들리지 않았고, 그 노인네의 음험한 것들에도 이렇게나 떨린 적은 없었다. 수향은 단월의 젖은 머리칼을 쓸어 넘기고 얼굴을 매만지다가, 그 작고 팽팽한 붉은 입술에 자신도 모르게 입을 맞췄다.

"너무 예쁘구나. 정말."

"아음……."

"어? 다, 단월아?"

아이가 기운이 빠진 듯 뒤로 넘어가자 수향은 놀라며 아이를 붙들었다. 너무 오랜 시간 물에 있었나. 아니 그보단 아이가 얼마나 많이 긴장을 했었을까 싶은 생각에 수향은 몹시도 미안해졌다. 그녀는 아이를 욕조에서 꺼내어 조심스럽게 수건에 감쌌다. 그때, 문 쪽에서 무언가 떨어지는 소리가 들렸다.

"누구요?"

수향은 옷매무새를 다듬고 문을 열었지만 밖엔 아무도 없었다. 그녀는 아이가 추울까 싶어 재빨리 문을 닫았다.

* * * *

"거참, 볼게 뭐있다고."

만수는 머리를 긁적였다. 영감도 이해할 수가 없었다. 돈도 많은 사람이 탱탱하고 예쁜 열여덟 처녀들을 놔두고 보잘것도 없어 보이는 꼬맹이는 뭐하려 데려다 놓은 거지?

"뭐 재물이 넘쳐흐르는 인간이니. 쳇."

그냥 발걸음을 옮기려다가 수향의 알몸이나 혹여 한번 볼 수 있을까 하는 심정으로 문틈을 바라봤다. 수향이가 아이의 옷을 벗기느라 허리를 숙일 때마다 수향의 가슴 계곡이 보였다. 아직 여자를 모르는 사내였지만 수향의 모습에 하체가 묵직해지는 건 당연했다.

그렇게 수향의 몸을 훔쳐나 보려 했는데 자꾸 여자아이에게 시선이 갔다. 깨끗하게 씻긴 아이는 여느 아이와 크게 차이는 없었다. 그런데 이상하게도 좀처럼 눈이 떨어지지 않았다. 자신도 모르게 조금 더 자세히 볼 요량이었던 남자는 잘못하여 허리춤에 찼던 열쇠꾸러미를 떨어뜨렸고, 재빨리 문의 반대편으로 몸을 숨겼다.

수향이 눈치를 못 챈 듯 들어가자 남자는 놀란 마음을 진정시키며 까치발로 조심스럽게 걸어가 열쇠를 주웠다. 다시 문틈을 바라보자 아이의 몸을 정성스럽게 닦는 수향이 보였다. 여자아이의 얼굴에선 아까완 달리 별다른 감흥이 느껴지지 않았다. 사내는 뚜벅뚜벅 자신이 지킬 창고로 걸어가다가 스스로 머리를 쥐어박았다. 왜 저 어린 것에게 이러한 마음이 든 것일까.

"아니 이게 뭔 짓이여. 영감 밑에서 일하다보니 나마저도 미쳐 가는 건가⋯⋯."

사내는 떠오른 달을 바라보다 처량한 마음에 한숨을 쉬었다.

* * * *

"흠. 다 잠든 듯 하군."

여러 개의 촛불 사이에서 노인이 어슬렁거렸다. 혹시 누구라도 볼까 싶어 한참 시종들의 유무를 확인한 노인은 문을 걸어 잠그고 조용히 방 한구석으로 걸어가 바닥의 나무 덮개를 들어냈다. 일반적으로는 없어야 할 공간이 보였고, 그 안엔 큰 상자 하나가 덩그러니 놓여 있었다. 그 누구도 알지 못하는 박순구만의 비밀공간이었다.

번뜩이는 눈초리로 주위를 살핀 뒤 상자를 열자 그 안엔 책 한 권이 그를 반겼다. 가죽으로 덧댄 양장(洋裝)본이었다. 온통 새카만 책은 낡은 것이 아니라 원래의 색이 그러한 것 같았다. 상당히 큰 크기의 책이기에 노인은 꺼내는 데 좀 애를 먹었지만, 뭐가 그리도 좋은 지 책을 안고서 어린아이 마냥 키득거렸다.

방 한가운데에 책을 놓은 박순구는 온갖 귀한 것들로 가득한 진열대 쪽으로 걸어갔다. 밥그릇 같은 접시 하나엔 새빨간 피가 담겨 있다. 이날을 위해 미리 하인을 시켜 받아놓은 닭의 피였다. 조금 굳어

엉긴 것을 손으로 휘휘 저어 풀었다. 그것으로 자신이 앉을만한 공간 주위에 커다란 오망성(五望星)을 그렸다. 오망성의 각 꼭짓점을 잇는 원을 그려놓고, 그 원을 감싸는 더 큰 원을 다시 한번 그려 넣었다. 그리고 원과 원의 공간에 자신만이 아는 문자들을 중간 중간 써놓는 것으로 모든 절차를 끝냈다. 노인은 힘이 드는지 흐르는 땀을 닦은 후, 낑낑대며 무거운 책을 들고 오망성의 중심에 앉았다. 그리곤 책을 펴서 무언가를 읽으려는 듯 눈을 잔뜩 찡그렸다.

"이놈의 것은 이상하게 안 외워 진단 말이야……."

한참을 책을 바라보며 중얼거리던 노인은 양손으로 기이한 수인(手印)을 맺었다. 그리고 낮게 웅얼거렸다.

"아스트로트-카도르-페리에이트-에페트-두베마-에니테마우스, 아스트로트-카도르-페리에이트-에페트-두베마-에니테마우스……."

주문이 여섯 번쯤 외워질 무렵, 어디선가 바람이 불어오는 듯 방 안의 촛불이 넘실거렸다. 너울거리는 촛불 때문에 노인의 그림자가 마른 나뭇가지처럼 흔들렸다. 문은 모두 닫혀있는데다 이미 잠겨 있는데도 정체 모를 바람은 더 거칠어졌다. 끔찍한 시취(屍臭)까지 뒤섞여 느껴졌지만 노인은 아랑곳 않고 계속하여 주문을 외웠다. 그런데 뭔가 이상했다. 보통 이쯤이면 자신의 앞에 나타나야할 '그것'이 보이질 않았다. 바람이 멈추고, 썩은 냄새가 진동하는데 자신의 앞에는 없었다. 그때였다.

「여기, 여길 좀 보라고.」

박순구의 옆에서 날카롭고 단단한 것으로 바닥을 찍는 소리가 들렸다. 그 쪽 방향으로 고개를 돌리자 뒤늦게나마 '그것'이 보였다. 거대한 몸만큼이나 코끼리처럼 육중한 두 다리, 썩어 들어가는 핏속에서 군집한 기생충 같은 것들이 꿈틀거리는 두 눈알, 흑색털이 뒤덮은 가슴과 기둥처럼 굵은 양 팔의 끝엔 서슬 퍼런 손톱이 박힌 거대한 두 손이 있었다. 괴물은 손톱으로 노인의 주변 어느 곳을 쿡쿡 찔렀다. 그곳을 꼭 봐야한다는 듯이.

"으, 으아앗!!"

피로 그려진 원형, 그 결계 중 단 한 부분이 완전히 이어지지 않았다. 새끼손가락 한마디도 되지 않는 탓에 어두운 불빛에 미처 볼 수 없었던 틈. 괴물은 징그럽고도 포악한 이빨을 내보이며 균열을 손톱으로 가리켰다. 박순구가 급하게 손을 뻗어 메우려 했지만, 괴물의 손톱이 조금 더 빨리 노인의 손등을 꿰뚫었다.

"으아아아악!!"

「키키킥!!」

괴물은 그대로 노인의 몸을 원 바깥으로 끌어내리려했다. 이를 눈치 챈 박순구는 이를 악물고 다른 손가락으로 결계의 균열을 이어 붙였다. 그때 푸르스름한 빛이 원형의 전체를 감쌌고, 괴물은 마치 불에 댄 것처럼 커다란 울음을 내지르며 결계 바깥으로 튕겨 나갔다. 놈은 날카로운 손톱과 성난 이빨을 앞세워 박순구를 찍어죽일 기세로 달려들다가 이내 뭔가 알아챈 듯 멈칫했다. 노인을 바라보며 씩씩거리더니 그의 앞에 서서 징그러운 눈을 굴리며 이를 갈았다. 인간을 뼈째 씹어 찢을 수도 있을 이빨들이 맞닿아 갈리며 쇠를 긁는 소리를 냈다. 박순구는 몸을 부들부들 떨며 손을 감쌌다. 손등의 커다란 구멍에선 쉴 새 없이 피가 쏟아졌지만 애써 신음을 참으며 웃옷을 벗어 둘러 묶었다.

"이, 이 정도는 지금까지 네 덕에 살아온 값이라고 해두지."

'그것'이 노인에게 가까이 다가갔다. 얇은 결계 사이, 당장 닿을 듯한 거리였다.

「언젠가 네놈을 찢어 죽일 테다. 그 영혼까지도.」

"그전에, 네가 봐줄 것이 있구나."

박순구는 힘들게 웃음을 지어 보였다. 비웃던 괴물이 그의 눈빛을 바라보다가 갑자기 징그러운 이빨로 가득한 입을 크게 벌리며 웃었다.

「크크크크! 어떻게 알았나?」

"영생의 제물이 될 아이로 손색이 없지 않겠는가?"

「이미 백 년을 넘게 살아놓고도, 영생? 그 병신 같은 몸뚱아리로 말이냐?」

"널 만나고도 수십 년이 지나도록 난 살아있지 않은가. 책의 주인인 네 덕 이기도 하지. 그리고 나를 통해 너도 봤지 않느냐? 그 아이를 말이다. 쿨럭……."

「멍청한 놈. 크크큭. 그래. 원하는 대로 해. 그런데 날 왜 부른 것인가.」

박순구는 현기증과 통증에서도 씨익 웃어보였다.

"확인하려고."

「확인?」

“클클. 네놈의 반응을 보니 이제 정말 확신이 서는구나.”

「죽여 버리겠다. 언젠가.」

“디, 디에스, 미에스, 제스케트……”

「죽여 버리겠다. 갈갈이 찢어놓겠다.」

검은 괴물이 차츰 모습을 감추고, 코까지 썩어문드러질 듯한 악취도 함께 사라지며 어두웠던 방은 곧 원래의 모습을 되찾았다.

“확인한 값치고는, 너무 비싸구먼.”

박순구는 그대로 나자빠져 버렸다. 미처 양반다리조차 풀지 못한 채로. 다리를 펼 힘조차 남아있지 않았다.

“다음부터는 조금 더 신경 써야겠군. 늙긴 늙은 것인가. 100살이 넘은 나이이니.”

헉헉 대며 고통을 참아보다가 이내 희열감에 가득한 표정으로 웃음을 띠었다.

“그 아이라면 충분해. 영원히 날 살게 할 수 있어. 쿨럭, 크윽!!”

음침한 웃음소리와 고통 섞인 기침이 고독한 방안을 가득 채웠다.

* * * *

“어쩌면 이렇게나 예쁘니. 어린아이가……”

수향은 자신의 방에서 잠이든 단월의 모습을 하염없이 바라보았다. 단월의 머리칼을 쓰다듬을 때마다 자신의 손 마디마디 스치는 고운 머리칼에서 향내라도 묻어나는 듯한 착각이 일었다. 수향이 단월에 취해 있던 사이, 바깥에서 소란이 일었다. 하인들 또한 잠에서 일어나 무슨 일인가 하여 급하게 옷을 챙겨 입고 마당으로 뛰쳐나갔다. 어떤 남자가 문을 두드리며 난동을 부리고 있었다.

"언니, 무슨 소리에요?"

"괜찮단다. 그냥 자렴."

수향은 단월을 다시 눕히고 자신도 옷을 갖춰 입고는 밖으로 나섰다. 하인들이 열은 문에서 행색이 추레한 남자가 헐레벌떡 뛰어 들어왔다. 한손엔 어디서 주워온지 모르는 굵은 나무막대기가 들려있었다. 마치 다가오면 죽일 듯이 눈에 핏발을 세운 채 막대기를 휘둘러댔다.

"내 딸, 내 딸 내놔! 내 딸!!"

"무슨 소란이냐!!"

노인의 호령이 마당을 쩌렁쩌렁하게 울렸다. 순간적으로 모든 소리가 잠든 것만 같았다. 그러나 분란의 주모자가 다시금 목소리를 높였다.

"내, 내 딸 내놔라 이 요망한 영감탱아!"

어느새 밖으로 나온 박순구는 씩 웃으며 남자를 바라보았다. 그 모습에 더 치가 떨리는 듯 분을 참지 못한 남자는 있는 힘껏 소리를 지르며 대들었다.

"내, 내 이야기 다 듣고 왔다. 내 딸 갖고 무슨 짓을 할 참이냐? 이 마귀 같은 놈아!! 어, 어서 내 딸을 돌려줘!! 바깥에 네놈이 준 쌀, 다 가져왔다. 단 한 톨도 손대지 않았다!"

"그게 무슨 상관인 게냐."

"뭐, 뭣이라고?"

박순구의 음침한 한마디에 남자의 목소리가 떨렸다.

"아직 뭘 모르는구나. 네놈은 쌀 한가마니에 니 딸을 판 게 아니야. 밥 한 그릇에 판 거지. 그 쌀 한가마니는, 그래. 은혜를 베푼 셈이지. 너같이 칠칠맞고 못난 아비라지만 저토록 미색의 딸아이를 가진 니 복이기도 하다. 그 쌀 한가마는 그냥 네게 준 것이다. 네가 딸년을 팔아넘긴 건 저 쌀이 아닌, 아까 네놈이 그 굶주린 몸뚱이로, 그 목구멍으로 모두 처먹어 넘긴 하얀 쌀밥 한 그릇이란 말이다. 이 멍청한 것아. 클클……."

박순구는 마치 '그것'처럼 킬킬 대며 웃었다. 남자는 넋이 빠진 양 잠시 멍하게 서있다가 어디서 구했는지도 모를 낡고 무딘 백정칼 하나를 품에서 빼들고 박순구에게 달려들었다. 그러나 그러한 것들을 그냥 보고 놔둘 하인들이 아니었다. 한 명의 장정이 슥 나타나 남자의 앞을 가로막더니 급하게 달려드는 남자의 다리를 발로 툭 차 중심을 흩트러 놓고, 얼굴에 주먹을 찔러 넣었다. 그러자 남자는 바닥에 처 박히듯 그대로 풀썩 쓰러져 버렸다.

"크어억!!"

"불쌍해 보여 네게 준 은덕도 모르고 이제 와서 뭐? 딸을 내어달라? 허허. 미칠 노릇이구만. 이걸 어찌해야 하누. 그냥 콱 죽여 버릴까? 응?"

"할아버지."

"응?"

앳된 목소리가 공기를 갈랐다. 박순구처럼 수향도 낭랑하게 울려 퍼지는 아이의 목소리에 뒤를 돌아봤다. 그곳엔 단월이가 무표정한 얼굴로 서있었다.

"제가 어떻게 해야 하는지 말씀 드려도 될까요?"

"호오⋯⋯?"

박순구가 차가운 미소와 함께 고개를 끄덕였다.

"팔다리를 묶어놓고, 광 안에다가 묶어놓으세요. 3일쯤."

"그다음엔?"

"밥도 주지 말고, 물도 주지 말고, 그 3일이 지나서 밥한 그릇과 저를 선택하라고 해보시오."

"그리하여도 널 선택하면?"

단월이의 어리고 고운 얼굴이 믿겨지지 않을 만큼 무섭도록 서늘해졌다.

"그럴 리 없소. 이틀 굶고 날 판 거거든."

칼을 든 남자의 손이 벌벌 떨렸다. 눈에서는 가눌 수 없을 만큼 눈물이 흘러내렸다. 딸을 내어달랄 줄은 몰랐다. 부지불식간에 달려든 밥의 냄새가, 그 원초적인 본능이 자신을 나락으로 내팽개쳤다. 딸이 끌려가는 것을 목격하면서도 목구멍을 타고 흐르는 밥의 맛은 꿀처럼 달았다. 부모와는 전혀 닮지 않아 더욱 귀했고, 괜한 욕망에 휘둘릴까봐 그 흔한 사랑한단 말도 못한 아비. 아내조차 아이를 질투하고 자식조차 아이를 욕보이려 했다. 그럼에도 그는 할 말이 없었다. 자신도 그랬으니까. 그래서 눈과 귀를 아이에게 향하지 않으려 애썼다. 일부러 못난 옷과 때를 묻혀 다른 사람도 그 아름다움을 보지 못하게 하려 노력했다. 결국 아내는 떠나고, 다른 자식 놈은 몇 번이나 먹살잡이를 한 끝에 집을 나가버렸다. 단 둘이 아무 것도 먹지 못한지 이틀째, 그저 하소연이라도 해볼 참이었는데 이렇게 될 줄은 몰랐다.

그래서 그는 이 방법 이외엔 어떤 것도 스스로를 구원할 수 없다는 것을 알았다. 남자는 녹슬고 닳아 끝이 뭉툭한 칼을 자신의 심장 쪽을 향해 바꿔 쥐었다. 하인들이 웅성거리며 주춤거렸다. 힘만으로는 어떻게 할 수 없는 상황인지라 주인의 눈치를 살폈지만, 박순구는 그러한 남자의 모습을 관찰하듯 물끄러미 지켜봤다. 수향도 자신의 벌어진 입을 가린 채 사색이 되었다.

주변이 어떻던, 지금 칼을 자신에게 겨눈 남자의 눈은 자신의 딸아이에게 완전히 고정되어 있었다. 단월이란 이름을 가진지 몇 시간 되지도 않은 여자아이의 눈엔 눈물이 가득 고였지만, 표정은 지독히도 냉랭했다. 단 한 번도 자신을 아끼지 않았던 아비. 끝에서는 밥 한 그릇에 자신을 팔아넘긴 아비. 아비라고도 부르고 싶지 않은 사람. 작은 소리로 입 모양을 읽을 수 있도록 짧은 단어 하나를 말했다.

"으아아아악!!!!"

남자는 아이를 바라보다 뭉툭한 칼날을 자신의 명치에 찔러 넣었다. 하지만 들어가지 않았다. 몇 번이고 다시금 찔러 넣었다. 그러자 칼날은 늑골을 부수고 살을 찢어 강제로 그의 내부를 파고들었다. 남자는 미쳐버린 듯 칼을 뽑았다가 다시 찔러 넣으며 자신의 운명을 저주 했다. 몇 번이나 반복되다가, 갑자기 모든 것이 멈췄다. 잠시 후 남자는 자신이 만든 피 웅덩이 위로 쓰러졌다. 짧은 정적이 묵념처럼 지나갔다. 곧 돌아설 사람은 돌아서고, 치울 사람은 치우는 일상이 이어졌다. 우두커니 서있던 건 수향뿐이었다. 그녀의 손을 이끈 건 다름 아닌 단월이었다.

* * * *

간밤에 끔찍한 일은 그저 아무 일도 아니라는 듯, 단월은 깊은 잠에 빠져 있었다. 단월의 자는 모습은 참으로 아름답고 귀티가 흘렀다. 쌔근거리며 내뱉는 숨결에서는 참으로 미묘한 향이 느껴졌다. 단월을 토닥이던 수향이 입술을 깨물었다.

"어쩌다 이렇게 됐니 아가야. 어쩌다……."

아주 작은 소리였지만 바로 곁에 서있던 수향의 귀에는 분명히 들렸다. 자신의 아비에게 절대 해서도, 할 수도 없는 그 말. 죽어버리라는 말. 아까의 광경은 너무나도 참혹하여 생각날 때마다 몸서리가 쳐졌다. 아무리 그렇다 하더라도 그 노인네의 손길보다는 덜 끔찍했다. 어릴 적 박순구의 돈에 팔려온 수향이나, 한 그릇의 밥과 바꿔온 단월이나 어차피 매한가지였다. 그래서 수향은 단월이가 더더욱 불쌍하고 안쓰러웠다. 가만히 단월을 끌어당기자, 아이가 수향의 품에 더더욱 파고들었다.

단월이 박순구에게 팔려온 지 단 하루 만에 수향은 아이에게 모든 것을 빼앗긴 기분이 들었다. 자신의 마음도, 누군가에게 주어야할 정절(貞節)도, 남정네에게 품어야 마땅할 음심(淫心)도. 단월의 머리를 쓰다듬다가 점점 졸음이 쏟아져 눈이 감겼다. 그런데 누군가 자신의 다리를 만지는 게 아닌가. 영감인가? 졸음에 눈을 뜰 수가 없었다. 차라리 빨리 해결하고 가라. 수향은 체념했다. 그런데 그 손길의 농밀함이 여느 때와는 달랐다.

"아아……."

참으려고 했지만 자신도 모르게 입에서 신음이 나왔다. 보드라운 손가락은 허벅지와 무릎을 오가며 간질이다가, 무릎 안쪽을 자극할 때쯤 되자 숨이 막힐 듯 흥분됐다. 그러한 손길을 견디다 못해 수향은 손을 아래로 뻗어 그 손을 잡았다.

"그, 그만하세요. 단월이가 깨……. 어?"

잡은 손은 너무도 작았다. 마치 아이의 손처럼.

"언니."

"아!! 아악!"

눈알이 새빨갛게 변한 단월이 수향을 또렷이 바라봤다. 단월의 웃는 입가에서는 그 눈알만큼 새빨간 혓바닥은 뱀의 혀처럼 갈라져 있었다.

땀에 젖어 잠을 깬 방안엔 은은한 달빛만이 머물러 있었다. 수향은 놀란 눈으로 단월을 바라봤다. 깊은 잠에 빠진 듯 편안해보였다. 그러나 그녀는 이상한 꿈과 기분 탓에 한동안 잠을 이루지 못하고 멍하게 앉아있어야만 했다.

　　　　　　　　　* * * *

"이거, 정말 보통이 아니야. 클클!"

박순구는 낄낄대며 바닥을 쳤다. 아까의 소란 전 '그것'에게 입은 상처는 어느새 씻은 듯이 나아있었다. 박순구는 구멍이 뻥 뚫려있었던 자신의 오른손을 바라보며 피식 웃었다.

"그 멍청한 괴물……. 뭐, 오랜만에 '교체의 주'를 외어봤군."

이렇게 몇십 년을 살아온 그였다. 대대로 갑부였던 박순구의 집안이 더욱 거부가 된 건 그의 아버지의 덕이 컸다. 겉으론 일본무역상인 척 했지만 문화재를 도굴하여 팔아넘긴 매국노였다. 1900년대 초, 일제강점이 시작될 때 식민의 고통에 신음하는 국민들 뒤로 박순구는 더더욱 자신의 재산을 불리고 세를 확장하듯 나라를 팔아먹으며 일제의 개가 되었다. 그의 지략과 술수는 그의 아비보다 더했다. 그렇게 혈안이 된 이유는 그의 아비에게서 비롯됐다.

박순구의 아비는 평생을 무슨 책에 관해 박순구에게 이야기를 했었다. 그러나 단 한 번도 정확하게 그것에 대한 이야기를 해주지 않았다. 그렇게 아집(我執)을 버리지 못한 채 죽음에 이르게 되서야, 박순구의 손을 잡고 피가 차오른 두 눈으로 겨우겨우 입을 떼며 말해주었다. 세상을 지배하고 영생을 얻을 수 있는, 그러하기에 차마 이름을 만들어 부를 수 없는 무명(無名)의 온통 새까만 책.

죽어가는 박순구의 아비가 그의 손에 마지막으로 쥐어 준 것은 검은 책의 모양을 그대로 그린 그림 한 장이었다. 박순구는 수년 간 책의 행적을 쫓았고, 일제의 손에 책이 흘러 들어갔다는 사실을 알게 되었다. 그 후 온갖 못할 짓을 자행하며 일본의 고위층들과 인맥을 트는데 성공했다. 영생과 지배의 책이라면 결코 일반인이 가질 수 없다는 것이 그의 지론이었다. 일본에서 최고 권위를 유지하며 살아온 어떤 집안의 비밀스런 뒤편엔 분명 책의 힘이 발휘되지는 않았을까? 그러한 박순구의 생각은 맞아 떨어져 결국엔 당시 일본의 최고 군 간부의 저택에서 '무명의 책'을 만나게 되었다. 대를 이은 광기와 집착의 보상이었다.

아무것도 모르는 그 바보 놈은 그저 고서인줄 알고 한쪽 장식장에 아주 잘 모셔뒀다. 책에 쓰여 있는 내용이 뭔지도 모르는 게 분명했다. 그것을 보는 순간 박순구의 심장은 멎을 것만 같았다. 놀래서? 그 뿐만은 아니었다. 박순구는 예전부터 심장 쪽에 심각한 문제가 있었다. 아픔을 감내하며 태연한 얼굴로 책을 갖고 싶다하니, 놈은 단호히 고개를 가로저었다. 하지만 살아오며 모은 재산이 얼마이며, 그 중 절반을 떼어준다고 꼬드기자 눈을 동그랗게 뜨며 고개를 몇 번이나 끄덕였다. 정말이지 조상에 대한 예의조차 없는 족속들이었다. 뭐, 박순구에게는 더없이 잘된 일이었지만.

그러나 책을 열어본 후 그의 호기심은 절망으로 바뀌었다. 그저 '읽을 수 있는 것만으론 아무 일도 일어나지 않았다. 당장 급한 '교체의 주'조차 그림의 떡에 불과했다. 책의 내용을 풀이하는 데 몇 년이 더 걸렸고, '지식의 주인'을 불러내는 방법이 있다는 것을 알게 된 박순구는 온몸이 떨릴 정도의 경탄과 함께 의식을 행했다. 처음으로 의식이 성공했다 믿은 순간, 책이 갑자기 자기 맘대로 펼쳐졌고 '불사의 장'에 어떤 글씨가 새겨졌다. 그걸 눈여겨 볼 새도 없이 그의 주위에 잠잠했던 어둠이 수백 수천의 비명으로 뒤덮인 검은색 액체로 변하여 생동하였고, 그 가운데에서 거대한 괴물이 흉물스러운 자태를 드러냈다. 살아있는 지옥이 앞에서 꿈틀거리자 박순구의 성치 못한 심장이 폭발할 것만 같았다. 그때, 어둠의 왕이 말했다. 원하는 것이 무엇이냐고. 미처 입도 떼지 못하는 박순구를 보던 괴물의 입에서 웃음이 터져 나오자 박순구는 의아했다. 잠시 후 자신의 머릿속에 교체의 주를 맺는 방법이 흘러들어오는 것을 알고 나서야 괴물이 왜 '지식의 주인'이라 불리우는 지 깨달았다. 돌려보내는 주를 외우고 나서 일주일은 앓아누웠다. 너무도 무섭고 고통스러웠다. 그러나 당장 죽는 건 더 겁이 났다. 생존의 욕구로 공포를 떨친 그가 처음 한일은 당연히 '교체의 주(呪)'를 외우는 것이었다. 극심한 충격과 통증이 순간적으로 지나치고 나자 감쪽같이 가슴 속 아픔이 사라져 있었다. 20대의 그것처럼 펄펄 피를 온몸에 솟구치게 하는 건강한 심장. 젊은 시절로 돌아간 것일까? 그렇다면 이렇게 건강하다는 건 말이 안 되었다. 젊었을 때도 심장에는 문제가 있었기에. 해답은 그의 하인에게서 나타났다. 건장하던 20대 청년이 갑작스럽게 가슴을 틀어쥐고 급사 해버린 것이었다. 그때 박순구는 '교체'가 의미하는 바를 절실히 느꼈다.

교체에 대해 조금 더 연구해보고 싶었으나, 딱히 그럴 필요가 없었다. 그에게 앙심을 품은 하인중 하나가 갑작스럽게 달려들어 자신의 심장을 찔러 거의 다 죽게 되었을 때 그 부분을 또 한 번 교체했음에도 그의 하인 중 누구하나 죽거나 아프지 않았다. 아마 교체라는 것은 마구잡이로 행해지는 듯 했다. 지금 아무 상처 없이 매끈해져버린 박순구의 손 또한 그 어느 누구의 혈색 좋은 손 하나를 망가뜨려 놓고도 남았으리라.

하나둘씩 바꾸는 건 그다지 어려운 일은 아니었다. 몸을 통째로 젊게 만들 수는 없을까? 그러한 욕망을 가지지 않는 것이 도리어 이상했다. 하지만 어둠의 왕이 살아 움직인다는 것은 그 안으로 끌려들어간 추악한 영혼들이 존재한다는 것이며, 만일 전체 교체가 이루어진다 해도 결국 언젠가의 죽음을 피할 순 없었다. 악인으로서의 마지막이 정해진 이상 영생은커녕 죽음보다도 못한 것이 될까 겁이 났다. 끔찍하리만큼 심한 악취와 시커멓게 썩어 점액질로 변해버린 인간이었던 것들. 그렇게 되고 싶진 않았다. 후로도 필요할 때마다 부분을 교체하는 방법으로 삶을 연명했다. 그런다 해도 누군가 눈치 챌수는 없었다. 교체라는 게 눈에 보이는 것이 아니었기 때문이었다. 사람의 눈으로 볼 수 있는 것은 거죽에 불과했다. 늙어버려 쭈글쭈글해진 피부아래 근육들에 다시 피가 들어차 부풀고, 세포 하나하나가 재생되는 것. 그래서 아무도 박순구의 변화를 눈치 채지 못했다. 가장 재밌었던 건 음경과 고환을 교체했을 때였다. 청춘을 만끽하던 시절에 느낀 정기가 아랫도리에 다시 느껴진 탓에 그날 수향은 더 이상 처녀가 아니게 되었다.

수향을 처음 가졌던 때와 단월에게서 느껴지는 어리고 순수한 색정어림을 떠올리자 기쁜 마음에 웃음이 터져 나왔다.

"기대되는구나. 정말 기대돼……."

* * * *

전쟁이 발발한지 그리 오래되지 않았음에도 땅과 하늘, 인간의 마음은 황폐해질 대로 황폐해졌다. 박순구의 곳간만 빼고. 재물과 양곡들로 그득하게 들어찬 박순구의 창고 앞에서 남자 둘은 가마니를 하나씩 깔고 앉아 이야기를 나누었다. 쌀쌀해진 날씨 탓에 마치 쌍둥이처럼 동시에 옷을 여미는 그들이었다.

"소식 들었소, 성출이 형? 빨갱이 놈들이 뙤놈들 꾀어가꼬 도로 쳐들어온다 글드마."

"나라가 망하든 말든 간에 영감탱이 곳간은 미어터지는구먼."

"수완이 을매나 좋은디요. 1년 만에 벌어들인 것이 아마 땅을 사믄 백마지기?"

"앰병 백 마지기만 사것는가? 만 마지기!!"

"워매! 만 마지기믄 그게 워뜨케 되는겨?"

"허벌나게 넓은 것이재."

"상상이 안 가는구먼요. 헤헤."

"아따 근디 재덕이 너도 봤는가 모르것네. 그때 배 갈라분 그 썩어 뒈질 놈 말여."

"워메 무서워 디져분줄 알았소. 피가 쏟아진디……."

"아이고 디져도 지 딸내미 눈 똑바로 쳐다봄시롱! 하이고야."

"근디 와 그 난리를 난리를 핀걸까잉?"

"봐달라 이것이제. 나가 야를 요라고 사랑한다, 왜 몰라 주냐 이런 거 아니것어? 그때 그 기집아이 눈빛 봤잖여? 워흐미 그냥 차갑기가 오뉴월의 서릿발이랑께."

"근디 아가 겁나게 이쁘긴 혀. 안그렇소? 첨 봤당께 그란 얼굴은."

"딸 삼았으믄 좋것더라고."

"난 색시 삼으믄 좋것는디. 이히."

"내가 색시되믄 뭐해줄라우?"

"히익!!!!"

여자아이의 목소리에 놀란 둘은 그대로 뒤로 넘어져 뒤엉켰다. 꼭 남녀가 정분 난듯한 모습이 우스윘는지 아이가 작게 미소 지었다. 남자들은 남세스럽고도 머쓱했지만 아닌 척 아이에게 말을 걸었다.

"아, 아따 놀랬구먼. 언제 나왔댜?"

"잠은 좀 잔겨?"

"네. 그런데 이야기를 들어보니 어제 많이 놀라셨나봐요."

"아 뭐, 그, 전쟁 통에 그런 광경 자주 보재 뭐. 안 무서워, 안 그려 성출이 형?"

"에헤헤 뭐가 무섭당가. 아따 근디 넌 니 아비가 그래 되는디도 괜찮여? 안 무서워?"

소녀의 웃음 띤 얼굴이 순간 무섭도록 차가워졌다. 남자들은 그 냉기에 놀라 서로를 부둥켜안았다.

"무섭긴요."

다시 소녀는 밝게 웃었다. 그러나 아까의 온화하고 따뜻한 웃음은 아니었다.

"죽을 사람이 죽은 거죠. 안 그래요?"

조그마하고 예쁘장한 여자아이의 때 아닌 말에 순식간에 창백한 안색이 된 둘은 약속한 듯 같이 고개를 끄덕거렸다.

"아, 디질 놈은 하루 빨리 디져주는 게 좋재 뭐, 아 안 그류?"

"아따 맞구먼, 디, 디져야재?"

여자아이는 밝게 웃더니, 허리를 푹 숙여 인형처럼 귀엽게 인사를 했다.

"그라믄. 다음에 뵙것소."

"오, 오야 들어가라잉?"

"그려! 느, 늦었웅께 일단은 자야것제잉!"

돌아가는 아이의 걸음 하나하나가 어찌나 얌전하고도 가벼운지 아기고양이를 보는 것 같았다. 하나로 땋아 끝에 붉은색 장식을 단 머리칼은 흐트러짐 없이 윤기가 흘렀다. 깨물어주고 싶을 만큼 귀여운 뒤태를 남정네 둘이 입을 벌리고 쳐다보았다.

"이쁘긴 이쁜디, 겁나 무서워야 저 가시나."

"워메 살벌한 거."

"우리끼리만 알자. 남부끄러웅께."

"아따 그라입시다잉."

* * * *

　별일 없이 지나친 며칠은 어느새 일주일이 되었다. 단월에게 굶주림과 고통의 흔적이 완전히 사라졌을 무렵이기도 했다. 저녁때쯤 박순구는 수향을 조용히 마당으로 불러냈다.

　"그 아이, 오늘밤 방에 들이도록 해라."

　"네?"

　박순구는 음흉하게 웃으며 수향을 쳐다봤다. 순간적으로 당황하는 수향의 얼굴을 놓치지 않는 그였다.

　"왜 그러한 표정을 짓는 것이냐?"

　"아, 아닙니다."

　수향은 억지로 웃음을 지어보였다.

　"클클. 그래. 아무튼 기다리겠다."

　박순구의 말에 수향은 마음이 불편하다 못해 죽을 지경이었다. 저토록 어린아이를 어찌……. 자신도 박순구에게 팔려오긴 했지만 그때는 이미 나이가 18살이었다. 시집을 가도 갈수 있었을 나이였지만 단월은 이제 많아야 12살이나 된 듯했다. 정확히 단월도 자신의 나이를 모르고 있는 탓에 그마저도 짐작이었지만. 대체 부모라는 작자들은 아이를 어떻게 키운 것이더냐. 하지만 단월 아비의 울부짖음은 분명 사랑하지 않고서는 나올 수 없는 것이었다. 분명 사랑했음에도 왜 그렇게 딸에게 미움을 받았을까. 설마 자신의 딸에게 음심이 동하여 일부러 멀리 내친 것일려나. 그렇게 따지면, 단월은 오히려 사랑을 받고 자란 것이 아닐까? 수향은 단월이 잠든 자신의 방으로 걸어 가는 동안 한없이 발걸음이 무거웠다. 농락당할 것을 생각하니 가슴 이 아팠다. 그러함에도 어쩔 수가 없었다. 박순구의 말을 거역했다간, 수향 자신뿐만 아니라 단월도 무사하지 못할 것이란 걸 지금까지 박 순구의 행태를 보아 예상하기 충분했다.

"어? 일어났니?"

"이 옷 참 이쁘우."

단월은 박순구가 사다놓은(사다 놓은 것인지, 쌀과 교체한 건지 는 모를) 곱디고운 아이용 한복을 입고 있었다. 제대로 된 한복을 입 어보지 않은 듯 고름도 이상하게 묶어놓았다.

"이렇게 하는 게 아니란다."

수향의 손이 능수능란하게 매듭을 만들자 순식간에 고름이 예쁘 게 완성되었다.

"이야! 언니 정말 대단해. 한 번도 이렇게 매어본적 없어요."

단월은 신기한 듯 고름을 만지작거렸다. 순진하고도 맑은 눈빛에 수향은 입술이 떨렸다. 차마 말을 꺼내기가 어려웠다.

"오늘밤……."

"알아요 언니."

"응?"

"웃방 애기……."

젊은 여아(女兒)를 품에 거두고 있으면 젊어진다는 회춘의 속설(俗 說)때문에 가난한 집 아이들은 그런 식으로 많이 팔려가곤 했다. 다만 그동안의 박순구의 행태와는 많이 달랐다. 박순구는 수향을 거둔 뒤 다른 누구도 원하지 않았었다. 그렇다고 통정을 하는 것은 아니었고 수향의 흥분의 결과만을 취하곤 했다. 그러던 어느 날 갑작스럽게 수향을 불러내어 노인이라 믿겨지지 않을 만큼 단단한 것이 그녀를 꿰뚫었을 때, 고통은 이루 말하기 힘들었다. 노인네가 어떻게 그럴 수 있었을까. 단 한 번도 남자의 몸을 감당해보지 않은 수향이라 무엇과 비교할 수는 없었지만, 정력으로는 젊은 남성에 뒤떨어지지 않는 것 같았다. 그렇다고 이렇게 어린아이를 가지려고 할까. 악마에게 몸을 팔듯 밤마다 불안에 떨어야 하는 수향은 단월마저 그러한 신세가 될 것을 생각하니 가슴이 시렸다.

"사실 저 예전에도 몇 번이나 팔려갈 뻔 했었다우. 근데 안 팔더라고요. 얼마 안쳐줘서 그랬나?"

아마도 그건 아닐 테다. 며칠씩 굶는 아이와 자신 또한 견디다 못해 어찌할 수 없이 쌀을 받아볼까 하여 박순구를 찾아왔다가 단월이 눈에 띈 것뿐이지, 결코 자신이 딸을 팔겠다며 찾아온 것은 아니었으니까. 며칠을 굶고 난 후 사람의 눈에 비친 음식은 이성으로 제어될 문제가 아니었다. 결국 박순구의 놀이에 희생당한 것뿐이었다. 수향은 잠시 분위기를 돌릴 심산으로 단월에게 물었다.

"그런데 단월이는 엄마이야기를 안하네?"

"엄마?"

단월의 표정이 갑작스럽게 어두워졌다. 수향은 말을 잘못 꺼냈나 싶었다.

"괜한 걸 물어봤나봐……."

"엄마 도망갔어요. 나 밉다고. 징그럽고 끔찍하다고. 괜찮아요. 차라리 없는 게 낫더라."

수향은 단월을 품에 끌어안았다. 등을 토닥이고 아이의 이마에 입을 맞췄다.

"미안해. 단월아."

"아니에요."

단월은 무언가 망설이는 듯하더니, 가만히 있던 팔을 조심스레 뻗어 수향을 끌어안았다. 수향은 가슴이 너무 아파 눈물만 흘렸다. 그에 반해 단월은 웃는 낯으로 수향에게 말했다.

"걱정 말아요."

수향은 아이를 더욱 끌어안았다. 그냥 시간이 멈춰버렸으면 좋겠다. 이대로 단월과 둘이 될 수 있다면, 그것이 가장 행복할 듯한 수향이었다.

* * * *

"ㅎㅎㅎ. 한 번 더 볼까나?"

일주일 동안 '불사의 장'에 쓰여 있는 '처녀제(處女祭)'의 내용을 읽고 또 읽었다. 비록 영롱하고 청명한 시선은 아니었지만 100년이 넘는 경험과 지식들로 가득한 박순구의 눈에 단월은 그 무엇보다 빛나고 아름다운 보석임이 자명했다. 게다가 처녀제를 통하여 자신의 불사를 이룰 수 있게 해줄 아이이기도 했다. 불사의 장 아래에는 휘날린 듯 거칠게 쓰인 이름 두개가 있었는데, 영문인 듯 했으나 확인은 힘들었다. 이름 아래엔 '불사의 객(客)'이라는 주가 있었다. 이것은 도통 읽으려야 읽을 수가 없었다. 지식의 주인에게 '교체의 주'를 맺는 법을 알게 된 이후, 그것을 응용하여 다른 주도 해석이 가능했지만 '불사의 객'은 읽기조차 불가능하여 아쉬웠다. 그래도 처녀제 만으로 충분히 불사를 얻을 것이니 상관은 없었다.

박순구는 이름들을 보며 생각에 빠졌다. 미루어 짐작하건대 불사가 된 사람의 이름이 불사의 장 하단에 남게 되는 것이 아닐까 싶었다. 그런데 왜 단 두 명의 이름만이 적혀있는 것일까. 이러한 내용을 아는 것은 분명 박순구 자신만은 아니었을 텐데. 영생을 갈구하는 수많은 재력가나 권력가들이 이 책을 품었을 터인데 수많은 사람들 중 단 두 명의 이름으로 보이는 것만이 책에 남겨져 있었다. 맨 아랫줄, 그러니까 '불사의 객'주 밑에 쓰여 있는 라틴어를 해석하기로는 '영생을 얻는 자, 귀속되리라'라는 뜻이었다. 책에 이름이 남겨진다는 것인가?

오로지 두 명 뿐이었던 불사의 자들. 죽음을 거스르는 존재가 되기란 얼마나 힘이 드는 일이란 말이던가. 의식뿐만 아니라 '재료' 자체가 주는 어려움이 가장 컸었다. 처녀제의 내용을 읽어보기만 한다면 그다지 어려운 의식은 아니었다. 오히려 교체를 위한 주술이나 '그것'을 부르는 정도의 난제. 그러나 모든 것의 전제, 재료 선정의 까다로움은 뭐라 단정 짓기도 모호한 것이었다. 일단 불사신이 되고자 하는 인간은 한 세기를 살아야 했다. 그 이하의 연령의 사람이라면

의식을 치르려고 해봤자 헛수고일 뿐이었다. 저쪽 세계에서도 영생
으로 거둬들일 인간이라면 100년은 살아야 한다고 생각했을까? 아
니면 100년은 염원하고 바라야 이루어 준다는 것일까.

100년 넘게 살아남은 인간이라면 자신의 불사를 위하여 '처녀제'
를 치를 수 있게 되는데, 이 처녀제라는 것은 말 그대로 순결한 처녀
를 어둠에게 바치고 대신 영생을 얻게 되는 악마적 의식이었다. 하지
만 처녀제를 한답시고 아무 아이나 여자를 그 제물로 썼다간 영생은
둘째 치고 순식간에 불타올라 죽임을 당한다고 적혀있었다. 일종의
'괘씸죄'라고나 할까? 어떻게 이따위로 영생을 얻으려 드느냐는 거
겠지. 제물에 관한 내용은 '불사의 기록' 책장에 나와 있었다. 둘 중
첫 번째는 [1]삼백(三白)·삼흑(三黑)·삼홍(三紅)의 순결한 여자여야 한다
는 것이었다. 그것은 박순구가 원래 좋아하는 여성상이었기에 별달
리 귀띔이랄 것도 없었다.

뒤늦게야 박순구의 마음을 뒤흔들어놓고 있는 것이 바로 두 번
째 구절이었다. 마음을 훔치고 눈을 멀게 하리라. 그가 단월을 본 순
간 느꼈던 점이 바로 그것이었다. 처음 검은 책을 봤을 때의 희열을
단월을 보며 다시 한번 경험했었기 때문에 두 번째 귀띔은 그냥 정
답이나 다름없었다.

다시 한번 읽고 또 읽었다. 제대로 해석을 했다면, 그리고 의식에

---

1 삼백 : 살결, 치아, 손이 희여야 함.
  삼흑 : 눈동자, 눈썹, 머리카락이 검어야 함.
  삼홍 : 입술, 볼, 손톱이 붉은 빛을 띠어야 함.

필요한 재료와 규칙만 준수했다면 어느 나라의 누구든 간에 그 나라의 말로 주문을 외워도 상관이 없었다. 주문이라는 것도 어둠에서 '그것'을 끄집어낼 때와 같은 것이기에 어려울 게 없었다. 그렇다고 당장에 아이를 어둠에게 내어줄 박순구는 아니었다. 어리고 청백(清白)한 음기를 흡수할 것을 생각하니 자연스레 성욕이 동했다.

* * * *

"휴……."

김만수는 어스름한 달을 보며 괜히 착잡한 기분에 사로잡혔다. 강한 턱 선과 짙은 눈썹, 쌍꺼풀 없이 무덤덤한 두 눈. 허름한 옷 아래로 단단하게 자리 잡혔을 듯한 근육들. 김만수는 창고의 문지기이자 남자하인들의 맨 윗사람이었다. 물론 그보다 나이가 많은 사람도 있었으나 박순구의 직접적인 지시로 그가 대장노릇을 하게 되었다. 그렇다 하더라도 김만수는 자신보다 나이가 많은 하인들에게 함부로 대하는 일은 없었다. 나이를 먹은 건 그만큼의 경험이 있다는 것이고, 그것이 쓰일 곳이 있건 없건 인정을 해줘야 한다고 생각하는 그였다. 그만큼 사람답고 됨됨이가 바른 그였으나 여자의 뜨거운 육신이 몹시도 궁금한 것 또한 사실이었다. 하지만 그렇다 하더라도 어린아이에게까지 욕정을 품었다는 것은 스스로도 참지 못할 더러운 일이었다.

왜 그랬던 걸까. 그 아이를 엿보던 날, 처음 수향을 보았던 것처럼 떨렸었던 것 같았다. 그날도 수향을 엿보려 한 것뿐이지 절대 그 꼬맹이를 보고 싶었던 것이 아니었다. 그런데 이상하게도 자꾸 그 아이를 보게 됐다. 그날 밤 뒷간에서 정욕을 빼냈으니 망정이지 안 그랬으면 지금쯤 더욱 흉한 짓으로 후회를 하거나 박순구의 지시로 이미 세상 구경은 끝낸 상태였을 것이다.

요사이 수향과 단월이 같이 이리저리 다니는 것을 보면 그토록 아름다운 광경이 또 있을까 싶었다. 둘이 스쳐가는 곳마다 웃음이 피어올랐다. 그 원천이 무엇인들 무슨 상관이더냐. 이 와중에 좋은 일이 뭐가 있다고. 잠시간의 행복을 마다할 사람들이 아니며, 그럴 수도 없었다. 잃어버린 가족과 현재 처한 슬픔으로, 그리고 비록 하인 신세라지만 생각이 트인 사람들은 나라걱정으로 밤을 지새우는 마당에 어떻게든 기분이 좋아지면 불행 중 다행이었다.

아까 분명 수향과 박순구가 대화하는 것을 보긴 했는데, 그러고 나서 수향의 얼굴이 눈에 띄게 어두워진 것을 본 김만수였다. 무슨 일일까. 박순구의 잠긴 문이 열리고 수향이 들어갈 때마다 수향은 거동을 불편해하며 방에서 빠져나오곤 했다. 그리고 꼭 그 다음날이면 박순구의 기세가 더욱 형형해졌다. 몰래 엿보고도 싶었지만 박순구의 눈치가 워낙 빨라 들켰다간 뼈도 못 추릴 것이 뻔했다. 한번 수향한테 직접 물어 나볼까. 에이 아니다. 하지만 곧 그는 생각을 관뒀다. 자신이 할 이야기는 아니지 싶었다.

믿고 싶지는 않았지만 여자들의 이야기를 들어보면, 수향의 불편한 걸음은 격렬한 행위 뒤 나른해진 여자와 같다고 했다. 생각하기도 싫은 것이었다. 나이가 상당했지만 여자를 경험하지 못한 김만수였기에 그러한 일은 상상도 할 수 없었다. 늙은이의 추한 몸뚱이가 수향의 팽팽하고 탐스런 육체 위에서 가래를 토하며 신음할 생각을 하니 소름이 끼쳤다. 얼굴에 붙은 벌레를 털어내듯 세차게 고개를 가로젓곤 바닥에 침을 뱉었다. 더러운 기분에 등줄기가 오싹했다.

* * * *

"아따 뭐여 김 형! 헤헤~ 뭔 소릴 한당가~ 진짜여? 워메."

나잇살이 붙어 두루뭉술한 몸만큼이나 후덕해 보이는 40대의 남자와 그보다도 머리 하나는 작지만 웃는 낯이 정겨운 20대 초반의 비리비리한 청년이 시간을 아는지 모르는지 신나게 떠들었다.

"아 니들 뭐 그라고 시끄럽냐."

"만수 형님! 안자고 뭐하쇼?"

"잠이 와야 잠을 자지. 니들은 왜?"

"아 그냥 똥 싸러 갔다가 야를 또 만난 거 아니것소~!"

"나랑 김 형이랑은 아마 전생에 뭐 형제쯤은 아니었나 싶구먼. 으헤헤헤."

방정맞게 웃는 어린 남자의 이름은 윤재덕, 그에 맞장구를 치는 나이가 많고 투실투실하며 키가 좀 더 큰 이가 김성출이었다. 피난통에 떨어진 밥덩이를 놓고 싸우다 박순구에게 발탁 되다시피 한 인물들이었다. 살려고 발버둥 치는 모습이 맘에 든다는 이유로. 처음엔 그렇게나 싸우더니 날이 갈수록 죽이 척척 맞는지 둘이서만 있으면 시간가는 줄을 모르는 듯 했다. 윤재덕은 손재주가 좋아 무언가를 만들거나 고치기를 잘했다. 그중 그림 솜씨는 누구보다 탁월했다. 그래서 귀한 물건이 들어오면 기록을 남기고자 박순구는 재덕에게 물건을 그대로 그리도록 하곤 했다. 김성출은 사람의 설득하여 구슬리는데 능하여, 하인의 이야기나 박순구의 일방적 명령을 서로에게 잘 풀어 말해주는 설득과 중재의 대가였다. 윤재덕은 갑자기 눈치를 슬쩍 보더니, 주위를 둘러보고는 장난기 가득한 눈으로 품에서 종이 두루마리를 꺼냈다. 그 옆에 김성출도 히죽거리며 만수를 바라보고 있었다.

"행님~! 허벌나게 좋은 거 한번 안보시것소?"

"좋아봤자지."

"아이고 재덕아. 말해 뭐하냐. 언능 보여드려라잉."

윤재덕이 종이를 펼치자, 감탄을 자아낼 만큼 육감적인 여성의 나신이 보였다. 그런데 그 얼굴이 누가보아도 수향인 것이 아닌가. 김만수는 그림을 휙 낚아채 찢어버렸다.

"어, 워메!! 와 그런다요 만수 형님!"

"이런 망할 놈들이 어디서 이런 추잡한 것을!!"

갈기갈기 찢어지는 그림을 안타깝게 바라보던 윤재덕이 만수를 말려보려 했지만 자신의 두 배는 되는 덩치에 무서운 인상의 그에게 대적할 힘 같은 건 없었다. 김성출은 아예 포기상태로 뒷짐 지고 헛기침을 뱉으며 딴청을 부렸다.

"워메…….사흘 밤낮을 코구녁에 피 흘려감시롱 그린 것인디……."

윤재덕의 눈에 눈물이 맺혔다. 여전히 화난 표정의 김만수는 경고 하듯 재덕을 잠시 노려보곤 자취를 감췄다. 한참 김만수의 뒷모습을 보던 김성출은 그가 사라진 것을 확인하자마자 성질을 냈다.

"앰병헐! 싫음 말지 왜 찢고 지랄이여? 씨벌넘 내가 키만 쫌 컸드래도 대가리를 꺼꾸로 돌려부럿을 것인디!"

김성출은 욕을 해가며 어설프게 주먹을 휘둘렀다. 자신이 먼저 성질을 내고 욕을 함으로써 윤재덕으로 하여금 위안을 얻게 해주려는 목적이었다. 이러한 일이 사실 계산되어 나오는 행동은 아니었다. 김성출은 워낙 오지랖이 넓고 사람을 중시 여겨 마음 상해하는 걸 눈뜨고 못 보는 정 많은 촌부였다.

"됐수. 뭐 또 그리믄 되것지. 헤헤."

재덕은 울다가도 곧 웃었다. 금세도 기분이 나아졌다. 자신의 감정에 솔직하고, 웃음도 울음도 헤픈 재덕이었다. 잘 상처받고 나약했지만 마음씨만은 김성출보다도 더 착하고 여린 그였다.

"글쟈? 한번 그렸응께 금방 또 그릴 수 있을 것이여."

"헤헤. 근디 성출이 형. 어제 저 그림 빌려 갖잖소? 근디 오늘 봉께 이상하게 몇 군데 방울방울 그림이 번져가꼬……."

"아, 아따 씨, 씨벌. 날씨 겁나 쌀쌀하다잉! 냉큼 들어가자."

"워매? 성출이 형! 아니 먼저 뭐라고 말을 해주고 가야 하는 거 아니요? 뭐여 뭐! 그림에다 뭔 짓거릴 한겨!! 아따 형님? 형님!"

잰걸음으로 내빼는 성출을 재덕이 헐레벌떡 쫓았지만, 도망치는 그의 속도는 타의 추종을 불허했다.

　　　　　＊　＊　＊　＊

　　단월은 박순구의 방문 앞에 섰다. 계속 불안해하는 수향을 달래
고 오는 길이었다. 무슨 일이 얼마나 더 있겠는가. 아비에게 죽어버
리란 말을 한 자신 아니었던가. 더 이상 불행할 수도 없을 것 같았다.
정히 안 되면 죽기밖에 더 할까. 하지만 그런 걱정은 불필요했다. 그
랬다면 지금까지 살려둘 이유가 하나도 없었으니. '웃방 아기'가 뭔
지도 아는 단월이었다. 늙은이의 냄새는 정말 싫었지만, 일이 다 끝나
수향에게 안길 생각을 하니 그나마 기분이 나아졌다. 방문 앞을 한참
서성이다가, 작정한 듯 입술을 깨물고 문을 두드렸다.
　　소리가 들리자 박순구의 가슴은 엿가락 앞의 남자아이처럼 뛰었
다. 이 얼마나 기다려온 순간이더냐. 박순구가 문을 열기까지의 단 몇
걸음은 100년을 기다려온 시간만큼 더딘 것만 같았다. 문을 열자 곱디
고운 연분홍빛 한복을 입고는 다소곳하게 양손을 모은 단월이 보였다.
　　"와, 왔구나."
　　박순구는 히죽 웃었다. 너무도 기뻤다. 껄껄거리고 웃고 싶었다.
어쩌면 이리도 고운것이더냐. 단월이 그를 스쳐 방으로 들어올 때 특
유의 달콤한 살 냄새가 코에 풍겨와 아찔하기까지 했다.
　　"살아온 것이 아깝지 않군."
　　기쁨에 찬 혼잣말을 내뱉는 그였다. 이 아이가 영생을 가져다주
고 지금 자신의 손에서 조련당할 일을 생각하니 아랫도리가 불끈 거
리며 히죽히죽 웃음만 나왔다. 순결을 빼앗진 못하겠지만, 그 이전까

지의 일을 상상하는 것으로도 환상적이었다.

단월은 박순구의 허락이 없음에도 방 가운데 붉고 노란 학 몇 마리가 수놓아진 폭신한 방석에 멋대로 털썩 앉아 한숨을 푹 내쉬었다. 그리고 맑은 눈망울로 박순구를 똑바로 바라봤다. 그는 그러한 단월이 신기했다. 태어나 자신의 앞에서 이리도 눈치를 보지 않는 여자가 있었던가. 아니, 여자는 둘째 치고 자신의 앞에서 고개를 숙이지 않는 자는 없었다. 어린아이의 맹랑함인가? 그건 아닐 것이다. 기세에 눌려 말도 못하던 아이들만 수십을 보았으니. 어찌하여 이 아이는 눈을 피하지 않는 것일까? 박순구의 정욕은 나이만큼이나 많아진 의구심으로 변했다. 아이의 속내가 궁금해졌다.

"넌 내가 무섭지 않느냐?"

"할아버지가요?"

"그래. 난 밥 한 그릇에 널 사온 사람이니라. 니 아비의 죽음에도 연관이 있지. 아주 깊게."

박순구는 괜스레 눈빛에 혈기를 더해 말했다. 그런데, 이 꼬맹이가 피식 웃음을 터뜨리는 게 아닌가.

"푸훗. 제가 무서워했으면 좋겠수?"

"……뭐라?"

"어쨌든 제겐 고마우신 분이요. 할아버지 아니면 굶어죽거나 애비한테 잡아먹혔겠죠. 아니면."

"아니면?"

"할아버지가 아니더라도 누군가에게 결국 팔려가지 않았겠어요?"

아이의 눈빛이 슬퍼졌다. 박순구는 마음속에서 느껴지는 이상한 기분에 몹시 당황했다. 흔들렸다. 분명 흔들리고 있었다. 자신의 모습이 믿어지지 않았다. 일평생, 셀 수 없는 눈물들을 짓밟으며 재물을 모으고 마음을 샀다. 그랬기에 어찌하여 어린 계집아이의 눈빛 하나가 100여년을 냉소로 살아온 남자의 마음을 흔들어 놓을 수 있는지 짐작도 되지 않았다. 살아온 세월이 순식간에 뒤집어지는 느낌이었다.

"내가 볼 때 할아버지는 나쁜 척을 하는 사람일뿐이에요."

"내가? 척을 한다? 그래 보이느냐. 너의 눈엔?"

"네. 할아버지는 원래 착한 사람일거에요."

아이의 말과 눈빛이 단호했다. 그러고 보니 자신을 착하다 말해준 사람은 지금 이 아이가 처음이었다. 박순구는 자신의 아비한테도, 그리고 태어나 그 누구에게도 착하다는 말은커녕 착해지라는 교육도 받은 적이 없었다. 그의 아비는 정직함 대신 야비함을, 웃음 뒤에 비수(匕首)를 꽂아 넣는 방법 같은 것들만 자세하고도 면밀히 알려주었다. 그것은 박순구를 살게 하는 힘이며 원천이었다. 그래서 지금 이 순간이 더욱 믿어지질 않았다. 착하다니, 그 무슨 되먹지 못한 말인가.

"대체 어딜 봐서 이 늙은이가 착해 보이지?"

"저랑 비슷해요 할아버지 눈이."

"내 눈이? 이렇게나 차갑고, 뱀 같은 내 눈이?"

"네. 사람들이 제 눈빛이 얼음 같다고 했수. 사실 얼음이 아닌데 말이우. 사람이 어떻게 언답니까? 그럼 필시 죽어 시체가 되어야 할 것인데. 하지만 생각보다 저는 나쁜 아이가 아니란 말이요. 할아버지도 그렇죠?"

아이가 다시금 박순구와 눈을 마주쳤다. 단월의 말엔 어느 하나 거짓이 느껴지지 않았다. 선의를 가장한 악의도, 어떤 가식도 없었다. 무언가 박순구의 내부에서부터 자꾸만 요동을 쳤다. 더 생각할 겨를도 없이 입에서 말이 터져 나왔다.

"내 마음을 꿰는구나."

"사람들이 나쁘다고만 하죠?"

"그래."

"너무 슬프지 않아요?"

"……슬프구나."

무엇일까. 대체 내 눈에서는 무엇이 흘러내리는 것이냐. 박순구의 눈에서 아이의 얼굴이 흐려졌다.

"아……."

단월이 다가와 작고 보드라운 손길로 박순구의 눈을 닦아내자 그제야 시야가 환해졌다.

"오늘 할아버지 곁에서 자고 가도 돼요?"

여자의 육신을 돈으로 사거나, 재물로 엮어 움직이지 못하게 하라. 여자에게 절대 마음을 주지 말라. 그의 아비가 평생을 가르쳐온 여자에 대한 이야기. 그리고 그의 말을 단 한 번도 어기지 않았던 박순구. 정욕을 채우고 영생의 제물이 되어 어둠에 찢겨나갈 여자아이.

"휴……."

하필 이 아이에게 마음을 모조리 빼앗길 줄이야. 그게 또 이렇게

나 기분 좋은 일인 줄은 미처 알지 못했다. 거짓 없는 목소리로 먼저 곁에서 자겠다는 사람이, 그것이 남자건 여자건 단 한 번이라도 있었던가. 아니면 그럴 필요가 없었던 것인가. 사람 마음을 얻기 전에 먼저 돈으로 사버린 것은 아니었을까. 이 아이 또한 시작은 같았다. 빼앗고 짓밟아 원하는 것을 얻었다. 욕정을 채우기 위한 준비를 했다. 그리고 가지면 그만이었다. 산제물의 조건만 제외하고는 어떻게 되든 상관없었다. 시작은 같았는데 예상했던 지금이란 건 너무나 달랐다. 혼란스럽고 어지러웠다. 욕망과 아집, 광기로 점철된 박순구의 모든 것이 일순간 사라졌다. 쩌렁쩌렁한 목소리대신 모기소리마냥 작고 가늘게 답했다.

"그래. 그러려무나."

아이는 이번에도 자기 맘대로 박순구의 팔을 빼앗아 베개 삼고, 그것도 모자랐는지 함부로 박순구의 머리에 손을 얹었다. 뭐가 이렇게 제멋대로냐. 그런데 왜 이리도 기분이 좋은 것인가. 이렇게나 피곤했었나? 저질러온 악행에 지레 놀라 편하게 잠이 든 적은 있었던가. 거칠고 흉하게 낡아버린 머리카락을 이토록 향내 나는 어린아이가 어루만져 줄줄은 백년을 넘게 살면서도 알 수 없었던 일이었다. 태어나 처음으로 박순구는 깊은 잠에 빠져들었다.

* * * *

수향은 방구석에 앉아 손톱을 물어뜯었다. 어릴 적 불안할 때마다 했던 짓인데, 예쁜 손톱을 가꾸려 몇 년 간은 한 번도 하지 않았던 행동이었다. 단월을 생각하면 불안함에 미칠 지경이었다. 예쁜 아이가 쭈글쭈글하고 징그러운 손에 당하고 있을 상상을 하니 속에서부터 울화가 치밀어 올랐다.

단월과 같이 대화를 하고 있으면 단월이 가진 매력에 푹 빠져 시간 가는 줄 모르고 밤새 이야기꽃을 피웠다. 달콤한 환상에서 깨어나는 건 단월이 잠이 들 때였다. 그러고 나서 가만히 생각해보면 결국 수향 자신의 이야기를 훨씬 더 많이 털어놓는다는 것을 알게 되었다. 아이가 가진 깊은 심안(心眼), 나긋나긋하며 편안한 목소리가 저절로 마음속에 있는 이야기마저 내어주게 했다. 그런 아이가 지금은 곁에 없었다. 이 방을 건너 툇마루를 지나 어둡고 습하며 어울리지 않는 향내로 가득한 방에 들어가 있었다.

수향이 불안에 떨던 시각, 단월은 금방 잠들어버린 박순구를 확인하던 차였다.

"할아버지. 자요?"

고른 숨소리. 잠에서 깰 기미는 없었다. 단월은 겨우 마음을 놓고 편히 누워 천장을 바라봤다. 의외로 박순구에겐 나쁜 냄새가 나지 않았다. 오히려 달콤한 꽃내음 같은 것이 났다. '장미유'였다. 수백 수천의 장미 꽃송이를 모아 물과 함께 증류하여 얻는 휘발성 향유인데, 아주 비싼 물건과 바꿔온 것이었다. 박순구는 때때로 색을 탐할 때 장미유를 여체에 한두 방울 떨어뜨리거나 자신의 몸에 뿌리곤 했는데, 그렇게 하면 달콤하고 감미로운 향기가 방안에 퍼져 노인네의 손길이라 할지언정 여자들은 흥분하고 말았다. 장미유를 바르던 박순구의 목적은 단월의 유린이었는데, 반대로 정복당해 여름날 강아지처럼 얌전하게 늘어져 자고 있었다.

생각보다 나쁘지 않은 시작에 단월은 마음을 놓았다. 수향 언니가 불안해하는 것들이 무엇인지 단월은 알아야할 나이가 아님에도 알 수 있었다. 자신의 오라버니라 불리는 작자 또한 자신을 탐하려 시시때때로 괴롭혀댔으니까. 가족이라는 이유로, 그리고 가난이라는 피치 못할 운명으로 맺어진 식구란 건 오히려 남보다도 못했다. 그러나 단월이 한번 째려보기만 해도 그놈은 그냥 쪼그라져 등을 돌리고 누워버렸다. 그래놓고 다음날이면 미안하다며 어디서 주워온 떡이니 뭐 다른 먹거리, 혹은 머리를 틀어 묶는 끈 같은걸 쥐어주고는 도망치듯 사라졌다. 그러나 또 반복되었고, 그 사실을 안 아비와도 다툼이 있었다.

차라리 노인네 재워주는 게 나았다. 단월이 그저 '재워준다'라고 생각하는 일은 박순구가 생각했던 '일'과는 천지차이였겠지만 말이다. 누가 알았으랴. 박순구 자신도 모르는 현재의 상황과 결과를 만들어낸 것이 바로 단월이었다. 가만히 누워있자 잠이 밀려왔다. 슬금슬금 눈이 감기고, 박순구의 숨소리와 단월의 숨소리의 높낮이가 점점 비슷해졌다. 가물거리는 단월의 시야의 외곽으로부터 점점 어두워져 가는듯한 느낌이 들었다. 그와 함께 몇 개의 호롱불로 밝았던 방이 조금씩 어두워졌다. 그렇다고 무섭지는 않았다. 단월이 졸릴 때면 항상 이랬으니까. 그러한 것들은 자신의 가족들도 조금은 느끼고 있었던 것 같았다. 그들은 자다가도 갑자기 무서움을 타며 방밖으로 뛰쳐나가곤 했다. 하지만 매일 봐오던 것을 무서워하는 사람은 없었다. 그냥 그러려니 하는 단월이었다. 그런데 이번엔 그저 어두워지는 것과는 달랐다. 끈적끈적한 액체들이 어둠 밖으로 모습을 드러내었다. 그것들은 수만 마리의 구더기처럼 꿈틀대며 천장의 중앙으로 몰려들었다. 하나로 뭉쳐 천장에서부터 종유석처럼 자라나 단월의 얼굴을 향해 뾰족한 원뿔이 되어 다가왔다. 그러더니 그 시커먼 것이 돌덩이처럼 굳는 듯했다. 단월은 지독한 공포에 몸을 움직이려 했으나 조금도 움직일 수 없었다. 눈을 돌려 옆을 바라보는 게 최선이었다.

"히힉……."

박순구의 시커먼 눈알이 기괴하게 움직였다. 입은 귀밑까지 찢어져 있었다. 무척 재밌는 것을 보는 듯 단월과 눈을 마주치며 키득거렸다. 단월이 다시 앞을 바라보자, 아까의 큰 종유석 같았던 검고 뾰족한 덩어리의 굵은 뿌리가 금이 가며 갈라지기 시작했다. 가만히 있다간 그 크고 묵직하며 뾰족한 검은 덩어리가 자신의 얼굴을 뚫고 바닥에 구멍을 낼 것 같았다.

"할아버지, 도, 도와……."

겨우 입을 떼어 보지만 박순구는 치켜뜬 눈과 히죽거리는 모습 그대로 고개를 가로저었다. 계속 웃으며, 단월과 검은 종유석을 번갈아 바라보며 말했다.

"떠, 떨어진다. 아가야. 피하지 않으면, 그 예쁜 얼굴에 상처가 나겠지?"

그런데 가만히 보니 검은 덩어리가 갈라지는 건 스스로의 의지가 아닌 듯 했다. 어렴풋이, 아주 어렴풋이 사람의 형상이 보였다. 천장에 거미마냥 붙어 자신의 머리로 쿵, 쿵, 검고 단단한 것을 찧어대고 있었다. 놈의 머리에서는 흐르는 피는 떨어지지 않고 천장에 물이 번지듯 뇌수와 함께 쏟아졌다. 그것은 계속하여 고통에 가득한 울부짖음을 내지르면서도 머리를 박아대는 걸 멈추지 않았다.

"사, 사랑한단다. 정말, 정말 사랑, 사랑, 사랑…….."

그것의 얼굴을 본 순간, 단월은 비명도 지를 수 없었다. 아비의 얼굴이었다. 계속된 충격에 덩어리의 균열은 눈에 보일만큼 커졌다. 결국 거대한 종유석이 단월의 얼굴을 향해 쏟아졌다.

"사, 사랑한단다!!!!"

단월의 얼굴이 거대한 망치로 뭉개듯 함몰되었다. 비명은 삽시간에 사라지고, 얼굴은 파헤쳐져 박살이 났다.

"아아아악!!!"

단월은 땀에 흠뻑 젖어 잠에서 깼다. 숨을 몰아쉬며 현실로 돌아오려 애썼다. 무슨 꿈이 이 모양이람. 얼굴이 얼얼한 듯 통증이 느껴져 급히 만져보았으나 아무런 이상이 없음에 가슴을 쓸어내렸다. 어느 정도 단월이 진정을 찾고 있을 때, 익숙하지 않은 공간에서 익숙한 목소리가 들려왔다.

"엄마가 왔단다. 문을 열어주겠니?"

"어?"

아는 목소리. 증오로 가득한 저주를 내뱉은 엄마의 목소리.

"엄마가 왔단다. 문을, 문을!"

단월은 후들거리는 다리를 겨우 일으켜 목소리가 들리는 쪽을 바라보았다. 창문 바깥으로, 저 멀리 대문 옆으로 길게 뻗은 담장 너머에서부터 너무 멀어 잘 보이지 않지만 누군가 단월에게 손을 흔들었다.

"어, 엄마?"

"응 그래! 엄마야!"

너무도 기쁘고 설레는 마음에 단월은 신발도 신지 않은 채 문을 열고 마루를 뛰어넘어 대문 앞까지 나왔다. 선하게 웃으며 손을 흔들고 있는 엄마. 그런데 얼굴과 손의 거리가 지나치게 멀었다. 흔들고 있는 손은 허수아비처럼 힘없이 휘청거리며 흔들렸다.

"엄마 맞아?"

"그럼! 맞지! 어서 문을 열어주려무나!!"

단월의 눈에서 눈물이 흘러내렸다.

"엄만, 그렇게 웃은 적이 없어. 그리고 날 다시 찾을 리가 없잖아."

"아니란다. 엄마는 널 사랑해!! 너무너무 사랑한단다!!"

"아니야. 거짓말 하지 마!"

단월이 소리를 지르자 여자의 웃는 얼굴이 휙 마당 안으로 던져졌다. 놀라 뒤로 넘어진 아이의 앞으로 엄마의 머리가 굴려 넘어뜨린 호박마냥 뉘어져 있었다.

"으아악!!!!"

단월은 소스라치며 다리에 힘이 빠져 몸을 일으키지도 못한 채 뒤로 조금씩 기어갔다. 그럼에도 흉측하게 일그러진 목소리는 계속하여 강렬하게 귓가를 울렸다.

"문을 열어주렴!"

"저, 저리가!!!"

대문이 심하게 흔들리며 부서질 듯 삐걱거렸다. 나무틀이 짓이겨지며 조금만 더 힘을 주어도 박살이 날 것 같았다. 단월은 공포에 질려 말도 잇지 못하고 몇 걸음 정도의 거리나마 겨우 물러섰다.

「문을 열어주지 않으면, 네년의 목을 따버리겠다!」

문틈사이로 잘 갈린 낫처럼 날카로운 손톱이 달린, 관절마디가 흉측하게 굵고 곤충처럼 일그러진 손이 들어와 문을 열려고 발버둥 쳤다. 문이 힘을 못 이겨 벌어지자 틈사이로 놈이 손을 쭉 단월에게 뻗쳤다. 단월이 조금이나마 물러서지 않았다면 몸 어디엔가 크고 날카로운 손톱을 깊게 박아 넣었을 것이었다. 계속하여 손을 뻗어 단월을 낚아채려 하던 괴물은 닿지 못하는 것을 알아채자 급격한 속도로 손을 거두더니 대신 문틈 사이로 붉고 징그러운 것들이 꿈틀거리는 눈으로 단월을 노려봤다.

「크크……. 기다려라.」

"!!!!"

단월은 겨우 잠에서 깨어났다. 분명 잠을 깼었던 것 같은데, 그것도 꿈이려나? 생생한 악몽에 눈물이 계속하여 흘러내렸다. 이것마저 현실이 아니면 어쩌지? 공포에 질린 눈빛으로 꿈에서 자신의 어미의 목소리를 흉내 낸 괴물의 모습이 보이던 창문 쪽을 바라보았다. 그곳엔 먼지가 좀 낀 거울만이 있을 뿐이었다. 그러고 보니 박순구의 방에는 창문은커녕 문마저도 굳게 닫혀있었다. 무언가 들켜서는 안 될 사람처럼 외부로의 시선이 완전히 차단된 방. 단월은 거울에 비친 자신의 모습을 가만히 쳐다보았다. 슬쩍 거울을 통해 자신의 뒤를 보고, 흠칫 놀라며 천장도 바라봤다. 검은 덩어리도, 그리고 무섭게 생긴 이상한 놈도, 아무것도 없었다. 그저 깊은 잠에 빠진 박순구와 땀에 젖은 단월 자신만 있었다.

* * * *

"괜찮니?"

"응! 괜찮아요. 언니."

수향은 근심이 가득한 눈초리로 단월에게 물었다. 새벽녘 수향의 방으로 찾아든 아이는 너무 평안해보여 오히려 더 걱정이 됐다. 그러나 아이가 거짓을 말하는 것 같진 않았다. 노인네가 쉽게 보낼 리 없을 텐데, 어떻게 된 일이지?

"어떻게 나왔니?"

"할아버지가 자서. 그리고 무서운 꿈을……."

"꿈?"

"네."

"많이 무서웠니?"

"……."

단월은 더 이상 말하기를 꺼려하는 듯 했다. 수향은 짐짓 내용이 궁금했으나, 모두가 꿈일 뿐이니 딱히 걱정스럽진 않았다. 수향이 깔아놓은 푹신한 담요 위로 단월이 누워 수향에게 팔을 뻗었다. 끊임없이 애정을 갈구하는 촉촉한 눈망울. 처음엔 경계의 빛이 역력했으나 날이 갈수록 단월은 수향의 품을 찾았다. 그것은 가족에 대한 동경이자, 하루도 자신을 사랑으로 대한 적이 없었던 엄마 때문에 생긴 원초적인 갈증이었다. 수향은 말없이 누워 단월을 안았다.

"영감이 이상한 짓 했니?"

"아니요."

"정말?"

"네. 그냥 잠만 잤어요."

거짓말일 것이다. 노인네가 아이를 바라보는 눈빛은 절대 그냥 '잠'으로 해결될 일이 아니었다. 분명, 분명 아이를 농락했을 터인데?

"참말이니?"

"그렇수. 내가 언니한테 왜 거짓말을 해요."

내 걱정을 하여 진실을 말하지 않는 것일까? 아니면 자신의 운명을 그저 받아들이기로 한 것일까. 의외로 담담한 단월의 모습이 더욱 가슴 아픈 수향이었다. 작은 어깨를 품안에 보듬었다. 살며시 몇 번 토닥이자 금방 잠이 들어버렸다. 단월의 분위기로 봐서는 정말 큰일은 없었던 듯싶지만, 그래도 그 속을 알 수 없는 박순구였기 때문에 수향은 아주 마음을 놓진 못했다.

　　　　　　　　　　* * * *

　박순구는 툇마루에 나와 아침햇살을 즐기고 있었다. 이토록 좋은
것이었던가. 눈을 뜨면 재물을 모으고, 눈을 감으면 그 방법을 간구한
그였기에 작은 행복마저도 생소하고도 값진 것이었다. 아침에 눈을
떠보니 단월이 사라지고 없었다. '쇄함(鎖緘)의 주'조차 잊고 깊은 잠을
잔 탓이었다. 코를 심하게 골아 수향의 품으로 간 것일까. 그렇다면.

　"……미안하게 됐군."

　처음으로 누군가에게 미안한 마음이 든 그였다. 자신의 심한 코골
이가 아이의 잠을 깨웠다고 생각하니 쑥스러워지기까지 했다.

　"노인네 뭐 기분 좋은 일이 있었는갑다."

　"성출이 형! 말조심하쇼. 귀가 을매나 밝은디……."

　마당을 빗자루로 청소하던 성출과 재덕은 박순구의 어이없을 만
큼 해맑아 보이는 표정에 조금은 놀라며 더더욱 빠르게 마당을 쓸었
다. 김성출은 박순구의 아래에서 일하면서도 저러한 표정은 단 한 번
도 본적이 없었다. 무언가 필시 아주 좋은, 엄청 비싼 물건이 굴러 들
어온 건 아닐까. 아니. 그럴 리가 없었다. 그런 물건이라면 재덕에게
그림을 그리라 했을 텐데. 김성출은 궁금함에 의중이나 떠볼 심산으
로 슬며시 박순구의 옆으로 다가갔다.

　"아이구 일찍 일어나셨습니다요. 나으리!"

　"오냐."

　"근디 나으리 얼굴이 아죠 그냥 화사~한 것이 좋은 일이 있으신

갑소잉?"

"그러더냐? 흘흘. 노인네가 좋은 일이 무에 있을꼬. 그저 아침 해
가 참……따스하구나."

"(앰병 추워죽것는디 따숩기는. 노인네가 드디어 노망이 든겨.)
에헤헤 그라지라잉?"

"이놈."

박순구가 김성출을 똑바로 쳐다보았다. 언제 봐도 무서운 영감의
안광에 김성출은 눈을 피해버렸다.

"왜, 왜 그러신다요. 나으리……."

"클클. 노망은 아니니 걱정 놓으시게. 앞으로도 한참은 네놈을 부
려먹을 성 싶구나."

"아, 아이고 무슨 말도 안 되는 말씀을요! 그런 생각은 거지 똥
구멍에서 뽑아 묵을래도 없어라. 아이고 뭔 잡것이 이리도 많다냐."

김성출은 대충 얼버무리며 마당을 급히 쓰는 시늉을 했다. 정말
무서운 노인네였다. 그저 생각만 했을 뿐인데 모조리 읽어냈다. 나이
를 많이 먹으면 사람이 여유가 된다던데. 그래서 사람 속을 불 보듯
빤히 알아채는 걸까. 김성출은 혹시 지금의 생각마저 읽는 건 아닐까
싶어 슬며시 노인의 눈치를 봤다. 박순구는 따스한 햇살에 취해 여전
히 밝게 웃고 있었다.

* * * *

수향은 기뻤다. 차라리 자신을 찾는 게 백번은 나았다. 단월을 위해서라면 기꺼이 노인에게 웃음과 몸을 팔수 있었다. 마음마저도. 사랑한다 말해달라면 그리할 수 있었다. 그 형형한 눈빛이 바라는 음어(淫語)를 애정에 찬 눈빛으로 말 할 수도 있었다. 단월만 편안하다면 자신쯤이야 아무래도 좋다고 생각했다.

"오늘밤 할아버지 재우러 가는 거야?"

"응. 그래."

수향은 애써 웃으며 대답했다. 단월은 빤히 수향을 바라보았다.

"언니는 정말 예뻐. 그거 알아요?"

"그래? 내가 볼 땐 단월이가 훨씬 예쁜데?"

"제가요? 에이 이거 봐요."

단월은 자신의 납작한 가슴과 봉긋 솟아올랐다가도 급격한 경사를 이루는 풍만한 수향의 가슴을 번갈아 보더니 잔뜩 볼을 부풀리고는 입꼬리마저 추욱 쳐져버렸다.

"뭐가 이렇게 작어."

"호호. 단월이가 언니 나이쯤 되면 나보다도 훨씬 커질걸?"

"그럴까?"

"아무렴 당연하지. 언니보다도 훨씬, 아주 훨씬 예뻐질 거야."

"그런 말 말우. 언니는 평생 내가 본 여자들 중에 제일 예뻐요."

"아이고 요 귀여운 것!"

수향은 단월의 얼굴을 손으로 잡고 입술에 살며시 뽀뽀를 했다.

"우와. 언니한테 너무 좋은 향기가 나요."

"먼 나라에서 가져온 분 냄새란다. 영감이 준거지."

"나도 발라 봐도 돼?"

"그래 거기 눈감고 앉아봐."

수향은 단월을 앉혀놓고 동그란 분첩에서 솜뭉치 같은 것을 꺼내어 분가루를 묻혔다. 눈을 꼭 감고 입까지 오므린 아이의 모습이 귀여웠던 수향이 미소를 지으며 단월의 얼굴에 분을 펴 발라주었다. 뭉친 듯 한쪽 볼만 하얗던 것이 수향의 손길이 닿자 점차 자연스럽게 얼굴에 번져가더니, 이윽고 얼굴 전체가 뽀얗게 잘 익은 흰 복숭아 색을 띠었다.

"눈을 떠보렴."

단월에게 거울을 꺼내 비추어주자 아이는 신기한지 자신의 얼굴을 이리저리 쳐다보았다.

"우와. 이, 이상해. 난 왜 이러지?"

"예쁘기만 한데 뭘."

"지금은 이상하지만, 나도 꼭 언니처럼 예뻐졌음 좋겠어."

"걱정 말거라. 넌 정말 예쁜 아이가 될 테니."

"아니, 언니처럼, 꼭 언니처럼!!"

"그래 단월아……."

수향은 단월을 꼭 끌어안았다. 아이도 수향에게서 떨어지지 않으려는 듯 꼭 안겼다. 그러나 이내 그녀는 어제의 단월처럼 박순구의 방문 앞에서 머뭇거리는 신세가 되고 말았다. 단월이도 다른 때완 다르게 잠을 자려 하지 않아 한참을 토닥이다 나오는 길이었다. 무언가 본능적으로 느꼈던 것일까. 차마 가지 말라는 말은 하지도 못하고, 낑낑 앓다가 잠든 단월이었다. 그런 모습을 생각하니 수향은 스스로가 처량하고, 아이도 안쓰럽기만 했다. 세월이 이렇지 않았더라면, 저 작자의 손에 놀아나지 않았더라면 얼마나 좋았을까. 남자에게 쓸데없이 마음을 주지 않아도 단월과 평생 행복하게 살 수 있을 것 같았다. 수향의 행복한 상상을 깬 것은, 열린 문틈에서 나온 걸걸한 목소리였다.

"들어 오거라."

유난히 더 차가운 목소리에 수향은 긴장을 늦추지 못한 채 안으로 들어갔다. 그런데 방석 두 개만 달랑 있을 뿐 그 요망한 물건들, 그러니까 이상하게 생긴 붓이며 다리를 좁히지 못하게 하는 밧줄 따위가 없는 것이 아닌가. 무슨 일이지? 수향은 오히려 더 불안함에 휩싸였다.

"나으리. 어찌하여……."

"아아. 오늘은 네게 물을 것이 있어서 불렀느니. 거기 앉거라."

박순구 앞에서 사람다운 모습으로 처음 앉아보는 수향이었다. 어리둥절한 그녀를 앞에 둔 채 박순구는 재물들의 기록이 상세히 담긴 두꺼운 책자를 들고 와서 앞에 마주 앉았다.

"무슨 일로……."

"흠. 요새 교환이 많이 없구면."

"이제 바꿔 먹을 것도 없는 이유겠죠."

"그런가. 클클. 뭐, 곧 전쟁도 마무리 될 성싶으니."

"그런가요?"

전쟁이 곧 끝날 거라니 수향은 더더욱 궁금증이 더해갔다. 무언가 예감 같은 게 든 것일까? 그러나 물어볼 겨를도 없이 박순구의 말이 이어졌다.

"그건 그렇고, 널 부른지 오래된 듯하구나."

"네."

"편안했겠군 그래?"

박순구가 웃고 있었다. 그러나 눈빛만은 하나도 흐트러지지 않은 채 수향을 응시했다. 수향은 눈을 피하며 대답했다.

"별 말씀을 다하세요."

"클클. 다 알고 있느니. 너도 잘 알지 않느냐. 니 '용도'라는 것을."

자신의 용도. 박순구의 양기(陽氣)를 북돋는 것. 그것쯤이야 굳이 말하지 않아도 알 수 있었다.

"넌 그 덕택에 고운 비단옷들과 손과 팔목에 찬 보석에, 비싸디 비싼 장미유나 분 같은 것들을 많이도 얻었으니 그리 손해 본 장사는 아니지 싶은데. 그렇지 않나?"

"......"

"클클. 대답하지 않아도 좋다. 음. 저기, 근데 수향아."

"네. 나으리."

기세등등하게 낮은 목소리로 읊조리던 박순구는 책을 뒤적이며 말을 머뭇거렸다. 수향은 낯선 박순구의 모습이 기이할 정도였다.

"저기, 흠. 단월이 말이다."

"네?"

"……뭘 좋아하누?"

"그게 무슨 말씀이신지요?"

"아. 뭐 그냥……. 뭘 좋아하는지 궁금해서 말이다."

노인네의 책을 뒤적이는 속도가 더욱 빨라졌다. 마음을 감추려 책을 보는 척 하는듯했다. 설마 쑥스러운 건가? 아니 색(色)과 재물에 빠져 자신의 잇속에만 밝은 사람이 단월이 좋아하는 걸 왜 찾는 걸까?

"그건 왜……."

"어린 것이 측은하지 않느냐."

측은? 무슨 말도 안 되는 소리인가. 이 영감탱이가 실성한 겐가? 10여년을 알아왔지만 수향이 본 모습과는 너무 대조적이었다. 수많은 사람들의 마음과 바람을 짓밟으며 살아온 추악한 인간의 입에서 나올 말이 아니었다. 무언가 다른 속셈이 있는 것이 분명했다.

"왜. 믿어지질 않느냐?"

"아, 아니요. 나으리. 그게 아니라……."

"클클. 뭐라도 주고 싶을 뿐이다."

수향은 앗차 싶었다. 그럼 그렇지. 누군가의 마음을 생각할 인간이 아니지. 처음 수향의 음액을 취하고 손가락에 끼워준 옥가락지. 그런 의미인가. 수향은 분노에 입술을 깨물었다. 그 어린것이 무슨 죄가 있으며 무슨 업보가 그리도 많기에 이런 노인네의 손에 놀아나야 하는 것인가. 선녀처럼 고운 얼굴로 자신의 품안에서 겨우 잠이든 예쁘고 착한 아이가 왜 유린당해야만 하는 것인가. 가슴은 고통으로 일

그러졌다. 수향은 화를 억누르며 말을 꺼냈다.

"……단월에게 비녀 하나쯤 있으면 좋을 듯싶습니다만."

"비녀라?"

"제 비녀를 예쁘다며 만지작거리는 것을 좋아합니다."

"호오. 그래?"

"그럼 궁금증이 풀리신 겁니까?"

"흠. 그렇다고 볼 수 있구나."

"그럼 전 이만 물러가도 될는지요."

일어나려는 수향의 팔목을 박순구가 휘어잡았다.

"처음이구나. 송충이마냥 톡톡 쏘아대는 네 모습이. 여자라 이것이냐?"

"그게 무슨 말씀인지?"

박순구의 눈가에 주름이 생기며 비릿하고 징글맞게 웃었다.

"흐흐. 질투라도 하는 것이냐?"

수향은 기가 막힐 뿐이었다. 어떨 땐 귀신같이 사람 마음을 보는 노인네가, 이럴 땐 눈치도 지지리 없었다. 아니, 마음에 품고 있는 분노를 알아채는 것이 더 위험한가? 그래. 차라리 이게 낫겠다.

"흐흐. 오늘 널 그냥 보내려 했건만 이대로는 안 되겠구나."

박순구는 수향의 얼굴을 끄집어 당겨 강제로 입을 맞췄다.

"읍……."

수향의 미간이 찌푸려졌다. 그러한 모습을 보는 것이 박순구의 또 다른 즐거움이었다. 이리 싫다 해도, 교접의 쾌감에 젖으면 눈빛이 풀리고 절로 음어를 지껄이는 것이 그가 믿는 여자의 본모습이었다. 박순구의 말처럼 수향은 밤이 잦아들수록 꽉 잠갔던 입을 열고 신음했다. 방 밖에선 김만수가 슬픈 표정으로 방의 문만 바라보고 있었다.

* * * *

박순구의 허락을 받고 겨우 방을 빠져나온 수향은 그 어느 때보다도 치욕스럽고 처연한 기분이었다. 수치와 환락을 오가느라 다리의 힘이 모두 풀려버린 나머지 그 자리에 주저앉고 말았다. 새벽녘, 차가운 바람이 불어오는 어두운 마당 저편에서 누군가 급하게 뛰어와 수향을 부축했다.

"……누구?"

"나여. 만수."

"아. 만수 씨."

수향은 여러 감정이 북받쳐와 눈물이 흘러나왔다. 그녀의 모습을 바라보는 만수의 마음 또한 무너지는 것만 같았다.

"흐흑……."

"왜 내 마음이 이렇게나 아픈지 모르겠다."

자신도 모르게 마음을 고백한 꼴이 되어버린 그였다. 잠시 움찔했던 수향은 김만수의 품에 안겼다. 만수는 가만히 있다가 떨리는 손으로 수향의 등을 토닥였다. 그것은 수향을 위로하기 위함뿐 아니라, 자기 자신을 위로하는 것이었다. 가시 같은 그녀를 마음에 품고 가슴 아파하면서도 힘든 짝사랑을 주저하지 않았던 자신에게 지금은 너무도 큰 고통이었다. 너무 많이 아파서, 눈물도 나오지 않았다. 그토록 아끼고 사랑했던 사람이 밤새 징그러운 노인네에게 농락당해 쓰러지는 모습을 그저 목도하고 있는 건 죽을 만큼 힘든 일이었다.

눈물로 한탄을 풀어내던 수향의 머릿속에는 점차 무서운 생각으로 가득 찼다. 오늘 자신에게 끝없이 정욕을 쏟아내던 박순구. 그리고 너무나 사랑스럽고 귀엽기 만한 단월. 노인은 대체 무슨 일을 벌일 작정인건가. 단월을 어떻게 할 셈인가. 그의 추악한 웃음을 떠올리니 수향은 숨이 막혀와 김만수의 허리를 더욱 꽉 껴안았다. 안 된다. 단월이 이런 꼴을 당해서는 안 된다. 수향이 박순구의 정욕을 위해 매일같이 희생한다 해도 언젠가 단월에게도 닥칠 일이었다. 저리도 착하고 예쁜 아이를 자신처럼 만들어서는 안 됐다. 무슨 수를 써야만 했다. 지금 등을 토닥이며 늦은 시간까지 자신을 보살피는 이 남자. 그를 이용해야만 했다. 수향의 마음 한편이 아려왔다. 자신을 사랑하는 남자를 이용해야만 하다니. 어쩌면 이러한 자신을 사랑해준 마지막 사람일지도 모를 사람을.

사실 수향도 그가 자신에게 연정을 품고 있다는 건 알고 있었다. 그러나 그저 우스운 남자들 중 하나일 뿐이었다. 박순구가 가르쳐준, 그리고 살아오며 배워온 남자라는 것들은 하나같이 가운데 것만 살아 움직이는 속물들이라 믿었다. 결국 이 사내도 날 갖고 싶어 하는 것일까. 그러나 손길이 집요하지 않았다. 그저 점잖기만 할뿐이었다. 그녀가 끌어안을 때마다 긴장한 몸을 움직이지도 못하는 순진한 사내. 어쩌면 만수와 단월과 행복한 가족으로 살아갈 순 있지 않을까. 그러나 착잡한 현실은 잠시의 달콤한 상상마저 허용하지 않았다. 수향은 가슴을 칼로 찢어 내리는 듯 아파왔다. 사랑하는 사람을 위해 다른 사랑을 이용해야 하는 것. 사람이 할 짓이 못되었다. 그러나 지금은 좋고 나쁨도 가릴 수 없는데다가 다른 방도 또한 없었다.

수향과 김만수는 슬픔을 이해하는 듯, 그러나 전혀 다른 관점에서 가슴 아파하며 서로를 감싸 안았다.

* * * *

창문하나 없는 방이었지만 방문 틈 사이의 태양은 막지 못했다. 박순구는 기지개를 피며 일어났다.

"하아. 잘 잤군."

간밤의 질척했던 여운을 기억하려는 듯 박순구는 입 주위를 손으로 훑어 킁킁대며 아직 남은 수향의 부끄러운 냄새를 음미했다. 그러다 무언가 생각난 듯 벌떡 일어나 귀중품들이 가득한 진열장을 열었다. 그 안엔 비싸 보이는 보석과 도기들로 가득했다. 누구라도 이러한 물건을 본다면 군침을 삼킬 일이었다. 그러나 이 방엔 수향과 단월, 그리고 윤재덕 이외엔 들어와 본 사람이 없었다. 자신이 나갈 때면 언제나 '쇄함(鎖緘)의 주'를 걸어 그가 아니면 결코 문을 열수도 없었다. 게다가 만약 자신의 불찰로 문이 열려 우연히 본다한들, 자신을 해코지 할 순 없었다. 박순구는 고의적으로 목숨이 위태로운 인간만을 골라 그들을 하인으로 부렸다. 그렇게 함으로써 육체가 아닌 마음을 자신의 원대로 부릴 수 있었다. 목숨을 구해준 은인인데 어찌 해하겠는가. 만약 그러함에도 자신을 죽이려는 자는 단박에 알아볼 수 있었다. 몇 번이나 당하고 나서야 그것을 깨우친 박순구였다.

자신이 직접 고른 하인들은 전부다 순하디 순한 양(羊)과 같은 자들이었다. 그러한 것들의 목숨을 살려놨으니 결코 등에 칼을 꽂진 못할 것이라 믿었다. 그렇기에 이렇게 으리으리한 장식장이 떡하니 자리를 잡고 있는 것이 아닐까. 뭐 그래도 불안하여 굳이 주문까지 걸어놓는 박순구의 조심성 또한 보통내긴 아니었다.

세월의 바람은 사람의 마음을 무던히도 뭉개고 짓밟아 결국 무인(無人)의 경지에 이르게 했다. 인간성이 말살되고 욕망만으로 살아가는 것. 인간에게, 아니 남자에게 야망과 욕망을 빼놓고 무슨 이야기를 할 수 있겠는가. 박순구도 역사의 산증인으로서, 한 세기를 넘게 살아온 남자로서 '역사'가 되고 싶었다. 책에 기록되고 싶었다. 당장에라도 목적에 합당한 사람이 나타나 주기만 한다면 의식을 치루고 불사신이 되고 싶었다. 그러나 박순구가 지금 진열장 아래 서랍들을 하나하나 열어가며 골몰히 찾고 있는 건 기존의 목적과는 정반대되는 일이었다. 곧 그의 눈엔 수십 송이의 벚꽃이 음각되어있는 옥비녀가 보였다.

"찾았다."

정말이지 매우 귀한 물건이었다. 1년 전쯤엔가 반쯤 죽어가는 한 남자가 집안의 가보(家寶)라며 기세등등하게 비녀를 내밀었지만, 박순구는 아무 말 없이 그를 돌려보냈다. 3일이 지나자 남자는 쌀 한말과도 괜찮다며 퀭한 눈빛으로 마당에 납작하게 엎드렸다. 그러한 남자에게 선심 쓰듯 쌀과 맞바꾸어 주자 고맙다며 절을 몇 번이나 하고는 흥겹게 집으로 돌아갔다. 얼마 후 같은 남자가 다른 물건을 들고 찾아왔지만, 그냥 하인을 시켜 내쫓아버렸다. 그에게 비녀 말고는 더 귀중한 것이 없음을 박순구가 바로 알아챘기 때문이었다.

한 집안의 대를 이어 내려온 옥비녀. 박순구의 눈에도 귀한 비녀가 아깝다는 생각이 전혀 들지 않는 것은 왜일까. 단월을 생각하니 노인네의 가슴이 주책없게 뛰었다. 귀엽게 웃는 눈매. 구슬이 구르는 듯 맑은 목소리, 포근포근한 살 냄새. 추한 늙은이를 쓰다듬는 따뜻한 손길. 평생 한 번도 느껴보지 못한 진심이 담긴 순수한 마음. 너무나 늦어버린 첫사랑이란 건가. 한 번이라도 사랑을 해봤던가. 어린 나이에는 아비의 손에 이끌려 재물 탐하기에 미쳤었고, 나이를 먹어서는 사람을 믿지 못했고, 한 세기를 넘기면서 자신의 마음을 움직이는 것이라곤 없다고 느꼈었는데. 이토록 좋은 떨림이던가. 이래서 사랑이란 것을 하는 것인가. 마음은 동하여 설레기만 하고 심장은 펄떡펄떡 잘도 뛰었다. 이토록 건강한데 굳이 저 아이를 당장 어둠에게 넘겨줄 필요는 없지 않을까. 언젠가 사랑이라는 쓸데없는 것이 사라지겠지. 그래. 그때에도 늦지 않는다. 하지만 쓸데없는 것 치고는, 정말 묘하구나.

지난밤 수향의 육체를 갈취하며 비열한 웃음과 괴팍스러운 행동을 일삼던 노인의 눈빛이 아니었다. 박순구는 그러한 자신의 모습을 거울로 바라보기 두려웠다. 평생을 봐왔던 자신과는 너무 다른 모습을 인정할 수 없을 것 같았기 때문이었다.

　　　　　＊　＊　＊　＊

　"언니는 왜 이렇게 안 온담."

　박순구의 방에서 조금은 멀리 떨어져 있는 수향의 방에서는 어떠한 소리도 들리질 않았다. 수향이 결코 밖으로 나오지 말라고 신신당부했기 때문에, 그리고 만약 방에서 나온다면 자신의 얼굴을 다신 볼 수 없을 거라는 수향의 슬픈 눈빛과 목소리 때문에 단월은 궁금증에도 차마 밖으로 나가질 못하고 전전긍긍하며 방바닥에 누워만 있었다. 수향은 박순구의 이야기가 나올 때마다 얼굴이 어두워지고, 단월 자신을 안타까운 눈빛으로 바라보며 꼭 안아주곤 했다. 단월은 왜 그렇게 수향이 늙은이를 재워주는 것을 슬프게 생각하는지 알 수가 없었다. 이상한 짓도 하지 않았고, 이상한 기분도 들지 않았는데 말이다.

　그냥 가끔 논에 나가 힘들게 일하고 들어온 아비의 머리카락을 조심스럽게 쓰다듬던 기억이 나서 똑같이 했을 뿐인데. 아비의 생각이 떠오르자 짜증스럽게 고개를 흔들어버리는 아이였다. 그리고 약간의 후회가 들었다. 너무도 힘든 상황에서 자신을 팔아버린 아비에 대한 소녀의 원망은 극에 달했었다. 자신에게 항상 웃는 모습이 아닌 무서운 얼굴로 다가왔던 아버지였기 때문에, 그렇다 해도 속으론 아버지를 좋아하고 따랐던 단월이었기에 그 배신감은 말로 다할 수 없었다. 자신이 끌려가는 걸 바라보며 밥을 꾸역꾸역 먹어대는 아버지의 모습은 짐승에 가까웠다.

　그래도 그렇게 죽어버릴 줄은 몰랐다. 어디서 이상한 칼은 구해

와서 그토록 흉하고 불쌍한 몰골로 죽어야만 했을까. 왜, 왜? 대체 무엇을 알아주길 바랐던 걸까? 단월은 조금 눈물이 배어나오자 바로 닦아내버렸다. 약한 모습을 보이는 건 죽기보다도 싫었다. 언제나 매몰차고 당당하게 버텨야 한다고 스스로를 다그쳤다. 단월은 눈을 부릅뜨고 입술을 깨물었다.

아침이 되었는데도 돌아오지 않는 수향을 기다리다가 단월은 잠이 들고 말았다. 밤새 뒤척이며 수향을 기다리더니 결국 골아 떨어져 버린 것이었다. 시간이 조금 지나 수향이 조심스럽게 방문을 열고 들어와 흐트러져있는 이부자리를 정리하고, 잠든 아이에게 이불을 덮어주었다. 수향은 단월을 가만히 보다가 눈물을 터뜨렸다. 잠든 아이를 조용히 바라보며 중얼거렸다.

"너를 위해 무슨 일인들 못할까……"

눈을 질끈 감아버리는 수향이었다. 오늘밤 늦게 김만수를 다시 만날 때 무엇을 해야 할지 너무도 잘 알고 있는 그녀였다.

* * * *

"아이구 김 형! 이러다 걸리믄 우짤라고 그래요!!"

"여, 여기 있다!!"

박순구는 곡식과 재물의 손실이 두려웠던지 창고 앞엔 항상 불이 꺼지지 않게 할 것을 명령했다. 어두운 밤 호롱불이 아른거리는 창고 안에 숨어서 조잘대는 두 사람은 무언가를 찾고는 흥에 겨웠다. 작은 촛불에 의지하여 찾으려니 보통 힘든 게 아니었지만 분명 본적이 있었던 하얗고 달콤한 옥춘이 그득 들어찬 포대를 끝끝내 찾아낸 성출이 마치 자기 것인양 끌어안고 즐거워했다. 벌레나 쥐가 먹기 십상인 음식이라서 몇 번이나 포장을 해둔 탓에 찾기가 무척 힘들었다. 재덕이 또한 불안했지만 오랜만에 보는 옥춘에 기쁘기는 마찬가지였다. 여느 부잣집 제사상에서나 볼 수 있던 맷돌사탕을 보게 되니 둘은 입에 절로 침이 고였다. 단것이라고는 별로 찾아보기 힘들어 기쁨은 더할 바가 없었다. 김성출은 덜덜 떨리는 손으로 옥춘을 하나 집어 들었다가, 바닥에 떨어뜨렸다. 분명 고의적이었다.

"옴마야? 묵으믄 안된디, 옥춘이 반으로 똑 뿌라져부렀네?"

"이, 이걸 우짠다요."

"아이고 우짜긴 뭘 우짜것냐? 요대로 나두믄 누가 건드린걸 들켜부릴 것인디, 그라믄 우리 둘 찾는 거야 시간문제고. 그 영감탱이가 가만있것냐? 그러니 없애부러야 안 쓰것냐? 근다고 막 버려불믄 요새 같이 험한 세상에 벌 받는당께?"

"그라것지라……?"

"무봐라. 언능!"

김성출이 윤재덕의 입에 반으로 쪼개진 옥춘의 조각을 가져다댔다. 재덕은 에라 모르겠다는 심정으로 입안 가득 옥춘을 물었다. 달디단 사탕의 맛이 입안 사방에 퍼지며 온몸이 짜르르 떨려왔다.

"워, 워메 죽것는거!!"

"그라믄 나도 한입!"

김성출도 침이 가득 고인 입안에 옥춘을 털어 넣었다. 들쩍지근한 맛에 재덕보다도 더 요란스런 몸짓으로 좋아라하며 자신도 모르게 어깨춤을 덩실덩실 추었다.

"허이구야. 이대로 디져부러도 여한이 읍것구마잉."

"워메 난 기집도 필요 없소."

"맘만 묵으믄 이 자리에서 요 한푸대 다 묵어불 수도 있을 것 같구마."

"그랬다간 오장육부 똥꾸멍까지 단내가 나것네. 히히."

몇 개의 옥춘을 사이좋게 주머니에 넣고 있을 때, 끼익 하며 창고 문이 열리는 소리가 들렸다. 둘은 기겁을 하며 재빠르게 고개를 숙였다.

"아, 아앗! 뜨뜨!! 헙!!"

김성출은 자기가 들고 있는 촛불을 윤재덕의 손으로 지져 끄고는 그의 입을 막았다. 윤재덕이 원망 섞인 눈초리로 바라보자 성출이 미안하다는 듯 눈을 찡긋거렸다. 둘의 귀에 만수의 목소리가 들렸다.

"왜 날 여기서 보자고 한 것이지? 대체 무슨 이유로?"

새벽녘 수향의 아찔한 육신을 잠시 품에 안은 것으로도 간밤의 기나긴 고통의 시간을 보상 받는 것만 같았다. 꿈에서나 봤을성싶을 여인 아니던가. 박순구를 증오하면서도 한편으로는 부럽기도 했던 이유이기도 했다. 그러나 오늘 수향의 모습을 바라보며 그는 진정 사랑이라는 감정에 대해 고민하기 시작했다. 그저 여인에게 마음을 품고 애정을 쏟는다는 건 육신의 매력이나 눈빛의 오묘함에서부터 오는 것 아니던가. 여인의 농익은 육신을 마음껏 가지고 나면 사랑이라는 감정도 사라지는 거라 들었는데. 그러나 수향의 모습은 그 자체로 통증이었다. 슬픔과 설렘으로 가득했던 새벽이 지나고 해가 중천에 떴을 즈음, 수향이 가만히 만수 옆으로 다가왔다.

"오늘밤. 창고 앞에서 뵈어요."

"무슨? 수, 수향아!"

그 말만을 남기고 발을 돌렸던 수향이었다. 김만수의 머릿속에는 갖가지 상상이 떠올랐다. 수향이 안겨오면 어떻게 할 것인가. 아니, 그럴 리가 없지. 내가 어디가 좋다고. 그래도, 정말 그렇다면 어떻게 하지. 수향만 생각해도 얼굴이 벌게지고 가슴이 터져 나갈 것만 같은데, 그런 수향이 안겨오면 정말 어떻게 해야 할지 모를 것 같았다. 그냥 육신이 이끄는 대로 하면 옳은 일일까. 초조하게 이런저런 생각으로 머리만 복잡하던 찰라 창고 바깥으로 그림자 하나가 마당을 가로질렀다. 그녀가 창고 쪽으로 걸어올수록 김만수의 심장은 미칠 듯 뛰고 있었다. 이토록 설레긴 생전 처음이었다.

"계세요?"

"응? 으, 응."

수향이 조심스러운 목소리로 묻자 김만수가 겨우 대답했다. 얄은 호롱불이 흔들리고, 김만수를 똑바로 바라보는 수향의 눈빛도 흔들렸다. 자신 앞에 무쇠처럼 단련된 남성이 머뭇거리며 갈피를 잡지 못했다. 뒷짐 진 손은 분명 땀을 쥐었을 테다.

"무슨 일이야? 늦은 밤에."

"알고 있었어요."

"무얼?"

수향이 스스로 한복의 저고리를 풀었다. 김만수는 놀라 아무 말
도 할 수 없었다. 거기서 멈추지 않고 마저 옷을 벗어버리자, 고운 한
복이 수향의 발밑 어둠 속으로 자취를 감췄다. 그 대신 너무도 육감
적인 나신만이 남아 김만수의 이성을 뒤흔들었다. 수향이 한발 한발
앞으로 다가서자, 만수는 주춤거리며 뒷걸음질 쳤다. 물론 저기 뒤편,
쌀가마 틈으로 모든 광경을 꿀 먹은 벙어리처럼 바라보는 두 남자 또
한 수향의 육체에 정신이 나가버릴 지경이었다.

"이러지 마라!"

"나 갖고 싶어 했잖아?"

"이러지 말라고!!"

김만수는 어찌할 바를 몰라 와락 수향을 끌어안아버렸다.

"이러지 말라고."

"아니었어?"

"이런 건, 이런 건 아니야."

수향은 혼란스러웠다. 남자라면 다 똑같은 거잖아. 육체를 주고,
그에 상응하는 대가를 받으면 되는 거 아닌가. 자신을 바라보며 눈빛
이 풀려버린 남자들의 마음이란 거, 다 똑같은 것 아니었나. 그런데
이 사내는 왜 이토록 끓어오르는 자신의 음심을 그저 끌어안아 멈추
려 하는 것일까.

"왜. 날 갖지 않는 거야. 왜?"

"나라고 갖고 싶지 않은 줄 알아? 오래전부터, 그래. 널 처음 본

순간부터 그랬다. 어느 남자라고 안 그럴 것 같아? 너처럼 예쁜 여인을 마음에 담는 것으로 만족하는 미친놈이 어디 있겠냐고. 용두질을 수십 번은 쳤다. 그러고 나면 다 가라앉더라고. 근데 막상 네가 눈물을 흘리는 모습을 보니, 가슴이 부서지는 것 같았다. 널 그냥 안고만 싶었다면, 그랬다면 아팠겠냐. 나도 내 맘을 모르겠지만, 이게 사랑이 아니면 무엇이냐?"

"날 사랑한다고? 난 당신이 사랑할만한 여자가 아니야."

"이래서 하고, 저래서 안할 것이 아니다. 수향이 네가 아무리 미운 짓을 해본들 결국 난 그것밖엔 할 수 있는 게 없다."

떨리는 목소리였지만 만수는 품어왔던 마음을 차근차근 풀어 놓았다. 수향은 혼신을 다해 자신을 끌어안고 있는 남자가 너무도 사랑스러웠다. 가슴은 쉴 새 없이 흔들리고 부서져가며 지금껏 쌓아왔던 자신의 벽마저 깨뜨리려려하고 있었다. 불신의 너머에 자리 잡고 있는, 한 번도 바라본 적 없는 '사랑'이라는 것에 대응할 자신이 없었다. 너무나 빨랐다. 믿음과 사랑은 동일한 것일 텐데, 그것을 둘 다 한꺼번에 받아들이기엔 수향은 너무도 벅찼다. 그렇다 하더라도 감정의 폭주가 멈추진 않았다.

"고마워……."

뭐라 말할까 고민하다 고맙다는 말이 나와 버렸다. 그것이 어쩌면 수향의 현재 상태를 가장 잘 표현해주는 말이었다. 그의 사랑을 받아들이긴 했지만 자신은 확실치 않았으니까. 증오와 불신, 그리고 죄책감에 하루를 시달린 수향에겐 더없는 안식처가 되어준 김만수의 품은 참으로도 고마웠다. 만수는 끌어안았던 손을 풀고 수향의 얼굴을 바라봤다. 눈물을 흘린 탓에 조금 충혈 됐지만, 수향의 눈빛은 그 어느 때보다 따스했다. 지금껏 무엇을 바랐는지 이제야 확실해졌다.

"고맙다 수향아."

한이 풀린 듯 수향을 바라보며 눈물을 흘렸다. 그러한 남자의 모습에 수향은 더 이상 참을 수가 없었다. 김만수의 목을 살며시 끌어 당겨 입술에 입을 맞췄다. 둘은 서로의 보드라운 입술을 마구 탐했다. 김만수는 수향의 허리를 살포시 끌어안았다. 수향도 그에 응하듯 김만수의 품에 안겨 더더욱 애정을 확인하려했다. 한참을 입을 맞춘 두 사람은 잠시간 입을 떼고 서로를 바라보았다.

"이런 거 오랜만이죠?"

"응? 그, 그게……."

"어머, 설마?"

"뭐, 뭐가? 그럴 수도 있지."

"이렇게 듬직하고 잘생긴 남정네를 세상에나……. 여자들이 다 미쳤나봐."

"……너 만나려고."

"뭐라고요?"

"너 만나려고 그랬나봐."

어색하고도 애틋한 문답과 웃음이 오갔다. 이토록 즐거운 일이 또 있을까. 살아가며 이렇게 행복한 적이 있었던가. 비록 시작은 달랐으나 결과는 같았다. 서로를 의지할 사람을 찾은 것이었다. 하지만 수향의 웃음은 곧 사라졌다. 꼭 말을 해야 할 일, 그 일은 매우 위험하고 무서운 것이었기 때문이었다.

수향이 다시 차근차근 옷을 입는 동안 김만수는 고개를 돌리고 있었다. 이러한 일이 생기면 당연히 엿보려 안간힘을 썼었을 텐데, 단순한 색욕보다는 현재의 감정이 훨씬 더 기뻤기에 눈을 꼭 감은 지금이 설레고 좋았다. 옷을 다 입은 수향의 눈빛이 아까와는 다르게 슬퍼 보였다.

"할 말이 있는 거 같네."

"……만수 씨."

수향은 말을 망설였다. 이 말을 당당하게 꺼내려면 그가 자신의 마음대신 육체를 가졌어야 했다. 그래서 머뭇거릴 수밖에 없었다. 그럼에도, 힘겹게 입을 떼었다.

"단월, 단월이가……."

수향의 목소리가 심하게 떨렸다.

"단월이가 왜?"

수향의 모습에 불안한 듯 만수의 눈이 커졌다.

"그, 그 작자에게 추잡한 짓을 당하고 있어요."

추잡한 짓이라니? 대체 누구에게? 무슨 말인지 순간적으로 알아듣기 힘든 김만수였지만, 단월을 떠올릴 때마다 들었던 불길한 상상을 현실화 시킬 수 있는 사람은 박순구가 유일했다. 더불어 '추잡한 짓'이 무엇을 의미하는지 알았을 때 한동안 말을 잇지 못했다.(그것은 저 뒤편에서 서로의 입을 틀어막고 있는 두 사람도 예외는 아니었다.) 수향은 김만수의 두 손을 꼭 잡았다. 충격에 흔들리던 김만수의 눈빛이 조금은 진정되었다. 수향은 더더욱 만수의 손을 꽉 쥐며 간절히 그를 바라봤다.

"우리가 하지 못하면, 단월이도 나처럼……."

"그, 그런 말마라!!"

벌어진 일들이 자신도 모르게 그려지자 만수는 울컥 소리를 질렀다. 수향이 왜 그렇게 항상 힘겨워했는지, 단월이를 바라보던 박순구의 눈빛이 왜 그러했는지 모든 흐트러진 조각이 다 맞춰진 머릿속은 장대비같이 쏟아지는 혼란 때문에 끔찍하게 복잡했다. 죽어가는 자신을 살려주고, 지금의 위치까지 만들어준 게 박순구였다. 원래 심성이 착하고 우직한 김만수에게 배신이란 말은 어울리지 않았다. 욕하고 흉을 볼지라도, 마음만은 가족에게 쏟는 그것보다 조금 못할 뿐 아주 다른 것은 아니었다.

"그 노인네가 사람의 마음을 이용 하는 거예요."

"그게 무슨 소리냐?"

"이집 하인들, 전부다 그냥 데려온 사람들이 아니라는 거. 더 잘 아시잖아요?"

"……."

"모르겠어요? 자신을 배신하지 못하게 하려고 다 죽어가는 순한 사람만 고른 거예요. 사람의 목숨을 쥐고 죽을 때까지 부려먹어도, 아무것도 모른 채 고마워 할 착한 사람들로만."

수향의 말에 김만수의 마음속에서는 그동안 업신여기려 애쓰던 작은 불만과 미움들이 고개를 디밀었다. 그러고 보니 자신도, 재덕이도, 성출이 형도 그러한듯했다. 정말이지 여기 내려와 부리는 하인들은 하나같이 정말 착하고 순진한 사람들뿐이었고, 가끔 모여 이야기할 때면 박순구의 욕으로 시작할지언정 결국엔 박순구에게 고마워하는 사람들이었다. 목숨을 대가로 마음을 내준 건 아닐까. 만수는 착잡함과 동시에 미묘한 분노에 사로잡혔다.

"그런 건가……."

"네. 맞아요."

수향은 김만수에게 더욱 가까이 다가가 그의 얼굴을 마주보았다.

"우리 셋이서 도망가요."

"도, 도망?"

"네. 우리끼리."

"그래도……."

그저 도망가자는 이야기가 아니었다. 박순구가 그들을 찾지 못할리 없었으니까. 그걸 알기에 김만수의 목소리가 흐려졌다. 그러자 수향은 단호한 목소리로 말했다.

"죽여야 해요. 그렇지 않으면 우리 셋은 결국 모두 잡혀 죽고 말거에요. 아마 단월이는, 단월이는……."

만수는 겁에 질려 떨고 있는 그녀의 모습이 너무나 안타까웠다. 이제 어떻게 해야 할 것인가. 미칠 듯한 답답함 때문에 현기증까지 일었다.

* * * *

"워, 워흐메 다리 저려 뒤져불것네!!"

"하이구야……."

만수와 수향이 나간 지 10여분이 넘어서야 경계심 많은 두 사람은 힘겹게 일어났다. 계속 쪼그려 앉아있던 탓에 감각이 없는 두 다리가 빨리 풀리길 바라는 듯 연신 주무르고 두드렸다. 한참을 오두방정을 떨며 난리를 치는 통에 가만있어도 사라지는 두 다리의 저림은 더욱 오래가는 듯 했다. 재덕은 억울한 표정을 지으며 시꺼먼 그을음이 묻은 손바닥을 성출의 얼굴 앞에 내밀었다.

"아 불을 끌라믄 지손으로 끄재 왜 남의 손을 지져 부러? 지져 불긴!!!"

"급한 게 글재. 성질 부리긴. 미안혀."

"체엣……."

항상 시끌벅적하던 두 사람 사이에 어울리지 않는 정적이 오갔다.

"니도 다 들었재?"

"뭐 귀구녕이 뚫렸응께 안 들었것소."

처음엔 수향의 나신에 빠져 용두질이나 칠 수 있는 좋은 건수가 걸렸다 싶었지만 지금 재덕과 성출의 머릿속엔 그저 이 난감하고 어려운 상황에 어떻게 대처해야 할지 걱정만 앞섰다.

"영감탱이한테 말해야 할랑가?"

"……."

재덕은 아무 말도 하지 못했다. 성출은 그런 재덕이를 알겠다는 듯 가만히 바라보았다.

"아무래도, 그건 아니것재?"

"그라지라."

기다렸다는 듯이 재덕이 말을 받았다. 성출은 미소를 지었다. 아마도 이 소심한 재덕이놈은 자신과 같은 생각을 하고 있을 것이었다.

"단월이 참 이쁘재?"

"색시 삼았으믄 좋것당께요."

"나는 딸 삼았으믄 좋것는디."

둘은 서로 다른 곳을 바라보다가 동시에 한숨을 폭 내쉬었다. 김성출이 슬쩍 웃음을 터트렸다.

"기억 나냐 재덕아? 처음 만난 거."

재덕이도 웃음이 났다. 처음 만났을 때라니.

"헤헤. 기억 나지라잉. 그것이 떡인가 밥인가 모르것지만서도, 그거 주워 묵을라고 하는디 형님이 달라 들어가꼬!"

"내가 먼저 찾았당께! 야는 꼭 그이야기만 나오믄 내더러 달라 들었다 한다잉?"

"입이 귀에 달려도 말은 바로 하쇼. 워매 그냥 그거 쳐묵것다고 달라든디~!"

"내껀디 니 주뎅이에 쑤셔 넣을랑께 화가 안 나것어? 나눠 묵음 오즉 좋아."

"배가 고파 디지것는디 암! 당연하지 않것소? 워메~ 징그러버라.

나이도 나보다 많음시롱 그거 한입 뺏어 묵것다고 달라든디!"

"허허. 요거 보소잉~! 말을 말어!!"

"아따 형님이야말로!!"

추억이 담긴 기분 좋은 소란이 잠시간의 휴식이 되었지만, 곧 닥치는 현실에 둘은 가슴이 퍽퍽했다. 울상이 된 재덕에게 성출이 미소를 지어보였다.

"재덕아."

"와 부르요."

"그래도 영감탱이 덕분에 너 만나 심심하진 않아서 좋았다."

"형님…… 마음 묵어부렀소?"

"단월이를 그리 만들 순 없지 않것냐."

전쟁이 일어나기 전날, 성출은 자신의 딸의 손을 잡고 서울 구경을 했다. 도망간 어미 때문에 홀로 키운 딸아이는 항시 서울에 가보고 싶어 했었고, 아이의 소원도 들어주고 일자리도 찾을 겸 올라갔던 길이었다. 다음날을 기약한 새벽, 김성출은 폭음과 매캐한 화약 냄새가 진동한 그곳을 정신없이 달리고 달렸다. 딸의 손을 절대 놓지 않으리라, 결코 딸을 잃지 않으리라. 험난한 피난길에 그는 딸의 손을 잡고 계속하여 달렸다. 근처에서 폭발음이 계속됐어도 멈추지 않았다. 다리가 아프다던 딸아이의 모습을 돌아본 건 한참을 도망쳐 나오고 나서였다. 아프다던, 그렇게 아프다던 두 다리가 없었다. 딸아이는 그저 아비 팔에 몸의 절반만 매달려있었다. 언제부터 그렇게 변해버렸을지 모른 창백한 얼굴로.

미친 사람처럼 계속 걷기만 했다. 그저 피난길의 사람을 따라 계속 걸었다. 길을 찾는 것이 아니었다. 살기 위함도 아니었다. 오히려 죽음으로 향하는 고행이었다. 본능이 자신을 되살려 밥덩이를 쥐고 뒹굴기 전엔, 그렇게 박순구의 눈에 띄기 전엔 성출은 그저 죽음을 바라는 한 인간일 뿐이었다. 단월이를 보고 난 밤이면 다리가 폭발에 찢겨나간 딸아이의 슬픈 얼굴이 자신을 향해 원망어린 눈빛으로 다가왔다. 고통과 신음에 젖어 일어나는 밤마다, 남몰래 뒷간에서 눈물을 삭혀야만 했다. 이미 모든 일을 들어버린 이상 누구를 도와야할지 그리고 누굴 위해야 할지 명확하게 다가왔다. 누군가를 배신하고 누군가를 도와야 한다면, 그러함으로 그 일이 덕이 되던 업보를 쌓는 일이든 인간으로서 해야 할 일을 해야 한다면 김만수와 수향을 도와야 하는 것이 당연했다. 단월과 만수, 수향이 가족을 이루어 살게 될 모습을 생각하니 자신마저 뿌듯해지는 성출이었다.

"아까 달 봤냐? 유난히 밝드라만."

"봤지라. 오랜만이요 그런 달은."

"그려. 조금 있으믄 둥글둥글 해지것드만."

"그라지라잉. 우리 집 앞 순덕이 방댕이 맹키로."

"순덕인 누구여?"

"순덕이라 하믄 말이요⋯⋯."

어쩌면 마지막이 될지 모르는 두 사람의 대화는 평소보다도 더 요란했다. 서로의 웃음과 몸짓을 보며 가슴에 묵직하게 내려앉는 슬픔을 잠재워보려 노력했다.

* * * *

"흠흠. 뭐가 묻어있는 거 같단 말이야."

박순구는 열심히 무언가를 깨끗한 천으로 닦아 내고 있었다. 단월에게 줄 옥비녀였다. 호롱불에 비쳐보며 작은 티라도 있을까, 뭐라도 묻진 않았을까 싶어 닦고 또 닦았다.

"이제야 좀 낫군."

반짝이는 옥비녀를 만족스런 표정으로 바라보다가 조심히 아래에 내려놓고는 몇 번 더 유심히 살피는 그였다. 어린 소년이 좋아하는 소녀에게 정성스럽게 꺾어 만든 꽃목걸이를 만들고 설레어 하는 것과 별반 다르지 않은 모습이었다. 자신도 모르게 콧노래를 흥얼거리기까지 했다. 이걸 보고 기뻐할 단월이를 생각하니 웃음이 절로 났다. 원래대로라면 내일 밤 달이 만월(滿月)이 되어 음기가 가득 찼을 때 의식을 치러 영생을 얻는 것이 맞는 이치일 것이었다. 그러나 지금 박순구에게 '처녀제'란 단어는 '다음에'라는 말과 같았다. 어쩌면 그냥 죽을 때까지 미뤄질지도 모를 '의식'이란 것조차 머릿속에서 사라진 상태였다.

단월을 그저 바라보는 것만으로도 즐겁고 기뻤다. 음욕이 생기는 걸 단월에게 풀고 싶은 생각은 없었다. 그것은 수향을 갖는 것으로도 충분했기 때문이었다. 단월을 그저 바라보고 있는 것으로도 마음이 편안해졌다. 그 아이의 목소리는 마치 사람을 홀리는 것 같아 죽으라 말하면 기쁜 마음으로 죽을 수도 있을 듯 했다. 박순구가 가만

히 눈을 감고 즐거운 사색에 잠긴 시간, 단월은 설렘에 잠을 이루지
못하고 있었다. 낮에 박순구와의 이야기가 자꾸만 기대를 품게 했다.

"너 좋아하는 거, 내가 다 알지."

"좋아하는 거요?"

"와보면 알 것이다. 수향에게 말하고 내일 밤 건너오너라."

"네~!!"

누군가에게 선물을 받는 건 처음이었다. 팔려올 때는 지옥 같은
일들만 예상했는데, 진행되는 상황은 정반대였다. 이렇게 자신을 위
하고 아껴주는 사람들만 가득한 곳에서 살 수 있게 되다니 단월은 행
복했다. 선물까지 받게 될 것을 생각하자 배시시 웃음도 새어나왔다.

"단월이 기분 좋은 일 있나보네?"

"웅! 언니 오셨어요?"

수향은 지긋이 단월이를 내려다봤다. 착하고 예쁜 아이. 자신이 계
획한 일이 자랑스럽기까지 했다. 처음엔 불안했지만 이제 확신이 섰다.
사랑하는 남자와 그보다 더 사랑하는 단월이와 행복할 상상을 하니 초
조함보다는 희망이 좀 더 앞섰다. 수향은 단월이를 끌어안고 말했다.

"단월아. 언니 말고, 우리 그냥 엄마랑 딸하고 살까?"

"정말?"

단월은 들떠있는 기분에 기름을 붓는 수향의 말에 기쁨을 감추지
못하고 활짝 웃으며 고개를 끄덕였다.

"웅! 엄마라고 부를 수 있는 거예요?"

"그래……."

단월은 수향을 꼭 끌어안았다. 그리고 작게 말했다.

"엄마."

말을 꺼내는 순간, 아이는 복받쳐 오르는 눈물을 멈출 수 없었다. 얼마나 그리웠던 말인가. 자신을 버리고 가버린 어미와 지금 자신의 어머니가 되어주겠다는 수향이 번갈아 떠오르며 서러운 눈물이 자꾸만 흘러내렸다. 단월의 마음을 아는 수향은 아이의 눈물만큼이나 가슴이 아려왔다.

"단월아."

"엄마…….."

내일이면 모든 악취가 사라질 것이다. 그렇게 함으로서 행복을 찾을 수 있다. 사랑하는 가족을 찾고, 잃어버린 나도 찾을 수 있다. 행복하게 살 수 있다. 다짐에 다짐을 해보는 수향이었다.

* * * *

다음날의 시작은 별반 다르지 않았다. 다들 할 일을 하느라 바빴다. 마음이 무거운 몇몇의 사람들만 빼고. 김만수 또한 오늘 밤에 치룰 일을 생각하니 머리가 아득해졌다. 가슴이 떨리고, 무서웠다. 사람을 죽일 수 있을까? 그것도 은혜를 입은 사람을. 머리가 지끈거렸다. 그때 터벅터벅 김성출이 만수를 향해 걸어왔다.

"만수 성님~~!!"

"둘만 있을 땐 그리고 부르지 마소. 왜 자꾸 그러오?"

"헤헤. 그런가……. 노망이 났는가 자꾸 까묵네."

김성출은 넉살좋게 웃으며 한낮에 창고 앞을 지키는 만수의 옆에 앉았다. 간밤에 일은 꿈인 듯 아련하게만 느껴졌다. 차라리 그랬으면 얼마나 좋을까. 한편으로는 도망가고 싶은 성출이었다. 그러나 이미 늦어버린 이야기였다.

"만수야. 잠깐 창고 안으로 와봐라잉."

김만수는 갸우뚱 거리면서도 김성출을 쫓았다. 어두운 창고 안에서 성출이 크게 한숨을 내쉰 뒤 말했다.

"다 들어 부렀다잉."

"뭘 말이요?"

되물으면서 김만수는 뒤춤에 차고 있는 방망이를 쥐었다. 까딱 말한마디라도 새어나갔다간 죽음을 면치 못할 일이기에 모든 것이 탄로 났다면 그냥 이 자를 죽여 없애야 했다.

"아따 손에 힘 빼라잉. 무섭고로 왜 그런다냐."

"……."

"도와줄끼구마."

"어휴……."

김만수는 풀썩 주저앉았다. 그의 모습에 성출의 웃음이 터졌다.

"큰일 할 참이믄서 요라고 다리에 힘이 풀려불믄 우뜩한다냐. 허허."

"고맙소."

"뭐 내가 할 수 있는 것이야 하인들의 마음을 돌리는 것 밖에 없것구먼. 저 착한 사람들이 그래 줄지는 모르것지만, 자초지종을 말하믄 안되것냐?"

"그게 제일 무서웠소."

만약 속내를 들키기라도 한다면, 박순구는 얼마든지 다른 하인들을 부려 만수와 수향을 곤죽을 쳐버렸을 것이었다. 그게 아니더라도 박순구의 방에서 비명이 새어나가는 날엔 또 다른 변수가 생길지 몰랐다. 박순구의 말이라면 죽는 시늉까지 하는 사람들이고, 자신도 그러한 사람들 중에 하나였기 때문에 충분히 짐작이 가능했다. 사람들을 설득할 자신도 없었다. 그러나 김성출이라면 충분히 하고도 남을 것 같았다. 그는 설득의 달인이자, 박순구와 하인을 오가며 의견을 조율하는 중간자였다. 박순구의 일방적인 지시를 잘 풀어 이야기해 하인들의 불만을 없애고 평안을 도모한 것도 성출이었다. 그러한 자가 자신을 도와준다니 천하를 얻은 듯 든든해지는 만수였다.

"오늘밤, 단월이가 노인네 방에 든다고?"

"그렇다고 들었소. 잠이 들 때쯤, 치고 들어갈 셈이오."

"음. 그려. 그때까정 내가 하인들 모아가꼬 설득을 해야겠구먼. 말 안 듣는 놈은 말 잘 듣는 놈보고 묶어놓으라고 하믄 될테고. 뭐 정 안 되면 자네가 나서서 묶어 주것제?"

김성출이 웃는 낯으로 긴장을 풀어보려 김만수의 어깨를 쳤다. 만수도 허탈하게나마 웃었다.

"아무렴요. 아주 단단히 여며주도록 하지요."

"그려. 일단 오늘 하루 차분하게 지내보자고. 큰일 전엔 마음을 다

스려야 써. 알것는가?"

"고맙소."

"느그들만 잘살자고 돕는 거 아니여. 수향이 말이 일리가 있구먼. 아 그리고. 나중에 일 잘되더라도 재수 씨 깨벗은 거 봤다고 타박이나 하지 말드라고. 알았는가?"

"허허. 그러고 보니……."

"워, 워메 입이 방정이여. 여튼 나중에 봄세~!"

재빠르게 뛰쳐나가는 김성출의 뒷모습이 여간 웃긴 것이 아니었다. 아마도 일부러 그랬으리라. 따스한 마음이 느껴졌는지 만수는 잠시간이나마 마음이 편해졌다. 한숨을 내쉬고 창고 앞에 앉아있자니 수향의 예쁜 얼굴이 자꾸만 아른거렸다. 불안하고 초조할 때 사랑하는 이가 떠오르는 건 어쩌면 당연한 일이었다. 애써 생각하지 않으려는 불길한 예상은 계속해서 두통을 일으켰다. 까딱 잘못하다간 죽임을 당할 수도 있었기에.

"죽는 건, 무엇일까."

문득 그토록 두려워하는 죽음이란 게 뭔지 생각하다 소름이 끼쳤다. 모든 것이 멈추는 것. 모두 다 그만 두는 것. 그리하면 사랑하는 수향의 얼굴마저 잊어버리는 건 아닐까. 그 순간 재덕의 얼굴이 떠올랐다.

재덕은 특별한 일 없이 하인들이 단체로 기거하는 방구석에서 종잇장에 그림을 끄적거렸다. 마음이 심란한 탓에 밤새 잠을 못자서 줄곧 하품이 나왔지만, 오늘밤 벌어질 흥을 생각하면 졸다가도 깨버렸다. 차라리 수리할거나 만들어야할 물건들이 생기길 바랐다. 그러면 잠시나마 머리를 비울 수 있을 테니까. 일이 없으니 버릇처럼 아무 그림이나 그리고 있었다. 특별한 걸 그리는 건 아니었다. 개도 그리고 고양이도 그려보고.

"뭐하냐."

"허억……! 마, 만수형님?"

김만수는 재덕의 앞에 털썩 앉았다. 재덕은 눈을 피하려 더더욱 구석으로 파고들어 쪼그려 앉았다. 만수는 짐짓 무서운 얼굴로 재덕을 흘겨보았다.

"너 이 녀석!"

"아, 아이고 잘못했서라!!"

김만수는 갑자기 껄껄 거리고 웃었다. 재덕의 고개가 갸우뚱거렸다.

"허허. 성출이 형이 움직이는데 네가 빠질 리 없을 줄 알았다. 게다가, 옥춘 몇 개도 없어졌더군."

"허헉!! 여기 오, 옥춘!"

차마 먹지도 못하고 주머니에 넣어둔 옥춘을 꺼내려하는 재덕이었다.

"어허 넣어 두거라."

"그, 그래도!"

"그건 맛있게 먹고. 대신, 해줄 일이 하나 있구나."

"해줄 일요?"

조금 시간이 지난 후 재덕은 참으로도 어정쩡한 모양새로 창고 구석에 서있어야만 했다. 숯 조각들을 여러 가지 크기로 연마해 놓은 나름의 그림도구들에 시선을 고정한 채로. 그의 앞으로 착잡한 표정의 만수와 슬픈 듯 새침한 얼굴로 앉아있는 수향의 모습이 보였다. 둘의 시선은 재덕을 향하고 있었다. 재덕은 환장할 노릇이었다. 아무 말도 없는 남녀가 재덕을 쳐다보고만 있었으니까. 우물쭈물 하느라 굳어버린 재덕에게 만수가 농을 쳤다.

"왜. 그려주기 싫으냐? 형수님의 벗은 몸까지 봤으면 그 값을 해야지?"

"어머, 만수 씨!"

수향은 부끄러운지 만수를 톡 때렸다.

"보통 절경은 아니지 않소? 안 그러냐 재덕아?"

"죄, 죄송할 따름이구만요. 그란디 왜 그림을?"

"너도 오늘밤 일 잘 알고 있지?"

"네…… 형님."

"잘 마무리되면 우리 각자 뿔뿔이 흩어져 버릴 텐데, 천지에 너 만한 그림쟁이가 없을 거 같아서 말이다."

"형님도 별 말씀을 다……."

"저도 재덕 씨의 그림솜씨는 익히 들어 잘 알고 있답니다. 부디 잘 부탁드려요."

"네? 네! 감사합니다. 혀, 형수님."

부드럽고 사근사근한 수향의 목소리 덕분에 재덕은 그림을 그릴 맛이 났다. 알겠다는 듯 고개를 몇 번 끄덕인 재덕이 그림도구를 들었다.

"인자 그리믄 되것소?"

화기애애한 분위기가 갑자기 가라앉았다. 김만수는 수향의 어깨에 가만히 손을 얹고, 수향은 손을 가지런히 앞으로 모았다. 수향은 가끔 새어나오는 눈물을 훔쳤다. 김만수는 그러한 수향을 괜찮다며 토닥였다.

"너만 믿는다, 재덕아."

재덕이는 달라진 분위기에 눌려 조용히 그림만 그렸다. 재덕이의 그림솜씨야 상당한 수준인 것은 모두 알고 있었다. 박순구도 처음 보는 모양새를 한 물건의 그림을 그리게 하기 위해 다른 하인들은 얼씬도 못하는 그의 방에 재덕을 불러들였다. 당시에 사진기가 없었던 건 아니었지만 전쟁통에 기기와 각종 소모품을 공수하느니 재덕이와 같이 뛰어난 그림쟁이가 훨씬 유용했다. 손재주가 좋아 수리하거나 만드는 것도 뛰어나, 김성출과 더불어 박순구의 신임을 받는 인물이었다. 심성이 착하여 남을 해코지하거나 못할 짓을 할 사람도 아니었다. 그랬기에 휘황찬란한 방안의 모습도 성출에게조차 말하지 못했다. '말한 자'가 아닌 '들은 자'를 죽인다고 박순구가 잔뜩 겁을 줬으니까. 그만큼이나 유순한 나머지 우유부단한 것이 조금 문제였다. 하지만 착한 심성 때문에 칭찬도 자자했다. 손재주도 좋으니 더더군다나 그랬다.

재덕은 잘 나가는 방직공장 집 아들이었다. 어릴 적부터 그림에 뛰어난 재주를 보여 나름의 전문적인 교육들도 받았었다. 재덕의 부모 또한 일제의 앞잡이까진 아니더라도 도움을 받고 사업을 성장시켰다. 공장도 국내보다는 일본을 위해 돌아갔다. 그들이 그렇게까지 사업에 열중했던 것은 재덕이 때문이었다. 그의 능력을 최대한 키워

주고 싶었다. 착하기만 한 아이에게 사업을 가르치긴 무리였다. 가지고 있는 재능이 탁월해 그것을 키워서 자신의 앞가림을 시켜 주는 것이 옳았다. 그렇게 힘들게 세워진 공장은, 광복을 맞으며 사람들의 뭇매를 맞고 불까지 나면서 가세가 갑작스럽게 기울어 버렸다. 부모는 광기에 사로잡힌 사람들에게 구타를 당해 죽었다. 그때 재덕의 나이 14살, 아이 혼자 할 수 있는 일은 거의 없었다. 손재주가 좋은 탓에 굶진 않았다. 종이에 그림을 그릴 여유는 없었기에 나뭇가지로 흙바닥에 그림을 그리곤 했다.

몇 년이 지난 어느 날, 재덕이 일하던 가게의 주인이 조심스럽게 말했다. 어떤 사람들이 너를 찾고 있다고. 매국노의 대를 끊고자 했던 자들의 끈질긴 추적을 따돌리려 재덕은 스스로를 감추고 거지가 되어 버렸다. 바가지를 내밀며 온갖 곳을 돌아다니다가 갑작스럽고 끔찍한 전쟁을 맞았다. 그에게 전쟁은 축복이었다. 더 이상 그를 쫓을 여력은 누구에게도 남아있지 않았다. 그렇게 이곳까지 내려와 그림을 벗 삼으며 재덕이는 언제나 하나의 희망을 갖고 살았다. 언젠간 이 나라의 유명한 화가가 되겠다고. 그래서 자신의 그림을 세계 만천하에 보여주리라고. 거지꼴을 하고 다닐 때에도 흙바닥과 나뭇가지만 있으면 되었다. 그랬기에 퇴색했을 법한 실력도 유지되고 있었던 것이었다.

갈고 닦은 실력을 뽐내려는 듯 재덕은 빠른 속도로 두 사람의 모습을 그려나갔다. 거칠어 보이는 그림은 점차 그 선을 더해가며 모양을 갖추고, 그림자처럼 보였던 형상 안에 눈과 코가 생기고 입술이 그려지며 고운 옷을 입은 남녀의 슬프고도 행복한 한 때가 자리 잡았다. 그림을 그리는 도중 여인의 눈에서 흐르는 눈물마저도 그려 넣었다. 어느 정도 윤곽이 잡히자 재덕의 머릿속엔 둘의 모습이 사진처럼 남았다.

"형수님, 그리고 만수 형님. 사람들이 눈치 채지 않게 언능 나가쇼. 안 그럼 이상한 낌새를 챌 것잉께. 성출이 형이 아직 사람들을 다 포섭하지는 못했을 것 같소. 영감탱이 귀에 들어갔다간⋯⋯."

"그래도 되는 것이냐?"

"예. 머릿속에 형님 형수님 모양새 쾅 들어박혀 있응께 다 그리는 건 시간문제여라."

"네 능력은 정말 대단하구나. 부디 잘 부탁한다. 다 그리거들랑 꼭 내게 줘."

"고마워요 재덕 씨."

"아, 아니여라. 헤헤."

그들이 사라지는 순간에도 재덕은 그림을 그리는 것에 열중했다. 서로의 시간이 많지 않은 것을 알기에 잠시도 멈출 수가 없었다. 점차 그림이 완성되었고, 마지막으로 눈을 그려 넣기까지 시간이 얼마나 흘렀는지조차 알 수 없을 만큼 사력을 다했다. 끝났다 싶었을 때 밤새 잠을 자지 못한 피곤함까지 밀려와 쓰러지듯 잠들어버렸다.

* * * *

밤이 되자 가슴이 뛰는 건 다른 이들 뿐만이 아니었다. 즐거움에 흥얼거리는 박순구도 아이들처럼 마냥 설레었다. 단월이 문을 두드리길 기다리는 것조차 큰 행복이었다. 뒤로 감춘 손에 비녀를 꼭 쥔 채 이리저리 차분하지 못한 걸음을 옮겼다.

단월도 기대에 들떴다. 다만 수향이 건넨 말들이 이상하게 신경이 쓰였다. 수향은 단월을 안고 토닥이며, 오늘밤은 자신이 데리러 갈 테니 그냥 자고 있으라 하였다. 그리고 이러한 사실을 절대 노인에게 말하지 말아야하며, 자신이 안아 데려올 때도 눈을 뜨지 말 것을 당부했다. 그렇게만 하면 평생 행복하게 엄마의 딸로 살 수 있을 거라고, 그리고 정말 든든한 아빠도 생길 거라며 눈물 섞인 웃음을 보였다. 엄마의 말이라면 당연히 따를 단월이었다.

수향은 오늘만 단월이 잘 견뎌주길 바랐다. 그래주기만 한다면 밤에 있을 추악한 일쯤이야 행복한 기억으로 묻어 버릴 수 있으리라. 아직 어린 나이이기에 충분히 그럴 수 있을 것이었다. 한 가지 걱정은 박순구의 경계가 완전히 풀리고 잠이 들 때서야 일을 치를 수 있기 때문에 무척 신중해야 한다는 점이었다. 어느 누구도 박순구가 나이를 먹었다고 만만히 보진 못했다. 그 행태와 하는 짓은 청년과 다를 바 없었기에. 그뿐이랴. 영악함을 누가 흉내나 낼 수 있을까. 그러한 일들을 모르는 단월은 여느 때보다 신이 났다. 총총 걸어 나가는 뒷모습을 슬픈 눈으로 바라보는 수향이었다.

한편, 김성출은 낮부터 하나씩 불러 모은 하인들을 설득하여 결국 한명도 빠짐없이 자신의 사람으로 만들었다. 죄책감을 씻을 동정 여론을 만들었고, 재물의 행방에 대하여 회유하자 목숨의 은인인들 배신하는 건 어렵지 않았나보다. 성출은 쓴웃음을 지었다. 자신이 바보스럽기만 했다. 말이야 쉬웠지만 밤새 고민을 거듭하여 내린 결정이기 때문이었다. 어두운 밤이 되자 창고 뒤편에 모든 하인들을 불러모아 마지막 지시사항을 일러두었다.

"이따가 11시 쯤이믄 아마 만수가 노인네를 어찌어찌 해볼 것이여. 다들 그것은 알제?"

"아이고 무서워라."

한 여자하인이 얼굴을 손으로 가렸다. 김성출은 손을 가로저으며 웃음을 띠었다.

"무서울 거 하나도 없당께. 우리가 나쁜 일만 하자는 것이여? 그것이 아니잖여. 자네들도 봐서 알지 않은가? 단월이가 을마나 착하고 얌전한 아이인지. 이쁘긴 좀 이뻐? 수향이도 만수형도 불쌍하잖여. 을마나 착한 사람들인디. 좋은 사람들이 그라고 고통 받고 살아서 쓰것는가? 아 그라고 가만히들 생각해보드라고. 우리 지금껏 저 영감탱이한테 받은 거 하나라도 있당가? 그냥 먹고 재워 주는 걸로 장땡이라고 생각하는겨? 전쟁이 끝나봐. 그땐 우짤 것이여. 아무것도 없는 땅에 뭘 해먹고 살 것이여. 지금 저기 창고들 다 뒤져봐도 그냥 쌀가마니나 뭐 이상한 물건들만 가득하재? 잘 생각혀봐. 자네들도 봤잖여. 쌀로 바까 묵은 것들 말이여. 고려청자니 백자니 뭐 그런 말만 들어도 입 떡 벌어질 물건들, 그것들이 다 어디 있것는가?"

연설에 가까운 달언을 듣던 사람들은 멍한 눈빛으로 그의 입만 바라봤다. 긴장감을 고조시킨 뒤, 성출은 속삭이듯 작게 말했다.

"그 보물들이 죄다 박순구 그 영감탱이 방안에 그득하지 않으믄 어디 있단 말이여? 안 그려?"

기대에 부푼 하인들이 웅성거렸다. 눈빛은 유순함 대신 탐욕들로 채워졌다. 마음을 가라앉히려는 사람들부터 시끄럽게 떠들며 백자는 자기 것이라는 둥, 전부다 똑같이 나눠야 한다는 둥 말이 많았다.

"자 조용!! 재물들은 재덕이하고 나하고 자네들이 보는 가운데서 나눌 것이구면. 재덕이나 나나 노인네 밑에서 일하다봉께 어느 정도 귀하고 천한 건 알아볼 재주는 있당께. 우리 둘 다 자네들한테 거짓말이라곤 해본적도 없고, 그럴 일도 없는 사람들이여. 잘 알지 않는가?"

하인들은 너도나도 고개를 끄덕였다.

"그랑께 노인이 뭔 염병을 하든 간에, 가만히 있드라고. 알았는가?"

김성출은 말을 마친 후, 손짓으로 하인들을 진정시킨 뒤 해산시켰다. 그리곤 밖으로 빠져나와 두리번거렸다.

"아니 이 잡것은 어디간거. 하루 종일 보이질 않구면."

재덕이 보이지 않자 불안함을 감출 수 없는 성출이었다.

* * * *

"할아버지~!"

"오냐~~! 잠깐만!"

박순구는 만면에 미소를 띠운 채 쏜살같이 문 앞으로 뛰쳐나갔다. 문을 열자, 활짝 웃고 있는 단월이 서있었다.

"어서 들어오너라. 춥구나."

"네!"

단월이 들어와 자신의 자리에 앉고, 박순구도 마주 앉아 슬며시 아이의 눈치를 보았다. 아주 궁금해 죽을듯한 눈빛이 참으로 사랑스럽다.

"뒤에 감추고 계신 거 뭐예요?"

"흘흘. 글쎄다?"

박순구는 장난스럽게 웃었다. 단월은 고개를 갸우뚱 거리면서도 미소를 잃지 않았다.

"맞춰보려무나."

"먹는 것이어요?"

"으음. 이걸? 먹으면 아마 죽지 않을까? 클클."

아이가 짐짓 심각한 표정을 짓는 것이 깨물어 주고 싶을 만큼 귀여웠다.

"흐음. 먹는 게 아니라면, 옷인가요?"

"호오. 이 할아비손이 그토록 크더냐? 이렇게 한손으로 숨기는데도 안 보이는 옷이라면, 옷이 엄청 작든 할아버지손이 엄청 크듯 하것구먼. 클클. 좀 더 생각해 보거라."

"뭐지 그럼……."

이 정도면 됐다 싶었는지 박순구는 가만히 자신의 감춘 손을 꺼내보였다. 그런데 편 손에는 아무것도 들려있지 않았다. 때 아닌 배신감에 사로잡힌 아이가 펄쩍 뛰었다.

"아무것도 없잖아요!"

"어? 이걸 어쩌나. 잊어버린 모양 일세?"

"잉! 잃어버렸다고요?"

아이의 눈에 눈물이 맺힐 때, 박순구의 소맷자락에서 비녀가 방석 위로 떨어졌다.

"어라. 이게 무어냐?"

"우왓!"

단월이 허겁지겁 떨어진 비녀를 주웠다. 최상급의 옥이 뿜는 고운 빛깔과 예쁜 벚꽃모양이 아이의 눈에도 참으로 예쁘고 귀해 보였다.

"이야!!"

"맘에 드느냐?"

"그렇다 마다요!"

멍하게 비녀를 바라보던 아이는, 이내 어찌할 줄 모르는 표정으로 변했다. 그러고는 박순구의 눈치를 보았다.

"……이렇게 귀한 걸 받아도 되나요?"

"비싸긴 하지. 흠. 가만 생각해보니, 미안하게도 돌려받아야 할 듯 싶구나."

"그렇지요? 그, 그럼 여기……."

아이가 비녀를 쥔 손을 덜덜 떨며 내밀었다. 박순구는 나오는 웃음을 참으며 비녀를 돌려받으려 하는데, 차마 손을 놓지 못하는 아이 때문에 결국 웃음이 터져 버렸다.

"크허허. 돌려줄듯 하더니, 왜 손을 안 놓는 것이냐?"

"어, 어찌 손이 맘처럼 놓아진답니까. 그러니 빼앗아 가세요."

"빼앗아 가라니. 돌려주는 것 아니더냐?"

"한번 준걸 달라는 것이니 뺏는 것이지요!"

"으하하하!"

박순구는 껄껄 거리며 웃었다. 아이는 여전히 눈을 질끈 감고 비녀를 쥔 손을 내밀고 있었다. 박순구는 스스로를 겨우 진정시킨 뒤 아이에게 말했다.

"괜찮느니. 그것은 애초에 네 것 이었을 것이야."

"저, 정말 이랍니까?"

"그럼. 이상하게 그 물건은 누구한테 주고 싶지 않았다. 그런데 이리도 쉽게 쥐버렸으니, 네 물건이 아니면 누구 물건이란 말이냐. 잘 간직하거라."

단월은 너무 좋은지 펄쩍펄쩍 뛰었다. 박순구도 마음이 뿌듯하여 절로 미소가 지어졌다. 단월은 할아버지의 양반다리에 척하니 앉았다. 그러한 아이의 모습에 뭉클함이 밀려왔다.

"넌 내가 좋으냐?"

"그럼요 얼마나 좋은데요!"

"고맙다. 단월아."

박순구는 단월의 허리를 끌어안고 작은 등에 얼굴을 기댔다. 아이의 살 냄새가 코에 풍기며 흥얼거리는 콧노래도 기분 좋은 울림으로 다가왔다. 한없이 마음이 편안해졌다.

"할아버지. 제가 옛날이야기 해드릴까요?"

"그래? 한번 들어나 보자꾸나."

이부자리를 펴고 단월과 눕자 단월이 맨 먼저 꺼낸 말이었다. 100

년을 넘게 살아온 사람이 못 들어본 이야기는 없을 터인데, 그래도 해준다는 말에 이상하게 맘이 떨리는 그였다. 아이는 하늘하늘한 목소리로 '호랑이와 곶감'이라는 이야기를 들려주었다. 마치 최면에 걸리는 듯 박순구의 눈이 자꾸만 감겼다. 단월 또한 점점 졸음이 밀려왔다. 이야기를 끝까지 하지 못하고 듣지 못한 둘은 단잠에 빠져 들었다.

* * * *

"그러다 그 예쁜 손톱 남아나지 않겠네."

수향은 김만수가 보는 앞에서도 불안해하며 손톱을 물어뜯고 있었다. 김만수의 지적에 정신을 차리고 보니 온 손톱이 톱날마냥 까칠해졌다.

"어머나 그렇네. 불안하면 꼭 이래요 전."

"괜찮을 거야. 너무 걱정하지 마."

"네."

"그러고 보니 재덕이 녀석 그림은 다 그렸을려나. 소식이 없네. 창고에 좀 갔다 올게."

"그러세요."

수향과 툇마루에서 대화를 나누던 김만수는 창고로 다시 돌아갔다. 자신이 지켜야할 곳과는 다른 여러 가지 잡동사니들로 그득한 창고에서 재덕이는 얼마나 그림을 잘 그릴 수 있었을까. 그래도 그녀석의 열정은 정말이지 대단했다. 그려야겠다 싶으면 며칠을 고생해서라도 그려냈고, 누가 봐도 감탄이 나오는 그림에 만수도 여러 번 놀라고 감동했었다. 창고문을 열자, 재덕이는 푹신해 보이는 짚 무더기 위에서 아이처럼 잠들어 있었다.

"미안하군. 나 때문에."

재덕이의 옆으로 그림 한 장이 보였다.

"아!! 정말 대단하구나."

마치 사진을 찍은 듯, 인물들의 주름까지도 표현하려 애쓴 그림 안에선 자신과 수향의 모습을 꼭 닮은 두 사람이 있었다.

"이렇게도 슬퍼보였었나. 우리가."

김만수는 쓴웃음을 지었다. 그림을 잘 접어 품안에 넣은 후 걱정스러운 표정의 성출이 생각나 그를 깨울까 싶었다. 그러나 너무 곤히 잠든 탓에 성출에게는 나중에 말로 전하면 될 것이라 생각하곤 관두었다. 웅크리고 자는 게 추워 보여 주변에 거적이라도 찾아보려는데 도무지 보이질 않았다. 어쩔 수 없이 다른 짚 뭉치를 조심스레 이불삼아 덮어주고는 창고를 빠져나갔다.

* * * *

박순구는 아주 큰 실수를 하고 말았다. 단월이에게 너무 빠져버린 탓에 또다시 쇄함(鎖緘)의 주를 행하지 않은 것이었다. 단월이와 만났던 첫날밤에도 주문을 잊고 잠을 자버려 단월이 문을 열고 나갔고, 그 때문에 자책했었다. 안전할 것이라는 착각을 절대 해서는 안 되는 것인데 단월을 만나면 바보가 되어버리는 박순구였다.

하인들은 마당에 모여 엄청난 긴장감과 불안 속에 서성였다. 곳곳에 켜놓은 호롱불만이 바람에 흔들렸다. 침 삼키는 소리만 군데군데 들려왔다. 김성출은 그 가운데 서서 김만수와 마주보고 있었다.

"그래도 은인인께 한방에 보내야 혀. 뭔 소린 줄 잘 알재?"

성출은 만수에게 날카롭게 날이 선 칼 한 자루를 쥐어주었다. 만수의 손이 심하게 떨렸다. 그러한 만수의 손을 성출이 꽉 다잡았다.

"다 좋자고 하는 일이여. 단월이랑 수향이 생각해서라도 단박에 끝내야써."

"휴. 알았소."

만수는 떨리는 마음을 애써 진정시키고 번뜩이는 칼을 허리춤에 찼다. 수향도 만수 옆을 지켰다. 둘은 말없이 한걸음씩 박순구의 방문 앞으로 다가갔다. 문을 항상 잠가 두었기에 부수고 들어갈 생각도 해두었음인데, 웬일인지 스르륵 문이 열리는 게 아닌가. 놀란 눈으로 둘은 서로를 바라봤다. 그러다 이내 이것이 길조(吉兆)라 여기고 방안으로 발을 디뎠다. 잠이든 두 사람이 보였다. 너무도 편안한 모습들이 상상과는 다른 것이었지만, 이제 와서 머뭇거릴 틈은 없었다. 수향이 먼저 조심스럽게 들어가 단월의 입을 막았다.

"읍!"

"쉿. 조용히, 조용히. 눈을 절대 뜨지 말아야 한다. 알았지?"

단월은 수향의 모습에 놀란 마음이 조금은 안정됐지만 그 옆에 서있는 무서운 창고지기 아저씨를 보고 일이 심상치 않음을 예감했다. 아이가 눈치를 채기 전에 수향은 빠르게 방밖으로 나섰다. 단월은 수향의 말대로 눈을 꼭 감고 있었다. 수향은 방문을 닫기 전 김만수와 눈을 마주치고 서로 고개를 끄덕였다. 단월도 그때쯤 눈을 떴다.

"어, 엄마?"

"괜찮아. 이제 괜찮아……."

뭐가 괜찮다는 건지 알 수가 없었다.

"저 아저씨 왜 저기 들어간 거예요?"

"응? 하, 할아버지랑 할 이야기가 있으시대."

"이 늦은 밤에요? 그리고 마당에 아줌마 아저씨들 왜 다 모여있어요?"

"응?"

더 이상 수향은 말을 잇기 힘들었다. 그저 단월을 꼭 끌어안고 괜찮다는 말만 반복했다. 단월은 이상함을 느끼면서도 수향의 눈에서 눈물이 더 흐를까 무서워 말을 멈췄다.

* * * *

무엇이 움직이는 것 같았다. 단월인가. 내가 잠에 깰까 싶어 이렇게 조심스럽게 움직이는 건가. 기특하군. 정말 착하고 예뻐. 내가 선택한 아이이니 아무렴 당연하지. 근데 단월아. 어찌하여, 입을…….

"으읍!"

"자, 잘 가시오!!"

박순구의 눈에 칼을 든 김만수가 보였다. 이게 대체 어떻게 된 일인가.

단월은 가만히 수향의 품에 안겨 있다가, 무언가 없어진 것을 알게 되었다. 옥비녀를 놓고 온 것이었다. 어서 그걸 가져와야 하는데, 수향의 얼굴을 보아하니 말을 꺼내봤자 들여보내 주지 않을 것 같았다. 단월은 한참을 고민했다. 어떻게 해야 하나. 그래. 그냥 빨리 가서 가져오자. 그럼 할아버지와 창고아재의 이야기엔 특별히 방해될 일은 없을 것 같았다.

"엄마 잠깐만요!!"

"다, 단월아!!!!"

칼이, 시퍼런 칼날이, 몇 번이고 노인의 명치를 뚫고 들어갔다. 피가 솟구쳐 오르고, 노인네의 비쩍 마른 주름진 팔엔 힘줄이 솟고 손가락이 굳어졌다. 엉덩방아를 찧은 채 끔찍한 모습을 바라보는 한 아이도 있었다. 문이 열린 틈으로 보이는 살풍경에 질겁을 한건 수향도 마찬가지였다. 사람들 또한 호기심을 감추지 못하고 방안을 쳐다보고는 토악질을 하고 고개를 돌렸다. 김성출도 차마 볼 수 없어 고개를 돌린 채 이를 악물었다.

"크륵, 크르륵……."

박순구는 피가 식도로 차올라 연거푸 피를 토해냈다. 실핏줄이 터져 시뻘겋게 변해버린 두 눈에 겁에 질린 단월이 보였다. 괜찮다. 괜찮단다. 아가야. 이리오렴. 할애비의 손을 마지막으로 잡아주렴. 이런 마지막이라도 네가 손을 잡아준다면, 그마저 행복인 것을.

김만수는 벌벌 떨리는 손에서 칼을 떨어뜨리고 노인의 기괴한 행동을 바라봤다. 손을 뻗어 아이를 잡으려는 듯 했다. 아이는 혹시나 그 손끝이라도 닿을세라 눈물을 흘리며 다리를 오므렸다.

내가 싫은 것이냐. 날 좋아한다 하지 않았느냐. 그 사랑스러운 목소리로, 잠이 들 때까지 이야기해주고, 그 따뜻한 손길로, 거친 머리칼을 만져주지 않았느냐. 단월아. 단월아…….

노인은 숨을 거둔 듯 그 모습 그대로 멈춰버렸다,

"으아아아!!!!"

단월이 비명을 질렀다. 수향은 떨리는 다리를 일으켜 단월을 끌어안고 방 밖으로 나갔다. 김만수 또한 힘이 풀린 사지를 끌고 방 밖으로 기어 나왔다. 그리고는 그대로 쓰러져 버렸다.

"어이구 마, 만수야!! 만수야!!"

김성출과 다른 하인들이 우르르 몰려와 그를 부축하여 수향의 방으로 옮겼다.

* * * *

내가 싫어진 것이냐.

날 좋아한다 하지 않았느냐.

내게 따뜻한 미소를 주었지 않았느냐.

네게 나쁜 것을 준적 없고,

해한 것이 없는데…….

왜,

왜 내 손을 잡아주지 않는 것이더냐?

너도,

그저 똑같은 인간일 뿐이더냐?

그런 것이냐?

죽일 것이다.

아니,

애초의 목적처럼,

너를, 너를!!

* * * *

웬일인지 박순구의 눈이 저절로 떠졌다. 아마도 칼이 심장을 비껴
간 모양이었다. 사람을 죽여 봤을 리 만무한 사내라 겁에 질려 확인조
차 안했을 것이 분명했다. 박순구는 가만히 주위를 살펴보았다. 자신에
게 꾸벅꾸벅 절을 해가며 죽는 시늉까지도 하곤 했던 하인들이 진열장
의 귀중품들을 정신없이 끄집어 담고 있었다. 누구 하나 박순구의 시
체 따윈 관심조차 없었다. 박순구는 자신의 커다란 베개 밑에 손을 넣
었다. 검은 책이 그곳에 있었다. 원래는 아무도 모르는 비밀 장소에 넣
어두곤 했는데, 불사의 장과 처녀제를 자주 보게 되는 바람에 가장 가
까운 곳을 찾다 베개 밑에다 넣어두었던 것이었다. 이렇게 쓰게 될 줄
은 박순구도 몰랐다.

힘겹게 이불을 밀어냈다. 그리고 자신의 피로 결계를 그렸다. 평상

시처럼 정성스럽게도, 크게도 그릴 수 없었다. 최소한의 손짓으로 결계가 완성이 되어갈 때쯤, 우연히 한 하인이 박순구를 발견하고 말았다.

"어, 어어! 저, 저기!!!"

김성출은 밖에서 담배를 말아 피다가 놀라 지르는 소리에 불안함을 직감하고 방안으로 들어가려는 순간, 문은 나무라는 게 믿어지지 않을 만큼 굉음을 내며 닫혀버렸다. 찰나의 틈 사이로, 처절하게 피를 쏟아가며 거대한 검은 책을 양반다리에 얹고 수인을 맺은 채 주문을 외는 박순구의 모습이 지나쳤다.

'쇄함의 주'로 문을 잠가버리자, 하인들은 두려움에 미쳐 날뛰며 서로 나가려 발버둥 쳤다.

"여, 열어!! 성출이 형!! 성출이 형이 닫은 거요? 어서 문 열어줘요!"

"누, 누가 닫은 거여 누가!! 저, 저 노인네 아직 살아있당께!!"

아비규환이 따로 없었다. 공포에 질려 닫힌 문을 발로차고 밀어봤자, 쇄함의 주는 그것을 맺은 자가 아니면 아무도 풀지 못했다. 그래서 그냥 부서져 버릴 것 같은 창호 문에 생채기 하나 낼 수 없었다. 그 사이, 피가 끓는 목소리의 이상한 웅얼거림이 방안을 채우기 시작했다.

"아, 아스트로트, 카도르……."

"이, 이게 어떻게 된 거여!!!"

"사, 살려줘!!"

"저 노인네 때문이여, 저 요망한 노인네 때문이여!!!"

한 사내가 땀과 눈물로 뒤범벅된 채 박순구에게 손가락질을 하자, 사람들이 그에게 일제히 다가갔다.

"페리에이트, 에페트……."

어두움이 완전히 방안을 가득 채우고, 알 수 없는 악취가 닥쳤다. 그럼에도 사람들은 박순구를 완전히 죽여 버리기 위해 한걸음씩 다가가고 있었다. 그들의 얼굴은 공포와 증오로 일그러져 악마와도 같이 섬뜩했다. 그들 때문에 피에 젖은 박순구가 불쌍해 보일정도였다.

"두베마, 에니테마우스, 크, 크르륵."

바람이 불어올 곳이 없는데, 호롱불이 세차게 흔들리다 이내 모두 꺼져버렸다.

"아, 아무것도 보이질 않아!!"

어둠 속 박순구의 앞에서 아지랑이처럼 무언가 이글거리며 일어났다. 어두워 잘 보이지 않았지만 붉은 두 개의 찌그러진 공 모양의 것이 어떤 것의 '눈'임을 알았을 때, 잠시 정적이 일었던 방안은 자지러지는 비명으로 폭발했다.

「키키킥! 이거 오랜만에 들어보는 감창 소리군.」

"클클. 즐겨보시게나."

"으, 으아아악!!"

문 쪽으로 도망쳐간 사람들 중 맨 뒷사람이 비명을 질렀다. 살점이 찢겨나가고 뼈가 부서지는 끔찍한 소리가 들렸다. 그리고 나가려는 사람들 위로 휙 던져졌다. 갈기갈기 찢어져 걸레조각이 되어버린 살아있던 인간의 조각들. 뜨뜻미지근한 살점과 핏덩어리, 내장들이 공포에 질린 인간들에게 천벌처럼 쏟아졌다. 하나 둘씩 같은 방법으로 찢기고 몸이 터져 죽어나갔다. 결국 마지막 한 인간이 공포에 질려 똥오줌을 지린 채 벌벌 떨고 있을 때, 괴물은 기다란 손톱을 그의 턱에서부터 정수리까지 튀어나오게 찍어 넣은 뒤 다른 손의 날카로운 손톱으로 머리를 참외 꼭지 자르듯 툭 잘라냈다. 그리고는 복화술을 하는 사람처럼 머리를 갖고 놀았다.

「한 번만 살려주세요! 그럼 네게 무엇을 줄래?, 제 목을 드릴게요! 그럼 넌 어떻게 살 것이냐? 그건 아직 생각을~~! 크크크. 멍청한 인간들 같으니.」

"만족했나?"

괴물은 손톱에 끼워진 사람머리를 획 던져버렸다. 그리곤 박순구의 주변을 샅샅이 살폈다. 결계의 모양이 좀 엉망이긴 하지만, 빠진 곳은 없었다.

「그런 몰골로 잘도 했군.」

"사라져라."

「아니. 곧 보게 될 것이다. 크크큭……」

돌려보내는 주문 외우는 사이 알 수 없는 말을 남긴 괴물은 사라졌고, 호롱불빛이 돌아왔을 때 완전히 조각나고 파헤쳐진 사람의 시체와 내장, 피비린내가 섞인 악취까지 더해진 모습은 지옥을 연상시켰다. 그런데도 아랑곳없이 박순구는 숨이 넘어갈 듯한 모습으로 쇄함의 주를 풀었다. 그리고 곧 다시 책장을 펴 이번엔 교체의 주를 외웠다.

* * * *

"만수야!! 마, 만수야!!!"

김성출은 정신없이 수향의 방으로 뛰어가며 소리를 질렀다. 스쳐 본 박순구의 모습은 너무도 기괴하여 더욱 무서웠다. 아무리 당겨도 열리지 않는 문을 뒤로 하고 수향의 방을 향해 몇 번이나 넘어져가 며 뛰고 또 뛰었다. 멀지도 않은 거리임에도 긴장된 탓에 다리는 계 속 꼬이고 숨이 턱까지 차올랐다. 겨우겨우 수향의 방에 다다라 문 을 세차게 두드렸다.

"아, 아저씨?"

수향은 빨갛게 충혈된 눈으로 성출을 보았다.

"이상해. 이상한 일이 생겼다고!!"

"무슨 일이요?"

김성출은 뛰는 가슴을 진정시키기 힘들었다. 단월은 방구석에 쪼그 려 앉아 넋이 나간 사람 같았다. 그사이로 김만수가 급히 뛰쳐나왔다.

"아, 안 죽었어. 안 죽었당께!! 그 영감탱이!"

"무슨 소리요!! 내, 내가 분명!!"

"확인한겨?"

"확인이라니요!"

"아 죽었는가 안 죽었는가 확인 안 혔냐고!!!!"

"그런 꼴을 당하고 살 사람이 어딨소!!!"

김성출은 답답한지 자신의 가슴을 쳤다.

"죽은 사람이 어떻게 가부좌를 틀고 앉아 있당가!!"

김만수의 머리에서 피가 끓어올랐다. 대체 뭐가 어떻게 돌아가고 있는 것인가.

"그건 그렇고 대체, 이, 이 잡것, 재덕이는 어디있는겨? 걱정돼 미쳐 불 것구만!"

"재덕인 창고에 있을게요. 마지막으로 거기서 봤소."

말이 끝나기가 무섭게 성출은 창고 쪽으로 뛰어갔다. 만수는 밖으로 뛰쳐나와 몽둥이를 손에 쥐고 이를 악물었다.

"목숨도 질기구먼. 그 잘난 대가리를 아예 박살내주마."

* * * *

"재덕아. 재덕이 너 어딨는겨?"

여러 가지 집기들로 너저분한 창고는 어두컴컴하여 잘 보이질 않았다. 성출의 부름에도 재덕은 쌓인 피로에 잠에서 깨지 못했다. 성출이 두세 번 반복하여 재덕을 부르자 그제야 재덕은 잠에서 깨었다. 그때였다.

"내가, 내가 널 얼마나 믿었거늘!"

"히, 히익!!"

온통 피칠갑을 한 박순구가 커다란 쇠스랑을 들고 성출의 앞에 나타났다. 갈퀴가 다섯 개나 되고 크기 또한 상당하여 장정이 들기도 벅찬 물건이었다. 피로 물든 박순구의 모습을 몰래 지켜보다 겁을 잔뜩 집어먹은 재덕이 김성출과 눈이 마주쳤다. 성출이 미간을 찌푸리며 가만있으라는 신호를 보냈다. 재덕은 고개를 끄덕이고 입을 꽉 다물었다.

"아, 저, 정말 죄송하구만유, 나으리. 그러려고 그런 것이 아니라……."

"죄송하다고?"

"헤헤. 나으리. 수향이하고 만수……크어억!!!!"

묵직하고 날카로운 것이 공기를 갈랐다. 커다란 쇠스랑이 순식간에 김성출의 옆구리에 깊게 이빨을 박아 넣었다.

"이 순간에도 날 설득할 참이더냐."

"어억!!!!"

박순구가 김성출의 옆구리를 발로 차 쇠스랑을 뽑아내자, 김성출은 그 반동에 튕겨나가 재덕이 숨은 짚더미 위로 풀썩 쓰러졌다.

"혀, 혀엉……흐읍!"

김성출은 떨리는 손으로 윤재덕의 입을 막았다. 그리곤 고개를 가로저으며 미소를 지었다. 입사이로 핏물이 새어나와 윤재덕의 얼굴에 떨어졌다. 충격으로 눈 한 번 깜짝이지 못하는 재덕의 시야에서 김성출의 웃음이 점차 사라졌다. 죽어가면서도 재덕의 입을 막은 성출의 손은 그대로였다.

"이제 놈들 차례군."

박순구는 힘에 부친 지 몇 번 헐떡이고는, 피에 젖은 쇠스랑을 질질 끌며 창고 밖으로 나갔다. 그 후 몇 분이나 더 지나고 나서야 재덕의 입을 막았던 성출의 손이 힘을 잃었다.

"성출이형, 으, 으아아……. 형, 형."

소리죽인 울음이 터져 나왔다. 김성출이 힘겹게 눈을 떠 피에 젖은 손으로 재덕을 잡았다.

"형!!"

"도, 도망가라 재덕아."

"형 죽지 마! 형, 형 없음 안 돼. 알잖아!!"

"내, 내 안 죽는다. 어서 도망가라. 그라고 순덕이 만나믄 인물 좋은 이 형님 이야기도 꼭 해줘야 안 하것냐? 헤헤."

웃는 얼굴로 완전히 숨이 끊어져버린 김성출을 끌어안고 재덕은 한참을 소리 없는 비명을 질렀다.

* * * *

"우욱!!!"

방 안의 모습은 지독히도 처참했다. 누가 누군지도 알 수 없는 시체조각들이 한꺼번에 뒤섞여 진창을 이루었다. 인간의 희끄무레하며 붉은 내장들이 이곳저곳 흩어져 악취까지 내뿜자 만수는 구역질을 참기 힘들었다. 한손으로 입과 코를 막고 이곳저곳 시체를 뒤졌지만 박순구를 찾을 수 없었다. 정말 살아 나간 것이란 말인가. 그리고 대체 이 포악한 짓거리의 원흉은 누구란 말인가? 믿어지지 않는 현실에 정신이 나갈 것만 같던 그때, 묵직한 것에 뒤통수를 강하게 맞은 만수가 그 자리에서 기절하고 말았다. 박순구는 거꾸로 들었던 쇠스랑을 잠시 내려두고 쓰러진 그를 질척한 피바다 사이로 질질 끌고 갔다. 김만수의 온몸이 피로 몰드는 건 그리 오래 걸리지 않았다.

"개 같은 놈! 아무것도 없는 것을 데려다가 왕초 노릇을 시켜줬더니 감히 날 죽이려 들어? 아니, 수향이 널 꼬드긴 게냐? 그러하군. 그것이 이치에 맞아. 그년을 가르친 건 결국 나일 터이니!"

박순구는 자문자답을 하다가 홀로 분을 삭이지 못하였다. 김만수의 팔을 포박하고 다리마저 꽁꽁 묶어 시체더미의 한편에 놓아두었다.

"그쯤이면 되겠구나. 그토록 네가 아끼는 것들의 죽음을 두 눈으로 똑똑히 보게 해주마."

박순구는 비열하게 웃어 보이며 천천히 방밖으로 걸어 나갔다.

수향의 방안에서는 초조한 표정으로 만수를 기다리는 그녀와 단월이 있었다. 둘은 서로를 끌어안고 한시도 떨어지지 않았다.

"왜, 왜 이렇게 늦는 거지?"

"엄마……."

"단월아."

단월은 계속해서 울기만 했다. 할아버지는 아무것도 하지 않았다는 이야기만 반복하면서.

"괜찮아질 거야. 걱정하지 마. 괜찮아질 거야. 우린 꼭 행복해질 수 있어."

그 순간 굉음을 내며 방문에 쇠스랑이 박혔다. 곧 강한 힘으로 끄집어 당긴 듯 문짝이 그대로 떨어져 나가버렸다.

"아얏!!!"

"행복? 행복이라? 이런 은혜도 모르는 개 같은 년!!!"

놀란 단월과 수향이 비명을 질러보지만 들은 채도 않는 박순구는 성큼성큼 걸어 들어와 일어나려는 수향의 머리를 발로 찼다. 큰 충격에 수향은 그대로 옆으로 꼬꾸라지며 키 낮은 서랍장에 머리를 부딪쳐 기절하고 말았다. 단월은 공포에 벌벌 떨며 핏빛으로 물들어 무섭게 변해버린 박순구를 귀신을 보듯 바라봤다.

"내 너를 그토록 아꼈거늘, 그렇게나 아꼈거늘! 내 손을 뿌리치더구나."

"그, 그런 게 아니에요. 하, 할아…….."

"듣기 싫다!!!"

"아앗!!!"

박순구는 분노로 단월의 뺨을 후려쳤다. 너무나 긴장해 잔뜩 굳어 있던 단월은 그대로 의식을 잃었다. 박순구는 쇠스랑으로 수향을 쳐죽이려다가, 간교하게 웃었다.

"만수와 단월이 죽는 소리를 문 밖에서 듣게 해두는 편이 훨씬 더 재밌겠군."

박순구는 아이를 한쪽 어깨에 짊어지고 자신의 방으로 향했다.

* * * *

박순구는 방에 들어서자마자 쇄함의 주를 걸었다. 그리고 엉망이 된 방바닥을 큼지막한 시체 조각들로 밀고 닦아 다시금 결계를 치고 주문을 걸 수 있는 공간을 만들었다. 그리고 넘쳐나는 피로 매일같이 머리맡에 두고 봐왔던, 불사의 장에 그려진 결계를 그리기 시작했다.

'지식의 주인'을 불러 낼 때와 같은 결계의 모양이지만, 그 원과 더불어 건너편에 하나의 원을 더 그려야만 했다. 그곳에 아이를 두고 '처녀제'를 치러야 영생을 얻을 수 있는 것이었다. 만수의 옆에 같이 포박당하여 쓰러져있는 단월은 여전히 기절한 상태였다. 아이가 의식이 있어야 한다는 말은 없었으니 괜찮았다. 박순구는 힘없이 늘어진 아이를 다른 원안에 조심히 눕혔다.

"이렇게 된 것도, 다 네 탓이니라."

힘든 몸을 이끌고 자신의 결계의 가운데로 와 틀린 점이 있는지 책과 비교하며 꼼꼼히 확인하였다. 사랑이라는 쓸데없는 감정 때문에 잠자던 욕망은 오히려 더욱 커져 그를 휘감았다. 그리고, 드디어 처녀제가 시작되었다.

처녀제의 주문 또한 괴물을 불러내는 것과 다르지 않았기에 조금은 수월하게 수인을 맺고 주를 외울 수 있었다. 중얼거리는 주문이 계속 될수록, 어둠은 꾸역꾸역 빛을 좀먹고 결계의 주변으로 모여들었다. 주문을 외우는 소리가 점점 빨라졌다. 강한 피바람이 몰아치며 존재하는 모든 것이 붉어졌다. 박순구는 주문을 외는 것을 멈추고, 가만히 눈을 떴다. 계속하여 몰아치던 세찬 바람도 멎어있었다. 그저 어둠만이 있을 뿐이었다. 이상했다. 아무 일도 일어나지 않는 것이 아닌가. 이것이, 이것이 대체 어떻게 된 일인가?

「왜? 이상한가?」

"네, 네놈은!!!"

「키키킥!! 놀랐나보네 영감.」

단월은 그제야 조금 정신이 들었다. 끔찍한 악취에 헛구역질을 하며 주변을 돌아보다 더욱 이상한 광경에 시선이 멈췄다. 방 가운데 박순구가 앉아있었고, 그 바깥으로 흉측하게 일그러진 까맣고 붉은 괴물이 귀밑까지 찢어진 입 사이로 기다랗고 날카로운 이빨을 번뜩이며 웃고 있었다.

"아, 아악!!"

"가만 있거라!!"

「왜 가만있으라는 것이냐.」

"……."

박순구는 '그것'을 노려봤다. 괴물은 다시 킥킥 거리며 박순구를 비웃었다.

「정말 웃기고 계시는군. 저 아이를 사랑이라도 하는 것이냐?」

"닥쳐라. 그런데, 난 분명 처녀제의 주문을 외운 것인데, 네놈이 왜?"

「네가 불렀잖아.」

"뭐?"

「없지 않아 고마운 부분이 있으니, 몇 가지 알려주도록 하지. 난 세 가지 저주와, 그만큼의 축복을 받았다. 첫 번째 저주는 처음 나를 부른 6면의 공간, 그래. 너희들이 흔히 말하는 '방'안의 계약자는 죽일 수 없으며, 그가 원하는 것이 무엇이든 들어주어야 한다. 네 놈이 바랐던 교체의 주를 알려준 이유이기도 하지. 그러나 그 순간, 첫 번째 축복이 시작되었다. 다음에 날 불러낼 땐 의지대로 할 수 있기 때문이야. 결계의 빛으로도 날 막을 순 없지.」

박순구는 '그것'의 말을 잘 알아들을 수가 없었다. 두 번째 불러낼 때부터는 놈의 의지대로라고? 그의 생각이 정리가 되든 말든 괴물은 말을 이어갔다.

「두 번째 저주, 나는 네놈들에게 거짓을 말할 수가 없다. 하지만 내겐 두 번째 축복이 있지. 굳이, 진실을 말할 필요도 없다는 것.」

"이게 다 무슨!!!"

「키킥. 좀 더 들어보라고 영감탱이. 교체라는 것을 너는 다른 건강한 이의 것과 바꾼다라고 생각했겠지. 우연찮게 죽어버린 네 하인 녀석 때문에. 그녀석이 죽든 말든 그건 내가 관여할게 아니지. 네가 그나마 제대로 한건 '전체교체'를 하지 않은 것이다. 그건 네 놈의 상상이 맞았느니. 그럼 가만있어보자. 교체를 한건 어디서 온 것들일까? 바로 내 것들이지!! 우둔한 자여. 다시 불러들임으로서 간단히 널 죽여 버릴 수 있었다. 이 순간을 위해 남겨둔 것 일뿐. 처녀제의 주문이 나를 불러내는 것과 같다는 것에서 조금의 눈치도 못 채셨나? 아니면 너무 늙어 생각이 거기까지 못 미친 것인가?」

"무, 무엇이 어째? 이, 이 쳐 죽일!!"

「세 번째 저주, 계약자가 불러낸 땅위의 방안에만 존재 할 수 있고 그 외의 공간엔 나설 수 없다. 그리하여 내겐 세 번째 축복이 꼭 필요하지. 마녀가 있다면, 6면의 공간 그 어디든 현실화 할 수 있다.」

"마녀……?"

「그렇다. 마녀가 있어야만 하지. '필멸자'의 사명을 위해서라도 꼭 그래야만 했다. 그러나 네놈이 잠들었던 나를 깨웠을 때서야 처절히 깨달았다. 불완전한 처녀제를 기다리기보다 환생을 택한 마녀를. 어디에서 태어나 어떻게 자라는지는 내가 머무른 곳에선 알 수 없었다. 그것은 어둠과 상관없는 운명의 일이니. 다만 책을 갖고 있는 인간의 욕망과 마녀의 혼이 공명한다는 것, 지식의 주인인 나조차 그것만 알고 있었다. 네놈이 그녀를 선택했다고 믿었느냐? 아름다웠기에? 아니! 본 순간 책이 알았고, 네놈은 그저 따른 것뿐이었다.」

알아들을 수 없었던 괴물의 말들이 하나둘씩 머리에 들어오기 시작하면서 박순구는 죽을 것 같은 배신감과 간악함에 치를 떨었다. 그러다 결국 체념한 듯 힘없이 입을 열었다.

"대체 왜, 왜 100년을 허비하게 한 것이냐."

「알아 본 것은 어둠이었지만, 찾아 낸 것은 너였다. 아무리 멍청한 인간일지라도 100년쯤 지나면 통찰력이라는 게 생기기 마련이지. 책을 가진 자, 그 가진 자의 통찰력과 영생을 얻을 것이라는 욕망으로 선택한 아이. 그리고 만월의 처녀제. 모든 것이 하나라도 틀리면 안되었다. 다만 이번엔 좀 달랐다. 너처럼 특별한 '재료'를 모은 인간은 없었으니까. 그리하여 지금껏 가장 긴 시간을 인간에게 할애하는 중이다. 어차피 결과는 같겠지만. 크크큭.」

박순구는 엄청난 정신적인 충격에 말조차 나오지 않았다. 모든 것이 궤변이자 모순이었다.

"모두, 모두 거짓말이야!!"

「난 어떤 것도 거짓을 뱉은 적 없다. 네놈이 맘대로 해석한 것이지 않느냐.」

박순구가 단 한 가지 확신한 것은, 책에 담긴 내용을 하나도 제대로 알지 못했다는 것이었다. 교체는 살아있는 인간이 아니라 어둠의 그것과 맞바꾼 것에 불과했다. 처음으로 시행하였을 때 죽어나갔던 하인은 자신과 관계없는 우연이었을 뿐이었다.

두 번째 괴물을 불러들였을 때부터 박순구를 '그것'이 송두리째 부셔 놓을 수 있었다. 아마 그를 결계 밖으로 끌어내는 것 또한 일도 아니었을 것이다. 손가락질 한번으로 빌려주었던 어둠의 것들을 불러들여 없애버릴 수도 있었음이다. 아마도 괴물은 세상 밖으로 나오기 위해 지금껏 마녀를 기다려왔던 것 같았다. 자신이 고른 단월이 마녀가 된다면, 대체 제물은 누구인가? 도무지 이해가 되질 않았다.

「멍청한 노인네 같으니. 하나밖엔 모르는군.」

"뭐, 뭣이?"

「정말 저 아이가 너의 눈을 멀게 하였구나. 크크크.」

그때, 쇄함의 주를 걸어놓은 문을 누군가 열었다. 주문을 건 본인이 아니라면 열수가 없는 것인데 누가 문을 열고 들어올 수 있단 말인가. 박순구와 단월은 동시에 놀란 눈으로 문을 열고 서있는 사람을 바라봤다.

"수, 수향?"

"엄마!!"

겨우 정신을 차린 수향은 비명이 들리는 곳으로 비틀거리는 발걸음을 옮겼을 뿐이었다. 방문을 열자 박순구와 단월이 겁에 질린 얼굴로 자신을 바라보고 있었다. 방 안은 시체들로 가득했다. 하인들이 모조리 죽어 나간건가. 어찌 이리도 잔인할 수가. 그리고 저 가운데 흉측한 것은 무엇이지? 그리고 만수 씨는 왜 저곳에……? 수향은 도무지 모를 상황을 지켜보다가 갑작스레 밀려드는 공포감에 비명을 질렀다. 그리곤 방 밖으로 도망치려 몸을 돌렸다.

「돌아왔구나.」

수향은 그대로 굳어버렸다. '그것'의 목소리가 섬뜩한 파동으로 그녀의 귓가를 울렸다.

「저 문은 인간이라면 그 주문을 건 자가 아닌 이상 절대 열수 없다. 그 이야기는, 네가 그냥 인간이 아니라는 소리지.」

"나, 난 인간이야!!"

「허어. 그럼. 인간이고말고. 좀 다른 인간. 마녀의 환생.」

"마녀의……환생?"

「그런데, 정말 사랑이라 믿었던 것이냐?」

"뭐?"

「이 아이를 말이다.」

"나보다도, 어느 것보다도 사랑해!!"

「아니! 넌 그저 이 영감탱이의 욕정을 빼앗긴 것이 분했을 뿐이다!」

"마, 말도 안 되는 소리하지 마!!"

「이 작은 아이가, 네 것을 빼앗아 가는 게 화가 났을 뿐이야.」

"무슨 말을 하는 거냐?"

박순구는 피가 끓는 목소리로 괴물에게 물었다. '그것'은 뭐가 그리 재밌는지 연신 듣기 거북한 웃음소리를 냈다.

「이 노인네야. 네가 본 게 맞았다. 질투란 말이지. 질투.」

"그만!! 그만해!!"

수향은 자신의 귀를 막았다. 아무것도, 아무것도 듣고 싶지 않았다. 저 괴물이 하는 말 따윈 앞뒤가 하나도 맞지 않는다. 내가 단월이를 질투를 했다고? 말도 안 돼. 그런 어린아이한테? 나는 그 아이를 사랑해! 정말 사랑한다고. 그러나 이상하게도 그것의 목소리가 계속하여 수향의 가슴을 울리고 있었다.

「그래서 남자를 꼬드겨 널 죽이려 한 것이다. 저 예쁘고도 사랑스러운 아가씨가 말이지. 그것은 책의 공명과는 아무런 상관이 없었다. 운명이란 놈의 악취미이자 이번 환생만의 특별한 매력이지. 크크크.」

킬킬 거리고 웃던 '그것'은 가라앉고 기분 나쁜 음성으로 수향을 향해 읊조렸다.

「넌 저들과 같이 행복할거라고 생각했나? 행복이란 것이 네겐 무엇이더냐.」

"으, 으윽!!"

「밤마다 무엇을 꿈꾸었느냐.」

"그만! 그만해!"

"어, 엄마!"

겁에 질린 단월의 턱이 덜덜 떨렸다.

"수, 수향아!! 어서 단월이 데리고 도망쳐!"

방 한 편에서 남자의 절규가 들려왔다. 머리에 피가 흐르는 김만수가 안간힘을 쓰며 소리를 질렀다.

"어서 가! 어서!!"

「키킥! 배짱이 대단하군. 뭐가 들었는지 배때기를 갈라볼까?」

김만수에게 성큼성큼 다가가는 그것을 향해, 박순구는 남은 힘을 쏟아 입을 열었다.

"아, 아니! 넌 틀렸어!! 넌 수향이로부터 아무것도 얻을 수 없다!!"

「뭐?」

"수향은 순결하지 않아. 내가 이미 그 처음을 가졌다. 재료에 부합되지 않아! 마녀의 환생이라 해도, 이미 더럽혀진 몸이니 의식 자체가 불가능하다!"

「아니. 그녀는 순결해.」

"무슨 말이냐!! 내, 내가 분명!"

「애초에 마녀의 육체를 갖고 태어나는 아이라면, 순결이란 말 자체가 통하질 않지. 왜? 마녀의 '처녀막'이란 건 끊임없이 재생되거든.」

"그렇다면……."

「그래. 마녀는 너희 놈들이 그토록 바라는 순결한 여자다. 영원히 말이지.」

수향과 잠자리를 가질 때마다 교접을 하는 건 아니었다. 양기가 충천해 도무지 풀길이 없을 때, 한 달에 한번 정도 수향을 가졌었다. 그럴 때마다 항상 피가 배어나오곤 했는데, 그것을 달거리나 가벼운 하혈정도라 생각했을 뿐 처녀막이 터져 나오는 피라곤 생각할 수 없었다. 박순구는 충격에 입만 벌리고 있다가 불현듯 단월을 구해야 된다는 생각에 괴물의 말을 빠르게 되짚어 보았다. 마녀의 혼과 환생을 말했었다. 그리고 처녀제 대신 환생을 선택했다는 말도 떠올랐다. 처녀제가 시작되면 마녀의 혼이 제물로 바쳤다고 믿은, 실은 마녀가 될 여인의 몸에 들어가는 것이겠지만 수향이 마녀의 환생이라면 굳이 다른 육체가 필요 없지 않은가. 이 처녀제 조차 무슨 의미가 있단 말인가? 무슨 말을 해서라도 아이를 살려야만 했던 박순구가 괴물에게 다시금 소리쳤다.

"다, 단월이는 놔주어라! 네 말대로라면 수향은 이미 마녀인데, 아이를 죽일 이유가 없지 않느냐. 이미 육체가 있는데, 무슨 이유로……."

「아니! 죽여야 한다. 그래야 불사가 된다!」

이제와 갑자기 불사라니. 그것을 위해 평생을 바친 박순구의 머리가 격렬히 고동쳤다. 처녀제와 불사의 장의 내용이 눈앞에서 휘몰아치는 것 같았다.

「마녀의 영혼이 들어 갈 여자만 있다 해도 상관은 없지. 그러나 육체는 여전히 인간의 것이기에 언젠간 죽을 수밖엔 없었다. 그래서 '재료'가 하나 더 필요하지. 마녀의 손으로 직접 죽임으로서 자신의 선함을 버리고 어둠 속에서 불사를 누리게 할 제물이. 그러나 결코 쉽지 않음을 네가 제일 잘 알고 있을 것이다. '재료'의 까다로움을 말이야. 혼이 실린다 해도 그것을 버틸 육체가 아니라면 그 자리에서 의식을 치른 자와 함께 불타버렸다. 운이 좋아 마녀가 되어도 인간의 육체는 유한했지. 몇 번의 실패를 반복하고 나서, 같은 공간에 완벽한 두개의 재료가 모이는 것을 기다리느니 지금의 마녀처럼 환생을 선택하고 인간의 욕망에 기대는 것이 오래전의 우리가 선택한 최선이었지. 지금 이 순간이 얼마나 큰 행운인 줄 아느냐? 마녀가 태어난다 해도 어둠에 닿지 못하고 사라졌고, 나와 만나 각성한다 해도 생을 이기지 못했다. 그래도 기다렸다. 수백 년을. 책과 함께 이곳저곳 욕망의 길을 따라서. 그러다 너를 만나 환생한 마녀와 가장 특별한 제물이라는 최고의 결과를 얻었으니, 고마워서라도 네게 이 모두를 알려주려 하는 것이다. 처녀제가 불사의 장에 쓰여 있는 이유를 이젠 확실히 알 듯 싶은데. 헛된 바람으로 살아온 너 같은 인간이 한 둘이 아니었으니, 너무 자책은 말길. 크큭.」

"그, 그렇다면 제물은……!"

「처녀제의 제물은 바로 너. 아이를 죽이고 불사가 되는 것은, 마녀.」

소름끼치는 의문이 풀렸다. 아무런 제물도 없이 치러질 처녀제가 아니었다. 단월이를 바쳐 불사를 얻고자 했지만 박순구에게 남은 것은 아이마저 살릴 수 없는 현실과 스스로를 내던진 어둠뿐이었다.

"날……죽여라."

「아직이다. 마저 알아 두어야 할 것이 있으니. 네놈이 날 불러낸 그날, 너의 눈을 보고 알았다. 그저 재료가 아닌 신이 사랑한 아이인 것을. 벌레 같은 인간들을 위한 신의 의지인 셈이지. 저 아이를 처음 봤을 때마다 무엇을 느꼈느냐. 욕정? 그래, 욕정을 느끼고 음욕을 품은 것이 당연하겠지. 아름다운 건 모조리 파괴하고, 못 잡아먹어 안달인 것이 인간의 본성이니까. 그러나 신의 아이가 욕망을 불러일으킨 것이 아니다. 추악한 것은 바로 너희들 자신이야. 그럼에도 결국 무엇이 남더냐? 사랑. 그렇게 죽고 못 사는, 니들이 칭송해 마지않는 사랑! 덕분에 그녀에겐 더 없이 좋은 기회가 생긴 셈이군. 영생도 모자라 마녀의 힘까지 얻을 유일한 순간을 맞았으니!」

"아아!!"

박순구의 눈에서는 눈물이 흘러내렸다. 왜 그렇게 단월을 볼 때마다 가슴 가득히 행복했는지 알 것 같았다. 아이의 눈망울에, 아이의 손짓에, 웃는 모습에, 고운 목소리에 왜 그렇게 들떴는지 뒤늦게야 깨달았다. 처음이자 마지막으로 사랑한 아이를 이 흉한 것에게 바치려 했다니. 그러나, 이미 때는 늦어버렸다.

「신의 아이와 어둠의 딸을 동시에 만날 수 있게 해준 대가는, 지금 지불하도록 하지.」

'그것'이 거칠게 표효하자, 갑자기 박순구의 심장이 빨리 뛰기 시작했다. 그 속도는 한계를 뛰어넘어 숨을 쉬기 힘든 지경까지 이르렀다. 괴물의 손톱에 관통됐었던 손마저 자기 멋대로 꿈틀거렸다. 다리도, 내장도, 교체를 행했던 모든 곳의 피부 아래가 울렁이며 요동쳤다.

"으, 으아아악!! 으웨에에엑!!"

박순구가 심하게 토악질을 하자 그의 입 밖으로 시커먼 덩어리가 뚝뚝 떨어졌다. 그것들은 손의 모습으로, 때론 불끈거리는 다리의 근육으로, 피비린내와 악취를 풍기는 내장들로 변하여 괴물에게 빨려들었다. 박순구의 입이 찢어지고 턱뼈가 탈골되도록 징그럽게 밀고 올라온 거대한 검은 심장도 괴물에게 다시 흡수되었다. 박순구의 남은 껍질은 순식간에 재가 되어 사라졌다.

「고맙군. 생각보다 아주 잘해주었다. 크크큭.」

"흐으윽!!"

단월은 느슨해진 포박을 풀고 재빨리 결계 밖으로 뛰쳐나와 문 쪽으로 달려갔다. 한 발짝만 더 나서기만 하면, 그러면 도망갈 수 있었다. 그러나 동상처럼 우두커니 선채 굳어버린 엄마를 두고 가지 못했다. 단월은 수향의 옷가지를 잡고 울며 매달렸다.

"어, 엄마. 엄마 어서 나가자! 제발, 제발 엄마!!"

"……."

「아이를 죽여라. 너의 선함을 버려라. 그리하여 원래 네 것이었던 기억을 되찾고 저주에 묶인 나를 해방시켜라.」

"엄마, 제발!!! 엄마, 엄마!!"

「신의 아이의 영혼을 바쳐 마녀의 힘을 가져라. 책은 깃털 보다 가벼워 질 것이며, 그 안의 모든 것을 읽을 것이며, 읽었던 것은 몸에 새겨져 모두 너의 것이 될 것이다.」

"그만, 그만!!"

「너의 끝없는 음욕을 나로 인해 보상받을 것이며, 나와 함께 영원히 살 것이다.」

"으아아아악!!"

수향의 비명과 함께 정적이 일었다. '그것'의 입 꼬리가 삐죽 올라가며 비소(誹笑)를 머금었다. 단월은 덜덜 떨리는 손으로, 수향의 손을 잡았다. 수향 또한 아이의 손을 조심스럽게 쥐었다.

"엄마……?"

"내가 왜 네 엄마야?"

수향은 조그마한 아이의 손을 꽉 쥐고 집어 당겨 사정없이 넘어 뜨렸다.

"아, 아윽!!"

시체 숲 가운데에서 무언가 반짝이고 있는 것이 보였다. 수향은 씩 웃고는 피바다를 아무렇지도 않게 뚜벅뚜벅 걸어가 허리를 굽혀 물건을 꺼냈다. 피에 젖어 있지만 얼마나 열심히 닦고 아꼈는지 한번 바닥에 털어내자 금방 말끔해졌다.

"어머, 이게 뭐람? 비녀야? 옥비녀? 이야! 예쁘다. 이거 찾으러 온 거였구나? 아까. 그렇지?"

카랑카랑한 여인의 목소리가 단월이 알던 수향과는 너무도 달랐 다. 떨림도 감정도 없는 목소리는 처음 듣는 다른 세계의 것만 같았 다. 단월은 겁에 질려 도망가려 했지만, 집어던져지며 늑골이 다쳤는 지 숨쉬기조차 어려웠다.

"허억, 허억……. 엄마."

"그렇게 부르지 마!!"

수향은 옥비녀가 부서지도록 꽉 손으로 말아 쥐고는 단월에게 다 가갔다. 단월은 공포에 질려 벽에 기대어 떨고 있었다. 무섭게 변해 버린 얼굴로 한 발짝씩 걸어오고 있는 사람이 정말 수향이란 말인가.

"나 엄마 사랑한단 말이야……!"

"사랑?"

"흐흑. 엄마 정말 사랑한단 말이야……."

수향의 눈빛이, 그 차가웠던 눈빛이 흐트러졌다. 그리곤 눈 안에 눈물이 고였다.

"아아……."

"엄마, 엄마."

"그, 그만해. 그만!"

예전처럼 아름답게 돌아올 줄 알았던 수향의 얼굴은, 다시 일그러지고 비웃는 듯한 표정이 되었다.

"그만하라고. 재미없단 말이야. 그리고 이게 진짜 나란다. 꼬맹아!"

"흐윽!!"

수향은 발로 힘껏 단월의 가슴팍을 찼다. 아이는 그대로 공중에 떴다가 바닥으로 널브러졌다.

"아아악!!"

"이게 훨씬 듣기 좋구나. 히힛."

단월은 입에서 피를 토했다. 이미 가슴의 뼈들이 부러지며 폐를 찔렀는지 피가 울컥 입 밖으로 토해졌다. 그러한 단월을 수향은 꼭 끌어안았다. 그리고 토닥이기 시작했다.

"아이구 우리 애기가 그랬어요?"

"흐윽……."

"아팠어요? 엄마가 안 아프게 해줄게!"

수향의 손이 높이 추켜올려졌다가 빠르게 단월의 가슴팍에 꽂혔다. 단월의 옥비녀가 아이의 심장을 몇 번이나 관통했다. 눈물과 피로 온통 젖어버린 단월의 얼굴은 몇 번의 찡그림과 풀어짐을 반복하며 심하게 경련했다. 그리곤 멈춰버렸다. 신의 아이는 그렇게 자신의 선함을 버린 마녀의 손에 의해 처참한 죽임을 당했다. 수향은 죽어버린 단월의 시신을 아무렇게나 내팽개쳐 버린 뒤, 지옥도를 바라보다 미쳐버린 김만수에게 다가갔다.

"우리 낭군님!"

"으어어어……."

"어머, 이건 뭐람?"

수향은 만수의 품에 있던 종이를 꺼내 펴보았다. 수향이 그려진 부분은 피에 젖어 흐릿했지만, 만수의 모습은 정확하게 잘 묘사되어 있었다.

"아잉. 아쉽게 됐다. 그래도 만수 씨는 거의 똑같아요. 이거 좀 봐요!"

수향은 초점을 잃어버린 만수의 눈에 그림을 가져다 댔다. 아무런 반응이 없는 남자의 볼에 살짝 입을 맞추고 활짝 웃으며 말했다.

"잠깐 기다려줄래요?"

「키킥. 내 차례인가?」

"이번에도 오래 기다렸겠다. 우리 자기."

「그 또한 나의 일이니. 이제, 회포를 풀어볼 차례인가?」

수향의 옷가지가 공중으로 파열되듯 찢겨지며 사라졌다. 피로 끈적거리는 육체가 소름끼치도록 색스러웠다. '그것'은 자신의 입술을 핥으며 수향에게 걸어왔다. 괴물의 몸을 감싸고 있던 불길한 검은 액체가 수향에게 달려들자 그녀의 육체가 검게 물들어갔다. 하나하나 점령당할 때마다 그녀의 세포 하나까지 극도의 흥분에 휩싸였다.

"아아!!"

「여전하구나.」

그것은 흡족한 듯 흉측하게 미소를 지으며, 더더욱 수향의 육체를 파괴하듯 유린했다. 그것은 수향에겐 최고의 즐거움이자 겪어본 적 없는 쾌감이었다. 너무도 추악하고 구역질나는 행위를 바라보던 김만수는 가만히 혀를 깨물고 이빨로 씹어 끊어버렸다. 피가 솟구치고 숨이 잦아들 때까지도 수향과 괴물의 교접은 멈추질 않고 계속됐다.

* * * *

"지금은 이상하지만, 나도 꼭 언니처럼 예뻐졌음 좋겠어."

"걱정 말거라. 넌 정말 예쁜 아이가 될 테니."

"아니, 언니처럼, 꼭 언니처럼!!"

2부

악몽
惡夢

* * * *

"이것이, 이것이 대체 뭔 일이여……!"

벌벌 떨리는 사지를 주체하지 못하는 한 남자가 참혹한 광경에 더 이상 말을 잇지 못하고 헛구역질을 했다. 역겨운 냄새와 믿을 수 없을 만큼 잔혹하기만 한 광경에 온몸엔 소름이 돋고 닭살이 끼쳤다. 생사고락을 같이해온 사람들은 박순구의 방안에 형체도 남지 않게 찢겨나가 아무렇게나 내팽개쳐져 있었다. 그 가운데, 그나마 온전한 시체가 보였다. 남자는 급하게 달려가 시체를 끌어안고 울분을 토했다.

"워, 워메 단월아! 아가야……흐흑."

이미 죽어버린 아이를 끌어안고 남자는 비명을 질렀다. 고통과 신음으로 가득 찼던 방안엔 이젠 남자의 울음소리만 남아 어지럽게 맴돌았다. 남자는 밤새 굉음과 기괴한 웃음소리, 그리고 어디선가 들어본 여자의 목소리가 들려와서 미치기 직전이었다. 모든 소리가 잦아든 새벽녘, 엿본 문틈사이로 마루를 걸어 내려가는 수향의 모습이 보였다. 반가운 마음에 그녀의 이름을 부르고 싶었지만, 너무나 기이했다. 더 이상 방에서 나온 자가 없었기에.

수향의 매혹적인 나신은 피를 뒤집어쓴 듯 처참한데, 얼굴은 더 없이 환하게 웃고 있었다. 공포에 미쳐서 그랬으리라 생각할 수도 있었지만 그것은 정말 무언가 기뻐서 환히 웃는 모습이었다. 그러한 수향의 손엔 상당히 큰 크기의 검은 책 한 권이 가벼운 시집처럼 들려 있었다. 마치 얼음 위를 미끄러지듯 사라지는 수향을 멍하게 보고난 이후, 그가 알고 있었던 세상은 지옥으로 뒤바뀌어 소리 없는 신음을 내뱉었다. 단월을 끌어안고 하염없이 울던 남자의 귀에, 날카로운 여자의 목소리가 박혔다.

"너, 살아있었구나?"

"히익!!!"

수향이 방문을 닫고 웃으며 남자를 바라봤다. 손에는 박순구가 성출의 등에 박아 넣었던 쇠스랑이 들려있었다.

"아, 아아아악!!!"

무거워보였던 쇠스랑이 순식간에 높이 들려지며 채 마르지 않은 핏방울이 남자의 얼굴에 흩뿌려졌다.

"허윽!! 헉, 헉헉."

협탁 위의 시계를 보았다. 2005년 11월 30일의 새벽. 수십 년째 악몽은 멈추지 않고 그를 괴롭혔다. 핏물을 입에서 뚝뚝 흘리는 성출이 형의 웃는 얼굴과, 너무도 아름답지만 기괴하기 그지없는 수향의 모습은 수천, 수만 번 그를 괴롭혔다. 이제 곧 여든의 나이가 되는 재덕이었지만 그때의 일은 바로 어제처럼 생생히 머릿속에 남아 그를 나락으로 밀어뜨렸다. 노인은 잘 마감된 고풍스런 침대의 머리맡을 붙잡고 힘겹게 일어났다. 그의 주변으로 언뜻 봐도 매우 비싸 보이는 가구와 장식들이 성공을 대신 말해주었다. 그러함에도 마른입을 축이려 물을 들이키는 노인의 얼굴은 괴로움으로 허덕였다.

유명한 화가가 되어 수십 번의 전시회도 성공적으로 마친 그였다. 일반적으로 알려진 그림들은 풍경을 그린 수채화나 유화였지만, 지금의 그를 만든 것은 선망이자 공포이며, 증오의 대상인 수향의 얼굴이었다. 다른 그림을 그려보려고 시도하지 않은 것은 아니었다. 오히려 수향의 그림보다도 그 수는 많았다. 그러나 무언가 가슴에서부터 우러나오는 영감이란 게 없었다. 그 시작과 끝이 모두 고통과 악몽일지라도.

그녀의 덕택일는지, 아니면 저주인건지 그는 끝내고 싶었던 삶을 자꾸만 이어가고 있었다. 그가 그린 그림들 중 수향을 모태로 그려진 것들은 세계적으로 은밀하게 유명해지며 그에게 부를 가져다주었다. 그가 애초에 목적하고 원했던, 세계만방에 자신의 그림을 보여주고자 했던 소원은 이루었지만 원한과 피가 맺힌 그림에 대해 일말의 정이라곤 없었다. 그림을 그리든, 글을 쓰든 자신이 만든 것에 대해서는 아무리 미워도 자식처럼 아끼게 되는 것이 예술가라던데. 그림을 볼 때마다 재덕이 느낀 건 자신이 아닌 어떤 다른 존재에 의해 그려진 듯한 이질감이었다.

그녀의 얼굴은 좌우대칭이 완벽했다. 그것은 현대인이 미녀와 미남을 뽑는 가장 중요한 요인이었고, 외모지상주의에서 가장 기본이 되는 이른바 '황금비율'이었다. 그러한 그녀의 눈빛은 사람의 마음을 꿰뚫어 보는 듯 했고, 가만히 손을 무릎에 얹고 있는 자세에서도 사람들은 농염한 여성의 잘 익은 젖가슴을 보는 듯 흥분을 감추지 못했다.

수백 점을 그려온 단 한 여자의 그림은 매달 열리는 미술품 경매에서 몇 십, 몇 백억의 가격으로 부풀려져 고위층이나 거부(巨富)의 손에 들어갔다. 엄청난 금액에도 그들의 눈에는 단 한 점의 후회도 찾아볼 수 없었다. 그저 그림을 갖게 됐다는 행복과 승리감에 도취되었다.

이미 하나의 사업체가 되어버린 그는 더 이상 그림을 그리지 못하게 될 날 만을 바랐다. 그러나 손끝은 자신의 맘과는 다르게 언제나 그녀의 그림을 그려놓고 있었다. 욕망의 중심에 우뚝 서있는, 타오르는 육체의 그녀는 예술이라는 명목으로 포장되어 사람들의 추악한 욕심을 교묘히 감싸 안았다. 원하지 않은 돈은 계속하여 쌓여만 갔고 재덕의 주위엔 그에게 웃음과 아부를 떠는 것에 생을 바친 것 같은 사람들로 가득했지만, 그 어느 하나 진실이 아니란 것을 잘 알고 있었다. 하지만 아무도 몰랐다. 겁 많고 초라하며 공포에 젖은 그의 본 모습을.

재덕은 넓은 침대의 한 구석에 걸터앉아 떨리는 손으로 협탁 서랍을 열었다. 노인의 손을 얼마나 탔는지 맨들맨들 해진 나무액자 안엔, 낡아 누렇게 변색해버린 종이 위엔 한 남자의 웃는 얼굴이 그려져 있었다. 노인의 눈에서는 매일 밤처럼 눈물이 고여 주름을 타고 흘러내렸다.

"그냥 그때 같이 가지 왜 그런거요. 왜……. 성출이 형."

삶을 한탄하고 생을 저주하며 살아온 50여년의 세월동안 노인은 같은 공포 속을 헤매었다. 오래전 그날 밤, 단 하루의 기억이 노인의 목에 보이지 않는 올가미를 걸쳐두고 언제든 그 줄을 끌어당겨 죽음을 안겨줄 준비를 하고 있는 것만 같았다.

* * * *

"사장님! 이 책장은 어디다 놓을까요?"

"네! 그건 저기 부엌 옆방에……."

여러 명의 청년들이 짐들을 옮기느라 쉴 새 없이 이리저리 오갔다. 도무지 치워지지 않을 것만 같았던 많은 짐들이 능숙한 손길로 자리를 잡아가는 중이었다. 이사하는 날에 맞춰 신제품으로 사두었던 냉장고가 상처하나 없이 완벽하게 자리 잡는 것을 바라보던 윤태경은 흡족한 기분이 들었다. 그의 아내도 뿌듯한 표정이었다. 두 사람의 사랑스런 아이도 들뜬 마음에 자꾸만 물었다. 여기가 정말 우리집이 맞냐고. 태경은 대답대신 고개를 끄덕였다.

"우리 정인이 그렇게 좋아?"

"응! 이제 내 방도 생기는 거야?"

"정인이 방뿐이야? 안방도 있고, 아빠방도 있지. 그리고 넓은 거실도 있고!"

말하면서 한편으론 힘들었던 지난 세월이 생각나 울컥 눈물이 나오려는 것을 애써 참는 태경이었다. 행복하게 해주겠다는 약속을 10여년이 지난 이제야 조금이나마 지킬 수 있게 된 것 같아 다행이었다.

짐이 다 들어오고 나름의 정리만 남았다. 정인이는 새로 산 책상이며 침대, 거기에다 예쁜 벽지에 둘러싸인 방의 모습에 빠져 이것저것들을 둘러보며 행복해했고, 태경의 아내인 혜주는 반지하방에선 놓을 곳도 없어서 박스째 먼지만 쌓여있던 크리스털 제품들을 조심스레 찬장에 진열했다. 혼인신고만 하고 살아도 살림은 살림이라며 장모님이 마련해 주셨던 값비싼 그릇과 컵들. 절대 결혼은 안 된다며 끝까지 반대하셨던 장인어른이 떠오르자 태경은 가슴이 답답해졌다. 이럴 바엔 차라리 방이나 정리 해야겠다 싶은 마음에 소파에서 일어나려는데, 현관 쪽에서 문을 두드리는 소리가 들렸다.

이사한답시고 너무 시끄러웠나? 아랫집일까. 그는 망설이다가 옷매무새를 다듬고 조심스럽게 문을 열었다. 문 밖에는 환하게 웃는 모습이 너무나 예쁜 여인이 서있었다. 해맑은 미소에 넋이 나간 나머지 태경은 인사를 건네는 사소한 일조차 잊어버렸다.

"이사 오셨나 봐요?"

아이같이 순진한 표정의 여자의 발이 주인의 허락 없이 현관을 넘었다. 당돌한 행동만큼이나 목소리도 말괄량이 여자아이처럼 공기 위를 찰랑거렸다. 태경은 조금 당황스러웠지만 일단은 하지 못했던 인사를 건넸다.

"아 네. 안녕하세요."

"호호!! 네~! 저 옆집 살아요. 친하게 지내요! 아유 쓰레기들 좀 봐."

갓 스물도 되지 않은 듯 앳되고 귀여운 낯의 옆집 여자는 말하는 것과 행동이 마흔쯤은 되보일만큼 능글맞았다. 바닥에 널린 쓰레기들을 치우는 여인의 모습을 의아하게 쳐다보던 태경의 눈빛이 갑작스레 갈 곳을 잃어버렸다. 아무렇게나 틀어 올린 듯한 머리칼 아래, 새하얀 목선만 본 것뿐인데 가슴이 뛰었다. 태경의 머리가 온통 퇴폐적인 것들로 가득 찰 때쯤, 그녀와 눈이 마주치고 말았다. 놀란 탓에 재빨리 고개를 돌리고 쓰레기를 줍는 시늉을 했지만 정작 그의 앞엔 쓰레기라고 할 만한 게 없어서 엉거주춤 앉아 앞에 놓인 걸레로 바닥을 닦았다.

"이곳은 층수가 높고 가로막는 게 없어서 참 시원하고 좋아요."

뭐라고 대답을 하려던 태경은 혜주와 눈이 마주쳤다.

"여, 옆집 사시는 분이래!"

"어머, 새댁?"

"새댁은요. 무슨. 제 딸아이가 벌써 8살인데요. 정인아! 이리 와서 인사드리렴."

침대에 누워 이런저런 기분 좋은 생각을 하고 있던 정인이가 혜주의 목소리에 냉큼 거실로 뛰어나왔다.

"안녕하세요!"

"이름이 정인이니?"

"네에!"

"귀엽네. 이사 첫날부터 정신없게 해서 죄송해요, 자주 놀러 와도 되죠?"

태경은 엉겁결에 고개를 끄덕였다. 인사를 하고 밖으로 나서려는 옆집 여자는 허리를 숙여 신발을 신었다. 몸의 굴곡을 따라 약간은 타이트해진 치마가 탄력 있는 엉덩이의 유려한 곡선을 가감 없이 드러냈다. 묘한 상상에 빠졌던 태경은 곧 스스로에게 환멸을 느낀 듯 불쾌함을 털어내려 세차게 고개를 뒤흔들었다. 그녀는 태경의 집과 마주보고 있는 자신의 집 2102호의 문을 열었다. 그런데 문틈사이로 이상한 광경이 보였다. 얼굴을 알아볼 수 없을 정도로 피투성이가 된 남자가 힘겹게 문밖으로 기어 나오려 했고, 그러한 남자는 보이지도 않는다는 듯 놀란 눈의 태경을 묘한 미소로 슬쩍 돌아보던 그녀. 문이 닫히고 나서도 두려움과 이상한 감정들이 뒤섞여 태경은 2102호라고 적힌 현관문에서 눈을 뗄 수가 없었다.

"아빠 뭐해?"

"응? 아, 아무것도 아니야."

정인이 뭔가 불안한 표정으로 그의 팔을 잡고 흔들었다.

"왜?"

"아빠. 고개 좀 숙여봐. 귓속말."

"응 그래. 말해봐"

"저 아줌마 집에 아저씨, 아픈 거 같아."

"뭐?"

순간 그는 뒷골이 섬뜩해졌다. 정인이도 남자를 봤다는 것은 잘못
본 게 아니라는 것인데. 그래도 설마 그럴 리 없었다. 아마 그림이나
TV에서 나온 어떤 장면이 바닥에 비친 건 아니었을까? 하지만 그렇
다고 하기엔 끔찍한 남자의 모습이 현실처럼 생생했다.

"아니야 정인아. 정인이가 피곤해서 잘못본 거야."

"아닌가?"

"응. 정인이가 오늘 이사하느라 힘들어서 그래. 우리 정인이 또 아
프면 안 되잖아. 그치? 빨리 치우고 푹 쉬자."

정인이는 심한 천식을 앓고 있었다. 정도가 일반인에 비해 심해
서 조금이라도 피곤할라치면 기침과 함께 호흡곤란까지 일으키기 다
반사였다. 정상적인 학교생활이 될 턱이 없었지만, 그래도 아이는 학
교를 다니고 싶어 했고 태경이 거의 우기다시피 해서 학교를 보냈다.
그러나 1년 전 아이가 심각한 발작과 경련까지 일으키게 되자 애초
에 학교를 다니는 것을 반대했던 아내의 원망과 함께 결국 휴학을 결
정할 수밖에 없었다.

모든 일은 다 그가 능력이 없었기에 일어났을지도 몰랐다. 반지
하의 월세생활. 하루하루 살기에도 빠듯한 돈벌이. 어떻게 10여년을
살아왔는지 모를 정도로 아끼고 아끼며 살아왔다. 조금 더 빨리 이
런 집을 얻을 수 있었더라면, 더 나은 환경이었다면 정인이의 상태
가 이렇게 악화되지는 않았을지도 몰랐다. 이제부터라도 바로잡을
수 있어야 할 텐데. 과거로 돌아간 그의 마음은 또 한 번 무거워졌다.

다행히 이곳의 공기는 유난히 맑게 느껴졌다. 누군가 차를 주차 할 때면 반지하방을 가득 메우던 지겹고 슬픈 배기가스 냄새도 당연히 없었다. 거기에 주변 시세의 반도 안 되는 가격이 태경의 마음을 흔들기에 충분했다. 조금 이상한 구조의 아파트이긴 했다. 말이 아파트지 거대한 한 채의 건물밖엔 없었다. 이른바 '한동 아파트'였다. 그래도 주변 조건이 나쁘지 않은데다 가격은 더더욱 좋았기에 냉큼 계약했다. 처음 집을 소개해준 부동산의 공인중개사가 중간에 사라져버린 탓에 살짝 곤란을 겪긴 했지만 입주에 큰 문제는 없었다. 태경의 주변에 어떤 사람들은 그러한 집엔 문제가 있거나 혹여 안 좋은 일이 있었을지 모른다고 했다. 계약할 때도 조금 이상한 느낌이 들었지만, 반지하방을 하루 빨리 나와야 한다는 생각이 그를 더 급박하게 만들었다.

아파트를 싼 값에 얻은 덕에 정인이의 방을 채울 물건과 가전들을 새로 살 수 있었다. 알러지를 막아준다는 고가의 침대패드에, 공기청정기는 가장 성능이 좋은 것으로 아이의 방에 하나, 거실에도 하나를 놓았다. 아련한 눈빛으로 집의 이곳저곳을 보던 태경을 혜주가 안쓰럽게 바라봤다.

"여보. 피곤할 텐데 그만 쉬어요. 아이 방은 내가 치울게."

"아니야 괜찮아. 뭐 힘들다고 이까짓 게."

"어저께도 제품 디자인한다고 날 새놓고선?"

"아직 쌩쌩하다고!!"

"엄마얏!"

태경은 증명이라도 하려는 듯 아내를 번쩍 안아 올렸다. 혜주는 그를 흘겨보다 다시 웃음을 머금었다. 결혼한 지 10년이 넘었지만 태경에게 혜주는 여전히 아름답고 착하며 사랑스럽기만 했다.

이사 온 첫날밤, 새 집에 대한 기대감으로 가득 찼던 아이는 그만큼이나 흥분이 됐었는지 피곤한 듯 일찍 잠자리에 들었다. 태경이 가만히 아이 방문을 열고 들어가니 어두운 방안에 공기정화기의 불빛만이 보였다. 조심스럽게 다가가 아이의 숨소리에 귀를 기울여 보니 다행히 쌕쌕 거리거나 무언가 걸린 것 같은 소리가 들리지 않았다.

"정인이 잘 자네. 숨소리도 아주 편안해."

"고생했어요. 여보."

"이제 시작이지 뭐. 이러다 마누라 얼굴 볼 시간도 없겠는걸!"

"그럼 볼 수 있을 때 마음껏 봐요."

갑작스레 아내가 안겨오자 태경은 그녀의 입술에 입을 맞추며 꽉 끌어안았다. 그대로 방안에 들어서자마자 아내를 침대에 눕히고 그녀의 사랑스럽기 만한 온몸에 입을 맞췄다. 여전히 자신밖에 모르고 아낌없이 사랑해주는 아내. 그래서 태경은 마치 오늘이 처음인 것처럼 더욱 탐하고 애무했다. 결국 절정에 이르고 나서야 그는 처음으로 깊은 숨을 힘들게 몰아쉬었다. 헐떡이던 태경의 귀에 아내의 목소리가 들려왔다.

"하아, 하아. 히힉……. 아 맘에 들어."

그러나 섬뜩하게 귓가에 맺힌 것은 아내가 아니었다. 순식간에 등줄기에 소름이 끼쳤다. 아무 말도 나오지 않는 태경의 앞에 아내가 얼굴을 들이밀었다. 하얀 목 위로 있어야할 아름답고 순한 혜주의 얼굴은 눈, 코, 입을 날카로운 삽으로 둥그렇게 찍어 파낸 듯 아무것도 없었다. 얼굴이라는 형태만 유지한 채, 악취를 풍기는 검고 끈적거리는 액체가 얼굴 안을 가득 메우고 있었다.

태경은 공포에 질려 뒤로 물러섰다. 옆을 바라보자, 모든 것을 비추고 있어야할 화장대의 거울마저 새까만 커튼을 덮어둔 것 같았다. 그나마 남아있던 아내의 육체마저도 그 시커멓고 구역질나는 액체가 빠른 속도로 점령해 나갔다. 그리고 검은 것으로 속을 채워 넣은 얼굴에서 살갗이 찢어지며 뭉개지는 끔찍한 소리와 함께 조각들이 떠올랐다. 그것들은 곧 퍼즐처럼 짜 맞춰져 완전한 형상을 이뤘다. 태경은 단번에 그 얼굴을 알 수 있었다. 옆집 여자였다. 수십 개의 조각으로 쪼개져 있는 얼굴은 눈을 굴릴 때마다 마치 바다 위에서 부유하는 스티로폼 덩어리처럼 힘없이 움직였다.

"아직은 잘 맞지 않아."

입이 기괴하게 일그러지며 말을 했다. 아래위로 움직여야 할 턱은 춤추듯 온 방향으로 휘청였다.

"날 봤지? 하나도 빼놓지 않고 느꼈어."

눈이 있어야 할 구멍에서는 폭우의 하수구처럼 검은 액체가 간헐적으로 터져 나왔다.

"키스해줘!"

그것이 팔을 벌리고 태경에게 다가왔다. 턱이 떨어져나가며 구역질나는 검은 것이 하얀 목을 타고 흘러내렸다. 다가오는 그녀의 뒤로 순식간에 어둠이 함께 밀려오며 창문을 통해 비춰오던 희미한 달빛마저 모조리 먹어치워 버렸다.

"으아아아악!!!"

"여, 여보?"

어두운 방. 불마저 꺼져있었다. 어릴 적부터 어두운 것을 싫어하는 태경이었기에 항상 작은 불은 켜놓고 잤었다. 악몽이 떠오른 태경은 혜주의 얼굴을 조심스럽게 바라보았다. 모든 것이 꿈인 것을 증명하듯 아내의 당황스런 표정이 태경에겐 차라리 다행스러웠다. 혜주는 미안함에 눈물을 글썽였다.

"미안해 여보. 작은 등이라도 켜놓을걸 그랬나봐."

"아니야. 먼저 자. 일 밀려놓고 어디 편히 자겠어? 내가 그렇지 뭐."

"그래도 피곤 할 텐데……."

태경은 만류하는 아내를 애써 눕히고 아직 완전히 정리되지 않은 작업실 겸 서재로 향했다. 책이 들어있는 박스들은 아직 풀지도 못한 상태 그대로였다. 한숨을 쉬며 문을 열고 들어설 때, 아내가 뒤에서부터 그의 허리를 안았다. 그녀의 손을 잡으려고 했는데 아무것도 손에 잡히는 것이 없었다. 섬뜩한 느낌에 뒤돌아본 순간, 이번엔 머리카락이 그의 코와 얼굴을 스치고 사라졌다.

"으, 으읍!!"

태경은 비명이 나오려는 자신의 입을 막았다. 그 덕분에 아내는 잠에서 깨지 않은 듯했다. 그런데, 분명 무언가가 아내의 옆에 서있는 것만 같았다. 정인인가? 태경이 바라보는 것을 느낀듯 아이는 한 발짝씩 그에게 걸어왔다. 점점 어둠에서부터 빠져나온 아이의 모습이 드러날 듯하더니, 이내 신기루처럼 사라졌다.

"어?"

눈을 비비고 다시 본 곳엔 조금 뒤척이는 아내만이 있었다. 꿈인지 생시인지 구분이 가지 않는 일들에 태경은 혹시나 싶어 정인이의 방문을 열어봤지만 정인이는 여전히 깊은 잠에 빠져 있었다. 태경은 혼란스러운 머리를 식히려 서재로 들어왔다.

무언가 딱히 할일은 없었다. 일이 밀려있다고 대충 얼버무렸지만 이미 끝마쳤고, 새로 들어가는 제품명의 텍스트디자인과 박스디자인도 팀과 협의해 끝내놓은 상태였다. 조금 다듬어야 하겠지만 어차피 회사에서 할 수 있는 일이지 이곳에서는 원본파일을 가져오지 않아 불가능했다. 태경은 밀려오는 두통과 함께 현기증을 느꼈다. 그러다 하릴없이 그냥 컴퓨터를 켰다.

"이상하네."

모니터가 고장이 났나. 이리저리 만져보았지만 흑백으로만 보였다. 무엇이 잘못된 건지 잘 보이지 않아 작은 등을 끄고 밝은 형광등을 켰다.

"음? 괜찮아졌네. 왜 이래 이건 또."

오래된 모니터도 바꿔야 하나. 아니 그럴 돈도 없었다. 이사 비용부터 생각하면 새 모니터는 한참 미뤄둬야 했다. 태경은 버릇처럼 타블렛의 펜을 끄적거렸다. 취미가 직업으로, 다시 직업은 일상으로 파고들어 일을 하지 않는 동안에도 직업병처럼 펜을 굴리는 버릇이 생겼다. 못돼 먹은 이 부장의 욕을 신나게 쓸 때도 있고, 담담하게 시인이 된 것 마냥 글귀를 적어보기도 했다. 물론 그의 아내와 딸은 모르는 일이었다. 그저 혼자만의, 어쩌면 유일하게 보상받고 있는 자유. 턱을 괴고 앉아 모니터를 바라보며 타블렛의 펜을 들어 이것저것 그리다가 갑자기 어떤 형상이 떠올라 그림을 그리는 그였다. 무엇을 그리는 걸까. 그도 잘은 모르겠다. 그냥 매우 재밌고 흥분되는 일이 되어가는 중이었다. 예전 어려웠을 때 성인만화의 일러스트를 그려주며 근근이 생활비에 보태 썼었던 적 외엔 여인의 나신은 그려본 적이 없었고 그것에 딱히 매력을 느끼지 못했다. 그런데 지금 그의 손에서 뿜어져 나오는 정욕을 따라 흐르듯 모니터에 그려진 여성의 육체는 뜨거운 숨결마저 뿜어낼 것 같았다. 아직 미처 얼굴은 그리지 못한 상태임에도.

"너. 이름이 뭐야?"

그는 자신도 모르게 그림에 말을 걸기까지 했다. 얼굴이 그려지지 않은, 이름 없는 여자. 생생한 숨소리마저 빼앗을 기세로 태경은 빠르게 스케치했다. 어떠한 생각으로 그림을 그리는 건 아니었다. 그저, 호흡조차 제대로 되지 않을 만큼의 욕망이 손을 감싸 안고 손목이 부서지도록 그림을 그리게 하고 있었다. 화룡점정(畵龍點睛)이라 했던가. 그림에 눈을 마저 그려 넣자 태경의 입에선 작은 탄성이 흘러나왔다.

여자의 몸은 무척이나 교태롭고 관능적이었다. 그와 반대로 얼굴은 순수하며 맑았다. 누구지? 누굴 그리고 있지? 그 얼굴의 주인을 알게 되었을 때 태경은 놀라움을 감출 수 없었다. 옆집여자의 얼굴이었다. 다 지워버리려다가 도무지 지울 자신이 없어졌다. 순수하게 작품이라 생각하면 이 정도 스케치는 절대 버려선 안 되는 것임이 확실했기 때문이었다. 그래서 숨김 폴더를 만들어 그곳에 넣어두었다.

미친 사람처럼 그림을 그리고, 악몽의 충격 탓에 태경은 무거운 눈꺼풀을 주체할 수 없었다. 안방에 들어가서 자려다 불쑥 죄책감이 들었다. 아내의 얼굴을 마주한 채 잠을 잔다는 게 좀 그랬다. 그냥 맨바닥에 벌러덩 누워서 양 손을 모아 뒷목에 대고 천장을 바라보았다.

"그 여자……. 왜 이렇게 남는 걸까."

여러 가지 기분 나쁜 상황들과 야릇한 기분도 피곤함을 이길 순 없었는지 태경은 곧 잠이 들었다.

* * * *

"음……. 여보?"

혜주가 눈을 비비고 일어난 시간은 이미 9시. 두리번거리며 나가보니 식탁에 쪽지가 남겨져있었다.

- 저녁이나 맛있게 차려줘. -

"이 사람도 참. 미안하게."

오랜만에 받아보는 편지? 쪽지라고 해야 할까나. 그래도 그녀는 편지라고 생각해 두고 싶었다. 연애할 때는 이런 거 참 많이도 받아봤는데. 그때를 생각하니 조금은 얼굴이 화끈거렸다. 정인이는 아직 자고 있으려나? 아이의 방에 가보니 곤히 잠들어 있었다. 정리가 덜 된 물건들을 대충이나마 손을 보고 소파에 앉아 TV를 틀었다. 혜주

153

는 딱히 재밌지도 않은 일일연속극을 하릴없이 보다가 괜한 한숨이 나왔다. 이제야 어느 정도 이루었구나 싶은 안도감이랄까. 연속극도 끝나고 우두커니 앉아 있다가 TV를 꺼버렸다. 그러다 문득 어젯밤의 꿈이 떠올라 얼굴이 붉어졌다. 남편과 뜨겁게 정사를 나누고 난 뒤 다시 잠에 들었었는데, 꿈에서는 근육질의 남성이 그녀를 무섭도록 몰아붙이고 있었다. 구릿빛의 사내는 쇳덩이마냥 단단하고, 대장간처럼 뜨거웠다. 그러나 남자의 얼굴은 기억이 나지 않았다. 공포와 오르가즘이 동시에 그녀를 괴롭히고 희롱했다.

혜주는 스스로가 너무나 음탕하고 저속하다고 느꼈다. 이럴 땐 친구라도 붙잡고 수다를 떨어야 나쁜 기분이 덜어질 텐데, 그 많던 친구는 정인을 낳은 이후로 하나둘씩 자연스럽게 연락이 끊겼다. 결국 연락을 하는 친구는 한 명도 남아있지 않았다. 이사도 잦아 이웃들과도 알고 지내본 적이 없었다. 그렇다보니 자신만의 도덕적 관념이 철저히 고립되어 가끔 그녀를 괴롭혔다. 태경을 사랑하는 마음이 현실이라면 꿈은 그저 환상이었다. 혜주는 자학하는 것을 관두었다. 그 순간, 무언가 알 수 없는 느낌이 들어 뒤를 돌아봤다. 스쳐가는 손길, 혹은 음침한 숨결 같은 게 느껴졌었는데. 뒤숭숭한 꿈 때문이려나. 이사 온 김에 액땜이라도 하려나보다 싶은 혜주였다.

* * * *

"윤 팀장님, 안가세요?"

"벌써 퇴근인가?"

정신없이 일을 하다 보니 어느새 오후 여섯시였다. 태경은 두 달
전쯤 자신이 직접 면접을 보고 뽑은 여직원의 살가운 물음에 어색한
웃음을 지었다. 이제 스물 초반을 넘어선 사회초년생. 아무것도 모를
것만 같은데 행동거지가 싹싹하고 발랐다.

"응. 가야지. 은서 씨도 어서 들어가요."

태경은 할일이 남아있었다. 그렇다고 저녁을 거를 순 없어서 뭐
라도 먹고 오려 주섬주섬 옷을 챙기던 순간, 갑작스럽게 섬광이 그의
머리를 스쳤다. 비틀대는 태경을 은서가 급히 부축했다.

"괜찮으세요?"

"응? 아니에요. 좀 피곤해서 그런가보네."

"이사하시면서 힘드셨나보다. 이리 앉아보세요."

"왜?"

"아이, 두말말고 좀 앉아보세요."

은서가 태경을 반강제로 의자에 앉혀두고 그의 어깨에 가볍게
손을 올려놓고는 그래도 책보고 배운 안마라며 주무르기 시작했다.

"괘, 괜찮아. 은서 씨."

"저도 괜찮아요."

그녀는 귀엽게 쯧쯧 거리며 태경의 어깨를 풀어주려 노력했다.
애쓰는 모습 때문에라도 그냥 넋을 놔버리는 게 유일한 방법이었다.

"어유 진짜 좋긴 좋네."

"후후. 그렇죠? 그런데 윤 팀장님."

"응?"

"언제부터 이 일 시작하셨어요?"

노곤해지며 편안해진 태경의 귓가에 은서의 목소리는 참으로 달콤했다. 무엇이든 대답해주고 싶은, 감추고픈 비밀을 물어온다 해도 순순히 말할 성 싶은 느낌.

"이 회사 들어온 건 3년째지 아마."

"그럼 그 전에는요?"

"뭐. 여러 군데 전전하면서 돈 벌려고 아득바득 살았지."

"사모님은 예쁘세요?"

"응?"

갑자기 훅 들어오는 질문에 태경의 말문이 탁 막혔다. 예전 같았으면 우리 와이프가 최고라며 기세등등했어야 정상인데 웬일인지 그의 입이 껄끄러웠다.

"뭐……. 그렇지. 결혼한 지 벌써 10년이 넘었는데."

"바람이란 거 한 번이라도 펴보셨어요?"

그래도 명색이 팀장인데 그런 것 까지 물어보다니. 당돌한 구석이 있는 아이였다. 그래도 태경의 기분은 전혀 나쁘지 않았다. 오히려 슬며시 일탈의 쾌감이 들어 설레었다. 그저 질문일 뿐인데도.

"글쎄."

"왜요! 말해보세요~!"

은서의 목소리는 잔뜩 신이 나있었다.

"기대를 깨뜨려 미안하지만 그런 건 생각도, 아니. 뭐 하여튼 경험이 없어요."

"어머, 그럼 생각은 하신단 말씀이세요?"

"으, 응? 뭐, 나라고 남자 아닌가?"

"남자들은 하여간 여자라면 으휴~!"

"아야!"

갑자기 머리에 군밤을 먹은 태경은 다른 의미로 넋이 나갔다. 생각보다 손이 매워 아프기도 되게 아픈데다 남녀관계 이전에 직장 상사와 신출내기 아니던가. 맞은 부분을 비비적거리는 모습을 보여주기 싫어 태경은 꾹 참았다. 그런데도 은서가 밉거나 화가 나지 않는 걸 보니 이러한 행위들이 뭔지 모를 위로가 되었나보다. 은서가 가방을 챙겨나가는 모습을 바라보는데, 그녀가 멈칫거리더니 슬쩍 뒤를 돌아 태경에게 말했다.

"여자들도 다 마찬가지라네요."

"응? 무슨 소리?"

"남자들 다 똑같은 것처럼. 어머, 늦었다! 내일 봬요 팀장님!"

"응? 그, 그래 고마워요!"

꼬박 인사를 하고 쪼르륵 달려 나가버렸다. 태경은 사라진 은서의 궤적을 쫓다가 피식 웃음이 터져 나왔다.

"군밤이라니."

1시간여를 다시 일 해보려 노력했지만 은서의 손길이 자꾸만 떠올라 다른 데에만 피가 몰렸다. 이런 기분으로는 어차피 일도 마무리 짓기 힘들겠지. 늦어버린 밤. 공기는 차갑다 못해 콧속까지 시렸다.

지독한 여름이 끝난 게 엊그제 같은데 겨우 맞은 가을도 엊그제처럼 사라졌다. 벌써 겨울의 입구인건가. 비개인 하늘은 차가운 공기를 가득 머금고 있었다. 순식간에 흘러가버리는 계절은 어느새 주름을 걱정하는 그만큼이나 늙어갔다. 묵묵히 걷다보니 붉은색의 낡은 자동차가 보였다. 그저 굴러가는 것으로 다행인 오래된 중고차.

몇 년 전 아이가 갑작스런 발작을 일으켰을 때 차에 시동이 걸리지 않아 발을 동동거리며 택시를 잡았던 기억이 지나쳤다. 절대 부모에게 손을 벌리지 않겠다던 아내는 장모님께 말씀을 드려 작은 차를 마련했다. 그 덕분에 이 빨간 고물은 태경의 불규칙한 출퇴근용으로만 쓰였다. 태경이 오토키의 열림 버튼을 누르자 경보음 소리와 함께 전면의 라이트가 잠시 꺼졌다 켜지고 문의 잠금이 풀렸다.

"뭐가 이렇게 추워?"

쌀쌀해진 것 까진 알겠는데, 차 안이 이렇게나 추웠던가? 태경은 시동을 걸고 실내온도 부터 체크했다. 1도. 1도라고?

"아니 벌써 이러면 조금 있음 영하야? 웃기네. 거참……."

차를 찬데서 오래 두어 그랬나보다. 쌀쌀한 기운이 그의 무릎에 닿으니 서늘한 기운에 다리가 절로 오므려졌다. 얼른 히터를 틀었다. 특유의 소음과 함께 따스한 바람이 불어오자 조금은 한기가 가셨다.

"나도 늙었나봐. 예전엔 이 정돈 아무것도 아니었는데."

괜한 투정 한번 떨구고 집으로 향했다. 퇴근이 늦어져서일까. 길은 전혀 막히지 않았다. 아니 그보단 이상하리만큼 차가 없었다. 어둠이 짙은 도로에는 안개마저 깔려 호러물의 한 장면처럼 스산했다.

"차라리 차가 막히는 게 낫지. 이게 뭐야. 에이 씨."

요 며칠 이상한 것들을 본 것 때문일까. 태경의 무서움증이 되살아나는 것 같았다. 한번 무언가 겁나기 시작하면 걷잡을 수 없게 되는 것. 작은 벌레까지도 곰 같은 맹수로 느껴지는 그런 거 말이다. 차 안의 실내등이라도 켤까. 아니다. 실내등을 켜면 상대적으로 어두운 밖이 잘 보이지 않는다. 조금만 참아보자며 스스로를 다독이는 태경이었다. 그런데 근처에 수많은 아파트들도, 멀리 보였던 건물들에도 불 하나 보이지 않는 것은 왜일까. 정전이 난 것인가? 그것도 도시 전체에? 도로의 등마저 수명을 다했는지 불규칙적으로 껌벅였다. 자꾸만 기어 올라오는 공포감을 밀어내려 좋아하는 음악을 틀어보려 했지만 시디가 오래돼서인지 에러만 났다. 태경은 아쉬운 맘에 라디오를 켰다. 뭐라도 들렸으면 했을 뿐인데 아무 채널도 잡히지 않았다. 치직거리는 기분 나쁜 소음만 들려왔다. 차라리 끄는 게 나았다.

"어? 이, 이거 왜 안 꺼져?"

이놈이 꺼질 생각을 하지 않는다. 볼륨이라도 줄여보려고 했지만, 전혀 말을 듣지 않았다. 오래된 차라 이곳저곳 손볼 것이 많은걸 무시했던 결과일까. 태경의 신경은 있는 대로 날카로워졌다.

「치치치직……키키킥……치치치치치치지직」

계속 그의 귀를 송곳처럼 찔러오는 라디오의 잡음에서 무언가 이상한 소리가 섞여있었다.

"뭐, 뭐야!?"

「무엇을……치치치지직……가져가, 갈……치치치지지지직」

무슨 소리지? 자신의 고막이 잘못 된 건 아닐까 싶은 그였다. 복받치는 불쾌함과 공포에 시달리던 태경이 울컥하며 소리를 질렀다.

"뭐, 뭐라는 거야!! 씨발!!"

「오랜만이야!」

"으아악!!"

어둡게 가라앉은 목소리가 킬킬거리며 그의 목뒤에 섬뜩한 입김을 뿜었다. 급하게 밟은 브레이크 때문에 차의 타이어는 찢어질 듯 굉음을 내며 몇 바퀴를 돌다 가드레일을 스치고 겨우 멈춰 섰다.

"허억! 허어억……."

제발, 제발 이것이 끝이기를. 그저 환청이길. 그러나,

「크크큭.」

여전히 태경의 뒤에서 웃음소리가 들렸다. 뻣뻣해져 잘 움직여지지도 않는 목으로 정말이지 보고 싶지 않았던 뒷좌석을 보았다.

그것은 눈이 컸다. 여인의 눈처럼 아름다운 큰 눈이 아니었다. 일부러 양쪽으로 찢어 놓은 듯한 눈. 시커멓고 붉은 색들이 뒤엉켜있는 눈알에서 동공을 찾는 건 사치였다. 붉고 검은 것들이 눈알 안에서 이리저리 기생충처럼 얽히고설켜 움직였다. 몸뚱이는 엄청나게 거대해서 차의 뒤 공간을 모조리 메우고도 남을 듯 했고, 뼈마디는 곤충의 관절처럼 꺾여있었다. 손은 기형적으로 크고, 손가락의 움직임에 따라 날카로운 식칼 같은 손톱들이 철컹거리며 부딪혔다. 태경은 타들어갈 듯한 긴장감과 공포에 온몸이 덜덜 떨렸다. 놈이 입을 벌리자 면도날처럼 날카롭고 검붉은 이빨들 사이로 흉측하리만큼 새빨

간 혓바닥이 넘실거렸다.

「무엇을 가져갈까.」

"으으……!!"

「이것부터!!!」

괴물의 손톱이 태경의 양쪽 눈에 파고들었다.

"아아악!!"

태경은 엄청난 고통에 비명을 질렀다.

「아니야. 쯧쯧. 아직은……. 크크큭.」

"흐으, 흐으윽!"

「다음에 보자구!! 이번엔 오래 기다리지 않을 테니.」

"늦은 밤, 당신을 위한 음악……"

갑자기 공기가 바뀐 듯 했다. 태경의 귓가에 익숙한 라디오 진행자
의 목소리가 들렸다. 뭐야 대체? 그때 굉음을 내며 커다란 트럭이 태경
의 차를 스치며 쏜살같이 지나갔다. 차는 힘없이 좌우로 휘청거렸다.

"아, 아악!!! 내, 내 눈!!"

그는 떨리는 손으로 자신의 눈을 만졌다.

"어으 씨발 놀래라!!! 뭐야 그게 어유!!"

사실 만져볼 필요도 없었다. 눈이 없었다면 좀 전에 지나간 트럭
은 어떻게 봤을까. 졸았었나? 라디오에서는 여성 진행자의 차분한
멘트가 흘러나오고 있었다. 라디오를 확 꺼버린 후 주먹으로 쳐버리
려다, 다 돈이지 싶은 생각에 태경은 마음을 가라앉히려 노력했다.

"아 진짜 이 고물차 때문에……."

아까와는 다르게 무척이나 환한 풍경이었다. 아파트들도 군데군데 불이 켜져 그나마 사람 사는 동네 같았다. 잠시간의 정전이었을까? 뒷골이 서늘해진 태경이 냉큼 뒷자리를 돌아봤다. 창밖도, 발아래에도, 조수석 서랍에도 괴물은 없었다. 그러함에도 몇 분은 그렇게 가만히 아무것도 못하고 욕지거리와 크락션 소리를 들으며 앉아있었다. 도무지 나아지지 않는 태경의 마음이 본능적으로 추억 사이에서 행복했던 일을 찾아내는 중이었다. 누군가의 얼굴이 떠올랐고, 곧 당황스러운 기분을 맞았다. 어깨를 주무르던 부드러운 손길. 따뜻한 미소. 태경의 해답은 혜주가 아닌 은서였다.

－ 여자들도 다 마찬가지라네요. 남자들 다 똑같은 것처럼. －

마지막 은서의 말이 머리에 맴돌았다. 무슨 의미였을까. 생각이 자꾸만 꼬리를 물기 전에 툭 놓아버렸다.

"참 나도 별의별……."

그래도 은서 덕택에 한결 기분이 나아졌다. 하지만 그와 함께 아내에게 미안한 마음이 들었다. 이럴 땐 가족이 먼저 생각이 났어야 했는데. 태경이 기분을 정리하려 차창을 조금 내리자, 차갑지만 시원한 바람이 들어왔다. 잠시 숨을 고르고 다시금 운전대를 잡았다.

* * * *

"어린이 여러분! 오늘 하루도……."

아이가 자주 보는 케이블 방송은 여전히 그냥 틀어져있었다. 정인이가 좋아하는 프로그램이었고, 아이는 방송을 보지 않더라도 소리를 듣는 것만으로 기분 좋게 잠들곤 했기에 혜주는 아이가 안방에서 잠든 지 오래됐음에도 쉽사리 채널을 바꾸지 못했다. 아이를 자기 방으로 옮기려다 관둔 것도 같은 이유에서였다. 아직 익숙지 않은 환경이라 예민할 것이고, 잘 자는 아이를 깨울까 두려웠다. 잘 자고 있는 정인과는 달리 혜주는 정반대의 기분이었다. 아이들이 춤을 추고 신나게 뛰어 노는 저 프로그램을 보는 게 언제나 곤욕스러웠다.

잘 놀고 잘 웃고, 행복해 하고 즐거워하며 열심히 뛰어놀아야 하는 건데. 정인이는 다른 건 다할 수 있어도 마음껏 뛰는 건 하지 못했다. 그이가 조금만 더 능력이 있었더라면, 정인이가 좀 더 나은 환경에서 자랐더라면. 이런 생각이 머무를 땐 언제나 태경이 원망스러웠다. 애써 나쁘고 못된 생각을 꾸짖어 지우는 그녀였다. 오늘도 남편의 귀가시간은 늦어지고 있었다. 맛있는 거 해달라고선 언제 들어오려나. 그나저나, 정인이 잘 자고 있나 한번 볼까.

"?!"

지직거리는 소음과 함께 갑자기 모든 불이 다 꺼져버렸다.

"저, 정전인가?"

아무런 빛조차 보이지 않았다. 어떻게 된 걸까. 혜주는 창문 밖을 바라봤다. 모두 어두웠다. 달빛조차 구름에 가려 보이지 않았다. 비가 올 것만 같이 흐린 하늘엔 안개마저 자욱한 듯 높은 아파트에서 내려다본 모습은 곳곳이 습기 찬 어둠뿐이었다.

"정인아?"

그녀는 정인의 방을 더듬거리며 찾았다. 아이의 방에서 두 개의 붉은 빛이 보였다.

"공기청정기? 어?"

지금은 정전인데, 어떻게? 그 순간 두 개의 붉은 불빛 중 하나가 깜박였다. 마치 윙크하는 것만 같이. 빛 두 개는 슬금슬금 앞으로 나서더니, 쾅 소리가 나도록 아이의 방문을 닫아 버렸다.

"저, 정인아!!! 정인아!!"

혜주는 죽을 것 같이 비명을 지르며 정인의 방문을 열려고 발버둥 쳤다. 문을 부셔버릴 듯 손잡이를 잡고 흔들었다.

"정인아 일어나!! 정인아!!"

"엄마!! 엄마!!"

"정인아, 정인아!!"

"엄마 여기 이상한 게, 이상한 게 있어 엄마. 나 무서워, 무서워 엄마!! 꺄아악!!"

"정인아!!"

"엄마!! 엄마!!"

아이의 울음소리가 그녀를 더욱 미치게 만들었다. 무엇으로든 이 문을 부수어야 했다. 망치가 어디 있었지? 신발장 서랍 위에서 망치를 꺼내어 문에 내려쳤다. 나뭇조각이 이리저리 튀었다.

"어, 엄마?"

"!?"

"엄마 어디 있어? 엄마?"

정인이의 목소리가 안방에서 들려왔다. 그제야 혜주는 딸아이가 잠든 곳이 안방이었다는 사실이 떠올랐다. 그럼 방 안에서 비명을 지르고 엄마를 찾는 목소리는……?

"키키킥! 어, 엄마!"

부수려던 문이 조금씩 열렸다. 그리고 무언가의 모습이 그녀의 눈을 의심하게 만들었다. 어둠보다 더 짙은 검고 끈적거리는 것을 담은 두 눈이, 그 두 눈이 혜주를 바라보고 있었다. 흉하게 찢어진 입이 벌어지며 끔찍하리만큼 날카로운 수십 개의 이빨을 드러냈다.

"으, 으아악!!!!"

놈은 다시 문을 닫아버렸다. 그리고 꺼졌던 불이 모두 켜졌다. 갑작스런 불빛에 놀란 혜주가 겨우 비명을 삼켰다.

"엄마……. 피나."

"응?"

정인이가 울먹이며 그녀에게 다가오며 말했다. 손과 어깨, 얼굴에는 망치질로 인해 나뭇조각들이 스쳐지나가거나 가시가 박혀 피가 조금 배어나왔다.

"정인아. 괜찮니?"

"응. 근데 엄마 왜 그래? 무슨 일이야?"

"정인아. 잠깐만 여기서 TV보고 있어봐. 알았지?

아이는 눈물을 닦으며 고개를 끄덕였다. 혜주는 내려뒀던 망치를 손에 꼭 쥐었다. 정말 들어가기 싫었지만, 그래도 꼭 확인을 해야 했기에 아이의 방문을 열었다. 그러나 방안엔 아무도 없었다. 이게 어떻게 된 걸까. 혹시 침대 아래에 숨어있는 건 아닐까? 하지만 그곳도 마찬가지다. 어딜 뒤져도 아무것도 보이질 않는다. 이상했다.

"엄마."

"아, 아앗!! 저, 정인아??"

정인이는 어느새 방에 들어와 침대에 서서 혜주를 보며 웃고 있었다.

"엄마."

"응 그래 정인아. 언제 들어 와있었어?"

아이가 그녀를 보고 웃었다. 이상하리만큼 너무도 환하게. 좀 전에 울던 아이의 모습이 전혀 아니었다. 섬뜩한 기분으로 소파를 바라봤을 때, 아이는 여전히 그 곳에 앉아있었다. 제자리로 고개를 돌리니 정인의 모습을 닮은 어떤 것이 코앞까지 다가와 하얀 것이라고는 찾아볼 수 없는 붉은 두 눈으로 그녀를 노려보았다.

"망치로 날 때려 죽일려구?"

"으으!!"

"할 수 있을까? 히히. 엄마, 그럴 수 있어요?"

괴물은 여전히 정인을 닮은 모습으로 측은한 표정을 지었다. 공포에 질린 혜주의 몸은 그저 사시나무처럼 떨렸다. 그것이 다가 아니었다. 아이의 옆에서 또 다른 검은 형체가 아래에서 몸을 일으켰다. 온통 시커먼 액체를 뒤집어쓴 성인 여자의 모습이었다. 혜주는 피할 수 없는 공포에 눈조차 깜박이지 못했다.

"그때가 되면, 날 바라보게 되면, 가지러 가마. 너의 소중한 것을!"

이상한 말을 남긴 공포의 형상들이 사라지자, 혜주의 몸이 그대로 으스러지듯 무너져 내렸다.

"여, 여보!!!!"

태경은 집에 들어서자마자 비명소리를 쫓았고, 쓰러지는 그녀를 붙잡았다. 태경의 당황하는 눈빛과 울고 있는 정인이의 모습 뒤로 크고 작은 귀신들이 징그럽게 웃고 있는 모습이 혜주의 눈에 보였다. 흐릿해지는 사물들과 함께 그녀는 완전히 정신을 잃고 말았다.

* * * *

단 하루만에 일어난 일들이 너무나 벅찼다. 기괴한 환상, 차사고도 모자라 집에 들어서자마자 쓰러져버린 아내라니. 겨우 병원에 오긴 했지만 자초지종을 묻는 태경에게 딸아이가 건넨 답은 더욱 혼란을 가중시킬 뿐이었다. 자신의 이름을 부르며 방을 망치로 부숴버렸다는데 어디서부터 어떻게 이해를 해야 할지 몰라 답답한 그였다.

"가벼운 쇼크 상태입니다. 심리적인 안정을 찾기만 하면 괜찮을 듯 하네요."

의사가 돌아가고 나서 아내의 얼굴을 바라보았다. 아까와는 다르게 평온해 보이는 얼굴. 옆의 간이침대에서 잠이 든 정인의 머리를 쓰다듬고는 이불을 덮어준 뒤 담배를 피러 나가기위해 병실 문을 열었다.

"어이구 맘고생이 심하시것습니다잉?"

"아 네. 그런데 누구신지?"

갑작스레 말을 건 남자는 낡은 쥐색 점퍼를 걸친 채 그만큼이나 오래된 수첩을 톡톡 볼펜 뒤를 찍으며 웃는 낯으로 태경을 바라봤다. 까무잡잡한 피부와 스포츠형의 짧은 헤어스타일은 작달막한 키와 어우러져 흔히 보는 옆집 아저씨 같았지만, 웃는 낯에 언뜻 비추는 날카로운 눈빛이 예사롭진 않았다.

"옆집에서 사람죽는 소리가 난다고 신고가 들어와가꼬요."

"그럼 경찰, 아니 형사님이신가요?"

"뭐 거창하게 님까지야. 헤헤. 오늘은 이리저리 바쁘구먼요."

"아, 정전 때문인가요? 저도 처음 봤네요. 도시 전체가 그런 모습은."

형사가 웃음을 지우고 날카로운 눈초리로 태경을 살폈다.

"어디 정전 났었소?"

"네?"

"아닌디."

"저도 오늘 집에 오는 길에, 어두운 밤거리 때문에 사고가……."

"아 밖에 사육팔일 번호판 차주가 사장님이요?"

"네. 그런데 어떻게 그걸?"

"뭐 우리야 소식이 빠르잖소잉. 뻘건 페인트 자국이 가드레일에 묻었다고 하드라고. 조사차 들어오다봉께 어따가 사정없이 긁힌 것 맹키로 자국이 난 차가 있길래 그냥 찍어나봤소. 어따 사장님도 오늘밤 고생이 심하시구마잉."

"그러네요."

"하이구야 이야기가 요상하게 빠져 부렷구마잉. 별건 아니고 그냥 몇 가지 조사할 것이 있어가꼬요. 뭔 일이 있었는가 이야기 좀 해줄 수 있것소?"

"집에 들어가 보니 아이 방문이 박살나 있었어요. 망치가 옆에 떨어져 있는걸 봐서는, 아내가 망치로 문을 부수려고 했었나 봐요. 아이는 놀래서 울고 있었고, 아내는 이곳저곳 다친 흔적들로 피를 흘리며 기절해있었고요."

"자세히도 기억하고 있소잉."

형사는 매서운 눈빛으로 태경을 쳐다봤다. 분명히 웃고 있는 거같은데, 눈빛만은 절대 그렇지 않았다. 그러더니 슬쩍 시선을 다른 방향으로 돌렸다.

"헤헤. 아니 정신도 없으실 것 같은디 자세히도 보신 것도 같아서."

"아, 네. 제 직업이 디자인하고 뭐 이런 거래서요. 아무래도 보는 대로 기억하는 게 습관처럼 되어버려서…… 그리고 딸아이의 이야기도 들었고요."

사실이었다. 태경의 직업에서는 보이는 모든 것이 힌트가 될 수 있고, 일에 지대한 영향을 미치기도 하는 터라 관찰력이 좋아지는 건 당연했다. 그제야 알겠다는 표정을 지으며 그의 팔을 툭치는 형사였다.

"아! 그렇구마잉! 기분 나쁘셨으믄 미안해요. 요새 이상하게 그지역에 가정사고가 많이 접수되가꼬."

"가정사고요?"

"예. 특히 그 집은……. 헤헤."

"네?"

형사는 무슨 말을 하려다 손을 가로저으며 껄껄거리고 웃었다.

"헤헤헤! 아니요. 여튼 협조해줘서 고맙소잉. 그라고 혹시 모르
니께 여기 명함 하나 드리고 갈랍니다잉. 혹시 모릉께 연락처 하나
주실라요?"

"아……. 네."

이호재. 강력3반. 태경의 개인에겐 큰일이라지만 이보다 더 심한
사건사고도 많은데 강력반까지? 태경은 도무지 모를 일들에 혼란스러
웠다. 형사가 사라진 길을 따라 그도 밖으로 나갔다. 쌀쌀한 바람이 지
나칠 때서야 태경은 피울 담배마저 없다는 것을 알게 되었다. 이럴 때
담배 한대만 있었으면 얼마나 좋았을까 하는 기분에 입맛을 다셨다.

호재는 돌아서는 태경의 모습을 눈 한번 깜짝이지 않고 지켜봤
다. 시끄럽다는 항의전화도 없었고, 어느 누구도 '이 일'에 관해 이호
재만큼 아는 자가 없었다. 그저 이호재는 매번 그랬듯 윤태경의 집
근처에서 잠복하고 있었을 뿐이었다. 팔자걸음으로 병원을 걸어 나
갔던 작은 키의 남자는, 운전석에 앉아 병원 문을 가만히 바라보았
다. 그리곤 좀 전까지 이야기를 나누던 남자가 한숨을 내뱉는 것조차
마뜩잖게 지켜보았다.

"두고 보드라고."

이 형사는 신경질적으로 차를 돌려 병원을 빠져나갔다.

* * * *

"아아!!!"

"여보!! 괜찮아, 괜찮아!"

온몸에 기분 나쁜 오물이 묻은 것처럼 혜주는 소스라치며 몸부림쳤다.

"괜찮아. 진정해."

"엄마⋯⋯."

남편의 따뜻한 가슴과 등을 쓰다듬는 손길이 느껴지자, 나락으로 떨어지던 마음이 조금이나마 구원받는 것 같았다. 곧 정인이 뛰어와 혜주의 품에 안겼고 그렇게 한참의 시간을 셋은 서로를 부둥켜안고 있었다. 겨우 안정을 되찾을 무렵, 정인이는 품에서 다시금 잠이 들었다. 태경은 혜주에게 조용히 물었다.

"대체 무슨 일이 있었던 거야?"

"무언가, 무언가 있었어."

태경의 표정이 굳어졌다.

"새카맣고 붉은, 썩은 핏덩이 같은."

"그만 이야기해도 돼. 커피라도 한잔 줄까?"

"응⋯⋯? 응."

혜주가 이야기를 하며 괴로운 표정을 짓자 불쌍한 눈빛으로 그녀를 바라보던 태경이 커피를 가져다주겠다며 나갔다. 그사이 그녀는 딸의 얼굴을 바라봤다. 잠이든 아이의 얼굴에서, 문득 무서운 생각이 들었다.

"정인이와 똑같았어……."

아이의 머리카락을 매만지던 혜주의 손이 움츠러들었다. 인기척도 없이 들어 온 태경이 웃으며 커피를 건넸다.

"아직도 표정이 어둡네. 좀 웃어봐."

"응?"

갑자기 웃으라니. 어쨌든 남편의 기분을 위해서라도 혜주는 애써 웃어보려 하지만, 참으로 힘들기만 했다.

"됐네. 커피나 마셔."

"고마워요."

커피를 마시러 종이컵에 입을 가져다댔다. 그런데 너무 식어있었다. 혜주는 의아함을 느꼈다.

"저기 여보. 커피가……."

"그냥 먹어."

남편의 목소리가 지나치리만큼 차갑다. 화가 난 걸까. 하긴 그의 시선에서 보면 얼마나 어이없었을까? 놀란 아이에, 온통 방문을 부셔놓은 마누라는 멋대로 쓰러져버리고. 내가 겪은 일은 믿지도 않겠지. 혜주는 어딘지 모르게 차가운 태경의 모습을 애써 이해하려 노력했다. 그런데, 커피의 맛이 너무나 역해서 구역질을 하고 말았다. 그저 식은 것뿐만이 아닌, 뭔가 다른 액체.

"우욱!!"

토하려 해봐도, 이것은 입안에 들어가자마자 입 점막 전체에 퍼져 달라붙어 떨어지지 않았다. 괴로워하며 놓쳐버린 종이컵에서 쏟아진 시커먼 점액질은 살아 움직이듯 영역을 키우며 번져나갔다. 그녀의 남편은 이러한 사실을 모르는 듯 등을 돌린 채 태연히 커피를 마시고 있었다.

"!!!"

입안의 가득채운 역한 것 때문에 혜주는 말조차 나오질 않았다. 태경은 떨어뜨린 커피 잔을 보더니 피식 웃었다. 돌아서있는 탓에 얼굴은 다 보이지 않았고, 치켜 올라간 입 꼬리만 약간 보였다.

"널 위해선 뭔가 해줄 필요가 없구나."

그는 고개를 가로 저으며 말했다. 그사이 시커먼 점액질덩어리는 병실 바닥을 모조리 가득 매우고, 그것도 모자란 지 병실 벽을 타고 올랐다. 빠른 속도로 벽을 덮어버린 액체는 하나 남은 전등에 다가가고 있었다.

"개 같은 년!! 날 배신했어. 죽여 버릴 거야!!"

남편은 뒷주머니에서 파랗게 빛나는 커터 칼을 꺼냈다. 그러더니 자신의 목에 가져다대고 순식간에 가로질러 그어버렸다. 천천히 베인 곳이 벌어지더니, 피가 솟아야 할 곳에선 부글거리며 시커먼 액체가 끓어올랐다. 공포에 질린 혜주가 고개를 들어 눈을 마주친 곳엔 항상 염려스런 눈빛을 건네던 따뜻한 남편의 눈 대신 커다란 두 구멍 안에 곧 쏟아져 내릴 듯한 구역질나는 액체들로 채워져 있었다.

"으, 으으으!!!"

"으으으으~! 이건 완전 벙어리잖아? 말을 해봐, 뭐라구? 응?"

태경의 모습을 한 것이 혜주의 신음소리를 흉내 내며 키득거렸다. 시커먼 액체는 베어진 목에서 끊임없이 쏟아졌다. 그때, 마지막 하나 남은 형광등이 액체에 휩싸였다.

"들어가게 해줘!! 들어가게 해줘 이 망할 년아!!!"

어떤 여자의 원한에 가득한 목소리가 혜주의 귀에 들려왔다. 동시에 입안에 가득한 액체가 갑자기 목구멍을 밀고 넘어 들어왔다. 끔찍한 느낌에 소스라치고 있는 그녀의 앞으로 시커먼 액체를 뒤집어쓴 여자가 나타났다. 그 집, 그 방에서 봤던 바로 그 여자였다. 도망가야 했다. 옆에 누워있던 정인이를 깨우려 흔들었지만 무게감이 느껴지지 않았다. 혜주의 시선이 불안하게 흔들리며 정인이를 바라보았다. 아이는 혜주를 보며 웃고 있었다. 피에 젖은 단발머리의 아이, 정인 일수 없는 아이가.

* * * *

"오지 마!!!"

"여보!!"

"엄마 왜 그래, 엄마!"

혜주는 병실 탁상 위에 놓인 두꺼운 유리컵을 태경을 향해 힘껏 집어던졌다. 파찰음을 내며 부서진 컵의 조각 중 날카롭고 끝이 뾰족한 것을 손에 꼭 쥐고는 자신의 주변으로 다가오려는 가족을 무섭도록 경계했다. 유리조각이 박혀 들어간 손에선 시뻘건 피가 줄줄 흘러내렸다.

"꺼, 꺼져! 이 괴물 같은 것들아!"

"엄마 왜 그래! 흐흑."

"그 얼굴 뒤에 또 무언가가 있지? 그렇지? 그, 그래, 그럴 거야! 우, 우우욱!!!!!"

토해내야 했다. 그 더럽고 꿈틀거리는 것들을. 자신의 목구멍 안으로 침범하고 들어와 안을 시커멓게 채운 것들을 토해내야만 했다. 혜주는 거칠게 자신의 입안에 손가락을 집어넣어 휘저었다. 몇 번의 토악질이 나왔지만 아무것도 나오지 않았다.

"아, 안 돼 안 돼!!! 나와! 내 안에서 나와!!!!"

정말 저 사람이 아내가 맞는 것일까. 태경은 눈을 의심했다. 한 발짝만 더 다가서면 찔러 죽일 기세였다. 정인이는 이미 그의 뒤에 숨어 벌벌 떨고 있었다.

"그. 그만해!! 그만하라고!! 여보, 제발!!"

"이쪽으로 나오십시오. 저희가 처리하겠습니다."

병원의 관리자들이 태경을 붙잡지만, 그들은 혜주를 더 흥분 시킬 뿐이었다. 태경은 신경질적으로 그들에게 소리를 질렀다.

"저리가!! 내 아내라고!! 니들이 무슨 처리를 해!!"

앞에서 무슨 일이 일어나든, 혜주는 한 가지 생각에만 사로잡혀 있었다. 토해내야 한다는 것. 그러나 나오지 않는다. 그렇다 해도 꺼내야 한다. 꺼내야, 한다.

"여, 여보!! 안 돼!"

혜주는 자신의 배에 유리 조각을 쑤셔 넣었다. 신음소리엔 피가 끓어올랐다. 그래도 배에 찔러 넣은 유리조각에서 손을 놓지 않았다. 아랫방향으로 자신의 배를 가르고 말 때까지. 덜덜 떨리는 두 손과 공포에 질린 두 눈, 쏟아져 나오는 엄청난 피에 혜주는 소리도 낼 수 없었다. 눈물만 줄줄 흐를 뿐이다.

"나, 나왔다."

시커먼 것이, 그 시커먼 것이 배에서 흘러나왔다. 사랑하는 가족을 지킬 수 있다. 이제 악몽에서 깨어날 수 있다. 혜주는 잠시나마 안도했다. 그런데 괴물로 변해 있어야 할 것들이 왜 그대로지? 저 괴물은 어떻게 울 수 있는 거지? 고통과 물음표가 끔찍하게 교차했다. 혜주의 시선이 주저앉는 그 짧은 시간동안, 수십 번도 더.

"여보, 여보 정신 차려, 여보!!!"

"아아악!!!"

내장이 쏟아지고, 피가 웅덩이를 이뤘다. 아이는 굳은 채 그 광경을 바라봤고 남편은 무릎을 꿇고 온몸을 떨며 비명을 질렀다.

「모르겠지? 어떤 게 진실인지. 다 꿈이었으면 좋겠어? 키키킥!!」

응급처치를 하는 의사들 사이로, 얼핏 정인의 얼굴이 보였다. 사람들의 틈바구니에서 입 꼬리를 삐죽 올리며 웃고 있었다.

"아아악!!!!!!!"

혜주는 극심한 악몽 때문에 아직 현실을 구분하지 못하는 듯 태경을 밀어내려 안간힘을 썼다. 물어뜯고, 손톱으로 할퀴었다. 고통 속에서도 태경은 아내를 안은 두 팔을 풀지 않았다. 이래야만 할 것 같았다.

"혜주야!! 괜찮아, 괜찮다고 이제!!!"

어떻게 된 거지? 뭐가 어떻게 된 거지? 난 죽은 게 아니었나? 지금 내 앞에 있는 건 그 사람인가, 아니면 다른 것인가. 혜주는 극심한 혼란에서 벗어나게 해준 건 태경의 붉은 피였다. 가장 사랑하는 자신의 남편의 몸에 낸 상처에서부터 그녀는 악몽에서 벗어났음을 알았다.

"괜찮아, 안심해. 나 여기 있어 여보."

"저, 정인 아빠……."

겨우 정신을 차린 혜주의 굳은 몸이 스르륵 풀리는 것을 느꼈을 때 태경도 조금이나마 마음을 놓았다. 상태가 나아지자 그녀는 늘 그렇듯 아이부터 찾았다.

"정인이는?"

"엄마!!"

아이가 달려와 엄마의 품에 안겼다.

"그래 정인아. 엄마가 미안해……."

한 시간쯤 시간이 흐른 후, 태경은 가만히 입을 열었다.

"저기 여보. 난 괜찮으니까 솔직히 이야기 해줘. 무슨 일이 있었던 거야?"

"말해도 믿을 수 있을까?"

"괜찮아 이야기해."

"……그 집에 괴물이 있어."

"괴물이라니?"

혜주는 다시 겁에 질린 듯 웅크렸다.

"시커멓고 그, 그 징그러운, 새빨간 두 눈."

태경은 소름이 끼쳤다.

"이상한 소릴 했어⋯⋯."

"돼, 됐어. 그만해도 돼. 아마 너무 피곤해서 헛것을 본걸 거야. 괜찮아질 거야."

다시 아내를 끌어안는 태경이었다. 다음의 이야기가 듣기 두려워서도 그랬다. 모든 게 꿈이었으면, 피곤해서 잘못 본 허깨비이길. 아내가 깨어나길 기다리며 잠깐 잠이 들었을 때 꾸었던 꿈을 이야기 한다면 그녀는 또 정신을 잃을 것 같아서 말을 줄인 태경이었다. 태경의 꿈엔 아내가 자신의 배를 유리조각으로 가르며 죽어버렸었다. 혜주가 꿈에서 깨어나기 직전과 태경의 꿈의 마지막은 지나치리만큼 틈이 없었기에 같은 악몽을 꾼 것은 아닐까 연락 안 한 것싶어 말을 꺼내기조차 두려웠다.

* * * *

"제발 날 풀어줘⋯⋯."

"옆집 사장님 또 성화시네."

여자는 화장대에서 머리를 빗고 있었다. 시스루계열의 옷은 여인의 아름다운 뒤태를 아슬아슬하게 드러냈다. 잘록한 허리, 속옷도 입지 않아 적나라하게 드러난 엉덩이. 기지개를 펴며 손을 위로 쭉 뻗어 올리자 탄력적인 두 가슴이 거울에 비쳤다. 거울에 비친 건 그것만이 아니었다. 한 남자가 발가벗겨진 채 시퍼런 멍이 이곳저곳 든 몸을 힘겹게 꿈틀대며, 묶인 팔을 풀어보려 애쓰고 있었다. 목에 개처럼 목줄이 채워진 머리가 좀 벗겨진 남자는 40대중반쯤으로 보였다. 남자의 앞엔 이리저리 던져진 듯 움푹 들어간 부분이 많은 스테인리스로 만든 개밥그릇이 놓여있었다.

"날, 날 죽여 달라고!!!"

머리를 빗던 여자의 손이 멈추고 천천히 일어섰다. 돌아선 그녀의 얼굴은 황홀하리만큼 청초하고 아름다웠다. 쌍꺼풀이 깊은 두 눈과 갸름한 얼굴, 도톰하고 붉은 입술과 오똑한 콧날, 하얀 목선을 타고 내려가면 한없이 가냘픈 어깨와 그와는 다르게 풍만한 가슴. 선분홍색으로 물든 유두와 날렵한 곡선을 타고 내려간 아래의 은밀함까지 유혹적인 자태로 그득했다.

"차라리 죽여줘. 제발!"

"낭군님이 오시면, 그때."

"정말? 정말이야?"

"그럼~!"

남자는 울먹였다. 여자는 그러한 남자의 머리칼을 쓰다듬다가 눈물 젖은 얼굴로 돌변하여 소리쳤다.

"지금 내 뱃속에 있는 아기, 당신의 아이라고요, 다 잊었어요? 우리 뜨거웠던 밤을!"

"무, 무슨 소리야?"

"아침드라마 대사 한번 따라해 보고 싶었어. 어때, 나 꽤 잘하지?"

여자는 눈물을 닦아내곤 웃었다. 아이처럼 순진하고 따스한 미소였다. 그러나 곧 그 아름다운 웃음은 열망과 쾌락에 찬 음탕한 여인의 표정으로 바뀌었다.

"너도 봤어야해. 여전히 뜨거운 그 눈빛을."

"그, 그만해."

"어머나! 질투하는 거야? 그 꼴을 해서?"

여자가 깔깔 거리며 요란하게 웃었다. 남자는 치욕스러운 상황에 이를 악다물고 여자를 노려봤다.

"무서워라. 쳐다보는 거봐. 사모님이 너 죽는 것만 기다리고 있는 건 모르지? 응?"

갑작스럽게 여자가 믿어지지 않을 만큼의 힘으로 남자의 얼굴을 발로 차버렸다.

"커헉!!"

남자가 피를 한 움큼 토해냈다. 여자가 남자의 앞에 주저앉아 손가락을 까딱이자, 집을 뒤덮은 어둠이 살아 움직이는 듯 일렁였다. 흘러내리는 검은 액체들 사이로 겁에 질린 남자의 아내가 그의 기억과는 다른 온전한 모습으로 나타났다. 그의 아내는 잔뜩 화가 난 듯 집기들을 집어던지고 고래고래 소리를 질렀다. 어둠을 부른 여자는 깔깔거리며 웃었다.

"아유 사모님도 참! 알지 알지~! 나도 여잔데! 죽여야지 아무렴. 히히힛!"

자신의 귀를 막고 눈물과 침을 흘리며 고통과 공포에 질려버린 남자는 앞에 놓인 개밥그릇에 얼굴을 파묻었다. 그리고 입에 닿는 것이 무엇이든 씹어 삼켰다.

* * * *

"진짜 못 들었소? 막 싸운다거나, 남자가 소리친다거나 하는 거 말이요."

"네. 형사님. 아주머니가 막 소리 지르고 아이가 우는 소리는 들었는데, 남자 목소리는 안 들렸어요."

"한번 잘 기억 해봐요. 이 집 아자씨 목소리는 안 들렸어라?"

"그 후에 급하게 뛰어 들어가는걸 보긴 했는데."

여자는 매우 가녀리게 보였다. 머릿결은 흑단과도 같았다. 하나로 묶어 단정해 보이는 머리카락과 펑퍼짐한 원피스임에도 서양사람 같다는 느낌마저 들었다. 키도 호재보다 한 뼘은 더 큰 것 같았다. 선해 보이고 아무것도 모르는 20대의 여자. 그러나 가끔 웃을 때마다 얼마나 예쁜지 자꾸만 홀리는 것 같았다. 그냥 예쁘다는 걸로는 도무지 설명하기 힘든, 뭐라 단정 짓기 어려운 매혹적인 여자. 이 형사는 대화를 나누다가 눈이 마주칠까 무서워 그녀가 얼굴을 바라볼 때마다 딴청을 하며 신경을 집중해야만 할 정도였다.

"형사님."

목소리가, 너무도 달콤했다.

"왜, 왜 부르요."

"피곤하실 텐데 들어오셔서 커피라도 한잔 하시고 가실래요?"

"됐어라. 바빠서 언능 가봐야 쓰것소. 아 저, 거시기, 아 그려, 여, 여기 명함이나 하나 받으시고. 이호재요. 강력3반."

호재는 횡설수설 하다 명함을 쥐어주고는 급하게 돌아서서 엘리베이터 버튼을 눌렀다. 형사의 뒤로 여인이 아까의 청순해 보이는 얼굴 대신 뱀과 같이 사악한 눈빛으로 그에게 다가왔다. 호재는 섬뜩하면서도 한편으론 참을 수 없을 지경이 되어버린 자신의 흔들리는 마음을 진정시키는데 온정신을 쏟아 부어야만 했다.

"형사님."

여자의 목소리가 그의 온몸에 실크마냥 휘감겨왔다. 제발, 제발 나 좀 살려다오. 호재의 간절한 바람은 여자의 손길이 그의 어깨에 닿으려 할 때 엘리베이터의 문이 활짝 열리며 이루어졌다.

"지는 이만 갑니다잉. 추운디 언능 들어가쇼."

급하게 닫힘 버튼을 누르는 동안에도 이 형사는 고개를 푹 숙인 채였다. 그녀의 작고 하얀 발가락마저 정신을 혼미하게 했다. 엘리베이터가 내려가는 동안에도 고개는 그대로였다.

"이 형사님?"

"아, 아앗!!!"

앞에 그녀가 서서 눈웃음을 치며 호재를 끌어안으려했다. 분명히 같이 타지 않았는데 이게 어떻게 된 거지?!

"워메 씨, 씨부럴!!"

환상이었을까? 엘리베이터 안엔 그 뿐이었다. 잔뜩 흥분한 듯 이 형사는 씩씩거리며 엘리베이터가 1층을 가리키기만을 기다렸다. 문이 열리자마자 똥이라도 밟은 사람처럼 펄쩍 뛰어나갔다.

"뭐, 뭐여 이거. 형사 생활 20년 만에 저런 건 첨이고마. 디져분 줄 알았네."

아파트를 걸어 나가야하는데, 잔뜩 성을 내고 있는 놈 때문에 호재는 이상하게 어기적거려야 했다.

"이런 씨벌 나이 사십 막판에 뭐여. 어쩌라고!!"

욕과 함께 더럽고 이상한 기분을 떨쳐내려 애쓰며 차를 돌려 아파트를 빠져나가는 이호재였다.

* * * *

집안이 엉망이었다. 정인의 방은 완전 쑥대밭이 되었다. 혜주가 미안해하며 방을 치우려 했지만 태경이 그 앞을 가로막았다.

"됐어 내가 할께."

"아니야. 어서 치워야 정인이가 쉬지."

정인이는 병원에서 한번 발작 증세를 겪은 후 약을 처방받고 주사를 맞은 상태였다. 소파에 눕히긴 했지만 빨리 정리를 끝내서 여러 가지로 신경 쓴 자신의 방에 눕히는 것이 나았다. 태경이 급하게 청소를 마무리 지을 때까지도 혜주는 안방을 들여다보는 것조차 주저했다. 힘없는 표정으로 정인의 옆에 앉아있는 그녀가 너무나 안타깝고 마음이 아픈 태경이었다.

혜주는 마음을 가라앉히려 정인을 쓰다듬다가 그나마도 아이의 잠에 방해가 될까 싶어 손을 멈추고 아이의 얼굴만 응시했다. 얕게 미소를 띤 혜주를 본 태경의 마음도 작게나마 위로받았다. 흉하게 부서진 문짝만이 끔찍한 상황을 증명했기에, 태경은 그저 모든 것이 해프닝이라는 듯 장난으로 분위기를 풀고 싶었다.

"여보!! 여보 여기 봐봐. 샤이닝!! 잭 니콜슨!"

태경은 박살난 문틈 사이로 공포물의 주연배우 마냥 표정을 지었다. 아내가 웃었다. 그저 미소가 아닌 함박웃음을. 신이 난 태경은 다른 흉내도 내보았다.

"레옹, 레옹!"

태경이 이번엔 액션영화에서 남자주인공이 총알구멍이 난 틈 사이로 쳐다보는 장면을 따라 했다. 눈만 보여야 하는데 얼굴이 지나치게 많이 보여서 혜주는 웃음이 터지고 말았다.

"구멍이 너무 크잖아. 하하."

"그런가? 그러면…….'

그리고 나선 태경이 한참을 보이지 않았다. 혜주는 의아함에 문 앞으로 조금 다가갔다. 그 순간, 갑자기 흉측한 짐승처럼 날카롭고 뾰족한 손톱과 징그럽게 시커먼 팔뚝 하나가 구멍 밖으로 손을 쭉 내뻗었다.

「벗어나지 못한다!! 결국 내 것이다!!」

관절부위가 이상하게 꺾여있는 기다랗고 징그러운 팔은, 혜주에게 손이 닿지 않자 심하게 몸을 흔들고 뒤틀었다. 살이 찢어지고 뼈가 부서져 나가는 끔찍한 소리가 들렸다. 곧 팔이 아래로 툭하고 끊어져 떨어지더니 손톱을 번갈아 하나씩 바닥에 박아 넣으며 조금씩 그녀에게 다가왔다.

「버텨봐! 그것도 나쁘지 않겠지.」

"아, 아악!!!!!"

"여보, 왜 그래, 자, 장난이야 장난!!!"

"아, 아아아아!!!!"

"여보!!"

또다시 아내를 진정시키기 위한 태경의 고통이 시작되고 있었다. 너무 빠르게 상황을 반전시키고픈, 그래서 빨리 예전처럼 돌아가고픈 열망이 역풍을 맞은 느낌에 한없이 자책했다. 그런 와중에서도 해는 뜨고 있었는지 거실에서부터 집안으로 태양이 밀려들었다.

* * * *

3부

춘화
春畫

* * * *

　윤재덕은 한국에서 처음 열리는 자신의 전시회에 무척이나 불안해
하고 있었다. 일본에서 재일교포 출신 화가로서 이름을 알리게 된 그였
기에 들떠있어도 모자랄 판인데 전혀 그런 것 같지 않았다. 오히려 극
도의 초조함과 계속되는 악몽으로 잠시 눈을 붙이는 것조차 힘들었다.

　원한에 사무친 시체더미 가운데 잃어버릴 것 같은 정신을 붙잡아
가며 피에 젖은 박순구의 재물 몇 개를 품에 안고 다리가 더 이상 움
직이지 않을 때까지 뛰고, 또 뛰었다. 그렇게 한참을 그곳에서 멀어
졌음에도 그는 단 한 번도 뒤돌아보지 않았다. 김성출의 시체라도 묻

어줄 요량이었으나, 그러한 광경을 보고 그저 도망쳐야 한다는 생각과 왜인지 모르겠지만 한국 땅에서 멀어지기 위해서라도 몇 가지는 가져가야 한다는 간절함으로 도망쳤다.

살고자하는 욕구 하나로 일본까지 왔지만, 윤재덕은 그날 이후 자신의 죽음만을 손꼽아 기다렸다. 오래전 기억을 되살려 그렸던 성출의 그림을 붙잡고 눈물로 지새우는 날이 부지기수였다. 어디로 도망치든 수향이 찾아와 날이 바짝 선 쇠스랑을 등허리에 찔러 넣을 것 같았다. 마녀는 밤마다 꿈에 찾아와 윤재덕을 온갖 수단으로 죽이고, 괴롭혔다. 그렇게 악몽에서 깰 때면 붓을 들어 그녀의 모습을 그리고 채색했다. 그리고 싶어서도 그녀가 그리워서도 아니었다. 자신의 머리와 가슴에 들어차 끊임없이 공포의 가시를 드러내는 그녀를 하나라도 끄집어내고 싶어서였다. 비명의 결과물들이 초라했던 과거대신 화려한 지금을 만들어 줄줄은 재덕도 몰랐다. 그저 그런 평가를 받던 일본 어느 시골구석의 화가는 미술상점에 헐값에 넘겨버린 그림 한 장이 저지른 살인사건 덕택에 예술이란 이름으로 추앙받는 욕망의 화가가 되어있었다.

재덕이 그림을 팔고 돌아온 그 날, 상점 주인은 그것을 시간 가는 줄 모르고 한참이나 바라보았다. 이상하게 눈을 뗄 수가 없고 그 어느 예술품이 주는 것보다도 더 강한 쾌감을 느끼게 했다. '스탕달 신드롬'이라고 하던가. 걸작 미술품을 감상할 때 순간적으로 느끼는 정서적 압박감. 감수성이 뛰어난 사람이 그러한 것을 느낄 수 있다고 했는데, 상점주인은 돈에만 눈이 반짝이는 장사치였을 뿐이었다. 상점 주인이 그다지 뛰어난 감수성을 지니지 않았음에도 매혹 당했다면 미술에 조예가 깊고 감수성이 뛰어난 그 누군가가 그림에 미쳐 훔치려 했다는 이야기는 어쩌면 당연한 수순이었다.

다만, 서로 그림을 빼앗기지 않기 위해 다투다가 훔치려했던 자는 뒤로 넘어지며 벽에 머리를 찧어 뇌 내출혈로, 상점 주인은 그자와 같이 넘어지며 들고 있던 칼에 배를 찔리는 바람에 깊은 자상(刺傷)을 입어 죽어버리는 일이 생긴 것까지는 당연하다고 하기엔 무리가 있었다. 더욱이 이상한 일은, 그림이 그 이후 오간 데 없이 사라져 버린 것이었다. 게다가 경찰의 수사도 그저 단순 상해사고로 처리돼 마무리되어 버렸다.

한 달 후, 이러한 사실조차 모르는 윤재덕의 집에 찾아든 경찰들은 무작정 그를 끌고 어디론가 향했다. 어느 저택에 들어서자 통실통실한 하얀 애벌레마냥 살이 처덕대는 남자가 숱이 얼마 없어 속이 훤히 보이는 자신의 머리칼을 하나라도 더 빠질세라 세심히 어루만지다가 느물거리는 미소로 윤재덕에게 악수를 청했다. 그리고 자신만이 오로지 들어갈 수 있다는 특별함을 강조하며 데려간 서재에서, 윤재덕은 수향의 그림을 다시 만나고야 말았다. 그것이 시작이었다.

그저 숨어 지내고 싶었을 뿐이었다. 악마의 목소리를 듣고 공포에 떨었던 그에겐 자살도 여의치 않았다. 혹여 속세의 인간이 전해들은 신의 말이란 게 사실이라면 어떻게 할 것인가. 자살이 지옥으로 가는 가장 빠른 고속선의 티켓이라 한다면. 그저 멈추지 않는 삶의 연속 안에서 고통의 길을 힘겹게 걷는 것만이 정답이었다. 유일하게 잘할 수 있었던 그림이라도 그려서 먹고 살아야 했다. 목적은 삶의 연장이 아닌 죽음까지의 버티기 일뿐이었는데 그의 그림은 몇 십, 몇 백억을 호가하고 있었다. 그의 뒤를 돕는다는 평계로 그림과 돈을 챙기던, 너무 심하게 처덕댄다 싶던 경찰서장이 결국 동맥경화로 인해 심장마비로 사망하고 나서도 재덕의 뒤를 돕겠다는 사람은 넘쳐났다. 어느 순간 돌아보니 그의 주위로 매니저니, 비서니 하며 사람들이 있었고, 그를 위한 미술관까지 생겼다. 그 안에서는 경매도 열렸다. 그러나 그러한 모든 것은 윤재덕이 이룬 것이 아니었다. 오로지, 그녀가, 그 마녀가.

수십 번의 '특별한 경매'가 열렸지만, 일반인은 내용조차도 알지 못했다. 수향의 그림을 공개했다간 큰일이 날지 모른다는 궤변으로 가진 자들의 소유욕을 감추고 있었다. 그래도 윤재덕의 다른 그림들 또한 충분히 예술성을 인정받는 터라, 그녀를 제외한 것들로도 일반적인 전시회 수준에 절대 뒤떨어지진 않았다. 그들은 그러한 것들만을 외부에 공개했다. 재덕의 그림은 그 어느 것이고 사람의 마음을 움직이는 터라 예술분야에서도 곧 큰 반향이 일어났다. 굳이 수향의 그림이 아니더라도 그는 세계에 이름을 알릴 수 있었다. 다만 언제나 그렇듯 사람들 사이에선 악성루머처럼 '어떤 그림'에 대한 이야기가 퍼져 나갔다. 아니네, 맞네 하는 그들을 뒤에서 비웃고 있는 진실을 마주한 사람들, 이른바 세상의 VIP들만이 그의 특별한 전시회에 올수 있는 자격이 주어졌다. 전시회가 열리기 며칠 전엔 황금도금이 된 얇은 플레이트판에 당대에 유명했던 연예인부터 정치가, 거부(巨富)등 등 많은 사람들의 이름이 새겨져 은밀하게 보내졌다. 만약 거기에 이름이 새겨지지 않은 자는 곧 1순위에서 퇴출될 사람이라고 생각하면 될 정도로 고위층만의 사교장이자 그녀의 모습에 취해버린 모임이었다. 사람들은 몇 번이고 자신도 모르게 손을 뻗어 그림을 만져보려고도 했다. 그래도 수없이 많은 원한들을 짓밟고 올라선 자들이라 눈치는 귀신같아 곧 정신을 차리고 머쓱하게 손을 거뒀다.

괴롭기만 했던 윤재덕도 그렇게 세월이 지나니 한국이 다시금 그리워졌다. 마흔 중반을 넘길 때쯤 윤재덕은 용기를 내어 한국에 들어왔다. 고국의 땅을 내딛는 재덕의 발걸음은 두려움과 설렘이 교차했다. 1970년대의 초중반, 일본에 미치진 못했지만 한국에도 문화의 꽃봉오리가 피어오르고 있었다. 전쟁을 그린 것부터, 밝은 미래를 꿈꾸는 그림들까지 윤재덕이 처음 찾은 허름한 미술관에서도 작은 희망이 움트기 시작했다. 그리고 그날 미술관에서 김혜윤을 만났다. 나이 사십을 넘겨서야 사랑을 느낀 재덕이었다. 예쁘진 않았지만 착하고 웃는 인상이 아름다운 혜윤과 첫 만남부터 한 달간의 달콤한 사랑 놀음에 오랜 악몽은 끝난 것 같았다. 수향이 더 이상 꿈속에 나오지 않는 것 또한 놀라운 발전이었다. 그의 품안에서 사랑을 속삭이는 혜윤 덕이라 믿으며, 너무나 오랜만에 행복이라는 감정을 다시금 느껴보는 그였다.

그러나 정확히 한 달이 지날 즈음, 재덕의 꿈속에 나타난 수향은 그와 혜윤을 오래전 그 피바다의 한가운데에 팽개쳐놓았다. 윤재덕의 눈앞에서 수향은 혜윤을 거칠게 발가벗긴 뒤 팔에 끈을 묶어 천장에 연결되어있는 갈고리에 걸었다. 혜윤은 고통에 비명을 지르고 공포에 질린 눈으로 재덕을 바라보지만, 재덕은 그때처럼 두려움에 먹혀버린 듯 움직이지도 못했다.

"히힛. 이년이 좋아? 근데 너 그거 알아? 아무리 예뻐도."

"아아아악!!!!"

수향이 혜윤의 얼굴 가장자리 부분을 날카로운 칼로 도려냈다. 혜윤은 계속하여 비명을 질렀다. 얼굴의 윤곽을 따라 칼로 그어놓은 형상이 되자 수향은 이마와 머리카락이 만나는 부분에 손가락을 쿡 찔러넣어 그대로 얼굴껍질이 벗겨버렸다. 피가 한차례 쏟아져 내리며 감을 수 없게 되어버린 희끄무레하고 핏발선 두 눈알과 딱딱거리며 맞부딪히는 하얀 수십 개의 치아, 그리고 얼굴의 근육들이 놀라 마구 경련과 수축을 일으키는 모습이 재덕의 눈에 끔찍한 공포를 박아 넣었다.

"널 죽였어야 하는데!! 아깝단 말이야!! 널, 널 찢어 죽여야 되는 건데!!"

극도로 분노한 수향의 울부짖음과 함께 뒤로부터 어둠이 점차 몰려와 방안을 채웠다. 하나씩 빛들은 사라지고 결국 방의 곳곳에 구역질나는 검은 것들이 가득 찼을 때, 수향이 서 있었던 곳 바로 뒤로 새빨갛고 검붉은 눈알 두개가 모습을 드러냈다.

"!!!"

겨우 잠에서 깨어난 재덕은 버릇처럼 스스로의 입을 막은 채였다. 그 손을 타고 눈물이 계속해서 흘러내렸다. 자신의 옆에서 혜윤은 아무것도 모른 채 잠이 들어있었다. 한참을 울던 재덕은 그녀가 깰까 싶어 조심히 일어나 혜윤의 잠든 모습을 한 자루의 연필로 종이 한 장에 담았다. 그가 할 수 있는 마지막 선물이었다. 그렇게 그녀의 곁을 떠나 일본으로 돌아왔다. 그 후 단 한 번도 한국에 돌아오지 않았다. 그리움과 공포로 매일매일 살아가는 건 괴롭기만 했다. 그런 삶이 몇 십 년이나 이어져 온다면 장수(長壽)라는 말은 축복이 아닌 저주였다.

일흔을 넘긴 백발의 노인은 여전히 꼿꼿한 허리로 창밖 어딘가를 바라보는 중이었다. 저기 바다 너머 삶을 시작했던 그곳. 뒤섞인 감정이 한숨과 함께 눈물과 뒤섞였다.

"눈물이, 눈물이 멈추지 않는구려. 이놈의 눈물이……."

재덕은 한참을 그렇게 혜윤을 그리워하며 울고 말았다.

* * * *

일이 있은 후 며칠이 지났다. 당겨 쓸 월차도 없어 잠시 재택으로 일을 돌리고 아내와 정인과 함께 있었다. 오랜만의 출근길엔 얼음장처럼 차가운 공기가 태경을 반겼다. 이제 늦가을과 초겨울의 경계인데도 차가운 날씨가 금방이고 눈발을 날릴 것만 같았다. 아내에게 다시는 장난을 치지 않으리라 다짐하기도 했다. 따지고 보면 태경도 지독하게 지치고 두렵긴 마찬가지였다. 악몽 같은 사고에서부터 아내의 일까지 어느 하나 그냥 넘어가기란 꺼림칙했다.

일이 그렇다보니 아파트조차도 이상해보였다. 오가면서 다른 사람들이 엘리베이터를 타는 것을 본 적이 있었나. 혹시나 싶어 고개를 들어 아파트를 바라봤다. 거실 베란다 창으로 사람들이 참 많이도 왔다 갔다 했다. 잠시 그 모습을 바라보던 태경은 출근이 늦어졌음을 알고 서둘렀다. 자신만 보면 갈구는 이 부장이 생각나 짜증이 치밀었다. 지각까지 하면 아주 잘 걸렸다 싶어서 달려들 것을 생각하니 머리가 지끈거렸다.

라디오를 켜려하다가 망설였다. 혹시나, 그때처럼? 슬쩍 켜보니 아주 잘만 나왔다. 차를 몰고 길을 나서자 싸늘한 날씨에 옷깃을 여미는 사람들이 보였다. 어라. 아파트가 난방이 그렇게 잘됐나? 아까 슬쩍 올려다본 아파트 안의 사람들은 모조리 반바지 반팔 차림이던데. 3층인가에는 부채질하는 아저씨도 보였고. 모르겠다싶어 그 빡빡한 출근 차량 틈새로 자신의 고물차도 슬쩍 엉덩이를 디밀어보는 태경이었다.

"휴. 저 개놈의 새끼 진짜……."

어김없었다. '이 부장'이라고 쓰고 '개새끼'라고 부르는 작자 때문에 태경의 속이 부글거렸다. 각오 했던 일이지만 그래도 화가 났다. 태경은 갑갑한 마음에 사무실 밖으로 나가 비상계단에서 주머니를 뒤적였다. 담배, 아 담배!! 제길. 여비로 남겨둔 한 갑을 가지고 나올걸. 이럴 때 한대 있음 얼마나 좋냐. 태경의 가슴이 답답함으로 응어리질 때쯤, 누군가 툭 건드렸다.

"여기요."

"으, 응?"

"담배 찾는 거죠? 주머니 뒤적거리시는 게."

"아, 고마워요. 은서 씨."

"여기, 불요."

저번에 어깨를 주물러 준 것에 대한 감사도 제대로 하지 못한 채 그는 또 한 번 빚을 지고 말았다. 불을 댕겨 담배에 가져다 대주는 은서의 모습이 뭔가 색달라서 더욱 묘한 매력을 풍겼다. 파릇파릇 피어오르는 살결이 묘한 향을 내뿜는 듯 남심을 자극했다.

"며칠 못 봐서 보고 싶으셨어요?"

"아? 어!! 미, 미안."

"호호. 미안할건 없으시고. 손가락 뜨거워요!"

"으, 응!"

태경이 급하게 담배에 불을 붙이려 한 모금 빠는데, 너무 깊이 빨아들였는지 목구멍이 턱 막혔다.

"커헉, 커허헉!!"

"어맛!!"

은서가 놀라며 뒤로 물러섰다. 아주 오늘 망조가 들렸군. 한참 헐떡이고 있는데 은서가 배시시 웃었다.

"웃지 말어. 커흑."

웃지 말라면서 정작 자신도 웃음이 터지는 태경이었다. 그렇게 서로를 바라보며 웃고 나니 태경은 기분이 한결 가벼워졌다. 은서도 기분이 좋아졌는지 밝게 말했다.

"덕분에 한참 웃었네요. 윤 팀장님 땡큐! 아 근데 윤 팀장님! 저하고 예서 씨하고 전시회 다녀오려고 하는데, 같이 안 가실래요?"

"전시회?"

유명작가의 전시회라면 빠짐없이 챙겨보는 편이었다. 그건 디자인을 하는 부서라면 당연한 하나의 일상이었다. 새롭고도 클래식한 작품들을 보고나면 영감이 떠오르기 때문에 가능하다면 꼭 가보는 게 맞는 일이었다.

"네 전시회요. 재일교포라고 하던데."

"아, 본적 있어요. 거기 가게?"

"네. 같이 가실 거죠?"

"음 글쎄. 알다시피 요새 여러 가지……."

"팀장니임~!"

은서가 태경에게 팔짱을 껴왔다. 콧소리까지 내며 눈을 마주치는 통에 태경의 가슴이 미친듯이 뛰었다. 마음을 들키기 싫었던 태경이 쿨한 척 대답을 하려했지만,

"그래 같이 가지, 쿨럭! 뭐, 커컥!!"

신기하리만큼 은서의 앞에선 어떤 멋진 척도 통하지 않음을 또 한 번 깨닫고 있었다. 기침이 아직 멎지 않은 걸 잊고 있었던 것이 한으로 남을 지경이었다. 그런 태경에 또 한 번 크게 웃던 은서가 고개를 끄덕였다.

"네~ 팀장님! 잘 알았습니다!"

은서는 고개를 까딱하고는 총총걸음으로 쏙 들어가 버렸다.

"아이고 이 화상아. 휴. 담배는 무슨……."

태경이 머쓱한 기분에 담배를 휙 던져버렸다. 팽개쳐진 담배는 계단 중간에 반쯤 걸쳐진 채 여전히 잘 타올랐다. 괜히 던졌다 싶지만, 그냥 발길을 돌렸다.

* * * *

　남편이 괜찮겠냐며 물어왔지만, 집에서 자신과 아이를 보면서 일까지 하는 남편이 너무나 불쌍했다. 게다가 이미 월차니 뭐니 다 써버린 상태라 더 이상 밉보일 일을 만들어주고 싶진 않았다. 남편을 보내고 나서 닫힌 문을 잡고는 그대로 주저앉아 숨을 고르는 혜주였다. 어떻게 모든 일들을 환상이라고 단정 지을 수 있을까. 어쩌면 그냥 그렇게 믿는 것이 속편하기에 사람들은 이상한 것을 보았을 때 환상이라 말하는 건 아닐까. 모두 다 거짓이라고. 며칠 새 몇 번이나 샤워를 했는지 새기도 힘들었다. 그래도 다시금 옷을 모두 벗고 욕조에 들어가 샤워기의 물을 틀었다. 구석구석 또 비누질을 하고 닦아낸다. 샤워를 하고 나올 때쯤, 전화벨이 시끄럽게 울렸다.

　"누구지?"

　전화를 받는 순간, 갑자기 머리가 띵하며 어지러웠다. 침대가 아니었다면 그대로 바닥에 넘어져 다쳤을지도 모를 일이었다. 혜주는 잠시간 숨을 가다듬고 전화를 받았다.

　"여보세요?"

　"정인엄마냐?"

　분명히 알고 있는 목소리인데 갑자기 기억이 나지 않았다. 너무 여러 가지 일이 벌어진 탓에 머리가 이상해졌나? 혜주는 뭐라 말을 해야 할지 몰라 그저 인사를 건넸다.

　"아 네. 안녕하세요."

"응 그래. 잘 지내지?"

인자한 할머니의 목소리.

"네. 할머님은······."

"할머님?"

"아, 아니신가요?"

"하하. 할머니라고 할 수도 있겠구나. 늙긴 늙었지."

"죄송해요. 사실 제가 요새 여러 일을 겪어서 기억이······."

"그랬구나."

"정말 죄송해요. 누구신지?"

"시애미 목소리도 모르는 며느리라니. 시집살이 안 시킨 보람이 겨우 이건가?"

"어, 어머! 어머니!!"

혜주는 놀라 그 자리에서 벌떡 일어나 전화기를 다시 잡았다. 어떻게 시어머니 목소리도 기억 못했지? 뒤로 무언가 이상하고 찝찝한 기분이 들었지만 대화에 집중해야 했기에 의아함은 뒤로 미루기로 했다. 밝게 웃는 시어머니의 목소리가 다행스럽게도 화난 것 같진 않아 마음이 그나마 편했다. 정인이를 어떻게 키우는지, 남편은 어떤지, 몇 분간 대화를 주고받으며 살아가는 이야기를 나눴다. 자신이 본 이상한 기억들은 굳이 말씀 드리고 싶지 않았다. 오랜만에 통화하는 자리에서 할 이야기도 아니었다. 그런데, 계속 통화하는 와중에도 무언지 모를 이질감이 자꾸만 커졌다.

"너희가 고생이 많구나."

"고생은 뭘요."

"잘 지내야 한다. 그리고 그 녀석에게 전해주겠니?"

"정인아빠요? 네 말씀 하세요 어머니."

"그 사람을 만나면 고마웠다고 말해달라고."

"어느 분을 말씀하시는 건지······."

"그렇게만 전해주거라. 그리고 항상 스스로를 잃지 말거라."

"어머니, 어머니?"

전화가 끊어졌다. 혜주의 두통과 현기증은 점점 심해져 돌로 머리를 짓누르는 것 같았다. 오랜만에 어머니의 전화라니. 남편에게 당장 전화를 걸어 알려야 했다. 그나저나 어머님과 남편과의 무슨 비밀 이야기라도 있는 건가? 밑도 끝도 없이 그 사람을 만나면 고마웠다고 말해달라니. 혜주는 두통을 애써 참으며 남편의 전화번호를 눌렀다.

* * * *

대체 얼마나 밀린 거냐. 재택의 한계를 여실히 보여주듯 태경이 검토해야 할 것들만 해도 산더미 같이 쌓여있었다. 며칠 후에 열리는 유명화가의 전시회에 가야 해서 더욱 바빴다. 이렇게 일을 해도 은서와의 약속이 지켜질지 의문이었다. 그렇다고 지금 상황에서 야근을 할 수도 없는 노릇이었다. 정안되면 일감을 바리바리 싸들고 집에 가서 할지언정 와이프가 저 지경인데 남편이란 작자가 일에만 매달릴 수는 없는 것 아닌가. 계속하여 제품디자인 도면을 보고 있어서인지 태경의 눈이 가물가물했다.

"왜 이러는 거야."

그러려니 했는데 점차 따끔거리기까지 했다. 동시에 약간의 현기증이 일었다. 그리고 다시 눈을 떴을 때엔 전혀 다른 곳에 앉아있는 자신에 발견했다.

– 여기가 어디지? –

말 대신 생각만 가능했다. 몸이 맘대로 움직여지지 않았다. 반바지에 러닝셔츠 차림으로 편안하게 소파에 누워 TV를 보는 남자의 시선만을 몰래 훔쳐보는 듯 했다. TV에서는 한참 지나버린 프로그램들만 나왔다. 남자는 버릇처럼 탁자 위에 리모컨을 들어 채널을 눌러보지만, 공중파와 그 외 몇 개를 제외하곤 나오지도 않는다. 태경은 회사에 있던 게 꿈인 듯 지금 보이는 모든 것이 자연스러웠기에 더욱 혼돈에 휩싸였다. 시야는 흑백으로밖엔 보이지 않아서 오래된 필름 안에 들어온 느낌을 받았다.

"아빠!"

소파로 웬 아이가 용수철이 튀어 오르듯 뛰어와 태경의 품에 안겼다. 생판 처음 보는 단발머리의 아이. 그런데도 아이의 머리를 쓰다듬고, 이마에 뽀뽀를 하며 사랑한다고 말했다. 그러한 광경을 바라보고 있지만 태경의 행동은 아니었다. 그런데도 사랑스러운 느낌마저 받았다는 건 행동 할 순 없어도 마음의 일부분이 남자에게 동화(同化)되는 듯했다. 그때 초인종이 울렸다. 태경, 아니 태경이 시선을 훔친 누군가가 인터폰의 화면을 바라보았다. 웬 여자가 썰어놓은 수박을 들고 서있다. 오래된 인터폰의 문제인지 얼굴은 잘 보이지 않았다.

"누구 왔어요?"

여자의 목소리가 뒤에서 들렸고 그는 뒤를 돌아봤다. 안방에서 그의 아내로 보이는 여자가 졸린 눈을 비비며 걸어 나왔다. 날이 더운지 연신 손부채질을 하고 있었다. 그는 무덤덤하게 대답했다.

"응. 근데 첨보는 사람인데?"

[옆집 아줌마에요~ 수박 좀 가져왔어요!!]

아내는 좋은 집에다가 좋은 이웃까지 얻은 것 같다며 신이나 있었다. 현관문이 열릴 때 갑자기 어디선가 익숙한 전화음이 들려왔다. 내 앞에 전화기에서부터 울리는 것 같았다. 구식 전화기에서 나올 수 없는 음악 소리. 이게 어떻게 된 일이지?

"아앗!"

갑자기 모든 것들이 한 곳으로 점멸되며 빨려 들어가더니 결국 원래의 모습대로 바쁜 사무실에 앉아 어지러움에 인상을 찡그린 태경만 남아 있었다. 어안이 벙벙해 주변을 돌아봤지만 자신이 알던 전부가 그대로였다. 보이는 모든 것도 총천연색이었다. 무슨 일이 벌어졌는지는 잘 모르겠지만 사무실 사람들이 신경 쓰지 않는걸 봐서 그가 본 것처럼 움직이고 말을 하지는 않은 것 같았다. 계속 들리는 벨소리에 재차 놀라 핸드폰의 발신번호를 보니 집에서 건 모양이었다. 계속하여 이상한 환상에만 매달리다간 급한 전화를 놓칠지 몰랐다. 심신이 지친 나머지 생생한 환각을 본 것이라 믿으며 재빨리 전화기를 붙잡았다.

"여보?"

"응. 내가 바쁜데 전화한건 아니야?"

"아니야. 괜찮으니까 이야기해."

태경이 밝은 목소리로 말하자 혜주는 다행이다 싶어 맘 편히 말을 꺼냈다.

"어머님한테 전화 왔었어."

잘못 들은 건 아닐까. 아니면 아내가 아직 제 정신이 아닌 걸까. 태경은 잔뜩 짜증이 나 얼굴이 일그러졌다.

"⋯⋯무슨 소리야?"

혜주는 남편이 자신에게 왜 저렇게까지 정색하는지 이해가 되질 않았다. 지독한 두통 때문에 속까지 메스꺼워 힘들었지만 그래도 꾹 참고 다시 말을 했다.

"어머님한테 전화 왔었다니까?"

태경은 안 그래도 복잡한 상황에 혜주마저 이러니 천불이 나서 자신도 모르게 버럭 성질을 내고 말았다.

"무슨 소리하는 거야!!! 어머니는!!"

그의 언성이 높아지자 사무실 분위기가 싸늘해졌다. 태경은 재빨리 비상계단 쪽으로 자리를 옮겼다.

"왜, 왜 화를 내고 그래?"

혜주는 남편의 고성에 당황했다. 왜 저렇게 화를 내지? 차츰 두통이 가라앉으며 남편의 입장을 이해해보려는 그녀의 급박함이 오래전 기억들을 하나둘씩 빠르게 수놓았다. 악몽 같은 일들 때문에 한참을 밀려나버렸던 과거의 기억들 가운데 남편의 예전 모습이 떠올랐다.

아버지 없이 외동아들로 홀어머니 밑에서 자란 남편, 당당하고 호탕하신 우리 시어머니. 짐 되기 싫다며 혼자 외로이 사셨던 우리 시어머니, 1년 전 급성폐렴으로 돌아가신 우리 시어머니.

"어……?"

"전화는 무슨 전화야!!"

태경은 억눌려 터져버린 감정을 다시금 힘들게 주워 담아가며 아내에게 소리쳤다. 더 심한 말이 튀어나오려는 걸 가까스로 참았다. 혜주도 미칠 것 같긴 마찬가지였지만 전화를 받은 건 절대 거짓이 아니었다.

"부, 분명히 전화가 왔었단 말이야!!"

"너 정말!! 휴…….

태경은 마음을 진정 시켜야 했다. 아내는 지금 피곤함과 공포에 지쳐 밤을 샌 상태이니 바짝 정신 차리지 않으면 더 위험한 상황이 닥쳐올지 몰랐다. 누군가 곁에 있어야만 했다. 머릿속에서 무슨 방법이 없는지 계속 생각을 거듭하다 결국 나온 답은 장모님과 장인어른이었다. 일단 절대 거짓이 아니라는 혜주를 달래는 게 급선무였다.

"그래. 당신 말 믿어. 뭐, 요새 워낙 우리가 별일이 다 있으니 걱정이 되셔서 계신 곳에서나마 전화하셨을 수도, 그래 그럴 수도 있겠다."

"그런데 이상한 말씀을 남기셨어."

"엉?"

"그 사람을 만나면, 고마웠다고 말해달래."

정말이지 무슨 밑도 끝도 없는 헛소리야. 태경은 또 한 번 뒤집어지는 마음을 붙잡고, 다시금 심호흡을 한 뒤 전화를 받았다.

"정말이야. 정말이라고……."

"응. 믿을게."

"정말이지?"

"그래. 근데 여보. 잠시 장모님한테 가있는 건 어떨까? 그런 일이 있었는데 정인이랑 당신만 놔두고 나오는 내 심정도 많이 막막해."

혜주는 자기가 하는 말임에도 믿을 수 없음을 잘 알고 있었다. 그래도 그가 믿어줬으면 하는 바람으로, 그리고 분명한 진실만을 말하고 있는 자신을 알아주길 바랐다. 남편의 말투가 분명 화가 났음에도 꾹 참고 있는 것이 틀림없었다. 그래서 더더욱 미안했다. 몇 번을 믿음에 대한 확인을 하고 나서야 그나마 그녀의 마음이 편해졌다. 친정에 가있어도 된다는 남편의 말은 그래서 더욱 선물 같았다. 안 그래도 혜주는 무서운 일들로 엄마 생각이 간절했기 때문이었다.

"정인이 데려가서 오랜만에 장모님이랑 같이 놀러도 가고 그래."

"정말 고마워……."

"고맙긴. 가서 잘 놀고 나쁜 건 다 떨쳐버리고 와. 이혜주."

"알았어 태경 씨."

오랜만에 서로의 이름을 부르니 답답한 마음이 조금은 사그라졌다. 태경이 전화를 끊고 다시금 사무실로 들어오니, 아까 전화기에 소리친 것 때문에 눈치가 엄청 보였다. 그리곤 자신도 모르게 은서가 있나 살폈다. 은서는 귀에다 이어폰을 꼽고 열심히 일에 매진하고 있었다. 왜인지 다행스럽다는 생각이 들었다. 아내의 이야기가 머릿속에 벌떼처럼 웅웅 거렸다. 1년 전 돌아가신 어머니의 전화라니. 그 사람을 만나면 고마웠다 전해달라고? 대체 무슨 소린지 알 턱이 없었다. 그래도 어머님의 전화라면 내가 받았어야 하는데. 아, 무슨 생각인거냐 윤태경.

정신 나간 여편네의 헛소리를 다 믿으려 하다니.

뭐? 내가 무슨 생각을 하는 거야? 태경은 스스로의 뺨을 찰싹 때렸다. 다시 한번 사무실의 눈이 자신을 향할까 싶어 재빨리 고개를 숙였다. 사랑하는 아내에게 이 무슨 되먹지 못한 생각인가. 못났다 윤태경.

* * * *

"뭐 빨았다고 벌써 여섯시여 니미럴. 아따 허천나게 춥네."

시동을 거는 것도 쉽지 않았다. 몇 번이나 키를 돌렸다가 말았다가 이 난리를 반복하다 못해 이호재의 입에서 욕이 나왔다.

"이런 씨벌 니가 차여! 이러고도 니가 차여? 경운기 뺑뺑이도 이거보단 빠르것다!!"

욕을 한바가지 잡순 차가 부르릉하며 거친 소리를 뱉었다. 에어컨은 잘 안 나올지언정 히터만큼은 빵빵한 차라 그나마 이 추운 날씨엔 견딜 만했다. 점차 차가 몸을 풀며 뜨뜻한 열을 내뿜자 이호재의 짜증 또한 조금 가라앉았다.

"이게 무슨 고생이여. 씨벌."

허름한 점퍼는 이곳저곳 담뱃불이 잘못 떨어졌는지 작은 구멍이 나있었다. 이호재는 구멍들을 유심히 바라보다가, 이혼한 아내의 생각이 문득 들었다. 박봉의 생활 속에서도 투정 한번 없었던 아내. 어느 날 들어와 보니 구멍 난 옷들과 양말을 일일이 기우고 있었다. 그냥 놔두라는 그의 말에도 없는 살림 탓 대신에 구멍이 난 옷을 보면 자신의 맘에도 구멍이 나는 것 같다면서 정성스럽게 옷가지를 꿰매는 아내의 모습이 얼마나…….

"좆나게 춥네."

마음이 가라앉기 직전, 다시 한번 욕지거릴 내뱉으며 이호재는 창밖으로 시선을 돌렸다. 생각이 깊을수록 오히려 촉이 떨어 진다고 믿었다. 먹잇감은 절대 놓치지 않는 집중력. 그것이 이호재를 존재하게 하는 힘이었다. 유쾌하게 살순 없더라도 불쾌한 일은 굳이 만들지 말자라는 게 그의 철학이기도 했다. 창문 밖으로 누가 자기를 보나 슬며시 둘러봤다. 확인이 끝나자 다시금 담배를 물고, 불을 붙였다. 밖으로 후하고 한숨 쉬듯 뱉어낸 담배연기가 때마침 바뀐 바람의 방향 때문에 다시 차안에 들어왔다. 눈에 들어간 매운 연기가 이호재의 눈에서 오랜만에 눈물을 뽑아내고 있었다.

"바람까지 날 맥이는겨? 쿨럭."

이미 나올 눈물은 나온 거 같은데도, 붉어진 눈시울에선 계속해서 눈물이 흘렀다. 곧 눈물은 울음소리로 바뀌어갔다. 눈물에 대한 이유를 묻기엔 이미 늦어버렸다. 불현듯 생각나 자신을 괴롭히는 마누라가 밉기만 했다. 아니, 어쩌면 그리움이나 보고픔이 이유일지도 모르겠다. 하지만 이호재는 그냥 미움을 택했다. 그것이 살아가는데 훨씬 편했기 때문이었다. 사랑하고, 보고 싶어 하고, 그렇게 괴로워하고. 그런 것들은 자신과 어울리지도 않을뿐더러 졸렬한 기분이 들어 어느 순간부터는 아주 단순하게 좋고 싫음으로 감정을 구별하고 있었다.

눈물을 쓱 닦아내 버리고 다시 밖을 쳐다봤다. 분명 자신이 잠들기 전 새벽녘엔 검은 버티칼로 쳐져 있던 아파트는 모조리 그 검은 막을 걷어내고 밝게 불을 켠 채 다들 분주해 보였다. 그때 아파트 입구 쪽으로 두 사람이 걸어 나왔다. 어린아이와, 그 아이의 엄마로 보이는 여자.

그 집 사람들이었다.

* * * *

혜주는 한동안 친정엔 가지 않았다. 홀어머니에 집안도 넉넉지 않은 태경에 대해 혜주의 집안은, 특히 그녀의 아버지는 결코 결혼을 허락하지 않았다. 태경의 만류에도 혜주는 그를 놓지 않았다. 결국 도피하듯 달아나버린 둘은 혼인신고만 하고 작은 지하방에서 둘만의 삶을 시작했다. 정인이가 태어난 날, 병원으로 달려온 혜주의 부모님은 갓 태어난 아이의 얼굴을 보시곤 미안함과 놀라움으로 어쩔 줄을 몰라 하셨다. 그녀를 닮았다며 눈물짓는 어머니와 한숨을 쉬시며 미안하다던 아버지. 그리고 한편에서 고개를 떨어뜨리고 있는 남편. 어쩌면 혜주는 그들 모두에게 죄인이었다.

집안이 허락하지 않는 결혼은 행복할 수 없다며 헤어지는 게 행복이라고 하던 남편. 결코 안 된다며 되갚아야할 은혜뿐인 부모님께 등을 돌려버린 그녀. 그랬기에 나름의 화해가 이루어졌음에도 불구하고 혜주는 친정에 가는 것이 부담스럽고 어려웠다. 그나마도 가끔 전화 통화만 하는 정도였다. 잠깐, 언제 전화를 하고 안한 거야? 전화 통화도 안한지가 몇 달, 혹은 1년은 되어버린 것 같았다. 시어머니가 돌아가셨다는 전화를 끝으로 연락을 드린 기억이 없었다.

시어머니의 목소리가 떠오르자 혼란으로 발걸음이 무뎌졌지만, 그래도 오랜만에 아이와 단둘이 외출이라며 마음을 다져보았다. 남편이 옆에 없는 게 좀 걸리긴 했지만, 집에 있는 것이 꺼려지고 자꾸만 무서운 일들이 생기자 본능적으로 엄마가 몹시도 보고 싶었다. 특별한 위로가 아니더라도 곁에 있어 주는 것 자체로 마음이 편안해 지는 것이 엄마라는 존재 아니었던가.

정인 아빠의 차가 고장이 나는 바람에 아이가 죽을 뻔 했던 일. 돈 문제로는 절대 연락을 안 하리라던 혜주의 철칙이 무너졌다. 소형차의 키를 쥐어주고 가셨던 어머니의 모습이 떠올랐다. 그게 벌써 2년 전 일이었다. 그렇다해도 이 차를 자주 이용하지는 않았다. 빠듯한 살림에 두 대의 차는 오직 정인과 남편의 출퇴근을 위해서만 존재했다. 가까운 거리는 대중교통을 이용하는 것이 더 빠른 편이라 차는 한 달에 한번 정도 쓸까 말까였다. 지하주차장에 얌전히 모셔져 있는 차에 시동을 거는 이유는 어머니에 대한 고마움의 표시이기도 했다. 그래야 자신이 사준 차를 잘 타고 다닌다며 흡족해 하실 테니까.

"이야~ 엄마 차 오랜만에 타는 거 같아!"

"그렇지? 할머니 집에 가는 것도 오랜만인가?"

"응! 할머니 집은 되게 넓구~ 맛있는 것도 많구~!"

정인이는 더없이 밝아 보였다. 마치 정신 나간 사람처럼 구는 자신의 엄마 옆에서 얼마나 무섭고 겁이 났을까. 그럼에도 투정 한번 없이 눈치만 살피는 아이에게 혜주는 너무도 죄스러웠다. 집이 넓다는 정인이의 말처럼 혜주의 부모는 풍족한 삶을 누리고 있었다. 유복한 집에서 사랑을 받으며 자랐지만 그것은 그녀에게만 국한된 것인 듯했다. 혜주는 아빠와 엄마가 서로에게 사랑한다고 말하는 것을 단 한 번도 본적이 없었다. 오로지 자신에게만 사랑을 표현하고 아껴주셨다.

어렸을 적, 집에 놀러온 친척과 엄마와의 이야기에서 사랑으로 한 결혼이 아닌 집안에서 맺어준 정략결혼이었다는 것을 알게 되었다. 잘 사는 부잣집들끼리 서로의 수준에 맞춰 맺어진 결혼. 하지만 엄마의 집안은 결혼 몇 년 후 큰 부도를 맞고 가족들이 뿔뿔이 흩어져 혼자나 다름이 없었다. 그 후로 지금껏 모든 돈은 아버지 혼자 번 셈이었다. 힘겨운 얼굴로 집에 돌아온 아버지를 끌어안고 항상 말했다. 자기는 결혼 안하고 엄마 아빠랑 평생 살 거라고. 말도 말라며 손사래를 치시면서도 아버지는 항상 웃으셨다. 그래서 혜주가 그렇게 돌아설 것이라곤 생각하지 못하셨을 것이다. 결국 배신을 한 자신에게 화해의 손길을 내민 이유도 돈이 없을지언정 행복해 보이는 혜주의 가족을 보며 대리만족을 느끼고 싶으셨던 건 아닐까. 혜주는 그런 생각을 하며 불편한 마음을 합리화했다.

두 분은 사랑하진 않더라도 살뜰히 서로를 챙겼다. 말 한마디마다 존대어를 붙이는 예의, 지긋이 바라보는 눈빛. 그것들은 사실 사랑과 특별히 다른 것이 아니었다. 짧은 시간에 이런저런 생각을 하며 지하주차장을 빠져나왔다. 잠시 아파트 갓길에 차를 세우고 핸드폰을 든 그녀는 엄마에게 전화를 걸었다.

"여보세요."

"엄마?"

"혜주냐?"

"응. 엄마…….”

엄마의 목소리를 듣자, 참았던 눈물이 울컥 솟아올랐다. 그녀의 목소리가 가라앉은 탓인지 엄마도 말을 잇지 못했다. 혜주는 가겠다는 말을 남긴 뒤 겨우 전화를 끊었다. 뒷자리에 앉아있던 정인이가 그녀의 팔을 잡아 살며시 흔들었다. 아이의 위로에 혜주는 눈물을 닦고 밝게 웃어보였다. 안심이 된 듯 정인이도 편안한 얼굴로 웃었다. 엄마네 집까지는 두시간 정도 걸릴 텐데. 차가 막히진 않으려나? 혜주는 걱정과 기대로 차의 악셀을 밟았다.

* * * *

"쫓아가야 하나? 아 이런 앰병 뭘 어찌해야 돼 이거?"

이호재는 고민에 빠졌다. 여자와 아이는 지하주차장으로 내려가더니 소형차를 몰고 나왔다. 잠시 차를 세운 뒤 어디론가 전화를 거는 듯했다. 멀지 않은 거리라 여자의 얼굴이 보였다. 여자는 눈물을 닦아내고 아이와 이야기를 나눈 뒤 서서히 이호재의 앞에서 사라졌다. 본능적으로 고개를 숙여 얼굴을 감추는 그였다. 가만히 생각해보니 그럴 필요가 없지 않은가. 그들은 자신의 얼굴을 모르는데.

신경질적으로 담배에 불을 붙였다. 한대를 피우는데 1분도 채 걸리지 않는 듯했다. 찌푸린 미간 사이로 날카로운 눈빛이 움직였다. 많은 생각으로 머리가 복잡한 듯 보이던 그때 이 형사의 핸드폰이 울렸다.

"뭐여?"

"이 형사님. 아직도 거기 계세요?"

1년 전 강력계로 발령받아 내려온 유은찬 형사였다. 아직 어린 나이지만 머리가 잘 굴러가고 사건 처리도 곧잘 해내어 이호재보다는 열 살은 어리지만 같은 직급이었다. 그럼에도 꼬박꼬박 형님 대접 하는걸 봐서 호재는 그가 무척 바른 사람이라고는 느꼈다. 그냥 못 기어올라서 안달이 난 다른 싸가지 없는 새끼들만 생각하면 열불이 나는데 유은찬에게는 그나마 마음을 풀었다. 그리고 호재는 은찬의 형인 유은호 형사의 처참한 죽음에 대해서도 잘 알고 있었기에 맘속에는 약간의 동정도 있었다. 그러한 마음을 아는지 모르는지 은찬은 이호재가 맡은 사건 중 미제로 남아있는 '가족 연쇄 실종사건'의 사건 파일을 뒤적여가며 조금이나마 그에게 도움이 되고 싶어 하는 눈치였다. 수사가 이미 종결됐음에도. 공식적으로 종결된 수사를 이유 없이 재수사하는 것은 금지되어 있었기에, 무척 조심스러웠다.

"아 그럼 어떡허냐. 언제 일이 터질지 모르는데!"

"근데 이 형사님. 조사하다보니 녹취록이 아무래도 이상해요."

"왜? 뭐가?"

"아니요. 0614번. 이 녹취록이 두 번째 그 부부가 사라지고 난 후에 아파트 주민들에게 따놓은 거 맞죠? 전 담당이신 신 형사님이."

"응 그란디?"

이호재는 유 형사의 목소리가 심상치 않음에 차문을 재빨리 올려 닫았다. 작은 소음이라도 끼어들면 안 되었다.

"왜 이 형사님이 안하시고요?"

"그런 것까지 내가 해야 허냐? 호균인 그럼 노냐?"

"아무튼요. 그런데 이 형사님, 이거 원래 이랬어요?"

"아 뭐가!!"

이호재가 답답한 듯 소리를 질렀다. 분명 신호균은 녹취록엔 아무 이상이 없다고 했고, 검토조차 할 필요가 없다고 했었는데 이제와 저 녀석은 왜 녹취록을 들먹이는 거지?

"어떻게 전부다 하나같이 아주 잘 아는 사람을 이야기하듯 자연스럽죠?"

"그게 뭔 소리여?"

"요새 아파트 사는 사람들 봐요. 옆집에 누구 사는지도 모르는데 어떻게 이럴 수 있냐고요. 말이 안 되잖아요. 마치 같은 집에서 사는 사람들처럼 1층부터 모든 층의 사람들이 어떻게 모두 비슷한 말을 할 수 있느냐라는 거죠."

"그 사람들이 사교성이 겁나게 밝았는갑재."

"그냥 그 집 사람들만 의심한다고 되는 일이 아닌 거 같아요. 그리고요 또 이상한 게……."

"아따 거참!!"

말을 이으려는 은찬을 호재가 성질을 내며 가로막았다. 풀리지 않는 매듭같이 꽁꽁 얽혀있는 사건 때문에 몇 년째 이호재는 정말이지 죽을 것만 같았다. 은찬도 호재의 이런 반응을 어느 정도 예상했었다. 쨈이 날라치면 아파트 앞에서 잠복을 하는 모습이 속이 상해 자신도 일을 돕게 됐지만, 정작 중요한 이야기를 하려고 하면 자꾸만 빠져나가려고만 했다. 뭔가 두려운 사람처럼.

"휴. 남편이란 새끼가 다 죽여불고 잠적한 거랑께? 두 번째 가족도, 증거물 남은 걸로 봐서 분명 남자가 저지르고 내뺀 거여."

"증거물이라고 해봤자 옷가지들뿐이었잖아요. 두 번째 부부는 심지어 남자의 흔적도 없고. 그리고 백번 양보해서 이 형사님 말이 맞다고 쳐요. 그렇다고 지금 그 집 남자가 그렇게 한 거라는 게 어디 있어요. 그냥 우연으로 두 가지 사건이 겹친 일일지도 모르잖아요."

"이런 씨벌 분명하당께!! 정황증거도 그렇고. 그리고 나도 본 게……!"

"보시다니, 뭘요?"

"씨벌. 서에 가서 이야기 혀."

이호재는 전화를 끊어버렸다. 대체 뭐가 이상하다는 이야기지? 당장 저 여자와 아이를 쫓아가야 하는데 이미 차는 사라진지 오래였다. 놓친 건가. 촉이 좋지 않았다. 이호재는 급히 차를 돌려 경찰서로 향했다.

* * * *

"먼저 들어갈게요!"

"네 조심히 들어가세요."

퇴근시간이 되자 사무실 안은 집으로 향하는 사람들 덕에 활기를 띠었다. 아침 출근시간엔 죽은 듯 보이는 사람들이 이 시간만 되면 그나마 피로를 벗고 조금은 웃는 낯이었다. 특별한 일이 없는데도 집으로 돌아가 쉴 수 있다는 것은 기분 좋은 일이 아니던가. 태경에게만큼은 정반대의 이야기였지만.

돌아가기가 여간 껄끄러운 게 아니었다. 처음 그 집의 가격을 듣자마자 덜커덕 계약을 해버린 게 잘못인걸까. 사장님께만 이 가격에 매물을 드린다며 꼬드겼던 대머리의 공인중개사는 그래서 복비도 받지 않고 사라져버렸나. 계약부터 집에 들어오기까지도 쉽지 않았고 괴이한 일들까지 생기니 응어리가 진 가슴팍은 돌덩어리가 얹힌 것만 같았다. 집터가 이상한 것인가. 굿이라도 해야 하나. 이 모두가 농담처럼 다가왔으면 좋겠는데, 태경은 심각하게 고민 중이었다. 그리고도 이상한 점은 또 있었다.

그 아파트에 살면서 옆집여자 이외엔 다른 사람들을 마주친 적이 없었다. 다만 그러한 의문엔 어느 정도 답이 있었다. 이사온지 얼마 되지도 않았고, 가장 높은 층수에 살기 때문에 계단을 이용한 적도 없었다. 엘리베이터에서 사람을 마주치지 못한 것이 마음에 걸렸지만 일에 치여 늦게 퇴근하거나 새벽같이 출근하는 일이 다반사였기 때문에 그랬을 것이다. 어쩌면 와이프는 다른 사람들과 마주치며 달갑게 인사를 나누지 않았을까? 게다가 오늘 출근하면서도 바깥에서나마 아파트 안의 사람들을 볼 수 있었지 않은가. 며칠 사이의 일 때문에 무서운 생각만 드나 싶어 애써 정상적인 모습들을 유추하며 찾는 그였다.

"팀장님 무슨 생각을 그렇게 하세요?"

"응? 아, 뭐. 은서 씨는 퇴근 안 해요?"

은서는 말 대신 어깨에 메고 있는 작은 가방을 톡톡 건드렸다. 퇴근하려고 가방을 맨 것이 보이지 않느냐라는 것이었다. 태경은 어색하게 머리를 긁적이며 웃었다.

"아, 아하하!! 그래 내일 봐 은서 씨!"

"네. 팀장님도 조심히 들어가세요!"

발랄하게 인사를 건네고 걸어 나가는 은서의 늘씬한 두 다리가 구김 없는 젊음을 과시했다. 태경은 은서가 사라질 때까지 한참을 쳐다보고 앉아 있다가, 아직 남아있는 일들을 보고 한숨이 절로 나왔다. 집에 가져가서 할까. 아니 그냥 여기서 하자. 그나저나 집사람은 아직 도착하지 않했나? 아내에게서 전화가 없었다. 태경은 먼저 걸어볼까 하다가 그냥 관뒀다. 혹여 운전에 방해가 될까 싶어서였다.

"이걸 언제 다 하냐."

목을 꽉 틀어쥔 넥타이를 풀어헤쳤다. 피곤해진 눈을 감고 위로 쭉 기지개를 폈다.

"자기도 이리 와서 수박 먹어~!"

"!?"

여자의 목소리에 눈을 떴다. 누구지? 어? 지금은 밤인데, 왜 환하지? 어리둥절한 태경의 눈앞에 아까의 겪었던 환상이 다시금 펼쳐졌다. 등줄기에 땀이 흘러내리는 것 같았다. 긴장을 해서가 아니라, 날이 더운 탓이었다. 갑자기 추워진 날씨에 옷을 몇 겹씩 껴입어도 모자랄 판인데, 어떻게 더울 수가 있지?

어쩌면 여느 집의 평범한 풍경이라지만 지금 태경에겐 생소하기 이를 데 없었다. 당황스러워 하는 그의 시선 사이, 안방에서부터 어서 들어오라며 손짓을 하는 여자가 보였다. 아까 낮에 봤던 아내로 보이는 사람이었다.

"그냥 너나 많이 드세요."

"쳇. 알았다 뭐!"

그의 아내는 시큰둥한 말투에 서운한 듯 돌아서 들어갔다. 아니 왜 이렇게 못되게 구는 거냐. 그는 소파에서 일어나 신발이 가지런히 놓인 곳으로 다가갔다. 아까 낮에 본 환상 속에서 어떤 여자가 이 집으로 수박을 들고 들어온 것 같은데, 그 여자의 슬리퍼로 보이는 신발이 눈에 보였다. 그런데 그는 이상한 행동을 하고 있었다. 여자의 슬리퍼를 가만히 숨기고 화장실로 들어가는 것이 아닌가. 거울로 슬쩍 남자의 얼굴을 볼 수 있으려나 했는데 순식간에 화장실 문을 잠그고 변기에 앉아버린 탓에 보질 못했다. 그러더니 슬리퍼를 킁킁거렸다. 태경에게도 그 냄새가 느껴졌다. 나쁜 냄새가 아닌 묘한 향수 같은 냄새가 풍겨왔다. 장미향기 같았다.

냄새를 맡으며 헉헉 거리는 소리를 내더니, 자위를 하기 시작했다.

그의 행위에 태경조차 흥분하고 있었다. 행동은 갇혀있는데 그 외의 모든 느낌과 냄새, 사물을 바라보는 것은 태경도 똑같이 경험하고 있었다. 남자가 신음을 참아내며 흥분을 여자의 슬리퍼에 쏟아내어 버렸다. 물론 태경도 같은 쾌감을 느끼며 흑백의 시야로 그러한 장면을 느끼고 있었다. 그가 한숨을 푹 내쉬었다.

"정말 내가 미쳤나?"

자조 섞인 목소리가 들려왔다. 남자는 꼼꼼하게 슬리퍼 안을 닦아냈다. 혹시 더 묻은 곳이 있나 싶어 이곳저곳 살펴보다가, 다시 품에 숨기고 재빨리 현관에 그 슬리퍼를 놓아두었다.

"여보. 거기서 뭐해?"

"응? 으, 응. 신발 정리."

그는 아내의 물음에 재빨리 신발을 정리하는 척을 했다.

"바깥분이 참 꼼꼼하고 착하신 것 같아요."

태경도 들어 본 듯한 목소리가 들려오자, 그는 재빨리 일어나 옷매무새를 바로하고는 소파에 앉았다. 슬리퍼 하나에도 흥분하는걸 봐서는 여자를 마음에 품고 있는 것인가? 안방에서부터 그의 아내와 함께 여자가 걸어 나왔다. 흑단의 긴 머리칼 때문에 얼굴이 잘 보이지 않았지만 남자가 애써 눈길을 피하는 것 같아 그나마도 제대로 보지 못했다.

"그럼 다음에 또 뵐게요."

여자가 인사를 하고 집 밖으로 나가려 할 때, 남자는 마지막 인사라도 해야 했는지 급히 현관으로 걸어 나갔다. 여자는 슬리퍼를 신으려 허리를 숙인 나머지 여전히 얼굴이 보이지 않았다.

"아, 안녕히……."

그는 떨리는 목소리로 인사를 건넸다.

"네. 호호. 아참! 저 그릇 주세요."

"아 맞다! 잠시만요!"

그의 아내는 웃으며 부엌으로 달려갔다. 그리고 슬리퍼를 신던 여자가 허리를 피며 남자의 얼굴을 똑바로 바라봤다. 어디선가 본 것 같은 얼굴인데. 누구지?

"왜 모른척해요?"

모른 척 하다니? 무엇을? 여자가 말을 걸자, 그가 눈길을 피했다.

"가, 가세요! 그냥."

"내가 싫어요?"

여자의 눈에 눈물이 맺히자, 그가, 아니 태경조차 어찌해야 할 방법을 모르고 당황했다.

"날 그렇게나 힘들게 해 놓고선. 아직도 아프단 말이에요."

여자는 볼이 붉어진 채 말을 이었다.

"여기서 이러지 말아요. 아내가 보면……."

"하아……뭐 어때요. 히힛."

눈물짓던 여자의 얼굴이 갑자기 웃음을 띠었다. 묘하게 그를 바라보는 시선은 그대로 고정하곤 그의 아내에게 소리쳤다.

"다음에 가져갈게요. 좀 바빠서."

아무 일도 없었다는 듯이 여자는 시침을 뚝 떼고는 문을 열고 나간 후 똑바로 서서 남자를 바라보았다. 남자가 재빨리 현관 앞으로 달려가 문을 닫을 때까지도, 여자는 무표정한 얼굴로 남자에게 시선을 고정했다. 문이 완전히 닫힐 무렵, 어디선가 본 듯한 여자의 얼굴이 생각났다.

2102호, 옆집여자였다.

* * * *

이호재는 서에 도착하자마자 문을 박차고 들어갔다. 그러한 호재의 모습에 처음엔 놀라던 사람들도 오늘도 그러려니 하는 표정으로 자신의 일에 다시 집중했다. 그러든 말든 이호재는 다시금 두 번째 문을 박차려다가, 숨을 고른 뒤 문을 대번에 열어 재꼈다.

수많은 서류들과 파일이 가득한 캐비닛 사이로 책상이 하나 놓여 있었다. 호재가 들어서자 반가운 표정으로 일어난 남자의 얼굴은 무척이나 곱상했다. 도무지 이런 일을 할 사람으로 보이지 않았다. 하나로 묶은 갈색 머리카락, 긴 속눈썹과 얕은 쌍꺼풀이 매력적인 큰 두 눈, 날렵하게 뻗어 내린 코와 그 아래로 자리 잡은 도톰한 붉은 입술. 어느 하나도 이호재와는 매치가 되지 않았다. 그러나 미색이 짙은 생김새와는 반대로 다부지고 호리호리한 체격과 흉터가 많은 주먹이 험한 일도 많이 겪은 것을 증명하는 듯했다.

"사내새끼가 대가리 꼴이 그게 뭐냐."

"오셨어요?"

"인사는 됐고. 녹취록은 어디서 찾은겨?"

유은찬이 밝게 웃으며 호재에게 인사를 했다. 다 귀찮다는 듯 고개를 내젓는 호재를 보며 은찬은 말없이 녹취가 담긴 테이프를 플레이어에 넣었다. 녹취가 담긴 테이프는 즉시 지움 방지 처리를 한 뒤 사건기록에 맞게 체크를 한 후 관련 파일함에 넣어 두는 게 정상인데, 그것은 두 번 일해야 된다는 단점 때문에 그냥 사건파일 틈에 끼워두기 일쑤였다. 그러다보니 유실된 것인지 0614번 녹취를 사건 조사 때 발견할 수 없었고, 테이프 유실에 대해 녹취 담당이었던 신호균은 어차피 들을 필요가 없는 것이라며 아무것도 아닌 양 이야기했다.

호균이는 파트너와 다름없는 사람이었기 때문에 당연히 그러리라 믿은 이호재였다. 그런데 이 어린 녀석은 대체 이걸 어디서 주워와서 사람을 답답하게 하는지 호재는 은찬에게 짜증이 나있는 상태였다. 그도 그럴 것이 호재가 이 사건에 대해 해결하고자 하는 것은 사건 그 자체보다는 하나의 집착이었다. 각각의 증거보다는 그 누구에게도 말하지 않았던 '그 일'때문에, 그리고 과학이 설명할 수 없는 것에 대해 일일이 투쟁하느니 분명히 일어날 일에 대한 감시로 해결할 수 있다고 믿었다.

그러니 은찬이 주려는 도움도 곱게 보이지 않았다. 그럼에도 어쩔 수 없었다. 사건을 도와준다는 사람에게 뭘 어떻게 하겠는가. 호재가 한참 잡생각과 짜증으로 가득한데 은찬이 말을 건넸다.

"자, 한번 들어보세요."

1층부터 21층까지 엘리베이터를 중심으로 나뉘어져 있는 두 집을 전부 녹취해둔 기록이 나왔다. 6층까지의 진술이 이어지는데 분명히 문제가 있었다. 호재의 눈빛을 본 은찬이 테이프를 껐다.

"느끼셨어요?"

"근디 나가 느낀 것이 니가 느낀 거랑 같을 란지는 모르것네."

"말해보세요."

"니가 먼저 말해봐."

"집마다 전부 여자들만 있나 봐요. 그리고 어투가……. 모두 뭐랄까요."

"같네잉."

사람을 대하는 일에 능숙한 사람들로서는 이상한 점을 금방 알아챘을 것이다. 일반적으로 이런 일에 여자가 나서는 일은 드물었다. 보통 녹취는 남편이 말을 대신하거나 옆에서 말을 거들든 간에 곁에 있기 마련이었다. 그런데 이 녹취록엔 오로지 각 층수에 사는 여자들의 목소리와 신호균의 목소리만 들렸다. 그 진술이 약간씩 틀릴 뿐, 그 부부에 대한 진술은 하나같이 남자가 좀 이상해보였고, 자주 싸우는 듯 했다, 여자는 매일같이 울었다 등등. 모두가 남자가 미쳤다고 말하는 것 같았다. 이상한 건 그뿐만이 아니었다. 여자들의 목소리는 모두 틀렸지만 말투가 비슷한 듯한 느낌을 지울 수 없었다. 특히 중간 중간 아무 의미 없는 우스개를 던지며 웃거나 할 때, 고음의 웃음소리가 희한할 정도로 다 비슷해서 섬뜩했다. 누군가 실종된 것을 조사하는 과정인데 왜 우스개를 던지는 걸까. 내용도 참 어이가 없었다. 형사님 참 잘생기셨네, 와이프랑 잠자리는 어떠냐는 등. 도저히 이런 상황에서 나올 수 없는 농담들이었다. 호재는 머릿속에서 혼란이 일었다. 호균이가 어련히 잘했을 거라 믿고 넘겨버렸던 녹취록에 이러한 내용이 들어있었다니. 신호균이 바보가 아닌 이상 눈치 채지 못했을 리 없을 텐데.

"녹취록이 다 있는거여?"

"다는 아니에요. 21층, 그러니까 2102호의 녹취는 없어요. 찾아봐도 나오질 않네요." 2102호의 아찔한 여자의 모습이 떠오르자 호재는 불안했다. 항시 외롭다는 말을 달고 살았던 호균이 아니던가. 겉으로는 거칠어 보였지만 속은 한없이 여렸던 놈.

"호균이한테 연락한번 해봐야겠구먼."

"신 형사님요?"

"응. 이 새끼가 미쳤나? 이상하다고 못 느낀 게 말이나 돼?"

"저기……. 이 형사님."

"왜?"

"안 그래도 사실 신 형사님께 연락드리려고 했는데요."

"근디?"

"잠적 하신 것 같아요. 사직서 내놓고 두 달 전부터 안 나오신다던데요. 그 후론 소식을 들은 사람이 없어요."

"사직서?"

말도 안 되는 소리였다. 자신에게 연락도 없이 사직서라니. 이호재는 팍팍한지 한숨을 푹 내쉬었다. 혼자서 미친 사람처럼 집 앞만 감시하다가 호균이의 연락이 없었다는 것이 그제야 떠올랐다. 호재가 이

혼을 한 후에 가장 볼 낯이 없었던 게 호균이었다. 다른 곳으로 전근을 가게 됐다는 3개월 전의 마지막 전화가 끝이었다.

"아 이 씨벌것. 미치것네 진짜."

이호재가 담배를 꺼내 물자, 냉큼 담배를 빼앗는 은찬이었다.

"저 담배 안 피는 거 아시잖아요."

"이런 쬐깐한 것이! 언능 안내놔?"

"이건 저까지 죽이는 행위입니다. 형님. 좀 참아주세요."

"하이고~! 건강은 엄청 챙겨 쌌네. 알았다 새꺄! 나가서 피마. 내놔!"

은찬의 손에서 호재가 다시금 담배를 빼앗았다. 은찬은 멋쩍게 웃다 이내 무언가 생각이 난 듯 호재에게 물었다.

"근데 이 형사님, 아까 말씀 도중에 보셨다는 이상한 게……."

"아, 그건 니가 도움을 주고 말고 할 문제가 아니여. 일단, 신 형사 찾는데 신경 좀 쓰자잉. 각 서마다 연락혀서, 실종 신고로 접수혀."

"실종요?"

"민간인만 없어지믄 실종이여? 우리 사람 아니여? 그 새끼들은 아가 없어졌는디 실종신고도 안하고 뭐하고 자빠진겨?"

"아니 그게 사직서를 냈으니까 당연히……."

"실종 안잡으믄 사건 접수해가꼬 수배 때려불제 뭐."

"아, 아닙니다. 제가 할게요."

"내부적으로는 참고인 조사 명목으로! 이 새끼까정 속을 썩이는구마. 미쳐불것다 미쳐불것어 씨벌."

담배를 피기위해 이호재는 문을 열고 밖으로 나갔다. 아무렇지도 않은 척 했지만 신호균의 생각으로 속이 뒤집혔다. 대체 무슨 일일까. 아참, 그 집 사람들은 어떻게 됐을까? 윤태경은 집으로 돌아왔을까? 담배는 빠른 속도로 타들어갔다. 호재가 담배를 다 태울 무렵 은찬은 캐비닛을 계속 뒤적이고 있었다.

"아! 찾았다. 이 형사님 오시면 이것도 다시 들어보시라고 해야 겠군."

은찬의 손에는 첫 번째 입주자의 실종사건 당시의 기록이 담긴 녹취록과 파일이 들려있었다.

* * * *

"엄마. 여기 할머니 집 맞아?"

"응. 분명히 맞는데……."

평소와 달리 무척이나 스산했다. 이 언덕위엔 집이라곤 부모님 댁 밖엔 없었기에 혜주가 잘못 온 건 절대 아니었다. 조용한 전원주택을 원하셨던 아버지의 뜻에 따라 수도권에서 좀 떨어진, 한적한 곳에 집을 지었다. 그것은 오랜 시간 부모님의 꿈이었다. 꿈을 이루신건 좋지만, 그녀에겐 바쁘고 너무 멀어 찾아뵙지 못한다는 핑계거리만 느는 것 같았다. 그래도 그녀가 온다면 항상 집밖에 불을 켜두고 기다리시던 엄마, 아빠였는데 불은커녕 어둠속에 굳게 닫힌 문 앞엔 아무도 없었다. 혜주는 엄마에게 전화를 걸었다.

"여보세요?"

"응. 엄마 나 왔는데."

"누구?"

"응?"

뻔히 알면서 장난을 치는 건가? 그러기엔 목소리가 너무 진지했다. 설마 치매가 온건 아닐까? 불안함이 엄습했다. 아무튼 들어가서 직접 얼굴을 보고 이야기하는 게 나을 것 같아 그녀는 자신의 이름을 말했다.

"혜주."

"아. 그래. 엄마가 다리가 아파서 그러는데, 문 열고 들어올래? 비밀번호는 뭐였지······."

"응? 아, 아니야 엄마. 비밀번호는 내가 기억하고 있으니까 곧 들어갈게요."

초기 치매 증상이 있다하더라도 자신이 아는 사람에게 대하는 태도는 예전 그대로라고 하던데 엄마의 목소리가 차갑기만 했다. 혜주는 마음이 아팠다. 얼마나 그동안 연락을 하지 않았으면 아프신 것도 몰랐을까. 얼마나 서운하면 저럴까. 또 한 번 낮에 받았던 돌아가신 시어머니의 전화가 떠올랐다. 그때는 너무나 무섭고 자신이 미친건 아닐까라는 생각이 들었지만, 지나고나니 죄송하고 미안한 마음이 들었다. 가장 사랑하는 자식의 목소리를 일주일에 두세 번이라도 들려드렸더라면 이렇게 미안해하지 않아도, 서운해 하시지도 않았을 텐데. 후회가 밀려왔다.

"정인아 잠깐만 엄마 문 열고 올게."

"응!"

비밀번호를 누르자 문이 천천히 열렸다. 문에서 삐걱거리는 소음이 들리자 혜주는 예전 아빠의 모습이 떠올랐다. 아빠는 이런 걸 그냥 넘어가실 분이 아니었다. 꼼꼼하고 세심한 타입의 아버지는 모든 일에 완벽주의자셨다. 그렇다고 혜주나 엄마에게 강요를 하는 것이 아니라, 웃으며 자신의 일을 하는 온화한 완벽주의자. 문틈에서 쇠로 쇠를 긁어대는 소리가 들리는데 그걸 가만히 놔둘 리가 없었다. 혹시, 아빠도 아픈 건 아닐까? 혜주는 걱정스러운 맘에 문이 열리는 걸 확인하자마자 차를 몰아 집안으로 들어갔다. 차가 집안으로 들어서자 센서가 작동하며 문은 저절로 닫혔다.

마당엔 예전처럼 하얗고 작은 자갈들이 가득했고, 그 사이로 큰 검은 원형의 돌들이 징검다리처럼 놓여있었다. 처음 정인이가 집에 놀러 왔을 때 이 징검다리들을 참 신기해했었는데. 달빛에 반짝이는 돌들 위를 그때처럼 정인이가 하나씩 밟아나갔다. 집에 들어가는 현관문 바로 앞은 비나 해를 막기 위한 차양(遮陽)이 쳐져있어 달빛이 닿지 못해 더더욱 어두웠다. 그래서인지 마지막 하나의 돌을 밟았던 정인이가 삐끗 넘어질 뻔했다.

"조심해야지!"

"응? 헤헤. 엄마 미안. 근데 돌이 제대로 안 놓여 있나봐. 할아버지한테 말해야지."

혜주도 돌들 위를 밟아보고 싶었지만 어둠 속에서 아이가 다칠세라 뒤를 급히 쫓았다. 그리고 현관문을 두드렸다.

"엄마, 엄마? 아빠! 저 왔어요!"

곧 위층에서부터 누군가 급히 내려오는 듯 쿵쿵거리는 발걸음 소리가 들려오더니 계단을 내려와 문 앞에 섰다. 그리고 철컥거리는 소리가 예닐곱 번이나 혜주의 귀에 들렸다. 이렇게 열쇠가 많이 걸려있었나? 문이 열리자, 거기엔 아빠가 있었다. 어둠 속에서 얼굴만 빠끔히 내민 아빠는 눈을 단 한 번도 깜박이지 않은 채 혜주를 그저 지켜봤다. 들어와라 마라 어떤 말도 없었다. 며칠은 잠을 자지 않은 듯 두 눈은 새빨갛게 충혈 돼 있었고, 수염도 깎지 않아 지저분했다. 혜주는 잠시간 말문이 떨어지지 않았다.

"왜 왔어?"

그것이 무표정하게 건넨 아빠의 첫마디였다. 혜주는 어이가 없어 눈물이 핑 돌았다.

"아빠. 나 보고도 안반가워요?"

"아, 반가워! 반갑지!! 혜주구나!!"

갑자기 아빠가 밝게 웃었다. 그러더니,

"그러니까 왜 왔냐고."

다시 무표정한 낯빛으로 얼음처럼 시린 목소리로 말했다. 이상한 아빠의 행동에 혜주는 점점 무서운 기분이 들었지만, 몇 개월이나 연락을 하지 않고 엄마가 아픈 것조차도 모르는 딸이 밉게만 보이는 것은 아닐까 싶어 눈물만 흘러나왔다.

"엄마 아빠 보고 싶어서……."

"난 봤으니까 됐지?"

"응?"

"지금 봤잖아?"

"……."

"엄마만 보면 되는 거지? 맞지?"

그리곤 문을 쾅 닫아버렸다. 혜주가 왜 문을 닫냐며 소리칠 새도 없이 문 안에서 아빠의 차갑고 냉랭한 목소리가 들려왔다.

"……열까지 세고 들어와."

말을 끝내기가 무섭게 쿵쿵거리는 아빠의 발소리가 멀어졌다. 2층 계단을 뛰어 올라가는 소리인 듯 했다. 곧이어 문을 세게 닫는 소리가 들렸다. 그리고 이내 잠잠해졌다. 혜주는 멍하게 서 있다가 불안해하는 정인이와 눈이 마주쳤다.

"엄마. 할아버지 이상해……."

"아니야. 엄마가 잘못한 게 있어서 그래."

혜주는 아이를 토닥인 후, 조심스럽게 문을 열었다. 어둠 속에서 몇 개의 촛불만이 이리저리 흔들렸다. 신발을 벗고 들어서서 벽을 더듬어 전등의 스위치를 찾았지만 스위치를 올려도 불은 켜지지 않았다. 고장인가? 어둠 속에서 스산하게 흔들리는 불빛을 보니 얼마 전 그때처럼 무서움이 몰려왔다.

"혜주니?"

"앗!!"

힘없고 지친 할머니의 말에 혜주는 놀라고 말았다. 무서운 생각이 들어서일까. 엄마의 목소리마저 못 알아들었다. 아이의 손을 꼭 잡고 안방의 문을 열었다. 안방에도 불이 꺼져있긴 마찬가지였다.

"어, 엄마?"

"응. 잠깐만."

엄마는 힘겹게 허리를 숙여 바닥에서 무언가를 찾고 있었다. 라이터였다. 불을 댕겨 초에 붙이자, 촛불이 차갑게 타올랐다. 엄마의 얼굴이 보이기 시작하자 혜주는 큰 충격으로 입이 벌어졌다. 허리까지 이불을 덮고 있는 엄마는 꾀죄죄하게 늘어진 붉은 내복을 입고 있었다. 머리카락은 이리저리 엉켜 길거리의 버려진 개들 같았다. 달라붙어 있는 눈곱과 흐리멍덩한 눈빛으로 혜주와 정인이를 번갈아 바라보고 있는 엄마의 눈빛에 아이가 놀라 혜주의 뒤로 숨어버렸다.

"누구니? 저앤."

"엄마. 왜 그래 갑자기……."

"누구냐고!"

엄마가 버럭 화를 냈다. 혜주는 놀라 아이를 끌어안고 엄마에게 소리쳤다.

"엄마 정말 왜 그래!! 정인이잖아!!"

"아 정인이구나. 이리 오렴! 아니, 아니다. 그냥 거기 앉으렴. 아가야."

마치 아무런 감정이 없는 사람처럼, 엄마의 눈빛은 뭔가에 홀린 듯 멍했다. 혜주는 너무도 이상함에 기가 질렸지만 일단 정인이와 함께 차가운 바닥에 앉았다. 아무 말도 없이 몇 분이 흘러가는 동안 혜주의 시야가 점점 어둠에 익숙해지며 사물을 분간할 수 있는 단계에 이르렀다. 그런데 그녀의 엄마가 좋아하던 그 많은 조각품이며 그림들, 그리고 어쩌면 이 안에 있는 것보다도 이게 더 비쌀 거라며 아끼시던 장식장도 통째로 사라져있었다. 거기다 침대도 아닌 이런 차가운 바닥에 달랑 이불 한 장만 덮고 있는 엄마라니. 한없이 여성스럽고 일종의 결벽처럼 더러운 건 참지 못하는 사람이 이런 몰골을 하고는 자신에게 말조차 걸지 못하고 신경과민에 걸린 사람처럼 고개를 획획 돌려가며 어딘가를 노려보는 모습에 혜주는 말을 잃었다. 그러다가도 정신이 든 것처럼 웃기도 하고, 정인에게 오라고 손짓을 하다가도 갑자기 슬픈 눈빛으로 그 손을 거두기를 반복했다. 혜주는 더 이상 가만히 두고 볼 수가 없었다.

"엄마. 이게 어떻게 된 거야? 집이 왜이래? 엄마가 좋아하던 거, 그거 다 어디 갔어?"

불안해진 혜주는 벌떡 일어나 안방 문을 열어 거실을 바라봤다. 슬픈 짐작대로 아무것도 없었다. 완전히 텅비어버린, 어두운 검은 방. 치밀어 오르는 서러움을 억눌러가며 다시금 엄마의 앞에 앉았다.

"엄마. 내가 연락 못하고 나 힘들 때만 이렇게 찾아와서 정말 미안한데, 엄마. 대체 뭐가 어떻게 된 거야. 응? 말 좀 해봐. 제발 뭐라고 말 좀 해보라고! 엄마가 이럴 사람이 아니잖아. 아빠도 나 얼마나 사랑해주고 예뻐해 줬는데! 내가 엄마 아빠 말 안 듣고 그이랑 결혼했어도 지금 행복하게 잘살고 있잖아. 아직도 용서 안 한 거야? 아니면, 아니면 내가 연락안한 것 때문에 화가난거야? 그리고 엄마가 예

뻐하던 강아지, 그 푸들은 어디 간 거야? 엄마 주변에 엄마 같은 게
하나도 없잖아!!"

"다 가져갔어."

"누가? 응? 말 좀 해봐 어서."

"그 년이, 그 년이 다가져갔어."

대체 모를 소리만 하는 엄마의 대답에 혜주는 터져버리고 말았다.

"엄마!!! 엄마가 이런 더러운 걸 덮고 살 사람이 아니잖아, 그리
고 집안 꼴이 이게 뭐야!! 아빠는, 아빠는 왜 그래? 내가 오는 게 그
렇게 싫어? 어쩌면 나한테 이럴 수 있어? 흐흑."

"엄마아. 울지마아……."

아이는 혜주를 따라 울기만 했다. 정인이를 돌볼 새도 없이 혜주
는 엄마를 닦달했다. 무슨 답변이라도 들어야 할 것 아닌가.

"그 년이라니, 아빠가 바람이라도 난거야?"

혜주가 갑갑함에 엄마 곁으로 성큼 다가갔다. 그러자, 엄마의 얼
굴이 무서운 걸 본 사람처럼 창백해지더니 비명을 질렀다.

"저리가!! 오지 마!!"

"엄마!! 정신 좀 차려 엄마!!!"

"저리가!! 저리가!!"

"왜, 왜 이런 더러운 걸 덮고 있는 거야!!!"

자신의 눈도 마주치지 않는 엄마의 모습에 화가 난 혜주는 엄마
가 덮고 있던 것을 확 집어 던져 버렸다.

"엄마……다, 다리가."

"할머니! 할머니 다리……."

"가라고 했잖아. 가라고."

너무나 참혹한 광경이 거적때기 아래에서 혜주를 비웃고 있었다. 엄마의 두 다리는 무릎 아래부터 톱 같은 것으로 살이 찢겨지며 뼈째 잘려나간 것처럼 보였다. 잘린 곳은 두꺼운 실로 대충 엮어 칭칭 감아 피를 멎게 해놓았다. 어설픈 솜씨로는 피를 멎게 할 수 없었는지 대충 부어버린 하얀 가루가 이불에 가려 보이지 않았던 바닥의 썩은 피와 함께 말라붙어 있었다.

"으, 으아아악!!!!!!"

"엄마!!! 하, 할머니 다리가, 할머니가!"

혜주는 그 자리에서 뒤로 넘어지며 엉덩방아를 찧었다. 정인이도 겁에 질려 본능적으로 혜주에게 바싹 붙었다. 내가 보고 있는 현실이 정말 진실인가? 꿈은 아닐까? 이, 이런 꿈을, 이것만큼 무서운 꿈을 꾼 적이 있었는데. 그럼 이건 꿈이야? 혜주는 자신의 뺨을 할 수 있는 한 가장 힘껏 때렸다. 몇 번이고 때려보지만, 흘러내리는 눈물사이로 엉망이 되어버린 엄마의 두 다리가 악몽이 아님을 증명했다. 제대로 소독조차 하지 않고 처치했는지 대충 꿰매놓은 자리가 썩어가고 있었다. 심지어 상처에선 피가 섞인 누런 고름마저 새어 나왔다.

"어, 엄마 병원가자. 어서, 빨리!"

"엄마 집에가, 엄마 정인이 집에 갈래 흑흑. 엄마아!"

둘은 서로의 엄마를 부르며 공포에 질려있었다.

"어? 아 혜주 왔구나? 근데 그 뒤에 아이는, 그 년이지!!!"

엄마가 갑자기 무서운 얼굴로 변해 정인을 향해 양손을 뻗어 마구 휘저었다. 손에 잡히기라도 하는 날엔 그것이 무엇이든 갈가리 찢어버릴 기세였다.

"내놔, 그년 내놔! 다 찢어 불태워 버릴 거야, 내놔!! 내놔!! 끄아악!!"

흔들리는 촛불을 등진 채 엄마는 짓이겨진 무릎으로 버티고 일어났다가 앞으로 넘어졌다. 꿰매놓은 실 사이로 피와 역겨운 누런 고름이 터져 나왔고, 엄마는 그대로 엎드린 채 혜주에게로 기어갔다. 증오에 찬 눈빛으로 그녀와 아이에게 손을 뻗어 어떻게든 잡아보려 했지만 겁에 질려 뒤로 물러선 혜주와 정인에겐 닿지 못했다. 조금만 앞에 있었다간 끌려들어가고 말았을 만큼 극렬한 엄마의 분노에 혜주와 정인은 진저리나는 공포에 휩싸였다.

"죽여, 히히힉! 죽여버릴 거야! 네 년 때문에, 네 년 때문에!!"

"엄마, 엄마!! 제발 정신 차려, 엄마!!"

"으, 으으윽!!!"

갑작스런 정적이 모두에게 찾아들었다. 혜주와 정인의 가쁜 숨소리만 들렸다. 혜주의 온몸은 땀에 젖어 후들거리고, 정인은 뒤에 움츠린 채 미동도 하지 않았다. 혜주를 세상에서 가장 사랑해주었던 한 사람이 흉측하게 잘려나간 두 다리로 기이하게 엎드려 죽어있었다. 끔찍한 광경에 혜주의 온몸의 떨림이 멈추질 않았다. 어떻게든 지금 이곳을 빠져나가야 했다. 이렇게 죽어버린 엄마에 대해 무슨 생각을 해야 할지 그게 문제가 아니었다. 아이의 생사가 걸린 일일수도 있다는 생각에 혜주는 더욱 급박해졌다.

문을 빠져나가려는 그때, 2층에서부터 무언가 중얼거리며 기분 나쁘게 웃는 소리가 들렸다. 그 목소리의 주인은 하나뿐이었다. 이 집에 살고 있는 단 두 사람. 죽어버린 엄마와 이상해진 아빠. 곧이어 쿵쿵거리며 내려오는 아빠의 발소리가 혜주의 등줄기를 할퀴었다.

* * * *

분명 환상이 아닌 현실이었다. 그러나 사내를 자극한 것이 왜 옆 집 여자인지는 전혀 알 수 없었다. 어쩌면 그 순간만큼은 자신의 상상이 섞인 건 아니었는지 태경은 스스로에게 질문을 던졌다. 이사 오던 날, 그 여자를 본 순간 음욕을 품은 건 사실 아니었는가. 그날 밤 악몽의 일부에도 그녀의 모습이 있었다. 흑백의 시야로 본 그녀는 더 아름답고 매혹적으로 느껴졌었다. 안 그래도 앳된 얼굴이었는데 소녀처럼 보이기까지 했다. 글래머러스한 육체와 조금 촌스러운 옷차림이 아니었다면 학생이라 해도 이상치 않았다. 마지막 문이 닫히며 태경의 환상이 깨어지기 전까지, 다른 건 특별히 이상한점이 없다 해도 TV에 나오는 연예인들의 옷은 한참 유행이 지나버린 것이었다. 게다가 몇몇의 프로그램들은 분명 오래전에 태경이 본 듯했다. 그렇다면, 환상의 내용은 현재가 아닌 몇 년 전의 이야기라는 것인데?

왜 그런 것을 본걸까. 비록 가벼운 사고였지만 워낙 상태가 좋지 않던 차는 수리도 제대로 하지 못해 덜커덩 거렸다. 집에 가는 동안, 태경의 머릿속은 아까 본 영상들이 트라우마 처럼 스쳐지나갔다.

"아참, 이 사람은 왜 전화가 없는 거지?"

태경은 아내에게 전화를 걸기 위해 핸드폰을 들었다.

* * * *

"혜주야?"

혜주는 어두운 거실의 구석에서 정인의 입을 꼭 막은 채 숨소리를 죽였다. 당장 자신의 입을 틀어막아 새어나오려는 신음을 막을 수 있을지도 의심이 갔지만 아이가 먼저였다. 처음 들어보는 날카롭고 차가운 아빠의 목소리가 텅비어버린 집을 채웠다. 정인이 또한 입을 막은 엄마의 손을 잡고는 심하게 떨고 있었다. 혜주도 아이를 꽉 끌어안고 소리를 내지 않으려 안간힘을 썼다. 어둠 속에서 아빠는 이곳 저곳을 막대기 같은 것으로 찔러 보고 있었다. 거실의 두 개의 촛불은 입으로 불어 껐고, 엄마가 죽기직전 심하게 몸부림을 친 탓에 안방의 촛불은 넘어져 꺼진 상태였다. 한참을 기웃거리던 아빠는 거실을 지나 안방으로 들어갔다.

"여보? 우리 예쁜 딸 어디 갔어요?"

부드러운 존댓말과는 다르게 죽어버린 엄마를 발로 툭툭 찼다. 그러한 광경을 어렴풋이나마 보고 있는 혜주의 머릿속에서 무서운 생각이 떠올랐다. 만약 아빠가 위층에서 촛불에 의지해 무언가를 하고 있었다고 가정했을 때, 조금만 더 지나면 금방 그들을 발견할 것이라고.

말 그대로 시간문제였다. 새어 들어오는 달빛마저도 원망스러웠다.

그때 갑작스레 핸드폰의 벨소리가 울려 퍼졌다. 어디지? 어디서 울리는 거지? 핸드폰, 내 핸드폰! 혜주는 당황한 나머지 머릿속이 새하얘졌다. 정인이가 그녀의 코트 왼쪽 주머니에서 핸드폰을 꺼내들었다. 혜주가 급히 배터리를 뽑아버렸지만, 이미 늦어버린 일이었다.

"혜주니? 혜주야!!!"

혜주의 턱이 덜덜 떨렸다. 분명 아빠는 둘을 바라보고 있었다. 막대기 같은 것을 들고 혜주가 있는 방향으로 성큼성큼 빠른 속도로 걸어왔다. 그녀는 겁에 질려 소리를 질렀다.

"아, 아빠!!!"

"응 그래. 혜주구나? 거기 가만히 있어 우리 딸!!"

"아악!"

아빠가 걸음을 멈췄다. 대문 앞 작은 창문에서부터 밀려오는 어스름한 달빛에, 푸르스름하고 초췌한 웃음이 보였다. 이곳저곳을 찔러보던 그 막대기는 천장에 닿을 듯 높이 들어 올려졌다. 혜주가 아이를 안고 뛰려는데, 무언가 그녀의 정강이 뒤편에 둔탁한 소리를 내며 스쳤다. 나무를 자를 때나 쓰는 40센티 정도로 보이는 쇠톱이었다. 그것으로 혜주와 정인을 찾기 위해 어둠속을 그렇게 휘저어 댔던 것인가. 스치기만 해도 살이 찢길 것 같은 날카로운 톱날을 보며 혜주는 아빠가 무슨 생각으로 저러는지 단번에 알아챘다. 그랬기 때문에 그녀는 톱에 스친 다리의 상처는 생각할 수도 없었다. 현관 쪽 방향에 서있는 아빠 때문에 2층으로 아이를 안고 있는 힘을 다해 계단을 뛰어 올랐다.

"어디가!!! 아빠 보러 왔다면서!! 나쁜 딸이구나!!! 너도 저 염병할 년이랑 똑같아!!!"

"저리 가!"

"으앗!! 이 년. 정말 버릇이 나빠졌구나?"

혜주는 자신의 뒤를 집요하게 쫓는 아빠의 어깨를 발로 찼다. 넘어지는 듯 하더니 곧바로 일어나 혐오스런 눈빛으로 그녀를 바라봤다.

"다 그 새끼 때문이지?"

아빠가 뒤에서부터, 냉랭하고 낮게 가라앉은 음성으로 웅얼거렸다. 혜주는 눈물로 범벅이 된 얼굴을 한번 닦아내지도 못한 채 길게만 느껴지는 계단을 계속 올랐다. 뒤에서부터 아빠가 자신의 살점이 묻어있을 쇠톱을 들고 그녀만큼이나 빠른 속도로 쿵쿵 거리며 뒤를 쫓았다.

"그 빌어먹을 놈의 새끼!! 가난뱅이에다가 호로새끼!!"

점점 아이의 무게가 혜주의 온몸을 무겁게 했다. 긴장을 했을 땐 몰랐지만 어깨가 빠질 지경이었다. 그래도 참고 또 버텼다. 저기 앞에 아빠의 서재가 보였다. 유일하게 빛이 보이는 곳. 혜주는 본능적으로 그곳을 향해 다시 한번 이를 악물었다.

"이리오렴!! 아빠야, 아빠 모르겠어? 이, 이 쌍년이 어딜 들어가!!"

서재로 들어온 찰라, 광기에 젖어 양손으로 톱을 쳐든 아버지를 향해 눈을 질끈 감고 문을 쾅 닫았다. 곧바로 끔찍한 소음을 내며 톱날이 문에 박혔다. 혜주가 잠시라도 머뭇거렸다면 죽음을 면한다는 것은 불가능에 가까웠다. 문을 잠그자, 아빠는 미친 사람처럼 문을 두드리며 악다구니를 썼다.

"여, 열어!! 이 문 열어!! 이 개 같은 년!! 니 어미처럼 다리를 잘라줄테다!! 아니, 그 모가지부터 피가 솟구치게 만들어줄까? 흐흐!!"

"아빠 미쳤어? 왜? 엄마한테 왜!!!"

"시팔년이라고 그랬거든, 흐흐, 우리 애인이, 흐흐, 그년 다리를 잘라서 개새끼한테 주라고 그랬거든. 응……? 아, 알았어 자기야. 내가, 내가 곧 들어갈게! 악취가 난다고? 미안해. 흐흑. 미안해. 내가 잘못했어. 대, 대신, 내가 그년들 다 잘라 버릴게, 그럼 되겠지? 그 역한 냄새 풍기는 것들 말이지. 내가 다!!"

"누구한테 이야기 하는 거야?"

"아, 혜주야. 미안하구나. 아빠가 정신이 없네. 소개 시켜줄게! 이거 꽤 부끄럽네? 허허!!"

"누굴 말이야 대체……?"

"니 뒤에 있잖니? 어서 인사드려. 이 싸가지 없는 년아!"

혜주가 돌아본 곳엔 촛불이 하나 켜져 있었다. 가득했던 책장의 책들은 모두 엉망진창으로 뒤섞여 흐트러진 것이 원래 알고 있던 정갈한 아버지의 서재가 아니었다. 그 가운데 유일하게 자신의 자리를 잡고 있는 검은 테두리의 액자 속 그림엔 정갈한 한복을 입고 있지만 요부의 느낌이 물씬 풍기는 여자가 차갑게 비소(誹笑)를 머금고 있었다.

* * * *

"응? 뭐야? 전원이 꺼져있다니?"

몇 번 울리던 전화가 갑작스럽게 끊겨버리고, 다시 전화를 걸려고 했을 땐 전원이 꺼져 있다는 안내만 나왔다. 대체 무슨 일이지? 걱정이 앞섰다. 오랜만에 부모님과의 대화에 푹 빠져있으니 연락 말아달라는 무언의 당부인가? 그래도 자신이 걱정하는 것을 뻔히 아는 아내가 연락을 하지 않을 리 없는데. 불안한 마음이었지만 곧 연락을 하리라 믿은 태경은 계속 집으로 향했다. 하지만 곧 멈춰서야 했다. 도로가 점차 차로 가득 찼다. 이 시간에 이렇게 많은 차량이 있을 리가 없는데. 태경은 무슨 일인가 싶어 차문을 열어 고개를 빠끔히 내밀었다. 그때 옆 차선에서 전화통화를 하는 사내의 음성이 들려왔다.

"이 형사님! 지금 앞에 사고 났다는데요? 네. 네! 알았어요. 제가 잠복 할 테니까, 그거나 한번 쭉 다시 들어보세요."

그 남자 참 잘생겼다. 형사 운운 하는 거보니 경찰 쪽 같은데. 긴 머리를 묶은 모습을 잘못 봤다간 여잔 줄 알 수도 있겠군. 손 모양을 보면 대충 그 사람 하는 일을 알 수 있는데 생각보다 거친 흉터가 많았다.

"아? 안녕하세요!"

남자가 태경과 눈이 마주치자 먼저 인사를 건넸다. 눈웃음이 정말 매력적이었다. 여자들 수십은 후리고 다녔겠네. 태경도 멋쩍게 답인사를 했다.

"아 네. 안녕하세요. 그런데 앞에 무슨 일이 생겼나 봐요?"

"네. 사고 났다고 하네요. 3중 추돌. 차가 쌩쌩 잘나가는 새 도로인데 왜 막히나 했죠. 집에 가시는 길인가 봐요?"

"네. 뭐 이 시간에 갈 때가 있나요."

남자가 태경의 얼굴을 빤히 쳐다봤다. 태경도 마땅히 시선을 둘 곳이 없어 같이 마주 바라보았다. 남자가 고개를 살짝 숙여 마지막 인사를 건네자 태경도 꾸벅 인사를 했다. 차문을 좀 열어놨더니 차안은 다시 추워진 상태였다. 히터를 더 강하게 해놓고 밀리는 차안에서 조금씩 엑셀을 밟아가며 앞으로 나아갔다. 가다보니, 도로 갓길엔 완전히 박살나버린 승용차 두 대와 뒤가 뭉개진 1톤 트럭이 보였다. 주변으론 견인차들이 누가 먼저 실어 가는지 경쟁이나 하려는 듯 늘어서 있었다. 앰뷸런스에 사고가 난 운전자로 보이는 남자가 이미 숨을 다했는지 바디백에 담겨지려고 하는 그때였다.

죽었던 남자가 고개를 번쩍 드는 것이 아닌가. 그를 앰뷸런스에 실으려던 사람들도 놀라서 뒤로 나자빠지고 말았다. 바로 태경의 옆에서 벌어지는 상황이었다. 되살아난 남자는 완전히 피투성이가 된 몸을 일으켜 태경에게로 비틀거리며 걸어왔다. 겁에 질려 크락션을 눌러 조금이나마 벗어나보려 애쓰지만, 남자는 멈추지 않았다.

"뭐, 뭐지? 왜 다가오는 거야?"

온몸의 뼈가 부러진 듯 이상한 걸음걸이로 인형처럼 덜그럭 거리며 걸어오는 사내를 보고 태경은 공포에 질려 소리를 질렀다. 결국 창가 바로 앞까지 온 사내는 너무도 힘겹게 차창을 두드렸다. 그와 동시에 차창에는 질척한 피가 묻어 흘러내렸다. 무언가 호소하는 듯한 사내의 눈빛에 태경이 홀린 듯 창문을 조금 열었다.

"혜주가 위험해. 이 바보 녀석아!"

"뭐, 뭐라고?"

그리곤 태경의 시야 아래로 대충 만든 모래성이 부서져 내리듯 쓰러졌다. 어안이 벙벙한 태경의 앞으로 길잡이를 담당한 경찰이 수신호로 어서 가라며 손짓을 했다. 태경은 떨리는 발로 다시금 엑셀을 밟았다. 너무 강하게 밟아버린 나머지 경찰을 칠 뻔할 만큼. 까칠하게 호루라기를 불며 쳐다보는 경찰을 뒤로 하고 떨리는 심장을 배짱 삼아 차가 낼 수 있는 속도의 끝까지 악셀을 밟아보려다 급히 브레이크를 밟았다. 타이어가 찢어지는 듯 소음을 내며 아스팔트에 시커먼 스키드마크를 남겼다. 태경은 좀 전의 남자가 한 말을 떠올렸다. 자신을 '바보 녀석'이라고 부르던 사람은 단 한명이었다.

"어, 어머니?"

웃으며 그를 놀리곤 했던 짓궂고 장난기 많던 그의 어머니가 그를 부르던 방법. 살아생전 너무나 익숙했던 엄마의 말투로 피투성이의 남자가 말을 건넨 것이었다. 너무도 힘겨운 몸짓으로, 혜주가 위험하다며.

윤태경과 대화를 나누던 미색(美色)의 사내, 유은찬은 붉은색 차의 주인을 알아본 자신이 신기했다. 잠재적 피의자라며 호재가 보내준 폰 카메라에 찍힌 남자의 모습이 참으로 피곤해 보였던 기억이 났다. 여전히 일에 지친 표정으로 자신을 바라보던 태경을 한 눈에 알아볼 수 있었던 이유이기도 했다. 유은찬은 사건현장에 잠시 멈춰 서서 상태를 살폈다. 그리고 일어났었던 이상한 일들에 대해 시끄럽게 설명하는 경찰의 이야기를 귀가 아픈 듯 찡그리면서도 끝까지 들으려 노력 중이었다.

"분명히 죽었는데, 저도 봤거든요? 추돌나면서 완전 뼈가 박살나고, 숨도 이미 끊어진 상태였는데."

"그런데?"

"바디백에 담으려고 그러는데 그냥 벌떡 일어나서 웬 남자한테 다가가 뭐라고 말하고 그냥 쓰러져 버리더라니깐요?"

"뭐라고 하는지는 들었어요?"

"그건 못 들었고 하여튼 간에……."

여전히 흥분상태로 자기가 본 상황을 말하느라 정신이 없는 경찰을 은찬이 웃으며 토닥거려 돌려보냈다. 경찰은 돌아가는 길에도 뭐가 그렇게 할 말이 많은지 계속해서 궁시렁 거렸다. 아직까지 추돌 사고가 난 곳은 정신이 하나도 없는 상태였다. 은찬은 호재에게 전화를 걸었다.

"왜 자꾸 전화질이여? 대신 잠복 뛴다던 새끼가 주뎅이로 뛰나?"

"이 형사님. 저 방금 누구본줄 아세요?"

"누구?"

"윤태경."

"집에서?"

"아니요. 도로에서."

"도로? 뭐, 그럼 퇴근길에서 마주친겨? 어쩌다가?"

"사고 때문에 차가 막혀서 우연히 그렇게 됐어요. 제 옆 차선에 있던데요? 거기다가 정말 이상한 일이……."

그때, 벽에 쓸린 흔적이 옆면에 남은 붉은색 차가 매우 빠른 속도로 반대편 도로를 가로질렀다. 곧 그 차가 윤태경의 것임을 알고 은찬은 급하게 전화를 마무리했다.

"제가 다시 걸게요."

"야, 뭐? 야!!! 여보, 여보세요? 이것이 맘대로 전화를 끊어?"

이호재는 은찬에게 욕을 퍼부어댔다. 자신이 잠복을 나가려고 했는데, 이걸 꼭 다시 들어보라며 첫 번째 가족실종 당시의 파일과 녹취록을 쥐어주고는 은찬이 대신 나간 상태였다. 극구 들어보라는 은찬의 말을 무시할 수도 없었다.

그래, 다시 한번 제대로 들어주마. 호재는 첫 번째 실종사건의 내용을 찬찬히 훑었다. 2101호의 세 명의 가족이 완전히 실종됐다. 뭘로 내리쳤는지 두꺼운 거실 창의 유리가 완전히 박살나 있었고, 그 유리창에 묻어있던 피의 DNA를 분석해 집안 구석구석 남아있는 체모나 타액등과 비교해 본 결과 남자의 것임이 확인되었다. 지문조사를 했을 때에도 오로지 '김석호'의 것밖엔 남아있지 않았다. 정말 이곳에 가족이란 것이 있었을까.

사고가 발생하고 난 뒤에 김석호의 딸과 아내의 흔적이라곤 옷가지들 외엔 찾아볼 수도 없었다. 어떤 시체도 찾을 수 없게 된 이후 사건은 실종으로 처리된 상태였다. 그러나 이호재의 촉은 자꾸만 그를 다른 추측 앞에 세워두었다. 남자가 자살을 꾸미고 완전 범죄를 계획한건 아닐까. 만약 그러한 가정이 맞는다면, 범죄를 저지른 놈은 결국 그 장소로 돌아오게 되어있었다. 완전범죄라고 생각하는 자신의 범행을 확인하고 싶어서라도. 그러한 믿음으로 시간이 남을 때마다 호재는 자신의 여가를 뒤로 하고 오랜 기간 잠복을 했다. 그런데 시간이 갈수록 이상한 아파트의 모습이 눈에 들어왔다. 그렇게 환했던 수많은 베란다가 하나둘씩 검은색 버티컬을 쳤다. 두 달쯤이 지나서 어느 날 밤엔가는 암흑 그 자체로 보이기도 했다. 단체로 베란다의 커튼을 주문 할 수도 있는 것인가? 저렇게 검은색으로? 그렇다고 그런 일들에 대해 딴지를 걸 수는 없었다. 거기서 호재는 포기를 결심했었다. 이 이상으로 잠복을 한다는 건 본업에도 충실치 못했기에 용납되지 않았다. 마지막이라 믿으며 지친 눈을 뜬 그날 새벽, 2101호에서 사람이 뛰어내렸다. 미동도 없는 시체 근처로 다가가 보니 뭉개진 얼굴이라지만 매일 같이 보고 또 보던 사진 속 김석호가 확실했다. 호재가 지목한 살인 용의자이자, 공식적으로는 실종된 바로 그였다.

"뭐, 뭐여? 기, 김석호?"

김석호가 그 자리에 나타나준 것은 호재에겐 행운이자 보람이었으나, 앞에서 자살을 하다니. 그러나 곧이어 더욱 믿을 수 없는 일이 벌어졌다. 시체가 스스로 일어나 터벅터벅 걷기 시작했다. 머리가 터져 뇌수가 흘러나오고, 사지가 부러지고 가슴뼈는 함몰되어 심장이 벌컥거리는 것이 눈에 보일 정도였다. 호재는 그저 눈을 뜨고 있어야만 했다. 그 이외엔 아무것도 할 수 없었다. 움직였다간 김석호가 달려들 것만 같았다. 김석호는 다시 아파트로 걸어 들어가 엘리베이터 버튼을 눌렀다. 엘리베이터가 열렸을 땐 그 안은 온통 시커먼 액체로 휩싸여 있었다. 그것들은 김석호의 주변을 돌며 위협적으로 으르렁 거렸다. 엘리베이터의 문이 닫힐 때, 그는 무척이나 슬프게 울고 있었다. 그러다 호재가 자신을 보고 있다는 사실을 알았는지 갑자기 두 눈을 부릅뜨더니 뒤춤에서 망치를 꺼내들고 순식간에 거리를 좁혀 호재에게 달려들었다.

"으허헉!!"

호재가 부리나케 도망갔지만, 쫓아오는 김석호의 발이 훨씬 빨랐다. 겁을 잔뜩 먹은 이호재가 뒤를 바라보려한 순간, 이미 김석호의 망치가 휘둘려지고 있었다. 이호재는 비명을 지르며 머리를 감싸 안은 채 앞으로 쓰러졌다. 분명 맞은 것 같은데, 아무런 통증도 상처도 느껴지지 않았다. 그런 호재의 귀에 김석호의 목소리가 들렸다. 건조하고 메마른 목소리. 슬픔 같은 건 오히려 기쁨이라는 듯, 온몸이 얼어붙는 듯한 음울한 절규였다.

"모두 내가 죽였어. 모두, 내가."

이호재는 겨우 눈을 떴다. 자신의 앞엔 아무도 없었다. 그리고 마치 벌레라도 붙은 듯 심하게 몸을 털었다. 온몸 구석구석 살펴봤지만 뛰다 넘어져 손과 무릎이 찰과상을 입은 것만 빼고는 딱히 상처랄 것도 없었다. 호재는 한동안 심호흡을 하다가 다리에 힘이 풀렸는지 땅바닥에 손을 짚고 발을 하나씩 천천히 내딛었다. 일어나긴 했지만 심하게 놀란 탓에 맘대로 걸어지질 않았다. 한참을 나와 돌아본 곳엔 빛 하나 없는 어둡고 차가운 아파트만 보였다. 환상이라고 하기엔 너무나 생생해서 믿을 수도 없고, 믿지 않을 수도 없는 딜레마까지 겹쳐 호재는 더욱 괴로웠다.

"씨, 씨벌. 뭐여. 대체 뭐냐고!"

뛰고 싶었지만 후들거리는 두 다리가 말을 듣지 않아 잰걸음으로 겨우겨우 차에 올라타자마자 그는 쏜살같이 아파트를 빠져나갔다.

이호재가 파일을 보며 아무에게도 하지 않은 이야기를 떠올리는 동안, 유은찬은 자신의 앞에서 정신없이 달려가는 빨간 차를 쫓고 있었다. 아마 저 차가 낼 수 있는 최대의 속도가 아닐까라는 생각이 들었다. 호기심에 유은찬의 눈빛이 오랜만에 활기를 띄고 있었다.

"무슨 일이 벌어질까요. 이 형사님. 이 형사님 말처럼, 이상한 일이 생길까요?"

유은찬은 조용히 혼잣말을 되뇌었다.

* * * *

내가 언제 널 처음 봤었지?

딸아이가, 하나밖에 없는 딸아이가 웬 거지같은 놈과 결혼하겠다고 떼를 쓰던 그때구나. 얼마나 힘들게 길러났는데, 왜 그렇게 기를 쓰고 뼈 빠지게 일해 왔는데. 죽 쒀서 개새끼에게 던져준 것과 뭐가 다를까. 아내를 존중하지만, 사랑하진 않아. 그건 너에게도 이야기 했다시피 결혼에서부터 틀어져버렸던 문제였어. 부모 좋다고 나까지 좋은가? 그 많은 유산 마다하고 내 힘으로 이만큼 이끌어온 이유도 그런 것이었어. 그래도 마음은 항상 텅 비어있는 듯 담담했어.

재미가 없었다고. 널 만나기 전까지는 말이야.

그렇게 딸아이를 원망하며 살아오다가 친구 집에서 널 처음 봤지. 응? 무슨 소리야. 지금의 네가 더 예뻐. 처음 보고 반했던 건 친구 집에 있었던 너였지만 말이야. 그 녀석, 무척 부자잖아. 지 부모 아래에서 떵떵거리며 사는 게 오래전부터 자랑이었다고. 집요할 정도로 그 녀석에게 달라붙어 물어보았지. 널 어디가면 얻을 수 있는 건지. 이야, 근데? 정말 거의 죽여 버릴 때쯤이 되서야 입을 열더라니까?

내가 그놈 실종된 걸로 만들려고 얼마나 노력을 했는데. 멍청한 경찰 놈들이 믹서의 칼날이 왜 그토록 마모됐는지 알 턱이 없었겠지. 공구실엔 전기톱 전용 세척액까지 있더군. 더없이 완벽했어. 그래도 참고인이랍시고 조사 들어가는데 무섭긴 하더라. 널 그냥 훔쳐낼까 싶었는데 이상하게 그러고 싶진 않았어. 무언가, 내가 더 빠져들 만한 네가 있으리라는 생각이 있었던 거야. 그런 거 있잖아. 확신. 단순히 아끼고 좋아하는 것이 아닌 사랑이란거 말이야.

너 만나러 일본까지 갔잖아 내가. 대단하지? 아내에겐 대충 사업 관계상 간다고 이야기 하고 말이야. 그리고도 몇 년이 더 흘렀지. 경매장까지 들어서기가 얼마나 힘이 들던지. 일본에서 사업을 한답시고 돈을 가져가서는 고위층과 친해지기 위해 각종 사교파티를 열기 시작했지. 아마 그때 내 돈의 반쯤은 털어 냈던 것 같아. 그사이에 딸년은 애새끼를 하나 배었더군. 그 쌍놈의 새끼의 아이겠지. 그래도 난 눈물까지 흘려가며 딸아이의 손을 잡고 용서한다고 했지. 비누로 벅벅 문질러가며 손이 시뻘개 질 때까지 닦아내긴 했지만.

그 덕에 여전히 그대로일까라는 아내의 믿음은 이어지고 있었지. 다행이었어. 뭘 해도 의심을 안 하니까. 그렇게 내 재산이 빠져나가니 결국 기회란 게 찾아오더군. 그 경매에 참가할 수 있는 골든 카드가 날라 온 거야. 와, 그때의 기쁨은 이루 말할 수 없었어. 그리고 너무나 많은 사람들의 시선을 네가 사로잡고 있는 진풍경을 볼 수 있었던 거야. 넌 때로는 요부처럼, 혹은 귀부인처럼 유혹적이더군. 그리고 그 가운데, 의자에 앉아 똑바로 정면을 바라보고 있는 나만의 널 보았어.

마치 데칼코마니처럼 완벽한 대칭의 얼굴. 옅은 미소와 묘한 눈빛. 난 그렇게 널 보고만 거야. 그런데, 정작 너는 경매를 하지 않더군. 미쳐버릴 것만 같았어. 수많은 사람들의 손이 널 사기 위해 계속해서 돈을 올려갔어. 그러나 내가 원하는 너는 아니었기에 슬픔 가운데 서서 널 그리워했었어. 또 몇 년이 흐르는 동안 아내의 의심이 시작됐어. 대체 일본에서 뭘 한답시고 이렇게 오랫동안 돌아오지도 않으며, 돈이 계속해서 빠져나가 이제 예전의 반의 반도 없다고 하더군. 지가 번 돈도 아닌데 왜 난리야 개 같은 년이. 알지도 못하면서 뭐? 결국 그년은 아무것도 한 게 없는 꼴이지 뭐야. 그년 집구석은 진작 망해버려 친척하나 찾기 힘들고, 자식이라고 하나 낳아 놓은 건 저 지랄인데. 안 그래?

그래도 신경 안 썼어. 착한 사람마냥 웃음을 띠며 아내를 토닥이면서 말해줬지. 곧 좋은 결과가 있을 거라고. 불안해하다가도 또 바보처럼 믿는단 말이야. 확실히 저년은 좀 모자라. 그렇지?

널 다시 보게 된 그날, 경매가 열렸지. 드디어 네가 나온 거야. 널 좋아한 건 나뿐만이 아니었어. 미친 듯이 돈을 올려대더군. 가만히 지켜봤지. 하나, 둘, 셋! 내 손이 번쩍 올라갔지. 태연한 척 난 계속해서 돈을 올렸지. 그리고 결국 널 얻은 거야. 무섭도록 살기어린 질투, 이를 가는 시기심마저 기분이 좋더라고.

우리 같이 살 집은 있어야겠지? 그 외엔 필요 없어. 너와 나만 있으면 돼. 다른 건 다 가져가도 상관없어. 모두 널 갖기 위해 필요했던 것뿐이니까. 그녀은 완전히 정신이 나가서 가져가려는 물건들마다 생떼를 쓰며 붙잡더군. 난 침울한 표정으로 서있었지. 속으로는 웃음이 터져 나오려는 걸 얼마나 참았는지 몰라. 난 부도가 났다며 아내에게 미안하다고 했지. 사실 그것들마저 너를 얻기 위해 팔아버린 건데 말이야. 아내는 울면서 그토록 아끼던 자신의 방에 물건들을 절대 안줄 것처럼 품에 안고는 인부들에게 매달리더군. 아주 볼만했어.

난 그 후 매일 우울한 표정으로 밥을 먹고, 혼자 있고 싶다며 재빨리 2층으로 올라와 너와 함께 했지. 너와 이야기를 하고 사랑을 나누고 매우 조심스럽게 마른 붓으로 닦아내는 것만으로도 가슴 벅찼어. 내가 가진 모든 것이 하나도 아깝지 않았다고. 아 근데 그 빌어먹을 년이 왜 내 서재에 들어온 거야? 잠깐 화장실 간 사이에 널 보고 만 거라고. 그녀이 계속 저 그림이 뭐냐고 다그쳤지. 자신이 모를 줄 알았냐고, 그림에 미친 거냐고 따져 묻더군. 날 엿본 거야. 시끄럽게도 계속해서 떠들더군. 그냥 주먹으로 뒤통수를 갈겨버렸어. 앞으로 툭 쓰러져 버리던데? 그때, 니가 말했지. 다시는 이곳에 올 수 없도록 버릇을 단단히 고쳐놓으라고.

대충 들쳐 메서 안방에 던져놓고서는 팔을 뒤로 묶었어. 처음엔 어떻게 버릇을 고칠지 고민을 했지. 공구함을 뒤적이다가 아주 좋은 것을 발견했어. 딱 한번 사용했던 적이 있었지. 갓 태어난 딸아이의 요람을 만들기 위해서. 기름칠을 해 가만히 모셔둔 탓에 정말 깨끗했어. 길이는 40센티 정도 되고 톱날이 안쪽으로 접혀 들어가는 톱 말이야. 아 매우 즐거워지더군. 노끈을 가져와 그년의 무릎 바로 아래를 꽁꽁 묶기 시작했어. 근데 언제 정신을 차렸는지 코피를 흘려가며 지저분하게 비명을 지르잖아. 별수 있나? 그냥 관자놀이를 발로 차 버렸어. 픽, 쓰러져 버리더군. 한때 아이들이 많이 하고 다니는 팔다리가 긴 원숭이 인형이 늘어진 것 같았어. 얼마나 웃기던지. 또 귀찮게 굴까 싶어 인부들이 고급품을 싸기 위해 가져온 천 쪼가리들 중 남은 것을 그년의 입에 처넣고 테이프를 가져와 둘둘 말아버렸어. 더 이상 시끄럽게 못하겠지.

흠흠, 헛기침을 하고 처음으로 톱날을 가져다 댔지. 우드득, 살이 끊어지며 뼈가 처음 닿을 때 나는 소리였어. 피와 뼛가루가 처음엔 부셔지듯 튀더니, 어느 정도 톱날이 들어가자 설근설근 톱질이 잘 먹더군. 톱이 들어간 양쪽의 살들이 밀어 넣을 땐 같이 밀려들어가고 빼낼 땐 같이 끌려나오는 통에 뼈가 없는 부분은 그냥 식칼로 잘라내고 싶었어. 악악거리며 발길질을 자꾸 하는 것도 좀 힘든 요인 중에 하나였지. 처음엔 피가 뭉텅 거리며 쏟아져 나오더니 좀 지나자 창백해지더군. 한쪽 다리가 다 잘리자 난 벌떡 일어나서 허리춤에 손을 얹고 흐뭇하게 잘려나간 왼쪽 다리를 봤지. 이 재미에 하는 것 아니겠어?

아직 한쪽 다리가 남아있으니 이번엔 좀 더 요령 있게 잘라봐야지. 친구 집에는 전기톱이 있어서 편했는데 좀 그런 면에서 아쉽긴 하지만 손맛이 또 달라요 이게. 피를 멈추게 하는 하얀 약가루를 가져와 대충 툭툭 털어 잘린 부분에 부어주었어. 그래도 피가 새어나올 것 같아서 큰 대바늘에 이불 호청을 꿰매는 실을 엮었지. 바느질이 익숙하지 않아서 처음엔 힘들었지만, 뭉툭하게 바늘을 집어넣어 쓱쓱 살을 꿰매두니 피가 조금은 멈춘 것 같았어. 어때, 내 솜씨가? 나 꽤 잘하죠? 그 년에게 말을 걸어보는데 대꾸가 없군. 버릇없는 년 같으니. 결혼생활 내내 존댓말까지 써주었는데. 기절한 건가? 그래도 다른 쪽 다리를 잘라 낼 때 정신을 차렸으니 그것으로 됐지. 뭐? 질투하지 마. 그냥 살아온 정이 있어서 그래.

왼쪽보다는 오른쪽이 좀 더 섬세하게 잘 꿰매진듯해. 난 뭐든 금방 잘 익숙해지더군. 너는 볼 때마다 새롭지만 말이야. 그년 얼굴이 지저분한 것 같아서 물을 떠와 닦아줬어. 완전 정신이 나가버린 듯하더군. 아 조용하니 세상만사가 편해. 이런 저런 이야기를 하며 얼굴을 닦아주는 영광에도 이년이 대꾸도 안 해. 그때 좀 재밌는 생각이 났어. 뒤통수를 세게 때리면 사람이 죽 뻗는다는 이야기 있잖아. 처음 때릴 때에도 개구리마냥 뻗을 때 재밌었는데. 또 그렇게 될까?

그년의 목을 잡아 눌렀어. 뒤통수가 보이더군. 으어어~ 거리면서 손을 막 뻗는데 뭐 그러든 말든 뒷목을 한손으로 꽉 잡고 뒤통수를 세게 내리쳤어. 떨긴 하는데 안 뻗는 거야. 음. 좀 약했나? 이번엔 아주 세게 내리쳐봤어. 와! 그냥 뻗어버리더군. 숨을 헐떡거리고 눈알은 굴러가긴 하는데 침을 질질 흘리는 게 분명 제대로 들어갔어. 가끔 이렇게 노는 것도 재밌을 것 같네. 피를 좀 많이 흘린 것 같아서 이 놀이도 얼마 남지 않았단 게 좀 아쉽긴 했지만 말이야. 그리고 한 이틀 지났지? 오늘이 됐고, 오늘 밤이 왔고. 너와 이야기 중인데 누군가 찾아 온 거야. 뭔 일인가 싶어 나가보니 세상에, 세상에! 그 추접한 년이 애새끼까지 끌고 온 거 아니야? 얼굴 보러왔대. 누가 지한테 얼굴 보여 준다고 했나? 안방에 저년이 전화를 한 건가? 뭐, 지 애미 얼굴이나 보고 가면 되지 뭐. 빨리 가라 어서.

근데 비명 소리가 들려오는 거야. 젠장, 알아챘나? 귀찮게 됐네. 일손이 늘었잖아. 미안해. 금방 다녀올게. 정말 미안. 그런데, 나 좀 다친 거 같아. 그 개년이 날 발로 찰 때 어깨를 다쳤나봐. 암내가 난다고? 더러운 암컷들 냄새가? 내가, 어서 구해 줄께, 널 힘들게 해서 정말 미안해, 내가, 내가 지금 구하러 간다고. 조금만 기다려!!

"문 열어! 이 쌍년아!! 문 열어!!"

"제발 저리가!! 가란 말이야 미친 새끼야!!"

"애비한테 미친 새끼라니, 이 빌어먹을 년! 그 버릇없는 혀를 잘라내어 씹어 먹어주지!! 열어!! 문 열어!!!"

그녀의 아빠가 온힘을 다해 문에 몸을 던졌다. 문은 곧 부서질 듯 경첩부분이 떨어져 나가기 직전이었다.

"으아아악!!!! 으아아악!!!"

비명을 지르면서도 계속해서 같은 행동을 했다. 아마 혜주가 발로 어깨를 찼을 때 부상을 입었겠지만 고통 따윈 지금 그에겐 아무 소용이 없는듯했다. 무언가를 위해, 어떤 것을 구하기 위해 할 수 있는 최대한을 하는 것 같았다. 절대 혜주와 정인을 위한 것이 아니란 건 확실했다. 그때 혜주의 눈에 여자가 그려진 그림이 보였다. 저 그림. 그래. 다 저 그림 때문일 것이라는 확신이 들었다. 문을 붙잡는 세 개의 경첩중 위의 두 개가 부서질 때 혜주는 정인이의 손을 놓고 그림 쪽으로 다가갔다.

"엄마!!!"

"괜찮아, 정인아!! 가만히!"

서재는 생각보다 크고 넓었다. 그렇다 해도 방일뿐인데 부서진 문틈 사이로 힘겹게 몸을 빼내는 아빠를 피해 그림 쪽으로 뛰는 시간이 혜주에겐 너무나도 길게 느껴졌다. 단 한걸음을 남겨두었을 때, 톱날이 혜주의 등을 향했다.

"거, 걸렸다!!"

"으아악!!"

악어 이빨 같은 뾰족하고 날카로운 톱날이 그녀의 등에 꽤 깊이 박혀 들었다. 그냥 칼에 베인 것이 아니라 톱날을 따라 살점이 찢겨나가는 고통 탓에 혜주는 쓰러져버렸을지도 몰랐다. 그러나 아이를 살리기 위해서는 어떻게든 이 집을 빠져나가야 한다는 일념으로 고통마저 삼키는 혜주였다.

"이, 미, 미친년아!! 그만해, 가지 마!! 그녀에게 가까이 가지 마!!"

잡았으리라 생각했었지만 그럼에도 계속하여 그림 쪽으로 다가서는 혜주의 모습에 아빠는 비명을 지르며 이번엔 그녀의 머리를 낚아채려 손을 뻗었다. 혜주의 걸음이 멈춰 섰을 때, 아빠는 죽일 듯이 분노로 일그러진 얼굴로 가쁜 숨을 몰아쉬고 있었다. 혜주는 그림을 바닥에 팽개치려는 듯 들어올렸다.

"놓아줘!!"

"싫어!!"

"어서 내려놔. 응? 착하지? 우리 아가?"

"비켜. 비키지 않으면!!"

아빠의 얼굴이 창백해지며 당황한 기색이 역력했다. 혜주가 허리춤에 액자를 지지하고 위쪽을 손으로 잡았다. 그리고 다른 손으로 촛불을 들어 그림을 불에 태울 듯 위협했다.

"지, 진정해라. 자 이거보이지? 이거, 이거 바닥에 내려놓을게. 됐지?"

굉장히 당황한 듯 말까지 더듬으며 딸의 피가 자신의 손까지 흘러내린 톱을 가만히 내려놓았다. 행여 그림이 조금이라도 다칠까 싶었는지 어쩔 줄 모르는 모습이었다. 양손바닥을 펴 보이며 더 이상 아무것도 없다는 것을 보여주려 하는 것이 지독히도 가증스러웠다.

"아빠……. 왜 이렇게 된 거야?"

"뭘? 아빠는 이제야 행복을 찾은 건데."

"행복?"

"너도 잘 알잖아."

아빠는 눈을 힐끗거리며 흔들리는 촛불 사이로 혜주를 쳐다보고 있었다. 눈치를 살피는 듯 했다.

"니 엄마와 나. 불행했다는 거."

"그, 그래도 엄마는……!"

"그년이 너한테 또 무슨 헛소리를 하디?"

"뭐?"

"나랑 있으면 마음이 편안해, 그이가 열심히 일해주니 좋구나, 뭐 등등!! 편안하다고? 좋다고? 그게 다야? 너 육십이 넘은 나이까지 사랑 한번 못해봤다면 믿을 수 있겠니? 그년과 너 때문에 평생을 다 바친 내게, 네가 준건 뭐지? 거지발싸개 같은 쓰레기 놈과 연애질을 한다며 날 배신한 거? 그래 그거 하나구나. 그런 널 이해하라고 날 설득한 게, 니 엄마란 년이고."

"그럼 아빠처럼 불행하게 살길 바래? 나도 사랑이란 것도 모르고?"

"니가 왜 사랑을 몰라, 내가 네게 한 게 얼만데!!"

"그렇게 계산하고 키울 거면 왜 날 키웠어!! 그냥 갖다 버리지!! 왜!! 왜!!!"

"내 거니까. 흐흐. 내 거니까 아끼고 사랑해줘야지."

"……정말 그것뿐이야?"

두려움과 공포로도 미쳐버릴 것 같은데, 복받쳐 오는 설움까지 혜주의 눈을 흐리게 만들었다. 소리도 내지 못한 채 눈물을 흘리고 있는 정인이의 모습도 잠시간 혜주의 눈에 보이지 않았다. 혜주는 흐르는 눈물조차 닦을 수도 없는 상황이었다. 한손엔 촛불을, 다른 한손은 조금 무거운 액자를 허리춤에 받치고 아슬아슬한 균형을 겨우 유지하고 있었다. 아빠는 딸의 물음에 고개를 갸우뚱 거리고는 모르겠다는 표정을 지었다.

"그럼 뭘 더?"

"그렇다면 아빠가 내게 준건 사랑이 아니야. 단지 소유욕일 뿐이지!!"

"두 개가 뭐가 달라? 사랑하면 갖고 싶고, 내 품안에 두고 싶어 하는 게 당연한 건데. 다 마찬가지 아니야? 그렇다면 네게 하나 물어보마. 지금 숨은 니 딸을 내가 널 키울 때 쏟은 정성의 반만큼이나 쏟아 키워놨다고 치자. 그런데 보잘 것 없는 놈과 나타나 결혼하겠다고 생떼를 쓰면서 뒤도 안돌아보고 부모를 모른 척 해버렸다면, 넌 어떻게 할까? 그냥 그래 너 행복해라하고 말 거야? 분명히 불행해 질것을 알고 있는데 그 길을 가도록 그대로 두어야 할까?"

"......"

"니가 날 떠날 때, 난 이미 널 버렸다. 그리고 정말 사랑이란 것을 찾게 되었지. 그녀가 내게 말했어. 너의 것이 될 수 없으면, 그 누구의 것도 될 수 없게 하라고. 그럼으로써, 자신이 아닌 사랑이란 모든 것을 부정하라고."

아빠는 차가운 웃음을 띤 채, 혜주에게 한걸음씩 다가갔다.

"가, 가까이 오지 마!!!"

"그녀를 돌려줘."

"아앗!!"

더 이상 혜주가 뒤로 물러설 곳이 없게 됐을 때였다.

"그녀를 내놔!!!"

"아악!!"

아빠가 갑자기 달려와 온몸으로 그녀를 덮쳤다. 혜주는 손에 들고 있던 촛불과 그림을 던져버리고는, 놀란 나머지 다가오려는 정인이를 밀쳐냈다. 혜주는 아빠와 벽에 부딪히며 방바닥에 나뒹굴었다.

"어, 엄마!!!"

"정인아! 어, 어서 나가! 어서!! 으윽!!"

"흐흐, 누구도 나가지 못해. 그 누구도!!!"

아빠의 손이 정인에게 닿으려 할 때, 혜주는 아빠의 다리를 붙잡고 있는 힘을 다 짜내어 아킬레스건을 물어뜯었다.

"으아아악!! 이, 이런 씨발년이!!"

피가 터져 혜주의 얼굴에 쏟아졌다. 그런 그녀의 얼굴을 아빠는 발로 차려 했고, 혜주는 양손을 모아 얼굴을 가까스로 막았다. 그러나 이내 아킬레스건을 물어뜯긴 것 때문에 중심을 잃고는 넘어지고 말았다. 고통에 몸부림치는 아빠의 모습을 바라보던 혜주는 슬그머니 일어나 치밀어 오르는 분노를 참지 못하고 그의 배를 걷어찼다.

"으아아악!!"

"엄마는 당신보다 수백 배는 아팠을 거야!!"

"크흑!!"

"엄마가 아빠를 얼마나 사랑했는데!!"

"아악!!"

"어, 엄마가 아빠를……."

혜주의 악에 받친 발길질이 갑자기 멈췄다. 정인이가 서재 문 앞에 서서 눈물을 흘리며 모든 광경을 바라보고 있었다. 정신을 차릴 수 없이 혼란스런 상황 때문에 혜주가 미처 알 수 없었던 일도 벌어지는 중이었다. 아빠가 고통에 몸부림치면서도, 자신의 바지 주머니 속에 손을 집어넣었다.

* * * *

이제 얼마 남지 않았다. 이 직진 도로만 지나면 곧 장인어른 댁이었다. 태경은 만에 하나 길을 잘못 들어서면 어쩌나 싶어 온통 신경을 곤두세우고 핸들을 붙잡았다. 어려운 길도 아니잖아? 아무리 길치라고 해도 어떻게 이 길을 잊겠어. 처음 지나쳐왔을 때를 생각해봐. 장인어른의 눈빛은 곱지 않았지만, 그래도 그만큼 더 정신을 차렸잖아? 태경이 스스로를 믿은 만큼 방향은 절대 틀리지 않았다. 그런데 갑자기 현기증이 일었다. 그리곤 지금 일어나선 안 될 일이 벌어지고 말았다.

"다들 주무시나요? 놀러갔다 오시면서 많이들 피곤하셨나봐."

"!?"

태경의 시야는 다시금 흑백으로 변해있었다. 같은 직진도로임에도 무언가 달랐다. 추운 날씨에 말라붙어 있어야 할 가로수는 파릇파릇했다. 거기에 차창까지 다 열고 반팔차림으로 운전 중인 모습이 한여름인 듯 했다.

"사장님을 만나 차까지 얻어 탈 줄이야. 보답은 빠를수록 좋겠죠?"

태경의 시야는 긴장한 채 앞만 바라보고 있었다. 젠장, 고개를 돌려라. 누군지 봐야 할 것 아니야? 목소리는 분명 들어본 것이었다. 대충 누군지 짐작은 가지만, 그래도 확실히 하기 위해선 얼굴을 봐야 할 것 같았다.

"아앗! 이, 이러지 말아요!"

"나랑 하고 싶지 않은 거예요?"

"……미쳐버릴 것 같아요. 당신 생각만 하면."

"하지만 사장님은 가족이 있잖아. 나 언제까지 이렇게 기다리기만 해? 난 유부남은 싫단 말이에요."

"금방 갈게요. 조금, 아니 오늘 밤이면 되요."

"정말? 너무 기뻐요. 그러니 더욱 맛을 보고 싶어졌어."

남자가 고개를 돌리자 태경도 그녀의 얼굴을 볼 수 있었다. 지퍼를 내리고 자신의 눈을 바라보며 웃고 있는 그녀. 2102호의 여자였다. 남자와의 관계가 어떤 것인지 극명하게 드러나는 순간이었다. 이 환상에서 깨어나야 하는데, 그건 태경의 맘대로 되는 것이 아니었다. 이젠 어쩔 수 없이 지켜보는 수밖엔 없었다. 코에 여자의 샴푸향기가 느껴졌다. 그것만으로도 이성이 마비되는 것만 같았다. 흥분해야할 처지가 아닌데, 어쩔 수 없는 환상 때문에 시선을 맘대로 할 수 없으니 길조차 제대로 보기가 불가능 했다. 깨어나지 않으면 어딘가에 부딪혀 사고가 날지도 모를 일이었다. 정인이와 혜주를 구하기도 전에, 자신이 죽어버리면 어떡하란 말인가. 깨어나야 했다. 그러나 생각뿐이었다. 육욕은 끊임없이 그를 부르고 있었다. 내 가족을 구하러 가야 해. 제발 이따위 환상에서 깨어나게 해줘! 그만둬, 그만둬!

"그만둬!!!"

처음으로, 남자의 입을 통해 태경의 절규가 터져 나왔다. 여자는 음란한 짓을 멈추고 고개를 천천히 들었다. 머리칼을 뒤로 넘기고 조수석에 팔짱을 끼고 기대어 피식 웃더니 태경을 바라보았다.

"너, 누구야?"

그 말과 함께 바깥이 점점 더 어두워졌다. 멀리서부터 시커먼 먹구름이 뭉쳐 도로와 불빛들을 순식간에 좀먹었다. 문을 열고 도망치려해도 돌덩이처럼 무거워 열수가 없었다.

"재주가 늘었네. 아아, 소개할게."

여자가 무언가를 꺼내려는 듯 뒷좌석에 손을 뻗쳤다. 곧 뼈가 부러지고 살이 찢어지는 소리가 들렸다. 뒤를 돌아보려고 했지만 공포에 질린 태경은 그것도 맘처럼 되지 않았다. 어둠은 이미 차의 보닛까지 침범해 태경과의 간격을 좁혀왔다. 떨고 있는 그의 앞에 그녀가 내민 것은 목 부분이 뽑혀나가 살점이 너덜거리는 두개의 머리였다.

"으아아악!!!"

"어? 넌 이건 처음 보는 거야? 그렇구나. 아직 마음처럼 다루진 못하나보네? 귀엽단 말이야. 우리 석호 씨."

그때 여자가 들고 있는 두개의 머리가 시뻘겋게 충혈된 두 눈을 뜨고 태경을 바라보았다. 힘없이 입이 벌어진 두개의 머리는 타버린 재처럼 변색된 진회색 이빨을 달그락 거렸다.

"아빠, 날 떠나지 않을 거지?"

"아빠는 우릴 떠나지 않아. 떠날 수도 없지!"

여자는 잘려진 두 머리를 이리저리 흔들면서 깔깔 거리며 웃었다.

"멍청이들아. 이 사람은 너희 아빠가 아닐걸?"

"얼굴은 똑같은데? 그럼 넌 누구야?"

"아빠 맞잖아요. 아빠? 아빠!"

두 머리는 무표정했던 아까와는 달리 미간을 찌푸리며 사나운 얼굴이 되어 태경을 쏘아붙였고, 그사이 어둠은 태경의 정강이 위를 타고 올랐다. 웃는 낯이었던 옆집 여자가 머리들을 원래 있던 곳으로 집어던지며 험악한 표정으로 태경의 목을 양손으로 짓눌렀다. 예쁜 얼굴이 무섭게 일그러졌다.

"석호 씨가 누굴 데려 왔으려나?!"

"으아아악!!!"

환상에서 깨어난 태경의 눈에 처음으로 들어온 것은 우회전으로 슬며시 꺾이는 도로였다. 핸들을 꽉 붙으며 가까스로 정신을 차렸다.

윤태경의 차가 중심을 잃고 좌우로 흔들리자 은찬 또한 깜짝 놀랐다. 그러나 이내 그리 심하지 않은 경사면의 우회전도로에서 흐트러짐 없이 잘 달려주는 윤태경이 다행인 듯 한숨을 쉬었다. 담뱃불이라도 바지에 떨어뜨린 건가? 길이 끝나갈 때쯤 작은 언덕배기 위에 전원주택 한 채가 보였다. 태경의 뒤를 바싹 쫓던 은찬은 약간의 거리를 두고 멀리서 그 모습을 지켜보았다. 윤태경은 급하게 차에서 내린 것과는 다르게 문 앞에서 머뭇거렸다.

"뭐야. 왜 저러고 있는 거지? 근데 대체 여긴 왜 온 거야?"

태경은 문을 두드렸다. 초인종은 오자마자 마구 눌러봤으니까. 아무런 답이 없었지만 그렇다고 문짝을 뜯어버릴 수도 없는 노릇이었다. 아내에게 다시금 전화를 걸어보지만, 난청지역인지 안테나도 뜨지 않았다. 무슨 일이지? 대체 어떻게 해야 하지? 공포와 혼란 때문에 아무런 생각을 할 수 없게 된 머리를 붙잡고 태경은 발을 동동 거리며 애를 태웠다.

"으!! 제발, 제발 진정하고 답을 찾자. 답을!!"

비밀번호란 것을 알 턱이 없었다. 이 집에 들어가고 나갈 때마다 온통 장모, 장인의 반응에 신경을 곤두세웠던 나머지 이런 소소한 것까지는 전혀 알 수가 없는 것이 당연했다. 단단히 닫혀져 있는 철문은 흔들어봤다. 조금 유격이 있는 것 같았다. 이런 것을 가만히 놔둘 장인어른이 아니었을 텐데. 마음만 먹으면 혹시 이 유격 사이로 파고들 수 있지는 않을까? 그러나 태경의 가족이 살고 있는 집보다도 비싼 걸로 알고 있는 이 문짝이 잠깐 방치되었다 해도 쉽게 그를 안으로 들여 보내줄 것 같진 않았다. 태경의 몸 두께가 20센티면 모를까.

무작정 119에 신고를 할 수도 없었다. 겉으로 봐서는 너무나 조용하기만 집이었기에. 담이 낮기라도 해야 넘어볼 수 있을 텐데, 이놈의 담은 3미터가 넘는 건 아닐까 싶을 만큼 높기만 했다. 태경은 불안함과 긴장 속에서 문 너머 장인어른과 장모님이 살고 계신 집만 바라보았다.

한편, 은찬의 전화를 기다리다 지쳐버린 이호재는 여전히 욕지거리를 내뱉고 있었다. 각종 의성, 의태어로 화려하게 수놓아진 욕설 끝에 그는 쓴 입맛을 다시며 녹취가 담긴 몇 개의 테이프를 바라보았다.

2102호의 여자의 녹취만 어디 갔는지 들어볼 수가 없었지만, 분명 첫 번째 가족실종사건과 두 번째 입주한 부부의 실종사건에 대한 녹취는 목소리만 같을 뿐 전혀 다른 내용이라고 해도 과언이 아니었다. 첫 번째 녹취에 대한 아파트 주민들의 태도는 사실 매우 불손한 것이었다. 녹취에 대해 기분 나빠하면서 묻는 말에도 귀찮은 듯 대충 대답을 했다. 원래 이게 정상이었다. 누가 알지 못하는 사람의 실종에 대해 재수 없게 캐묻고 다닌다면 그게 기분 좋을 턱이 있겠는가. 마치 날 의심하는 것이 아닌가 싶어 사람들은 대부분 모른다고 말하거나 남의 집 사정을 어떻게 아냐며 날카롭게 되묻기까지 했다. 형사가 아니더라도 두 녹취록이 판이하게 다르다는 것은 누구든지 알 수 있었을 텐데, 왜 신호균은 이호재에게 들을 필요도 없다며 웃어 넘겨 버린 것일까. 그때 한 번이라도 녹취를 들어봤었더라면. 호재는 스스로를 자책했다.

"신호균 이 미친 새끼. 어떻게 일을 처리 한 거여?"

손에 쥔 첫 번째 가족 실종사건 파일을 집어던져버렸다. 의자에 앉아 턱을 괴려다가 갑자기 책상에 마구 박치기를 해댔다. 그럼에도 성이 풀리지 않는지 책상을 발로 차 기어이 넘어뜨려 버렸다.

"아으! 짜증나 씨벌!! 이 개새끼는 어디 간 거여 대체?"

신호균과 이호재는 각별한 사이였다. 나이 차이는 두 살 남짓이지만 이름도 '호'자 돌림으로 비슷한 두 사람이 친해지는 건 그리 오래 걸리지 않았다. 성격 급하기로 소문난 이호재는 사건을 처리할 때 감으로 때려잡아 해결하는 것으로 유명했다. 그래서 누구도 그를 돕는 것에 대해 상부의 명령이 아니고서는 꺼려하기 일쑤였다.(그 명령이란 것도 재 좀 말려봐!! 정도였다.) 꼼꼼한 호균은 너무나 저돌적인 나머지 몇 번이나 칼이나 둔기에 의한 자상과 타박상, 뇌진탕 등으로 죽을 뻔했던 호재를 밀고 당기며 그나마 머리 좀 쓰는 형사로 만들어 놓았다. 그렇게 호균은 호재와 어려운 사건을 풀어나갔다. 그랬던 호균이 한 짓이라니 호재는 어이가 없었다.

둘은 심지어 같이 살기도 했었다. 10년쯤 지나면 재건축이 들어 갈 것이라는 오래된 수도권 근방의 서민아파트에 같이 월세를 얻어 몇 년 간을 같이 보냈다. 호재가 결혼을 하면서부터는 헤어져 살게 되었지만 말이다. 지금은 재건축이 들어간단 소리를 얼마 전 들었던 것 같았다. 바로 그 아파트에서 호균이가 얼마나 꼼꼼한 녀석인지 알 수 있었다.

먼지 하나도 일일이 테이프를 가져와 떼어내고, 라면 하나를 끓일 때에도 물량까지 정확히 맞춰가며 끓이던 녀석이었다. 빨래나 설거지 등등 호재가 해놓은 것도 맘에 안 들면 기어코 다시 해야 직성이 풀리는 호균이었다. 그런 녀석이기 때문에 녹취가 담긴 테이프에 대한 그의 말이 거짓인 것은 더욱 분명했다. 처음 거짓은 두 번째 녹취에 아무이상이 없었다라는 것이었고, 두 번째는 차후에 알게 된 2102호의 녹취가 담긴 테이프의 분실이었다. 그것은 두 사건 모두 마찬가지였다. 그랬기에 2102호의 여자 목소리는 들어 볼 수가 없었다.

각 서마다 실종신고를 내려놨지만, 성질 급한 그로서는 잠시마저도 견딜 수가 없었다. 무슨 짓을 해서라도 빨리 찾아내야만 했다. 외동아들인데다가 부모가 모두 노환으로 사망했고, 결혼도 하지 않은 탓에 실제적인 가족이란 건 아예 하나도 없었다. 그나마 가까운 사람은 지금 혼란스러운 고민에 빠져있는 호재뿐이었다. 대체 어디로 사라진 거냐. 호균아.

"어……? 설마?"

호재의 머릿속에서 허물어져가는 아파트의 모습이 떠올랐다. 왜 그랬을까. 다시금 이호재의 알 수 없는 촉이 코를 킁킁 댔다. 몇 달 전 잠적한 호균이 이제 재건축이 들어간 그 아파트 어디엔가 있으리라는 강한 예감을 받았다. 은찬에게 전화를 걸까 했으나, 왠지 꺼림한 생각이 들어 핸드폰을 향해 가운데 손가락을 쳐들고는 밖으로 뛰쳐나갔다.

* * * *

"아아악!!"

혜주의 발등에 엄청난 통증이 느껴졌다. 처음엔 아픔보다 발이 마비가 되는 느낌이 들더니 점점 고통이 발등을 타고 올라온 탓에 그대로 쓰러지고 말았다. 아빠가 그녀의 눈앞에서 등산용 나이프를 이리저리 흔들며 자랑스레 웃고 있었다.

"요거 봐라 요거~! 아프지?"

"아으윽!!"

"늙은 애비를 이렇게 고생을 시켜도 되는 거냐? 엉?"

혜주의 아빠는 그녀의 가슴 위에 털썩 주저앉아 뺨을 툭툭 때리기 시작했다. 점점 강도를 더해 후려 칠 때마다 고개마저 힘을 잃고 좌우로 휙휙 돌아갔다. 때문에 혜주의 시야는 벽과 문을 반복해서 보는 꼴이 되어 버리고 말았다. 문 옆에 서서 울고 있는 정인의 얼굴이 보일 때마다 도망가라고 말하고 싶었지만 계속해서 뺨을 때리는 아빠 때문에 말조차 이을 수 없었다.

"버릇없는 년은 맞아야 돼. 이게 가장 좋은 방법이거든!! 널 키우면서, 단 한 번도 매를 든 적이 없었던 게 가장 큰 실수였어. 사람새끼는 때려야 말을 들어!"

혜주의 코와 입에서 피가 터져 나왔다. 점차 시야마저 흐려지고 있었다.

"엄마! 뒤에, 뒤에!!!"

"엥? 우리 손녀, 아직도 거기 있었니?"

혜주의 두 눈이 마구 요동쳤다. 어지러움 때문에 구토가 나왔다. 다리가 물어뜯긴 탓에 아빠 또한 제대로 걷지 못했다. 그럼에도 아이를 향해 절뚝이며 한걸음씩 걸어가는 아빠의 모습이 보이자, 그녀는 비명을 질렀다. 절망의 끝에 서있는 혜주의 옆으로 무언가 반짝이는 것이 보였다. 아까 아빠가 내려놓은 톱이었다. 혜주는 힘겹게 그쪽으로 기어갔다.

"우리 손녀딸, 아가야, 이리오렴!"

"어, 엄마!! 엄마 뒤에!! 으아아앙!!"

정인이 자꾸 같은 소리를 반복했다. 그 순간 무언가 뜨거운 기운이 혜주의 뒤에서부터 느껴졌다. 그녀와 동시에 아빠도 열기를 느꼈는지 돌아보았다. 아까 아빠가 혜주를 밀쳐낼 때만 해도 그렇게 하면 촛불이 떨어지며 꺼질 것이라 생각했다. 혜주도 순간 흐려지는 촛불의 모습에 마찬가지의 생각이었다. 그러나 촛불은 끈질기게 불씨를 품어 살아남았고, 커튼 가까이에 떨어진 이유로 이젠 커다란 불길이 되어있었다. 그리고 그 불길 가운데, 혜주가 던져버린 액자가 있었다.

"안 돼!! 아아악!!!"

아빠는 놀란 얼굴로 뛰어가려다 앞으로 고꾸라졌다. 좀 전에 자신의 딸을 죽여 없애지 못해 안달이 났던 얼굴과는 다르게 너무나 애처로운 얼굴의 그는 이를 악물고 액자를 향해 기었다.

"내가 구해 줄게. 내가 갈게!"

혜주는 벽을 짚어 겨우 일어났다. 불길은 순식간에 거세어져 뒷머리가 타들어가는 것이 느껴졌다. 그녀는 고개를 숙이고 아이를 향해 뛰었다.

* * * *

뭐지 저게? 태경의 눈에 어두운 집 2층 창문 틈 사이로 붉고 노란 것이 보였다. 환하게 2층을 밝히고 있는 빛은 단순한 주광색 형광등이 아닌 것 같았다. 불빛이 점점 천장에까지 번져 갈 때, 태경은 순간적으로 공황상태에 빠져버렸다. 잠시간 그것을 바라보다가 비명을 질렀다.

"부, 불이야!!!"

은찬 또한 불길을 알아채자마자 바로 소방서로 연락을 하려 했지만, 이상하게 무전기가 말을 듣지 않았다. 불길이 거세어져 2층을 모두 뒤덮도록 전화나 무전기가 터지지 않자 고민 끝에 그는 차에 올라타 급하게 시동을 걸었다. 그러면서도 한손으로는 핸드폰과 무전기를 번갈아가며 연락을 시도하고 있었다. 핸드폰의 수신감도는 여전히 엉망이었다. 이 지역이 난청지역이라면, 조금이라도 벗어나 전화나 다른 통신수단으로 빠른 연락을 취해야 했다. 그것이 그나마 지금 할 수 있는 최선이었다.

"엄마!!"

"괜찮아, 저, 정인아. 엄마만 꽉 잡아!!"

새까만 연기가 2층을 가득 메웠다. 혜주는 정인의 손을 잡고 급하게 계단을 뛰어 내려갔다. 그녀의 아빠는 이미 불길에 휩싸여 모습조차 보이지 않았다. 이젠 몸의 통증보다는 숨 쉴 수 없는 고통이 더 컸다. 더욱 허리를 숙여 숨을 들이 쉰 다음 밖을 향해 뛰었다. 1층의 안방에서 그녀는 잠시 발길을 멈췄다. 엄마의 시신이 흐릿하게 보였다. 정인의 손을 잡고 문을 나서다가 첫 번째 징검다리를 밟은 혜주가 미끄러져 중심을 잃었다.

"아앗!!"

"엄마!! 악!!"

혜주가 미끄러진 첫 번째 징검다리의 큰 돌이 미끄러져 옆으로 밀려나왔다. 돌 아래엔 털이 북실북실한 작은 짐승이 완전히 뭉개져 악취를 내뿜었다. 그녀의 엄마가 항상 예뻐하던 푸들의 목에 걸려 있었던 은 목걸이가 썩어버린 살점들 사이로 반짝였다.

"여보!!!"

마당 문 앞에서 낯익은 목소리가 혜주의 귀에 들려왔다. 태경은 피에 젖은 혜주와 아이를 보자마자 차에 올라타 후진기어를 넣었다. 어느 정도 거리를 두자마자 기어를 전진으로 바꾸고 쇠문을 향해 악셀을 밟았다. 자신이 죽더라도 가족이 나올 틈이나마 벌려둘 각오였다. 있는 힘껏 차가 문에 충돌하자 엄청난 굉음과 함께 문이 떨어져 나갔다. 태경이 문짝만큼이나 완전히 찌그러져버린 차에서 겨우 빠져나와 비틀거리며 혜주와 정인을 향했다.

"미안해. 너무 늦었어. 어서 나가자."

"여, 여보……."

혜주의 눈에서 눈물이 나오기도 전에 태경은 그녀의 손과 정인의 손을 꼭 붙잡고 말없이 걸었다. 지옥 같은 문 밖을 나서자, 멀리서 시끄러운 소음을 내며 몇 대의 소방차가 집을 향해 달려오는 것이 태경의 눈에 보였다. 집밖으로 나와 잠시 돌아보니 집은 거대한 하나의 불꽃이 되어 활활 타오르고 있었다.

* * * *

"어, 어흑! 어으윽……."

개 목줄에 묶여있는 중년의 사내가 자신의 귀를 틀어막고 침을 흘리며 괴로워했다. 눈에서는 줄줄 눈물이 새어나오고, 콧물도 지저분하게 늘어져 바닥에 떨어졌다.

「그 일 때문이냐?」

방안에서부터 음험하게 울려나오는 무거운 목소리는 거실에 쪼그려 앉아 정신 사납게 TV채널을 이리저리 돌려대는 여자를 향했다. 여자는 잔뜩 짜증이 난 얼굴이었다.

"너!! 너 말이야! 흥!!"

아무리 앳되었지만 행색은 서른 살쯤으로 보이는 듯한데, 짓는 표정이나 행동은 때때로 완전히 달랐다. 농익은 관능미를 뽐내면서도 정반대의 순수한 어린 아이 같기도 했다.

"나한테 말 안한 거 있지?"

「호호.」

"김석호, 어떻게 그런 힘을 갖게 된 거야?"

「나도 모르지.」

"지식의 제왕이라면서?"

「내가 주고자 하는 지식은 이미 다 주었다.」

"나와 같은 능력이 있는 것 같단 말이야."

「현실화 말이더냐?」

"응. 심지어 '욕망의 기억'에다가 누군가를 투영(投影)시켰어. 자기도 봤잖아?"

「물론 나도 봤지. 나는 항상 너와 같이하니까.」

"매일 밤 다른 걸 쑤셔 넣는 것만으로는 모자란 건가? 히히힛! 뭐, 그렇다고 아무 소용도 없지만 말이지."

「인간이란 너무 재밌어. 원한이란 거, 집념 같은 거. 내 힘의 일부분을 자신의 것으로 만들어 이용할 줄은 나도 몰랐군.」

시커먼 방문이 스르륵 열렸다. 구석에 묶여있던 목줄의 남자는 그

방과 정반대로 몸을 돌려 고개를 숙인 채 개밥그릇에 얼굴을 파묻었다.

"아아. 근데 우리 낭군님은 언제 오시려나……."

「오랜만에 그를 봐서 즐거운가보군.」

"응. 이번엔 그냥 그렇게 보내지 않을 거야."

여자는 옷을 하나씩 벗었다. 아이 같이 귀여운 얼굴과 어울리지 않는 풍만한 가슴엔 연분홍빛 유륜과 유두가 열매처럼 매달려 달빛에 반짝였다. 유려한 곡선이 잘록한 허리를 지나 더욱 급격하게 바깥으로 휘며 색기 넘치는 엉덩이를 감싸 돌았다. 매끈하게 빠진 두 다리를 지나 부러질 듯 가는 발목까지, 여신과도 같았다. 그러나 그녀의 눈빛만큼은 세상의 모든 남자를 자신의 발아래 둘 수 있을 만큼 유혹적이며 음란했다. 마녀가 조금 열린 방문을 활짝 열자, 빛 하나 없이 시커먼 방 가운데 거대한 그것이 시뻘건 두 눈알을 번뜩이며 마녀를 맞이했다. 문이 닫히고, 여자의 신음소리가 넘쳐나는데도 밖에 묶여 있는 사내는 더욱 공포에 젖은 얼굴로 배설물과 다름없는 것들을 입 안에 강제로 쑤셔 넣었다.

* * * *

가까운 병원에 윤태경의 가족을 옮긴 뒤 사건 현장에 돌아온 은찬은 고민에 빠졌다. 의사에게 이혜주가 입은 상처에 대해 물었더니 날카로운 흉기에 의한 오른 발등부터 발밑까지 관통한 자상(刺傷)과 등과 다리에 각각 하나씩의 열상(裂傷), 그리고 넘어져서 생긴 약한 뇌진탕 증상이 있다고 알려주었다.

집은 순식간에 타올라 상당부분 연소가 되어버린 상태였다. 화재를 알게 된 순간 수신불가였던 지역을 벗어나 연결이 성공한건 그리 오랜 시간이 걸리지 않았다. 소방차와 앰뷸런스가 출동한 것도 2층의 화재가 일어난 이후 길어야 10분 이내일 텐데, 오래된 목조건물은 그 자체를 전소시키는데 10분이면 충분했던 것일까. 겨울이라 건조한데다가, 전기세나 가스세 등 일반세금 조차 몇 개월째 내지 못해 사람이 살만한 기본조건도 없었기에 10분이란 시간은 집을 태우고도 남았을지도 몰랐다. 게다가 현장조사에서는 더더욱 이상한 일들이 발견되고 있었다. 1층에서 새까맣게 타버린 여자의 시신이 발견됐는데, 생존 시 매우 말라 있었던 듯 시신은 마치 미라 같았다. 그런데 두 다리 모두 무릎아래 정강이 부분이 없었다. 어떤 사고로 인해 절단한 것일까? 2층에서는 남자가 무언가를 끌어안고 있는 자세로 불길에 타올라 버렸는데, 너무 거센 불 때문인지 피부 부분만이 새까맣게 그을려 있었다. 표피 아래는 오히려 1층의 시신보다 상태가 좋아보였다. 그런데 무엇을 보호하려 했던 것일까?

불타버린 집에서 유일하게 건질 수 있었던 것은 마당의 징검다리 돌이 있었던 자리에 형체를 알아볼 수 없게 뭉개져 터진 동물의 시체였다. 그것의 이름을 알아내는 건 그리 어렵지 않았다. 시체 가운데 반짝이는 은빛 목걸이에 'Cherry'라고 음각이 되어있었기 때문이었다. 이런 목걸이 까지 걸어줄 정도라면 애완동물을 무척 아꼈던 것 같은데, 누가 이렇게 잔인하게 죽여 버렸을까. 혼자 들기도 힘든 커다란 돌로 깔아뭉갤 정도라니. 시체야 한두 번 본 것이 아니지만 잔인한 살해방법에 은찬은 소름이 끼쳤다. 안방에서 발견된 여자의 시신의 다리가 없는 것 또한 마찬가지의 이유가 아닐까? 아니, 섣불리 예상할 것은 아니었다. 증거도 마땅치 않은 상황이었다.

어쨌든 지금 이 동물의 시체 말고는 단서가 될 만한 것이 없는 것 같았다. 물론 집안의 다른 시체들과 여러 가지 흔적들로 증거를 삼을 수 있겠지만, 현재로서는 다른 방도가 없었다. 일단 시신 수집을 담당한 사람에게 하나도 빠짐없이 담을 것을 부탁했다.

"이상해. 진짜 이상하다. 은찬아."

안방의 여자 시체를 이리저리 둘러보던 이재혁이 걸어 나왔다. 검시관인 그는 정수리가 훤한 중년의 아저씨였다. 불룩한 배에 묻은 지저분한 것들을 털어내며 뭔가 찝찝한 표정을 짓는 그였다.

"뭐가요 검시관님?"

"이리와 봐. 이 집의 안주인부터 보자고."

집안의 곳곳엔 아주 밝은 플래시들이 곳곳에 걸려있었다. 오히려 형광등을 켜놓은 것보다도 밝아 이 집만 한낮인 것 같았다. 은찬은 재혁을 따라 안방으로 들어갔다. 매캐한 냄새가 진동했다. 그럼에도 둘 다 안색조차 변하지 않았다. 그들의 눈은 엎드린 채 새까맣게 타 죽어버린 여자의 시신에만 머물렀다.

"이건 사고로 인해 잘라낸 게 아니야. 여기 남겨진 흔적을 봐."

재혁이 시신의 무릎을 가리키자 은찬이 유심히 그 부분을 살폈다. 비록 불에 많이 손상됐지만 뼈가 울퉁불퉁한 것이 한눈에 봐도 이상함을 느낄 수 있었다.

"수술용 도구였다면 잘린 단면이 이렇진 않지. 이건, 음⋯⋯."

"뭘까요 그럼?"

재혁은 흘러내린 안경을 손가락으로 밀어 올렸다. 뱃살 때문에 쭈그려 앉기도 힘든지 땀방울이 머리에서 흘러내렸다. 한손으로 얼마 남지 않은 머리칼을 위로 쓸어 올리다가 다시금 잘린 단면을 보며 말했다.

"톱이야 톱. 그것도 그냥 일반 간이 톱 있잖아? 줄 톱도 아니고. 게다가 이거, 산채로 잘린 거 같아. 이리저리 톱날이 흔들려 뼈가 부서진 자국이 보이지? 이건 피해자가 가해자에게 저항했다는 의미야."

"산채로 다리를 잘랐다고요?"

"그렇지. 무척 잔인한 수법이네. 그리고 이것도."

재혁이 엎드린 여자의 시신을 아주 조심스럽게 반대로 엎어놓자, 아직 타지 않은 부분들이 드러났다. 바닥에 맞닿아 있어서 그나마 형체가 남은 한쪽 뺨은 아주 옅은 보랏빛을 띠고 있었다.

"이거 시반(屍斑)이잖아요?"

"그래. 죽은 이유가 최소한 불 때문은 아니라는 거지. 좀 더 검사해봐야겠지만, 아마 심장 마비 같아. 타버려서 잘 알아볼 수 없긴 하지만 다리의 상해가 이유일 것 같군. 과다출혈로 길어야 하루 이틀이면 죽었을 거야. 혹시 모르니 부검실에 가서 다시 봐야 하겠지만."

시반은 사후 1시간 이후부터 나타나는 것인데, 시간대가 맞지 않았다. 정작 화재에 의한 인명피해의 경우 불에 타 죽는 것 보다는 연기에 질식해 주는 경우가 훨씬 많았다. 하지만 그렇다 해도 20분 전후로 봐야 할 텐데, 시반이 옅은 보랏빛으로 나타나는 경우라면 1시간 정도는 지났다는 이야기였다.

이리저리 바쁜 사이 은찬은 2층으로 발걸음을 옮겼다. 목재들은 새까맣게 타버린 상태였지만, 콘크리트 구조라 올라가는데 무리는 없었다. 하지만 삐거덕거리는 소리가 들려오는 걸로 봐선 이것도 불안하긴 마찬가지였다. 곧 서재로 보이는 방이 보였다. 불길이 시작된 곳이라서 어느 곳을 건드려도 새까만 재가 소방제랑 뒤섞여 점액질처럼 뭉쳐 흘러내렸다. 마스크와 방재처리를 한 옷을 입고 증거물들을 수집하고 있는 경찰에게 은찬이 물었다.

"뭐 발견한 거 있나?"

"아, 네. 등산용 칼 한 자루하고, 아, 그리고 가정용 접이식 톱 하나가 발견됐습니다. 나머지들은 전부 불에 타버린 듯 아무것도 없어요."

은찬의 눈이 번뜩였다. 이혜주의 발등에서 나타난 자상이 바로 등산용 칼의 흔적인 듯 했다. 아마 등에 난 열상은 톱날 때문은 아닐까?

"톱?"

"네. 그런데 손잡이가 나무라서 많이 손상되어 있습니다."

아쉬운 듯 은찬의 얼굴이 어두워졌다. 혹시나 책장 아래라도 들어가 있었더라면 지문이라도 채취할 수 있었을 텐데. 화재사고의 가장 어려운 점은 제대로 된 지문 하나 채취하기 힘들다는 점이었다.

"흠. 어쩔 수 없지. 그런데 그 톱날, 어디 있지?"

"네 4번 증거물 함에 넣어두었습니다 11번입니다."

은찬은 조용히 증거물 함이 차곡차곡 늘어선 곳으로 걸어갔다. 2층 한쪽에 각 물건들의 종류들을 적어 견출지로 붙여놓은 박스들이 보였다. 조심스럽게 뒤지다가 비닐백 안에 검게 반쯤 탄 톱을 발견했다. 발견한 날짜와 시간 등이 자세히 적혀있었다.

　　"이거구나."

　　은찬이 1층으로 내려가려 계단에 발을 디딘 그때, 온몸을 진동시키는 불길한 소음이 타버린 집을 관통했다. 계단에선 무언가 이탈하는 듯한 소리까지 들려왔다. 철골자재가 맞부딪히는 소리. 하지만 계단을 계속 해서 밟아 내려가자 더 이상 소음은 들리지 않았다. 1층의 안방에서 시체를 수습하는 경찰들에게 말을 걸려는 순간, 소음은 굉음으로 바뀌어 집 전체를 휘감았다. 은찬의 머릿속에 끔찍한 기억이 스쳐갔다. 그의 첫 수사를 곁에서 지켜보며 꼼꼼한 은찬의 모습에 칭찬을 아끼지 않던 자신의 형이 죽어버렸던 그 순간. 폭파음과 함께 무너져 내렸던 범인의 집. 죽여 버려도 시원치 않을 범인이 설치한 사제폭탄. 급하게 진행한 사건 처리과정에서 은찬만 빼고 그 집에 있던 모두가 무너져 내린 건물의 잔해에 깔려 사망했다. 국내엔 극히 드문 사제폭탄에 대한 이야기가 언론에 퍼지면 시민이 불안에 떤다는 핑계로 정부에서는 압박을 가했고, 그 때문에 경찰서장의 공개사과조차도 없었다. 조용히 마무리를 지어야 한다는 이유였다. 유가족들에겐 그저 약간의 보상금이 전부였다. 군대에서 죽는 것만이 개죽음이 아니라는 사실을 알게 된 은찬이었다. 그 모두가 시간이 지나자 점차 잊혀져가긴 했지만, 갑작스럽게 그때의 일이 머릿속으로 스쳐간 은찬은 있는 힘껏 소리를 질렀다.

"어, 어서 나가요!! 빨리!!!"

은찬은 힘으로라도 조사 중이던 사람들을 끌어내려 안간힘을 썼다. 검시관을 끌어내면서도 계속해서 은찬은 소리를 질렀다.

"어서 나가!! 이집에서 나가!!"

은찬의 다급한 목소리에 모두 바깥으로 급히 빠져나갔다. 자신도 나가려 하다가 2층의 경찰이 떠올라 급하게 계단에 대고 소리를 질렀다.

"야!! 거기 빨리 나와, 위험해!!"

"형사님? 무슨…….."

"어, 어서 뛰어!!!!"

2층에서부터 귀가 터질듯한 파열음이 들렸다. 계단 위에서 은찬을 바라보던 남자도 겁에 질려 계단을 뛰어 내려왔다. 순식간에 집이 무너지는 사이, 은찬과 2층의 남자는 오로지 나가겠다는 일념으로 내달렸다. 그들 뒤로 잠깐이라도 한눈을 팔았다간 곧 깔아뭉개 죽일 듯이 건물의 잔해들이 쏟아져 내렸다. 남자가 먼저 몸을 날려 뛰어 나간 뒤 곧바로 은찬이 현관문을 넘어서자마자 커다란 통나무 덩어리가 좀 전에 은찬이 발을 디디었던 곳에 떨어졌다. 은찬은 갑자기 다리에 힘이 풀려버렸다. 그래도 거기서 멈출 수는 없었다. 사람들은 거의 다 빠져나갔을 때쯤 은찬은 마당을 밟았다. 은찬의 뒤로 콘크리트덩어리와 폐목재가 쏟아졌다. 뒤도 돌아보지 못하고 은찬은 죽을 힘을 다해 앞으로 뛰었다. 헐떡이며 무릎을 잡고 고개를 뒤로 돌리자 완전히 무너져 잔해만 남은 집이 있었다. 사람들이 말문을 잃고 격해진 숨소리를 토했다. 그러한 와중에 겨우 정신을 차린 재혁이 은찬에게 다가와 그를 일으켰다.

"괜찮은가? 자네 아니었으면 큰일 날 뻔했구만."

"뭘요. 그나저나 이거…….."

은찬은 톱날이 담긴 비닐백을 검시관에게 넘겼다. 재혁은 어이가 없다는 얼굴로 멍하게 그를 바라봤다.

"대, 대단 하구만."

"이렇게라도 안했으면 이 형사님한테 죽어요. 저."

이호재의 화난 얼굴이 은찬의 머릿속에 떠올랐다. 이런 엄청난 일들이 있었다는 걸 알면 그는 얼마나 황당해하고 화를 낼까.

"아마 이게 안주인의 다리를 그렇게 만들었을 것 같아요."

"집이 무너졌으니 이거 다 처리하고 다시 시체 수습하는 데만도 최소한 하루는 꼬박 걸릴 거야. 지금 우리한테 있는 건…….."

"동물 시체와, 이 톱날뿐이죠."

"하나라도 중요한 단서가 되었으면 좋겠군. 아 근데 너 말이야."

"네?"

"그 얼굴에 그냥 연예인이나 해보라니까! 왜 자꾸 현장에서 고생이냐 도대체? 낭비야 낭비 아주."

"잘 생긴 게 밥 먹여 주나요."

"너처럼 생기면 매일 코스로만 먹겠다. 아무튼, 난 나대로 할 수 있는 걸 해보마."

"잘 부탁드립니다."

"그래. 아참, 이 형사한테는 잘 말해. 그 인간 성격 급한 거 너도 잘 알잖아."

"그건 제가 잘 알아서 할게요. 그럼 전 병원으로 가봐야 할 것 같습니다. 다음에 뵐게요."

은찬은 급하게 자신의 차로 뛰어갔다. 그의 뒷모습을 가만히 바라보던 재혁은 조금 무뎌진 듯한 톱날을 플래시에 비쳐가며 유심히 관찰했다.

"무시무시하구만 이거. 생각보다 일이 커지겠는걸."

* * * *

은찬의 전화를 받고 도로 갓길에 차를 세운 호재는 상념에 잠겼다. 호균을 찾으러 가는 길에 접한 화재소식이라니. 갑자기 외딴 집에서 불이 났다고? 거기에 '그 가족'들은 왜 간 걸까? 호재의 머릿속은 어려운 퍼즐처럼 짜 맞추기 힘든 조각들로 가득했다. 지금은 사건현장의 보존과 수습이 우선이기 때문에 그저 기다려볼 수밖엔 없었다.

"미치것구먼 아주."

호재는 자신의 머리를 쥐어뜯었다. 하나 둘씩 침착하게 생각해보자. 호재는 순간 어이가 없었다. '생각'하는 여유를 가르쳐준 놈이 저지른 일 때문에 결국 그가 가르쳐준 방법을 사용하는 셈이었다. 그렇지 않았으면 호재는 이리저리 방황하며 사건현장에서 무언가 영감을 받기 위해 발버둥 쳤을지도 몰랐다. 그 사람들이 들어온 이후로 계속해서 근처를 잠복하며 지켜봐왔다. 밤새 불이 켜져 있었던 그날 새벽이후 3일이 지난 오후쯤, 아이와 여자가 둘만 걸어 나와 차에 올라탔다.

"친정?"

호재는 자신이 속을 썩일 때마다 참지 못하고 쪽지 한 장에 '다녀올게요'라는 말 한마디만 남기고 친정으로 사라지곤 했던 이혼한 아내가 떠올랐다. 사람이란 게 본능적으로 힘들고 지치면 엄마를 찾게 마련이니까. 호재는 무릎을 치며 기뻐했다. 자신의 머리가 정말 답을 찾고 있는 것 아닌가. 그때만큼은 호균과 아내에게 고마운 생각이 들었다.

근데 왜 불이 난거야? 거기까진 호재의 머리가 연산을 수행하지 못했다. 어쩌면 당연한 결과였다. 은찬은 그냥 불이 났다는 것만 말하고 툭 끊어버렸으니 말이다. 다시 전화를 걸려고 하지만 전화는 걸리지 않았다. 돌아오면 그 예쁜 면상에 주먹을 찔러 넣을 결심을 한 호재였다.

어차피 풀리지 않을 일에 대해서 계속해서 생각한다고 될 것이 아니었다. 원래의 목적대로 호균을 찾는 게 차라리 빠를 것 같았다. 만약 그곳에 없다하더라도, 꼭 그 아파트를 확인해보고 싶었다.

"꼭 거기 있어라. 부탁이다."

좀 더 시간이 흐른 후, 호재의 눈에 아파트의 모습이 보였다. 이미 재건축이 들어간 아파트 주변으로는 회색의 커다란 천이 먼지와 소음을 덜기 위해 전체를 커튼처럼 둘러싸고 있었다. 몇 개의 동은 이미 완전히 부서진 상태였다. 121동마저 부서져버렸다면, 그땐 정말 호균이를 찾을 방도는 없을 것만 같았다. 그렇게 되면 실종으로 묶어둔 각 부서들의 연락만 기다리는 게 유일한 방법이 되어버릴 상황이라 호재의 마음이 급해졌다. 다행히 121동의 건물은 부서지지 않은 상태였다. 호재의 가슴이 두근거렸다. 호균이가 웃으며 그때처럼 자신을 맞아 줄 거라는 착각이 들었다.

차를 주차 하고 내리자, 호재는 불쾌한 고독에 빠졌다. 건물 잔해들 사이로 아직 희뿌연 먼지가 가라앉지 않은 듯 안개처럼 퍼져있었다. 작은 플래시를 하나 들고 121동의 비상계단을 하나씩 밟아 올랐다. 어두운 건물 안에서는 이호재의 발자국 소리만 들리는 듯 했다. 기이한 기분에 가끔씩 뒤돌아 플래시를 비쳐보지만 아무것도 없었다.

"아따 혼자 할랑께 좆나 무섭구먼. 기생 오래비 놈도 불러올 것을. 염병."

은찬이 없는 게 아쉬웠다. 10년이 넘게 경찰 일을 한 사람도 텅비어버린 건물 안을 빛 하나에 의지한 채 뒤지고 다닌다는 것은 무서운 일이었다. 차라리 그냥 빈 창고라면 덜 할 듯 했다. 생과 사를 반복하며 살아온 인간들의 숨결이 머물렀던 곳이 지금은 완전히 적막했다.

"121동 710호, 121동 710호."

호재는 호균과 함께 살던 집의 호수만 계속해서 되뇌었다. 추운 겨울인데도 계단을 올라서인지 땀방울이 흘렀다. 계단을 하나씩 오르던 발을 잠시 멈추고 허리춤에 손을 얹은 호재의 눈에 '7'이라고 매직으로 쓰여 있는 것이 보였다. 원래 저곳엔 7층이라고 프린팅이 된, 모퉁이가 조금 부서진 싸구려 파란색 아크릴판이 붙어있었다. 그것마저도 사라지고 대충 7이라고 적어둔걸 보니 추억마저도 부질없는 기분이었다.

쭉 늘어선 복도식 아파트의 맨 끝, 10번째 집이 바로 그들이 살던 곳이었다. 지나치는 집들의 문은 X자가 그려진 곳도 있었고, 아예 박살난 집도 있었다. 710호의 앞에 서자 호재는 묘한 그리움에 사로잡혔다. 문고리를 잡아 돌려보니 쉽게 문이 열렸다. 굳이 잠가둘 필요는 없었겠지.

어두컴컴한 내부에 호재는 눈을 찌푸렸다. 플래시로 이곳저곳을 비춰보니 텅 빈 방은 벽지도 다 찢어지고 장판도 마찬가지여서 흉흉하기 짝이 없었다. 그렇게 여러 군데를 뒤지다가 베란다에 빛을 비춘 호재는, 전기에 감전된 듯 굳어버렸다. 베란다 앞에 누군가 서있었다. 은은한 달빛을 차갑도록 푸르게 두른 남자는 몇 달은 제대로 먹지 못한 사람처럼 비쩍 말라있었다. 피골이 상접해 광대뼈가 다 드러난 얼굴의 두 눈이 플래시를 비춘 사람을 향했다. 호재의 눈이 커지며 입이 바싹 말라붙었다.

"호, 호균이냐?"

"형."

"너 이 씨, 씹새끼야! 거기서 뭐해?"

"헤헤. 호재 형……."

호재는 떨리는 발걸음을 호균을 향해 내딛었다. 호균은 창문까지 모조리 떨어져 나가 거대한 사각구멍으로 변한 베란다 앞에서 한없이 위태로워 보였다. 말라버린 그의 몸은 거친 겨울바람에 이리저리 흔들리며 곧 아래로 추락할 것만 같았다.

"나 형한테는 거짓말 안하려고 했는데."

"호, 호균아. 가만히 있어, 가만히!! 아무 말도 하지 말어! 괜찮해, 괜찮웅께!!"

"나, 나 너무 힘들었어. 형."

"개새끼야!! 너만 힘들어? 너만? 나도 마찬가지여 이 씨벌놈아!"

호재는 호균을 잡을 수 있는 거리까지 다가갔다.

"형. 나 그녀를 잊을 수가 없어. 근데 날 들여보내주지 않아."

"그녀? 그게 누구여?"

"흐흑, 날 들여보내 주지 않아. 너무 외로워……."

"야, 알았웅께, 일단 이짝으로 와서 이야기하자잉? 거기 위험항께 이놈의 새끼야! 일루와, 일루 오래두? 야, 호, 호균아?"

"형. 미안해."

"호균아!!! 으, 으아아악!!!"

어찌된 일인지 호재는 베란다 끝에 매달려 있었다. 잡고 버틸 공간조차 마땅치 않았다. 잘못하다간 시멘트가 부서지며 7층 아래로 떨어질 수도 있었다. 베란다 아래로 뛰어 내리려는 호균을 잡으려다 떨어지고 말았음을 나중에야 알았다. 힙겹게 아래를 내려다봤지만 추락해버린 호균의 모습은 없었다. 당장은 무슨 수를 써서라도 이곳을 올라가야 했다. 그런데, 버티고 있는 호재의 손을 누군가 꾹 밟았다. 매달려 있기도 힘든데 통증까지 밀려오니 저절로 호재의 어금니가 부서질 듯 맞물렸다. 자신의 손을 발로 밟고 있는 누군가가 고개를 슬쩍 내밀었다.

"호, 호균?"

분명 좀 전에 떨어졌던 호균이가 위에서부터 자신을 내려다보고 있었다.

"어어!! 아저씨!! 거기서 뭐하는 거야!!!!"

아래에서부터 목소리가 들려왔다. 그리고 호재의 손을 짓밟고 누르던 느낌이 점차 옅어졌다. 그와 함께 호균이 뒤로 물러나는 듯하더니 안개처럼 사라져버렸다.

"소, 소리만 지르지 말고 씨벌 어떻게 좀 해봐!!!"

작업모를 쓴 남자가 허겁지겁 계단을 뛰어 올라오는 동안 호재의 팔에선 점점 힘이 빠지고 있었다. 계속 매달려 있으려니 숨도 가빠와 자꾸만 정신이 아찔했다.

"이 씨벌."

왼손이 툭하고 힘을 잃었다. 곧이어 오른손도 떨어지려는데, 누군가 떨어지려는 호재의 오른손을 잡았다. 남자는 있는 힘을 다해 호재를 끌어 올렸다. 축 늘어져버린 사람을 끌어올린다는 건 생각처럼 쉬운 일이 아니었다. 하지만 공사판에서 갈고 닦은 힘 때문인지 남자는 성공적으로 호재를 끌어올려 베란다에 뉘어놓았다. 호재는 떨리는 손발로 기어서 거실로 나와서야 맘 편히 숨을 몰아쉬었다.

"아 미쳤어요? 이 밤중에 여긴 왜 와서 난리야?"

"아래에, 시체, 시체 없어?"

"시체는 무슨. 헛것 본거 아니요?"

둘의 대화는 더 이상 이어지지 않았다. 한동안 서로의 가쁜 숨소리만 듣다가, 안전모를 쓴 사내가 담배를 꺼내 물었다.

"한 까치 핀다믄 드리고."

"됐어."

"좀 진정 됐어요?"

"휴. 씨벌."

"집안에 욕 못해 죽은 조상이라도 있어요?"

"여튼, 고마워."

"이 양반이 언제 봤다고 말을 까긴? 나랑 비슷하겠구만."

"그럼 니도 까."

"어이구. 허허. 까라면 까야지. 뭐. 나 아니었으면 넌 저 아래 골재부스러기에!"

"고맙다고 했잖어."

"쳇!"

말을 잘라먹는 호재의 모습에 남자는 기분 나쁜 듯 획 돌아앉았다. 그러더니 아까보다는 조심스러운 말투로 말했다.

"꼭 재건축 시기만 되믄 말이야. 무언가 재미를 찾을라고 그러는 건지, 어쩐지는 몰라도 이 늦은 밤중에 아직 덜 허물어진 곳을 골라 들어가는 사람들이 있어. 뭐, 새로운 자극 그런 건가? 남녀사이도 가끔 와서 별짓을 다하고 가. 아주 그냥 축축하다니깐. 어쩌겠어. 임시방편으로다가 우리끼리 조를 짜서 당직을 서면서 이렇게 돌아보는 거지. 당신은 진짜 운 좋은 거야. 근데 혼자서 여기서 뭐하는 거야?"

"사람 하나 찾을라고."

"사람? 여기서 어떻게 살아. 얼어 죽을라고 맘먹지 않은 이상."

"그런데 이미 죽은 거 같아."

"뭐여? 어, 어라? 가는 거야?"

호재가 자리를 털고 일어나자, 남자는 말벗을 잃은 듯 서운한 표정이 되었다. 호재는 버릇처럼 또다시 자신의 명함을 꺼내 남자에게 건넸다. 달빛만으로 서로를 구별하는 것이 다였던 탓에 남자는 플래시를 꺼내들어 명함을 비춰보았다.

"강력반? 형사야?"

"뭐든 진짜로 니가 저지른 거 아니믄 내가 딱 한번 꺼내줄게. 연락혀."

"착하게 살아온 인생이야. 이왕 이렇게 된 거, 내 명함도 하나 받아가. 고마우믄 나중에 밥이나 사주등가."

명함을 주고받은 후 호재는 후들거리는 다리를 이끌고 계단을 내려갔다. 뒤에서부터 남자가 따라 걸어오는 소리가 들렸다. 계단은 내려가는 게 올라가는 것보다 힘이 들었다. 호재의 지쳐버린 다리가 아직도 맘 같지 않았다.

"저기 미안한 김에, 나 부축 좀 해줄 수 있어……?"

대답이 없었다. 이상함에 돌아본 호재의 눈에 회색으로 빛나는 두 눈동자의 호균의 모습이 보였다. 어둠 속에서부터 호재를 주시하며 한걸음씩 쫓아 내려왔을 걸 생각하니 호재는 공포에 질려 주저앉아 숨을 헐떡였다.

"아이고! 이럴 것 같더라니까!!!"

어느샌가 남자가 급한 발걸음으로 쫓아와 호재를 부축했다.

"좀 전에 매달려 있던 사람이 힘이 안 빠지고 배겨? 거들어 줄 테니 같이 내려가자고. 이번에도 안 쫓아와봤음 어쩔 뻔한 거야? 나도 정말 이놈의 오지랖 때문에. 으휴."

"넌 못 봤어?"

"보긴 뭘? 이 사람 헛것까지 보이나 보네. 아 어서 한 발짝씩 내딛어봐! 뭘 멍청히 쳐다보고 자빠졌어 자빠졌긴?"

윽박지르는 남자가 그저 고마울 뿐이었다. 호재는 더 이상 뒤돌아보지 않았다. 만약 호균이와 다시금 눈이 마주친다면, 숨이 멎어버릴 것 같았기 때문이었다.

* * * *

피투성이였던 아내는 간호사들의 손길로 깨끗해졌지만, 믿기 힘든 참혹한 상처들은 태경의 눈으로 차마 보기가 힘들었다. 여전히 정신을 차리지 못하는 아내의 등과 정강이의 살점은 처음 봤을 땐 꿰매기 힘들 정도로 누더기가 되어있었다. 오른발은 칼 같은 것으로 관통 당한 듯했다. 뇌진탕 증세 때문에 검사한 결과 내출혈은 없다는 말에 그나마 안심을 했다. 하지만 정인이 마저 정신을 잃어버린 상태였다. 계속되는 스트레스에 천식이 재발해 제대로 숨을 쉬지 못하는 아이를 응급처치로 겨우 살릴 수 있었다. 만약 병원이 아니었다면 죽을 수도 있었을 일이었다. 천식의 무서운 점은 해답이 명확하지 않은 것에 있었다. 들이마시는 약을 주입하거나 그에 상응하는 적절한 조치를 취하지 못하면 질식해 죽을 수 있는 병이 천식이기도 했다. 담배를 펴대도 멀쩡한 환자가 흔했지만 정인이처럼 위기상황에 놓이는 경우도 있었다.

응급실에서 처치를 받고 병실에 나란히 누워있는 정인이와 아내를 바라보는 내내 태경은 계속해서 숨을 몰아쉬고 있었다. 그러다 갑작스럽게 눈물이 터져 나왔다. 아내와 아이의 침대 사이에 놓인 간이 의자에 앉아 계속해서 눈물을 쏟아냈다. 왜 이런 일이 우리 가족에게 생기는 거지? 태경은 아무것도 짐작할 수가 없었다. 차로 문을 들이받을 때 생긴 머리 쪽 꿰맨 상처에서부터 마취가 풀리는 듯 저릿저릿한 통증이 욱신거리며 그를 괴롭혔다. 겨우 이 정도에도 아픈데 아내는 얼마나 고통스러울까. 병실 바닥으로 태경의 눈물이 뚝뚝 떨어졌다. 그때 병실 문을 누군가 두드렸다.

"네. 들어오세요."

태경이 재빨리 눈물을 닦아내는 동안 병실 문이 천천히 열리며 한 남자가 들어왔다. 태경은 그를 어디선가 본적이 있었다. 연예인처럼 잘생긴 얼굴하며, 긴 머리를 묶은 모습. 막혔던 도로에서 마주쳤던 사내가 틀림없었다.

"어?"

"기억하시나 보네요."

"아까 도로에서……. 근데 여긴 왜?"

"사고 때문에 막힌 도로에서 만났었죠? 너무 경황이 없으셨나 봐요. 절 아까 사건 현장에서도 분명히 보셨을 텐데."

"네?"

"저 경찰이에요. 유은찬이라고 합니다."

은찬이 악수를 청해오자 태경도 엉겁결에 손을 맞잡았다.

"아. 네."

"본의 아니게 근처를 지나다가 사고현장을 목격했어요. 그런데 그곳에 윤태경 씨가 있을 줄은 몰랐습니다."

"아 그래서 소방차가……. 어? 그런데 제 이름은 어떻게 아셨나요?"

"수술 때문에라도 보호자 서명이 필요하겠죠? 저도 경찰이니, 그정도 확인은 했을 테고요."

"아 그, 그렇군요. 기분 나쁘셨다면 죄송합니다."

"아닙니다. 나쁘긴요. 사모님과 따님은 좀 괜찮으십니까?"

"아직 의식을 찾지 못했어요. 그나저나 여러모로 정말 감사합니다. 형사님."

"아닙니다. 그리고……."

"네 말씀하세요."

은찬은 무슨 말인가 태경에게 건네려 하다가, 말을 멈추고 그의 눈을 바라봤다.

"음. 사모님 성함이 이혜주, 그리고 그 불타버린 집의 주인의 이름이 이현기. 사모님의 친정이 맞죠?"

"네. 맞습니다."

"혹시 사모님께 무슨 이야기라도 들은 게 있으신가요?"

"전혀 없었습니다. 그냥 바로 기절해버려서요."

"아, 그렇군요."

은찬은 말을 맺고 시계를 바라봤다. 새벽 두시 반. 너무 늦었다.

"회사 다니시죠?"

"네."

"상황이 이러니 잠시 회사를 쉬시던지 하셔야 할 것 같은데."

은찬의 말이 맞긴 하지만, 태경을 고깝게 보는 이 부장이 가만히 놔둘 리가 없었다. 안 그래도 그것 때문에 골치가 아팠다. 이런 일이 생기지 않았더라도 불안해하는 아내 때문에 회사를 관둬야 할지 모르겠다고 생각을 하긴 했었다. 하지만 그렇게 되면 당장 생계가 막막해졌다. 팀장이라는 직함도 얼마나 오랜 고생 끝에 얻은 것이던가. 당장 아이의 병원비며, 할부로 장만한 기기들부터 담보대출까지 갚아 나가야할 것이 태산인데.

"음. 여의치 않으신가 봐요."

남자의 눈치가 보통을 넘는다고 생각한 태경이었다. 조금 망설이자 곧바로 마음을 읽어 내는 것 같았다. 형사라는 게 정말 아무나 하는 게 아니었군. 아니, 형사라면 그렇게 되는 건 아닐까? 사람을 상대하는 게 일이니 눈치가 좋아질 수밖에 없으려나.

"어차피 사모님 깨어나시는 대로 여쭤봐야 할 것들 때문에 제가 이 병원에서 기다려야 해요. 그러니 집으로 돌아가셔서 회사 일부터 정리하고 오시는 게 어떠신지요. 물론 아이와 사모님이 깨어나시면 제가 곧바로 연락을 드리겠습니다."

"네? 그, 그래도 괜찮을까요?"

소년처럼 해맑은 웃음을 띤 은찬의 얼굴은 정말이지 광채라도 나올 듯 환했다. 악의라고는 없는 미소를 태경은 잠시 넋을 놓고 바라봤다.

"네. 걱정 마시고 잠깐이라도 눈 좀 붙이시고 다녀오세요. 지금 그 모습으로 회사를 나갈 순 없지 않습니까."

뒤늦게 태경은 자신의 옷을 살폈다. 이리저리 피와 재가 묻어 난리도 아니었다.

"그럼 부탁 좀 드리겠습니다."

인사를 건네고 나가려는 태경이 멈칫거리자, 은찬은 태경의 팔을 잡고 조금만 기다려 줄 것을 부탁했다. 윤태경의 차와 이혜주의 소형차가 무너진 집에 깔려 모두 박살난 상태라는 걸 잠시 잊었던 탓이었다.

태경은 경찰차에 올라타면서도 그 고물차조차 할부가 끝나지 않았음이 떠올라 괴로웠다. 모든 것이 자신을 향해 날카로운 칼끝을 향하고 있는 것 같았다. 한숨도 쉬어지지 않는 답답함에 가만히 창문을 열었다.

"뭐가 이렇게 힘드냐. 진짜."

* * * *

윤태경은 주춤거리더니, 한 번씩 아내와 아이의 손을 꽉 잡아보고는 마지막 인사를 건넨 후 밖으로 나갔다. 태경의 뒷모습을 보면서 유은찬은 이호재의 생각이 틀린 건 아닐까 생각했다. 태경에게 그의 뒤를 쫓은 이유를 말할 순 없었다. 왜 자신을 쫓았는지 태경이 묻게 되면 그에 대한 대답을 해야만 했고, 그렇게 되면 아직 일어나지도 않은 실종사건의 중요한 용의자가 당신이라고 말하는 것과 같았기 때문이었다.

사실 은찬은 물어보고 싶었던 것이 있었다. 왜 그 집에 갔으며 어쩌다 불이 난건지. 그리고 이혜주의 상처는 누구에게 입은 것인지. 하지만 남자의 얼굴은 도통 그러한 사실을 모르는 듯 했다. 오히려 은찬에게 묻고 싶어 하는 것 같았다. 하지만 끔찍했던 집안의 모습을 남자에게 털어놓아 혼란스럽게 만들면 좋을 일은 없었겠지. 좀 더 이야기가 길어지다간 태경의 입에서 물음표까지 통째로 튀어나올 것 같았다. 그래서 일부러라도 태경을 집으로 돌려보냈다. 그가 윤태경을 믿을 수 있었던 직접적인 이유는 폐차 일보직전으로 보였던 그의 차 때문이었다. 오래된 중형차로 단단해 보이는 문짝을 향해 있는 힘껏 악셀을 밟는다는 건 영화에서처럼 쉬운 일이 아니었다. 보통 각오가 아니라면 하기 힘든 일. 녹이 슬은 문짝의 연결부위가 아니었더라면 차만 박살나고 윤태경도 저 정도의 상처로는 끝나지 않았을 것이다.

그렇게까지 한 걸로 보면 집안의 상황도 모르는 남자가 가족을 구하기 위해 목숨을 걸고 뛰어들었다는 추측이 가능했다. 은찬이 소방차를 끌고 돌아왔을 때 피투성이가 되어버린 아내와 딸을 부축하고 있던 태경의 모습도 그가 결코 악인이 아님을 대신 말해주었다.

은찬은 아이의 이불을 잘 덮어준 후 이혜주의 얼굴을 바라봤다. 잠이 든 모습이 편안해 보였다. 핸드폰의 벨이 울리자 혹시나 이들이 깰까 싶어 재빨리 병실 밖으로 나갔다.

"여보세요?"

"나야. 재혁이."

"벌써 뭐 나왔어요?"

"아 나오고 말고 할 것도 없어. 이 톱이 안주인 다리를 자른 게 확실해. 타버려서 시약이 먹지 않은 곳 이외에 모두 혈흔이 나왔어. 그리고 톱이 마모된 상태로 봐서 나무를 자른 게 아니야. 그보다 더 단단한 것, 뼈 따위를 자른 거지. 그리고 톱날에서 안주인의 것으로 보이는 뼈 조각도 검출됐어. 미세한 양이긴 하지만 말이야."

"검시관님 실력이야 알아주죠."

"원래 관계부서에다가 넘겨야 되는데. 헤헤. 내가 너무 궁금해서 말이지. 시약 테스트 좀 하고 좀 자세히 들여다봤지. 비밀이다! 알지? 나중에 부서에다가 슬쩍 넘겨줘도 결과는 같을 거야. 니가 궁금해 할 것이 눈에 보이더라고."

호기심이 무척 많은 이재혁이었다. 검시관에 대해 일반인은 좋지 않게 생각하지만, 의과대학에 들어가 6년 과정을 마치고 법의학 공부까지 마쳐야 될 수 있는 게 검시관이었다. 그나마 우리나라에는 그러한 기관도 몇 군데 없었다. 이재혁은 원래 의사를 하다가 이쪽에 흥미를 느껴 법의학을 공부한 사람이었다. 그래서 법의관이 없더라도 직접 해부와 검시를 할 수 있는 권한도 갖고 있었다. 아마 은찬을 위해서 이 새벽까지 일한 것은 핑계 일지도 몰랐다. 분명 자신의 호기심 때문에 검사를 시작 한 것 같았다. 하지만 그것만으로도 은찬은 고맙기만 했다. 재혁이 아니었더라면 낮쯤이 되서야 알 수 있었을 일이었다.

"정말 감사합니다. 검시관님. 그런데 그 동물 시체는?"

"응. 뭐 그거야 내 전문이니 오자마자 그것부터 건드리긴 했지. 개야 개. 뼈의 상태나 치아조직이 개가 확실해. 목걸이에 쓰여 있듯 체리라는 이름의 강아지였나 봐. 털의 종류나 색깔로 봐서는 갈색 에프리푸들이야. 크기는 대략 30센치에서 35센치 정도 될 듯 하군. 근데 요놈한테 이상한 걸 먹인 거 같아."

"이상한 거요?"

"무슨 고기를 익혀 먹인 거 같은데. 처음엔 돼지고기 인줄 알았거든? 근데 그게 아닌 거 같아. 대장과 위장에서 모근이 살아있는 짧은 털이 꽤 많이 발견됐는데, 이거 사람 꺼야. 좀 더 검사해봐야 하겠지만, 길이나 모양새, 모근의 상태로 봐서 여자의 정강이의 털 같아. 사람털이 몸 어디든 다 똑같이 나는 거 같지? 절대 아니거든. 다 조금씩 틀려. 그리고 남자라면 좀 더 굵고 억세야 하는데, 상태로 봐선 여자야."

"그렇다면……."

"그렇지. 개한테 여자의 다리를 어떤 방식으로든 먹인 것 같아."

"누가 죽였을까요."

"너도 알고 있으면서 뭘 물어. 그 집 주인이지. 한번 뒷조사 철저하게 해봐. 웬만큼 미치지 않고서는 그렇게 못해. 어떻게 자기 딸자식과 손녀를 죽이려 들고 아내를 그렇게 만들 수 있을까. 나로서는 이해하기도 힘든 일이야."

"흠."

"아무튼, 일단 더 알아 볼만한 건 없을 거 같아. 잔해가 치워지는 대로 남은 시신이라도 어떻게든 수습해봐야지. 뭐 발견되는 대로 또 전화 줄게."

"네 감사합니다. 이 새벽까지……."

"목숨의 은인인데 이 정도는 해야지. 그래. 다음에 봄세!"

"네 안녕히 계세요."

불안한 생각은 어김없이 들어맞았다. 2층에서 남자의 새까맣게 타버린 시체를 보았을 때 은찬은 이상한 기분이 들었다. 자신의 집에서 불이 나는데도 꼼짝 않고 무언가를 끌어안은 자세로 사망한 이현기. 사실 그 모습 하나로도 은찬은 과정과 결과의 접점을 어느 정도 예상했다. 그가 자신의 가족의 목숨을 담보로 보호하려 했던 건 무엇이었을까. 꽤 부잣집으로 보이는 집안엔 왜 그 비싼 가구 한두 개도 없었던 것일까. 보호하려고 했던 그 어떤 것을 위해 가진 모든 것을 바친 거라고 한다면, 돈의 들고나감의 관계를 파악하는 것이 가장 우선이었다. 이혜주가 정신이 들면 사건정황을 물어보고, 이현기의 금전관계를 파악하기 위한 순서를 생각해두는 은찬이었다.

* * * *

윤재덕은 내일이면 열릴 자신의 전시회 때문에 한국행 비행기에 올랐다. 그와 함께하는 사람들은 모두 재일교포이거나 한인 2세들이었다. 어쩌면 그것은 재덕의 힘을 나타내는 한 단면이기도 했다. 재일한인을 위한 일에도 온힘을 기울인 그에게 일본의 우익단체나 예술계의 반발은커녕 어떠한 제재도 없었던 것은 수향의 얼굴 덕분이었다. 재덕에겐 결코 자랑스럽지 않은 일이었지만.

첫사랑이자 마지막이 돼버린 여자의 이름을 딴 '혜윤재단'은 그림을 그리고 싶어도 경제적인 여건이 어려워 꿈을 이루지 못하는 아이들과 일본 땅에서 고생하는 한인들을 위해 재덕이 세운 재단이었다. 그럼에도 고위층 사람들과 윤재덕을 후원하는 거대 스폰서들은 그가 무슨 짓을 하던 상관조차 하지 않았다. 그저 그가 멈추지 않고 수향의 그림을 더 그려내기만을 바랐다. 그들은 하나를 가지면 또 다른 하나를 갖고자 했고, 그렇다 하더라도 그전에 가진 그림에 대해 내놓을 의향은 없어보였다. 끝없는 욕망이 그들의 부를 남김없이 갉아먹을 때까지도 그저 그림을 사는 데만 열을 올렸다.

그들은 미처 알 수 없었다. 재덕이 그림을 그리고 싶어서 그리는 것이 아니라는 것을. 억지로 목구멍을 타고 들어간 악몽이란 놈을 토해내듯 그렸던 것일 뿐이었다. 그랬기 때문에 재덕은 자신이 그린 그림을 두 번 다시 보지 않았다. 그러한 광기에서 잠시나마 벗어나고 싶은 것도 사실이었다. 재덕은 도망치듯 비행기를 타고 도망가 버렸던 오래 전 기억에 눈을 질끈 감았다. 아직도 꿈에서 재덕은 그때처럼 눈물을 흘리며 떨었다. 그럼에도 머릿속엔 선명히 혜윤의 웃음이 남아있었다. 그녀의 환한 미소. 다정하게 건네는 따뜻한 말 한마디. 사랑한다며 재덕의 육체를 끌어안던 눈물 맺힌 눈동자. 모든 게 가슴 아프지만 잊을 수 없는 추억이었다.

그에게 기억이란 아름다움이며 동시에 칠흑 같은 고통이었다. 하지만 숨이 멎을 듯한 순간에도 꼭 살아있어야만 할 것 같았다. 언젠가, 어느 때엔가 이 악몽이 끝나면 다시금 혜윤을 찾아가리라. 용서를 빌고 빌어 손바닥이 닳아 없어지더라도 그녀의 얼굴을 단 한번만 다시 볼 수 있기를, 그것만을 바라며 살아온 수십 년이었다. 80이 가까운 나이지만 단 한번 사랑을 경험한 재덕의 가슴은 젊었을 때처럼 설레었다. 언제나 그를 기다리겠다던 그 말을 잊을 수가 없었다.

"윤 화백님. 무슨 생각을 그렇게 하세요?"

"아니오. 강 비서. 노인네는 신경 쓰지 않으셔도 되니, 푹 쉬세요."

이제 스무 살 중반에서 서른쯤 됐음직한 여자의 이름은 강은진이었다. 늘씬한 키와 긴 머리칼, 좀 날카로워 보이는 얇은 검은 테의 안경이 여간 깐깐해 보이는 것이 아니었지만, 짧은치마 아래로 드러나는 탄력 있는 허벅지와 마네킹처럼 매끈한 다리가 활짝 핀 꽃처럼 화려한 농염함을 뽐냈다.

"왜 제게 계속 존댓말을 하세요. 낮추세요."

"하하. 아닙니다. 사람의 나이가 뭐 그렇게 중요할까요. 존중의 의미이니 어렵게 받아들이지 마시길."

"네……."

온화한 재덕의 미소에 은진은 처음으로 환하게 웃어 보였다. 그 웃음을 바라보는 재덕은 혜윤이 떠올랐다. 추억에 사로잡혀 슬퍼진 눈빛으로 그가 말했다.

"은진 씨같이 밝은 미소를 그리고 싶었는데."

"네?"

"아니오. 잠시 눈을 붙여야 할 것 같소."

"아, 네."

은진은 조용히 자신의 자리로 물러갔다. 다행이다 싶은 그녀였다. 원래 자신의 자리엔 민승혜라는 여자가 비서직으로 근무를 하고 있었는데, 결혼을 하게 되어 은진에게 기회가 찾아왔다. 승혜는 윤재덕의 밑에서 5년간 열심히 일한 덕인지 결혼식에 들어가는 모든 자금을 윤재덕이 내주고 일본에서도 꽤 괜찮은 집을 살수 있을만한 돈까지 퇴직금 명목으로 받았다는 이야기에 얼마나 들떴는지 몰랐다. 하지만, 그 반면에 다른 생각이 들지 않은 건 아니었다. 변태 같은 노인네한테 몸을 바친 건 아닐까? 비일비재한 일 아니던가. 비서와 사장과의 은밀한 관계는 책이나 영화에서도 부지기수로 나오는 이야기인데. 게다가 일을 맡게 되자마자 한국에서의 전시회 때문에 출장이라니. 비행기 안에서 이상한 것을 강요당하는 건 아닐까? 쭈글쭈글한 노인네의 그것을 손대라 하면 어떻게 해야 하지? 은진은 그렇게 재덕을 완전히 오해하고 있었다. 그랬기에 은진은 재덕에게 참 많이 미안했다. 저렇게 착한 사람인지 미처 몰랐었다. 언뜻 지나치는 슬픈 눈빛은 노인이라지만 끌어안아 달래주고 싶은 생각마저 들게 했다.

은진이 호기심 어린 눈으로 재덕을 바라보는 동안, 재덕은 오랜만에 편하게 잠이 들 수 있었다. 혼자서 잠이 들 때마다 악몽은 더욱 심해졌다. 그러나 지금 드는 안도감이라는 것은 주위에 많은 그를 위하는 사람들 때문이었다. 악몽에서 눈을 떴을 때 걱정해주는 눈빛으

로 자신을 바라봐 주는 누군가가 있다면 그것만으로도 충분한 위로
가 될 것이었다. 그렇다고 곧 죽을 노인네가 같이 자달라고 투정을
부릴 수도 없지 않겠는가. 오랜 시간 동안 재덕이 익숙해진 건 고통
이 아니라 고통을 참는 방법뿐이었다. 단 얼마간의 시간이라도 편한
잠을 청할 수 있다는 건 굉장한 행운이었다.

* * * *

새벽이라 무척이나 한산한 도로 덕에 1시간 반 정도의 거리를 40
분을 조금 넘겨 도착했다. 여전히 아파트는 어둡고 음산해 보였다.
태경은 덜컥 차문을 열고 밖으로 나왔다. 찬바람에 발목이 시큰거렸
다. 자신도 모르게 옷깃을 여미자, 옅은 피비린내가 그의 코에 스쳤
다. 아내의 피 냄새. 갑자기 가슴이 아파와 심호흡을 몇 번 해보며 눈
물을 참았다. 숨을 몰아쉬는 그의 모습에 경찰은 조심히 말을 건넸다.
　"어디 아프세요? 진단 다시 받아보셔야……."
　"아닙니다. 날씨가 춥네요."
　"집까지 모셔다 드릴까요?"
　"아니에요. 여기까지 데려다 주신 걸로도 감사합니다."
　"뭘요. 유 형사님 부탁인데 당연하죠, 제 목숨을 구해주신 분인
데요."
　"목숨이라니요?"
　"아. 그 집이 무너졌……."

"네?"

꺼내선 안 될 말을 해버린 사람처럼 경찰은 입을 다물었다.

"저, 저기 그럼 어서 들어가십시오. 저는 이만!"

뭐가 무서운지 차를 타고 쌩하니 가버렸다. 집이 어떻게 됐다고 한 거 같은데. 태경은 걱정이 밀려오지만 마지막 말을 잊으려 애썼다. 여기서 뭐라도 고민이 더해진다면 주저 없이 자살을 할지도 모를 일이기에. 그는 무표정한 얼굴로 아파트 입구계단을 올랐다. 하나씩, 하나씩. 그리고 아무 생각 없이 엘리베이터의 버튼을 눌렀다. 어둠 속에서도 뒤 한번 돌아보지 않았다. 갑자기 머릿속이 텅 비고, 누군가 자신을 때려죽이면 그것도 나쁘지 않겠다는 생각이 들었다. 엘리베이터의 문이 열리자 21층을 누르고 엘리베이터 안에서 등을 기댔다.

양쪽 거울로 자신의 모습이 보였다. 마주본 거울 속 끊임없이 반복되는 그는 점점 작아지며 결국 반사를 허용하지 않는 빛의 사각으로 사라졌다. 저 끝엔 무엇이 있을까. 만약 빛이 닿는다면 그곳엔 현미경으로 봐도 잘 보이지 않는 자신이 있진 않을까 싶은 생각이 들었다.

특유의 소리를 내며 엘리베이터가 21층에 멈춰 섰다. 태경은 뚜벅뚜벅 앞으로 걸어갔다. 센서등이 켜지고, 2101호가 보인다. 열쇠를 꽂으려다가 그 자리에 주저앉고 말았다. 이 문을 열면 정인이가 웃으며 날 반겨줄까. 아내가 별일 없이 잘 다녀왔냐며, 또 이 부장이 뭐라고 하진 않냐며 언젠가의 저녁때처럼 근심과 안쓰러움이 섞인 눈빛으로 날 바라봐줄까. 아내와 아이는 차가운 병실에서 고통과 신음으로 밤을 보내고 있을 텐데. 나는, 나는. 태경의 마음이 자책과 고통으로 무너지고 또 무너졌다. 차라리 칼로 가슴을 도려내는 게 나을 것 같았다. 가족의 아픔을 바라보는 것은 겪을 수 있는 가장 큰 고통이었다. 곧 그의 눈에서 눈물이 터져 나왔다. 이 문을 열고 들어가야 하는데, 지금 그가 할 수 있는 일은 울음소리가 새어나갈까 입을 틀어막는 것뿐이었다.

[끼이이익······]

한참 눈물을 쏟고 있는 태경의 귓가에 녹슨 문이 열리는 소리가 들렸다. 놀라서 벌떡 일어나 눈물을 닦고 돌아보니 2102호의 여자가 슬픈 눈으로 그를 바라보고 있었다. 태경은 놀라 뒷걸음질을 쳤다. 환상 속에서 태경이 깃든 남자를 유혹하고, 그의 가족을 살해한 여자가 그를 바라보고 있었다. 그것도 도무지 짐작하기 힘든 슬픈 눈빛으로.

"괜찮아요?"

뭐라고 말해야 하나. 어쩌면 내가 본건 단순한 환상이 아니었을까. 그녀에게 한순간 음욕을 품었던 이유와 요사이 일어났었던 이상한 일들 때문에 머릿속에서 환각을 일으킨 건 아닐까. 아무런 증거도 없이 저 여자에게 뭐라고 할 수 있을까. 그냥 무섭다고 이야기해야 하나? 다가오지 말라고 해야 할까? 태경의 머리는 오만가지 생각으로 터질 것 같은데, 그녀는 태경에게 시선을 고정한 채 한걸음씩 그의 곁으로 다가왔다. 매우 조심스러운 몸짓, 진심을 담은 걱정스런 눈빛이 태경의 경계를 조금씩 무너뜨렸다.

"어머, 머리도 다치셨어요. 어떡해 정말······."

달콤한 그녀의 목소리가 태경의 온몸을 마비시킨 듯 했다. 바로

그의 앞까지 다가왔음에도 태경은 자신의 집 문 앞에 붙어 옴짝달싹
하지 못했다.

"경찰이 왔다갔어요 얼마 전에."

"네, 네."

"정말 별일 없는 거예요? 와이셔츠에 피도 묻어있고."

"괘, 괜찮습니다."

여자의 크고 맑은 두 눈동자가 태경의 이성을 꿰뚫었다. 자신도
모르게 몸에서 힘이 다 빠져나가는 느낌. 겨우겨우 문에 기댄 채 눈
을 피해보려 했지만 이번엔 그녀의 향내가 달려들었다. 기괴한 환상
에서 그녀의 슬리퍼에 났었던 묘한 향취 같은 것이 더욱 진하게 젖
어들자 아찔함에 정신을 차릴 수 없었다. 주책없게도 아랫것이 커지
며 당황은 극에 달했다. 제대로 서있지도 못할 만큼 다리가 후들거
리는데 무슨 수로 이놈은 일어나고 있는 것인가. 엎친 데 덮친 격으
로 그녀가 천천히 쪼그려 앉자 위에서부터 바라본 그녀의 모습은 엄
청나게 뇌쇄적이었다. 호리병처럼 매끈한 그녀의 허리에서부터 엉덩
이를 보니 당장에라도 범하고 싶다는 생각만 태경의 머리에 가득 찼
다. 그런데 그녀는 지금 무엇을 하기위해 쪼그려 앉은 것일까. 음란
한 상상이 태경을 덮쳤다.

"저기 열쇠가 떨어졌어요."

"아, 네네!!"

이미 지퍼를 열어버린 태경의 상상대신, 그녀는 떨어뜨린 열쇠를
주워 손에 쥐어주었다. 부끄러움과 머쓱함에 말문이 막힌 태경은 열

쇠를 문에 꽂아 넣으려 안간힘을 썼다.

"아이, 그렇게 하다간 부러진다고요……."

코맹맹이 같은 그녀의 목소리가 태경을 또다시 뒤흔들었다.

"이리 줘봐요."

그녀는 열쇠를 빼서 구멍에 살며시 끼워 넣었다. 그리고 반 바퀴를 돌리자 달카닥하며 문이 주인을 허락했다.

"무언가를 넣으려면 부드럽게 해야죠? 무엇이든 간에요. 안 그래요? 히힛."

"고, 고마워요."

"저기요."

"네?"

재빨리 들어가려는데, 그녀가 태경의 팔을 잡았다. 돌아본 그의 눈을 그녀가 가만히 바라봤다. 아까의 깨끗함과는 판이하게 다른, 요염하게 불타오르는 눈빛에 태경은 눈을 피할 수조차 없게 되었다. 그리고 그녀가 점차 그의 얼굴로 다가왔다. 목 뒤를 한손으로 부드럽게 잡고 고개를 조금 틀어 입을 맞췄다. 태경의 눈이 놀라움에 번쩍 뜨였다. 숨은 가빠오는데도 그녀의 보드랍고 촉촉한 입술이 태경의 입술을 탐했다.

"아응……."

그녀가 신음하며 안겨오자 태경의 커져버린 육체가 그녀의 아랫단에 고개를 들이밀었다. 그런데 그 순간, 태경의 머릿속에서 갑자기 이상한 기억들이 떠올랐다. 도로에서 이미 죽어버린 시체를 빌어 혜주의 위험을 알린 어머니의 목소리와 말투, 그리고 환상에서 보았던 남자의 모습까지. 정욕이 밀어내버린 아내와 정인의 모습이 비었던 태경의 머릿속에 명확히 새겨졌다.

"이, 이러지 마십시오!"

"아앗!!!"

태경이 여자를 밀쳐내자 그녀는 뒤로 넘어져 어안이 벙벙한 표정이 되었다. 다시 일어나 태경의 눈을 가만히 쳐다보더니, 깜짝 놀란 얼굴로 고개를 갸우뚱 거렸다.

"……당신이었구나?"

"그럼 이만."

태경이 문을 세게 닫을 때까지 그녀는 가만히 선 채로 그를 바라보았다. 바로 문이 닫히기 직전 그녀는 씩 웃으며 윙크를 했고, 그 모습에 태경은 등줄기에 오싹 소름이 끼쳐 문고리를 붙잡고 심호흡을 해야만 했다. 그리고 곧 태경의 귀에 그녀의 웃음소리가, 요망한 여자의 웃음소리가 들려왔다. 여자는 함박웃음을 짓고 있었다. 그것도 모자라 팔짝팔짝 뛰기 직전이었다.

"와! 세상에! 세상에나. 어머, 너무 재밌어! 웬일이니 정말~!"

여자는 깔깔 거리다가 재빨리 2102호로 들어갔다. 그러더니 마치 음악에 맞춰 발레를 하듯 거실을 이리저리 돌아다녔다. 무척이나 신이 난 표정으로 곡조를 흥얼거리며 춤을 추는 동안, 목이 묶여 있는 남자는 입안에 오물을 가득 물고 잠이든 듯 볼이 통통하게 부푼 상태였다. 가끔 쿨럭 거리며 기침을 하는 모습이 계속하여 숨을 편히 쉬지 못하는 것 같았다. 여자는 그러한 남자를 본체도 하지 않았다. 그 자가 발에 걸리기 전까지는.

"크악!!!"

불쾌함에 거센 발길질로 답했다. 명치 깊숙이 파고 들어간 충격에 남자는 입안에 있는 것을 모조리 토해내며 숨도 제대로 쉬지 못할 만큼 고통 섞인 신음과 기침을 멈추지 못했다.

"아악!! 아악!!"

비명이 끝나기 무섭게 계속해서 발로 남자의 배를 걷어찼다. 남자가 피를 토할 때까지 그녀의 린치는 계속 되었다. 30분이 넘는 구타가 끝나갈 때, 마치 운동을 막 끝낸 사람처럼 여자는 땀을 쓱 닦아냈다. 촉촉하게 젖은 그녀의 모습은 더욱 관능적이었다. 땀에 젖은 옷은 달라붙으며 육감적이며 탄력 있는 두 유방이 매혹적으로 출렁였다.

"아, 아아악!!"

그녀는 손을 아래로 뻗어 남자의 귀를 잡아끌어 올렸다. 가녀린 여자의 몸에서 나올 힘이 아니었다. 결국 남자는 무릎이 꿇린 상태가 되었다. 힘 때문인지 귀가 조금 찢어져 피가 흘렀다. 그러한 남자의 피를 혀로 핥으며 여자는 기괴하게 웃음을 지었다. 마치 '그것'과도 비슷한 웃음에 남자는 공포에 질렸다. 여자는 돌변하여 눈물을 지은 채 불쌍한 동물을 매만지듯 남자를 쓰다듬으며 귓가에 속삭였다.

"아아 가여운 것. 이제 보내줘야겠다."

"으, 으흐흐흑."

"곧 낭군님이 올 시간이야!!"

뼈가 부러지며 으스러지는 소리가 끔찍하도록 무덤덤하게 거실에 울려 퍼졌다. 남자의 시선은 여자의 얼굴 대신 부엌 쪽 창문을 바라보고 있었다. 비틀린 남자의 왼쪽 시야에 여자가 빼꼼히 얼굴을 들이밀었다. 장난기 가득한 소녀 같은 얼굴이 남자의 눈에 비쳤다.

"나 보여? 나 보이면 눈 깜빡여봐."

남자가 눈을 깜박이고 곧이어 얼마 남지 않은 숨을 거두자 수향은 신기한 것을 보듯 남자의 얼굴에 손가락질을 하며 웃었다.

"자, 이번엔 확실히 거둬야지. 맞죠? 옆집사장님?"

그녀가 미처 죽음에 닿지 못한 남자의 눈을 보며 윙크했다. 그러자 어두웠던 집의 벽들이 일렁이며 끔찍한 비명과 함께 검고 탁하게 흘러내렸다. 목줄에 묶였던 사내는 죽은 줄 알았던 자신이 멀쩡히 살아있는 것에 놀라고, 자신의 시체가 시커먼 액체에 뒤덮였다가 말라 비틀어진 껍질만 남은 모습에 진저리가 나도록 놀랐다. 남자는 미친 사람처럼 주변을 두리번거렸다. 상하좌우 할 것 없이 시커먼 비명으로 가득 찬 거대한 건물의 내부. 그저 문과 벽으로 나뉘었을 뿐인 깊고 짙은 어둠의 소굴이었다. 남자는 곧 자신이 딛고 있는 바닥도 아무런 의미가 없음을 알았다. 시체는 어둠 깊은 곳으로 빨려 들어가다 좀 더 시간이 지난 후에야 추락을 멈췄다. 멀어지는 자신의 시체를 보던 공포에 질린 남자의 뒷모습을 검은 액체를 뒤집어 쓴 그의 아내가 무표정하게 바라보았다. 흑색으로 물든 그녀가 비웃음을 보이자 입 사이로 검은 액체가 흘러내렸다. 괴물이 잠을 깬 듯 작은 방의 문이 열렸다. 고개를 돌리지도 못하는 남자의 몸을 거대하고 끔찍한 손이 낚아채었다. 그걸 본 그의 아내가 활짝 웃으며 어둠 뒤편으로 사라졌다.

「인간의 의지 차이였나 보군. 실험체의 혼은 계약대로 회수하였다.」

"석호 씨가 확실히 보통은 아니었나봐. 히힛. 뭐 그래봤자 아니야? 맞지?"

「'바친 자'이니, 곧 끝이다.」

여자의 춤은 다시 이어졌다. 슬픈 눈빛과 환락에 젖은 표정이 수십 번씩 교차했다. 괴물은 그녀를 잠시 감상하다가 어둠속으로 사라졌다. 목줄의 남자의 흔적은 아무 곳에도 남아있지 않았다.

＊ ＊ ＊ ＊

태경은 한참을 현관문의 문고리를 잡은 채 주저앉아 있었다. 환상과 현실은 한데 뒤섞여 머릿속을 온통 헤집어놓았다. 문에서 손을 뗐지만 너무 오래 잡고 있었던 탓에 손가락을 펴기가 어려웠다. 머리의 꿰맨 상처도 욱신거렸다.

시간은 새벽 다섯 시를 향해가고 있었다. 잠을 잘 수 있는 시간은 고작해야 두시간정도. 잠을 자려 노력을 하지 않아도 온갖 혼란스러움 때문에 너무나 지쳐 자꾸만 눈앞이 깜박거렸다. 한걸음도 더 뗄 수 없을 때쯤 그가 머문 곳은 안방이 아닌 서재였다. 텅 빈 침대보다 좀 불편하겠지만 자신의 의자가 더 나았다. 털썩 앉아 허리를 기댔다. 아파하더라도 아이와 아내가 깨어난 그때에 하자. 태경은 폭주하려는 감정을 꽉 짓눌렀다. 눈물을 쏟아내고 가슴을 친들 일이 해결되진 않으니까. 아침이 되면 회사에 나가 결근계를 신청하든, 관두든 해야 하는 상황이었다. 당장은 그게 가장 큰 일이었다. 안 그래도 바쁜 회사 일에 병가 처리 해줄 것 같지도 않았다. 팀장이란 이름도 무색하게 썽둥 잘려나가겠지. 무시당하면서도 여기까지 실력 하나로 버텨왔는데. 어릴 적 그림을 가르쳐준 어머니에게 태경은 항상 감사했다. 그 재주가 아니었더라면 이 자리에 설수도 없었을 테니까.

"어머니."

이유모를 고통의 끝에 어머니가 있었다. 아내와 아이의 위험을 알려준 것도, 그리고 아까 자칫하다간 일을 저지르고 말았을 옆집여자와의 관계에서도 어머니의 목소리가 그를 일깨웠다. 태경은 굳게 잠가둔 책상의 세 번째 서랍에 열쇠를 넣었다. 서랍이 열리고 여러 파일들이 보였다. 태경은 그 중 하나를 꺼내 들었다. 어머니가 생전에 그리곤 했었던 수많은 스케치가 거기에 있었다. 주로 아름다운 풍경화를 좋아하시던 어머니는 미술계에 입문하시진 않으셨지만 그쪽으론 모르는 것이 없는 분이셨다.

그림 그리는 것도 좋아하셔서 노력 하나로 못 가진 재능을 채우셨지만, 그것만으로는 모자랐는지 화가로 등단하진 못했다. 그런데 태경은 어떻게 타고났는지 어릴 적부터 그림을 잘 그렸기에 어머니는 제대로 그림을 가르치기 위한 많은 노력을 기울이셨다. 하지만 가세가 기울면서 대학은 꿈도 꾸지 못하게 됐다. 그러나 태경은 거기서 포기하지 않았다. 여러 알바를 해가며 돈을 벌고 학원에 등록하여 컴퓨터로 그림을 그리는 것을 익혔다. 테크닉과 실력에 재능까지 더해지며 모자란 학벌을 대신할 수 있었다. 만약 아이가 아픈 탓이 아니라면 지금 이 부장 자리에 있었을지도 모를 일이었다. 아무리 실력이 좋다 해도 회사를 자꾸 빠지니 잘리는 건 다반사였다. 그나마 팀장까지 만들어준 게 현재의 회사였다.

어머니가 그린 소박하지만 정성스러운 정경들은 고민과 번뇌에 시달리는 그를 잠시나마 자유롭게 만들어주었다. 그리고 맨 마지막 장, 누군가가 그려준 듯한 어머니의 그림. 아무것도 모른 채 편하게 잠든 젊은 시절 어머니의 모습. 사실 이 파일은 어머니가 예전부터 관리했던 것이었다. 덕택에 그림은 비닐 사이에 넣어져 잘 보관되어 약간 누렇게 변색한 것 이외엔 그대로였다. 어머니의 연인이 그린 것일까? 아버지는 돌아가셨다고 했는데. 이 그림은 어머니가 살아 계셨을 때는 정작 태경은 한 번도 본적이 없었다. 돌아가시고 나서 유품을 정리하다가 발견했던 것인데, 힘이 느껴지면서도 유려한 스케치는 보통의 것이 아니었다. 그림체도 어머니와는 판이하게 달랐다. 이 그림을 처음 봤을 때 한참을 눈을 떼지 못했던 게 떠올랐다. 그림을 파일에서 꺼내어 처음처럼 한참을 바라보다가 태경은 문득 아내가 어제 낮 즈음에 전화를 걸어 했던 말이 떠올랐다. 고마웠다고 전해달라고? 그게 무슨 말이야. 그리곤 이내 다시 눈물이 흘러내렸다.

"엄마 무슨 말인지 나 정말 모르겠어요. 그러니, 다시 한번 전화 해줘요."

아름다웠던 어머니의 젊음을 가만히 바라보며 그는 그렇게 다시금 슬픔을 쏟았다.

* * * *

"으음…….."

아침 여섯시. 은찬의 눈앞으로 길게 늘어서 붙어있는 병원의 회색 의자들이 보였다. 잠깐 눈을 붙인다는 게 생각보다 오래 자버린 듯 했다. 주섬주섬 일어나 병원 화장실로 걸어 들어갔다. 거울을 보며 옷매무새를 다듬고 가볍게 세수를 하고는 대충 물기를 휴지로 닦아 냈다. 머리끈을 풀자 결이 가는 갈색의 머리카락이 풍성하게 풀어헤쳐졌다.

"휴. 정말 귀찮네. 그냥 자를까나?"

어릴 적부터 길러버릇한 긴 머리칼은 은찬의 어머니가 살아생전 무척 좋아하셨기에 그냥 그대로 기르고 있었다. 아버지와 어머니는 은찬이 어릴 적 이혼을 했다. 아버지의 사업체가 어려워지며 내린 결정이었다. 어머니가 의지할 곳은 은찬과 그의 형밖엔 없었다. 형이 그렇게 죽고, 은찬의 어머니는 경찰 일을 극구 반대 하셨다. 형의 장례식에 찾아온 아버지도 차라리 자신의 밑에서 일할 것을 종용했다. 다시 세운 공장이 잘 돌아간다며, 조금만 일을 배워 관리만 하면 되지 않느냐면서. 은찬은 딱 잘라 말했다. 형의 억울한 죽음을 밝혀야만 한다고. 돈 따윈 문제가 아니라고. 아버지는 위로랍시고 외제차를 한대 보냈다. 처음엔 거부하려했지만, 차가 필요했다. 아픈 어머니의 병수발에 유용하게 사용하기도 했었다. 몇 년 전 돌아가신 어머니가 생각나서 은찬은 귀찮아도 그냥 머리를 길렀다. 어릴 적 남자치곤 너무 예쁘장한 외모와 질끈 묶은 길고 고운 머리카락은 그자체로도 무

311

척이나 아름다웠다. 은찬은 화장실을 나가 정인과 혜주가 있는 방의 문을 조심히 두드렸다. 작은 노크소리 때문일까? 아니면 아직 깨지 않은 것일까. 문을 살짝 열어 안을 들여다봤다.

"음. 아직인가."

바이탈사인도 정상이고 숨소리도 편안해 보였다. 반쯤은 다행이었다. 어쨌든 자신이 책임지겠다는 약속은 지킨 셈 이었으니까. 인간으로서의 도리를 지켰다면, 반면에 경찰로서의 책무를 게을리 하는 건 아닌지 스스로에게 되물었다. 하지만 모든 일은 순서가 있는 법이고, 아직 의식이 들지 않은 사람을 강제로 깨울 이유는 없었다. 그때 은찬의 머릿속에서 호재의 얼굴이 떠올랐다. 가만 생각해보니 호균을 찾으러 간다고 퉁명스럽게 던진 말 한마디 이후로 연락이 없었다. 설마 그를 찾으러 간 것일까? 일반적으로는 과정 없이 이런 결과가 나오기 힘들지만, 호재라면 충분히 가능했다. 의심이 가면 행동부터 하는 게 그의 방식이었으니까.

은찬이 호재를 떠올리고 있을 때 호재는 그리 멀리 떨어져 있지 않은 장소에 서있었다. 새까맣게 타버린 집 앞이었다. 주변으로는 중장비들이 동원되어 좀 전까지도 집의 잔해를 들어내고 있었는지 기기의 엔진부분에서 아지랑이처럼 김이 솟아올랐다. 잠시 쉬는 틈에도 한사람은 그곳을 지키고 있었다. 얼마 전에 들어온 재해처리반의 막내였다. 밤샘으로 힘들었던 탓인지 꾸벅꾸벅 졸고 있었다. 호재가 그의 어깨를 툭툭 치자, 남자는 놀래서 벌떡 일어났다. 그 유명한 강력반의 맹맹이 이호재가 담배를 입에 물고 앞에 서있는걸 보고선 어찌할 바를 모르고 말을 더듬었다.

"이, 이 형사님!!"

"아따 내가 유명하긴 한갑서야. 그려. 니 이름은 뭐여?"

"아, 네 바, 박성호입니다!!!"

"아 그려. 성호. 근디 이 집 왜 이려?"

"불 때문에……."

"왜 불이 난겨?"

"그건 아직 확인 중입니다. 집이 무너져버리는 바람에……."

호재는 남자의 눈치로 집의 무너짐으로 인한 인명피해가 없음을 알아챘다. 만약 경찰이라도 하나 죽어나갔더라면 이렇게 쉬고 있을 틈도 없었을 것이었다.

"다들 잘 살아 있재?"

"네! 유은찬 형사님이 아니었으면 정말 큰일 날 뻔했습니다."

"은찬이가?"

"네. 유 형사님이 사고가 있기 바로 전에 사람들을 피신시키셨어요."

"아따 그 새끼 신기가 있는갑네잉. 흠. 겪어봐서 그런 것인가. 하여튼 뭐가 어떻게 돌아간 지는 잘 모르것응께 아는 것부터 이야기 좀 혀봐."

"네. 시체가 2구 발견됐는데요. 아! 무슨 동물 사체도 있었습니다, 노부부 중에 남편으로 보이는 시체가 2층에서 피부 조직이 거의 전소되다시피 한 상태로 발견됐고, 1층 안방에서는 엎드린 채 죽어있는 여자 시체가 발견됐는데, 글쎄 여자 시체 두 무릎 아래가 다 없더래요. 무슨 일인지는 저도 잘은 모르겠지만, 얼핏 검시관님 이야기 하는걸 들어보니 사고 때문에 절단한건 아니라고…….”

“뭐여. 그럼 누가 자르기라도 했다는 이야기여?”

“그렇지 않을까요?”

“흠. 검시관한테 이야기를 들었다고 했재?”

“네!”

“누군지 알어?”

“제, 제가 아직 이곳에 들어온 지 얼마 안…….”

“머리 홀랑 까져가꼬 안경 끼고 돼지 같고?”

“아, 맞습니다!!”

“확실혀?”

“네, 대머리에 안경을 쓴 배불뚝이! 정확한 인상착……. 아, 저, 그, 그게 아니라!!”

“아따 그라제! 재혁이 형한테 성호 네가 정확히 기억하고 있었다고 전해줄텡게 걱정을 말드라고. 나중에 보자잉!”

“네? 저, 저기 이 형사님……?”

당황해하는 성호를 짐짓 모른척하며 호재는 차에 올라탔다. 녀석의 표정이 재밌기만 했다. 호재 자신도 처음엔 저렇게 어리벙벙 했으려나. 잠시 추억에 잠겼던 호재는 재혁이 있는 곳을 향해 차를 몰았다.

* * * *

날카로운 고음이 태경의 귓가를 때렸다. 무슨 소리지. 많이 들어본 소리 같은데. 정체를 알게 되자마자 자명종의 버튼을 눌렀다.

"아 머리야……."

어떻게 잠들었는지 모를 일이지만 의자 위에서 두 시간 정도가 흘렀나보았다. 시간은 7시 반. 태경은 눈을 비비고 욕실로 들어가 가볍게 샤워를 했다. 피곤함 때문에 현기증이 계속되어 그 잠깐의 샤워 시간 동안에도 벽을 짚고 서있어야만 했다. 샤워 후 벗어놓은 옷들을 보니 도무지 다시 입고 싶은 생각이 들지 않았다. 그냥 그대로 쓰레기통에 쳐 넣어 버리고 다른 옷을 챙겨 입었다.

"지갑이 어디 갔지?"

책상위에 둔 것 같은데 보이질 않았다. 태경은 엎드려서 책상 아래를 뒤졌다. 다행히 지갑은 그곳에 있었다. 그리고 지갑 옆에 어머니를 그린 그림이 보였다. 어제 보다가 잠든 것 같았는데 지갑과 함께 떨어진 모양이었다. 태경은 그림을 원래의 자리에 돌려놓으려다가, 쓸데없는 영수증만 있던 지갑의 두 번째 칸을 모두 비우고 조심스레 그림을 접어 넣었다. 양복의 가슴 쪽 주머니에 지갑을 넣어두자 부적마냥 마음이 편안해지는 것 같았다. 그러나 태경은 곧 현관문 앞에서 장승처럼 우두커니 멈춰 섰다. 부적이고 뭐고 소용이 없었다. 그저 겁이 났다.

만약 한 번만 더 같은 상황이 벌어진다면? 육체며 정신까지 모조리 그녀에게 빼앗기고 그녀의 꼭두각시가 되어 버릴 것 같은 두려움이 일었다. 식은땀이 흘러내리는 5분여, 에라 모르겠다는 심정으로 밖으로 나왔다. 다행히 그녀의 모습은 보이지 않았다.

태경은 엘리베이터의 버튼을 누르려다 그마저 망설였다. 엘리베이터가 올라오는 동안 그녀가 문을 열고 나오면 어떡하지? 전전긍긍하다가 결국 계단을 걸어 내려가 한층 아래에서 엘리베이터의 버튼을 눌렀다. 그렇게 엘리베이터를 기다리는데, 갑자기 2001호와 2002호의 문이 동시에 열리고 안에서 그 집 남자들이 튀어나왔다. 막 출근을 하려는 모습이었다. 태경은 좀 놀라서 그들을 바라보는데, 외모와 입은 옷이 다를 뿐 그들의 행동은 너무나 똑같았다.

보이지 않는 집 내부에 인사를 건네는 듯 손을 흔들고는 문을 닫았다. 넥타이를 바로 맨 후 엘리베이터 앞에 서는 것까지도 그들의 모습은 지독히 똑같았으며 동시에 무표정했다. 게다가 태경을 무시하는 것까진 이해가 갔지만 바로 옆집 사람과 마주치면 눈인사쯤 하기 마련인데, 그들은 서로가 있다는 사실조차 인지하지 못하는 것 같았다. 그냥 그렇게 엘리베이터 쪽만 바라보는 두 사람 사이, 태경도 우중충하게 끼어있었다. 그로서도 뭐라 말을 걸기 힘들었다. 기다리던 엘리베이터가 올라오자마자 태경이 먼저 탔다. 그 둘도 동시에 엘리베이터에 올랐다. 1층을 누르고 내려가기만 기다렸다.

어느새 1층에 다다른 엘리베이터에서 내린 그들은 한명씩 교차로 나가며 아파트 현관문을 열고 지하주차장으로 걸어 내려갔다. 속도의 차이일 뿐 그 둘은 거울을 바라보는 듯 행동이 똑같았다. 기이함을 넘어 불쾌할 지경이었다. 더러운 기분도 잠시, 태경은 이내 박살난 자동차가 떠올라 욕지거릴 내뱉었다.

* * * *

"아 저걸 진짜 죽여 살려?"

그저 짜증만 섞인 목소리는 아니었다. 재혁은 거실의 소파에서 뻗어 버린 호재를 보며 측은하다는 듯 혀를 찼다. 이혼한 후에는 자신의 집에는 들어가지도 않았다. 대신 너무 피곤해서 못 견딜 때쯤엔 재혁의 집에 아무 때고 쳐들어와 저렇게 퍼져버리기 일쑤였다. 새벽녘 호재가 문을 두드려 대는 그 시간 재혁은 불타버린 집에서 나온 증거물들을 조사하느라 피곤한 두 눈을 10분도 감아보지 못한 상태였다. 그런데 호재는 들어오자마자 이야기를 대충 듣고는 알았다며 누워버리는 게 아닌가. 남의 잠은 다 깨워놓고 지는 좋다고 퍼질러 자는 꼴이 화가 날 법도 하지만, 재혁은 호재의 모습이 불쌍하기만 했다.

나쁜 사람은 아니었다. 성격이 급하고 범인을 후드려 패는 것을 즐기긴 했지만 그렇다고 아무나 패는 것도 아니었다. 가만 생각해보면 당시엔 사람들이 저거 미쳤다며 손가락질을 해대도 호재가 찍은 범인은 결국 진범으로 밝혀지곤 했다. 그만큼 감이 뛰어난 사람이었다. 형사라면 당연히 증거에 입각해 수사를 하고 사건을 해결해야 정상일 것이다. 그러나 지금껏 수많은 범인들의 엽기적인 행각을 봐온 재혁으로서는 그 무엇보다 형사에겐 감이 필요하다는 것을 확신했다. 날이 갈수록 지능적이 되어가는 놈들 사이에서 한발 늦은 증거물들을 뒤적이느니 욕을 먹더라도 감으로 때려잡을 수 있는 능력이 있다면 그렇게 해야 한다고 믿는 쪽이었다. 아무도 범인이라고 생각지 않아 놔주었는데 그놈이 또 범죄를 저지른다면 그 피해는 어떻게 해야 할 것인가. 아무리 과학의 시대라고 할지언정 인간이 인간을 바라보는 것 보다 더 정확한 것은 없었다.

그것은 정말 사람냄새 나는, 그래서 사람의 냄새가 맡아지지 않는 괴물들을 잡을 수 있는 사람이어야 가능했다. 재혁은 호재가 진짜 사람답다고 믿었다. 그는 자신이 잡은 범인에 대해 하나도 빼놓지 않고 기억하려 수첩을 항상 지니고 다녔다. 출소나 특수로 나오는 비교적 죄가 중하지 않은 범인들 중 가족이 없는 놈들은 꼭 두부라도 챙겨가서 먹이곤 했다. 그런 사람이니 미워할 수 없었다. 저렇게 재혁의 잠을 모조리 깨워놓고 미친 듯이 코를 골며 쳐 잔들 말이다. 그러나, 굳이 가만히 놔둘 필요도 없지 않은가?

"아앗!!"

재혁은 소파에 껌처럼 달라붙어 코를 고는 호재를 확 당겨 바닥에 떨어뜨리고는 모른 척 잰걸음으로 달려가 부엌에 서있었다. 아래로 쿵 떨어진 호재는 놀래서 벌떡 일어나 뭔 일인가 싶어 머리를 긁적이며 주위를 연신 두리번거렸다. 재혁이 아침으로 라면을 끓여 올 때 까지도.

"주둥이에 안식을. 위장엔 평안을."

"아 형은 만날 라면이여?"

"아침엔 라면이 최고지. 뭘 더 바래? 저녁에 먹으면 살찐단 말이다."

"어떻게 더 쪄?"

호재가 재혁의 배를 쿡 찔렀다. 손가락이 한없이 들어가는 것 같았다. 재혁이 젓가락으로 호재의 손을 탁 쳤다.

"아퍼!"

"아프라고 때린거삼."

"삼?"

"니가 들어도 이상하냐?"

"아들이 알려준 거여?"

"응."

호재가 재혁을 자주 찾아가는 이유는 그또한 자신과 비슷할 거라는 생각 때문이었다. 이혼당하고 재혼한 부인. 그리고 양육권마저 빼앗긴 상황. 그래도 한 달에 몇 번 아들을 볼 수 있었다. 그때마다 재혁은 항상 아들과 친해지려 노력했다. 그렇게 함으로서 용서를 빌고 싶었다. 일에 매달려 돌아보지 못했던 과거와, 이렇게 돼버린 현실을 후회와 아픔대신 좀 더 적극적으로 헤쳐 나가려 노력하는 그였다. 나이 오십에 아이들 말투를 따라하는 것이 누군가가 보기엔 어이없겠지만, 호재는 조금은 이해할 수 있을 것 같았다.

"뭐 그렇게 이상하진 않구먼."

"그렇삼?"

"근다고 자꾸 하지는 말재 그라요!"

"알았삼!"

"아주 신세대 나셨네! 엑스세대여. 애들 말이나 따라해쌌고. 아주 그냥 인자 압구정에 아반떼 끌고 가서 '야타'만 하믄 되것네!"

"야 그거 진짜 오랜만에 들어본다. 너는 1990년대에 사냐?"

"그렇삼!"

"크흐흐."

"아 씨벌, 해놓고봉께 좆나 웃기네."

간만에 웃어보는 두 사람이었다. 아침이라도 웃고 시작하니 다행이었다. 호재와 재혁은 일이 쉽지 않음을 직감하고 있었다. 잡담을 노닥거리면서도 둘의 머릿속은 온통 사건들로 가득했다.

* * * *

"젠장할…….."

태경의 입에서 잠시 쉬겠다는 말이 채 떨어지질 않았다. 하필 이럴 때 큰 건수를 잡아 회사는 최근 들어 처음으로 활기를 띠었다. 세상엔 그의 자리를 꿰찰 인간들은 부지기수로 많다는 것을 태경도 너무 잘 알았다. 군소리 없이 일 처리를 잘 하게 되면, 입지는 이번 기회로 더욱 굳건해 질 것이 분명했다. 이 기회를 놓쳤다간 이쪽 바닥에서 성공 하리라는 희망은 영영 사라질 것 같았다. 당장 아이와 아내가 아픈 마당에 일을 관둔다면 어떻게 해야 할까. 가족 때문에라도 일을 관둘 수도, 그렇다고 계속 할 수도 없는 상황. 기댈 친척조차 없었다. 오죽 했으면 형사에게 가족을 맡기고 왔을까. 태경은 자리에 털썩 앉았다. 자꾸만 늦으니 주변의 시선이 신경 쓰였다. 모자란 팀장에게 믿음 이란 게 있기나 할까.

"저기, 윤 팀장님."

"응?"

은서였다. 오늘 옷차림이 다른 때보다도 더욱 청초하고 명랑해 보였다. 머리도 얌전해지고, 화장도 투명하고 가볍게 했다. 피부는 그 흔한 트러블 하나 없이 뽀얀 우윳빛이었다. 설원에 핀 꽃처럼 아름다운 은서의 모습에 태경이 잠시 할 말을 잃어버렸다.

"아니 대체 머리는 또 왜……."

"아, 이거."

집안 사정을 이야기해야 할까. 아니. 그럴 필요는 전혀 없었다. 그렇다고 거짓말을 할 이유도 없어서 차사고가 났다고 이야기 했다. 은서는 걱정스럽게 태경의 이마를 바라보다 무언가 생각난 듯 태경에게 말했다.

"내일 전시회 기억 하시죠?"

"응? 벌써 내일인가?"

"네. 음……."

은서가 태경의 눈치를 보며 말을 망설였다.

"괜찮으니까 말해요."

"집에 일 있으신 거 아니에요? 그러면 못 가시는 거 아닌지 해서요."

"응……? 음. 괜찮아. 갈수 있어요. 회사에 안 나올 수도 없는 일이니까."

아내와 아이가 깬다 하더라도 몇 주는 입원을 하고 상황을 지켜봐야 한다고 했다. 병실을 지키며 잠 한숨 못잔 채 다시 회사를 나올 생각을 하니 태경은 까마득했다. 그래도 은서와 같이 전시회를 구경한다는 건 그나마 즐거운 일이 될 테지. 은서는 웃는 낯으로 고개를 끄덕인 후 자신의 자리로 돌아갔다. 일단 회사에 나왔으니 할 일은 끝마쳐야 했다. 태경은 잠시 쉬며 머릿속을 정리했다. 숨 막히는 현실이 목을 조를 때면 안주머니에 있는 지갑을 옷 위로 만져보았다. 어머니가 같이 있다고 생각하니 조금은 살 것 같았다.

* * * *

"아빠······?"

"어쩌지. 아저씨는 아빠가 아닌데."

정인의 손을 잡아주고 있었던 은찬은 가만히 아이를 토닥이며 병원 호출기의 버튼을 눌렀다. 곧 간호사들이 달려와 아이의 상태를 체크하며 호흡에 문제는 없는지 물었다. 곧이어 의사가 한 번 더 아이를 진찰한 뒤 은찬에게 괜찮다는 사인을 보냈다.

"형사님도 피곤하시겠습니다."

"뭘요. 이게 제 일인데요."

"그건 그런데, 형사님 때문에 간호사들이 난리가 났어요."

아이를 체크하던 간호사 두 명은 어느새 얼굴을 잔뜩 붉히고 은찬을 훔쳐보느라 바빴다.

"팬클럽 하나 만드셔야겠어요. 어허허."

의사의 말처럼 조각 같은 은찬의 얼굴은 선망의 대상이었다. 그러나 경찰이란 직함엔 절대 어울리지 않는 것이기에 차라리 성형수술을 해서 얼굴을 우락부락하게 만들고 싶었다. 부모님으로부터 물려받은 외모는 은찬에겐 그리 행복한 것이 아니었다. 그는 자신의 외모보다 일을 더 사랑하고, 중요하게 여겼기 때문이었다. 처음 이런 일을 맞았을 땐 날카롭게 굴기도 했지만 날이 갈수록 그냥 그러려니 하는 은찬이었다.

사실 요새 같은 세상에 잘생겨서 해될 것은 없었다. 참고인 조사를 할 때에도 그의 매혹적인 외모는 도움이 됐다. 그가 한마디 건네는 질문에 굳게 다물었던 여자들의 입에서 범인의 신상명세나 말하지 않은 비리들이 모두 터져 나왔다. 일에 도움이 된다는 사실을 알게 된 날, 자신의 외모가 처음으로 맘에 든 그였다.

은찬은 웃는 낯으로 간호사들에게 인사를 건넸다. 그리고 조사해야 될 일이 있다며 부드럽게 밖으로 내몰았다. 얼굴이 사과처럼 새빨개진 두 간호사가 뭐라 말도 제대로 하지 못하고 아쉬운 표정으로 사라졌다.

"휴. 미안해. 너무 시끄러웠지?"

"아저씨 연예인이에요?"

똘망똘망한 눈초리의 아이가 은찬에게 물었다. 무릎을 팔로 감싸 안은 모습이 경계를 하고 있음을 말해주었다.

"아니. 아저씨는 말이야. 형사란다."

"형사 역할 연예인?"

"아니 진짜 형사."

"응 그렇구나."

정인은 고개를 돌려 자신의 엄마를 쳐다봤다. 그리곤 곧 눈에 그렁그렁 눈물이 맺혔다.

"괜찮아. 엄마 곧 깨어나실 거야. 수술도 다 잘됐대."

"정말요?"

"응."

은찬은 아이를 토닥였다. 아이가 좀 진정되자 손을 부드럽게 잡고 눈을 맞췄다. 그리고 첫 번째 질문을 던졌다.

"무슨 일이 있었는지 아저씨한테 이야기 해줄 수 있니?"

"……."

"괜찮아. 말해보렴."

"근데 아저씨 정말 형사 맞아요? 증거를 대요!"

쪼끄만 게 여간 귀여운 게 아니었다. 은찬은 웃음을 참으며 지갑에서 명함을 꺼내 아이에게 건넸다. 아이는 명함에 적힌 글씨를 또박또박 하나씩 읽었다. 그러더니 안심한 듯 한숨을 푹 내쉬었다.

"유은찬 형사님. 엥. 진짜네."

"그럼 왜 거짓말을 하겠니."

"흠. 근데 아빠는 어디 갔어요? 회사?"

"응. 그래서 아저씨가 대신 여기 있는 거란다."

한참 뜸을 들이던 아이가 드디어 입을 열었다.

"할아버지가요. 할아버지가……."

그때였다.

"정인아……."

"엄마? 엄마!!"

아직 스스로 일어나지 못하는 혜주는 가쁜 숨을 쉬며 눈물을 흘렸다. 아이는 엄마의 품에 안겨 계속해서 울었다. 혜주는 그러한 아이를 토닥이며 슬픔을 삼켰다. 응급버튼을 누른 은찬은 아쉬웠지만 '할아버지'라는 말만으로도 예상과 맞아 떨어지는 부분이 있었기에 한걸음 뒤로 물러섰다. 결국 더 자세한 이야기를 들어보려면 시간이 좀 더 필요해 보였다. 은찬이 병실 밖으로 나왔을 때, 그의 전화벨이 울렸다.

"여보세요?"

"아, 네!! 충성!! 저, 저는 박성호라고 합니다!!!"

"성호?"

"네!!! 그 집에서, 2층에 저를 구해주셨습니다!"

"아! 그래. 그게 성호 씨구나. 그런데 무슨 일로?"

"일단 시체 2구를 먼저 찾았습니다! 많이 훼손되긴 했지만 이재혁 검시관님께 연락드리고 바로 연락드립니다. 아참, 이, 이호재 형사님도 같이 오신다고 했습니다."

"그래? 그거 반가운 이야기네. 일단 검시관님 도착하시면 검시 끝나는 대로 자세한 내용 알려달라고 말씀드려줘. 그리고 난 이현기의 금전조사를 해봐야 할 것 같아."

"네 알겠습니다. 추, 충성!!"

"아하하. 그래."

무척 들뜬 목소리가 신참인건 확실했다. 은찬이 돌아본 병실에선 모녀가 서로를 끌어안고 여전히 울고만 있었다. 조금 더 시간이 흐르자 안정이 된듯하여 병실 문을 두드리고 들어갔다. 자초지종을 설명하자 이혜주가 연신 고맙다고 인사를 했다. 아니라며 손사래를 치고는 슬쩍 그녀에게 어떻게 된 일인지를 물어보았다.

"저도 잘 몰라요……."

그녀는 입을 굳게 다물었다. 은찬의 시선을 피해 다른 곳만 쳐다보면서. 무언가 심하게 겁을 내는 사람처럼 두려움에 떨며 한시도 딸의 손을 놓지 않았다. 시무룩한 아이의 얼굴을 바라보던 은찬은 다시금 이혜주에게 물었다.

"어차피 조사하면 다 나올 일입니다. 심지어 언론 쪽에서도 관심을 보이고 있고요. 아무리 쉬쉬한다고 해도 알아내는 건 일도 아닐 테죠. 말씀하지 않으셔도 좋습니다. 이미 사건의 반은 증거들이 대신해 주고 있습니다."

협박에 가까운 은찬의 말에도 혜주는 아무런 말이 없었다. 그의 눈이 날카롭게 빛났다.

"아버님께선 무슨 이유로 그렇게 뜨거운 불길에서도 한 발자국조차 움직이지 않으셨을까요. 가슴팍에 무엇인가를 끌어안고 있는 모습이었는데, 얼마나 소중한 물건이기에 자신의 딸과 손녀를……."

"그, 그만!!"

혜주가 괴로운 듯 얼굴을 찡그리며 소리치자 은찬은 잠시 말을 멈췄다. 그녀가 조금 진정이 되는 듯하자 다시금 입을 열었다.

"말씀하시지 않으셔도 됩니다. 정황증거라는 것으로 충분히 예상할 수 있으니까요. 그 집에서 사모님을 상처내고 괴롭힐 수 있는 사람은 단 한명 뿐입니다. 어머님 다리의 상해(傷害)도 마찬가지일 테죠."

"으흐흑."

"아저씨! 엄마 왜 울려! 엄마!"

아이는 눈에 눈물이 가득 맺힌 채로 입술을 꼭 깨물고 은찬을 노려봤다. 은찬도 미안함에 한숨이 나왔다.

"미안해. 하지만 어쩔 수가 없단다."

"그래도 엄마 울리지마!!!"

아이는 그 작은 두 손을 꽉 쥐고 있는 힘껏 소리를 질렀다. 혜주가 아이를 가만히 토닥인 후 눈물을 닦고는 은찬 앞에서 옷매무새를 바로 잡았다. 은찬의 가슴이 두근거렸다. 무언가 말할 것만 같았다.

"어차피 밝혀지겠죠. 하지만 아이도 있고, 제 입으로 더 말할 수가 없어요. 모두 꿈이었으면 하고 바랄뿐이에요."

은찬의 기대가 한순간에 무너져버렸다. 혜주의 눈이 너무 슬퍼보여 은찬도 더 이상 다그치지도 못했다. 그녀의 말처럼 곧 다 밝혀질 일이니 조금 더 진정이 되고 나서 사건진술을 들으면 될 것이었다. 밤새 잠도 못자고 깨어나기만 기다리느라 신경이 날카로워진 탓에 너무 심하게 몰아붙인 것 같아 미안함이 앞섰다. 너무 늦은 감이 없지 않지만 잠시간 정적이 흐른 뒤 조심스럽게 위로의 말을 건넸다.

"죄송합니다."

"아니에요. 일이신데요."

"만약 자꾸 사건이 생각나고 괴로우시다면, 일주일 정도는 신문이나 인터넷, TV 같은 건 보지 마세요."

"네. 무슨 말씀인지 알 것 같아요."

"아 그리고 혹시 무슨 일이라도 생기시면 이쪽으로."

은찬이 명함을 꺼내려 하는데, 정인이가 자신의 주머니에서 아까 은찬이 줬던 명함을 꺼내들었다. 아까 줬던 거 여기 있다, 이런 뜻인 듯 했다.

"아. 정인이가 갖고 있네요. 너무 예쁜 따님을 두셨어요."

정인이의 머리를 쓰다듬던 혜주의 손이 잠시 멈칫했다. 은찬은 그러한 혜주의 모습을 놓치지 않았다. 슬퍼 보이지만 의문스러운 눈빛. 은찬은 궁금증을 애써 참았다.

"전 다시 현장에 연락을 취해 봐야 할 것 같아요. 그럼 또 뵙겠습니다."

"네."

형사가 밖으로 나갔다. 젊은 남자는 보기 드물게 잘 생겼다. 하지만 혜주는 그의 얼굴을 마주 볼 수 없었다. 처참한 진실을 들킬 것만 같았다. 자신의 아버지가 아내도 모자라 자식과 손녀마저 죽이려 했다는 것은 그저 공포영화에서나 봤음직한 끔찍한 이야기였다. 그것도 그림 한 장 때문에.

차가워 보이는 여자의 얼굴. 그 별것 아닌 그림이 무엇이 그리도 좋았을까. 외로움이 사람을 미치게 했나? 애초에 서로를 향하지 않았던 애정이 갈 길을 몰랐던 것일까. 오랜 잠에서 깨어난 혜주의 머릿속은 모든 게 아득하기만 했다. 악몽 같은 경험을 되새기는 대신 어떻게든 행복한 일만 떠올리려 노력했지만 자꾸만 후회가 밀려들었다. 혜주를 위해서라면 모든 것이 아깝지 않았던 그녀의 부모. 하고 싶은 대로 다해놓고선 자신의 말을 따르지 않으면 그토록 당신들이 사랑하는 딸을 다시 볼 수 없을 것이라며 부모의 가슴에 대못을 박았던 혜주. 그녀는 언제나 죄인이었고 또다시 죄를 지었다. 무슨 짓을 해도 아버지는 아버지인데 그를 발로 차고 불태워 죽인 것과 다름없었다. 자신의 자식을 구하기 위해 아버지를 죽인 년. 혜주는 아이의 뒷모습을 바라보다 너무나 가슴 아파 눈을 감아버렸다. 지금 어떻게 미치지 않고 살아있을까. 공포의 한가운데에서 어떻게 빠져나올 수 있었을까. 마지막 그녀가 본 사람은 죽음에서부터 자신을 끌어낸 남편이었다.

결국 나는, 그 사람과의 삶 때문에 부모를 배신하고 그 사람의 아이 때문에 부모를 죽인 후, 다시 윤태경이라는 사람에게 구해진 꼴이네. 혜주의 머리가 끔찍하리만큼 혼란스럽다. 자꾸만 머릿속에서 이상한 소리가 들려왔다. 다 너 때문이라고, 누구의 탓이 아니라고. 하지만 또 다른 목소리가 낮게 울렸다. 네 남편이 널 그렇게 만든 거라고. 그리고 그도 너의 애비가 어미에게 했듯 널 배신할거라고.

혜주는 아이를 마주 볼 수 없었다. 내 얼굴은 어떤 표정을 하고 있을까. 눈물은 흘러나오는데, 얼굴은 미친 사람처럼 웃고 있진 않을까. 혜주는 두려움에 고개를 들어 거울을 찾았다. 슬프게 울고 있는 자신이 보였다. 가슴엔 무엇이 남아있을까. 까맣게 타버린 잿더미처럼, 마음이란 것도 하얗게 산화(酸化)해버린 건 아닐까. 눈물이 심장에 맺혀

얼어붙은 듯 혜주의 가슴 한구석에 한기가 돌았다.

* * * *

다행히 두 시신은 아주 심하게 훼손된 상태는 아니었다. 커다란 잔해에 깔렸더라면 돌로 뭉개져버린 강아지처럼 되어버렸을 것이다. 이호재는 부검실 밖에서 뻑뻑거리며 담배를 피웠다. 대충 이야기를 듣긴 했지만 이 정도 일 줄은 몰랐다. 상황에 비해 매우 양호한 상태라는데, 호재는 고린내처럼 풍겨 나오는 악취에 구역질이 났다. 한두 번 맡아봤냐며 핀잔을 주는 재혁을 피해 담배 한대를 피며 뒤틀린 비위를 정리하던 차였다. 이 일 이외에도 호균이 생각에 자꾸만 아찔했다. 공사장의 남자가 우연히 지나가지 않았더라면 분명 자신의 앞에서 추락했던 호균이 손을 밟아 땅으로 떨어뜨렸을 것이었다. 호재는 그 시선을 잊을 수 없었다. 그 차갑고 몽롱한, 무언가 홀린 듯한.

"야. 들어 와봐."

"니미럴, 어휴."

재혁은 말이 끝나기가 무섭게 부검실로 들어가 버렸다. 호재는 심호흡을 한 후 부검실의 문을 열었다. 한두 번 들어가는 곳도 아닌데 언제나 내키지가 않았다. 자꾸 호균이의 얼굴이 떠올라 혼란스러운 판국에 불타버린 시체까지 봐야 한다니. 하지만 재혁은 호재가 그러든 말든 바디백을 그냥 열어버렸다.

"어, 어이 씨벌 좀 조심 좀 하쇼!"

"죽은 자는 말이 없는 법이야. 하지만 살해된 자는 다르지. 말을 굳이 하지 않아도 몸에 남긴 흔적이 대신 열심히 수다를 떨어준단 말이야. 일단 여자의 시신부터 보자고."

1층의 화재상황은 2층보다는 심하지 않았던 탓에 안방에 엎드려 죽어있었던 여자 시신의 상태는 오히려 더 기괴했다. 바닥을 향해있었던 반쪽의 얼굴은 숯검정만 조금 묻었을 뿐 타지 않았지만, 불길에 휩싸인 나머지는 살이 녹아버리고 눈알까지 하얗게 익어버렸을 정도였다. 역한 냄새가 다시금 호재의 코에 스며들자 토악질이 나왔다.

"아, 이 씨벌 좆같아서 못해묵겄네. 퉤엣!"

"이거라도 바를래?"

"그건 더 좆 같아."

호재는 구토를 참아가며 재혁이 가리킨 곳을 일일이 살폈다. 국과수에 넘길 필요까지도 없는 명백한 살인의 흔적이 여자의 두 다리에 남아있었다. 그을려 있었지만 사건현장에서 발견된 톱날의 마모와 울퉁불퉁하게 잘려나간 다리뼈의 단면은 굳이 다른 증거를 찾을 필요가 없을듯해 보였다. 게다가 톱날에서는 뼛가루까지 발견됐다. 여자의 시신에서 수거한 DNA로 유전자 검식을 해봐야 정확한 결과를 알 수 있을 테지만, 너무 단순해서 더욱 잔인한 죽음의 원인이 저 톱날에 의한 것이란 추측은 신빙성이 충분했다.

"이야기 했다시피, 여자는 이대로 방치된 상태로 있다가 심장마비로 죽었어. 정확한건 부검을 해봐야 할 일이지만 말이지. 불이 난 곳에서는 간의 온도로 사망시간을 예측하기가 힘이 들어. 불 때문에 체내의 열이 올라간 상태기 때문이지. 하지만 시반이라면 이야기가 달라."

"아 다 아는 이야기 아니요. 뭘 잘난 척은."

"……시반이 뭔데?"

"아따 거! 얼굴 디지게 쳐 맞은 거 마냥 푸르딩딩한 거!"

"푸르딩딩이 아니라, 보라색. 자색(紫色)을 띄는 거."

"아따 거 참말로!!!"

"아무튼. 뭐 어려운건 이야기 해봤자 너한테 득 될 것도 없고. 다음 시체를 좀 보자고."

"그건 시커멓게 타부럿다매요? 뭐 볼 거 있을랑가?"

"글쎄. 일단 열어보자."

두 번째 바디백의 지퍼를 열자 아직도 뜨거운 김을 뿜을 듯 새카맣게 타버린 남자의 시신이 그 모습을 드러냈다. 무릎을 꿇은 이상한 모양새로 피부가 그을린 시신을 그대로 가져온 탓에 남자의 모습은 측은하면서도 끔찍했다.

"아니 근디 사람이 이렇게 뜨거운데서 이런 자세로 있을 수 있소?"

"야. 그보다 얼마나 미쳐야 자기 아내의 다리를 저렇게 만들고 자신의 자식과 손녀까지 죽이려 할 정도가 될까?"

"씨벌 가만히 생각해봉께로 이거 완전 미친 새끼 아니여?"

"인과라는 게 있지. 과정 없는 결과라는 게 없는 거 아니겠냐. 그럴만한 이유가 있었겠지."

"뭐 철학자여 염병. 인과? 하여튼 어서 들은 건 많아갖고."

"자꾸 깐죽댈래? 이걸 콱!"

"성질머리 하고는."

호재는 다시금 시체를 들여다보았다. 무언가 가슴에 꼭 껴안고 있
는 듯한 남자의 자세가 아무래도 수상했다.

"형. 이것 좀 보소잉. 무언가 안고 있는 자세 같지 않소?"

"어? 그런 것도 같네."

호재는 무릎을 꿇고 앉아 무언가를 끌어안는 시늉을 해보였다. 그
러더니 무언가 불만족스러운 듯 이곳저곳을 두리번거리며 돌아다니
다 품에 안을만한 크기의 때 지난 달력을 꺼내왔다. 그리고 다시금
자세를 잡고 꿇어앉았다.

"분명 이 정도 사이즈 였을텐디. 다른 거 였으믄 손이 좀 더 원형
을 그리면서 앞을 향해 있어야 한단 말여. 지금 저 자세를 보믄 무언
가 얇고, 두께도 그리 두껍지 않은 것이것구마잉. 안 그라요?"

"그렇지. 화상으로 인한 근육과 피부수축을 예상하더라도 그렇
겠지."

호재의 눈이 번뜩였다. 재혁은 그러한 호재를 보며 흐뭇한 기분
이 들었다. 호재가 저럴 때면 꼭 사건이 해결되고야 말았으니까. 자
주 없는 일이라서 그렇지.

"근디 이상혀. 잘 보쇼잉? 내가 이 달력을 보호해야 한다고 칩시다."

호재는 달력의 뒤로 양팔의 깍지를 끼워 꽉 잡았다.

"만약 손이 닿는다고 하믄 이렇게 꽉 잡게 되것지라?"

"그렇지."

"손이 닿지 않는다 하더라도, 최대한 꽉 보듬으려는 게 정상인디.

이 사람 손 모양 좀 보소."

　재혁은 안경을 추켜올리며 타버린 시신의 손을 봤다. 시신의 양손 바닥은 조금의 간격을 두고 마치 세수를 하려는 사람처럼 얼굴을 향해 있었다. 다만, 얼굴 전면을 향한 것이 아니라 턱 쪽에 가까웠다. 미처 그러한 것을 발견하지 못했던 재혁은 놀란 눈으로 호재를 바라봤다.

　"오!!! 그거 생각 못했던 건데?"

　"지금부터라도 생각은 삼시세끼 맞춰가며 하시고. 근디, 왜 저런 손모양이 됐을까잉? 꼭 껴안고 있어도 모자랄 판에. 왜?"

　호재는 벌떡 일어나 계속해서 시체를 살폈다. 그러더니 재혁의 배를 쿡 찔렀다.

　"아야!"

　"아따 그만 철렁대고! 형. 요 시체, 이빨 좀 살펴보쇼."

　"뭐?"

　"이 틈에 껴있으믄 불에 다 타지 않았을 거 아니여?"

　"아니 그러니까 갑자기 이는 왜?"

　"그냥 눈에 거슬려서 말이요. 괴로우면 소리를 지르게 마련인디, 어떻게 하믄 턱이 이렇게 꽉 다물려 있는 거여. 그게 이상하단 말이시. 피부만 타부럿재 속은 아니람서? 그라믄 깊은 화상에 의한 근육 수축도 아닝께. 이건 무언가 각오를 하고 이를 악문 거 같은디. 그게 아니믄."

　"아니면?"

　"불타 죽기직전에 물어뜯었던가. 이렇코롬."

　호재가 양손으로 마치 수박을 먹는 듯 자세를 취하는 것을 보고 나서야 재혁은 무릎을 탁치며, 아니 무릎엔 손이 닿으려면 감격의 타이밍을 놓치기에 아쉬운 대로 자신의 뱃살을 툭 치며 시체의 모습에서 당시의 상황을 연상할 수 있었다.

이 사람은 무언가 보호를 해야 하는 입장이었다. 정확한 크기는 짐작할 수 없지만 불타며 굳어버린 팔의 각도와 품으려 했던 부피를 계산했을 때 가로 40~50cm, 세로는 60~70cm이며 두께는 3~4센티 정도의 물건으로 보였다. 그리고 죽기직전에 보호하려 했던 무언가를 이빨로 물어뜯었을 것이다. 그렇게 되면 손의 위치 또한 설명이 됐다. 이가 닿지 않자 물건의 반대편에서 자신의 입 쪽으로 밀어 넣어야만 했다. 그렇다고 한다면, 호재의 말대로 치아 사이에 그 흔적이 남아있을 것이고, 더 나아가 그의 위장엔 뭔가가 있을지도 모를 일이었다. 재혁의 손길과 눈빛이 바빠지는 것을 느끼자, 호재는 자리를 뜨기 위해 준비를 했다.

"음. 하는 김에 부검도 아예 해야 할 것 같군."

"그라믄 나는 잠깐 은찬이한테 다녀와야 쓰것구만. 이 시커먼 새끼 금전관계 조사한다고 그라드라고. 가봐야재."

"야 다 좋은데, 원래 니가 맡고 있던 사건하고 이 화재건 하고 관련 있긴 한 거야 진짜?"

"……어떻게 알았소?"

"그 일 잘못된 후로 다른 사건에 관심 보이는 걸 못 봤거든."

"눈치가 코치구만."

"그런데 너 아직도 그 집 사람들 의심하는 거냐?"

"아니."

"뭐야, 그럼 실종사건에 다른 증거라도 잡았어?"

"아니."

"뭔 소리야?"

호재는 문을 나가려다가 매서운 눈초리로 재혁을 바라보았다.

"나도 인자 뭐가 뭔지 잘 모르것소. 씨벌."

재혁이 잘 가라는 인사도 전하기 전에 호재는 냉큼 문을 열고 나가버렸다. 섭섭한 듯 호재가 나간 문을 잠시 보다가 자신의 관자놀이 부근을 툭툭 치고는 카메라를 들었다. 전신을 다 찍고 난 후 재혁은 시체를 매우 조심스럽게 매만졌다. 무언가를 끌어안고 있던 상반신의 전면부 만큼은 겉만 새까맣게 탔을 뿐 내부는 상대적으로 덜 손상되었다. 겨울이라 시체의 부패도 더디게 진행되어 가스에 의한 팽창현상도 아직은 심하지 않았다. 부검하기엔 괜찮은 상태라 재혁은 거리낌 없이 메스를 들었다. 하지만 다시금 남자의 사체를 보고 고개를 절레절레 흔들고는 메스 대신 부검용 전기톱의 전원을 올렸다.

* * * *

은찬은 혹시 이혜주가 들을까 싶어 병실에서 좀 먼 곳으로 나갔다. 충분한 거리를 확보한 후 어디론가 전화를 걸었다. 이쪽 일이라면 귀신같이 알아낼 단 한사람, 송유미의 핸드폰 번호였다. 하지만 무언가 잘 풀리지 않는지 은찬은 툭툭 병원의 의자를 발로 찼다.

"유미야. 한번만. 응?"

"안. 돼. 정식으로 내 앞으로 넘어올 때까진."

"이번엔 정말 급하단 말이야!!"

"내가 그때, 네 말만 믿고 해줬다가!! 증권사기 잡으려고 6개월 전부터 함정 파놓은 거, 그것도 모르고 설쳐대는 바람에 나까지 모가지 날아갈 뻔한 거 다 잊었지? 그렇지?"

"그, 그때야 난 경찰내부에서 비리인줄 알고 그랬지. 엄청난 액수가 빠져나가는데 그걸 어떻게……."

"그 놈들 아직까지 못 잡은 것도 모르시죠? 내부첩자도 아직 잘 활동중이시구요. 왜? 못 잡았으니까!!"

"……뭐 언젠간 잡지 않겠어?"

"전화 끊자 응?"

여자의 화가 난 목소리에 은찬은 다급해졌다. 앞에 있으면 싹싹 빌기라도 하고 싶었다. 이럴 땐 얼굴 잘 생긴 것도 아무 쓸모가 없나 보다. 은찬은 머리를 긁적이다가 한숨을 폭 내쉬었다.

"밥 사줄게."

"밥?"

"아침 점심 저녁. 전부다."

"음. 그럼 데이트인거지?"

"꼭 데이트라고 해야 하는 거야?"

"응 데이트."

"……그래."

"신상 쫙 불러봐~!"

사내연애 금지. 사건이 터졌을 땐 여자금지. 그렇게 살다보니 꽃향기가 진동할 것 같은 은찬의 인생엔 칙칙한 홀아비 냄새만 남았다. 형사가 사건이 없을 때가 어디 있으며, 그렇다고 일반인을 만날 여유란 게 있을까. 사내연애는 공과 사를 구분함에 있어서 쉽지 않기에 아예 하지 않기로 마음먹었다. 하지만 송유미 같은 미녀라면 고민이 되긴 했다. 그녀의 미모 때문에라도 모르는 이가 없었다. 책벌레였던 그녀는 학업 내내 우수한 성적을 보여주었고, 유수의 대학에서 러브콜을 보냈지만 경찰대를 택했다. 이유는 전적으로 은찬 때문이었다.

어느 날 옆집에 살던 인기 좋고 귀여운 긴 머리의 남자아이는 경찰이 될 거라며, 자신의 형처럼 멋진 형사가 될 거라며 유미가 태어나 처음 보는 멋진 미소를 보여주었다. 하지만 그 미소에 반해서 유미가 은찬과 같은 길을 걷게 된 건 아니었다.

유미는 은찬을 일종의 라이벌의 관계라고 생각했다. 멋진 남성이자, 자신과 어린 시절을 같이 해온 친구가 선택한 길이라면 자신도 같이 걸어보고 싶었다. 결국 여성으로서는 드물게 경찰대를 수석졸업하고 현재 금융사기 및 조사팀에서 근무를 하게 되었다. 가장 골치 아프다는 부서에서 그녀의 능력은 십분 발휘 되었지만 탄탄대로를 달리던 그녀가 너무도 쉽게 무너진 이유 또한 은찬이었다.

경찰 내 비리가 있다며 극비 수사를 요청해온 탓에 그의 말만 믿고 일을 진행했는데, 그게 증권사기단을 구속하기 위한 함정수사였다는 걸 몰랐던 것이다. 굳이 어떤 관계부서에게도 알리지 않고 독단적으로 일을 진행한 것은 경찰 내부에 은밀히 내통하는 자가 있을 거라는 예상 때문이었다. 그렇지 않으면 그놈들이 그렇게 귀신같이 알고 내뺄 수는 없었다. 덕택에 근 6개월 반을 끌어온 함정수사는 완전히 물거품이 됐고, 경찰 내부의 썩은 고름덩어리도 빼낼 수 없었다.

최연소 팀장이라는 꿈도 날아가 버렸음이다. 하지만 문책을 당하면서도 결코 은찬의 이름을 말하지 않았던 유미였다. 그 정도로 속을 썩여놓고 다시금 부탁을 하는 은찬이 뻔뻔해 보이기까지 했지만, 그래도 그 힘들다는 '은찬이와의 하루'를 얻어냈으니 그것으로 조금은 위로가 됐다. 유미는 은찬과 만날 때만 마음이 편해지고 휴식을 얻는 기분이었다. 친구 같은 애인? 아니 애인 같은 친구라 해두자. 아직은 그 정도에서 만족해야 했다. 살아가며 마음과 육체가 모두 맘에 드는 사람을 찾기란 정말이지 쉬운 일이 아니었다. 어쩌면 그건 은찬도 마찬가지였을 것이다. 다만, 지금은 때가 아니었다. 사랑이란 게 언제고 때가 있겠느냐마는. 유미가 물어본 것에 대해 대답을 끝마치자마자 은찬의 핸드폰에선 통화대기음이 들려왔다.

"어? 유미야! 내가 나중에 다시 전화할게! 이 형사님 전화!!"

"야!!! 니가 할 말만 하고 끊냐!!! 넌 나보다 이 형사가 더 좋……"

유미의 말이 끝나기도 전에 통화 중 대기음만이 그녀를 반겼다. 유미는 입술이 삐죽 나왔다.

"나쁜 놈! 쳇."

그때 유미의 옆으로 앞머리만 홀랑 까진, 전완근만 유난히 발달한 비쩍 마른 남자가 게슴츠레한 눈빛으로 다가와 말을 붙였다.

"유미 씨? 뭐 나쁜 일 있어? 내가 오늘 점심사줄까?"

"주뎅이 묵념."

"……응."

그러면 그렇지라는 표정의 남자는 핏기가 가신 얼굴로 축 처져 자신의 자리로 돌아갔다. 유미는 남자의 모습엔 신경도 쓰지 않고 은찬이 말해준 단 세 가지의 자료만으로 이현기의 자금유통경로 추적에 신호탄을 쏘아올렸다.

* * * *

태경은 퇴근 시간만 기다렸다. 형사로부터 아내와 아이가 깨어났다는 전화에 계속해서 들썩 거리는 마음을 주체하기가 힘들었다. 회사를 쉬지 못하게 된 것에 대해 어떻게 말해야할지, 곁에 있지 못해 너무 미안한 마음을 어떻게 전해야할지 무척이나 고민 중이었는데 막상 정인과 혜주가 깨어났다는 소식에 식은땀이 나고 머릿속이 텅 비어버렸다. 조금만 있으면 여섯시가 되는데, 조금만 있으면. 초조함에 손까지 떨려왔다.

"저 김 대리!"

"아 네 팀장님."

"미안한데 담배 한 대만."

"저 금연 중이라서. 죄송합니다~! 헤헤."

김 대리 너마저!! 태경이 실망감에 고개를 푹 숙였다.

"팀장님?"

"응. 은서 씨."

"여기 디자인 한번 봐주실래요?"

"아, 그래요."

은서가 건넨 건 이번 사안에 대한 제품디자인이었다. 꽤 깔끔했다. 명색이 팀장이라는 사람이 정신 못 차리고 있는데도 아랫사람들이라도 잘해주어 너무 다행이었다. 특히 은서는 유명 미대출신이라서 그런지 몰라도 색감이 발군이었다. 그녀의 언니라는 사람도 미술계에서 유명하고 굉장한 미녀란 말을 들었으니, 아름다울 미(美)자를 타고난 집안인 듯했다. 태경이 두 번째 장을 넘기자 무언가 또르르 굴러 책상으로 떨어졌다. 포스트잇이 붙은 담배 한대. 짧은 메모 한 줄이 적혀있었다.

[또 기침하지 마시고 천천히 피우세요^^]

이모티콘까지 친절히 써놓은 귀엽고 앙증맞은 글씨. 은서를 쳐다보자 글씨만큼이나 귀엽게 눈웃음을 쳤다. 태경도 생긋 웃어주고는, 은서가 준 담배와 서랍안의 라이터 하나를 들고 비상계단 쪽으로 나왔다. 담배를 피려다가, 문득 이상한 생각에 빠져들었다.

"은서 씨가 준 담배라면……."

태경은 혹시나 싶어 담배의 냄새를 맡아봤다. 은서가 바른 향수라든지 로션의 냄새가 묻어있진 않을까? 킁킁거리다가 갑자기 섬뜩한 기분이 들었다. 자신의 행동이 얼마 전 환상에서 본 남자와 너무 비슷했다. 여자의 슬리퍼에서 나는 냄새를 맡으며 자위를 하는 모습이 떠오르자 태경은 스스로가 역겨웠다.

"제길."

입에 담배를 물고는 재빨리 불을 붙였다. 한 모금 깊게 빨아들이자, 머리가 핑 돌았다. 후 하고 내뿜는 순간 마음의 근심하나가 덜어지는 것 같았다. 마음의 짐 하나 덜고 건강 하나 잃고. 하지만 지금 몸뚱이가 건강하다고 좋을 일은 아무것도 없었다. 맘 같아서는 차라리 그냥 죽고 싶었다.

저 귀찮은 것들 다 죽여 버리고 나도 죽어버렸으면.

귀찮다니? 내가 지금 무슨 생각을 하고 있는 거야? 그때 어두운 비상계단 아래서부터 누군가 천천히 걸어 올라오는 게 보였다. 하지만 이상했다. 이 건물의 계단에 설치된 등들은 모두 센서가 있어서 사람이 지나가면 불이 켜지기 마련인데, 켜져 있는 불마저 그 사람이 다가오면 꺼져 버리는 것이 아닌가. 스멀스멀 두려움이 밀려들었다. 갑자기 남자의 발걸음이 빨라지며 계단을 대여섯 개씩 뛰어 올랐다. 불이 모조리 꺼지고 어둠이 순식간에 태경의 앞까지 다가왔다. 완전한 어둠 가운데 망치를 든, 온몸이 으깨어지고 머리가 터져 뇌수가 흐르는 좀비 같은 남자가 태경의 앞에 서늘한 모습을 드러내었다.

"으아아아!!"

태경은 비명을 뱉으며 뒤로 물러났다. 남자는 너무도 창백했다. 초점 없는 두 눈동자는 흰자가 하나도 없는 완전한 검은색이었다. 어둠 속에서 희번덕거리며 기괴하게 빛나는 두 눈동자는 다행히 공격적으로 느껴지진 않았다. 오히려 무척이나 슬퍼보였다.

"누, 누구야. 넌?"

"이제 단 한 번, 한 번만 네게 보여줄 수 있어."

"뭘……?"

"그것이 너에게 보여줄 수 있는 마지막 기억이야."

남자의 두 눈에서, 시커먼 눈물이 흘러나왔다. 턱을 타고 내려온 그 눈물은 땅에 닿기 전 새까맣게 타면서 재가 되어 흩날렸다. 점점 흐려지는 남자의 모습과 함께 어둠은 서서히 자취를 감췄다. 정신을 차린 태경은 자신이 불붙은 담배를 들고 계단에서 아슬아슬하게 중심을 잡고 있음을 알았다. 순간, 그의 몸이 균형을 잃었다.

"어, 어어!!!"

"팀장님!!"

계단으로 굴러 떨어지려는 태경의 팔을 은서가 끌어당겼다. 태경이 계단으로 굴러 떨어지는 대신 앞으로 고꾸라졌다. 넘어진 그의 시야에 분홍빛 무언가가 보였다. 저게 뭐지?

"어, 어딜 보시는 거예요!"

"허어어억!"

은서도 같이 넘어져 버린 탓에 태경은 은서의 팬티를 보는 꼴이 되어버렸다. 너무 놀라고 미안한 나머지 태경은 스프링이 튀어 오르듯 벌떡 일어나 은서의 손을 잡아 일으켰다.

"미안해요!! 정말 아! 내가! 우와! 요새 응? 왜 이런지 모르겠네!!"

"너무해……."

"아 그, 그건!!"

"호홋. 뭐 그건 그렇다 치지만 구해드린 건 보상을 해주셔야죠?"

"……보상?"

"내일 저녁 사주세요!"

일이 끝나면 급하게 병원에 가야하는데. 그렇다고 몇 번이나 신세를 진 은서에게 태경은 뭐라 말하기가 어렵다. 집안의 사고가 있었다라고 말하면 잘못하다간 소문으로 번질 것이고 동시에 회사에 전념할 수 없다는 것과 같은 이야기이기에 쉽게 사정을 말할 순 없었다. 빨리 저녁만 먹고 병원에 가는 게 나을 것 같았다. 은서 말고도 다른 사람들과 함께 갈 텐데, 지갑이 아주 시원해지겠군. 뭐 걸리적거리는 천 원짜리 한 장도 없이. 태경은 그럼에도 웃으며 고개를 끄덕였다.

"당연히 그래야죠."

"네~ 헤헤. 그럼 내일 봬어요! 아 참, 팀장님!"

"응?"

"저 옷 이상한데 없어요?"

넘어졌던 탓에 이리저리 옷매무새를 보는 폼이 여간 여성스러운 매력을 풍기는 게 아니었다. 태경은 자신도 모르게 침을 꿀꺽 삼켰다. 싱그러운 젊음이 가장 아름다운 나이를 만나 만개하는 모습은 언제 봐도 환상적이었다.

"이상한데 없냐니깐 이상하게 쳐다보시네요."

"아, 이상한데 없는데? 스타킹도 그대로고."

"네! 그럼 내일 기대 할게요! 팀장님~!"

"그래. 조심히 들어가요."

"네! 팀장님도요!"

힘이 넘쳤다. 아내도 저렇게 예뻤었는데. 태경은 은서의 뒷모습에서 오래전 아내가 생각났다. 아주 짧은 순간이나마 잊었던 가족을 위해 그는 다시 발걸음을 옮겼다. 그러다 불현듯 아까 봤던 끔찍한 남자가 떠올랐다. 계속 이상한 게 보이고, 사랑하는 가족들에게 몹쓸 생각을 하고. 설마 미쳐가는 걸까? 태경은 자꾸만 이상한 쪽으로 기우는 못난 생각들을 떨쳐내려 애썼다. 미칠 때 미치더라도 지금은 정신을 바짝 차려야만 했다. 그는 마음을 한 번 더 가다듬고 멈췄던 걸음을 재촉했다. 정류장에 도착한 뒤 병원으로 가는 버스에 올랐다.

* * * *

송유미에겐 아직 연락이 없었다. 은찬과 호재는 이재혁의 전화를 받고 부검실로 향하는 중이었다. 호재가 차창을 열고 연신 담배를 피워대는 통에 차 안은 싸늘하게 식어있었다. 호재보다는 얇게 옷을 입은 탓에 추워진 은찬이 한숨을 쉬었다.

"이 형사님."

"뭐."

"그 담배 좀."

"아, 그래 미안혀. 춥재?"

호재가 씩 웃으며 차창을 닫았다. 순식간에 차 내부는 담배연기로 가득해졌다. 그것도 모자란 지 호재는 담배연기를 은찬에게 뿜어댔다.

"아!! 냄새 배잖아요!!!"

"아따 고급차에 냄새 좀 배긴다고 똥차 되것어?"

호재의 차가 엔진 문제로 고장 난 것이 화근이었다. 은찬의 차를 유심히 바라보던 호재는 씩 웃으며 운전이나 한번 해보자 졸라대는 통에 운전대도 빼앗겼다. 혹시나 예의를 차려줄까 싶었던 은찬의 생각은 차에 올라타자마자 담배를 피워 무는 호재의 모습에서 산산조각 났다. 차 운전도 모자라 한대만 핀다던 담뱃갑은 이제 거의 끝을 보이고 있었다.

은찬이 자신 쪽 창문을 열었다. 차라리 추운 게 낫지 냄새가 배는 건 참을 수 없었다. 그것도 담배냄새라면 더더욱. 한동안 바깥바람에 몸서리치던 은찬은 호재가 담배 한대를 완전히 태우고 비어버린 담뱃갑을 구겨 버리며 욕을 할 때쯤 겨우 차창을 닫을 수 있었다. 이미 고급스러운 벨벳소재의 시트에는 냄새가 밴 듯 했다.

"에이 진짜. 그런데 아직 신 형사님 소식 없어요? 아파트에 가보셨다더니 말씀도 없으시고."

좀 전까지 장난기 넘치는 얼굴로 짓궂게 은찬을 괴롭히던 호재의 표정이 잔뜩 굳어졌다.

"호균이. 죽었을 거여."

"갑자기 죽다니요?"

"어디에서 디져불었는지는 모르것지만, 디졌을거여."

은찬은 갑자기 신호균의 죽음을 확신하고 있는 호재의 말을 이해할 수가 없었다.

"무슨 말씀이에요?"

"그 아파트에 호균이가 있었어. 떨어져 디질라고 하길래 잡을라고 뛰어갔는디, 아는 온대간대 없고 베란다에 매달려 있는 내 손구락을 지렁이 밟듯 꾹 밟드만. 호균이 새끼가. 내 두 눈으로 호균이가 아래로 떨어지는 걸 똑똑히 봤는데 말이여. 거기다 뙤약볕에 죽은 개구리마냥 핏기라고는 하나도 없이 빼짝 말라갖고는."

"그 통통한 신 형사님이요?"

"그려. 마치 몇 달은 제대로 못 먹은 사람처럼 말이여. 그리고……두 눈동자, 동태 눈깔마냥 이상하게 빛나던 그 눈동자. 계단을 걸어내려오면서도 쫓아 오드라고. 신호균 그 새끼가."

앞뒤 없이 쏟아지는 호재의 말을 듣고 있으려니 은찬의 머리가 더 혼란했다. 정리를 해보자면 죽어서 악령이 돼버린 호균이 죽이려 했단 말이야? 이 사람이 정말 미친 건 아닐까? 은찬은 호재의 표정을 살폈다. 그러나 절대 장난을 치는 것 같진 않았다.

"요새 피곤하셔서 환상을 보신 거 아닐까요?"

"그런 거 아니랑께. 진짜여. 내게 말도 걸고. 여 한번 봐라."

호재가 한 손을 은찬에게 보여줬다. 엄지를 제외한 네 손가락의 두 번째 관절엔 피멍이 들어있었다. 손가락에 멍이 생기는 경우는 오랜 시간동안 무거운 물건을 들고 있거나, 어느 곳에 매달린 채 시간이 경과되어 피가 울혈현상을 보일 때가 대표적이었다. 손바닥엔 거친 단면에 쓸린 듯한 찰과상도 같이 보였다. 그럼에도 운전대를 잡은 것을 보면 이호재가 얼마나 급한 성격의 소유자인지 알 수 있었다.

"지나가던 사람이 아니었으믄, 진작 디져부럿재. 뭐 자꾸 이상한 년놈들이 드나들고 위험하기도 해서 그런다드만."

"그나마 다행이네요."

"근디 그 동태눈깔 말여. 그 비슷한 걸 본적이 있당께……."

호재는 잠시 말을 멈췄다. 뜸을 들이는 통에 은찬은 답답했다. 이윽고 호재가 말문을 열자 은찬의 눈이 휘둥그레졌다.

"네? 뭐라구요? 김석호? 김석호는 실종됐잖아요?"

"아니여. 김석호는 아직도 그 아파트에 있어."

"네?"

"뒤져서도 다시 기어 들어가드마. 이유는 모르지만서도. 이상한 말을 씨부리믄서 말이여. 지가 다 죽였다면서. 나중에 정신을 차려보니 씨벌, 아무것도 없더구만."

"그럼 귀신을 보셨다는 이야기에요?"

"귀신? 그려. 그게 차라리 맞것재. 근디 한번 생각해봐라잉. 그 일이 아니었더라도 난 김석호를 의심하고 있었단 말이여. 같이 산 가족들의 머리카락 하나 없는 게 말이나 되냐고. 김석호가 자살한 흔적은 있는데 시체는 없고. 은찬아. 뭐 하나 물어보자잉. 한 가족을 이루는 구성원 중에 누가 미쳐야 다 죽일 수 있을 것 같냐?"

"그야 대부분은 가장 완력이 강한 남자, 그 집안의 가장이겠죠?"

"그라제. 가정폭력사건도 대부분이 그렇잖아. 실종? 웃기고 자빠졌네. 갑자기 자다 일어나 실종? 김석호가 완전범죄를 계획한 것이라고 생각혔재. 개새끼들 들은 채도 않드만. 귀찮다 이것이제. 실종이른 실종으로 처리하믄 그만이라 이거여. 나도 그란줄 알았재. 그런 디 같은 곳에서 두 번이나 실종사건이 생긴 건 너무 이상하잖여. 나도 꼭 김석호를 기다린 건 아니여. 뭐라도 보일까 싶어서였재. 그리고 완전범죄를 계획한 놈은 꼭 그 자리로 돌아오게 되어있잖냐. 니도 배워서 알거 아니여."

"그래서 계속 그 아파트에 잠복하셨던 거군요."

"응. 두 번째로 2101호에 들어온 부부도 실종 됐잖여. 감시를 안할 수 있냔 말이여 씨벌. 윤태경이 김석호처럼 되지 않으란 법이 있어? 물론 김석호가 살해를 저질렀단 증거는 없지만. 내가 되도 않는 허깨비를 본건 아니란 말이여. 그래서 2101호에 사는 사람들을 지켜봤던 거고. 지금은 좀 다르지만."

"그럼 지금은 누굴 의심하시는 건데요?"

"거기에 살고 있는 모든 사람들. 다 하나같이 똑같은 증언만 반복한 그 사람들 전부 다. 그리고 사라져버린 사람들도 그곳에 있을 것 같은 생각이 들어."

"그곳이라면……."

"그 아파트. 칠흑같이 어두운 어느 곳엔가 말이여."

이것이 호재가 감추고 있었던 비밀인가. 하지만 은찬은 도통 믿어지지 않았다.

"못 믿것제? 그래서 나가 아무한테도 이야기 안한 것이여. 그냥 잊어부러라."

"……믿을게요. 솔직히 좀 힘들지만요."

호재는 슬쩍 은찬의 얼굴을 봤다. 진지한 표정을 보니 마음 한편이 든든해졌다. 사건은 심각했지만 은찬의 기분도 나쁘지 않았다. 아무에게도 하지 않은 이야기를 자신에게 털어놓는 호재의 모습이 그어느 때엔가 은찬을 뚱한 눈으로 바라보며 좋아하는 여자이야기를 털어놓던 죽어버린 형의 얼굴을 떠올리게 했다. 은찬이 호재를 처음보는 순간부터 따랐던 이유는 그에게서 어딘지 모르게 형과 비슷한냄새를 맡았기 때문이었다. 겉으로만 웃는 척, 속으로는 뒤통수를 쳐대는 사람들보다는 욕지거리를 입에 달고 살면서도 마음 쓰는 게 예사롭지 않은 그의 모습이 좋았다. 우연히 보게 된 그의 수첩에 적힌암호 같은 이니셜과 숫자는 자신이 감옥에 집어넣은 범인의 이름과출소일자 등이었다. 때마다 일이 있다며 나가서는 그들을 챙겨주는것 같았다. 그럼에도 사람들은 결코 그런 사실을 알지 못했다. 그저성격 급하고, 지 멋대로 쏘다니며 일이나 저지르는 상종 못할 인간이라고 단정 지었다. 힘겹게 털어놓은 호재의 이야기는 어쩌면 완전한환상일는지도 몰랐다. 오랜 잠복에 심신이 지쳐버렸다면 충분히 그러고도 남으니까. 하지만 은찬은 호재를 믿고 싶었다. 그 오래전, 자신이 좋아하는 여자애가 너를 좋아하고 있다며 쓴웃음을 짓던 은찬의 형처럼. 믿고 싶지 않은 이야기지만 형이 말했기 때문에 믿을 수있었던 그때처럼 말이었다.

"염병하네. 믿긴 뭘 믿어? 미친 놈 보는 표정을 해서는."

"믿는데도요. 파트너를 믿어야지 누굴 믿겠어요."

"누가 누구 파트너여?"

"그럼 아니에요?"

"그런 거 안 키운다!"

아니라면서 호재의 입가엔 미소가 머물렀다. 그런 모습을 보며 은찬도 슬그머니 웃음이 나왔다. 호재의 이야기를 완전히 믿을 수는 없었지만 지금 벌어지는 일들이 하나같이 너무 기묘한 건 사실이었다. 이상한 사건에서 이상한 광경을 목격하는 게 오히려 정상이지 않을까. 이재혁의 전화를 받자마자 급하게 달려가는 것도 같은 이유에서였다.

같은 시간, 송유미는 홀로 남아 스탠드 하나에 의지해 정신없이 사건에 파고드는 중이었다. 단 세 가지의 정보만으로 찾아낸 것 치고는 너무나 대단했다. 이현기라는 사람, 정말 돈을 버는 재주가 있었나보다. 1000억에 가까운 돈을 모은 거부(巨富)가 어쩌다가 순식간에 거의 모든 재산을 말아 먹을 수 있었을까. 불법적인 수단도 아닌 듯 했고, 사기를 당한 것도 아니었다. 다만 일본으로 흘러간 자금이 몇 백억에 가까웠다는 사실에 놀라울 뿐이었다. 그중 대부분의 자금은 한인을 돕는다는 목적으로 'HYE-YOON'이라는 명칭의 재단에 흘러들었다. 한국에서도 모자라 일본까지 나가 덕을 베푼 것인가? 이렇게 집만 달랑 남을 지경이 될 때까지? 나머지의 재산은 모조리 연회장이나 술집 등에서 쓰인 것 같았다. 신나게 놀고 회개하는 셈으로 기부를 한 건가? 하지만 그렇다 해도 9~10여 년 동안 빠져나간 엄청난 금액이 정말 단순히 좋은 의미의 기부였던 것일까. 하지만 혜윤재단은 신문에 자주 대서특필 될 정도로 투명하게 자금관리를 하는 것으로 유명했다. 이런 거대한 재단이 좋은 목적만으로 쓰일 수 있다니 그것으로도 놀라웠다. 재단의 창립자인 윤재덕이라는 재일교포 화가의 청렴함은 일본 내에서도 유명했다. 한국에서도 이번에 전시회도 한다던데. 송유미 마저도 그러한 사실을 알고 있을 정도였다.

윤재덕은 일본에서도 한국인임을 숨기지 않고 활동했음에도 전폭적인 지원을 받았다는 점에서 더더욱 유명세를 탔다. 한국 사람으로서 충분히 기분 좋은 일이었다. 이런 거물이 이현기와 관련이 있다는 사실은 매우 흥미로웠다. 일단 인터넷에 접속해 겉으로 드러난 윤재덕의 모습에 대해 알아야할 필요성이 있었다. 일본어에도 능통한 송유미였기에 가능한 일이었다.

"참 기특하단 말이야. 송유미!"

손끝으로 자신의 머리를 톡톡 치며 그녀는 뿌듯해했다. 공부를 일부러 한 건 아니었다. 그저 책이라면 너무 좋아서 활자중독에 걸린 것이 아닌가 싶을 만큼 무엇이든 보이면 파고들었다. 읽었던 모든 것이 하나하나가 이렇게 응용될 수 있다니 다행이었다. 이곳저곳을 검색하다가 규모가 꽤나 큰 정식 팬카페를 찾았다. 그의 그림들을 갤러리 식으로 만들어놓은 게시판에서 송유미는 그림 하나하나를 클릭해봤다. 왜 유명해졌는지 알 것도 같았지만, 정말 이 그림들이 그토록 엄청난 지원을 받을 만큼 훌륭한 것일까? 자신의 재단을 만들고, 어느 한 거부가 자신의 모든 돈을 쏟아 부을 만큼? 아무래도 그 정도는 아닌듯했다. 아니면 시류를 잘 탄 것일까. 그렇게 한참을 보다가 비밀 게시판이 있지 않을까하는 호기심이 들었다. 관리자가 아니면 볼 수 없었기에 그녀는 살짝 망설였다.

"어떡하지? 뭐, 그냥 슬쩍 한번, 응? 괜찮겠죠?"

아무도 없는 사무실에서 괜히 이리저리 둘러보며 너스레를 떨었다. 이번에도 들키면 큰일인데. 공적인 일 이외에 해킹툴을 건드리는 건 당연히 금지였다. 해킹이 감지되면 그에 대해 조치를 취하거나 범죄에 쓰였음이 분명한 계좌추적, 데이터베이스에 접근을 위해서만 허용됐다. 까닭에 송유미는 항상 누군가 제발 좀 건드려주기를 기다렸다. 3년 전엔가 해커가 침입해 자료를 날려버리는 사건이 터지고 나서 경찰 측은 더욱 방어에 신중을 기했다. 하지만 매에는 장사 없다는 말처럼 계속되는 해킹에 몇 번이나 무너지고 말았다. 그러나 송유미가 들어와 자신이 만든 역해킹 프로그램으로 추적해 몇 놈이 잡혀 들어간 이후로 가망이 없다는 듯 해커들의 발길이 뚝 끊겨버렸다. 덕분에 이렇게 자신을 유혹해오는 궁금증은 그냥 넘겨버릴 수 없는 유혹이었다.

* * * *

장례는 시신의 부검이 끝난 후에나 치러질 수 있을 것 같았다. 혜주와 정인이의 상태가 조금은 나아졌지만 혜주는 발의 상처가 특히 심각해 자신의 힘으로 일어서기도 벅찬 듯 보였다. 약간만 놀라도 그대로 주저 앉아버릴 만큼이었다.

태경은 정인이 무언가 말하고 싶음을 알았지만, 아내가 직접 말을 할 때까지 기다리려 아이를 달랬다. 언젠가 다 알게 되겠지. 지금 말을 하지 못하는 이유라는 게 있겠지. 품 안에서 한참을 칭얼대다가 겨우 잠이든 아이를 침대에 뉘이고 난 후 태경은 병실 문을 조용히 열고 밖으로 나왔다. 늦은 시간이라 병원 복도는 한산하고 조용해 고즈넉한 느낌마저 풍겼다. 병실문과 같은 방향에 놓인 벤치에 털썩 주저앉자 근래엔 처음 느껴보는 편안함이 밀려왔다. 쿠션도 푹신하지 않은데다가 등받이는 차가웠지만, 아무 생각 없이 늘어져 있을 수 있는 자유가 얼마만인지 모르겠다. 갑자기 피곤함이 밀려와 태경은 벽에 머리를 기대고 눈을 붙였다. 조금 졸리려는 차에 듣기 거북한 마찰음이 귀를 스쳤다. 병실 문이 열린 것인가? 정인이가 일어났나?

"정인이니?"

그런데 인기척이 없었다. 나오면서 문을 제대로 닫지 않았나? 힘겹게 고개를 옆으로 돌려 병실을 봤을 때, 새하얗고 작은 손가락 네 개가 문 옆으로 보였다. 아이의 손은 밀가루를 반죽해놓은 것 같이 창백했다. 정인이가 일어나서 문을 연 것일까? 그런데 왜 불러도 대답이 없는 걸까. 태경이 일어나려는데, 문이 점점 더 열리더니 동그란 머리 하나가 문 옆으로 불쑥 나타났다. 그런데 그 모양새가 조금 이상했다. 문의 옆쪽으로 불룩하게 솟아오른 머리라니. 생각이 정체한 그때, 갑자기 몸의 무게가 등에 압박을 가했다.

"어억!!"

하반신이 상체를 덮쳤다. 그가 기대고 있었던 벽이 바닥이 된 셈이었다. 놀란 태경이 벌떡 그 자리에서 일어났다. 뒤틀린 중력의 복도에 서서 천장에 켜져 있어야할 형광등이 오른쪽 벽에서 수명을 다

하려는 듯 번쩍거리는 모습을 멍하게 바라보았다. 바닥의 병실 문은 아래에서 위로 활짝 열려있었고, 그 안에서 정인이가 기어 올라와 문짝을 밟고 서서 그를 바라보았다.

"정인아. 이거 꿈이니?"

"히힛. 글쎄?"

분명 꿈일 것이었다. 하지만 너무나 선명한 소독성 약품 냄새가 그마저도 헷갈리게 만들었다. 차가운 정인이의 손이 태경을 잡고 병실 쪽으로 끌고 들어갔다.

"엄마, 일어났어?"

"엄마 수영하고 있잖아. 나도 이제 들어갈 거야."

"수영? 어디서?"

태경은 몽롱한 상태로 아이에게 물었다. 정인의 얼굴은 너무나 창백해 파란 핏줄이 군데군데 보였다. 눈은 언제부터 그랬는지 검은자가 너무 커서 하얀 것이 보이질 않았다. 푸르스름한 입술, 그리고 씨익 웃을 때 피라냐처럼 드러나는 기다랗고 뾰족한 이빨. 평상시 같았으면 너무 놀라 도망치려 안달이 났을 텐데 태경은 두려움조차 여의치 않아 정인이가 이끄는 대로 터벅터벅 걸어갈 뿐이었다. 한발자국을 걸어갈 때마다 역한 냄새가 점점 심해졌다. 한 여름철 음식물 쓰레기가 잔뜩 쌓인 곳을 지나치는 듯 심한 악취가 이곳이 병원이란 것을 무색케 했다. 뚫린 문 아래엔 시커멓고 끈적거리는 점액질이 병실을 반쯤 채운 채 출렁였다. 침대며 그 외에 다른 것들도 그 안에 잠긴 듯 했다.

"근데 정인아. 엄마는 어디 있어?"

"저기, 저기 잘 봐!"

태경은 검고 구역질나는 점액의 바다 한가운데를 바라봤다. 거품이 부글거리며 끓더니 시커먼 액체를 뒤집어쓴 아내가 마치 익사한 시체처럼 떠올랐다.

"여보?"

그가 부르자, 혜주가 눈을 번쩍 떴다. 초점을 맞추지 못한 듯 이리저리 껌뻑이며 두 눈을 굴리더니 이윽고 태경과 눈이 마주치자 보이지 않는 갈고리가 그녀의 입 양쪽을 파고들어 끌어당기는 듯 기괴한 웃음을 지었다. 아내는 병실의 이곳저곳을 바다에서 배영을 즐기는 사람처럼 유영했다. 그러한 아내의 모습을 태경은 넋을 잃고 바라봤다. 수없이 가진 자신의 아내임에도 그는 이상한 욕정을 느꼈다. 숨소리마저 거칠어질 만큼.

"아빠. 엄마가 외로워하잖아?"

아이가 그의 귀에 속삭였다.

"여보. 나도 갈까?"

"응! 어서 와서 날 더 사랑해줘! 너무 외로워, 외로워서 미칠 것 같아!"

태경이 자신도 모르게 시커먼 그곳으로 들어가려는 그때, 누군가 그의 어깨를 툭툭 쳤다. 정인이인가? 하지만 돌아본 곳엔 누구도 없었다. 아이는 어디 있지?

"정인아?"

"아빠. 아빠! 흐윽."

정인이는 어느 샌가 복도의 끝에 서서 울고 있었다. 상처를 입은 듯 머리와 가슴팍에서 피를 쏟아내는 아이를 보며 태경이 놀래서 쫓아가려는데, 다시금 뒤에서부터 누가 그의 어깨를 건드렸다.

"누, 누구야!!!"

돌아본 곳엔 아무도 없었다. 그 대신 낯익은 목소리가 들렸다.

"언제 일어날래? 이 멍청한 녀석아."

"아빠. 저 할망구 쫓아버려!!"

"여보! 그냥 이리로 와!"

어머니의 목소리와 정인이의 목소리, 그리고 아내의 목소리가 아래, 앞, 허공으로부터 쏟아졌다. 겨우 정신을 차리게 되었을 때 그가 본 것들이 얼마나 끔찍한 것들이었는지 온몸을 뒤덮는 소름으로 여실히 알 수 있었다. 홀린 듯 아무렇지 않게 행동하고 추잡한 욕망으로 눈이 먼 자신이 더욱 흉측하게 느껴져 태경은 비명을 질렀다.

"으아악!!"

"날 갖고 싶지 않아? 내려와, 겪어보지 못한 쾌락을 주지!!"

아내의 목소리는 음울하고 소름끼치게 병실과 복도를 울리며 병실 아래에서부터 울려 퍼졌다. 겁에 질려 뒷걸음질을 쳐보지만 뒤에서 누군가가 서있는 듯 몸이 더 이상 물러나질 못했다. 정인이가 웃으며 그를 내려다보고 있었다.

"아빠! 히힛. 아, 아빠!!! 우우우욱!!"

"으, 으아악!!"

정인이 태경의 얼굴에 구토를 하자 피비린내가 나는 덩어리 진

것들이 그의 얼굴에 쏟아졌다. 자신의 내장과 피를 모두 토해 내버린 아이의 상반신은 쪼그라들며 옷가지조차 흘러내렸다. 뼈만 남은 아이는 자신이 토해낸 것들을 힘겹게 뒤적여 무언가를 꺼내어 들었다. 핏줄이 선명한 폐는 숨을 쉬려는 듯 경련했다.

"아, 아빠! 이것 때문에 너무 힘들어서, 그냥 정인이가 없애버렸어!! 이제 숨을 쉬지 않아도 되요. 아빠, 기, 기쁘죠? 돈도 더 안 들어가고, 빌어먹을 자식새끼 하나 키우지 않아도 되니 얼마나 좋아? 안 그래요? 히힉, 매일 걱정했잖아? 돈 때문에. 이제 그런 걱정하지 않아도 돼 아빠! 정인이는, 숨을 쉬지 않으니까!!"

"그, 그만!!!"

"새 아이를 가지면 돼! 건강하고 튼튼한 놈으로. 안 그래 여보?"

이번엔 병실에서부터 아내의, 아니 어떤 여자의 목소리가 귀가 찢어질 듯 크게 들려왔다. 절반정도 넘실대던 시커먼 검은 액체는 곧 문밖으로 넘칠 것 같았다. 조금 있으면 범람할 흑색 강물을 피해 태경은 후들거리는 다리로 겨우 일어났다. 그런데 걷기도 힘들었던 태경의 다리가 빠르게 복도의 끝을 향해 달리고 있었다. 그것은 그의 의지가 아니었다. 다시 한번 중심이 뒤바뀌고 있었던 것이었다. 기댔던 벽이 바닥으로 변했던 것처럼. 이번엔 태경만 그런 것이 아니었다. 그의 옆을 지키려던 어머니조차 같이 추락하고 말았다.

"으아악!!"

추락해버린 태경의 어깨와 무릎에서 극심한 통증이 느껴졌다. 부서질 듯한 몸을 일으켜 올려다봤을 때, 빠져나갈 곳이 없는 복도의 끝에서 검은색의 액체가 병실의 문에서부터 태경의 머리위로 쏟아져 내렸다. 그때 누군가 그의 손을 잡았다. 어머니였다. 붉은 피를 토하는 어머니는 유언처럼 태경에게 마지막 말을 남겼다.

"너 자신을 잃지 말거라."

숨 막히는 어둠이 태경과 그의 어머니를 덮쳤다. 그리곤 모든 것을 새까맣게 물들였다.

"저기, 저기요! 선생님!"

태경은 복도의 끝에서 쓰러져 있었다. 그런 그를 의아하게 쳐다보던 간호사가 한숨을 내쉬었다.

"괜찮으세요? 갑자기 비명을 지르시니까 사람 놀래잖아요."

태경은 간호사에게 대답도 못하고 병실을 향해 뛰었다. 미칠 듯한 두려움이 그를 괴롭혔다. 시커먼 액체로 가득한 방이라면, 여전히 그대로라면 어떻게 해야 할까. 딱딱 부딪히는 이빨과 땀으로 범벅이된 얼굴로 도둑놈처럼 병실 안을 엿봤다. 다행히 모든 것은 정상이었다. 그의 악몽도 한차례 끝이 난 듯 했다.

"복도에서 그렇게 뛰시면 안 돼요!"

"네? 아, 죄송합니다."

간호사는 걱정스러운 눈으로 태경을 바라봤다.

"왜 그러시죠?"

"저기 진찰 한번 받아 보시는 게 어떨까요?"

"네?"

"제가 접수대에서 당직 서다가 얼마나 놀랬는데요."

"무슨 말씀이신지…….."

"수면보행증. 몽유병 같은 거 있으세요?"

"……제가요?"

"네. 갑자기 이쪽 복도 끝으로 달려오셔서는 벽에 부딪히며 기절하셨어요."

"아 그랬군요. 놀래켜드려 죄송합니다."

"많이 힘드시겠지만, 자신을 잃으시면 안돼요. 힘내세요."

"네? 아, 네 감사합니다."

약간 통통하고 귀여운 외모의 간호사는 어디선가 들어 본 말을 남긴 채 인사를 건네고 사라졌다. 얼마나 지독한 악몽이었는지 태경의 몸은 땀에 완전히 젖어있었다. 어깨와 무릎, 갈비뼈에서도 통증이 느껴졌다. 와이셔츠의 틈으로 아픈 곳을 보니 붉게 부어 오른 것이 퍼렇게 멍이 들것 같았다. 꿈에서 본 아내와 정인이의 모습이 떠오르자 온몸에 한기가 들었다. 그러다 간호사의 마지막 말이 생각났고, 뒤이어 악몽의 끝에서 들렸던 어머니의 목소리가 기억을 스쳤다. 마치 한줄기 빛과도 같았던 어머니의 목소리. 그것이 아니었다면 어떻게 됐을까. 태경은 병실의 문을 조심스레 열어 옷걸이에 걸어둔 양복 웃옷의 속주머니에서 지갑을 꺼내 들고 나와 벤치에 앉았다. 그리고 어제 넣어둔 그림을 꺼냈다. 아름다운 스케치와는 달리 악몽 속에서 입가에 피를 흘리던 어머니의 모습이 정말 마지막인 것만 같아 서럽고 슬펐다. 감당할 수 없는 공포가 그의 주위를 서성이며 방심의 틈 사이로 날카로운 손톱을 찔러 넣을 것만 같아 때때로 이유 없이 소스라치게 놀랐다.

* * * *

　호재의 예상대로 이현기의 시체의 치아 틈에서 종잇조각이 발견
됐다. 그러한 점을 증거삼아 부검이 시작된 새까맣게 타버린 남자의
시신은 늑골의 전면부를 톱으로 잘라 스테인리스 재질의 사각쟁반
에 담아 놓은 상태였다. 다른 쟁반들에도 하나둘씩 장기가 자리를 잡
았다. 불에 가까웠던 혈관 내부의 피는 응고되어 검붉게 뭉개져 나오
기도 했다. 남자의 위장을 흥미로운 눈초리로 바라보며 이재혁은 메
스를 쥔 손에 힘을 주었다.

　"이제 좀 열어보자. 뭘 드신 겁니까. 대체."

　위장에서는 며칠 동안은 음식도 먹지 않은 사람처럼 아무것도 찾
지 못했다. 그건 대장과 소장기관에서도 마찬가지였다. 굳어진 대변
덩어리만 약간 발견됐을 뿐이었다. 식음을 전폐한 채 이 사람은 무엇
을 하고 있었던 것일까. 이재혁의 머릿속에서 몇 가지 상황들이 연출
되고 있었다. 그리고 이내 목의 식도를 절개했다. 식도의 중간에 종
이뭉치 같은 것을 꺼낸 후 재혁은 망설였다. 이왕이면 증거물을 호재
와 은찬이와 같이 봤으면 했기 때문이었다. 이재혁은 은찬에게 문자
를 넣은 후 부검실을 속절없이 오가며 종이뭉치만 바라보았다. 그러
다 갑자기 피곤함이 밀려들었다.

　"젠장. 졸려 죽겠네."

호재의 능글맞은 미소가 떠올라 빈정이 상했다. 그 놈 때문에 잠 한숨 못자고 이틀 밤을 새고 있는 꼴이 아닌가. 아무래도 올 것 같지 않은 놈들을 기다리며 이렇게 전전긍긍하느니 자신도 조금 눈이나 붙여볼까 싶은 그였다. 일반인 같았으면 어디 부검실에서 잠이나 잘 생각이나 해보았겠느냐만, 정 피곤하면 오래되어 구석구석 갈라져 낡은 소파도 호텔방 킹사이즈 침대처럼 편했다. 한 시간쯤 지난 후, 형사는커녕 파리 한 마리도 보이지 않는 부검실에서 재혁은 눈을 비비며 기지개를 켰다. 그때 마침 핸드폰이 울렸다.

　　"은찬이냐? 어디야?"

　　"곧 도착해요. 그나저나 발견했다는 게 뭐에요 검시관님?"

　　"와서 보면 알아."

　　"재혁이 형~! 아따 사고가 나가꼬!!! 앞에서 좆나게 어떤 새끼가 밟아대드만!"

　　"이, 이 형사님 가서 이야기 하세요 좀! 검시관님 금방 들어갈게요!!"

　　곁에서 시끄럽게 떠드는 호재의 목소리가 아주 신이 났다. 뭐가 저렇게 기분이 좋은 것일까. 곧 도착하면 알아서 자기 입으로 불겠지. 어찌됐든 재혁 또한 기분이 조금은 들떠있었다. 혼자만 가만히 시체와 마주하고 있다 보면 우울해지기 십상이니까. 어쨌든 이건 일이고, 일을 즐겁게 하려면 즐거움을 찾아야 할 수밖에 없었다. 재혁이 깨지 않은 잠을 마저 쫓아보려 바깥의 화장실에 가서 세수나 하려던 찰라, 때마침 문이 열리고 호재와 은찬이 들어왔다. 호재는 해체되어버린 시신을 보자마자 기겁을 했다.

"아 씨벌 뭘로 좀 덮어놓든가!! 남의 속살을 그렇게 파헤쳐놓고 그라고 나두문 쓰요!! 사람 하여튼!!"

은찬이 재빠르게 검은 천으로 시신을 덮었다. 영안실에서 시신을 덮는 천은 하얀 것에 반해 부검실이 검은색인 이유는 피나 여러 장기의 체액 때문이었다. 더러워지는 건 마찬가지였지만.

"그럼 은찬이처럼 니가 좀 하지!!"

"아따 그것이 내 일이요 형 일이재! 왜 남을 부려 먹을라고 한당가!!"

"두 분 그만 좀 싸우세요!"

"뭘?"

"누가?"

"어휴."

한참 핏대를 세우던 재혁과 호재는 은찬을 바라보며 영문을 모르겠다는 표정을 지었다. 은찬은 또 그냥 그러려니 했다. 재혁과 호재는 아무렇지도 않게 대화를 재개했다.

"근디 뭘 이리 정신없이 사람을 불러쌌소?"

"자 이거야. 니가 말한 대로 정말 무언가 물어뜯어 삼켰더군."

재혁이 동그란 종이 뭉치를 가리키며 말했다.

"이거 위장에 있었던 건 아니재?"

"네. 만약 그랬다면 이런 모양은 아니었겠죠."

"그렇지. 위액에 망가졌어야 맞겠지. 다행인지 뭔지 식도에 걸려

있더라고. 위장으로 넘어가기 직전 남자가 사망한 것 같아. 내장의 연동운동이 멈춘 거지."

"어쩌면 이것 때문에 질식사 했을지도 모를 일이군요."

"아마 그랬다 해도 별 차이는 없을 거야. 질식사라는 것도 결국 숨을 쉬지 못해 죽는 거잖아? 저기 폐를 보면 알겠지만 온통 시커멓지? 숨을 쉬는 건 참는다고 되는 게 아니었겠지. 이를 악물고 저 종잇조각을 보호하려는 의지까지는 조절 가능했겠지만 말이야. 이것 때문이든 불 때문이든, 화재 시 사망원인은 2차적인 화상보다는 연기와 화염으로 인한 폐부의 손상 때문이야. 만약 숨을 참고 길을 찾았다면 살아남을 수도 있었겠지. 그런데 이 사람은 피하려고 하지 않았어. 시체의 모습을 보면 알겠지만. 여튼 저 종이뭉치가 대단한 것임이 틀림없어. 최소한 저 남자에겐."

"아따 그라고 대단한 것을 여태껏 펴보지도 않았구마잉. 궁금하지도 않았소?"

"너네들 금방 올 줄 알았지. 나라고 안 궁금했겠냐?"

"그럼 언능 펴보드라고. 뭔디 남자가 저걸 집어 못 잡아 묵어서 안달이 났는지. 아 잡아 묵긴 묵었구나. 뭐여. 이거 펴봉께 로또 1등 짜리 뭐 그런 거 아니여? 아 그라문 우리 셋이서~!"

"은찬아."

"네?"

"저거 뭐 좋은 일 있었냐?"

"시끄러!! 좋은 일은 뭐 씨벌."

은찬이 대답을 하기 전에 호재는 쑥스러운 듯 말을 막아버렸다. 은찬은 그런 호재의 모습에 씩 웃으며 재혁에게 넌지시 말을 흘렸다.

"파트너요."

"대충 뭔 소린지 알 것도 같다. 고생 좀 하겠네."

"앰병 시끄럽고, 언능 펴보쇼."

"그럴까?"

재혁이 조심스럽게 종이를 폈다. 그것이 그림임을 알게 되자 모두의 눈이 놀라움에 커졌다. 고작 그림이라고?

"뭐, 뭐여? 이게?"

"흐음."

"그림인가요? 유화(油畵)같은데."

여자의 얼굴이 차가운 표정으로 정면을 응시하고 있었다. 재혁은 고개를 갸우뚱 거리며 그림을 더 자세히 보려 구겨진 부분들을 핀셋으로 폈다. 호재는 정말 로또라도 기다렸는지 쩝쩝거리며 아쉬워했다.

"에이 난 또. 뭐여? 그냥 그림 아니여?"

"그러게. 아니 이게 뭐라고 이렇게 죽는 순간까지……."

"흐음."

은찬의 주머니에서 핸드폰 진동이 울렸다. 급하게 전화를 받는 은찬의 모습을 보던 호재가 씩 웃으며 재혁을 툭 건드렸다.

"형도 알재? 송유미."

"모르는 애도 있어? 그 귀여운 아가씨를 누가 몰라. 온몸 구석구석 광범위하게 착하지."

"은찬 요거 아니요 요거~!"

"부익부빈익빈이구만. 부럽다 진짜!"

호재가 새끼손가락을 들고 희희낙락하는 모습을 모른 채하며 은찬은 부검실문을 열고 나가 전화를 받았다.

"응 그래. 뭐 좀 찾았어?"

그들이 시체와 씨름을 하는 동안 송유미는 윤재덕의 팬카페를 기어이 해킹하고 말았다. 흥분한 그녀의 입에서 여러 이야기들이 한꺼번에 쏟아져 나왔다. 어차피 나중에 머릿속에서 정리하면 그만이겠지만 난데없이 일본의 유명한 재일교포 화가의 이야기가 나올 때는 아무리 유미의 말이라 해도 아리송한 기분이 들었다. 다행히 송유미의 이야기가 계속 될수록 점점 머릿속에서는 내용들이 정리되었다. 그럼에도 이해할 수 없었던 것은 몇 백, 몇 천도 모자라 수백억을 윤재덕이 만든 재단에 기부해버린 일이었다. 무언가 말하고 싶어 안달이 난 송유미의 입에서 다른 이야기가 튀어나오기만을 기다렸다.

"윤재덕이 이현기와 관계가 있었다는 것까진 이야기 했지? 안했던가?"

"이야기 했어. 그 다음."

"응, 그래 잘 들어봐. 이건 절대 비밀인데, 나…….

송유미가 마치 죄를 지은 듯 말을 꺼릴 때에는 그녀의 특기가 또 한 번 발동됐다는 의미였다.

"해킹했구나."

"응!"

"이야기나 계속해봐."

"솔직히 네가 급하게 조사해 달랬잖아? 더 깊게 들어가느니 윤재덕을 오랫동안 좋아해온 팬이라면 무언가 알고 있는 게 있지 않을까 싶어서 공식 팬카페를 뒤졌지. 맨 먼저 눈에 띄는 게 윤재덕의 그림을 사진 찍어 올린 포토갤러리였어. 그런데, 잘 그린 그림이란 건 알겠지만 그렇게나 엄청난 기부금이 들어올 수 있는지는 좀 이해가 안 가더라고. 그래서 실력 좀 발휘해봤지. 비공개 게시판에 황금초대장이라는 글이 있더라. 뭔가 싶어서 클릭해봤는데, 여보세요?"

"응 계속 이야기해."

"뭐라고 말을 해! 끊긴 줄 알았잖아. 애가 심심하면 입을 꼭 닫고 있어!"

지가 말을 끊어야 대꾸를 하지.

"미안."

"응응! 그래서 들어가 봤는데 아마 몇 십 년 전부터 루머가 있었나봐. 황금카드가 담긴 초대장에 대한. 이 초대장은 사회 고급인사나 고위층들, 그리고 그것을 대신할 만큼의 부를 쌓은 사람들 중 거액을 기부한 사람들만 받을 수 있었던 것 같아."

"무엇에 관한 초대장인데?"

"경매야 경매. 경매 초대장. 거기서 윤재덕의 다른 그림들을 살수 있었나봐. 카페 주인도 평생에 한 번만이라도 경매에 참여하고 싶어하는 눈치였어. 그래서 열심히 돈을 모으는 중이더라고. 뭐 그것도 살짝 조사를……. 아, 아무튼! 그렇다는 거지 뭐."

은찬은 그림에서 봤던 차가운 무표정의, 아니 어떻게 보면 약간 미소를 머금은 듯한 여자의 정체를 조금이나마 파악할 수 있을듯했다. 자신의 생각을 좀 더 확실히 정리하려 송유미에게 물었다.

　　"그 그림이 무엇인지는 안 적혀 있어?"

　　"응. 그것까진 모르는 것 같더라. 그나저나 해킹한답시고 얼마나 오래 걸렸는지 알아? 비밀번호가 자그마치 7자리였다니깐? 아무리 떠도는 루머라 해도 이 정도면 그냥 넘어가긴 힘들 것 같았어. 사실 나도 너한테 말할까 말까 망설이다가……."

　　"아니야. 고마워 유미야."

　　"응? 정말?"

　　"아마 매우 중요한 열쇠가 될 것 같아."

　　"자기가 그렇게 말하니까 쑥스럽잖아."

　　"왜 내가 자기야?"

　　"……하여튼 분위기 깨는 데는 뭐가 있지. 흥! 중요한 게 하나 더 있었는데 그냥 전화 끊을래."

　　"아, 아니 뭔지 몰라도 이야기는 해주고 끊어!"

　　"자기야 땡큐~! 해봐."

　　"……."

　　"내가 말 안 해쥐두 곧 알 수 있겠지 뭐. 그렇지? 끊는다!"

　　"자기야 땡큐."

　　"뭐라구? 너무 빨리 말해서 안 들리잖아!"

　　"끊을래."

"아이~~! 알았어. 헤헤. 그래도 너한테 그 소리 들으니까 기분 좋네. 해줄 거면서 자식 튕기긴."

"어서 말해줘 이 형사님 기다리셔."

"아유!! 그놈의 이 형사 이 형사!!! 아무튼, 내일 윤재덕의 전시회가 최초로 한국에서 열린대. 직접 윤재덕도 모습을 나타낼 거고. 나머지는 알아서 해. 전시회가 열리는 곳은 문자로 보낼게."

이곳이라면 미술에 문외한인 은찬도 알고 있는 유명 갤러리였다. 해외에서, 그것도 일본에서 엄청난 성공을 거둔 화가의 전시회라 그런지 규모도 꽤 거대할 것으로 보였다. 그의 작품 이외에도 다른 재일화가의 작품들 또한 선을 보일 예정이라니 사람으로 차고 넘칠 듯 했다.

"알았어. 내가 나중에 다시 전화할게."

"응 그래! 하아~암……. 난 좀 들어가서 잘래."

"고마워 유미야."

"응. 자기 바이~!"

"야! 내가 왜 자기, 여, 여보세요?"

유미가 일방적으로 전화를 끊어버렸다. 아마 저번에 은찬이 먼저 전화를 끊은 것에 대한 귀여운 복수인 것 같았다.

"애인 목소리 들으니까 좋으냐~ 은찬아!!"

"아따 입이 귀걸이여 귀에 걸치게~! 이히히!"

언제부터 이야기를 듣고 있었는지 재혁과 호재가 부검실의 문 앞에 서서 능글능글한 미소로 은찬을 놀리느라 바빴다.

"자기야 땡큐!"

"워메~ 간질거려 뒤져불것네에~!"

"아유!! 형님들 이러지 마시고, 드릴 말씀이 있으니까 어서들 들어가세요!!"

"밀지 말어!!! 흐흐. 호재야 애 원래 이렇게 힘이 좋냐?"

"야가 그냥 정력이 넘쳐불구마이!~!! 헤헤. 누구는 허벌라게 좋것서. 아이구매~!"

은찬은 낄낄거리며 철없이 구는 두 형님들을 부검실로 밀고 들어갔다. 은찬의 앞에서 키득대며 시끄럽게 굴던 두 남자는 웬일인지 꼼짝도 못한 채 언제 그랬냐는 듯 입을 다물었다. 그러한 두 사람 때문에 앞을 볼 수 없었던 은찬은 힘을 주고 버티는 것이라 생각하고 더 앞으로 밀었다. 그러한 은찬에게 호재가 떨리는 목소리로 말했다.

"새끼야 미, 밀지 마."

"이 형사님 왜!?"

은찬이 호재와 재혁의 사이를 바라봤을 때였다. 분명히 검은 천으로 덮어놓았던 남자의 시체는 무슨 이유에선지 부검대 위에 엉덩이를 걸치고 앉아있었다. 그것도 모자라 시커멓게 비어버린 눈구멍으로 그들을 노려보았다. 등줄기에 소름이 끼쳐 움직일 수 없는 건 호재와 재혁뿐만이 아니었다. 은찬도 안주머니에서 총이라도 빼들 심산이었지만 몸이 말을 듣질 않았다. 그 순간 호재가 침을 삼키며 재혁에게 말했다.

"혀, 형? 시체가 가, 가스가 차믄 저러코롬 움직일 수도 있다고 하드마?"

"찰 가스가 어디 있어? 부검하고 나서 아직 꿰매지도 못했는데. 그리고 저렇게까지 움직여지지도 않아."

- 내놔. -

"으, 으아악!!!!!"

호재와 재혁이 동시에 비명을 질렀다. 공포에 질려버린 둘은 움직이지도 못하고 덜덜 떨고만 있었다. 시체는 앉은 채로 조금의 미동도 없는데, 어디선가 음울하고 낮게 가라앉은 목소리만 들려왔다. 중저음의 목소리는 귀를 찢고 뇌까지 뚫을 듯 점점 더 크게 울렸다.

- 내놔!! 그녀를 돌려 줘!! -

"이, 이게 무슨 소리여, 씨벌!!!!!"

"미치겠네. 다, 다리가 안 움직여!"

"이 형사님, 죄송해요!"

"뭐, 뭐가 죄송? 으앗!!!"

은찬은 앞을 가로막은채 움직이지도 못하는 이 형사를 발로 차 밀어 넘어뜨리고는 시체를 향해 총을 쐈다. 그러자 아무것도 없는 퀭한 눈구멍으로 그들을 노려보던 이현기의 시신은 힘없이 원래대로 쓰러져버렸다. 몇 분간 그대로 정적이 흘러가도록 세 사람은 한발자국도 움직이지 못한 채 서로의 숨소리만 들어야 했다. 그러다가 이내 흥분한 호재의 목소리가 정적을 깼다.

"차기는 왜 차! 씨벌 놀랬잖여!"

"이 형사님이 막고 있으니까 쏠 수가 없잖아요!!"

"아 그럼 재혁이 형을 밀든가!!"

"나를 갑자기 왜 끼어 넣어?"

주춤거리는 세 사람은 조금씩 시체를 향해 한발 한발 다가섰다. 시커먼 남자의 사체는 더욱 일그러져 처참하기만 했다. 시체에는 총알구멍이 없었다. 한참 바라보다가, 그들은 동시에 남자가 삼켰던 그림조각을 바라봤다. 재혁이 열심히도 펴놓은 탓에 이름 모를 여자는 차갑지만 참 아름다웠다.

"니 총 말이여."

"네."

"공포탄 아니여?"

"아, 네. 그렇죠."

"앰병 그라믄 총 맞고 자빠진 것도 아니고. 아니 내가 뭔 생각을 하는겨? 어차피 시체에 총질한다고 뭐가 달라진다고. 아, 재혁이 성!"

"왜?"

"이제 형도 믿을 수 있것재? 두 눈으로 똑똑히 봤잖여. 내가 귀신 있다고 혔어 안혔어?"

재혁은 귀신이나 영혼 따위를 믿는 사람이 아니었다. 그냥 사람은 한번 죽으면 끝이고, 그렇기 때문에 인생을 더욱 소중히 살아야 한다는 생각으로 살았다. 영혼이 있다고 믿으면 무서워서 어디 일이나 할 수 있었을까. 하루에도 열 명이 넘는 시체를 무덤덤하게 해치우는 부검이며, 시체를 뒤적여 검시관으로써 해야 할 일들이 태산 같은데 시체를 해부하는 자신의 모습을 그 영혼이 바라보고 있다면 얼마나 무서운 일인가. 그래서 재혁은 언젠가 귀신을 봤다고 이야기하는 호재의 말을 그저 한귀로 흘려들으면서 호재를 오히려 야단치기도 했었다. 형사가 되어 나약한 소리나 한다며, 그런 것을 무서워해서 어디 형사라고 할 수 있냐며. 하지만 이제 믿기 싫어도 믿을 수밖에 없는 상황이 되었다. 뒷목이 뻐근했다. 대체 얼마나 강한 '무엇'이, 저 남자를 미치게 하고 저승으로도 갈수 없을 만큼의 집착을 만든 것일까. 재혁은 귀청을 뚫을 듯 울리던 목소리를 떠올리며 구겨진 그림과 남자의 시체를 번갈아보다가 혼잣말을 하듯 중얼거렸다.

".욕망."

"뭐여? 욕망?"

"그 목소리, 기억나지?"

"네. '내놔'라고요."

"저 그림을 돌려주라는 소리겠지."

"근께 귀신을 믿는다는 거여, 안 믿는다는 거여?"

집요하게 묻는 호재에게 재혁이 대답대신 질문을 던진다.

"호재 너. 사람이 뭘로 살아간다고 생각 하냐."

"밥심이재! 성님이 더 잘 아는 거 아니요?"

자신의 배를 툭툭치는 호재를 무시하며 딱딱하게 굳은 표정으로 재혁이 말했다.

"욕망. 욕심, 뭐 그런 걸로 살아가는 거야. 심지어 살아가게 되는 원천 자체도 다 욕심이잖아. 더 살고 싶고 더 맛있는 걸 먹고 싶고. 그리고 자신이 좀 더 많은 것을 갖게 된다고 하더라도 인간은 결코."

"만족하지 못하죠."

"응. 당장 10억만 있어도 아주 땡잡은 듯 행복할 것 같지? 아니야. 10억을 가진 사람은 100억을 가진 사람을 질투하기 마련이지. 그런데 돈을 써도 써도 계속 쌓이는 사람들은 무엇을 갖고 싶어 할까? 스포츠카? 호화로운 저택? 그런 것들은 이미 갖고 있겠지. 그들이 갖고 싶어 하는 건 아마, 그 누구도 갖지 못한 것. 그래서 부를 누리고 있는 자신만이 손에 쥘 수 있는 것. 호재야. 너 저 그림을 보고 무슨 생각이 들어? 너 같으면 저 그림 때문에 죽을 수 있을 거 같아?"

"미쳤소? 내가 저깟 그림에 미쳐가꼬 디져볼게."

"어쩌면 저 그림자체가 대단한 것이 아니라 그것에 미쳐버린 인간의 욕망이. 저 남자를 사지(死地)에서 다시 끌고 온 게 아닐까?"

"이번엔 쪼까 멋있었소잉?"

"음. 검시관님이 반은 맞추신 것 같네요. 인간의 욕망이란 것도 대단하지만, 저 그림도 보통 것은 아닌 것 같아요. 유미가 말한 대로라면, 저 그림을 얻기 위해 이현기가 치러야 했던 것은 엄청났을 거예요. 갖고자 하는 욕망과 그 욕망을 채워줄 수 있는 무엇. 그게 바로 저 그림이에요. 그림을 그린 사람은 윤재덕, 당장 내일이면 우리나라에서 전시회를 가질 재일교포 화가죠."

"윤재덕? 어라. 나도 들어본 적 있는 거 같은데. 그 사람 좋은 쪽으로 유명한 거 아니었어?"

"꼭 그런 건 아니에요. 윤재덕의 이름아래 비밀리에 조직적으로 이루어지는 은밀한 경매가 존재하는 것 같아요. 지금까지도 말이죠. 아주 부자거나 고위층의 사람만이 들어갈 수 있도록 특별한 황금카드 초대장까지 돌렸나 봐요. 경매에서 거래 되는 건 아마 이현기의 목구멍에서 나온 저 그림 같은, 좀 특별한 그림들이었을 듯한데, 그 가격이 수십~수백억에 이르렀던 모양이에요. 윤재덕에겐 혜윤재단 이라는 자선단체 비슷한 재단이 있는데, 뭐 상상도 하기 힘들만큼 엄청난 자산을 가진 재단이라더군요. 그 수많은 자산 중에 이현기도 꽤 나 보탬이 됐겠죠. 아무 이유도 없이 평생을 모아온 재산을 기부라는 명목으로 보낸 기록은 그저 선량하고 정상적인 의미의 기부가 아닌, 경매를 목적으로 한 기부라는 가정이 나오죠."

"요딴 그림 한 장 얻을라고 그 큰 돈을 썼단 것이여?"

"모나리자의 그림은 억만금을 주고도 사기 힘든 건 이해하시구요?"

"그건 그거고!!"

"미의 기준과 그 가치란 게 참 모호하긴 하지. 아, 그러고 보니."

재혁이 무언가 생각이 난 듯 시신 쪽으로 다가갔다. 그러면서도 혹시나 시체가 다시 움직일까봐 멈칫거렸다. 다시금 시체를 몇 번이고 확인한 재혁은 안경을 추켜올리며 은찬과 호재 쪽으로 걸어 나왔다.

"무섭구로 거긴 왜 갔다 와?"

"이제 대충 뭔가 알 것도 같군. 저 그림을 보면서도 생각했는데, 왜 그런걸까 하고 말이야."

"뭐가요 검시관님?"

"그림을 사게 됐다고 생각해봐. 그것도 아주 비싼 그림. 일반적으로 고급 액자에 넣어두겠지?"

"글재. 그래야 좀 때가 덜 탈거 아니여."

"그래. 그런 건 일종의 '과시'의 의미지. 누군가에게 보여주고, 이러한 그림이 나에게 있다며 자신의 부를 과시하고자 하는 욕구. 액자 안에서 잘 보존되면 그림은 장기간 변색이나 변화 없이 유지될 수가 있지. 당연히 강화유리나 그보다 훨씬 고급에 속하는 크리스털 자재 같은 것으로 그림의 앞을 막기 마련이고, 액자도 은이나 주석, 쇠 같은 걸로 되어있어야 정상일 텐데 시신에선 전혀 그런 흔적을 찾아볼 수가 없었어. 그렇다면……."

"유리도 없는 일반적인 나무액자?"

"아니 뭐여, 그래놓고 뭘 아꼈다는 거여?"

"아니. 좀 다른 방향으로 생각해봐."

"다른 방향요?"

"우짝? 아니믄 좌짝?"

재혁은 잠시 시골 동네 어귀에 꽃 달고 뛰어다니는 미친 여자를 보듯 호재를 쳐다봤다. 호재가 다시 이야기를 들을 준비가 된 듯 뒤통수를 긁적일 때까지.

"이렇게 생각해봐. 그냥 그림이 아니라 하나의 생명체라고. 내가 무척 아끼고 좋아하는. 아마 처음엔 커다랗고 비싼 고급액자에 그림을 넣어두고 감상했을 수도 있겠지? 그러다가 조금씩 뭔가가 아쉽고 안타깝다는 생각이 드는 거야. 눈으로 보는 것만으로는 만족할 수 없는 거지. 조금 더 나아가 생각해보자면, 그림이 액자 안에 갇혀 있는 듯한 느낌도 받을 수 있겠군. 그러면, 어떻게 될까?"

"아! 액자에서 꺼낸 것이여?"

"꺼내면 그림이 구겨질 수도 있으니 그렇겐 못해도, 갇힌 듯 답답해 보여 액자의 유리를 제거했을 거야. 그렇게 며칠을 보내다가 그래도 아쉬운 거야. 남자는 그림을 연인처럼 대하고 싶어졌겠지. 그러려다보니 쇠나 무거운 소재로 만들어진 고급액자는 무게 때문에 다루기가 힘들었던 거야. 자연스럽게 그림의 크기에 딱 맞는, 그리고 가장 다루기 편한 가벼운 나무액자에 그림을 넣어두었겠지. 액자틀에 그림의 가장자리가 잘 들어맞는 것으로. 그래야 그림이 손상되지 않겠지? 그렇다 해도 아주 가볍진 않았을 거야. 처음 남자의 타버린 시신을 기억해보면 팔의 벌어진 각도가 작은 사이즈의 액자는 아니었을 테니까. 남자는 조금은 가벼워져 한결 다루기 쉬워진 그림을 유화(油畵)의 선을 따라 만지며 쾌감을 느꼈을 거야. 그 누구라면 평생에 단 한번 보기만 해도 행복할 그림을 만지고 있다는 우월감도 함께 즐기면서."

"흐음. 나도 대충 상상은 가는구먼. 오! 이런 것도 생각해볼 수 있것구마이. 그림이 비록 자신과 함께 늙어가진 못하더라도, 먼지가 끼고 자신의 손길이 닿을 때마다 조금씩 색도 변해가고, 그런 모습을 보믄."

"자신만 늙어간다는 소외감을 조금이나마 벗어날 수 있었겠군요."

"그렇지. 마치 막 다룬 듯 하지만 어쩌면 좀 다른 의미의 소중함 아니었을까. 그런데 은찬아. 너 인간의 가장 큰 욕망이 뭐라고 생각해?"

재혁의 갑작스러운 질문에 은찬은 말을 더듬었다.

"그, 글쎄요."

"사랑이야."

"네? 사랑은 욕망이란 것과 전혀 다른 의미 아닌가요?"

"아니. 사랑이야. 아주 엄청나리만큼 수많은 욕망의 집결이 바로 사랑이라는 거야. 특히 남녀 간의 사랑엔 정말 별의별 것들이 다 첨가되어있지. 오죽하면 사랑과 증오는 종이 한 장 차이라는 말까지 있겠어. 이현기는 저 그림에서 사랑이란 걸 느낀 것 일지도 몰라. 하지만 그림외의 것은 모두 증오한 것 같아. 아내를 죽이고 자신의 자식과 손녀는 둘째치고라도 스스로를 저 지경으로 만들어버렸을 정도니까."

"근디 뭣헐라고 그림을 묵어 부렀을까?"

"아마 처음엔 그림과 함께 타죽을 심산이었을 거야. 자신의 몸이 타는 것까지는 참을 수 있었겠지."

"자신이 사랑하는 것이 불타오르는 모습을 그냥 두고 볼 수는 없었겠군요?"

"그래. 그랬던 것 같아. 아무 말도 못하고 타들어가는 모습에 너무 가슴이 아팠을 것이고, 그래서 그림의 어느 부분이라도 보존하고 싶었겠지. 작지 않은 크기의 그림이었기 때문에 마치 얼굴을 마주 보는듯한 높이였을 거고, 자연스럽게 얼굴 부분을 이빨로 물어뜯어 삼킨 것 같아. 그게 고의인지 어쩔 수 없는 선택이었는지 까지는 모를 일이지만. 그저 보존의 의미가 아니라면 자신이 그림의 일부를 취함으로써 영원히 하나가 되는? 그런 일이라고 생각했을지도 모를 일이고. 유리가 없던 액자의 그림이었기에 뒤에서부터 손으로 밀어 올려 이로 물어뜯는 것이 가능했겠지. 긴장과 뜨거운 불로 인해 입안은 온통 말라 붙어있는 상태였을 거야. 거의 반강제로 삼켰겠지. 그러다가 사망해버려 연동운동이 멈췄기에 그림의 상태가 보존될 수 있었던 거야. 남자의 이상한 손 모양도 이제야 완벽히 이해할 수 있겠군."

불타버린 집의 마지막 죽음이 선명하게 드러났다. 흥분해있던 호재마저 그러한 모습을 떠올리자 차갑게 가라앉았다.

"뭐여, 그럼 저 그림 쪼가리 때문에 모든 일이 이렇게 되부렀다고?"

"너 전쟁은 왜난다고 생각하냐? 자존심 싸움 때문에 수많은 사람들이 죽어가는 건 이해가 되고? 모든 일은 크고 작음이 없어. 단지 인간의 마음이 문제지."

호재는 밖으로 슬며시 걸어 나가 담배를 물었다. 재혁은 아까 잠시 쉬었던 소파에 누워 피곤한 듯 눈을 감았다. 은찬 또한 벽에 등을 기대고 눈을 감아보았다. 머릿속에서는 수많은 사건의 조각이 떠다니며 자리를 잡지 못하고 있었다. 10분 정도 흘렀을까? 재혁은 남자의 시신을 수습하기 시작했다. 곧 호재가 문을 열고 들어와 답답한 표정으로 은찬을 불렀다.

"은찬아."

"네 이 형사님."

"내일이라 그랬재?"

"네. 이제 새벽 한 시쯤 됐으니 오늘이라고 해야겠네요."

"야 근디 뭘 어떻게 조사를 한다냐. 머리 아프구만. 정식으로 참고인 조사를 할 수 있는 것도 아니고. 니가 말한 것도 확실한건 아니잖여?"

"사실 저로서도 뭘 어떻게 해야 한다 이런 게 아직은 없어요. 그냥 내일 그 장소라도 가볼 셈이에요. 팬인척 하고서라도 접근해볼 수

밖에요."

"흠. 그라믄 니가 거기 가 있는 동안에 나는 그 아파트로 가봐야 할 것 같구먼."

"잠복을 하시려는 건 아닐 테고, 왜 그러시죠?"

"그 집 사람들은 몽창 병원에 있을 것인디 잠복은 무슨. 내 두 눈으로 확인해야 할 것이 있어서 그려. 귀찮다고 호균이를 시킨 것이 문제였구먼. 아파트 사람들에겐 좀 오래전 이야기긴 하것지만 우격다짐으로라도 주민들을 다시 만나봐야 할 것 같구먼. 만약 말이여? 그들 모두가 합심해서 실종된 두 가족을 묻어 불라고 한다믄, 그리 어려운 일도 아니지 않것어? 그 이유가 뭔지는 몰라도 말이여. 일단은 부딪혀 볼라고. 그리고 재혁이 형!!"

"왜?"

시신을 원래의 모양대로 복원하려던 재혁이 고개를 들었다.

"워메 또 일 벌리요?"

"부검이 끝났으면 빨리 원상복구 해놔야지. 어차피 이 시신에서 무언가 더 밝혀낼 것도 마땅히 없고."

"끝나시는 대로 저한테 말씀해주시면 제가 윤태경에게 연락해야겠네요. 그들도 장례준비를 해야 할 테니."

"그라제. 근디 성님은 손 떨려서 바느질이나 되것소? 허이고 참말로……."

호재는 뻥 뚫린 두 눈으로 자신을 노려보던 남자의 모습이 아직 잊히지 않았는지 자꾸만 자신의 가슴을 쓸어내렸다. 비단 호재만 그런 건 아니었다. 오랜만에 피곤한 몸을 뉘일 수 있는 새벽이 온듯했지만, 머리에 남은 섬뜩한 잔상 때문에 편한 잠은 물 건너간 지 오래였다.

* * * *

태경은 차가운 벤치에서 잠이 들었다. 윙윙거리는 진동음을 내며 알람을 울리고 있는 핸드폰이 그 빈곤한 잠마저 깨웠다. 아침 일곱 시. 누가 그랬는지 알 수 없지만 얇은 면이불 하나가 덮어져 있었다.

"일어나셨어요?"

"아, 네……."

"추우실까봐 하나 덮어드리긴 했는데."

놀란 표정으로 그를 바라봤던 통통하고 귀여운 간호사가 웃음을 띤 채 말했다. 몇 초간 그녀의 얼굴을 바라보다가 갑작스럽게 덮쳐오는 민망함에 태경은 얼굴을 돌렸다. 머리모양은 대체 어떤 꼴을 하고 있으며, 한참 울다 지쳐 잔 것으로 미루어 보아 눈곱도 누렇게 말라붙어 있을 텐데.

"뭘 그렇게 부끄러워하세요. 자고 일어나면 다 마찬가지죠."

"그, 그래도……."

"춥진 않으셨어요?"

"네. 정말 감사드립니다."

"뭘요. 가족분들 때문에 상심이……"

"그 사람 결혼했어요. 알고 있으려나? 그래도 매력 있죠?"

익숙한 목소리가 불편한 말투로 태경의 뒤편에서 들려왔다. 혜주가 겨울 날씨만큼이나 차가운 무표정으로 그와 간호사를 번갈아 쳐다봤다.

"아, 그런 거 아니에요."

"여보. 간호사님께서 나 추울까봐 이불을……."

"추우면 안에 들어와서 자지 왜 밖에서 자?"

"응? 아 그, 그게 꿈을……."

"꿈에서 내가 당신 죽이기라도 했어?"

칼날이 척추를 따라 훑는 듯 악몽의 기억이 되살아났다. 태경은 아내의 눈을 피하진 않았다. 그랬다간 눈치를 보는 꼴이 되어 정말 의심을 살 것 같았기 때문이었다.

"정말 그런가보네?"

혜주가 웃을 듯 말듯 묘한 표정으로 다시 한번 태경과 간호사를 번갈아 쳐다보더니, 이내 휙 돌아서서 병실 문을 쾅 닫고 들어가 버렸다. 머쓱해져버린 태경은 벌떡 일어나 간호사에게 사과를 했다. 간호사가 오히려 웃는 낯으로 괜찮다며 안심시켰다.

"제가 대신 사과드리겠습니다. 죄송합니다."

"그럴 수 있죠. 어머! 예쁜 아가씨 나왔네!"

정인이가 잠에서 깨어 밖으로 나왔다. 어머니의 그림을 보다가도 몇 번 이나 정인이가 정상인지 확인했었다. 꿈인지 환상인지 모를 끔찍한 기억이 현실이 아님을 두 눈으로 봐야 믿을 수 있을 것 같았다. 그런 정인이가 지금 활짝 웃으며 태경의 품에 안겼다. 아이의 숨소리를 들으며 잠시나마 안심이 됐다.

"우리 예쁜 정인이 일어났어?"

"아빠야……."

아이가 훌쩍거렸다. 가만 생각해보니 그 집에서 있었던 일 이후로 따뜻하게 한번 안아줘 보질 못했다. 정인이는 작은 어깨를 움츠리며 울음을 삼키려 노력했다. 그래서 더욱 측은했다.

"괜찮아. 이제 그만. 착하지?"

"……네에."

너무 많이 울어 호흡곤란이 올까 두려웠다. 정인이에게 기관지 확장제에 대해 이야기를 해주려다가 이미 목에 걸려있는 약통을 보며 태경은 정인이가 대견스러워 아이의 머리를 쓰다듬었다.

"이야~! 우리 정인이 이제 말해주지 않아도 척척 잘 하네?"

"응! 헤헤. 어제 의사선생님이 항상 목에 걸고 다니라고 주셨어."

같이 들어가자며 그의 손을 끄는 아이 때문에 태경은 일어나 병실 문손잡이를 잡았다. 그러나 문을 쉽게 열지 못했다. 그걸 보던 정인이가 문을 활짝 열었다. 태경은 놀래서 잠시 머뭇거리다가 병실 안으로 들어갔다. 그런데 혜주는 그제야 잠이 깬 듯 눈을 비비며 일어나고 있었다. 좀 전의 해프닝은 전혀 모르는 사람처럼.

"아, 여보?"

"응? 으, 응. 다시 잔 거야?"

"나 언제 깼었어?"

"응?"

뭐라고 말해야할까.

"아니야. 그냥 잘 잤나 물어본다는 게 말이 헛 나왔나봐."

태경은 적당히 둘러댔다. 아무래도 뇌진탕의 충격이 큰 것이라 믿었다. 그런 와중에 태경이 이래저래 말만 늘어놓으면 그녀가 더욱 곤란을 겪을 것이 뻔했다.

"엄마!!"

"우리 정인이 잘 잤어?"

"응. 근데 엄마."

"응?"

"괜찮아?"

"그럼. 괜찮아 엄마는."

아내는 마치 아무 일도 없었다는 듯 그저 밝게 웃었다. 그 모습에 태경은 더욱 걱정스러웠다.

"당신 정말 괜찮은 거지?"

"괜찮아요."

"그래."

"그런데 당신, 오늘도 회사 나가야 되는 거지?"

"응……? 그렇게 됐지. 미안해 여보."

차마 관두지 못했다는 말을 하지 않았는데도 아내는 귀신같이 알아맞혔다. 태경의 얼굴에서 미안함을 읽은 것일까? 혜주가 태경의 손을 잡고 미소 지었다.

"나 정말 괜찮아. 걱정말구 어서 다녀오기나 해."

"……미안해."

"미안하긴. 우리 때문에 그 고생하는 건데."

"무슨 말을 그렇게 해. 그래야 나도 행복한 거야."

"아참, 정인아빠. 나……."

"응?"

아내는 가만히 창가를 응시하다가 머릿결을 뒤로 넘기며 그를 바라봤다. 아침햇살이 황금빛깔로 그녀의 왼뺨을 물들이고, 그녀는 그보다도 환한 웃음을 지었다.

"나 집에 갈래."

"집에?"

"응 여기 너무 싫어."

"괜찮겠어?"

"거기가 우리 집인걸. 안 그래 정인아?"

"응? 으, 응. 엄마."

정인이는 대답을 하면서도 불안한지 엄마의 눈치를 봤다. 그걸 본 태경이 혜주의 손을 맞잡고 설득했다.

"오늘까지만 여기 있자. 응? 정인이도 걱정되기도 하고."

아내는 정인이를 쳐다보다가 고개를 끄덕였다. 태경은 그저 고마운 생각이 들면서도 간호사에게 보였던 태도와 전혀 다른 모습으로 웃으며 자신을 대하는 아내가 조금은 거부감이 들었다. 그래도 곧 정상으로 돌아올 거라 믿고 활짝 웃어보였다.

"고마워. 여보."

"어서 다녀와~!"

"그래. 정인아 아빠 금방 다녀올게!"

아이는 가려는 아빠를 붙잡고 싶었다. 때때로 다른 사람같이 웃고 행동하는 엄마가 무서웠다. 할머니 집에서 있었던 일을 말해선 안된다는 말을 하던 엄마는 언제나 자신을 사랑해주던 그대로의 모습이었지만, 너 같은 년이 왜 자꾸만 살아서 귀찮게 하는지 모르겠다던 엄마는 본 적이 없는 공포로 다가왔다. 잠든 엄마가 무서웠다. 다시 눈을 뜰 땐 어떤 모습일지 알 수 없었기에. 정인은 그래서 아빠의 손을 놓지 못했다.

"아빠 일 끝나는 대로 올 거니까, 조금만 기다려. 알았지?"

"……네."

태경의 허둥대는 뒷모습이 측은했다. 혜주는 태경을 보며 눈물이 나는 걸 몇 번이나 참았는지 몰랐다. 나는 나고, 그는 그다. 엄청난 일을 겪었다 해도 사랑하는 사람마저 끌어들여 같이 힘들어할 필요는 없었다. 태경이 다른 방식으로 소식을 접하는 것과, 직접 이야기를 듣는 것은 천치차이일 테니까. 그래서 정인에게도 철저히 입단속을 시킨 그녀였다.

그런데 이상하게 몇 개의 기억은 혜주의 머릿속에서 없었다. 아까 다시 자냐며 묻는 그이는 또 뭐람. 몽유병에라도 걸린 것일까? 아이도 왜인지 그녀를 멀리 하려는 것만 같았다. 무슨 이유인지 혜주의 눈치를 살피는 정인이 이상하면서도 가슴 아팠다.

* * * *

　차안에서 잠들었던 은찬이 피곤함을 물리치려 기지개를 켰다. 무엇 때문에 잠이 깬 건지 아직까진 알 수 없었다.

　"잔뜩 찌푸렸군."

　진회색의 먹구름이 물통에 회색물감을 떨어뜨리듯 짙게 퍼졌다. 어두운 하늘엔 번개가 내리쳤고 조금 뒤 천둥소리가 지천을 울렸다. 바로 저것이 은찬의 잠을 깨운 주범이었다. 물론, 옆에서 같이 자던 호재도 깨워버렸다.

　"워, 워메 씨벌! 놀래 디져분줄 알았네. 비까지 오는겨? 이거 얼어 붙믄 큰 일인디. 니미럴 아주 날 잡았구먼 날 잡었어."

　"눈뜨자마자 담배에요?"

　"뭐 임마? 이것이 뭘 몰라도 한참을 모르는구마이. 일어나자마자 요것을 펴줘야 하루가 시작이 되는 것이여. 아 근디 말여."

　"네."

　호재는 뭐라 말하려다 뭉그적거렸다. 그러다 일부러 귀찮은 표정을 하곤 은찬에게 말했다.

　"저 거시기, 너 혼자 보내기도 그렇고 혀서. 내가 너 같이 따라가 줄텡게, 걱정 딱 놔부러!"

　"네? 그 아파트에 가신다더니 갑자기 왜요?"

　"니가 아는 것이 뭐가 있다고 그런 데를 혼자 보내냐잉? 뭔 일이 닥칠 지 모르는디."

일을 저지르는 건 언제나 호재 쪽이 압도적이었다. 은찬은 이상한 느낌에 슬슬 유도탄에 불을 붙였다.

"괜찮은데. 뭐 딱히 이 형사님도 어떻게 해야 한다, 이런 것도 없으시잖아요?"

"아 그, 그려도."

"아니에요 형사님. 그냥 저 혼자 갈게요. 꼭 조사하셔야죠. 형사님도 아시다시피 녹취록도 믿을 수 없게 됐으니. 또 모르잖아요. 정말 그 사람들이 단체로 일을 쳤을지. 저는요, 형사님의 그 감을 믿는다고요. 아시겠어요? 완전 신뢰 그 자체랍니다. 마이 파트너!"

"아, 아니……."

"이번 일 제가 꼭! 그것도 혼자! 잘 해결해서 이 형사님의 파트너가 될 자격이 있다는 것을 증명해보이겠어요!"

"아니 저 근게 말이여? 일단 거그를, 뭐 아까도 야그 했지만서도, 그냥 같이 가가꼬 일 처리를 뭐, 어떻게든 안 되것냐? 여튼. 흠흠."

호재의 말이 슬슬 길어졌다. 앞뒤도 전혀 맞지 않았다. 발사된 유도탄이 확실히 그를 향하고 있었다.

"거그 일을 처리한 다음에 말여? 아 맞다잉!! 니도 녹취니 주민질의니 이런 거 안 해봤을 거 아니여!! 경험삼아 나랑 같이!!"

은찬이 날린 유도탄은 호재의 가슴에서 폭발했다. 순간 웃음이 터지려는 것을 급히 차창을 열고 허공을 바라보는 것으로 틀어막았다. 하지만 이미 은찬의 웃음보가 터져버린 상태였다.

"내 말 알아 듣것재?"

"<u>으흐흐</u>……어흑!"

"뭐, 뭐여!! 씨벌 새끼야 왜 웃고 지랄이여 지랄이!!!"

"어허헝!"

"왜 웃냥께!!! 뭐시여, 내, 내가 무섭기라도 해서 작전 짠다 이거여?"

"네? 뭐가요?"

한참을 웃던 은찬이 정색을 하며 되묻자, 호재는 얼굴이 시뻘게졌다.

"뭐, 뭐여?"

"뭐 무서우세요?"

"……몇 시까지 가야된다고 혔재?"

은찬은 짐짓 모르는 척 헛기침으로 웃음을 감추고 대답했다.

"10시에요. 아직 두 시간정도 남았네요."

"그래도 길이 막힐지 모릉께 미리 가야 하지 않것냐."

"네 조금 있다가 바로 출발하죠. 검시관님이랑 같이 아침이나 드시고 가실래요?"

"그랄까 글믄?"

"네. 제가 금방 모셔올게요."

은찬이 재혁이를 데리려 부검실로 들어가는 뒷모습을 보고나서야, 호재는 피식 웃으며 다시금 담배를 꺼내 물었다.

"와따 저 새끼 진짜 형사 다됐어야."

자신의 마음을 들킨 것이 조금도 불쾌하지 않은 호재였다.

* * * *

까딱 잘못했다간 지각은 둘째 치고 정말 위험할 뻔 했다. 차가운 겨울아침, 내리는 비는 어느새 도로 위에 얼어붙어 여기저기서 사고를 일으킨 나머지 앰뷸런스와 렉카가 정신없이 바쁘게 움직였다. 어수선 하기만한 풍경 사이에서 태경 또한 예외는 아니었다. 약간 오르막인 회사 때문에 미끄러지지 않기 위해 조심하느라 진땀을 빼다가, 겨우 건물의 출입문을 열려는데 누군가 그의 팔을 확 낚아챘다.

"흐억!"

"팀장님!!!"

"으, 은서 씨? 놀랐잖아!"

"헉헉. 다 와서 넘어질 뻔 했는데, 다행이다. 히히."

"뭐야. 안 넘어지려고 잡은 거였어? 어, 어쨌든 다행이네."

환한 은서의 미소에 태경의 가슴이 다시금 봄날을 맞았다. 건물의 안에 들어왔음에도 은서가 그의 팔을 놓지 않았기 때문이었다. 오히려 슬쩍 팔짱을 껴오는데 태경의 심장이 너무 벌렁거려 볼까지 붉어지는 것 같았다. 왜 나는 이 아이 앞에만 서면 이렇게 쪽팔리는 상황 가운데에서 뒤통수만 긁적여야 하는 것일까. 게다가 지금 어떻게 행동을 해야 하지? 팔을 빼라고 해야 하나, 아니면 그냥 가야하나. 이대로 그냥 갔다간 주위 시선도 그렇고 은서도 날 응큼한 놈으로 생각하려나? 태경이 행복과 불안 사이를 널뛰기 하던 순간이었다.

"앗!! 잠간만요!!!"

기쁨도 잠시, 은서는 그의 팔보다는 엘리베이터의 열림 버튼을 택했다. 닫히려던 엘리베이터 안에 두 사람 정도는 더 들어갈 자리가 있었다. 은서가 먼저 타서 태경에게 손짓을 했다. 잰걸음으로 뛰어가듯 엘리베이터 안에 올라탔다.

"은서 씨 덕분에 지각 안……."

다시금 태경이 당황했다. 은서의 팔이 또다시 감겨왔기 때문이었다. 그가 놀란 눈으로 은서를 쳐다보자, 은서는 귀엽게 웃으며 혓바닥을 조금 내밀었다. 추위 때문인지, 아니면 태경과 같은 이유에선지 그녀의 볼도 붉어져 있었다.

"하다가 안하면 팀장님 서운하잖아요."

"응?"

"제가 이런다고 저한테 딴 맘 품으면 안돼요. 아셨죠?"

"그, 그런 거 없……!"

자신도 모르게 목소리가 커진 탓에 주위의 시선이 따가웠다. 다행히 엘리베이터가 내려야할 층수에 멈춰 섰다. 급하게 태경이 내리자 은서도 같이 끌려나왔다.

"천천히 가요 팀장님!"

"응? 아 그래요. 미안."

아무 일 없었다는 듯 둘은 서로 자리에 가서 앉았다. 비록 조금 있으면 전시회장으로 가야 하겠지만 아침 업무도 엄연한 일이었다. 출근시간인 9시가 조금 못된 시각. 다행히 지각은 면했군. 그런데 아침부터 디자인팀이 정신없이 돌아가고 있었다. 하긴, 태경도 처음에 이 회사에 들어와 아닌 말로 '쌔가 빠지게' 일했었다.

그리 많은 인력이 아님에도 이 회사가 유명해진 것은 일당백의 막강한 '깡'이 있었기 때문이었다. 얼마 전까지만 해도 팀장인 태경 또한 디자인 작업에 참여하고 관여하기 바빴다. 하지만 워낙 아랫사람들의 실력이 뛰어나 그저 검수만 해도 될 만큼 빠르게 성장했다. 젊은 사람들의 머리와 감성이 얼마나 뛰어난지, 감탄이 나오는 디자인도 많았다. 다만 그것이 실제로 단가와 안 맞거나 제품구조상 문제로 돌아오는 것이 많았다는 것만 빼고는 그로서도 탐나는 것들이 꽤나 있었다. 태경의 전임이었던 인간이 저지른 가로채기 같은 건 절대 하지 않으리라 마음먹은 지 오래였지만, 이 자리에 있고서 부터는 조금은 그가 이해가 됐다.

은서 또한 뛰어난 인재 중에 하나였다. 다만 아직 회사에 들어온 지 얼마 되지 않았기에 디자인 초안을 넘기고 대기를 타는 것 이외에는 잡무가 더 많았다. 아침 업무를 한답시고 멍하게 컴퓨터를 들여다보는 건 은서도 그와 같은 듯 했다. 그런데 이렇게 다들 바쁘면 은서와 단 둘만 가게 되지 않을까. 에이, 모르겠다. 일단 넘어온 제품디자인부터 텍스트 도안, 포장상자의 색감과 디자인까지 하나하나 세밀하게 검토했다. 피곤하다보니 예쁜 색깔도 눈을 찌르는 바늘 같이 느껴져 태경은 자꾸만 눈을 비볐다.

"팀장님?"

조용하게 그를 부르는 목소리에 태경이 고개를 들었다. 은서가 속삭이듯 손으로 입을 살짝 가리고 말했다.

"이제 출발 하셔야 돼요."

"다 같이 가는 거 아니었어요?"

"대리님은 집에 일이 있으셔서 늦어지신 다네요."

"그래요?"

태경의 예상이 맞았다. 조촐한 데이트인 셈인가.

"그래요. 그럼 준비하고 나가죠."

"네."

무언가 타박할 일이 없을까 고민하던 이 부장은 지각조차 하지 않은 태경이 아쉬운 듯 인상만 쓰고 있었다. 어느 때보다 당당하게 인사를 꾸벅하고 은서와 함께 사무실 밖으로 나왔다. 엘리베이터 앞에 은서와 우두커니 서있는데, 참으로 썰렁해서 태경은 그저 눈치만 봤다. 그러고 보니 그는 은서 앞에서 한 번도 자신 있게 뭔가 한 적이 없는 것 같았다. 지금이라도 배포 좋게 한마디만 해볼까?

"짜잔!!"

"엥?"

태경이 마치 팔짱을 끼라는 듯 오른팔에 공간을 만들자, 그러한 그의 모습을 어이없이 바라보는 은서였다.

"뭐하시는 거예요?"

"으, 응?"

사실 태경은 '이것도 데이트인데, 팔짱 한번 껴줘'라고 귀엽게 말해볼 심산이었다. 엘리베이터가 올라올 때까지 태경은 아주 조금씩 움직여 차렷 자세를 취했다. 팔의 공간 같은 건 사라진지 오래였다.

엘리베이터가 올라오자마자 부리나케 태경은 엘리베이터에 탔다. 그런데 그때 은서가 그의 팔짱을 껴오는 게 아닌가. 어차피 껴줄 거면서 그렇게 면박을 준 것에 부아가 치밀어 올랐다.

"삐지신 거예요?"

"뭐요? 이, 이거 놔요!"

"에이. 사무실 앞에서부터 그럼 누가 보잖아요. 그걸 다 감당하시게요?"

태경은 참 빨리도 수긍했다.

"그것 또한 일리가 있군요."

"그리고 팀장님. 제가 이런다고 저한테…….'"

"딴 맘 안 품습니다! 안 품어요!!"

정말 드러워서 안 품는다.

엘리베이터에서 내린 은서의 뒤를 태경이 쫓았다. 고물차마저 없으니 은서의 차에 타야했다. 그러다 너무 멋진 외제차에 입이 떡 벌어졌다.

"차 진짜 좋네요."

"뭐 제 차 인가요? 아빠 차지."

"이런 차는 얼마나 비싼 거예요?"

"몇 천? 몇 억? 몰라요. 헤헤."

몇 억이라는 단어를 쉽게 내뱉는 은서가 참 얄미웠다. 그렇다고 또 아주 미워지진 않았다. 벤츠가 그를 주눅 들게 만들뿐이었다. 은서와는 악연이려나. 어쩌면 이렇게까지 일이 꼬이는지 모르겠다. 그런데 가만 생각해보면 오히려 이게 더 나은 상황이 아닌가 싶었다. 박살나버린 차이기 이전에 그의 차는 구형 중고차였기 때문이었다. 만약 자신의 차랍시고 은서를 태웠더라면. 아이고. 태경의 눈앞이 아찔했다.

"빙판길이라서 그런지 차가 막히네요. 미리 나오길 잘한 것 같아요 팀장님!"

"네. 그러네요."

"그런데 사무실 밖에서는 저한테 말 놓으세요. 저보다 훨씬 오빤데."

"그래도 그럴 수는……."

"차라리 나와서는 저도 오빠라고 부를까요?"

"네?"

"오빠~!"

아주 간지러운 게 태경의 속이 노글노글 해지는 것 같았다.

"네……?"

"응! 이라고 그냥 해보세요. 가끔 말도 놓으시고선 왜 모른 채이실까?"

"응. 아, 알았어."

"히힛. 졸지에 오빠가 생겼네요."

"나도 여동생이 생겼네."

"여동생한테 딴 맘 품으면 그건 변태에요 변태. 아시죠?"

"안 품는대도!"

"네~~~!"

자신을 가지고 노는데도 태경은 기분이 조금도 나쁘지 않았다. 신기한 재주였다. 연애경험이 많아서 남자를 다루는 방법을 잘 아는 건 아닐까? 그렇다는 건 저 예쁜 입술로 키스도 기가막히게 잘 할 것이고, 누군가와 뜨거운 밤도 숱하게 보내진 않았을까? 태경은 치마 아래로 뻗은 은서의 예쁜 종아리를 자신도 모르게 슬쩍 엿봤다.

　"무슨 생각을 그렇게 하세요? 어, 어머!!"

　"응? 엇!!"

　젠장할. 빌어먹을. 젠장. 젠장! 텐트다 텐트. 피곤해서 최근엔 몇 번 보지도 못한 텐트다. 우와 텐트를 쳤다!!! 태경의 정신세계는 이미 현세에서 멀어지는 중이었다, 은서의 붉어진 볼은 단순히 히터 때문이 아닐 것이었다. 그냥 아무 말 없이 가는 게 최상 일 것 같아 태경은 창밖만 바라보며 조금이라도 빨리 도착하길 빌었다.

* * * *

　재덕의 첫 전시회가 열리는 갤러리는 꽤 수준 있고 규모가 컸다. 어쩌면 한국 땅에서 그림을 그린다는 사람이라면 꼭 한번 이곳에 자신의 그림을 걸고 말 것이라며 다짐을 했을 법도 했다. 윤재덕은 바닥에 나뭇가지로 그림을 그리는 것만으로도 신기하고 즐거웠던 옛날 자신의 모습이 떠올랐다.

　하나씩 차근히 추억을 더듬다가, 또다시 온통 피로 뒤덮인 그날 밤을 떠올리고는 윤재덕은 질끈 두 눈을 감아버렸다. 그 모습을 걱정스레 바라보던 은진은 조심스러운 발걸음으로 곁에 다가가 그의 어깨에 살짝 손을 얹었다.

"아 은진 양. 전 괜찮으니 좀 쉬도록 하세요. 이래저래 바쁘셨을 텐데."

"아니에요. 너무 긴장하신 거 같아서 제가 좀 풀어 드리려고요."

윤재덕은 젊은 여자의 손길이 어깨에 닿자 더 움츠러들었다. 아무렇지도 않아 보이려 노력하는데도 긴장하는 게 눈에 보였다. 부드러운 손길이 그의 긴장을 풀려 애쓰고 있었다. 은진은 재덕의 어깨를 주무르며 자신 또한 날카로워진 신경을 다스리려 노력했다. 처음 일을 맡게 된 것도 힘든 판에 오자마자 한국에서 최초의 전시회라니. 말이 비서일 뿐 그녀는 총괄부장이나 다름없었다. 재덕의 곁에서 그를 보살피고 스케줄을 관리하며 빠른 움직임으로 행사를 주관해야 했다. 그만큼 정신없고 힘든 일이지만 그녀가 이 자리에 뽑힌 이유가 있었다.

은진이 예술에 대해 쏟는 애정은 타의 추종을 불허했다. 유명 화가들의 스크랩을 만들고 예술품 전시회가 열린다는 곳은 어디든 사비를 털어서라도 갔으며, 고대 유물전이라도 열리는 날엔 개장부터 폐장까지 시간 가는 줄 모르고 빠져들었다. 재덕의 그림들 중 일반에 공개된 것들에 대해서도 열렬한 팬의 입장이었다. 그저 팬으로서가 아니라 윤재덕과 함께 일해보고 싶었던 이유는 혜윤재단을 만든 사람이 바로 그라는 것을 알고 나서부터였다. 혜윤재단은 일본에서 그림을 그리는 모든 이에게 꿈을 심어준 곳이었다. 특히 재일교포들에겐 더더욱. 살아 숨 쉬는 전설의 옆에 서는 것은 어떤 기분일까. 그때부터 그녀의 유학생활의 목표는 일본에서의 안정적인 정착과 윤재덕과 함께 일하는 것이었다. 재덕은 자신이 직접 면접장엔 가지 않았지만, 수하를 통해 수십 명의 지원자에게 같은 물음을 던졌었다. 자신의 그림에 대해 어떻게 생각 하냐고. 그 중 은진만이 철저한 분석을 내놓았다. 심지어 몇 점의 그림을 그렸는지조차 완벽히 꿰고 있었다. 그랬기에 재덕은 더 망설이지 않고 승혜의 후임으로 은진을 뽑았다.

남보다 빠르게 꿈을 이룬 그녀를 가장 기뻐했던 건 하나밖에 없는 귀여운 여동생이었다. 미대를 나와 관련 업체에 취직한지 얼마 되지 않은 그녀의 동생은 혜윤재단의 자산을 자신이 다니는 회사에 투자해보라며 농담까지 던질 만큼, 그림을 그리는 사람이라면 누구나 혜윤재단의 엄청난 자산과 사회지원에 대해 알고 있었다. 하지만 그럼에도 불안함은 있었다.

베일에 싸인 유명 화가. 그랬기에 처음엔 경계를 거두지 못했다. 그러나 곁에서 지켜 본 윤재덕이란 사람은 너무나 선하고 착하기만 했다. 그런 그가 자신의 그림을 볼 때면 슬퍼지는 눈초리가 계속해서 은진의 마음을 건드렸다. 측은해 보이는 노인의 뒷모습이 수조 원의 자산을 가진 재단의 창립자라는 것이 믿어지질 않았다.

가만 보면 재단을 이끌어 가는 건 재덕이 아닌 그의 직원들이었다. 그럼에도 단 하나의 비리조차 없었던 것은 두 가지의 이유를 생각해 볼 수 있었다. 너무나 완벽하게 속였거나, 정말로 윤재덕이 사람 보는 눈이 있었거나. 은진은 분명 두 번째 이유일 것 이라 믿었다. 재덕은 자신의 밑에서 재단관리를 맡을 사람들은 꼭 자신의 손으로 뽑았다. 유창한 한국어를 구사해야하는 탓에 순수 일본인보다는 자연스럽게 재일 한국인들의 지명도가 훨씬 높았다. 은진이 일본에 있을 때에도 재단 사람들이 모조리 한국말만 주고받는 것을 볼 때면 한국 땅에 서있는 듯한 착각이 들기도 했다. 하지만 그럼에도 일본 대중에게 사랑받을 수 있었던 것은 그의 재단의 투명성과 의로움 때문이었다. 나라 안팎으로 찬사를 받으며 금의환향을 할 수 있었던 직접적인 근거이기도 했다.

갤러리 앞에는 축전들이 수십 개씩 전시관의 입구를 따라 늘어섰다. 인부들은 정신없이 움직이며 마지막 작업에 몰두하는 중이었다. 원래 갤러리 측에서 모두 준비를 해놓았던 것인데 은진의 맘에 들지 않아 다시금 수정을 가하느라 매우 분주했다. 짧은 시간동안 정해진 전시회 일정 탓에 급하게 모든 일을 처리해야만 했기 때문에 약간의 차질이 빚어지긴 했지만, 그리 큰 문제는 아니어서 은진은 마음을 조금 놓았다. 한 시간 후쯤이면 개관이라 밖에는 벌써 기자들이 진을 치고 있었다. 은진은 재덕의 어깨를 주무르며 그 모습을 지켜보다가 깔려 있는 레드카펫에 묻은 검은 점 같은 것이 맘에 들지 않았는지 재덕에게 양해를 구하려 조심스럽게 말을 건넸다.

"……윤 화백님?"

재덕은 어느새 고개를 숙이고 잠이 든 상태였다. 마치 죽은 사람처럼. 어제 아침 도착하기 전까지도 계속해서 잠만 자던 노인은 그것도 모자랐는지 다시 잠을 청한 듯 보였다. 은진은 그를 쳐다보다가 자신의 두 손바닥을 신기한 듯 바라봤다.

"은서가 가르쳐 준대로 했는데 주무시느라 바쁘네. 너무 잘한 건가? 나중에 굶어 죽을 일은 없겠다."

* * * *

"20분 정도면 도착할 거 같아요. 차가 너무 밀리네."

"그래요?"

"말 놓으시라니깐 자꾸!"

"아! 으, 응."

어색한 침묵이 10여분쯤 계속되자 은서가 먼저 입을 열었다. 사실 태경도 뭐라고 말을 하려던 차였었는데 또 늦고 말았다. 한 박자 늦던지, 두 박자 모자라던지. 태경은 자신이 뭔가 확실히 잘못된 인간처럼 느껴졌다. 머리가 멍청한데 아래 토막이라고 똑똑하겠는가.

"뭘 그렇게 열심히 보세요?"

"응? 아니 그냥 바깥 풍경."

밖엔 그저 차만 그득했다.

"70년대에서 오셨나 봐요. 차 구경하시게."

"……."

"이상한 생각했죠?"

"무슨 소리야! 그런 거 한적 없어!"

"남자들은 꼭 그러드라? 아니라고. 맨날 아니래."

"난, 난 달라!"

그저 그런 남자들과 한 부류가 된다는 것이 참을 수가 없었다. 본능이야 어쩔 수 없다 해도, 이성은 굳건하단 말이다!

"네~ 알았어요."

"……정말 다르다고."

"그나저나 정말 맛있는 거 사주셔야 되요. 그럴만한 일이 있으니까."

"무슨?"

"가보시면 알아요!"

은서가 밝게 웃었다. 마치 그를 놀리려는 듯 가끔 태경을 보면서 혀를 내밀었다. 약이 오르면서도 저 귀여운 조그맣고 도톰한 입술 안 달콤한 침을 맛보고픈 충동에 휩싸였다. 덕택에 태경은 또 한 번 허리를 제대로 펴지 못한 채 속으로 애국가를 되뇌어야 했다.

* * * *

"길이 많이 막히네."

"그러게요."

"그란다고 여기서 차를 돌릴 수도 없고. 그냥 일단 가보자잉. 뭐가 됐든 말이라도 붙여보자고."

이 사건이 그냥 여기서 종결지어져 버린다면 아무 이유 없는 살인사건으로 치부 될 수밖엔 없었다. 힘들게 찾아놓은 목구멍 속의 그림뭉치는 그저 미친 사람의 짓거리로 끝나버릴 일이었다. 만약에 그 그림이 정말 살인적인 무언가를 갖고 있다고 한다면, 그게 인간의 힘으로는 도무지 막을 수 없는 욕망의 정점이라고 한다면 분명 윤재덕에게 어떤 답이 있을 것 같았다.

이현기도 참가할 수 있었던 경매라면 큰 금액을 기부한 누구라도 충분히 경매에 참가할 권리가 주어진다는 이야기였다. 그렇다는 건 일본뿐만이 아니라 세계 어느 곳에서 또다시 그녀의 차가운 얼굴을 죽음 가운데 마주하게 될지 모른다. 누군가는 말도 안 되는 소리라고 하겠지만, 보고 들은 것이 있는 두 사람은 어느 때보다 오싹했다. 만약 예상이 사실로 드러난다면 이건 국제적인 사건임이 틀림없었다. 둘은 비슷한 결과를 떠올리면서도 알 수 없는 답답함을 느꼈다. 무엇일까. 무엇이 이렇게나 답답한 걸까.

"휴. 길이 막히는 거냐, 내 대갈통이 막히는 거냐."

은찬도 딱히 답을 찾지 못해 입을 다물었다. 호재도 그러한 것을 모르는 게 아니었다. 그래도 생각을 공유할 수 있는 사람이 있다는 건 다행이었다. 1년 전에 유은찬을 처음 봤을 땐 지금과 같은 상황이 될 줄은 꿈에도 몰랐다. 그놈 생긴 것부터가 영 맘에 안 들었다. 하지만 호재는 왜 이런 일을 하는지도 묻지 않았다. 완전히 은찬을 무시해버린 처사였다. 어디 형사영화 같은 거에 빠져서 한번 멋이나 부리려다가 곧 때려치울 새끼라면서 방해도 도움도 주지 않았다. 하지만 은찬은 달랐다. 부득부득 실종이 아니라며 버티는 호재의 '일'에 스스로 발을 담근 것이었다.

그래도 호재는 그를 인정하지 않았다. 어느 날 우연히 다른 경찰들의 이야기에서 은찬의 형에 대해 듣게 되기 전까지는. 그제야 호재는 은찬을 제대로 인간대접을 해주기 시작했다. 마구 욕을 하고, 그의 뒤통수를 치기도 하면서 형사대 형사로 그를 대했다.

"거기서 뭐한다고 자빠졌냐. 나와라"

사무실에 앉아 있다가 호재가 부른 곳으로 나가보니 감자탕 집이었다. 이미 한 잔 하신 이 형사님의 소주를 처음 받아 든 날이었다. 은찬은 호재가 처음 사줬던 소주 한 잔과 감자탕을 떠올리며 미소를 보였다.

"혼자서 뭔 생각을 하냐?"

"네? 아니에요."

"싱겁긴 새끼."

"제가 싱거우면 이 형사님은 소태네요 소태."

"뭐시여? 이 시끼가 맞먹을라고!"

"아 이제 좀 뭐가 보이는 거 같네요."

은찬이 말을 돌리는 걸 모르는 건지, 정말 단순한 건지 호재는 재깍 앞을 바라봤다. 길이 양쪽으로 갈라지는 구간을 지나니 좀 한산해진 도로였다. 호재는 좀 느긋해진 듯 목받이 뒤로 깍지를 끼고는 편하게 기댔다.

"아이구야~! 이제 좀 살것구만. 언능 가자잉."

"네. 아 그리고 이 형사님."

"뭐?"

"그거 참 맛있지 않았어요?"

"뭘 혼자 또 쳐 먹은겨?"

"호호."

은찬의 웃음이 아까 아침의 것과 결이 비슷하게 들려 호재는 울컥 성질을 냈다.

"뭐여!! 뭐냥께!!! 아 이런 염병 할 놈의 것이 왜 자꾸 웃고 지랄이여!!!"

"이따가 감자탕에 소주나 한잔 하시죠?"

"……사주믄."

고민으로 가득 찼었던 머리는 어느새 푸욱 익은 등뼈와 통감자, 쑥갓, 깻잎 등등 갖은 야채가 듬뿍 올라간 김이 모락모락 나는 감자탕과 달큰 쌉쌀한 소주로 가득했다. 덕분에 그들을 휩쌌던 혼란과 공포가 조금이나마 잠잠해졌다.

* * * *

"저, 저기……."

"쉿! 곧 있으면 시작이에요!"

"근데 왜 우리가 여기에……?"

태경과 은서가 나란히 앉은 곳은 윤재덕이 인터뷰를 할 단상의 바로 앞자리였다. 그리고 그들의 양쪽으로 기자들이 줄줄이 늘어서 있었다. 그런데 우리는 VIP석에 왜 있는 것일까. 대체 무슨 이유로? 태경이 궁금증에 은서에게 다시 한번 뭔가 물으려할 때, 누군가 먼저 은서의 이름을 불렀다.

"은서야!"

"응 언니~~!"

언니? 태경은 놀래서 벌떡 일어나 은서가 언니라고 부르는 사람을 바라봤다. 은서와 닮았지만 풍만한 볼륨이 훨씬 더 농익은 여인의 향을 풍겼다. 태경은 악수를 하려 손을 내밀려다가 첫 대면에 예의가 아닌 듯싶어 그냥 깍듯이 고개를 숙여 인사를 했다. 그러자 은진도 밝게 웃으며 답했다.

"처음 뵙겠습니다. 저는 윤 화백님의 비서로 일하고 있는 강은진이라고 해요."

"안녕하세요 저는…….."

"우리 팀장님!"

"아~ 그 분? 못 오실 거 같다더니?"

"응 그런데 오셨어! 히히."

대체 무슨 이야기를 했기에 날 이미 알고 있는 것일까? 태경의 고개가 갸우뚱 거렸다.

"야 그리고 니가 가르쳐 준대로 했는데, 그냥 주무셔 버리더라."

"엄청 피곤하셨나보네. 그게 상사랑 친해지는 데는 직빵인데."

태경은 둘의 대화에 낄 수도 없지만, 그렇다고 귀를 틀어막을 수도 없어 그냥 듣고만 있었다. 대체 뭘 가르쳐 준 건지 궁금했다.

"나 이제 들어가 봐야 돼. 그럼 다음에 봬요!"

"아 네. 반가웠습니다."

"응 언니~! 이따가 같이 저녁이나 먹어!"

그럼 그것도 내가 사야 되나? 병원비부터 자동차 수리, 아니 폐차 비용에 각종 할부금들이 태경의 머리를 스쳐 지났다. 한 푼이 모자란 판이지만 어쩔 수가 없겠지.

"그래 그럼 이따 봐! 이따 봬요!"

"네."

태경은 웃으면서 무언가 이상하다는 것을 느꼈다. 은진이라는 여자는 이따가 다시 볼거라 는 예상을 이미 한 것 일까? 아니면 은서가 그것마저 말한 것인가.

"언니도 합석해도 되겠죠?"

"응? 응. 그래 내가 저녁 사지 뭐."

"호홋. 정말이죠? 역시 우리 팀장님~!"

태경이 말릴 새도 없이 또다시 팔이 쑥 들어와 팔짱을 꼈다. 그런 가보다 하고 가만히 앉아있는데, 비쩍 마르고 키가 큰 남자가 정면의 문에서부터 걸어 나왔다. 단상에서 마이크를 체크하자 기자들이 카메라를 꺼내들고 숨소리마저 죽인 채 셔터를 누를 준비를 했다.

"윤재덕 화백의 전시회에 참여해주신 분들께 깊은 감사를 드립니다."

말쑥하게 차려입었지만 조금 기력이 딸려 보이는 남자는 3분여간의 좀 길다 싶은 인사를 전했다. 하지만 기자들의 카메라는 그 남자가 나온 곳에만 초점을 맞추고 있었다. 윤재덕의 걸어 들어오는 모습부터 하나하나 찍어야 직성이 풀릴 사람들처럼.

"처음 열리는 전시회인 만큼 공식석상에 얼굴을 드러내신 적이 거의 없는 윤 화백께서 이 자리에 직접 나와 주셨습니다. 저희 갤러리 측에서는 이점에 대해 깊은 감사를 드리며, 전시회의 수익금중 절반을 일본의 한인자선단체인 혜윤재단에 기부하기로 결정했습니다. 그럼, 박수로 맞아주시길 바랍니다. 윤재덕 화백이십니다."

문이 열리고 윤재덕이 은진의 손을 잡고 터벅터벅 걸어 나왔다. 아름다운 젊은 여자와 늙은이의 동행은 묘하게 잘 어울려 보이기도 했다. 윤재덕은 비록 노쇠하였지만 눈매나 생김새가 무척이나 선해 보였다. 게다가 카메라 세례가 박수대신 쏟아져 오자 눈을 가리고 어색해하는 등 순박한 모습이 정말 평생 아무것도 모르고 그림만 그린 사람 같았다. 마흔을 넘겨서는 자신의 얼굴에 책임을 져야 한다는데, 무언가 근심 어린듯했지만 악의라곤 없어 보이는 재덕의 얼굴에서 약간의 부러움을 느끼는 태경이었다. 태경의 생각처럼 재덕은 순박한 사람이었다. 매우 소심하다는 것까진 알 수 없었지만.

"괜찮아요. 너무 긴장하지 마세요."

"고마워요. 은진 씨. 다 늙어서 이게 무슨 주책인지 모르겠소."

재덕은 단상에 걸어 나오기 몇 분 전까지도 은진의 손을 꼭 잡고 있었다. 은진은 재덕을 향해 웃음을 보였지만, 긴장되긴 매한가지였다. 이 행사가 잘 마무리 돼야 윤재덕에게 더 큰 신임을 얻을 수 있었다. 문이 열리자 재덕과 은진은 나란히 손을 잡고 문으로 걸어 나갔다. 이곳저곳에서 플래시가 터지자 안 그래도 긴장이 되는 윤재덕은 이런 상황이 너무 싫었지만, 그래도 앞으로 걸어 나가야 했다. 악몽에 맞서야 했다. 당당하게 살아있음을 그를 괴롭히고 있는 악마에게 보여주고 싶었다. 그때의 흐리멍텅하고 우유부단한 사내가 아닌, 누구도 범접 못할 꼭대기에 서있는 자신을.

걸음을 더 할 때마다 혜윤과 수향의 얼굴이 번갈아 떠올랐다. 겁에 질려 도망쳐왔던 모습은 악몽과 같이 평생 재덕을 괴롭혔다. 걸음의 끝에 자신을 올려다보는 수많은 사람들을 발견하게 된 순간, 그는 마음 가득 뿌듯함을 느꼈다. 수십 년의 죄책감과 공포를 이겨낸 듯 평온해졌다.

재덕의 이름을 수많은 사람들이 연호하고, 질문을 던졌다. 빠짐없이 인사를 하고 답을 했다. 그러다가, 재덕의 눈에 누군가 스쳐지나갔다. 단상 바로 앞자리에, 어디선가, 분명 어디선가 봤었던 얼굴이 있었다. 하지만 이상하게 그쪽을 다시 보게 되지 않았다. 그러면 안 될 것만 같았다. 왜일까? 이 알 수 없이 불길한 기분은. 돌이 될 걸 알면서도 뒤를 돌아본 성경 속 롯의 아내처럼 그는 결국 그 얼굴을 또렷이 보고야 말았다.

"뭐여? 노인네가 뭘 보는 거여 지금?"

"저기 앞자리 앉아있는 사람을 보는 거 같은데요. 사람이 많아서 잘 보이지가 않아요."

겨우 시간에 맞춰 도착한 곳에서 하마터면 전시회장에 들어가지도 못할 뻔한 두 사람이었다. 다행히 호재가 내가 누군지 아냐며 버럭버럭 성질을 낸 덕에 그나마 뒤에서 관전을 할 수 있는 권한이 주어졌다. 앞으로 디밀고 들어가려고 해도 도무지 틈이 보이지 않는 곳에서 멀리서나마 본 윤재덕의 얼굴은 상상했던 것과는 완전히 딴판이었다. 사람을 미치게 하고 혼을 빼앗는 그림을 그릴 사람으로는 느껴지지 않았다. 탐욕스럽게 늙어 돼지 같은 노인이거나 혈기 등등한 눈빛의 냉기 서린 얼굴 일거라 생각했는데, 이건 마르기만 했을 뿐 너무나 선해 보이는 인상이었다. 시골 어느 곳에서나 볼 수 있는 순박함마저 묻어났다. 하나하나 질문에 침착하게 대답을 잘하던 그가 갑자기 불안해 하는듯하더니 앞자리에 앉은 남자로 보이는 사람을 보고 얼어붙은 듯 멈춰 섰다. 그 기이한 행동에 주변이 온통 어수선했다. 특히 옆에 서있는 여자는 당황함이 역력해 보였다.

"어? 뭐야 이거?"

은찬의 눈에 지금 이 순간 가장 당황해하고 있을 한 남자의 옆모습이 슬쩍 지나쳤다. 웅성거리는 인파 사이로 은찬의 온 신경이 집중됐다.

"아 뭐하는 거여, 뭐하는 거냥께!!"

키가 작은 호재는 모든 상황을 파악하진 못해 궁금증만 더했다. 그때, 은찬이 어이가 없는 듯한 표정으로 호재를 바라봤다.

"윤태경인데요?"

"뭐, 뭐여?"

둘이 태경의 존재에 놀라움을 감추지 못하는 동안, 태경도 뭔지 모를 윤재덕의 모습에 당황했다. 몹시도 괴로운 표정의 윤재덕은 곧 슬픔에 젖은 듯 눈물을 뚝뚝 흘렸다.

"윤 화백님!!!"

은진이 노인을 붙잡아보려 했지만 감정에 복 받친 듯 노인의 얼굴은 완전히 일그러졌다. 미쳐 날뛰면 잡기라도 하지, 이건 어떻게 할 수가 없는 노릇이었다. 하지만 가장 미칠 것만 같은 건 바로 태경이었다. 기자들이 혹시 얼굴을 찍을까 무서워 번쩍이는 플래시를 피해 고개를 돌렸다. 이대로 뛰쳐나가고 싶었다. 그때, 갑자기 노인이 단상에서 뛰어 내려와 태경의 손을 잡고 그 앞에 무릎을 꿇은 채 겁에 질린 사람처럼 온몸을 부들부들 떨며 격하게 울음을 터뜨렸다.

"만수 형님, 만수 형님!! 지가, 지가 잘못했소. 단월이를 살렸어야 했는디. 단월이를!! 단월이를 살렸어야 했는디!!"

"왜, 왜 이러세요! 이거 놓으세요!"

"윤 화백님, 정신 차리세요 윤 화백님!!"

"만수 형님, 만수 형님!"

"아, 아앗!!"

그때 태경의 눈에 뭐가 들어간 것 같이 따끔거렸다.

"대, 대체 뭐야!!!"

그리고 난데없는 더위를 느꼈다. 전시회장 내부가 따뜻하긴 했어도 덥다고는 느끼지 못했다. 거기에 소란스러웠던 주위마저 갑작스레 조용해졌다.

"히힛."

본적이 있는 집. 흑백을 보는 눈. 끈적거리는 왼손, 그 왼손에 쥔 묵직한 무엇. 지독한 피비린내까지 코를 스쳤다. 그제야 태경은 자신이 환상에 빠졌음을 깨달았다. 빌어먹을. 빌어먹을! 그래. 이렇게 된 이상 끝을 봐주리라 이를 악물었다. 맘대로 가눌 수 없는 시선이 아래를 지나칠 때 왼손에 들고 있는 걸 보았다. 쇠망치였다. 발치엔 피

웅덩이가 생겨 있었고, 거실의 피바다에서부터 작은방까지 무엇인가를 끌고 간 흔적이 보였다. 무슨 일을 저지른 거지? 충격적인 모습임에도 시선의 움직임은 주저함이 없었다. 그리고 그의 앞으로 어떤 여자가 밝게 웃으며 다가왔다. 2102호의 여자였다.

핏빛으로 물든 방의 모습에 구역질을 하며 도망가도 시원치 않을 판에 그는 그녀의 입술에 키스를 했다. 달콤한 침이 입안으로 흘러들어오는 느낌마저 태경에게 전해졌다.

"이제 됐죠? 당신이 원하는 대로 했어요."

"아직 다 끝나진 않았는데. 석호 씨?"

갑자기 여자가 차가운 얼굴이 되어 되물었다. 남자는 당황하여 말을 더듬었다.

"무, 무슨 소리에요? 혼자가 되면, 그러면 가, 같이 있어 줄 거라고 했잖아요?"

"그것만 갖고는 안 돼. 나의 밤을 가지려면 말이야."

"뭐?"

여자는 다가올 때와는 다르게 냉랭한 표정으로 남자의 곁에서 몇 걸음 빠져나왔다. 남자는 아쉬운 듯 그녀에게로 손을 뻗지만 닿지 않았다. 여자는 자신의 머리칼을 쓸어 넘기며 허리춤에 손을 얹고 남자를 묘한 미소로 바라보았다.

"나, 나는 너 때문에 아내와 아이를!"

"넌 어차피 그들에게 애정이라곤 없었잖아. 안 그래? 그리고 석호 씨. 난 자기한테 그들을 죽이라고 한 적은 없었는데? 이상한 평계로 당신이 저지른 일을 나한테 떠넘기려 하지 마."

"이런 개 같은 년!"

"잘 먹어놓고선 욕이야. 나와 함께할 매일이 쉬울 줄 알았어? 허락도 받아야 한단 말이야. 우리 자기한테. 히힛."

"……누굴 말하는 거야?"

"저기, 저기 잘 봐봐!"

"무슨 소리하는 거야!! 저, 저 방엔!!"

태경의 머릿속에 갑작스럽게 이상한 영상들이 지금 보고 있는 모습과 뒤섞여 마구잡이로 밀려 들어왔다. 혼선되어버린 안테나처럼, 순간순간 지나가는 장면들은 수십 개의 흑백사진들이 엉성하게 나열되어 있는 앨범을 한꺼번에 쏟아 붓는 것 같았다. 남자의 기억은 놀이공원에서 즐겁게 웃고 있는 그의 가족의 모습부터 시작이었다. 여름의 정취가 물씬 느껴지는 행복한 한때가 지나치고, 돌아오는 차 안의 뒷좌석에서 아내와 딸은 잠이 들었다. 남자의 얼굴이 백미러에 슬쩍 지나쳤다. 그러나 태경은 그것만으로 누구인지는 짐작도 할 수 없었다. 다만 눈빛이 너무 차가웠다.

집에 도착하여 아내와 딸이 들어가자 그는 현관문을 잠근 뒤 신발장을 열어 40센티 가량의 쇠망치를 꺼내들었다. 안방에서 딸과 오손도손 이야기를 나누고 있는 아내에게 다가간 그는, 그녀의 머리를 망치로 계속해서 찍어댔다. 머리에서는 검은 피가 튀어 오르고, 회색빛 뇌가 끔찍한 소리를 내며 부수어져 튀어나왔다. 너무 놀라 도망가려는 딸의 다리를 잡아 넘어뜨린 남자는 딸의 목을 양손으로 쥔 채 그대로 들어올렸다. 딸아이의 눈동자에 웃고 있는 남자의 얼굴이 조그맣게 보였다. 대체, 대체 넌 누구야. 이런 미친 새끼 같으니! 태경은 들리지 않는 비명을 질렀다, 아내와 딸을 처참히 죽여 버린 남자의 눈이 안방의 화장대를 향했다. 화장대의 거울에 자신의 모습을 가만히 바라보던 남자는 씩 웃은 뒤 발로 거울을 걷어차 박살을 냈다. 날카롭게 부서져 흩어 지는 소리와 함께 태경은 방금 거울을 통해본 남자의 얼굴을 기억해 냈다. 끔찍한 모습으로 회사에 나타났던 사내였다.

그는 시체들을 거실로 끌고 나왔다. 그리고 이미 죽어버린 아내를 걷어찼다. 그녀의 몸에 남아있던 피가 머리의 구멍과 입과 코에서 쏟아져 나와 거실바닥에 흥건히 고였다. 욕을 해가며 한참을 여자의 시체를 짓밟던 남자는 아내와 아이를 다시금 질질 끌고 아이 책상이 놓인 작은 방에 던져두었다.

태경은 너무 큰 충격에 휩싸여 한동안 아무 생각을 할 수 없었다. 그렇다면 망치를 든 사내가 아내와 딸을 자기 손으로 쳐 죽인 것이란 말인가? 그래 그건 저 자식이 미쳐서 그랬다고 치자. 그런데 내가, 왜 그의 기억 속에서 빙의된 유령마냥 이토록 끔찍한 광경을 봐야 하는 것인가. 왜, 왜 하필 나지? 태경은 이유를 알 수 없어 더 미칠 것 같았다. 하지만 더 혼란스러워 할 틈도 없이 시체를 끌어다놓은 방안 그 어둠 속에서, 아지랑이처럼 스멀거리며 시커먼 것이 바닥에서부터 솟구쳐 올랐다.

"자기야! 이 정도면 용서해줄 수 있지?"

「그럼. 괜찮아. 언제든지 대환영이지.」

"으아악!!!"

회색빛으로 번쩍이는 두 눈과 귀밑까지 찢어진 입, 방의 반은 채운 거대한 몸집의 그 시커먼 것은 점점 더욱 흉측하게 변했다. 징그럽게 꺾여있으며 칼처럼 뾰족한 손톱, 기다랗고 면도날 같이 날카로운 이빨. 태경은 '그것'을 봤던 기억에 소름이 끼쳤다. 저 두 눈은 수천마리의 시뻘건 편충 같은 것들로 가득했었고, 기괴하게 빛나며 구역질나는 숨결을 뿜었었다. 색을 구별하지 못하는 그의 눈에선 은색과 검은색의 중간인 듯 괴물의 눈알이 요사스럽게 빛났다. 환상이라 믿고, 기억하지 않으려 했음에도 지금 태경의 앞에 나타난 괴물은 가드레일을 들이 받을 뻔한 그때 봤던 것과 똑같았다.

"가, 가까이 가지마!!"

"이제 거의 다 끝났어. 석호 씨. 히힛."

남자는 이제야 정신을 차린듯했다. 자신의 무슨 일을 저질렀는지 너무 늦게 알아버린 남자의 혼란스러움과 엄청난 고통, 슬픔, 그리고 자신에게 퍼붓는 저주의 언어들까지 태경의 마음까지 시리고 아프게 했다. 하지만 여자는 콧소리까지 내가며 뭐가 그리 즐거운지 들뜬 목소리였다. 매우 애교스럽고 장난기 많은 아이 같은.

「이제, 이 둘은 나의 것이다. 단 하나도 빼놓지 않고!」

시커먼 점액질이 순식간에 집안 전체로 갈기를 뻗쳤다. 아주 작은 손과 입이 되어 죽은 딸과 아내의 작은 핏방울까지도 모조리 집어 삼켰다. 그리고 이내 남자와 옆집 여자마저 덮쳐버렸다. 태경도 그것에 잠식되어 숨 쉴 수 없는 고통에 발버둥을 쳐봤지만 벗어날 수가 없었다. 비록 남자의 시선으로 바라보는 태경이었지만 같은 일을 겪고 있기에 자꾸만 의식이 흐려졌다. 거의 숨이 넘어가기 직전 처음 발현했던 것만큼이나 빠른 속도로 검은 액체들이 방안으로 빨려 들어갔다.

"무, 무슨 짓을?"

"깔끔도 하셔라!"

피와 뼈의 조각으로 얼룩졌던 그의 손과 몸이 깨끗해져 있었다. 그때 태경은 하나도 빼놓지 않겠다는 괴물의 말이 몸서리치게 와 닿았다. 남자의 몸에 남은 죽음의 흔적마저도 사라졌다고 한다면, 집안의 어느 한곳에라도 남아있을지 모르는 그의 아내와 딸의 머리카락 한 올마저도 그 시커먼 액체가 쓸어가 버렸다는 이야기였다. 남자는 어찌할 바를 모르고 그저 절규했다.

"으아아악!!"

「아주 좋은데? 키키키킥!!」

작은 방에서부터 남자와 울음을 비웃기라도 하듯 쾌락에 젖은 여자의 신음소리가 들렸다. 옆집 여자는 지금 옆에 있고, 저 방에는 내가, 아니 그가 죽여 버린 자신의 아내와 딸뿐인데? 태경은 소름끼치는 상상에 제발 남자가 그 방을 보지 않기를 빌었지만 이미 늦은 바람이었다. 절대 보고 싶지 않은 광경을 봐야만 하는 저주 받은 눈을 파내버리고 싶었다. 그때 태경은 차 안에서 겪었던 환상이 떠올랐다. 빠져나올 수 있지 않을까? 그때처럼 한번만 더. 하지만 안간힘을 써도 되질 않는다. 왜일까? 무엇이 다르기에. 이제 태경의 유일한 바람은 남자가 자신의 눈을 손으로 가려주는 것뿐이었다. 하지만 방관자

적 입장이 아닌 그는 차마 그러지도 못했다. 머리가 터져 숨이 멎어 버린 아내와 목을 졸라 죽여 버린 딸은 실오라기 하나 걸치지 않은 채 온전한 모습으로 살아 돌아와 끔찍한 것에게 유린당하고 있었다. 그제야 태경은 '그것'이 왜 채집하듯 모든 것들을 집에서 쓸어갔는지 알 수 있었다. 어둠으로 부활하기 위해 필요한 육체의 모든 것과 삶의 모든 흔적마저 삼켜야 했으니. 차라리 죽음은 평안에 가까웠다. 쾌락에 젖어 사랑하는 남자를 받아들일 때처럼 홍조를 띤 그의 아내는 밀고 들어오는 괴물의 성기가 꿈틀댈 때마다 신음을 토했다. 옆에서 깔깔거리는 여자의 비웃음까지 들리자 남자는 벗어나려는 듯 더욱 크게 비명을 지르며 바닥을 주먹으로 치고 머리로 받았다. 주먹은 찢어지고 머리에서도 피가 흘렀다. 그러한 통증이 태경에게도 전해져오며 그 또한 극심한 고통을 느꼈다. 통증뿐만이 아니라 가슴속에 기름을 붓고 불을 질러놓은 듯 뜨거운 분노가 일었다. 모든 것을 지옥으로 만들어버린 여자에 대한 분노였다. 그녀는 제어할 수 없는 본능을 건드려 이성을 박살내놓고 결국 그의 영혼마저 더럽힌 것이었다. 그리고 이내 자신이 어떤 것도 할 수 없음을 깨달은 남자는 멍하게 천장만 바라보았다.

"날 이제 어떻게 할 셈이냐."

"그거 되게 궁금하지? 방법이 딱 하나 있는데, 들어볼래?"

여자는 신이 난듯 방방 남자의 주변을 뛰었다. 마치 고무줄놀이를 하는 아이처럼 해맑기만 했다. 곧 멈춰 서서 남자를 보며 말했다.

"자기도 들어와! 기억은 남겨줄게."

"기억……?"

"웅! 기억! 죽으면 썩어 없어져버릴 그 뇌에 담긴 기억들! 물론 나와 함께했던 뜨거운 우리만의 순간까지도. 원하면 그 사이에 언제든 날 다시 가질 수도, 내가 갈수도 있지! 대신, 당신만 좋을 순 없잖아? 매일 이 고통을 맛봐야지. 그래야 당신 아내와 딸도 기뻐할 테니까. 균형 감각은 있어야 하니까. 안 그래 석호 씨?"

"좋은 거겠네 그거."

"그럼! 계속 자기와 내가 함께 있는 거야. 평생을. 너무 슬퍼하지 않아도 돼. 여기 석호 씨 같은 사람이 정말 많거든. 아참, 더러운 몸뚱아리는 일단 저어기 밑에 던져둘 거야. 어차피 지금은 쓸모가 없거든. 내 힘을 찾게 되면 몰라도. 히힛."

여자가 하는 말을 알아들을 순 없었지만, 남자에겐 아무 상관이 없었다. 그저 죽고 싶었다. 홀린 듯 일어나 방으로 무거운 걸음을 옮겼다. 가만히 방에 선 남자의 주위로 검은 액체가 몰려들어 남자를 산 채로 뜯어 먹었다. 아래서부터 절반쯤 액체에 삼켜졌을 때, 남자는 떨어뜨렸던 망치를 주워들고 새까맣게 물든 다리로 거실을 가로질러 뛰어나왔다. 그리고 거실 창에 사정없이 망치를 휘갈겼다. 첫 번째 창이 깨지고, 두 번째 창문도 깨졌다. 남자는 주저 없이 21층 아래로 몸을 던졌다.

만약 떨어져 죽는다면 반드시 지옥으로 가길 바랐다. 죽음보다도 못한 삶을 얻는다면 복수를 하리라며 피눈물을 흘렸다. 그런데 이번엔 그의 시선이 아니었다. 오롯이 태경이 홀로 추락하고 있었다. 영문

모를 공포가 펼쳐지자 태경은 비명을 지르지도 못했다. 그때 그의 옆으로 누군가 같이 떨어지는 게 보였다. 그는 발부터 점점 회색의 재로 변해 공기 중으로 흩어졌다. 그리고 태경을 바라보는 머리만이 남게 되었을 때 그의 목소리가 태경의 마음속을 파고들었다.

「이것이, 인간이었던 내 마지막 기억이다.」

「기억하라. 내 추악한 모습을.」

「어둠 속에서 널 지켜보고 있음을.」

"누가, 누가 날 지켜보고 있다는 건데!!"

완전히 사라져버린 그에게 던진 질문은 답이 되어 돌아오지 않았다. 바닥에 내동댕이쳐지기 직전, 태경은 눈을 감아버리고 말았다.

* * * *

전시회장은 일대 소란을 겪고 있었다. 간헐적으로 터지는 플래시까지 번쩍이는 통에 더욱 정신이 없었다. 기자들이 이 기이한 광경을 카메라에 담으려 안간힘을 쓰는 이유는 윤 화백의 이상한 행동도 모자라 그 앞의 남자 또한 바닥에 쓰러져 정신을 잃었기 때문이었다. 우왕좌왕하던 은찬과 호재는 왜 이 자리에 윤태경이 있는지에 대한 의문도 풀지 못한 채 소란의 한 가운데를 뚫고 들어갔다.

"경찰입니다 비켜주세요!!"

"아따 좀 비켜봐! 나와요 좀!"

"티, 팀장님! 팀장님!"

재덕 때문에 이미 구급차는 달려오고 있었던 상태였다. 하지만 그저 눈물로 무언가를 호소하는 재덕보다 의식을 잃은 윤태경이 먼저였다. 결국 지금 시끄럽게 사이렌 소리를 울리며 달려오고 있는 앰뷸런스엔 윤태경이 타게 될 것이었다. 은찬은 태경의 반쯤 감긴 눈을 열어 동공의 움직임을 확인하고, 혹시 모를 심장마비의 가능성을 제쳐둘 순 없었기에 맥박과 숨소리에 귀와 촉각을 기울였다. 다행히 큰 문제는 아닌 것 같아 은찬은 윤태경을 급하게 업고 나갔다. 은서가 눈물바람을 한 채 뒤를 쫓았고, 호재도 바로 따라갔다.

눈물만 흘리고 있었던 은진은 결국 털썩 주저앉았다. 이것이 정말 현실이란 말인가. 철저히 준비했고 아무 문제점도, 티끌만한 진행상의 문제도 없었었는데. 어떻게 시작하자마자 이런 일이 일어날 수 있는지 믿기지가 않았다. 다행히 각기 바쁜 사람들 때문에 아무도 그녀의 눈물을 알아채지 못했다. 눈물을 닦고 일어나려는데 윤태경이 있었던 자리에 무언가 떨어져 있었다. 진갈색의 장지갑이었다. 은진은 가만히 지갑을 손에 들었다.

"돌려줘야 해. 안 그러면 은서에게…….."

이 일엔 자신뿐만 아니라 사랑하는 동생도 있었다. 은서에게 연락을 하려다가 어차피 전화를 받지 못할 것 같아 차후로 미뤘다. 은진은 일어나며 혹시 남아있을 눈물자국을 마저 닦아내버리고는 재빨리 윤재덕이 이동한 곳으로 향했다. 문을 열고 들어간 곳엔 윤재덕이 무릎을 꿇은 채 손을 빌며 계속해서 울고 있었다. 보디가드가 당황스러운 눈빛으로 은진을 바라봤다.

"저, 저도 어떻게 할 수가……."

은진은 아무 말 없이 재덕의 앞에 마주 꿇어앉았다. 재덕은 얼굴이 온통 눈물과 콧물로 뒤범벅이 되어 어찌할 바를 모르는 듯 했다. 지금까지 살아온 인생을 저주하듯 남자의 울음은 계속해서 멈추지 않고 아예 통곡으로 변해갔다. 그런 재덕을 진정시키려 은진은 재덕을 끌어안았다. 작고 마른 노인의 육체가 느껴졌다.

"잘못했소. 내가 잘못했소."

"아니에요. 윤 화백님 잘못하신 거 하나도 없어요. 이제 그만, 그만 우세요."

너무나 서글픈 울음소리에 은진 또한 다시금 눈물이 나오고 말았다. 이 남자가 겪어온 세월이 대체 얼마나 힘들었기에 이렇게 통곡을 하는 것일까. 아무것도 알 수가 없었다. 하지만 뭔지 모를 아픔은 재덕의 울음에 섞여 은진의 가슴에 스며들었다.

* * * *

의사는 어떤 일이 있었는지 물었다. 성질이 급한 탓에 조리 있게 말하지 못하는 호재대신 은찬이 말을 하려했지만 그도 딱히 아는바가 없었다. 옆에서 울며 서있던 은서가 급히 대신 본 바를 이야기 했다. 은서의 말을 들은 의사는 난감한 표정이 되어 윤태경의 여러 곳을 체크했다. 10분여동안 계속된 검사가 끝나자 의사가 혼잣말을 중얼거렸다.

"그냥 기절한 거야? MRI라도 찍어봐야 하나."

그가 바닥으로 쓰러져버렸다는 은서의 마지막 말에 의사는 뇌진탕이 아닐까 추측했다. 하지만 두꺼운 양탄자가 깔려있었다는데 그럴 리가. 심지어 의자에 앉아 있다가 앞으로 쓰러진 정도로 기절이라니. 혹시 몰라 진료기록을 뒤져봤지만 특별할 것도 없었다.

　"뭐든지 해주세요! 팀장님, 팀장님!!!"

　은서의 울부짖음에 당황해하는 의사를 가만히 지켜보던 호재는 은찬을 데리고 밖으로 나갔다. 인상을 잔뜩 찌푸리고 있던 호재가 담배를 빼어 물었다.

　"아 근디 저 기집애는 뭐여? 언제 따라 온겨?"

　"앰뷸런스에 같이 탔나봐요. 보호자라고 하고."

　"워메 시끄러 디져불것네. 가뜩이나 정신없는디."

　"근데 윤태경은 왜 그 자리에 갔던 걸까요?"

　"뭐 저 가시나가 팀장님, 팀장님 하는 거 봉께로. 아 잠깐만 있어봐라잉."

　호재는 주머니를 뒤적여 수첩을 꺼내들었다. 처음 윤태경을 만날 때에도 호재는 볼펜을 그 수첩에 톡톡 찍고 있었다. 세월의 흔적과 함께 호재만이 알아볼 수 있을 날려 쓴 글씨가 수첩을 넘길 때마다 정신없이 지나갔다. 그리고 뭔가 찾은 듯 어느 부분에선가 호재의 검지가 멈췄다.

　"그려. 맞어! 윤태경 저거 뭐 디자인하고 그라는 게 일이라고 했응께."

　"아 그럼 충분히 그 자리에 있을만한 이유가 있군요."

"그려?"

"네. 게임관련 종사자들이 게임쇼에 가는 거하고 뭐가 다르겠어요. 무엇이든 창작하는 사람들은 새로운 자극이 필요한 거니까. 그림 그리는 걸로 먹고 사는 사람이 유명화가의 전시회에 가는 건 당연한 일이겠죠"

"흠. 그건 그렇다 치고. 윤재덕은 왜 그런 거여?"

"정작 조사해야 할 내용은 하나 물어보지도 못하고 이렇게 돼버렸군요."

"씨벌 정신 나간 노인네한테 뭘 물어보것냐."

호재의 담배연기가 뿌옇게 퍼지다가 이내 사라졌다. 혹시나 싶었던 작은 기대마저 박살나버려 가슴이 답답했다. 게다가 더욱 이상한 일까지 마주하고 나니 안 그래도 헝클어져 버린 머릿속은 온통 뒤엉켜 엉망진창이었다. 은찬이 무언가 생각이 난 듯 호재에게 말했다.

"윤태경의 가족에게 말해야 할까요?"

"의사 말을 들어봉께 위험한 상황은 아닌듯 하구마. 놔둬보자잉."

대단치 않은 일이라면 굳이 알려 불안감을 조성할 필요는 없었다. 안 그래도 며칠사이에 끔찍한 일을 겪은 그들이 은찬은 마음속에서부터 안쓰럽다는 생각이 들었다. 한편으로는 이현기 사건을 풀어나가기 위해서 꼭 필요했던 그림에 대한 윤재덕의 진술(그렇다고 정식 진술도 아니었지만.)을 단 한마디도 듣지 못한 것이 안타까웠다. 뭘 어떻게 풀어야할지 막막했다.

"너무 급했나봐요."

"그려."

"검시관님이랑 술이라도 한잔 하시죠."

"차라리 그게 낫겠구먼."

잠시 한걸음 물러설 때였다. 괜히 들뜬 마음으로 끝을 보려다 낭패를 본 기분이 드는 건 둘 다 마찬가지였다. 호재는 핸드폰을 들어 재혁의 번호를 눌렀다. 하지만 전화를 받지 않았다. 5분여를 계속해서 전화를 걸었음에도 아무 소식이 없었다.

"전화를 안받어야?"

"그럴 리가요. 지금 시간이면 사체도 유족에게 넘길 준비를 해야할테고, 증거물품도…….."

갑자기 호재의 머릿속에서 시커먼 이현기의 두 눈구멍과 귓가를 울리는 끔찍한 저음의 목소리가 지나쳤다. 이상한 낌새를 챈 듯 호재의 눈빛이 불안하게 흔들렸다.

"왜 그러세요?"

"그 형이 그럴 사람이 아니란 말여. 일이라믄 나만큼이나 미쳐가꼬 있는 사람인디."

호재가 아무 말 하지 않았음에도 은찬 또한 같은 생각을 할 수밖엔 없었다. 혹시나 그 그림이 또 이상한 재주를 피우는 건 아닐까? 어느 정도 조사가 끝나면 사건의 마무리를 위해서 증거물들은 관계부서에 넘겨야 하는 게 정상인데, 몇 번이나 계속되는 전화조차 받지 않는다는 건 일이 제대로 진행되고 있지 않음을 의미하는 것이며 증거물들도 그대로 그의 손에 있다는 소리였다. 지금 이러한 행동은 호재가 오랫동안 알아온 재혁의 모습이 아니었다. 일에 미쳐 이혼까지 당한 사람이었기에 호재는 더더욱 불안하기만 했다. 그 요망한 그림을 그냥 그 자리에서 태워버렸어야 했다는 후회가 밀려들었다. 죽은 자를 되살려내는 것이라면 증거고 무엇이고 간에 사라지는 게 마땅했다. 어쩌면 사건을 해결하고픈 욕심에 중요한 것을 놓치고 만 건 아닐까. 가장 근본적인 '인간'이 결여 된 것은 아니었을까. 호재의 마음은 심란하기만 했다.

"안되것다. 형한테 가봐야 쓰것다. 니가 여기서 좀 지키고 있어라잉."

"아니요 그러지 마시고, 같이 가시죠."

"그래도 괜찮것냐?"

"잠깐만요."

은찬은 급히 응급실 쪽으로 뛰어갔다. 호재는 은찬의 뒷모습을 바라보다 타들어가는 입술에 또 하나의 담배를 물었다. 1분여가 지난 후 은찬이 급하게 뛰어나왔다.

"어차피 그 여자가 있을 거라네요. 그리고 윤태경이 조금씩 정신을 차리는 것 같아요. 몇 시간 후면 정상을 되찾을 거라고 합니다."

"그래?"

"그리고 만약 윤태경이 정신을 차린다고 해도 뭐 수사를 해야 할 건 없으니까요. 우리가 그를 주시할 뿐이지 정작 그가 벌인 일은 하나도 없으니."

"휴. 그건 그라제. 그래도 이것이 끝이 아닐 것 같구면."

"저도 그래요. 뭐 어쨌든, 일단 검시관님 댁으로 빨리 가보죠."

"그러자잉."

* * * *

겨우 진정시켜놓은 윤재덕을 의자에 앉혀놓긴 했지만, 두 눈을 껌벅일 힘도 없는 것 같았다. 은진도 완전히 지쳐버려 머리가 아픈 듯 두 손으로 관자놀이 부근을 감싸 안았다. 갤러리 측에서는 일을 무마시키기에 바빴다. 어쨌든 그들에게 이건 말 그대로 '되는 장사'였으니 꼭 진행을 시켜야만 했다. 50퍼센트를 혜윤재단에 기부하고도 일반 전시회보다 꽤 많은 이득이 있을 것이 분명했다. 그래서 기자들에게도 '다시 찾은 고향에 감격한 나머지 눈물을 쏟아낸 윤재덕'이라는 것에 초점을 맞춰줄 것을 부탁했다. 다만 공짜는 아니었겠지만 말이다. 미술관측은 이 순풍을 놓쳐서는 안 된다고 확신했다. 그것을 증명하듯 수많은 사람들이 좀 전의 소란은 남의 일인 양 그림을 보려고 밀려들어왔다. 일반인에게 유료공개가 되는 시각인데도 이 정도라면 엄청난 대성공이었다.

하지만 정작 그러한 기쁨을 맛보며 뿌듯해야할 장본인은 세상을 다 잃은 사람처럼 시체마냥 의자에 기대 앉아있었다. 윤재덕을 보던 은진은 그제야 자신이 아직도 손에 윤태경의 지갑을 들고 있었다는 사실을 알았다. 얼마나 정신이 없었으면 이조차도 잊고 있었을까. 은서에게도 전화가 없는 것이 떠올라 핸드폰 번호를 눌러봤지만 전원이 꺼져있다는 말만 나왔다. 지갑을 전해줘야 할 텐데. 다른 방법으로라도 전해 줄 수 있을까 싶어 조심스레 지갑을 열었다. 잡다한 카드 중에서 찾은 주민등록증 뒤편에는 얼마 전 전입신고를 했는지 유성잉크로 주소가 진하게 쓰여 있었다. 은진은 핸드백에서 쪽지를 꺼내어 주소를 받아 적어 두었다. 다 적을 무렵 무릎위에서 아슬아슬하게 중심을 잡고 있던 입을 벌린 지갑이 바닥에 떨어졌다. 오래되어 가죽이 늘어졌는지 헐렁한 칸에서 얼마 정도의 현금과 카드가 붉은 양탄자 위로 흩어졌다. 은진이 쏟아진 것들을 다시 지갑에 넣었다. 남자의 지갑이 몹시 낡은 것을 보고는 사과와 함께 고급지갑을 선물할까 생각도 했다. 그러다가 우연히 지폐를 넣는 두 번째 칸에서 허름한 종이를 접어놓은 것 같은 것을 보았다.

"뭐지?"

은진은 딱히 호기심이라고 할 것도 없는 기분으로 그냥 그 종이를 꺼내들었다. 종이가 누렇고 반들반들한 것이 오래됐지만 꽤나 정성들여 보관한 것 같았다. 다시 잘 넣어두려다가 종이 뒤편으로 스케치의 선이 비쳐 보이자 호기심이 일었다. 그림? 무슨 그림이기에 항상 간직하려고 하는 것일까? 은진은 조심스럽게 종이를 폈다. 거칠지만 유려한 스케치로 잡아낸 잠을 자는 여성의 모습에 그녀는 자신의 눈을 의심했다.

은진은 윤재덕의 아래에서 공부를 하고 있는 유망한 어린 미술가의 그림마저도 모두 스크랩하고 그것을 즐거움으로 삼는 사람이었다. 윤재덕의 그림이라면 오죽하겠는가. 단 몇 초 만으로도 진품을 가려

낼 수 있었다. 소재가 다른 화가의 것들과 비슷하지만 재덕의 그림에서는 뭐라 말할 수 없는 묘한 기운이 느껴졌다. 하지만 은진이 알기로는 재덕은 여자의 그림을 단 한 점도 그린 적이 없었다. 이상한 소문이 돌긴 했지만 그런 걸 믿진 않았다. 하지만 지금 그녀의 손에 들린 아름답고 젊은 여성의 모습은 분명 재덕의 것이 맞았다. 어떤 관계인지는 모르겠지만, 은서의 팀장과 윤재덕이 연관이 있을 것이란 생각이 강렬하게 머리에 맺혔다. 여전히 지쳐있는 윤재덕을 바라보던 그녀는, 마음을 가다듬고 재덕에게 다가갔다.

"저, 윤 화백님."

"네에⋯⋯."

은진은 쉽게 말을 꺼내지 못했다. 머뭇거리는 그녀에게 윤재덕은 힘들게 미소를 지으며, 너무 울어 붉어진 두 눈으로 은진을 쳐다보았다.

"미안하오. 은진 씨. 이러려고 했던 게 아닌데."

"아니에요."

"내가 지은 죄가 있어서 그렇소. 이젠 다 끝난 줄 알았는데⋯⋯. 아마 그 청년은 내가 알던 사람이 아니었겠지. 얼굴이 비슷한 다른 사람이었겠지. 하지만 용서를 빌 수도 없었소. 난 그저, 그저 그 어둠 속에서 도망치는 것밖엔, 그것밖엔 할 수가 없었소. 내가 왜 그랬는지 나도 알 수가 없지만, 그 청년에겐 너무 미안하지만 속죄할 대상이 필요했었나보오."

"윤 화백님. 그 남자, 어쩌면 정말 화백님과 관련이 있는 사람일지도 몰라요."

"그게 무슨 소리요?"

"이거 한번 보시겠어요? 그 사람 지갑에서 나온 건데."

윤재덕은 침침한 두 눈을 비비고 은진이 건넨 낡은 종이 한 장을 가만히 들여다보고는 주체할 수 없는 감정에 휩쓸렸다. 그렇게 눈물을 흘렸음에도 가슴에서부터 아득하게 차오르고 있는 서러움과 한탄, 그리움이 또다시 눈물이 되어 흘러내렸다. 눈물이 종이에 자국이라도 남길까 싶어 자리에서 벌떡 일어나 양팔을 앞으로 쭉 뻗었다. 자신에게 가까워지면 그림이 더러워질 거라고 생각하는 사람처럼, 그래도 손길이 닿았으면 하는 바람으로. 그가 평생을 살아오며 단 한번 사랑한, 그리고 지금껏 잊지 못한 혜윤이 그의 눈에 광명 같은 평안을 안겼다. 어느새 그는 다시금 오래전 그날 밤으로 돌아가 있었다. 처음 혜윤을 안게 됐을 때, 그녀와 사랑을 속삭이던 그날 밤. 악마의 미소에 도망치기 전 그녀에게 남긴 바로 이 그림. 그리고 만수라 생각했던 남자의 외양이 생생히 떠올랐다. 서른 중반쯤 되 보이는 얼굴. 자신이 혜윤을 떠난 햇수를 떠올리던 재덕은 엄청난 충격을 받고 그대로 무너졌다. 급하게 자신을 부르며 부축하는 은진의 목소리가 재덕의 귀에서 점점 작아지는 메아리처럼 잠겨왔다.

윤재덕이 정신을 차린 건 두 시간쯤 뒤였다. 혜윤의 그림을 다시금 바라보며 재덕은 몇 십 년 만에 처음으로 자신의 손이 자랑스러웠다. 한국 속담에 개같이 벌어 정승같이 쓰란 말이 있던가. 난 개다. 너희들의 더러운 욕망을 대신 핥는 개. 하지만 돈은 거짓이 없다. 선한데 쓰이면 선해지는 게 재산이다. 재덕은 평생 그렇게 생각하면서 수향의 그림을 캔버스에 옮겼다. 하지만 아무리 정승이 된들, 기억속의 개는 늘 공포에 떨었다. 누군가 잠에서 깬 윤재덕의 손을 잡자 그는 놀라 벌떡 일어났다.

　"아앗!!!!"

　"노, 놀라셨어요?"

　"아, 은진 씨."

　재덕은 은진에게 고맙고 미안한 감정에 차마 눈을 마주치지 못했다. 아까 자신의 행동이 낯 뜨거워 할 말도 없었다. 대체 그게 무슨 짓일까. 맘속에 맺혀있는 한은 얼마나 큰 것인가. 아무에게도 말하지 못한 공포와 죄책감이 만수와 비슷한 얼굴을 봤을 때 한꺼번에 터져 나왔을 것이라며, 만약 만수가 살아있다 해도 재덕 자신보다는 나이가 많았을 것이라며 애써 자각하려했다. 그러다 재덕의 마음엔 슬픔과 두려움이 서서히 자리 잡았다. 이 그림을 남자가 가슴에 품고 있었다는 것은 그녀의 죽음을 의미하는 건 아닐까?

　그림이 지갑에 끼워져 있는 이유는 아마도 이 그림을 자체를 아끼기보다는 그림 속 여인을 그리워하는 사람일 확률이 높았다. 그림을 위했더라면 손상으로부터 보호해줄 무엇인가로 둘러싸여 있어야 할 것이었다. 혜윤을 가슴에 품고 있었던 만수의, 아니 그 남자의 나이는 서른 중반에서 마흔쯤 된 것 같았고 재덕의 생각이 거기까지 머물렀을 때 또다시 정신이 아찔해졌다. 그러한 재덕의 모습에 놀라 몸을 일으키려는 은진에게 재덕이 됐다는 손짓을 보냈다.

　"은진 씨."

"네."

"혹시 그 남자가 누군지 알고 있나요?"

"아. 제 동생의 상사예요. 무리를 해서라도 자리를 마련해달라는 동생 부탁 때문에……."

"내가 여러분들에게 큰 잘못을 저질렀구려."

"아, 아니에요. 그런 부탁 들어주는 게 아닌데. 공과 사를 구별하지 못한 제 잘못이에요."

"혹시, 그의 이름도 알고 있소?"

"지갑을 돌려주려고 주민등록증을 봤는데, 이름은 윤태경이었어요."

재덕의 눈이 휘둥그레졌다.

"뭐, 뭐라고 했소?"

"네?"

"이름을 다시 한번……."

"윤태경……."

설마 했던 믿음이 반쯤은 맞아 들어가고 있었다. 재덕의 가슴은 흥분과 놀라움에 미칠 듯이 뛰었다. 성이 자신과 같고, 그날 밤부터 지금까지의 시간도 들어맞았다.

"혹시 주소를 알고 있소?"

갑작스레 재덕이 주소를 묻자 은진은 엉겁결에 적어둔 주소를 건넸다. 무슨 이유로든 그나마 아까보다 정신을 차린 윤재덕이 다행스러웠다.

"네. 여기."

재덕은 쪽지를 깨지기 쉬운 유리잔을 받아들듯 조심조심 들어 확인했다. 재덕의 숨이 가빠왔다.

"이거 내가 가져도 되겠소? 은진 씨가 수고스럽겠지만, 부탁하오."

"네? 아, 네."

은진으로서는 왜라고 물을 수도 없는 노릇이었다. 마치 의심하는 행동처럼 보일까 싶어서이기도 했지만 나쁜 일이 생길 것 같지도 않았다. 지금까지 겪어본 그는 그럴 사람도 아니었다. 은진 자신조차도 동생과 태경에게 미안한데, 재덕은 오죽할까. 그 많은 사람들 가운데서 그런 일을 저질렀으니. 주소를 달라는 재덕의 자세한 속내가 궁금하긴 했지만, 은진은 그저 입술만 깨물었다.

* * * *

도로는 한산했지만 재혁의 집까지는 어느 때보다 멀게만 느껴졌다. 시간은 언제나 호재에게 불리한 쪽에 서서 그를 갖고 노는 것만 같았다. 좋은 시간은 너무 빨리 지나가버리고, 나쁜 건 항상 더디기만 했다.

"미치것네. 참말로."

"조금만 가면 되니까 맘 놓으세요. 말씀해주신 곳이라면 저도 잘 아는 지역이고 길도 안 막히니까, 30분 안에 도착할거에요."

시간은 이제 3시를 넘기고 있었다. 원래 같았으면 한두 시간쯤 눈을 붙이고 나와 일처리를 위해 분주하게 움직이고 있어야할 그인데 전화조차 받지 않았다. 재혁의 집 전화번호는 호재의 핸드폰에 저장되어 있지 않아 그것까지 확인할 수는 없었지만, 이 불안함도 곧 해소될 것 이라는 믿음으로 호재는 은찬을 재촉했다. 은찬도 이상한 기분이 드는 게 사실이었지만 며칠째 잠 한숨 제대로 못잔 재혁이 아직까지 깨지 못한 건 아닐까하는 추측을 했다. 긴장 속에서 일하는 것도 모자라 죽은 사람의 목소리까지 들었으니.

호재와 재혁은 더 이상 별다른 말도 주고받지 않은 채 각자의 생각으로 초조히 시간을 보냈다. 이윽고 집 근처에 거의 도착했을 때 호재는 금방이라도 차에서 내리고픈 마음에 엉덩이가 들썩였다. 결국 차가 다 멈춰서기도 전에 차문을 열고 뛰어 나갔다.

"그러다 다쳐요 이 형사님! 휴. 하여튼."

"형!!! 재혁이 형!!"

호재는 재혁의 집 초인종을 누르면서 동시에 문을 발로 걷어찼다. 좀 오래돼 보이는 연립주택의 1층은 호재의 목소리로 쩌렁쩌렁 울렸다. 그때 안에서부터 누군가 헐레벌떡 뛰어와 문을 열었다. 잠 한숨 자지 못한 얼굴의 재혁은 무척이나 피곤해 보였다.

"아 씨벌 전화를 왜 안 받어!!"

"그게……."

재혁은 호재와 은찬을 일단 방으로 불러들였다. 과자부스러기와 장난감들이 어지러이 방안을 수놓고 있었다. 한 달에 한번 만나는 자신의 아들이 갑작스레 집으로 찾아온 것이었다. 자초지종을 들은 둘이 나란히 가슴을 쓸어내렸다.

"그래도 전화는 좀 받아주시죠. 검시관님도 참."

"놀랐잖여!"

"미안하다. 나도 너무 정신이 없어서."

재혁은 너무나 반가운 마음에 아들과 즐거운 한때를 보내고 있는데 아들이 일을 저질렀다고 했다. 그의 핸드폰을 가지고 놀다가 화장실로 가려다 변기에 빠뜨려 고장을 내놓고선, 그게 미안했는지 수건으로 잘 닦아 거실 한편에 둔 것이었단다. 재혁도 아내가 아이를 데려가고 나서 집을 청소하다가 안 사실이었다. 핸드폰이 켜지지 않아 분해해보니 배터리 안쪽이 흥건히 물에 젖은 것을 알게 된 후 큰일이다 싶어 호재에게 전화를 걸려는데, 어느새 호재가 문을 두드리고 있었다. 이것이 재혁이 자신의 입으로 한 이야기의 전부였다. 그는 어지러이 널려진 방을 치우느라 여념이 없었다.

"그런데 검시관님. 빨리 증거물을 부서로 넘겨야 하는데요."

"그거? 아직 부검실에 그대로 있는데."

"아 그렇군요."

"은찬아. 부탁 좀 하마. 너무 피곤해서 내 정신이 아니다 지금."

살인적인 스케줄이었다. 며칠을 저렇게 혹사당하면 누구나 쓰러져버려도 이상치 않을 만큼. 재혁은 연신 하품을 해가며 눈조차 제대로 뜨기 힘들어 보였다.

"니가 수고 좀 해야 쓰것다잉."

"아니에요. 금방 다녀올게요."

"그래. 미안해. 이따가 술이나 한잔 하자."

"그렇지 않아도 제가 말씀드리려고 했던 건데요 뭘. 빨리 다녀오겠습니다."

재혁의 집에서 한바탕 소동이 진정되고 있을 때쯤, 고급 호텔의 스위트룸에선 한 늙은이가 거울에 비친 자신의 모습을 몇 번이고 확인하는 중이었다. 나갈 채비를 하고 있는 윤재덕의 모습은 상당히 들떠있었다. 그의 앞엔 윤태경의 지갑도 있었다. 그림을 더 봐야겠다며 생떼를 부려 지갑째 빼앗아 들고는 안절부절 못하는 은진을 극구 방으로 돌려보냈다. 그녀에겐 미안했지만 이 지갑은 자신이 가져다주고 싶었다. 재덕은 그 난리를 겪게 해서 미안하다는 말이라도 하고 싶었다. 더 나아가 만수를 닮은 청년의 이야기도 들어보고 싶은 작은 소망도 있었다.

윤태경의 주소를 다시 한번 확인한 후, 중절모를 깊게 눌러쓰고 방 밖으로 빠져나왔다. 곁을 지키던 은진마저 없으니 재덕이 움직이는 것은 아무도 몰랐다. 호텔 앞에 줄지어 늘어선 택시에 급히 올라탔다.

"이곳으로 부탁드립니다."

택시기사는 쪽지에 적힌 주소를 보고 장거리가 아님에 아쉬운 기분이 들었다. 어라? 주소를 내미는 걸 보면 어디인지 잘 모른다는 거 아니야? 슬며시 훔쳐보니 차려입은 모습이 돈은 많아 보였다. 아쉬운 소리라도 해보려는데, 늙은이가 입을 먼저 열었다.

"빨리 좀 가주실수 있겠소? 두 배로 드리리다."

오늘 제대로 건수하나 잡았다. 가까운 거리임에도 이곳저곳 빙빙 돌다보면 5만 원은 너끈히 벌수 있을 것 같았다. 중간중간 속도를 내가며 바쁜 척 해줘야겠지.

"네! 금방 모셔다 드립죠!"

"고맙소."

웃는 낯의 기사는 가야할 방향의 반대방향으로 차를 몰았다. 꽤 오랜 시간 택시를 운행하다보니 신호등의 주기도 조금은 알 수 있었다. 붉은 등마다 멈춰서는 택시 안에서 윤재덕의 마음은 더욱 오그라들었다. 한 시간여를 달리던 차가 어느 아파트 단지에 들어서자 재덕은 쿵쾅거리는 가슴을 진정시키기 힘든 지경이 되었다.

"자, 도착했습니다!!"

"여기 있소. 잔돈은 그냥 가지시오."

"아, 아이고!! 감사합니다! 어르신!"

10만 원을 들고 히히거리는 택시기사를 뒤로 하고 재덕은 달랑 한 동 밖에 없는 아파트를 올려다보았다. 21층, 2101호. 그곳이 윤태경이 사는 곳이었다.

"휴……."

숨을 고른 뒤 아파트의 엘리베이터 버튼을 눌렀다. 그런데 하필 엘리베이터에 문제가 있는지 '점검중'이라는 글씨가 나타났다. 좀 힘이 들것 같긴 했지만 아파트의 계단을 올랐다. 한층씩 오를 때마다 힘이 부치고 땀이 흘렀다. 이렇게 계단을 걸어 올라가는 것도 정말 오랜만이었다. 언제나 그의 건강을 염려하는 수많은 사람들이 그의 손과 발이 되었기 때문이기도 했다. 걸을 일도 딱히 없었으니 당연한 일이었다.

"나이는 속일 수 없구먼."

사력을 다해 11층에 다다랐을 때 재덕은 난간을 붙잡고 계단에 주저앉아 땀방울을 닦아내야 했다. 추운 날씨임에도 오랜만에 운동이라서 그런지 열기가 쉬 사라지지 않았다. 마른 입가에 침을 삼키고 재덕은 다시 계단을 밟아 올랐다. 18, 19, 20. 그리고, 드디어 한층만 더 오르면 21층이었다. 하지만 재덕은 쉽게 걸음을 떼지 못했다.

뭐라고 해야 하나. 무엇을 확인해야 할까. 그는 내 아들일까? 아니라 해도 혜윤의 이야기를 조금이라도 들을 수 있겠지. 재덕은 흔들리는 마음을 굳게 다지고 21층을 향해 걸어 올라갔다. 하지만 그러한 설렘과 초조함도 2101호 앞에 서서 초인종을 누르려는 지금만 못했다. 턱의 근육이 경련을 하며 이가 딱딱 부딪혔다. 추위 때문인지, 긴장 때문인지 혹 그 둘 다인지 잘 모르겠지만 수많은 생각과 감정이 스쳐가며 초인종을 누르려는 손마저 덜덜 떨렸다. 모르겠다 싶은 심정으로 초인종 버튼을 눌러버렸다.

어디선가 들어본 화음의 멜로디가 안에서부터 작게 들렸다. 하지만 인기척이 없었다. 재덕은 안타까운 마음에 다시 한번 초인종을 눌렀다. 그래도 대답이 없는 2101호의 굳게 닫힌 문에 기댄 재덕은 주저앉고 말았다. 추위를 느낀 탓에 점점 더 웅크려져 마치 구걸하는 사람 같은 모양새가 되었다. 한숨만 짓던 윤재덕의 눈앞에, 2102호의 문이 천천히 열렸다.

"은찬이 오래 걸리네. 아, 근데 치워도 치워도 끝이 없냐. 더럽게도 어질러 놨네."

"형. 무슨 일 있었재?"

"……."

"말해보소."

재혁은 피곤하다면서도 가만있질 못하고 정신 사납게 이곳저곳을 왔다 갔다 하며 방청소를 했다. 이미 깨끗해져 있음에도 분주한 재혁의 뒷모습을 보며 호재는 기이함을 느꼈다. 혹시나 싶은 물음에 재혁은 금방이래도 눈물을 떨어뜨릴 것 같은 얼굴이 되어 털썩 호재의 옆에 앉아 고개를 숙였다.

"내 아들 해종이. 이제 못 볼지도 모르겠다."

"왜?"

"이민간대."

"뭐여? 이런 씨부럴 그런 게 어딨어?"

"내가 무슨 힘이 있냐. 양육권도 없고, 아버지로서 자격박탈인데."

"그래도 그라고 당하믄 쓴가!!"

호재는 자신이 더 답답한지 가슴을 쳤다. 재혁은 여전히 고개를 숙인 채 별 말이 없었다. 호재는 한숨을 쉬다가 멍하게 어느 한곳을 바라봤다. 그곳엔 재혁과 호재가 웃으며 찍은 오래되어 보이는 사진이 서랍장 위의 은색 액자에 담겨 있었다. 사진 속 재혁은 대머리도 아니었고,

배도 나오지 않았다. 호재는 그에 반해 별반 다를 것이 없어 보였다.

"형하고 내가 알아 온지가 벌써 10년이재?"

"그렇게 됐나."

"별일 다 있었재. 안 그려?"

"니가 좀 일 저지르고 다녔냐."

"그래도 나 믿어준 건 형밖에 없었소. 헤헤. 어, 잠깐."

호재는 자신의 핸드폰이 울리자 재빨리 번호부터 확인했다.

"은찬이구마?"

호재는 재혁을 물끄러미 바라봤다. 재혁은 여전히 시무룩한 표정
이었다. 호재는 웬일인지 핸드폰을 받지 않았다.

"뭐 급한 일 있것소. 일 끝났다고 온단 소리것재. 근디, 형. 그게
다요?"

"뭐가?"

"……아니요."

호재의 눈빛이 매섭게 빛났다. 재혁은 그저 고개만 숙이고 있을
뿐이었다.

"이 형사님. 제발 전화 좀 받아요!"

운전대를 쥔 은찬의 손이 자꾸만 미끄러졌다. 손바닥의 땀을 옷
에 대충 문대버리고 정신없이 재혁의 집으로 차를 몰았다. 좀 전, 부
검실 앞엔 새로 발견한 증거물을 비닐백에 들고 멍하게 서있던 성호
를 발견 했을 때부터 이상함을 느낀 그였다.

"어? 성호?"

"우와! 추, 충성!!"

"자주보네 박성호 씨. 그런데 왜 안 들어가고 서있어?"

"부검실이 잠겨있어서……."

"어? 그럴 리가?"

하루에도 수십 명씩 드나드는 부검실에 아무도 없다는 건 말이 되지 않는 소리였다. 굳게 잠긴 문은 열릴 기미를 보이지 않았다. 그때 눈매가 날카롭고 키가 큰 남자가 허름한 공구장비를 든 자그마한 체구의 남자와 함께 나타났다. 키가 큰 사내는 유시영 법의관이었고, 다른 남자의 정체는 열쇠 수리공이었다.

"은찬 씨?"

"네. 안녕하세요. 법의관님. 그런데 무슨 일이죠?"

"아니 할일이 태산인데 문이 안 열리더라고. 다른 부검실은 벌써 시신들로 넘쳐나는데."

"이 검시관님이 연락하지 않으셨어요?"

"응? 무슨 소리야. 오늘 아침에 사표 쓰고 나가버렸잖아."

"네? 그, 그게 무슨?"

"몰라. 젠장할. 열쇠 사장님, 아직 멀었어요?"

가뜩이나 일이 많아 죽겠는데 관둔다며 사표 한 장 달랑 쓰고 사라져버린 이재혁 때문에 유시영의 얼굴은 짜증으로 일그러졌다. 수리공은 난감한 표정으로 돌아보았다.

"아 이거 고장 난 게 아닌데. 열쇠를 넣고 강제로 분질러 버렸어요. 그러니 안 열리지. 키도 안 먹고."

"고의라고요?"

"네. 잠군상태로 열쇠를 분질러버리면 빼도 박도 못하죠. 이거 제일 빨리 해결 보시려면 문을 부숴 버리는 게 빠를 거예요. 아니면 뭐."

남자가 공구함에서 드릴을 꺼내들고 기세등등한 표정으로 말했다.

"자물쇠부위를 그냥 도려내 버리죠?"

나무와 쇠가 파열되는 소리와 드릴의 날카로운 회전음이 복도를 가득 메웠다. 문이 열리자마자 은찬이 먼저 들어갔다. 그가 정신없이 그림을 찾고 있을 동안 유시영 법의관은 확인이나 할 겸 부검실의 사체냉장고를 열었다.

"이, 이게 뭐야!!"

"왜 그러세요?"

폐매기는커녕 대충 몸 안에 처박아둔 장기들은 몸 안에서 폭발해 튀어나온 듯 살벌했다. 이현기의 시신을 본 은찬도 할 말을 잃었다. 쌓아놓은 내장들이 중심을 잃고 아래로 쏟아지자 우연찮게 그걸 봐버린 박성호가 바닥에 구토를 했다. 은찬은 성호를 피해 바깥으로 급히 뛰어 나갔다.

운전대를 잡고 바로 전화를 걸려는데, 호재는 전화를 받지 않았다. 왜 받지 않는 것일까. 한 번도 이런 적이 없었는데. 이미 무슨 일이 생긴 건 아닐까? 은찬은 더욱 악셀을 밟았다.

＊＊＊＊

"날씨가 많이 춥죠?"

"네. 정말 고맙소. 요새 같은 세상에 저 같은 늙은이를…….'"

"뭘요. 호호. 이것 좀 드세요."

재덕은 2102호의 소파에 앉아있었다. 너무 지친 노인에게 이러한 호의는 그저 감사할 뿐인데다, 마땅히 몸을 녹일 장소도 없었다. 단지 좀 이상한 것은 어디선가 본 듯한 2102호의 여자의 얼굴이었다. 그런데 암만 생각해도 기억이 나지 않았다. 비슷한 얼굴을 언젠가 봤었던 것 같은데. 아리송한 재덕에게 커피를 건넨 여자는 이내 부엌으로 사라졌다. 커피를 한 모금 마시자 재덕의 온몸이 나른해졌다.

"그런데 옆집엔 무슨 일로 오셨어요?"

"아, 네. 그게…….'"

재덕은 잠시 망설이다 입을 열었다.

"아들……. 아들 만나러왔소."

만약 그의 혈육이 아니라도 혜윤의 그림을 가지고 있다는 것만으로 태경은 자신의 자식이나 다름없었다. 누군가에게 아들 얼굴 보러 왔다고 이야기를 하는 게 이렇게나 뿌듯한 일일 줄은 재덕은 미처 몰랐다. 꿈이 아니라는 것에 그저 기쁠 뿐이었다. 재덕이 행복해하는 그 때, 도마를 시끄럽게 두드려대던 칼 소리가 멈췄다.

"히힛."

"……왜 웃으시오?"

"재밌지 않아요?"

여자는 손을 수건에 닦은 후 돌아서서 한걸음씩 재덕을 향해 걸어왔다. 재덕은 차갑게 돌변한 여자의 표정에 약간 놀랐다.

"뭐가 말이오?"

"운명이라는 거."

여자는 날카로운 고음의 웃음을 터뜨렸다.

"아들 얼굴 봤을 때 기분이 어땠어. 재덕 씨?"

"허, 허어억!"

앞에서 이죽거리며 웃고 있는 여자의 입에서 튀어나온 자신의 이름에 재덕은 놀란 나머지 주춤거리며 일어나려 했다. 하지만 힘들게 계단을 올라온 탓에 힘을 모두 소진한 노인의 육체는 소파 아래로 떨어져 뒹굴뿐이었다.

"대, 대체 누, 누구시오!!!"

"어머. 우리 낭군 얼굴은 기억하면서 내 얼굴은 왜 기억 못해?"

"나, 낭군이라니?"

"정말 기억 안나?"

여자의 표정이 점점 바뀌더니 눈물을 머금고 무언가 화가 난 듯한 표정으로 변했다. 그리고 재덕은 그 얼굴을 기억해내고 말았다. 처음 봤을 땐 무서운 아이인줄로만 알았다. 가끔 짓는 무표정함에도 겁이 났었다. 하지만 날이 갈수록 모든 이에게 웃음을 주고 슬픔을 기쁨으로 바꿔놨었던 아이. 공포에 질려 구하지 못했던 것을 뼈에 사무치리만큼 후회하고 자신을 증오하게 했던, 바로 그 얼굴.

"다, 단월아!!!"

"기억 해주는 거야 아저씨? 흐흑!"

"살아있었구나! 사, 살아있…….."

"웃기고 있네."

"으헉!!!!"

여자는 엎드린 재덕의 가슴을 사정없이 발로 찼다. 갑작스러운 통증에 재덕은 가슴을 틀어쥐고 쓰러져 숨을 헐떡였다.

"쥐새끼, 경멸스러운 쥐새끼! 좋았어? 좋았냐고. 처음엔 몰랐지. 왜 내 얼굴이 사라졌는지! 내가 죽인 애들 중엔 그래도 제일 예뻐서 이 얼굴을 쓰긴 했지만, 완전할 수 없는 그 기분을 네가 알아? 그 끔찍함을! 우리 '그이'도 얼마나 화가 났었는데. 이곳저곳 옮겨 다니며 제물을 모아야만 했어. 네가 날 훔쳐갔으니까! 널 찢어 놓으려 했지! 밤마다 꿈에 나타나 네 놈이 자살이라도 하게 만들려고 그렇게 난리를 쳤는데. 이야! 너도 참 대단하더라. 안 죽어. 저~얼대! 그 지랄 맞은 계약의 공간인지 뭔지 때문에 참 고생도 많았지. 6면의 공간이어야만 한다더라고. 아파트들이 아니었으면 어쩔 뻔 했어? 모든 제물을 모으고 마지막 하나만을 기다렸지. 운명이란 게 참 장난질이 심하잖아? 결국 만수 씨 덕분에 또 이렇게 만났네. 안 그래 재덕 씨? 너 때문에, 수십 년을 이 계집년으로 살아야했어. 그리고, 이제 돌려받아야야겠지?"

"서, 설마 수, 수향?"

재덕이 놀라움과 공포로 신음하던 그때, 여자의 뒤로 보이는 작은방에서부터 어둠이 꾸역꾸역 밀려나왔다. 곧 집안 전체는 기이한 은빛과 흑색으로 빛나며 중간 중간 붉게 심장처럼 고동치는 징그러운 물집들로 가득 찼다. 그리고 어둠의 근원인 작은방에서 쿵쿵거리며 괴물이 걸어 나왔다.

「이거이거. 드디어 납셨군?」

"으아아악!!!"

재덕은 그 거대한 것을 보고는 공포에 질려 움직일 수도 없었다. 시커멓고 썩은 악취를 풍기는 엄청난 크기의 괴물은 시뻘건 것들로 부글거리는 두 눈으로 재덕을 바라보며 입맛을 다셨다. 날카롭고 뾰족한 이빨과 흉측하게 큰 손톱에 겁에 질린 재덕은 비명만 내지를 수 있을 뿐이었다.

"사, 살려줘!! 사, 살려, 으, 으허엉……."

재덕은 그때로 돌아가 있었다. 한 번도 벗어난 적이 없었던 그날 밤으로. 겨우 살아나 도망칠 수 있었던 그날 새벽으로 돌아가 살려달란 말만 반복할 뿐이었다. 많이 강해졌다고 믿은 건 착각이었다. 그는 예전 그대로 유약할 뿐이었다.

「니가 가진 신력(信力), 그거 정말 대단하더군. 마녀의 얼굴을 훔쳐 갈 줄이야! 게다가 아주 똑똑했어. 바다를 건너가 버린 것 말이지. 이 땅에 있었더라면, 널 더 빨리 만날 수 있었을 텐데. 크크.」

"그래도 이 기집애 얼굴 쓸 만했어. 남자라는 건 정말 신기해! 그년 얼굴을 싫어할 줄 알았거든? 애 같기만 하잖아. 근데, 꼭 그렇지만도 않더라고? 히힛."

"살려주세요. 무, 무엇이든 다 하겠습니다! 살려주세요!"

"어머 애를 어떡하니? 정말."

여자는 재덕을 마치 말 안 듣는 어린아이처럼 바라보며 고개를 가로저었다. 그때 괴물의 다리를 감싸고 있던 어둠이 괴이하게 일렁였다. 마치 안에서부터 무언가 나오려는 듯 불길한 점액질이 요동쳤다. 곧 시커먼 덩어리가 뚝 떨어져 나와 사람의 형상이 되었다. 그것이 형태를 완전히 갖추었을 때 재덕의 완전히 넋이 빠져버렸다. 혜윤만큼이나 평생을 그리워하고 용서를 빌었던 그 사람, 언제나 재덕에게 웃어주고 그를 달래던 성출이었다. 하지만 재덕이 알던 따뜻한 모습이 아닌, 검붉은 피로 얼룩진 옷을 입은 차가운 표정의 성출이 무심한 눈빛으로 재덕을 바라보고 있었다.

"이제야 왔구나."

"서, 성출이 형……!"

"난 아주 편안해. 너처럼 악몽을 꾸지도 않지. 그저 여기 있으면 행복한 일들뿐이야."

재덕은 성출을 보며 메마르고 늙어 주름진 두 손으로 자신의 머리를 틀어쥐고 괴로워했다. 이런 모습으로 성출을 다시 보게 되리라고는 생각도 하지 못했다.

"그, 그만!!! 흐흑, 형은 이미 죽었잖아!!!"

"아니. 난 죽지 않아! 이렇게 되도 말이지!"

괴물이 자신의 커다란 손을 까딱거리자, 성출의 목이 뚝 떨어졌다. 머리는 검은색 점액질 덩어리로 변해 성출의 다리에 흡수되었고, 머리가 잘린 곳에선 새로운 머리가 불쑥 튀어나왔다.

"으아악!!!!!"

* * * *

재혁의 집에 초인종소리가 들렸다. 나른하게 앉아있던 호재가 먼저 벌떡 일어나 문 쪽으로 걸어 나갔다.

"……은찬이 왔는갑소."

"응. 나가야지. 잠깐 나 잠바 좀."

호재는 무뚝뚝한 얼굴로 문 쪽을 향해 걸었다. 그의 뒤로 재혁이 급히 뒤따라 나왔다. 호재가 현관문을 열자, 술이나 한잔하자며 웃고 있어야 할 은찬이 차가운 얼굴로 이를 악문 채 양손에 권총을 거머쥐고 있었다.

"그거 내려놓으세요. 검시관님."

은찬의 총구가 향한 곳은 호재가 아닌 날카로운 메스를 들고 서 있었던 재혁이었다. 그리고 곧이어 어스름한 저녁의 평범한 동네에선 누구나 처음 들었을법한 총소리가 날카롭게 울려 퍼졌다.

* * * *

공포에 질려 생각을 더듬기조차 힘들었지만 재덕은 이곳에서 살아날 방법을 찾아야했다. 여기서 성출이 형처럼 되는 것은 죽기보다도 싫었다. 재덕은 수향과 괴물이 내뱉은 말들을 하나씩 되새겨 보았다. '그것'은 재덕이 수향의 그림을 팔아 지금의 위치가 되었다는 걸 알고 있는 것 같았다. 재덕은 가까스로 답을 찾은 듯 붉게 충혈 된 눈으로 그것을 바라봤다.

"더, 더 많이 그리겠소!!!"

"뭔 소리야 이 아저씨?"

"당신에게 더 많은 욕망을 끌어다 줄 수 있소!!"

재덕의 간절한 눈빛을 그것은 가만히 쳐다보았다. 그것이 재덕이 생각해낸 답이었다. 괴물이 분명 인간의 욕망이나 곰팡내 나는 습기 찬 음욕을 먹고 사는 것이리라 나름대로 답을 내렸다. 마녀가 악마와 관련이 있는 이유란 건 마녀에게서 무언가를 얻을 수 있다는 이야기일 것이고 악마에게 마녀가 줄 수 있는 것은 어두운 욕망과 끝이 없는 탐욕일 것이었다. 그러한 것들이라면 수향의 그림을 그리는 내내 평생을 지켜봐왔기에 잘 알고 있었다. 마녀라는 존재의 필요성처럼 자신도 분명히 지금 앞에 서있는 끔찍한 것에게 도움이 될 수 있지는 않을까? 혹시 저 괴물이 살아온 하나의 힘이 되진 않았을까. 자신의 업적을 내세워서라도, 이곳에서 살아 나갈 수 있으리라는 한 가닥 희망이 재덕의 정신을 잃지 않게 하는 유일한 힘이었다. 재덕의 눈에서 모든 것을 읽은 괴물이 음침하게 웃었다.

「무언가 단단히 착각을 하고 있는 모양이군.」

"……네?"

「아니! 넌 내게 어느 하나의 욕망도 가져다 줄 수 없다.」

「이것은 필연이며, 확신이다. 마녀와 내가 '필멸자'를 통해 세상의 인간을 쓸어버리는, 행복한 끝에 관한 약속. 우리가 거두지 못한 욕망은 전혀 필요치 않지. '낙인의 제물'을 모으는 데에 오히려 방해만 되었음을 아느냐?」

그것의 말을 재덕이 다 이해할 틈도 없이 그것은 계속해서 섬뜩한 목소리로 말했다.

「누구든 그녀의 얼굴을 보고 그릴 수는 있지. 그러고도 살아있다면 말이야. 하지만 그녀가 가진 어둠의 힘까지 앗아간 것은 너란 말이다. 그것이 네가 가진. 잘난 능력이란 것이겠지. 욕망을 끌어다 준다고? 그것은 그저 네놈의 배를 불릴 뿐이다. 그래도 아주 나쁘진 않았어. 그 시간동안 우린 '필멸자'를 위한 제물을 거뒀고, '환생을 허락받은 자'까지 준비하였다.」

"재덕 씨, 무슨 말인지 통 못 알아 듣나보네?"

수향이 재덕의 머리를 손끝으로 툭툭 쳤다. 돌이 된 듯 아무것도 알아들을 수 없었고 이해할 수 없었다. 하지만 본능적으로 재덕은 자신이 더 이상 존재할 수 없음을 느꼈다.

* * * *

"어제 이현기에게 한번, 그리고 지금. 이제 공포탄은 없습니다."

은찬은 매정한 얼굴로 재혁을 바라봤다. 재혁의 눈가엔 당장에 호재를 죽일 듯 쳐든 메스와는 달리 눈물이 맺혀있었다.

"시신인계를 위한 전화조차 하지 않으셨더군요. 거기다가 사표까지 내시고. 부검실 문은 일부러 고장 내셨고요. 어제 시신을 수습한다고 해놓으시고선, 저희가 차안에서 잠깐 눈을 붙이는 사이 무슨 일이 있으셨던 겁니까. 검시관님?"

재혁 스스로도 지금 상황이 믿겨지질 않았다. 둘과 같이 있을 때엔 이현기가 그저 한심하게만 느껴졌는데, 혼자 남게 되니 왠지 무서운 생각이 들었다. 기분을 식힐 모양으로 그냥 그림을 다시 보았다. 그런데 그게 자꾸만 반복됐다.

결국 재혁은 시신을 꿰매다 말고는 몇 시간이 지나도록 그림만 보고 있었다. 그렇게 시간이 흐르고, 누군가가 달려오는 소리에 재혁은 봉합도 하지 못한 이현기의 시신과 내장들을 냉장고에 급히 쳐 넣어두곤 자신도 모르게 그림을 주머니에 챙겼다.

호재와 은찬과 아침 식사를 한 후에야 자신이 엄청난 일을 저질렀다는 것을 깨달은 순간, 그의 핸드폰이 주머니에서 울렸다. 그리고 그나마 한 달에 몇 번이라도 볼 수 있었던 아들마저 그의 곁을 떠나려 한다는 것을 알았을 때 이성은 무너져 내렸다. 사직서를 던져두고 집에 돌아오자 차가운 얼굴의 아내가 아이의 손을 재혁에게 잠시 맡겼다. 그런데, 이상하게 재혁의 마음은 편안했다. 어차피 가버릴 거라면 어서가라. 곁을 절대 떠나지 않고 바라봐주는 여인이 있으니.

온통 집안을 어질러 놓고 가버린 아이 때문에 재혁은 정신없이 집을 치웠다. '그녀'에게 더러운 모습을 보여주긴 싫었기 때문이었다. 하지만 이내 문을 발로 차다시피 하는 호재의 갑작스런 방문에 급하게 핸드폰을 물에 적셔 거실 한구석에 던져 놓은 후, 아무렇지도 않은 척 문을 열었다. 그리고 그는 불안에 떨고 있는 자신을 들키지 않으려 호재와 눈이 마주치면 고개를 숙였다. 은찬에게 급하게 둘러댄 거짓말들이 곧 있으면 들통날것이리라. 만약 그렇다면, 다 죽여야 한다. 모두다.

그들은 그녀를 앗아갈 것이고, 또다시 혼자가 될 것이라는 생각이 그를 미치게 만들었다. 호재에게 잠바를 입는다며 메스를 꺼내든 재혁은 눈물을 감출 수 없었다. 이성을 삼켜버린 본능이 그를 살인자로 내몰았다. 만약 은찬의 총이 아니었더라면, 순식간에 호재와 은찬의 목이 그 날카로운 메스에 의해 피를 뿜었을지 모를 일이었다.

"은찬아. 내겐 남은 게 없어. 그런데 그걸 너희가 가져가려 하잖아? 그냥, 그냥 날 내버려 둘 순 없겠어?"

호재는 여전히 아무 말이 없었다. 그러다가 담배를 꺼내 물어 불을 붙이고는, 은찬을 쳐다보았다. 너무나 일상적인 호재의 행동에 은찬은 더욱 긴장을 늦출 수가 없었다.

"아 씨벌! 이게 뭔 짓거리냐? 쳇. 총 치워라."

"이 형사님!"

"그 총 치우라고!!!"

잔뜩 화가 난 호재의 일갈이 귀를 찢을 듯 크게 울려 퍼졌다. 호재는 천천히 뒤돌아서서 재혁을 바라봤다. 재혁은 여전히 메스를 든 상태로 울고 있었다.

"형. 내가 모를 것 같았소?"

"!?"

"아들밖에 모르는 사람이 왔다간 흔적을 싫은 것 보듯 치워분다고? 말이 되는 소릴 하쇼."

"어, 어차피 내 새끼도 아니야! 이젠 남의 자식이라고. 지, 집이나 어지러 놓고 가고!! 죽여 버렸어야 했는데!!"

"이 형사님, 제발 비키세요!"

"은찬아. 총 내려라."

"그럴 수 없습니다!!"

"총 내리라고 새끼야!!"

"싫다고!! 형이나 비켜!!!"

은찬의 눈에서 눈물이 흘러내렸다. 비록 호재는 은찬에게 등을 돌렸기에 그러한 은찬을 볼 수 없었지만 은찬의 목소리가 떨리자 호재도 눈물이 쏟아질 것만 같았다. 호재는 애써 침착함을 유지하며 재혁과 눈을 마주친 채로 자신의 뒤에 서서 총을 겨눈 은찬에게 말했다.

"은찬아. 넌 날 죽일 수 있것냐? 재혁이 형도 나한텐 그려. 그라고 재혁이 형. 형이 죽으라믄 죽어야재 내가 별수 있간디? 내가 어떻게 형을 죽이라고 피할 수 있것소. 헤헤."

"너희들이 그, 그녀마저 가져가면, 난 살수가 없어! 그냥, 그냥 보내줘. 그럼 조용히 끝나잖아!!"

"가져갈라믄 날 죽이고 가져가등가!! 형을 죽게 만드는 건 동생이 할 짓거리가 아니재. 하지만말여? 씨벌 그래도 명색이 형산디, 그냥 보내줄 순 없재. 그럴 순 없는 거여!!"

애원하는 재혁을 호재가 노려보며 비명을 지르듯 소리쳤다. 그러자 재혁이 메스를 더욱 강하게 움켜쥐었다.

"이 형사님! 비, 비키세요!!"

호재에게 가려 재혁이 잘 보이지 않았다. 이대로라면 은찬의 총 알은 재혁 대신 호재를 향하고 말 것이었다. 은찬이 몇 번이나 소리 를 쳤음에도 호재는 비킬 생각을 하지 않았다.

"미안하다 은찬아."

호재가 뒤를 돌아보며 은찬에게 씩 웃어주었다.

"남자새끼가 처울어쌌긴. 헤헤."

그리곤 죽음을 각오한 듯, 눈을 감았다.

"이, 이 형사님!!!"

"으아아아!!!!!"

재혁의 메스가 왼쪽 위에서부터 대각선 방향으로 푸르스름한 빛 을 번뜩이며 허공을 갈랐다.

* * * *

"아아!!"

평생 공포의 얼룩들로 살아온 나날들이 재덕의 눈앞을 스쳤다. 결 국, 그는 마지막까지 와서도 비굴하게 삶을 빌었다. 하지만 이젠 아 무것도 없었다. 겁에 질려 잠을 이루지 못했던 숱한 밤들도, 사랑했 던 혜윤을 죽어서도 만날 거라는 소망도, 그것의 말 한마디에 모두 사라져버렸다.

「널 죽여야 비로소 완전한 마녀가 된다.」

수향이 재덕에게 윙크를 하고 이마에 뽀뽀를 하는데도, 이미 죽어 버린 듯 재덕은 아무 움직임이 없었다. 그리고 수십 년 동안 그의 목에 걸려있던 올가미가 드디어 거대한 어둠에 이끌려 죽음을 향해 끌어올려졌다. 이번엔 꿈도, 환상도 아니었다.

「좀 늦었지만, 돌려받도록 하지.」

"잘 가! 재덕 씨~!"

괴물의 손이 순식간에 엎드린 재덕의 위를 스쳤다. 재덕은 한마디의 비명도 질러보지 못하고 몸이 절반으로 쪼개진 채 절명했다. 갈라진 곳에서 욱신거리던 피는 몇 초 후에야 마치 물 폭탄이 터지는 것처럼 거실을 피로 물들였다. 하지만 그 피가 다 쏟아져 나오기도 전에 재덕을 덮친 시커먼 것들은 우두둑 거리며 재덕의 살과 뼈를 찢고 씹어 삼켰다. 그의 시체는 수천만 마리의 개미떼가 훑고 지나간 듯 흔적도 없이 사라져 버렸다. 뜨거운 피도, 그 영혼마저도.

* * * *

"으윽……!"

호재는 재혁의 날카로운 메스에 가슴과 배를 조금 베인 상태였다. 하지만 상처가 깊지 않았던 건 살기등등했던 재혁이 갑자기 뒤로 주춤거리며 쓰러져 버렸기 때문이었다. 그리고 갑자기 재혁의 집 책상 서랍 안에서부터 이유를 알 수 없는 불이 번졌다. 호재는 재혁을 부축해 일어났다. 하지만 무거운 재혁의 몸과 베인 상처 탓에 넘어지려는 것을 은찬이 가까스로 붙잡았다.

　상처가 깊지 않다지만 내장기관을 다치지 않았을 뿐 출혈은 꽤 심해 호재의 양말은 피로 물들어 질척해졌다. 호재와 재혁을 안전한 곳으로 옮긴 은찬은 소리를 지르며 아랫집에서 총소리가 나든, 사람 죽는 소리가 들리든 상관조차 없는 빌라의 사람들을 밖으로 대피시켰다. 그 와중에도 호재는 놓쳐 버릴 것 같은 신경의 끈을 꽉 붙들고 근처의 소방서로 연락을 취했다. 오래지않아 달려온 소방차가 내뿜는 강한 물세례로 불길은 제대로 옮겨 붙지도 못하고 방 하나만을 태운 흔적만 남긴 채 사라졌다. 빌라 주변은 귀를 날카롭게 울리는 사이렌 소리와 불빛으로 정신이 하나도 없었다. 빠른 움직임으로 앰뷸런스에서 내린 사람들은 정신을 잃어버린 호재와 재혁을 혹시 모를 충격에 대비해 각기 간이침대에 고정했다. 곧 앰뷸런스의 문이 닫히는 것을 보자마자 은찬은 눈물을 닦아내고 자신의 차에 올라 구급차를 쫓았다. 막힘없는 도로가 그나마 다행이었지만, 은찬은 닦아내도 흐르는 눈물 때문에 계속해서 눈가를 손등으로 비벼야만 했다.

＊　＊　＊　＊

「이제 정말 끝인가.」

"응응!"

수향은 자신의 모습을 거울에 비춰보는 중이었다. 단월의 얼굴과는 전혀 다른, 무르익은 여자의 매혹적인 얼굴의 수향은 남자를 홀리는 색스러운 요부 그 자체였다. 눈빛 또한 여느 때보다도 음란하게 빛났다. 가까이 가기만 해도 사향 냄새가 물씬 풍길 것만 같은 그녀의 육체는 더더욱 농염하게 불타올라 '그것'마저 다시금 매료시켰다.

「돌아오셨군.」

그것이 여자를 덮치자 그녀의 옷가지가 순식간에 사라졌다. 하얗고 육감적인 그녀의 피부는 예전과 같았지만, 그 안엔 더욱 음란한 것들로 가득했다. 날카로웠던 고음의 신음은 허스키한 여성의 것으로 바뀌어 있었다. 그녀의 신음이 2102호를 가득 메우며 첫 절정에 다다를 때, 모든 집의 베란다에서부터 시커먼 것들이 창을 뚫고 아래로 쏟아져 내렸다.

마치 '그것'의 토정(吐情)인듯 엄청난 양의 액체는 지하 주차장부터 아파트의 입구 맨 윗 계단까지 모조리 시커먼 정액으로 가득한 호수처럼 만들었다. 곧 검고 끈적끈적하며 비릿하게 울렁이는 곳에서부터 무언가가 하나둘씩 떠올랐다. 죽어서 썩어버린 동물의 것처럼 희뿌옇게 변해버린 두 눈으로, 손목이나 목, 심지어 배에 스스로 깊은 상처를 낸듯한 수많은 남자들이 일제히 아파트를 올려다보았다. 되살아난 마녀의 힘 때문에 죽음에서 일어난 '바친 자'들이 시기와 질투를 담아 21층을 노려보며 기괴하게 울부짖었다. 어두운 아파트가 단말마로 가득 차오르도록 수향과 그것의 정사는 계속됐다. 하지만 곧 그 신음소리도, 울부짖던 그들도 온대간데 없이 사라졌다.

그러한 사실을 모르는 듯 택시 한 대가 어둠을 뚫고 아파트 앞에 섰다. 앞 조수석에서 먼저 재빨리 내린 남자가 택시의 뒷문을 열었다. 안에서 그의 아내와 아이가 내렸다. 택시가 돌아 나가는 동안 남자가 여자를 끌어안고 토닥여 보지만, 여자의 얼굴은 아무런 변화가 없었다. 그리고 엘리베이터의 버튼을 누르려고 뛰어가는 남자의 뒤로, 여자가 그의 악몽에서처럼 웃고 있었다.

* * * *

증거물 12 – 담당 : 박성호
이현기가 쓴 것으로 보이는 글의 일부로 보임.

어떻게 해야 할까. 아비 된 입장으로서 소중하게 길러온 내 딸을 어디서 굴러먹었을지도 모를 놈에게 보내야 한다면. 편히만 자란 딸아이가 견딜 수 있을까? 가슴이 또다시 아파왔다. 섭섭함과 서러움이 밀려왔다. 너무 답답해서 그나마 알고 지내는 몇 안 되는 친구들 중 하나에게라도 답답함을 호소했다.

"그렇게 한숨 쉬지만 말고, 우리 집 한번 놀러오지 않겠나?"

"집에?"

혹시 친구 얼굴을 보면 답답한 가슴이 조금은 나아질까. 내게 등 돌리고 돌아서 나가버린 딸아이를 향해 나도 모르게 뻗은 떨리는 손길을 조금이라도 잊을 수 있을까.

"그래. 갈게."

친구의 집에 차를 몰고 가면서도 계속해서 자꾸만 눈물이 흘러나

온다. 난 원래 글을 쓰거나 그림을 그려야할 사람은 아니었을까. 이렇게 가득한 감수성을 묻어두고 차갑게 사업에만 매달렸는데. 그렇게 내 모든 것을 쏟아 부은 사랑하는 내 딸아이가 스스로를 망치려 하고 있었다. 저 놈이랑 결혼할 생각이면 어떤 지원도 해주지 않겠다는 내말에 돈이고 뭐고 다 필요 없다며 매몰차게 돌아서는데, 저게 정말 내 딸인가 싶더라.

사랑이란 게 밥 먹여주는 것도 아닌데. 그렇게 말하면서도 어쩌면 내 자신이 가장 사랑에 목말라하고 있는 건 아닐까. 모르겠다. 아무리 이해하려해도 결혼 이란 건 연애랑 달라서 경제력이 가장 우선인데 어떡하려고 저러는 걸까.

친구 집에 도착하자, 밝은 얼굴로 친구가 날 맞아주었다. 잠시간 그렇게 섭섭한 마음을 달래며 저녁을 먹고 술잔을 마주 칠 때쯤, 그 녀석이 날 묘하게 바라보며 말했다.

"내 서재에 아주 좋은 그림이 한 장 있는데, 볼 텐가?"

"그림?"

"응. 그림. 너도 좋아할 것 같은데? 크큭."

"웃기는……. 뭔데 그래?"

난 호기심에 녀석을 다그쳤다. 진정 하라는 듯 포즈를 취하더니, 나를 자신의 서재로 데려갔다. 문을 열고 들어간 녀석이 방문 밖을 한번 둘러보더니 고급 장식장의 아래를 더듬어 검은 천에 싸여져있는 액자 같은걸 내게 건넸다.

"조심히 봐. 알았지?"

난 녀석을 이상한 것을 보듯 쳐다보고는, 검은 천을 벗겨냈다.

– 이하 화재로 소실되었습니다. –

4부

인과
因果

* * * *

"아 뭐가 이렇게 더워. 비 한번 안 오고 씨⋯⋯."

40대 초반이라지만 훤하게 보이는 정수리는 그를 더욱 늙어보이게 했다. 옆머리와 뒷머리는 풍성하게 자라 억울하게 사라져버린 머리칼을 대변하는 것 같았다. 잔뜩 찡그린 이마엔 주름이 잡히고 콧잔등엔 땀이 송골송골 맺혔다. 땀방울을 손으로 쓸어내어 털어버리고는 런닝바람에 부채질을 해대며 털털거리는 선풍기를 원망하듯 바라봤다.

"아 우리도 에어컨 좀 사자니까!!"

"이번에 이사 오면서 돈 탈탈 털렸는데 무슨 놈의 에어컨!! 사는

데만 돈 들어? 그거 한 달만 틀어봐! 우라질 놈의 세금이, 세금이!"

남자의 아내가 싸구려 천 소파에 앉아 투정이나 늘어놓는 남편에게 짜증이 잔뜩 났다. 어디서 봤았는지 참으로도 균등하게 구불구불한 머리는 숱까지 많아서 흑인의 아프로(afro)를 연상시켰다. 돈을 벌어오네 못 벌어오네, 누군가는 그냥 하루에도 수백씩 척척 벌어온다더라 등등으로 잔소리가 쉴 새 없이 이어지자 남자는 신경질을 내며 새끼손가락으로 귓구멍을 쑤셨다.

"듣기 싫음 말이나 말든가!!"

"뭐, 난 입도 없나…….''

남자의 목소리가 기어들어갔다. 결혼 20년 만에 어렵게 장만한 아파트도 사실 남자가 산 것이 아니었다. 처가의 도움이 아니었으면 꿈도 꾸지 못했을 일. 하는 것마다 실패하고, 하려는 것마다 잘못되는 통에 남자의 머리칼은 하나둘씩 사라진 것으로 보였다. 찡그린 이마의 주름도, 복코라는 말로 위로하려 했지만 결국 못생기고 구멍만 큰 코도, 탐욕스러워 보이는 두껍고 붉은 입술도 아마 관상을 보면 평범한 사주에도 못 미치리라는 생각이 들자 남자는 한숨을 쉬었다.

남자의 한숨소리가 들리기가 무섭게 찬거리를 만들던 아내가 남편의 앞으로 다가와 한숨을 쉬는 이유까지 캐물었다. 결국 그는 담뱃갑과 200원짜리 라이터를 들고 현관문을 나섰다. 물론 담배는 돈 아니냐며 궁시렁대는 아내를 참아내야 했음이었다.

"이거나 묵어라!!"

문을 닫자마자 양손 가운데 손가락을 뻗쳐 들며 안에 있는 아내에게 세상 조심스런 화풀이를 했다. 계단에 주저앉아 담뱃불을 붙이려는데, 갑자기 주위가 깜깜해졌다.

"어? 이건 왜 자꾸 꺼지고 난리야?"

센서등을 다시 켜려 남자는 팔을 휘저었다. 움직임을 감지하는 빛은 그냥 스위치보다도 불편했다. 전에 살던 집은 오래되긴 했어도 그런 점에선 참 좋았는데. 그러다가 그는 자신의 집, 아니 자신이 얹혀사는 집의 호수를 바라보았다. 2002호. 1동 2002호. 이 잘난 아파트에 보탠 돈은 겨우 천만 원 남짓이었다. 월급도 한 달씩 밀려서 주는 게 태반인 소규모 공장에서 몇 년간 겨우 모아놓은 그의 전부였다. 나머지는 당연히 아내의 친정에서 나왔다.

그가 예뻐서? 당연히 아니었다. 아마 아등바등 살려고 노력하는 그의 아내가 안쓰러워서였을 것이다. 그 이유가 아니더라도 남자는 아내의 친정에 명절이나 그 외의 일로 찾아 갈 때마다 한없이 위축되곤 했다. 아내가 자신에 대해 무슨 이야기를 할까? 그 난감한 상황에서 뭘 해야 하나? 결혼한 남자라면 누구나 다 고민해봤음직한 이야기지만, 20년의 결혼 생활에도 아이 마저 없는 그는 좀 달랐다. 애가 들어서지 않는 건 차라리 다행이라고 여기긴 했다. 살기도 힘든 마당에 애까지 있다면 그건 엄청난 압박일 테니까. 관계가 없었던 건 아니었다. 항상 남자는 자신이 '잘 처신했기 때문에' 임신이 되지 않는 건 줄로만 알고 있었다.

그렇게 10년이 흘러서야 누군가에게 이상이 있음을 알았고, 병원에서의 검사 결과는 남자가 비극의 주인공이라 친절히 알려주었다.

무정자증(無精子症)이었다. 거기다가 하는 사업이 망한 후 겨우겨우 일어섰지만 또다시 사기를 당해버리고 나자 희망이었던 시작은 점점 부셔져 이젠 자신조차 잃어버린 결말로 변해있었다. 무정자증임을 알고 밤일에도 자신을 잃어버린 그는 극심한 발기부전까지 시달리고 있었다. 부부관계의 절반은 속궁합이라는데 그게 없으니 날이 갈수록 아내의 잔소리는 늘어만 갔다. 신경질적으로 변하고 그가 가까이 오는 것도 좋아하지 않았다. 그들이 부부라는 건 같이 산다는 것 외엔 어떤 이유로도 인정받을 수 없었다.

큰소리로 욕 한 번 못하는 남자는 분을 삭이려는 듯 담배를 입에 물고 불을 붙이려했다. 하지만 이제 수명이 다해가는지 라이터엔 불똥만 튈뿐 불이 잘 붙지 않았다.

"에이 씨발."

남자는 얼마 남지 않은 라이터의 액화가스를 바라봤다. 그래도 한 번쯤은 더 불이 붙어줄 것 같아 몇 번이고 노력했다. 그사이, 계단에서는 위층에서부터 누군가 한걸음씩 내려오고 있었다. 분명 그곳에도 센서등이 있었을 텐데 고장이 났는지 불이 켜지질 않았다. 한 층의 절반을 내려오자, 둔한 남자도 누군가가 계단의 중간 널찍한 부분에 서서 자신을 바라보고 있음을 눈치 챘다. 돌아보려는 그 순간, 센서등의 또다시 꺼졌다.

"거기 누구……앗!"

갑작스러운 어둠에 당황한 남자의 손이 황급히 움직였다. 그런데 센서엔 미치지 않았는지 불은 켜질 기미가 없었고, 남자는 두려움에 자신의 집 문을 열려고 해봤지만 어느새 아내가 잠가버렸는지 열리지 않았다.

"이 여편네야, 무, 문 좀 열어! 야!!"

집 내부에선 아무 소리도 들리지 않았다. 정적이 흐르고 나자 그의 눈은 어느새 어둠에 익숙해져 있었다. 창가에 어렴풋이 비치는 달빛만으로도 사물이 분간될 만큼이었다.

"씨, 뭐, 뭐야?"

남자는 눈을 찡그리고 무언가 있었던 그곳을 바라봤다. 하지만 아무것도 없었다.

"헛걸 본건가?"

뒤로 조금 물러서자 그때서야 센서등에 불이 켜졌다. 순식간에 식은땀으로 온몸이 젖어버린 남자는 뭐라도 있는 건 아닌지 싶어 사방을 둘러보았다. 하지만 원래부터 아무것도 없었다는 듯 조용하기만 했다.

남자는 번뜩이는 자신의 대머리를 쓱 닦았다. 가쁜 숨을 고르다 무언가 생각난 듯 센서등 앞에서 양 손을 정신없이 흔들었다. 불이 꺼지길 기다렸다가 재빨리 손을 휘둘렀다. 등이 온전한 것을 확인하고 나서야 남자는 겨우 마음을 놓았다. 그러나 평화도 잠시, 문을 열지 않았던 아내가 생각난 남자는 울컥 화가 치밀었다.

"이 여편네가 왜 문을 잠……어, 어라?"

확 문을 잡아당겨 이유 있는 성질이나 내볼까 했으나 부드럽게 잘만 열리는 문짝 탓에 남자는 문손잡이를 붙잡은 채 뒤로 넘어질 뻔했다. 그렇게 열려고 발버둥을 쳐도 열리지 않았던 문이 쉽게 열리자 남자는 언제 화가 났었냐는 듯 조심히 문을 닫았다. 미처 피지 못한 담배가 아까웠다. 괜히 지랄한다고 한소리 안들은 것으로도 충분히 다행이지 뭐. 남자는 센서등 앞에서 다시금 손을 휘둘러보고는 바닥에 떨어진 담배를 툭툭 털어 불을 붙였다.

"나이 사십줄에 겁은 무슨. 죽어도 뭐 별반 다를 거 없는 인생인데."

말은 그렇게 해도 쉴 새 없이 센서등 앞을 왔다 갔다 하다가, 아까 무언가 서 있었던 것처럼 보였던 그 곳에도 센서등이 있다는 것을 알았다. 저곳이라면 계단에 편히 앉아 담배를 피우며 가끔 머리맡에 손을 까딱 거리기만 해도 될 것이라는 계산이 나왔다. 남자가 예닐곱의 계단을 밟아 오른 중간 계단은 바로 윗집인 2102호의 현관문이 조금 보이는 위치였다.

계단에 털썩 주저앉아 이미 반쯤 타버린 담배를 빨아들였다. 그는 생각했다. 아마도 자신의 몸을 해부해서 폐를 꺼내 반으로 툭 잘라보면 핏물대신 시커먼 타르가 쏟아져 내릴 거라고. 이런 저런 잡생각으로 시간을 때우던 도중, 남자의 귀에 이상한 소리가 들렸다.

"누가 아픈가?"

신음소리였다. 분명 여자의 신음소리. 아픈 것일까? 여러모로 고단한 인생의 남자는 이 신음의 정체마저 잊고 있는 듯 했다. 하지만 곧 침을 꿀꺽 삼켰다. 그리고 자신도 모르게 몸을 일으켜 천천히 소리가 나는 곳으로 향했다. 아주 가까운 어디에선가, 문틈을 타고 새어나오는 신음만큼 육감적인 여체가 육욕을 불태우고 있을 것이란 생각에 가슴이 두근거렸다.

결국 21층에까지 걸어 올라온 남자는 2101호를 바라보며 약간 섬뜩함을 느꼈다. 얼마 전에 난리가 났던 집. 가족은 사라지고 베란다 창은 다 깨져있다고 들었던 것 같았다. 누가 이런데 들어와 살기나 할까? 그나저나 2101호가 비었으니 지금 신음이 흘러나오고 있는 곳은 2102호라는 소린데. 어쩌면 이렇게 달디 단 소리를 낼 수 있을까. 그때, 죽어버린 줄로만 알았던 그의 물건이 다시금 예전처럼 묵직해졌다. 발기부전이었던 그는 생생히 느껴지는 아랫도리를 믿을 수 없었다. 손으로 자신의 것을 감싸 쥐고 나서야 눈물이 날만큼이나 기뻤다.

커지는 신음소리에 더욱 몰두했다. 그런데 한 여자의 것인 줄 알았던 소리가 점점 여러 명으로 나뉘어 들렸다. 대체 안에서는 무슨 일이 벌어지고 있는 걸까? 하지만 두려움보다는 너무나 오랜만에 발기한 자신을 만지며 엄청난 흥분에 휩싸인 남자였다. 여인들의 신음소리는 더욱 커지고, 그에 따라 남자의 손놀림도 빨라져 점점 절정에 치달았다. 2102호의 문손잡이를 잡고 용을 쓰다가, 손잡이가 시계 반대방향으로 갑자기 꺾이자 문손잡이를 잡은 채 넘어졌다.

"어, 어억!!"

곧 사정하려는 차에 이런 일이 생기니 당혹스럽고 남세스러웠다. 그러다가 남자는 놀란 듯 눈이 커진 채 문만 바라봤다. 좀 전에 잠겨 있던 문이 살짝 열려있었다. 이젠 여자의 음어마저도 생생하게 들렸다. 문이 열린 것을 안에서는 모르는 것 같았다. 알았더라면 이렇게 크게 신음을 낼 수 없지 않을까. 너무나 매혹적인 목소리는 온갖 음란한 말들을 뱉으며 신음했다.

그 자리에서서 남자는 어떻게 해야 할지 갈피를 잡지 못했다. 지금 집에 들어가 여편네의 다리를 벌리려 했다간 오랜만에 빛 본 그 놈은 픽 죽어 버릴 것만 같았다. 2102호안으로 들어가 끼워달라고나 해볼까? 문은 왜 열어둔 건데? 누군가 듣길 바라는 변태들인가? 당신네들의 신음소리 덕에 죽어버렸던 내 거시기가 이렇게 됐다며 떼라도 부려볼까?

남자의 생각은 이상하리만큼 극에 다다랐다. 한 번도 보지 못한 여자의 모습이 머릿속에서 그려졌고, 신음소리만큼 원초적일 그녀의 육체를 한번만 안아볼 수 있기를 남자는 갈구 했다. 그가 욕망에 미쳐 2102호의 문을 열려던 그때, 갑자기 남자의 머릿속에서 소름끼치는 영상들이 스쳤다. 너무나 끔찍하고 두려워 차마 마주할 수 없는 기억의 끝에서야 알 수 있었다. 칼로 수십 번씩 아내를 찌르고, 같은 칼로 자신의 목을 그어버린 순간을. 마녀의 농간에 놀아나 모든 것을 놓아버린 마지막을.

공포와 분노에 휩싸인 남자의 앞에 그토록 궁금했던 2102호의 문이 천천히 열렸다. 그리고 아무것도 보이지 않는 암흑에서부터 그만큼이나 시커멓고 흉측한, 날카로운 손톱을 가진 손 하나가 튀어나와 남자의 머리를 마치 가벼운 탁구공처럼 들어 어둠속으로 끄집어 당겼다. 남자의 몸은 아무런 저항조차 할 수 없이 시체처럼 늘어져 공중에 띄워진 채 안으로 빨려 들어갔다. 날카로운 여자의 웃음소리와 남자의 비명소리가 뒤섞여 밖으로 새나가기 직전, 2102호의 문이 험악한 치찰음을 내며 닫혔다. 한동안 스산한 바람만 지나치던 아파트

의 정적을 깬 건 너무나 이상하게도 2002호 안에서부터 들려오는 시
끄러운 여자의 잔소리였다. 각기 다른 마흔 한 개의 방에선 비슷한
악몽이 매일같이 재현되었다. 죽음이 반복되는 밤. 훔친 삶을 복제하
는 낮. 기괴하게 얽힌 쾌락과 저주의 신음이 거대한 집의 모든 방에
서 터져 나왔다.

그 소리에 반응하듯 '쓰레기장'에선 찢어지고 갈라진 목소리들이
함성을 질렀다. 영혼을 빼앗기고 던져진 '바친 자'들의 시체는 마녀
와 관계를 가짐으로서 육신에 남은 낙인 때문에 온전히 썩지도 못했
다. 재덕의 죽음으로 마녀가 힘을 되찾자 낙인의 고통에 그들이 깨어
났고, 그녀의 부름만을 기다리는 육욕의 군집들은 처참한 몰골로 지
하를 헤맸다. 그 사이 김석호의 모습도 보였다. 더욱 흉측하게 일그
러진 그를 알아볼 이는 이젠 아무도 없었다. 태경에게 경고를 남긴
채 마지막을 맞은 그 자신조차도.

* * * *

회색과 붉은색으로 번뜩이는 건물엔 수많은 택시와 자동차가 비명
과 두려움을 싣고 들락거렸다. 응급실이라는 붉은 글귀가 눈에 날카
롭게 박혔다. 추운 날씨임에도 병실에만 있기가 답답했는지 사람들은
밖으로 나와 이야기를 하거나 핸드폰을 붙잡고 낄낄거리는 것으로 소
일거리를 삼았다. 가슴을 붕대로 감은 호재도 있었다. 라이터를 든 손
이 부들부들 떨렸다. 옆에 서있던 은찬이 라이터를 대신 받아 들었다.

"땡큐."

짧은 한마디와 함께 호재는 흡연에 열중했다. 병원에 도착하기 전 몇 번이나 정신을 잃을 뻔하면서도 욕을 해가며 견뎠다는 구급대원의 말에 참으로 그답다는 생각을 했다. 그러다 문득 측은해졌다. 누군가를 살리기 위해 죽음을 선택하려는 인간은 용기백배한 것일까, 고통을 가슴에 새긴 채 살아갈 자신이 없는 여린 사람일까. 은찬은 호재의 뒷모습을 물끄러미 쳐다봤다. 외제차가 수도 없이 지나는 거리를 바라보던 호재가 고개를 푹 숙이고는 피식 웃었다.

"니미. 팔자도 좋구먼. 누구는 배때지에 금가서 디지것는디."

"……괜찮으세요?"

"아퍼. 좆나게."

"이젠 어떻게 해야 할까요."

"모르것다. 모르것어."

호재는 더 이상 웃지 않았다. 대신 가끔 눈에 손을 가져가 자신도 모르게 흘러나오는 눈물을 훔쳤다. 손에 들고 있는 담배도 그만큼 외로이 바람에 휩쓸리다 순백색의 연기만을 남기고 사라졌다. 은찬은 말없이 하늘만 바라보았다. 달빛하나 없이 창백한 하늘은 정신을 잃기 전의 재혁의 얼굴을 닮아있었다. 아끼던 동생에게 서슴없이 칼질을 하려했던 그 파리한 얼굴을.

* * * *

    태경이 눈을 떴을 무렵, 어둠이 도시를 짙게 물들였다. 옆을 지켰
다던 은서는 웬일인지 곁에 없었다. 그는 정신을 차리자마자 아내와
딸의 병원으로 향했다. 집에 가고 싶어 했던 아내는 근처의 병원에서
통원치료를 받기로 하고 퇴원 수속을 마쳤다. 상처가 심한 탓에 경찰
조사도 나중으로 미뤄졌다.

    쌀쌀한 날씨는 약간 으스스하기까지 했다. 아무런 말도 없는 셋에
게 애써 재밌는 이야기를 꺼냈던 택시기사마저 무안했는지 입을 닫
았다. 태경이 기사의 말에 일언반구도 하지 못한 것은 섬뜩한 기억이
자꾸만 그를 가로 막았기 때문이었다. 무작정 밀고 들어온 환몽들은
문신처럼 뇌리에 남아 그를 괴롭혔다.

    황급히 사라지는 택시를 보던 태경은 아이가 배가 고플까 싶어 둘
을 먼저 올려 보냈다. 멀리 보이는 베이커리에 들려 빵을 사려다 지
갑이 없어진 것을 알고 그냥 돌아섰다. 다른 때 같으면 이조차 큰일
인데, 태경은 그저 무덤덤했다. 이미 칼에 찔린 사람이 바늘을 무서
워하지 않는 것처럼.

    잿빛의 아파트는 다른 곳과 달리 유난히도 빛이 잘 들지 않는 듯
한 착각을 불러 일으켰다. 자신의 집임에도 태경은 쉽사리 발을 들이
기가 힘들었다. 아파트 입구에 들어가는 것조차 꺼림칙해 그는 센서
등 앞에만 손을 뻗어 보았다. 다행히 이상 없이 잘 켜졌다.

    태경은 자신의 모습에 한숨이 흘러나왔다. 바보 같은 짓이었지만

이마저도 간절하다니. 엘리베이터 앞으로 한걸음씩 걸음을 옮기면서 층수를 알리는 붉은 등을 바라보았다. 생각해보니 이 엘리베이터가 다른 층에 멈춰있었던 것을 태경은 본 적이 없었다. 21층, 아니면 1층. 이상하긴 했어도 아래층에 살던 두 집의 남자들과 마주치기까지 했었는데. 호기심이 무서움을 부를까 싶어 생각을 멈추고 엘리베이터에 올라타 21층을 눌렀다. 오래전에 봤던 공포영화에서 엘리베이터의 작은 창문 사이로 보이던 귀신의 얼굴이 갑작스레 떠올라 그곳을 바라보지 않으려 옆으로 고개를 돌렸지만, 그곳엔 끝없이 서로를 반사시키는 양쪽의 거울이 기다리고 있었다. 결국 그는 가만히 눈과 흙으로 지저분해진 엘리베이터의 바닥에 시선을 고정했다.

드디어 21층에 도착했다. 태경은 그럼에도 여전히 시선을 발에 두고 있었다. 한걸음 내딛고 또 한걸음을 내딛어 오른쪽으로 돌면 집이었다. 그런데 두 걸음 째를 딛고 난 그의 시야에 익숙한 무엇인가가 보였다.

"아니 이게 왜⋯⋯?"

지갑이었다. 전시회장에선 분명 자신의 웃옷 안주머니에 있었던 것이 왜 여기에 있는지 의아했다. 누가 지갑을 주워 여기다 놓은 것인가? 지갑의 행방에 의문을 품던 순간, 뒤에서 문이 열리는 소리가 들렸다. 태경은 급하게 열쇠를 찾았다. 그의 목 뒤로 손길이 느껴질 때쯤 겨우 문을 열고는, 뒤 한번 돌아보지 못하고 문을 닫았다. 순간적으로 얼마나 긴장을 했는지 심장은 폭주하는 기관차처럼 뛰었다. 무릎을 붙잡고 숨을 몰아쉬는데, 그의 숨소리에 혜주가 놀랐는지 소파에 앉아 있다가 현관 앞으로 힘겹게 걸어 나왔다.

"괜찮아?"

"응? 으, 응."

아내의 걱정스러운 눈길이 낯설었다. 태경은 그런 자신을 들킬까 봐 옷가지를 챙겨들고 욕실로 들어갔다. 식은땀과 고통으로 일그러진 몸뚱이에 따뜻한 물줄기가 위로가 되어주었다. 머리에서부터 발끝까지 감싸 안는 물의 느낌이 어머니의 품처럼 은근한 그리움으로 다가오자, 태경의 눈가가 아려왔다. 그대로 물을 틀어 놓고는 욕조에 누웠다. 따뜻한 물이 여름의 소나기처럼 쏟아졌다. 점점 나른한 기분이 들고 한결 편안해졌다. 잠시 그대로 있다가 샤워기의 물을 잠그고 욕조에서 몸을 일으킨 그는, 가만히 거울을 들여다봤다. 단 며칠사이에 눈은 퀭해져 시커먼 다크 서클이 보였고, 불룩 튀어나와 정감 있어 보인다던 뱃살마저 약간 들어간 듯 했다. 제대로 식사조차 하지 못한 날들이 그를 이렇게 만든 것 같았다.

그나저나 은서는 어떻게 됐을까. 그 때문에 곤란한 상황에 처하진 않았을까. 그녀가 오히려 미안해하면 안 되는데. 회사에서 마주치면 말해줘야지. 괜찮다고, 미안할 것 없다고. 태경은 쓴웃음을 지으며 샴푸통을 꺼내어 두세 번 꾹 눌렀다. 거품을 내어 이리저리 마사지하듯 머리칼의 때를 벗겨내려 노력했다. 머리에 지압을 해서 그런지 더욱 시원한 것만 같았다. 평안을 만끽하는 순간, 갑자기 목 뒤에서 숨결이 느껴졌다.

"아앗!!"

태경은 놀라 잔뜩 움츠러들었다. 혜주인가? 샴푸 때문에 눈이 매워 아무 것도 볼 수 없게 되자 갑작스런 두려움마저 밀려들었다. 아내에게 말을 건네 보지만, 아무런 대답도 들을 수 없었다. 그때 그의 등을 감싸 안는 손길이 느껴졌다.

"아유 깜짝이야! 왜 노, 놀래키고 그래. 정인이 자?"

태경은 웃으며 눈가의 거품을 닦아냈다. 흐릿한 시야에 아내의 얼굴이 보였다. 처음 보는 아내의 얼굴이. 그러나 어디선가 분명히 봤었던 여자였다. 어둠의 기억이 되살아나자 태경의 아랫배에 힘이 빠지며 다리가 풀렸다. 살인자의 아내였다. 그 순간 세면대의 밸브가 완전히 풀리며 폭주하듯 물이 쏟아져 나왔다. 세차게 나오던 물줄기는 이내 시커멓게 변해 세면대에 이리저리 튀며 물이 나갈 배출구를 막고 밖으로 넘쳐흘렀다. 욕조엔 이미 시커먼 액체가 흘러 넘쳐 태경의 발목 위까지 찰랑였다. 시체들이 썩어 구역질나는 냄새가 코를 찌르자 태경은 공포에 질려 화장실 문을 열어보려 했지만 문 앞엔 그녀가 서서 고개를 절레절레 흔들며 재밌는 것을 보는 듯 히죽거리며 웃고 있었다.

얼마 되지 않아 검은색의 액체는 태경의 허리까지 차올랐다. 그 위로 하나둘씩 어떤 형상 같은 게 떠올랐다. 은회색의 징그러운 큰 눈동자를 번뜩이는 몇 개의 머리는 알 수 없는 의성어들을 내뱉었다. 한 뼘 정도의 높이만을 남긴 채 천장까지 차오른 시커먼 액체 안으로 잠기지 않으려 태경은 발버둥을 쳤다. 하지만 검은 물 안에서부터 솟아오른 비쩍 마르고 앙상한 뼈마디의 손들이 그의 입을 막아 비명을 잠갔다. 또 다른 손들이 천장에서 허우적거리며 남은 숨을 가쁘게 몰아쉬는 태경의 다리를 붙잡아 깊은 곳으로 끌어당겼다.

"커컥……!"

욕조 안에 누운 채 잠들어버렸나. 그런 사실을 모르는 듯 샤워기의 물줄기는 계속 틀어져 있었다. 욕조에 물이 빠지는 곳을 잘못하여 건드렸는지 고무마개로 막혀있는 상태였다. 샤워기에서 쏟아지는 물은 바로 태경의 눈 밑에까지 와있는 상태였고, 그 때문에 숨을 쉴 수가 없었다. 괴로움에 욕조에서 빠져나와 욕실바닥에 토악질을 했다. 아무것도 먹은 것이 없는 위장엔 좀 전에 코와 입으로 들여 마신 물이 쏟아져 나왔다.

태경은 욕조에 한참을 기대어 숨을 헐떡이다가 세면대를 붙잡고 일어났다. 다리는 여전히 후들거렸지만 곧 나아지리라. 거실로 나와 보니 아내와 아이는 이미 잠들었는지 조용했다. 시간은 이미 12시가 넘어 있었다. 대체 몇 시간을 기절한 것처럼 욕조에 누워있었단 말인가. 10시쯤엔가 들어간 것 같았는데.

12시. 혹은 0시. 1분 사이의 어제와 오늘. 공포와 쾌락의 경계처럼 12시를 가리키는 시계마저도 무섭게만 느껴졌다. 안방으로 들어가 자려다가 코를 심하게 골며 자는 아내의 모습에 태경은 자신의 서재로 향했다. 차가운 바닥이었지만 곤궁한 잠까지는 몇 분도 걸리지 않았다.

* * * *

피곤함에 잠든 은진이 일어난 시각은 오후 여섯시였다. 너무 오래 자리를 비운 게 아닌가 싶어 급히 달려가 재덕의 방문을 두드렸다. 그러나 아무 대답이 없었다. 프론트에 연락을 취해 자초지종을 설명하고 호텔 지배인을 불러 문을 열었지만 재덕은 없었다. 게다가 윤재덕의 방에 놓고 나온 태경의 지갑도 없어진 상태였다. 재덕이 어디를 향했을지는 짐작이 갔지만, 원래 주소를 베껴 적어둔 쪽지와 지갑이 모두 사라지자 윤태경의 집 위치는 조금도 기억나지 않았다. 지갑도 자신의 손으로 가져다주려 간 것일까? 하지만 태경은 병원에 실려 갔기 때문에 정작 그의 집에 찾아간다 해도 그를 만날 수는 없을 텐데. 생각해보니 너무 정신이 없는 탓에 태경의 상태를 설명해주질 못했다. 뭐 큰일이야 있겠는가. 정 안되면 돌아오시겠지. 그나저나 은서는 왜 연락이 없는 거야?

"앤 또 왜 전화를 안 받아."

대체 어디서 뭘 하고 있기에 이 계집애는 전화를 받지 않는 걸까. 은서가 태경에 대해 이야기 할 때마다 신이나 보였던 것이 괜스레 불안했다. 유부남을 상대로 불륜이라도 저지르는 거 아닐까? 동정과 위로, 그리고 걱정이 겹쳐 사랑이란 것으로 착각해버리면 어떡하지? 불륜은 은진도 경험해 봤기에 조금도 추천해주고 싶은 맘은 없었다. 게다가 그렇게 똑똑한 아이가 바보스러운 짓을? 불륜 사실을 고백했다가 욕만 바가지로 먹었던 일이 떠올랐다. 결국 은서 말처럼 잘된 건 하나도 없지 않았던가. 불쾌한 추억까지 덮쳐온 나머지 맥이 탁 풀린 은진이 의자에 앉아있는데, 이미 열려있는 방문을 똑똑 두드리는 소리가 들렸다.

"은진 씨?"

"회장님 안녕하세요."

"화백님은?"

"모르겠어요. 잠시 외출하셨는지…….."

이제 마흔 중반쯤 되어 보이는 덩치가 좋은 장신의 사내는 혜윤재단의 핵심인물이자, 하위부서인 장학회의 회장까지 맡고 있는 배승환이었다. 그가 이번 전시회에 같이 동행하는 것은 당연한 일이었다. 재덕의 신임을 한 몸에 받는 승환 또한 충성을 다해 재덕을 모셨다. 경매를 진행하는 유일한 내부자이기도 했던 그는, 어떻게 엄청난 자금이 유입되는지 모두 알고 있었지만 재덕이 가진 성품을 믿기에 자신의 일을 묵묵히 했다. 하지만 경매의 내역과 정산, 배송 이외엔 단한 번도 참여하지 않았다. 재덕이 유일하게 강제를 두었던 것이 그것이기도 했다. 관계자는 절대 경매엔 참석할 수 없으며, 경매를 진행하는 사람도 그림을 자주 봐선 안 된다는 것. 그것은 재단을 관리하는 이들 중 경매 사실만이라도 알고 있는 사람이라면 공통적으로 적용되는 사항이었다. 승환도 처음엔 영문을 몰랐지만 자신이 직접 경매를 진행하면서 봤던 그림의 마력은 무서울 만큼이었다. 그래서 언제나 초시계를 주시하거나 열렬한 경매자들의 욕망에 찬 눈빛을 보며 마음을 다잡았다. 오랜 시간이 흘렀지만 여자의 그림은 그에게도 언제나 유혹적이었다. 만약 몇 분만 볼 기회가 있었더라면, 이 자리에 서있지도 못했으리라.

승환은 은진의 눈빛이 불안하다는 것을 눈치 챘다. 아마 아까의 사건에 많이 놀란 듯했다. 그는 솥뚜껑 같이 크고 다부진 손으로 은진의 어깨를 툭 쳤다.

"괜찮아 은진 씨. 힘내."

"고맙습니다. 회장님."

"아래층으로 내려와. 전시장 측에서 호텔 뷔페를 빌렸다는군. 다들 식사 중이니까 은진 씨도 같이 밥이나 먹자."

"화백님은 어떡하죠?"

"아마 한국에 오랜만에 오셔서 가보고 싶은 곳이 있으셨나보지. 너무 걱정 마."

"네 알겠습니다."

"하하. 그래. 먼저 갈게. 같이 움직이다간 이상한 소문 돌지 모르니까. 어서 내려와."

승환이 미소를 짓자 은진의 마음이 흔들렸다. 처음 그를 봤을 때에도 지금처럼 떨렸었다. 하긴 다른 여직원들도 그가 재단에 들릴 때마다 자기들끼리 수군대는 걸 보면 은진의 마음만 흔들어 놓은 건 아닌 것 같았다. 외모와는 달리 따뜻하고 자상한 마음씨 때문에 더더욱 그런 듯 했다. 은진은 타지생활 가운데서도 제대로 된 남자 한번 만나지 못해 외로움이 극에 달해있는데다가, 따뜻한 위로까지 받으니 자연스럽게 승환에게 마음이 끌렸다.

"휴. 나도 참. 그나저나 은서는 어떻게 됐을까."

전화기를 바라보던 그녀는 자신의 방으로 돌아가 옷을 갈아입었다. 사실 배도 무척이나 고팠다.

은진이 옷을 갈아입는 사이, 은서는 그제야 자신의 전화기에 전원을 켰다. 얼마나 울었는지 마스카라가 번져서 눈 밑이 거무스름해져 있었다. 태경에게 조금이라도 더 해가 된다면 더 이상 그의 얼굴을 볼 수 없을 것 같았기에 그를 검진하는 수많은 기기들이 핸드폰 때문에 오류라도 일으킬까 싶어 전화기도 꺼두었다. 다시 전원이 켜진 핸드폰에서는 연신 알림이 떴다. 자신의 언니가 몇 번이나 전화를 했던 것이었다. 은진에게 전화를 하려는 순간, 태경의 몸이 조금씩 움직이기 시작했다. 정신이 든 것일까? 은서는 급하게 의사를 불렀다. 의사가 그를 다시금 진찰한 후 응급실에서 일반병실로 보내려는 듯 간호사들에게 말을 전했다.

　"괜찮으실 겁니다."

　그 말을 듣자마자 은서는 몸에 힘이 쫙 빠져버렸다. 태경을 실은 엘리베이터의 문이 닫히고 나서야 그녀는 벤치에 앉았다. 심장은 여전히 쿵쾅댔다. 은서는 자신의 얼굴을 양손으로 감쌌다.

　"나 어떡해……."

　알고는 있었지만 외면하고 싶었다. 언니가 불륜을 저지르고 있었을 때 그토록 모질게 굴어놓고선 자신도 똑같은 일을 저지르려고 하다니. 그냥 혼자 좋아하면 되는 거겠지, 이러다 말겠지 싶었다. 그러나 태경이 쓰러지는 모습을 봤을 때 은서는 세상이 무너지는 듯 자신을 제어할 수 없었다. 지금껏 이런 적은 없었는데. 어느 남자를 만나도 이렇게 좋아한 적이 없었는데. 갑작스러운 무기력함에 은서는 말을 잃은 채 벤치 뒤 벽에 머리를 기댔다. 그래도 당장 태경이 정신을 차린 것만으로 그녀는 기뻤다.

은서의 머릿속에서 태경의 웃음, 긴장하던 모습, 멍한 얼굴 등이 다 스쳐지나가고 나서야 언니의 모습이 희미하게 떠올랐다. 은서는 은진에게 전화를 걸었지만 옷을 갈아입고 아래층으로 내려가려 엘리베이터에 오른 은진의 핸드폰은 은서를 받아들여주지 않았다. 은서가 핸드폰을 끊었다가 다시 전화를 걸었을 때, 엘리베이터에서 내린 은진의 핸드폰이 시끄럽게 울렸다.

"은서야!!"

"언니."

"괜찮아?"

"응. 나 때문에 미안해 언니."

"네가 뭘 미안해. 그나저나 팀장이란 사람은 괜찮아?"

"응 곧 정신 들 거래. 언니는 어디야?"

"아 대충이라도 뭐 먹을까 해서. 여보세요? 은서야? 뭐라고?"

"언니? 언니!"

은서의 핸드폰 전원이 나가버렸다. 어제 충전할 것을 잊고 자 버린 게 문제였다. 은진은 그래도 동생의 목소리라도 들었으니 다행이라는 심정이었다. 문을 연 식당 내부는 이미 사람들이 줄지어 서있었다. 수십 개의 접시들이 이리저리 오가고, 은진을 보는 사람들마다 웃음을 띤 채 인사를 건넸다. 그들의 미소엔 아까 있었던 일에 대한 위로가 담겨 있는듯해 은진의 마음이 따뜻해졌다.

이곳의 사람들은 하나같이 착하고 예의바르며 올곧았다. 재덕이 직접 뽑은 사람이라서 더더욱 그랬다. 은진은 재단에 대해서는 아직 아는바가 전혀 없었지만 은진외의 사람들은 최소 5년, 승환의 경우는 20년이 넘는 세월을 혜윤재단에 몸담은 사람들이었다. 은진이 들어오고 나자 승환은 재단 사람들 외에 종업원이나 관계자들을 모두 밖으로 내보낸 후 문을 닫도록 했다. 그들끼리 오붓하게 식사를 하기 위해서기도 했지만, 꼭 할 말이 있는 것처럼 보였다. 그는 왼손에 샴페인 병을 들고 시설이 갖추어진 곳에 걸어 올라가 마이크를 잡고 주저 없이 입을 떼었다.

"은진 씨가 오셨습니다. 모두 박수로 환영해주세요."

은진은 자신의 이름이 불림과 동시에 박수세례가 터지자 처음엔 어리둥절했다. 그러나 이내 고마움에 가슴이 뭉클했다.

"은진 씨, 정말 대단하지 않습니까? 오늘 보셨다시피 불미스러운 사건만 없었더라면 정말 완벽 했었을 겁니다. 전시장 측에서도 입이 함지박 만하게 벌어졌고요. 아까 있었던 일은 일종의 신고식이라고 생각하시고, 우리들과 함께 혜윤재단에서 계속 일해주실 것을 부탁 드립니다. 환영합니다. 은진 씨!"

승환은 자신의 말이 끝나자 병을 흔들어 터뜨렸다. 뻥 소리와 함께 흰 거품이 솟구쳐 나왔다. 승환과 더불어 다른 곳에서도 샴페인을 터뜨리는 소리가 들려왔다. 지금 이 자리는 은진을 위로하기 위해서이자, 그녀의 환영식과 더불어 처음 한국에서 가진 전시회의 성공적인 시작을 알리는 축포였다.

"은진 씨 잘 해봐요."

"어려울 거 하나 없어. 신고식이야 신고식!"

"네! 네! 감사합니다, 정말 감사합니다."

슬프고 지칠 때 상상도 못할 큰 위로를 받는다는 건, 그것도 이렇게 좋은 사람들 사이에서 행복을 누릴 권리란 건 천운에 가까운 듯했다. 설마 이 일 때문에 재덕이 자리를 피한 것일까? 젊은 사람들에게 폐를 끼치는 게 아닐까 싶어서. 그것까진 알 수 없었지만 은진은 마음속 깊이 재덕에게 감사를 보냈다. 그가 아니었더라면 이 수십 명과의 인연이란 없었을 테니까. 행복에 겨워하는 은진에게 와인글라스에 반쯤 담긴 샴페인이 권해졌다. 큼직한 손, 승환이었다.

"한잔 받아요."

은진의 가슴이 또다시 쿵쾅거렸다. 얼굴이 붉게 달아오르는 것을 느끼자 더욱 부끄러웠다.

"그새 한잔 했나보네."

"아, 아니에요. 주세요."

재빨리 잔을 받아들고는 순식간에 마셔버렸다. 승환이 놀란 눈으로 쳐다보다가 웃음을 터트렸다.

"하하. 술이 받나봐."

"그러게요. 배도 고프고. 호호."

웃으며 승환과 대화를 나누던 은진의 눈에, 형광등과 샹들리에의 불빛이 불안하게 흔들렸다. 다른 수많은 사람들도 약속이나 한 듯 동시에 고개를 들어 천장을 바라봤다.

"어? 불이 왜 저러지?"

승환의 말이 끝나기도 전에 껌벅이던 모든 불빛이 동시에 종적을 감췄다. 시끌벅적하던 파티장의 분위기가 찬물을 끼얹은 듯 고요해졌다. 불안하게 웅성거리는 목소리들 사이로, 특이한 여자의 웃음소리가 섞여 들려왔다. 이것도 하나의 이벤트라고 생각하는 듯 시끄러워지는 사람들 사이, 은진은 바닥에서부터 붉은 점 두개가 떠오르고 있는 것을 알았다. 빨간 점들은 웬만한 사람의 키보다 높이 올라가더니, 2미터 정도 되는 지점에서 멈춰 섰다.

"회장님. 저게 뭐죠?"

"뭐가?"

하지만 이글거리던 두개의 불꽃은 사라진 상태였다. 무서움을 느낀 은진이 자신도 모르게 승환의 팔뚝에 매달리자 그가 긴장을 한 것인지 아니면 보드라운 은진의 두 가슴 때문인지 팔이 빳빳하게 굳어버렸다. 그리고 뭔지 모를 따뜻한 것이 은진의 볼을 타고 흘러내렸다. 끈적이고 비릿한, 불길한 냄새를 풍기며.

"이, 이게 뭐지?"

"머리."

"네?"

처음 듣는 목소리가 위에서부터 들려왔다. 음침하고 낮게 깔린 기분 나쁜 울림은 무엇일까. 등골에 오싹 소름이 끼친 은진이 고개를 들었을 때,

「키키킥!!!」

"?!"

시뻘건 두개의 눈이 승환의 뒤에서 번뜩였다. 아무것도 상황 파악이 되지 않는 그 순간, 형광등과 샹들리에의 불이 다시 켜졌다. 너무나 선명한 시야에 은진은 눈을 찡그렸다. 그랬기에 머리를 잃어버린 승환의 목에서 쏟아져 나오는 붉은 선혈을 나중에야 볼 수 있었다. 그의 머리는 사람의 상반신보다 조금 작을 듯한 엄청나게 거대한 손, 손이라고밖엔 표현 못 할 것에 들려있었다. 날카롭고 흉측하며 거대한 손은 승환의 크고 따뜻한 것과는 완전히 달랐다. 괴물은 쥐고 있던 머리를 무른 사과처럼 꽉 쥐어 터트렸다. 그의 눈이 폭발하듯 밖으로 튀어나왔다.

「내 것이다!!」

괴물이 즐거운 듯 크게 소리 질렀다. 사람들의 비명이 마치 이곳이 지옥인 것처럼 거대한 방 안을 채웠다. 문을 열고 나가려는 수십 명의 사람들의 울부짖음은 밖에 들리지 않는지, 아니면 문을 누군가 굳건히 잠가 놓았는지 열릴 기미도 없었다. 이리저리 도망치는 사람들 사이, 생전 처음 보는 여자가 들기에도 벅차 보이는 검은 책을 아무렇지도 않게 한 손에 쥐고는 괴물이 웃을 때마다 같이 웃었다. 어둠 속에서 들었던 여자의 웃음소리였다.

"오랜만에 너무 행복해 보인다. 우리 자기? 히힛."

「이제 어느 방이든 우리의 것이다. 게다가 그 첫 도륙이 놈의 하수인들이라니 어찌 즐겁지 않을 수 있을까? 그래도 계약을 위반 할 수 없으니, '검게 변한 곳'들만 받아가도록 하지.」

괴물은 사람들을 문 앞에 하나씩 던져놓고는 잡아둔 물고기처럼 아래에서부터 건져 올렸다.

「손!」

「다리!」

「눈!」

「혀!」

'그것'은 무언가를 중얼거리며 손을 잘라내고, 때로는 발을, 어떤 이는 머리를, 혹은 혀를 뽑아냈다. 나름 바쁜 괴물의 움직임이 계속 되자 곧 사람들의 비명소리마저 잠잠해졌다. 음식이 담겨졌던 트레이 위엔 이젠 피와 인간의 창자, 살덩어리들로 수북했다. 깨끗하게 잘 닦 여있던 바닥엔 뜨거운 피가 큰 웅덩이를 이뤘다. 피바다의 중앙에 쓰 러진 은진에게 괴물이 다가왔다. 쿵, 한걸음. 쿵, 한걸음씩.

코뿔소 같은 육중한 두 다리, 손톱보다도 더 날카로워 보이는 촘 촘히 틀어박힌 뾰족하고 긴 이빨, 붉게 꾸물거리는 것으로 가득한 두 눈이 그녀를 바라보고 있었다. 은진은 스스로 입을 막았다. 온몸은 사시나무 떨리듯 처량하게 흔들렸다. 어둠의 주인은 은진을 잠시 바 라보다가 마치 인간이 웃는 것처럼, 하지만 절대 인간일수 없는 모 습으로 말했다.

「운이 좋은 아가씨군. 물들지 않았다.」

검붉은 파티장만 남기고 흉측한 살인마는 연기처럼 사라졌다. 쌕 쌕거리는 은진의 숨소리만이 피의 연회장에 번져나갔다. 은진의 주 머니에서 핸드폰 벨소리가 들렸다. 파들거리며 떨리는 손으로 그녀 만큼이나 피에 젖어버린 핸드폰을 꺼내든 은진은 아무 말도 하지 않으리라 다짐했다. 지금 어떤 말도 해서는 안 될 것 같은 기이한 기분을 느꼈기 때문이었다. 그러나 전화를 받고 은서의 목소리를 들었을 때, 질러서는 안 될 비명을 토했다. 모든 것을 잃어버릴 단 한 번의 단말마를 내지르고 만 뒤 그녀는 그대로 쓰러져 버렸다.

"엥? 얘는 왜? 아. 그렇구나. 아쉽네. 그런데 되게 예쁘게 생겼다! 가질까?"

수향은 찰박거리는 피바다 위를 맨발로 총총 뛰었다. 상반신의 절반만한 책을 한 손에 가볍게 든 채로. 기절한 은진의 얼굴을 보며 아쉬운 듯 입맛을 다셨다. 긴 머리를 틀어 올려 고정해둔 벚꽃 비녀를 뽑아들려다가 관두었다. 영혼이 사라진 육체를 죽인다고 얼굴을 훔칠 순 없었다. 그저 숨을 끊는 것뿐인 일은 불필요했다.

"우리 그이가 혼자 놔두면 이래요. 너무 더러워졌네? 내가 말끔히 치워줄게!"

마녀는 수인은커녕 주문도 외울 필요가 없었다. 한번 외웠던 주는 그녀의 몸에 새겨졌으므로. 그래서 '역행(逆行)의 주'조차 그저 손가락을 까딱하는 것으로 완성되었다. 다만 그 순간 '쇄함의 주'가 풀렸다. 몇 가지 제약은 있었다. 6면의 공간에서만 사용이 가능했고, 하나의 주를 맺으면 그 이전 주의 힘은 사라졌다.

문은 열 수 있었지만 아무도 나가지 못했다. 내부의 연회를 방해하지 말아달라는 승환의 당부가 있었기에 굳이 누구도 들어오지 않았다. '역행의 주'가 펼쳐지자 시간을 되감은 듯 죽음의 부산물들이 퍼즐처럼 원래대로 맞춰져갔다. 흩뿌려졌던 피와 인간의 조각들이 엉겨 붙어 원래의 형상을 이루었다가 어둠 속에 흡수되었다. 살아있지만 생기가 없는 회백색의 사람들 모습에 마녀는 흡족한 듯 깔깔대며 웃었다. 은진의 주위를 돌던 마녀는 정신을 잃은 그녀의 손을 잡았다. 혼이 사라진 육신치고는 자꾸만 욕심이 났다. 그런데 무슨 일인지 마녀의 동공이 심하게 흔들렸다. 은진의 기억을 모두 읽은 마녀의 얼굴이 분노로 일그러졌다.

"은서구나? 은서. 태경 씨를 노리는 년이!"

잠시 후 더 은진의 손을 잡고 있던 수향은 볼일이 끝났는지 빛이 닿지 못한 어둠 속으로 걸어 들어갔다. 방 안엔 마녀도, 괴물도, 죽음의 흔적도 없었다. 아름다운 드레스를 입고 쓰러져 있는 은진만이 외로이 남아있을 뿐이었다.

* * * *

"말이 안 되잖여!!!"

"이, 이 자식이? 이거 못 놔?!!"

경찰서 사무실엔 한바탕 실랑이가 벌어졌다. 화를 억누르지 못한 호재가 가발이 들썩 거리는 것을 애써 손으로 막아보려는 남자의 멱살을 붙잡고 흔들어댔다. 작달막한 사내의 아귀힘이 너무 센 탓에 결국 남자의 가발이 바닥에 툭 떨어지자, 그도 더 이상 참을 수 없다는 듯 호재를 밀쳐버렸다.

"이거 놓으라고!!"

"이 형사님!!"

"크윽……."

은찬이 넘어지려는 호재를 재빨리 잡았다. 중심을 잃으면서 상처가 조금 벌어져 아픈 부위를 감싸 안는 호재를 보며 그를 밀친 남자는 미안한 표정으로 호재를 몇 초간 바라보다가, 이내 휑한 머리에 찬바람을 느꼈는지 냉큼 가발을 주워 다시 썼다. 대충 엎어놓은 탓에 오히려 대머리임을 강조하는 꼴이긴 했지만.

"아 일들 안하고 뭐해? 뭘 그렇게 봐? 일해 일!!!"

주위의 시선이 언젠가 한번쯤 벗겨질 것이라 믿었던 그의 가발을 뚫어져라 응시하는 것 같았는지, 아니면 자격지심이었는지 괜스레 성질을 낸 남자가 책상위에 엉덩이를 걸친 채 숨을 몰아쉬었다. 잠시 뒤, 미안한 표정으로 조용히 말을 꺼냈다.

"야. 넌 반장이고 뭐고 안중에도 없냐?"

"반장 같은 소리하고 있네. 지금 이게 보통 일이요? 상부지시로 수사를 할 수 없다니?"

"너 잠깐 나와."

반장은 다짜고짜 호재를 끌고 바깥으로 나갔다. 은찬도 조용히 뒤따랐다. 사람이 드문 경찰서 건물의 뒤편에 가서야 반장은 호재를 벤치에 앉혔다. 호재는 급히 걷게 된 나머지 상처가 아려와 인상을 찌푸렸다.

"다친 사람 끌고 다녀서 미안한데, 씨발 나라고 어쩔 수 있냐? 까라면 까야지. 그냥 하지 말라는 정도가 아니다. 야, 언론 쪽 형님한테

들었는데 윤……뭐였지?"

"윤재덕."

"그래! 그 사람에 대해 일체의 언급도 말라고 지시까지 내려왔다더라. 그뿐 인줄 알아?"

"거기서 뭐가 더 있소?"

"윤재덕의 수하들마저 일제히 사라졌어. 한국에 같이 왔던 사람들이 있을 거 아니야. 그 중 여자 한 명 빼고 싸그리 다 없어졌대. 유일한 목격자, 아니 뭘 목격을 해 목격을? 잠적하지 않은 여자는 정신이 나가버렸다더라고."

"정신이 나가?"

"응. 너 다쳐서 쉬고 있을 때. 아니 근데 대체 왜 다친 거냐 넌? 으이그 복잡해!! 씨발 아무튼!! 재덕 일행이 묵고 있던 호텔에서 근처 경찰서로 연락이 왔다나봐. 가보니 이쁘게 생긴 여자애 하나가 완전히 미쳐서 난리더란다. 상황이 그러니 다 어디로 갔는지 물어볼 수나 있냐고. 전화기를 조사해보니 동생이 있다고 해서 연락하라고는 했는데, 그 후론 새벽부터 청장 전화에, 아침엔 너 지랄에 내가 지금 제정신이 아니다. 야, 그리고 티비 봤냐? 물타기 작살난다 지금. 인터넷이고 나발이고 모조리 다."

"……돼지들?"

"근데 이게 자꾸 말을 까네. 휴. 그래. 그 일 때문에 어차피 아무도 윤재덕인지 뭐시긴지엔 관심도 없다고! 그런데 네가 와서 이렇게 난리를 치니 당황 안하게 생겼냐?"

아침 뉴스엔 소시지나 프레스햄에 들어가는 재료를 알려준다며 공중파에서는 처음 보는 끔찍한 도축장면들까지 충격보도라는 제목으로 방송되었다. 보통 징그럽고 참혹한 장면들은 모자이크 처리를 하는 편인데, 실상을 공개한다는 핑계로 제대로 관리 되지 못한 탓에 병까지 걸린 듯 다리를 절뚝거리는, 더러운 오물들로 얼룩진 돼지들이 일렬로 줄지어 죽음을 향해 늘어선 모습이 나왔다. 목에 거대한 자물쇠가 채워지자마자 돼지의 허연 울대를 녹이 심하게 슬어있는 거대한 칼로 베어냈다. 피가 울컥거리며 쏟아져 나오는 장면은 큰 충격으로 다가왔지만 그보다 더한 것은 병든 돼지들을 소각시켰다고 해놓고 도살하여 재료로 사용한 부분이었다. 죽음의 장면들은 비위를 상하게 만들기 충분했고, 심지어 호재도 잠시간 사건을 잊고 몸서리를 쳤음이었다.

당장에 부대찌개 집에는 발길이 뚝 끊기고, 마트에서는 육가공품들이 잠시나마 자취를 감췄다. 사람들의 입에서는 구역질나는 도축장면과 먹어왔던 소시지와 햄들에 대한 배신감을 털어놓느라 바빠 어제만 해도 특종으로 보도되던 전시회장에서 울부짖는 윤재덕의 이야기는 잊은 지 오래였다. 미술계에 관계되어있지 않는 이상 그저 유명한 사람이 전시회를 하나보다 생각하는 것이 일반인들에게 남은 자잘한 기억들이었다.

경찰서 내부에서도 당연스럽게 아는 사람은 거의 없었다. 신 반장은 이재혁 검시관 집에서의 화재로 정신없이 바쁘게 일하느라 윤재덕이란 사람이 사라진 것도 모르고 있었는데, 다음날 새벽 그의 핸드폰이 시끄럽게 울어댔다. 경찰청장에게서 전화를 받은 신동철은 일방적으로 지시를 내린 후 전화를 끊어버린 경찰청장 때문에 한 번, 그리고 잠결에 겨우 다시 떠올린 그 내용에 또 한 번 의문이 들었다. 윤재덕이란 이름에 관한 모든 것을 함구하라니.

협박에 가까운 말투에 긴장을 하긴 했지만 미술에 관심 없는 수많은 사람들과 그리 다르지 않은 탓에 윤재덕이란 이름이 가물가물 하기만 했다. 그러다가 어제 낮 즈음에 TV에서 봤던 미술관에서의 소동이 떠올랐다. 그런데 윤재덕이란 자가 얼마나 대단하다고 저런 높은 직위의 인간이 직접 전화를 하는 것일까. 아마 그 인간 또한 그보다 더 윗선에서 지시를 받았음이 틀림없을 것이었다.

한 인물의 실종도 아닌 잠적 때문에 청장이 일개 강력반 반장에게까지, 그것도 새벽에 전화를 건다는 것은 처음 있는 일이었다. 신동철은 공식적인 자리이외에는 청장의 얼굴도 몇 번 본적도 없었다. 그래서 이 일이 보통이 아님을 짐작했다.

아침부터 충격적인 장면이라며 계속해서 뉴스에선 돼지들이 수도 없이 다시금 울대가 베어져 피를 쏟았다. 그 누구도 윤재덕에 대해 말을 꺼내는 사람은 없어 안심하고 있었는데 어제 화재사고에서 배를 다쳐 쉬고 있어야할 이호재가 난데없이 경찰서에 쳐들어와 윤재덕의 수사에 대한 지원을 요청해 온 것이었다. 무슨 말도 안 되는 '그림'의 이야기를 늘어놓으며 그것이 사람을 죽일 거라는 밑도 끝도 없는 헛소리를 하는 그에게 그저 사실을 이야기 했을 뿐인데, 멱살을 잡고 흔들어대는 통에 얼마 없는 체면도 무너져버렸다. 그래도 밀쳐낸 것이 미안했는지 속주머니에서 담배를 꺼내 무는 호재에게 자신의 라이터를 꺼낸 동철이었다.

"아니 근데 대체 그림이라는 게 뭐냐?"

"재혁이 형 집에서 아무것도 못찾았소?"

"찾긴 뭘 찾아. 별다를 것 없더구먼. 충분히 조사는 했지만 아무것도 없었다고. 무슨 일이 있었던 거냐? 말을 해야 알거 아니야?"

"일은 무슨. 별거 아니요."

"네가 아무리 그래도 문책은 피할 수 없을 거야. 시신을 그따위로 해놓고."

"어쨌든 형 사표만은 좀 막아주쇼. 사람 죽인 것도 아니잖여. 근디, 불이 책상에서 부터 난거 맞소?"

"응. 발화점이 그쪽인건 확실해. 그냥 딱 봐도 알겠더라. 다만 대체 어쩌다 불이 난건지는 아직 좀 더 수사를 해봐야 할 것 같아. 전문가조차도 고개를 갸우뚱하더라고. 불이라는 게 다 태워 없애버리는 것 같아도, 매우 정확하게 발화의 원인과 이유를 알 수 있거든. 불길이 어디서 시작하고 번져갔는지는 알 수 있는 편이란 말이지. 내가 잡은 방화범만 몇인데. 전문가는 아니더라도 나도 어느 정돈 안단 말이야. 그런데 이건 이상해. 무언가 스스로 불탄 것처럼. 자연발화 같달까."

"자연발화?"

"그래. 뭐 좀 뜬금없는 소리긴 하지만 말이야. 불이 날려면 단 몇 가지라도 발화조건을 충족시켜야 하는데, 그 흔한 싸구려 라이터도 없더군."

호재의 눈빛은 바닥을 향하고 있었지만, 그의 머리는 쉴 새 없이 답을 찾고 있었다. 책상서랍에서 시작된 이유를 알 수 없는 불. 호재보다도 오랜 경력의 신 반장과 그보다 더 불을 잘 아는 전문가조차도 시작을 알 수 없는 화재의 이유란 것이 혹시 그림이 아니었을까? 스스로 불타버린 윤재덕의 그림과 이런 일이 생기면 터뜨리려 준비해둔 것 같은 충격적인 사건. 그때 호재의 머리에 그저 재혁의 집에만 불이 난 것이 아닐거란 생각이 들었다. 그리고 그림의 원래 주인인 이현기가 떠올랐다. 경매장. 그림의 또 다른 주인들. 세상을 움직이는 손들이 재덕을 지우려 하는 지금. 갑자기 그림이 불타 사라졌다면, 그것을 그린 재덕의 목숨도 꺼져버린 것은 아닐까, 이대로 죽은 자의 뒤를 쫓으려다가 봉변을 당하고 말 것이라는 불길한 예감이 호재를 스쳤다.

"아 그건 그렇고, 너 조사하던 사건 있지?"

"왜요. 그것까지 못하게 하시게?"

"뭔 소리야. 날카롭긴. 그 집 말이다. 그 불타서 무너진 집."

"그게 뭐요?"

"아침에 시신인계 문제로 유가족에게 전화를 했는데, 아니 생각해보니 이것까지 왜 내가 해야 해? 아유 씨발 그래 뭐 그건 그러려니 하고, 아무튼 이재혁이 난리를 쳐놓는 바람에 재검시를 해야 한다지만, 미리 말을 해둘 참이었지. 그런데 이거 완전 골 때리던데?"

"뭐가 말이요?"

"그냥 우리보고 알아서 하란다. 이건 무슨 부랑자도 아니고. 아주 말투도 싸가지가 없더만."

"누가요, 남자가?"

"아니. 그 집 여자. 목소리가 살벌하던데."

신 반장은 싸늘한 날씨에 여자의 목소리까지 떠올라 소름이 끼친 듯 몸을 움츠렸다. 자신의 부모가 그렇게 흉측하게 죽었는데 딸년은 그걸 경찰보고 알아서 처리하라니. 행려자나 누군지 알 수 없는 시체의 경우 15일에서 30일 사이 그 시신을 인계받을 가족이나 관계자가 나타나지 않으면 국가에서 화장으로 시신을 처리하게 되어있었다. 마땅히 죽을 곳조차도 찾지 못한 사람들은 종종 그러한 방법을 이용해 화장이라도 되길 바랐다. 유가족이 시신을 수습하지 않겠다고 해도 마찬가지였지만, 그건 거의 예외라고 해도 될 정도로 드문 일이었다. 생전에 아무리 나쁜 일을 했다 해도 가족으로서 장례는 치러주기 마련인데, 자신의 아버지가 끔찍한 짓을 저질렀다지만 어머니의 시신마저 거부하는 건 무슨 이유일까. 더 이상 아무것도 기억하고 싶지 않다는 것인가. 그림과 윤재덕에게만 매달려 있었던 호재의 머릿속에 스멀거리며 어둡고 괴기스러운 아파트의 모습이 지나쳤다. 귀신이 된 김석호의 얼굴과 자신의 아랫도리에 묵직한 쾌감을 주던, 그러나 무언가 섬뜩해 겨우 피했던 2102호의 여자의 얼굴마저 떠오르자 호재는 숨이 막혔다.

* * * *

혜주는 머리가 터질 것처럼 아팠다. 모든 기억이 희미했다. 그녀는 무심코 전화기를 바라봤다. 발신자가 표시되는 전화기의 아래버튼을 누르자 전화가 걸려온 흔적들이 보였다. 받은 것이 분명한데 그녀에겐 어떠한 기억도 남아있지 않았다. 전화를 받긴 했나? 아니, 그 이전에 그이는 벌써 출근을 했나. 아무것도 알 수 없었다. 시계는 이미 정오를 가리켰다. 혜주는 침대에서 일어나려다 심한 현기증과 발의 통증으로 침대의 가장자리에 걸터앉았다. 폭음을 한 다음날처럼 속이 메스꺼워 복통까지 느껴졌다. 진통제의 부작용인가. 깨질 것 같은 머리를 붙잡고 고개를 숙이고 있는데 누군가 그녀의 왼쪽 어깨를 톡톡 건드렸다. 정인인가? 고개를 들어봤지만 아무도 없었다. 혜주가 두리번거리는 사이, 타닥거리는 발자국 소리를 내며 그녀의 앞을 무엇인가 스쳐지나갔다.

"아앗!!"

소리는 어른의 것이 아니었다. 어린아이의 빠른 발걸음. 마치 정인이가 앞에서 뛰어간 것 같은 느낌이었지만 정인이는 근처 어디에도 없었다. 지금까지 자고 있는 건가? 하긴, 아이도 얼마나 힘들까. 혜주도 피곤해서 그랬으려니 싶어 집안을 청소라도 할 심산으로 물에 젖은 스펀지처럼 무거운 몸을 일으켰다. 어쩌면 그녀가 겪은 일에 비해 이런 일들은 아무것도 아닌 것처럼 느껴졌다. 예전 같았으면 놀래서 기절이라도 했을 텐데. 어이가 없고 슬프기만 했다. 화장대의 거울에 비친 자신의 모습이 참 불쌍해보였다.

하얀 슬립가운을 입은 모습. 긴 머리. 초췌하고 퀭한 두 눈. 노려보는 눈동자.

혜주의 생각은 거기에서 멈춰버렸다. 공포스러운 이질감이 등줄기를 타고 기어올랐다. 그녀의 옷은 주황색 반팔과 그와 비슷한 색의 긴바지였고 머리도 저렇게 길지 않았다. 살아있는 사람의 눈이라면 허옇게 변해있을 수도, 자신을 노려볼 수도 없었다. 혜주는 숨을 헐떡이며 주저앉았다.

화장대의 거울에선 이젠 겁에 질려 주저앉은 그녀와 또 다른 어떤 형상이 동시에 보였다. 공포와 증오가 격렬히 부딪히며 교차했다. 공포의 쪽에 서있는 혜주가 두 눈을 손으로 마구 비볐다. 이러면 사라질지 몰라. 다 환상이야. 하지만 증오로 가득한 여자는 사라지지 않고 더욱 형형히 살아났다. 따스한 햇살을 반사시켜야할 거울은 반대로 빛을 모조리 흡수하는 듯 했다. 그러더니 거울의 표면이 돌을 던진 호수처럼 일렁였다. 노려보던 여자가 붕 떠올라 거울 밖, 혜주의 앞에 나타났다. 파랗게 잔 핏줄이 솟아 오른 팔과 다리, 창백한 얼굴엔 움푹 들어간 눈 안의 두 눈동자가 깨져버린 반투명한 유리조각처럼 번뜩였다. 공중에 떠오른 채로 한발자국씩 그녀가 혜주에게 다가왔다.

그녀가 입을 벌리자, 온통 시커먼 액체로 가득 물든 치아와 섬뜩하게 날름거리는 혓바닥이 보였다. 점점 그 얼굴이 혜주에게 다가오지만 눈조차 감을 수 없었다. 두 눈을 일부러 벌린 듯 억지로 보고 있는 꼴이었다. 그녀의 입이 찢어질듯 양쪽으로 올라가며 웃는 형상을 띠자 입안에선 검은 액체가 흘러나와 혜주의 얼굴에 떨어졌다. 차라리 기절이라도 하고 싶었지만 그것도 맘처럼 되지 않았다. 그 순간, 갑자기 그녀가 몸을 일으켜 거실로 천천히 걸어 나갔다. 알아서 떨어져 나간 귀신의 뒷모습에서 혜주는 순간 안도감마저 느꼈다. 그러나 곧 혜주의 눈에선 눈물이 쏟아졌고, 동시에 가슴을 틀어쥐고 앞으로 쓰러져버렸다.

천천히 숨을 쉬자. 이건 다 환상이다. 그러나 공포는 어찌할 수 없게 혜주의 머리와 가슴을 짓눌렀다. 잊으려했던 아버지의 모습까지 떠오르자 차라리 자살이라도 하고 싶었다. 당장에 저 바깥으로 뛰어내려 죽는 건 어떨까 싶은 생각은 달콤하기까지 했다. 그때, 지금까지 혜주를 버티게 했던 정인이의 얼굴이 떠올랐다. 그리고 혜주는 더 큰 공포에 휩싸였다. 좀 전에 왜 방 밖으로 나간 거지? 이 집엔 나와 아이만이 남아있는데.

"저, 정인아!!"

마음은 급했지만 어지러움에 혜주는 제대로 몸을 일으키지도 못했다. 다리의 꿰맨 상처들이 모두 찢어지며 피가 흘러내렸다. 움직이지 않는 두 다리 대신 이를 악물고 양팔을 교차해가며 방밖으로 기어나갔다. 집안은 어두운 커튼으로 둘러놓은 듯 빛이라곤 하나도 보이지 않았다. 검붉은 거대한 핏줄들이 요사스러운 붉은 빛을 내뿜으며 수천마리의 바퀴벌레처럼 온 집에 광기를 밀어 넣었다. 희미하고 기분 나쁜 빛 사이로 정인이의 방이 보였다. 방 안에서 여자아이와 성인여자의 목소리가 들려왔다.

"엄마."

"그래 우리 아가."

"이 꼬맹이, 못 들어가게 해. 죽여 버릴까?"

"그러자. 모조리 죽여 버리자!"

무슨 소리지? 죽여 버린다니. 왜. 아이가 무슨 잘못을 했기에? 혜주는 눈물로 온통 범벅이 된 채 사력을 다해 정인이의 방까지 기었다. 그리고 그곳에서 잠들어있는 정인이의 배위에 올라타 있는, 피로 물든 옷을 입은 단발머리의 여자아이와 정인이의 옆에 서서 얼굴을 뚫어져라 바라보고 있는 공포의 그녀가 보였다. 정인이의 위에 올라탄 아이는 정인이를 깔아뭉개며 입을 막았다가 코를 쥐었다가 하며 숨을 쉴 수 없는 고통으로 몰아가고 있었다. 분노에 휩싸인 혜주가 몸을 일으키려 했지만 다리가 움직이지 않았다.

"숨도 제대로 못 쉬는 병신이네. 엄마, 너무 쉬울 것 같은데?"

"재밌게 놀아줘! 텅 비어버리도록!"

"저리가! 내 아이에게서 떨어져! 저, 정인아, 일어나!! 일어나 정인아!!!"

혜주가 소리를 지르고 발버둥을 쳐도 정인이는 일어나지 않았다. 쉴 새 없이 지나치는 죽음 같은 붉은 빛이 정인의 얼굴에 비출 때마다 가슴은 수백 조각으로 갈라져 부서지는 것만 같았다. 혜주가 계속 울부짖자, 그녀와 아이가 동시에 노려봤다. 허연 은백색의 두 눈이 생선의 비늘처럼 번뜩이고, 그보다도 더 비릿한 미소를 머금은 그녀가 혜주에게 다가왔다. 혜주는 아까처럼 비명을 지를 수도 눈을 감을 수도 없었다. 그리고 곧 아무것도 보이지 않았다.

시커먼 장막이 지옥처럼 펼쳐져 2101호를 감쌌다. 작은 방안에는 아이가 괴로운 표정으로 누워있었다. 그 위의 단발머리의 여자아이가 재밌는 장난감을 다루듯 아이의 숨을 막아 괴롭혔다. 약간 흐릿해 보이는 모습이 이상한 단발머리의 아이는, 문지방에서 뉘인 몸을 서서히 일으키는 주황색 옷의 여자를 바라보며 기괴한 웃음소리를 냈다. 그러자 그 여자도 맞장구라도 치듯 섬뜩한 미소를 지었다.

"이제 하나만 더하면 되겠구나."

혜주의 입 꼬리가 올라가며 기괴하게 웃음을 지었다. 단발머리의 아이가 시커먼 입술에 웃음을 띤 채 이번엔 정인이의 목을 조르려 했다.

* * * *

은서는 회사에 나오지 않았다. 늦은 시간까지 회사에 남아있는 이유는 단지 일뿐만은 아니었다. 전화도 받질 않는 그녀의 집이 어딘지는 당연히 몰랐다. 혹시나 늦게라도 나와 주지 않을까. 게다가 집에 돌아가기엔 껄끄러웠다. 저녁 8시. 태경은 아쉬운 마음으로 회사를 나섰다.

눈이 내렸다. 그러고 보니 하늘 한 번 볼 여유가 없었다. 회사에서도 중간 중간 조느라 바빠서 일을 어떻게 했는지도 잘 모르겠다. 그래서 지금 내리는 눈에 태경은 어떠한 낭만도, 설렘도 찾지 못했다. 버스정류장에 서있는 태경의 앞에 어디서 본 듯한 외제차가 멈춰 설 때도 호기심조차 생기지 않았다. 차창이 열리고 운전대를 잡은 여자의 얼굴을 본 순간, 태경의 가슴은 언제 조용했냐는 듯 미칠 듯 뛰었다.

"팀장님……."

"으, 은서 씨? 아니 이 늦은 시간에 여긴 왜?"

은서가 고개를 숙인 채 울기만 했다. 태경은 어찌 해야 할 바를 몰라 머뭇거리다가 일단 차에 올라탔다. 어깨라도 토닥거려 주려는데 태경의 팔을 은서가 먼저 꽉 끌어안았다. 잠시의 복잡함을 뒤로 하고 태경은 기다리기로 했다. 은서가 좀 진정된 듯 들썩이는 어깨가 가라앉았다.

"무슨 일 있었어요?"

"팀장님."

"네?"

"저 팀장님 좋아하나 봐요."

갑작스런 고백이었다. 살짝 붉은 눈이 오히려 더 매혹적이었다. 온통 눈물에 젖은 얼굴인데도 사랑스러움이 뚝뚝 떨어지는 은서에게 맘이 흔들리지 않을 남자는 없었다. 태경도 그랬다. 이런 떨림이 얼마만인지도 잘 모르겠다. 혜주와 사귈 때도 비슷한 상황에 놓였었다. 가진 것 없는 태경을 먼저 좋아한다며 사귀자고 팔짱끼던 그녀가 너무 예뻤다. 이런 일이 앞으로 얼마나 있을까. 이렇게 설렐 일이 또 있기나 할까.

"나도 은서 씨 좋아해. 그러니 이 시간까지 회사에서 기다렸지."

"정말요?"

"응. 은서 씨 하는 게 꼭 우리 딸내미 닮았거든."

태경의 희미한 미소를 보며 은서는 체념했다. 그는 자신의 것이 될 수 없었다. 이 남자의 미소는 정중한 거부였다.

"늦게 태어난 게 죄인가 봐요."

"못 기다린 내 잘못이지."

둘은 마주보며 이야기하다 웃어버렸다. 은서는 그에게 닿지 못하는 아픔을 애써 감췄다. 사실 그녀보다 태경의 마음이 더욱 산산이 부서지는 것을 알지 못한 채. 자신에게 처한 악몽 같은 일들만 아니었더라도 당장 그녀를 품고 밤새 사랑을 속삭이고 싶었다. 너무 아름다워서 밀어내야 했다. 태경이 품에 안았다간 그녀마저 사라질 것 같았다. 그래서 그냥 웃었다. 정말 정인이를 보는 것처럼. 은서가 빤히 태경을 보다가 난색이 됐다. 하고 싶은 말이 더 있는 것 같았다.

"은서 씨. 무슨 일 있었구나."

"우리 언니, 병원에 있어요."

"언니? 아, 은진 씨? 어디 다쳤어요?"

"팀장님 쓰러지고 나서 연락을 받았어요. 경찰서에서. 언니는 정신이 나간 사람처럼 비명을 지르다 기절하는 걸 반복했어요. 그러더니 몇 시간 전부터는 아예 의식이 없어요. 그래서, 그래서……."

그래서 팀장님이 더 생각났어요. 회사에 들어가 당신의 얼굴을 보면 눈물부터 나올까 무서웠어요. 몇 시간이나 근처를 돌며 팀장님이 나오길 기다렸어요. 지금이 우연이라고 믿으시면, 또 바보가 되는 거라고요. 그 모습도 사랑하지만. 모든 말을 속으로 삼킨 은서는 그저 눈물만 흘렸다. 태경은 은서가 얼마나 힘들었을까 싶어 마음이 아팠다. 우는 은서의 손을 잡은 태경은 괜히 미안해졌다. 모든 일의 시발점이 자신인 것 같았다. 그 자리에 가지 않았다면 아무런 문제가 없었을 텐데. 생각할 필요도 없었을 텐데. 아파트를 사자고 혜주를 설득하지 않았더라면, 꼭 정인이를 낳겠다는 아내를 말렸더라면, 사랑한다는 혜주의 고백을 밀쳐내 버렸더라면. 그랬다면, 그랬더라면.

태경의 눈이 질끈 감겼다. 자괴감이 밀려왔다. 마치 그걸 아는 듯 마주잡은 태경의 손을 꽉 쥐는 은서였다. 마음 깊은 곳에서 익사하려는 태경을 꺼내려는 듯이. 태경은 그 손을 슬며시 놓았다. 자기가 뭐라고 이런 미인을 거부하겠냐만, 지금의 삶에서 이보다 깊은 인연은 사치였다. 태경은 차에서 내려 버스정류장에 섰다. 은서가 자신을 바라보는 것을 알고 있었다. 몇 분만 버스가 늦었더라면 태경도 그 시선을 피하지 못했으리라.

은서는 사랑이 아니더라도 오늘 하룻밤만 그를 안고 싶었다. 위로가 필요했다. 이보다 더한 열망과 희락으로 불안을 잠재우고 싶었다. 그러나 태경은 차에서 내려 버스에 올랐다. 딸과 아내가 걱정된다며, 미안하다며. 미워할 수 없다는 걸 아는 듯 얄미운 미소를 보이고는.

눈 내리는 밤, 각자의 공간이 슬픔과 한숨으로 채워졌다. 은서는 자꾸만 눈물이 나서 차에서 움직일 수 없었고, 버스 안에서의 태경은 착잡한 마음에 가슴이 메어졌다.

태경이 사라진 자리를 바라보고 있었다. 바보 같은 자신이 너무나 싫었다. 머리로 이해를 할 수 있었다면 고백조차 하지 않았을 것이었다. 마지막에 붙잡아 볼걸. 가지 말라고 애교를 부리며 그의 팔을 붙잡고 놔주지 말 것을. 차라리 술에 취해 버릴걸 그랬나보다. 이런저런 상념에 빠져 2시간 가까이 흘러 버렸다는 것을 알게 된 은서가 겨우 태경의 생각을 떨치고 운전대를 잡으려던 순간, 핸드폰이 울렸다.

[우리 집에 올래? 미안해. 보고 싶어 은서야.]

은서는 놀라서 문자의 출처를 다시 확인했다. 분명 태경이었다. 몇 통의 문자가 더 왔는데 아내와 딸이 친정에 갔다며, 좀 전의 그와는 판이하리만큼 달콤한 말들로 은서를 유혹했다. 어떻게 해야 하지? 아니라고 했었잖아. 다 거짓말 인거야? 팀장님도, 날 원하는 거 맞지? 집에가서 텅 빈 방들을 보니 내가 생각났던 거야. 그저, 욕망의 배출구로 생각한대도 은서는 괜찮았다. 그래. 오늘 하룻밤만. 은서는 마지막 문자의 주소로 차를 몰았다. 그리 멀지 않은 곳에 있는 아파트의 2102호로.

"여기인가?"

은서는 차에서 내려 스산한 아파트의 입구에 섰다. 무서운 기분이 들었지만 태경을 만날 생각에 그마저도 떨쳐버렸다. 그의 집에 들어가는 것이 죄책감이 느껴졌지만 지금 거부한다면 영원히 저 남자를 가질 수 없을 것 같았다. 너무나 고요한 아파트의 엘리베이터 버튼을 눌렀다. 21층으로 올라가는 내내 그냥 돌아가야 할까 망설였다. 처음 면접장에서 태경을 만났을 땐 이렇게 좋아하게 될 줄은 몰랐다. 자신만 보면 헤벌쭉 웃고 있는 모습이 점점 귀여워 보이더니 어느 순간부터 자신도 모르게 태경을 꼬드기고 장난을 걸었다. 그의 반응이 재밌었고 당황하는 표정부터 눈을 피하는 것까지도 자꾸만 눈에 들어왔다. 그냥 하룻밤 놀자고 해볼까. 아무도 몰래 둘이서만 뜨겁게 지내보자며 유혹해 볼까나. 그러나 그가 쓰러지는 모습을 본 은서는 그저 육욕만으로 태경을 바라보는 것이 아님을 알았다.

선택은 언제나 쉽지 않았다. 그래서 태경의 선택이 정말 자신인 건지 확인하고 싶었다. 그것이 아니더라도 꼭 하룻밤을 허락하도록 만들고 싶었다. 그 후 끌어안든 떨쳐내든 확실히 끝내리라 마음먹었다. 21층에 다다르자 숨고르기만으로는 부족할 만큼 가슴이 뛰어서 주체가 되질 않았다. 2102호의 문을 두드리려는데 문이 스윽 열렸다.

"……팀장님? 윤 팀장님?"

어두운 현관은 센서등도 켜지지 않았다. 달빛이 맴도는 거실이 희미하게 보였다. 소파 한편에 누군가 앉아있었다.

"팀장님이세요?"

소파에 앉아있던 형상이 순식간에 은서의 앞으로 다가왔다. 은서가 비명을 지를 틈도 없이 빠르게. 이 여자는 누구지? 그리고 왜 기침이 이렇게……. 입에서 뜨거운 것이 쏟아지던 순간 고통이 명치에서부터 그녀의 뇌를 관통했다. 아래를 내려다보니 옥색의 무엇인가가 자신의 가슴에 박혀있었다.

"아, 아악!!"

"너만 좋아하는 게 아닌가 보더라? 그럼 별 수 없잖아. 그러니까 이해하지 아가야?"

오래전 언젠가, 수향이 단월의 생을 빼앗을 때처럼 수향은 옥비녀로 은서를 찔렀다. 은서는 충격과 공포에 질린 채 절명하고 말았다. 재덕이 그녀의 얼굴을 훔쳐갔음에도 단월의 얼굴로 살아갈 수 있었던 것은 오직 마녀만이 가진 능력 때문이었다. 자신의 손으로 죽이기만 하면 되었다. 그리하면 그 여자로 탈바꿈이 가능했다. 몇 명 정도 죽여 얼굴을 빼앗아 봤지만 단월의 얼굴이 가장 예뻤다. 꼭 자신을 닮고 싶다던 단월의 말처럼 매일 같이 꼬맹이의 얼굴을 봐야 하는 수십 년의 세월은 마녀에겐 고문과도 같았다. 이미 가장 강력한 미혹을 지닌 자신의 얼굴을 찾았음에도 마녀가 은서를 죽인 이유는 좀 더 수월히 태경을 유혹하기 위함이었지만, 그 이면을 '지식의 주인'은 알고 있었다.

「그것만은 아닌 듯한데.」

어둠 속에서 괴물이 중얼거렸다.

"뭐, 그냥. 재미삼아."

언제나 마녀와 함께 웃던 괴물의 표정이 평소와는 다르게 굳어졌다.

「상관없다. 어차피 제물의 수는 채워졌으니.」

"팀장님, 팀장님 저 어때요? 이제 하고 싶어 지셨을려나?"

마녀는 은서의 얼굴로 은서의 시체 주변을 빙글빙글 돌며 흥얼거렸다. 그러다 발그레한 얼굴로 털썩 주저앉았다.

"당신이 좋다면, 그렇게 해드릴게요. 우리 만수 씨."

흥분에 못이긴 마녀는 자신의 은밀한 곳에 손을 가져갔다. 괴물은 그 모습을 무표정하게 바라보고만 있다가 한 발짝 뒤로 물러서며 어둠속으로 자취를 감췄다.

* * * *

태경은 10시가 조금 넘어서야 아파트에 도착했다. 흙탕물로 변해 버린 눈처럼 그의 마음도 진창에 빠져있었다. 숨이 막혔다. 몇 번이나 다른 정류장에서 내려 심호흡을 하며 마음을 진정시켰다. 그러다 보니 '이곳'까지 훨씬 오랜 시간이 걸렸다. 이젠 더는 집이라고 부르고 싶지도 않았다.

아파트야 팔리든 말든 월세라도 상관없으니 혜주와 정인을 데리고 집을 나서고 싶었다. 그런 마음을 먹으니 아파트도 더는 무섭지 않았다. 도망가자. 차라리 그래야지 안 그랬다간 정말 다 죽을 것만 같았다. 집, 아니 그냥 2101호를 열쇠로 문을 열려는데 안에서부터 달칵거리는 소리가 들리며 먼저 문이 열렸다. 안에서 손 하나가 불쑥 나와 태경을 끌고 들어갔다.

"아앗!!"

"아, 아빠."

"정인아. 왜 그래? 무슨 일 있었어?"

겁에 질린 아이의 손을 잡고 태경은 거실로 들어섰다. 며칠간 정신없었던 집안의 모습은 아내가 청소를 해서인지 깨끗했다. 그런데 그 깨끗함이 도를 넘어 기이한 느낌마저 들었다. 완벽하게 정리되어 있는 집안의 모습. 소파 앞 탁상에 가지런히 놓인 리모컨들부터 모든 것이 중앙을 기준으로 대칭되게 정리되어 있었다. 그 모양만 다를 뿐 크기마저 신경 써서 진열해 둔 것 같았다. 그런 이유로 아이의 방에 놓였던 공기청정기나 가습기조차 치워버린 것인가. 아이의 병에 도움이 될 물건들조차 정리에 방해가 된 듯 없애버린 아내의 기행에 태경은 당황스러움을 넘어 화가 치밀었다. 그런 그의 앞에 아내가 눈을 비비며 나타났다. 자다 깼는지 흐드러지게 기지개까지 펴는 모습에 태경은 기가 질렸다.

"아흠! 잘 잤다."

"당신 어쩌자고 아이 방을 다 치운 거야?"

"뭘 그렇게 쌍심지를 켜? 건강한 아이를 가지면 되지."

"뭐……?"

"야. 너 거기서 뭐해? 아빠 오셨는데 그렇게 팔을 꽉 잡고 있으면 아빠가 아무것도 못하잖아. 그 손 어서 놓지 못해?"

태경이 자신의 귀를 의심할 시간조차 주지 않으려는 듯 아내는 날카롭게 정인을 나무랐다. 아이는 말도 못하고 두려움에 떨며 태경의 뒤에 붙어있었다. 아내가 아무런 행동을 취하지 않았음에도 눈빛에서 살기가 느껴져 태경은 허리를 숙여 정인을 품에 끌어안았다.

"어머. 당신 지금 뭐하는 거야? 내가 쟤를 때리기라도 할까봐?"

"아이가 무서워하잖아! 당신도 알겠지만 애도 많이 힘들었다고!"

"그럼 난 안 힘들어? 왜 난 안아주지 않아?"

아내가 울상이 되어 태경을 쳐다봤다. 순간, 그녀를 불쌍하게라도 보듬어야할 그는 이상한 메슥거림을 느꼈다. 사랑이 아닌 집착처럼 느껴지는, 싫다며 돌아선다면 증오를 품고 등에 칼을 쑤셔 넣을 것만 같은 광기에 태경의 머리칼이 쭈뼛 섰다.

아내가 한걸음씩 다가왔다. 유난히 붉은 입술과 홍조를 띤 볼이 평소엔 소탈하기만한 그녀가 맞는지 의심스럽다. 아이를 더욱 꽉 끌어안고 아내가 다가오는 것을 바라보고만 있었다. 어떻게 움직여야 할지도 잘 모르는 태경을 끌어안은 아내가 갑작스레 키스를 퍼부었다.

"읍!!"

"사랑해줘, 사랑해줘."

"이, 이러지마!"

"왜?"

"아이가 보고 있잖아!"

"망할 기집애."

아내가 낮게 조아렸다. 작은 목소리라 다행히 아이에겐 들리지 않았겠지만, 태경은 귀에서부터 온몸으로 저릿저릿하게 소름이 번졌다. 그 넌덜머리나는 느낌이 죽을 만큼이나 싫었다.

"싫다 이거지?"

"뭐가 갑자기?"

"내가 싫은 거잖아. 맞지?"

아내가 휙 돌아서 안방으로 들어가 사정없이 문을 닫았다. 태경은 아이를 자신의 방으로 들여보내지 못했다. 여전히 덜덜 떨리는 몸이 느껴졌다. 아이와 함께 거실의 소파에 같이 누웠다. 아이의 숨소리가 조금씩 안정되어 갔다. 그러다 자신도 모르게 같이 잠에 빠져버렸다.

* * * *

　호재는 다시 병원을 찾아야만 했다. 붕대가 피로 젖은 걸로 보아 상처를 꿰맸던 자리가 벌어진 것 같았다. 다시 상처를 봉합하고 나자 어느새 밖은 어둑어둑 했다. 추운 겨울날의 해는 무정하게도 자취를 감춰버렸다. 도로의 가로등은 곧 불을 밝히려는지 희미하게 기지개를 폈다. 호재는 은찬의 차안 조수석에서 잠이 들었다. 마취도 하지 않겠다며 성질을 내는 통에 생살을 꿰맸으니 충분히 지칠 만 했다. 은찬은 아까 엿들은 신 반장과 호재의 이야기가 떠올랐다.

　혼란스럽다. 맨 처음 든 생각이 그것이었다. 미궁에 빠진 실종사건의 해답을 알기 위함이었는데, 일은 어느새 순식간에 눈덩이처럼 불어나 윤재덕과 그에 관계된 사람들의 모든 것을 묻어버리려 하고 있었다. 이혜주의 아버지인 이현기, 그가 갖고 있던 그림, 그 그림을 그린 것으로 추정되는 윤재덕. 결국 윤재덕과 2101호의 사람들은 연관되어 있었다. 호재가 말처럼 그 곳에서 무언가 이상한 일이 벌어지는 것은 확실했다. 만약 윤재덕의 사건에 대해 어떤 거대한 힘이 작용하고 있다면 힘들게 윤재덕의 뒤를 캐려다 된 통 당하는 대신 작은 실마리라도 찾는 게 급선무였다. 이대로 그냥 밀어 붙이기만 한다고 되는 일도 아니었고, 그렇게 하다간 정말 무서운 일이 벌어질지도 모를 것만 같았다.

　한숨을 쉬는 은찬의 눈에 바쁜 일 탓에 깎지 못한 호재의 수염이 보였다. 은찬은 마치 일부러 수염을 기른 듯 멋진 모습이었지만, 호재의 들쑥날쑥한 털은 노숙자를 연상시켰다.

"어어. 잤는갑네."

"일어나셨어요?"

"아 뭐 벌써 이리 어둡냐."

"겨울이 그렇죠."

"……재혁이 형 소식 없디?"

호재는 담배를 꺼내 물며 지친 듯 의자에 기댔다. 은찬은 말없이 고개를 가로저었다. 담배연기가 조금 열린 차창 밖으로 빠져나갔다.

"씨벌. 하늘 한번 이상하네."

"병원으로 가볼까요?"

"그 앞에 지키고 있는 놈한테도 연락이 없는디, 가서 뭐하것냐. 아 맞다. 요 새끼!"

"네?"

"감자탕 사준대매."

그러고 보니 하루 종일 정신없는 통에 아무것도 먹지 못한 두 사람이었다. 은찬은 웃음을 띠며 고개를 끄덕였다.

"술은 나중에 마시자잉. 재혁이 형이랑."

"네. 이 형사님."

"새끼 이젠 이 형사라네. 어젠 형이라고 함시롱 말까지 까드마."

"그때는 급해서……."

"그라고 부르고 싶음 그라등가. 둘만 있을 때야 뭔 상관 있것어. 그래도 말은 까지 말어!"

"하하. 알겠습니다."

둘은 가볍게 웃음 지었다. 그 시각, 비가 눈으로 바뀌는 것조차 모르는 미색의 여인은 컴퓨터 앞에 앉아 의문스러움을 감추지 못했다.

"이게 어떻게 된 거야?"

가장 컸던 윤재덕의 팬카페 이외에도 수많았던 관련 자료들과 기사는 다 어디 갔으며, 어떻게 '윤재덕'이라는 이름조차 검색되지 않는 것일까? 별짓을 다해보지만 도무지 접근이 불가능했다. 이게 어떻게 된 일일까. 그나저나 은찬은 왜 아무런 연락이 없는 거지? 이호재와 같이 다니면서 안 그래도 없던 전화는 일이 아니면 그의 목소리조차 듣기 힘들게 만들었다.

수소문을 해보니 무슨 불까지 나서 이 형사가 상처까지 입었다던데. 그럼에도 송유미는 은찬 걱정뿐이었다. 조금이라도 도움이 되고 싶어 놀래줄 심산으로 윤재덕의 정보를 더 캐볼 생각이었는데 완전히 사라져버린 자료 때문에 허망하기만 했다. 그렇게 30분의 시간을 더 허비했지만 결과는 같았다. 사슴처럼 짙은 속눈썹의 크고 맑은 두 눈이 얇은 은테안경 뒤로 반짝였다. 도톰하고 붉은 아랫입술은 하얀 치아에 살짝 깨물렸다. 그때 사무실의 문이 활짝 열렸다.

"엄마얏!!!"

"놀래지마 나야 나!!"

유미는 얼이 빠진 듯 그 자리에서 넘어진 채 그녀만큼이나 놀란 눈이 된 은찬을 바라봤다. 오늘 넘어지는 사람 붙잡는 게 일이 된 은찬은 너무나 자연스러운 손길로 송유미를 일으켜 자리에 앉혔다. 유미와 은찬이 서로의 눈을 바라보며 잠시간 신변잡기식의 이야기를 나눴다. 한참을 홀린 듯 은찬을 바라보던 유미는 그가 여기에 온 이유가 문득 궁금했다.

"같이 저녁이나 먹을까 해서. 집에도 전화를 안 받더라고. 여기 있을 줄 알았지."

"저녁?"

"응 이 형사님이랑 같이. 어? 근데 지, 지금 시간이!! 큰일이다!!"

시간은 늘 그렇듯 공평하지 않았다. 사랑하는 남녀에겐 롤러코스터만큼 빠르게 지나간 30여분이 그들을 기다리는 중년의 아저씨에겐 몇 시간처럼 느껴졌다.

"아따 씨벌 뭐여! 여기가 여관방이여!!!"

그래서 호재의 쌍욕은 어느 때보다 진정성이 넘쳤다.

* * * *

30년 동안 감자탕 하나만을 전문적으로 끓여왔다는 가게 안은 사람들로 북적였다. 그들의 눈엔 선남선녀사이 엉거주춤 끼어든 중년의 사내가 밉살스러워 보였겠지만, 예상과는 달리 송유미는 이 형사에게 심한 질투를 느끼고 있었다. 호재와 은찬, 그 둘만의 공감대에 자신만이 헛도는 것 같았다. 불편해하는 유미에게 호재가 슬쩍 말을 던졌다.

"아가씨가 이런 것도 잘 먹는구마이. 꼭 스테이크만 썰게 생겨갖고는."

"크흐흐."

은찬의 웃음이 터졌다. 유미는 괜히 삐죽 신경질이 났지만 입을 다물었다. 은찬이 그녀의 어깨에 손을 얹으며 말했다.

"신경 못써서 미안해. 해결할 게 너무 많네. 이해해줘."

"으, 응."

은찬의 웃는 눈매에 유미의 가슴이 또 시큰거렸다. 작은 손길에도 움찔거리는 그녀를 아는지 모르는지 은찬은 이 형사와의 대화에 열중했다.

"아까 오는 길에 유미와 이야기 했는데, 윤재덕에 관한 일체의 자료가 사라진 모양이에요."

"썩을 놈들. 다 지워분다고 끝이여? 이대로 잠잠해지길 기다리것다, 이것이제. 방법은 하나씩 짚어가는 것뿐이여. 우리가 수사를 시작하게 된 시점이 어디여? 뭐 대단히 유서 깊은 곳도 아니고, 그렇다고 정치적인 사건이 벌어진 곳도 아니고. 그냥 아파트여. 아파트 한 동. 그 노인네가 사라지든 디지든 그거야 나중에 밝힐 일이고. 휴. 근디 은찬아."

"네."

"정말 그 아파트하고 윤재덕이, 그리고 실종사건. 이게 다 관련이 있을랑가?"

은찬은 차마 대답하지 못했다. 호재가 말했다시피 어쩌면 그저 아파트일 뿐일 텐데, 그곳에서 벌어지고 있는 사건과 결부되는 끔찍한 일들을 설명할 방도가 없었다. 엉켜버린 실타래를 더 엉망으로 만들기보다는 하나의 실 끝에서부터 차근히 풀어가는 것이 훨씬 빠른 법이었다. 그 하나의 실, 그것은 호재의 말처럼 결국 그 아파트로 귀결되었다.

공포에 내밀려 제대로 사건을 바라보지 못한 호재도 계속되는 후회로 남모르게 몸부림쳤다. 이젠 귀신이 되어 버린 호균이 자식 때문에, 그전엔 김석호의 끔찍한 몰골 때문에 그저 멀리서 바라보기만 했던 것, 허울 좋은 잠복 따위가 아니라 이러지도 저러지도 못하는 호재의 못난 행동일 뿐이었다. 그곳에 들어갈 수도, 그렇다고 아예 잊을 수도 없는 끔찍한 기억과 또다시 일어나고야 말 사건이라는 그만의 믿음이 부딪혀 계속되는 피곤한 반복으로 이끌었다.

은찬은 그러한 호재의 마음까진 알 수 없었지만 지금까지와는 달리 그가 어떻게든 이 문제에 직접적으로 해결을 볼 태세가 되어 있다는 것을 알 수 있었다. 예전에 아파트 이야기가 나오면 호재는 성질을 내거나, 은찬의 눈을 피했다. 지금 호재는 은찬을 똑바로 바라보고 매우 침착한 어조로 그에게 되묻는 중이었다. 은찬에게 관련이 있냐 물으면서도, 호재의 눈빛은 확신에 차있었다. 그 어두운 회색의 아파트 안에 무언가 있노라고. 그것이 무엇이든 이제 끝을 봐야 할 때라고.

"지금으로서는 그 아파트 외엔 답이 없네요. 해야 할 일을 할 수밖엔 없을 것 같습니다."

호재는 고개를 끄덕이고는 다 먹지도 않은 밥그릇을 덮어버렸다. 심각해진 두 사람의 대화 때문에 얼마 전 약속한 '은찬이와의 하루'에 대해 귀엽게라도 물어볼 심산이었던 유미가 뚱해져서 은찬을 쳐다보았다. 그러한 유미의 눈빛을 느꼈는지 은찬은 입에 밥을 가득 물

고 또 씩 웃음을 보였다. 미워 할 수 없는 은찬의 모습에 오히려 속
이 상하는 그녀였다.

* * * *

"검시관님은 대체 무슨 생각으로 그러셨을까. 그나저나 가만히
있으려니 죽겠네."

박성호는 잔뜩 초조한 표정으로 재혁의 병실 앞 벤치에 앉아있었
다. 복도엔 어떻게 아무도 없는 거지. 썰렁한 곳에서 불안과 초조함
을 감추지 못하고 우왕좌왕 거렸다. 직속부하라는 이유로 당직을 맡
고 이곳에 앉혀졌다. 받아둔 야동을 보며 티슈곽을 벗 삼아 보내려던
주말이 사라진 것이었다. 그러다 성호는 머리에 스쳐지나가는 장면
에 소름이 끼친 듯 몸을 부들거렸다.

그냥 그때 가만히 밖에 있을 것을. 자신도 모르게 호기심으로 들
어갔던 부검실의 본 광경은 지옥 같았다. 그 모습을 보고도 아무렇지
않은 듯 휙 나가버리는 유은찬의 모습에서 외모와는 다른 강함을 느
낀 성호였다. 외유내강 뭐 그런 건가.

"자, 잠깐 좀 누워볼까. 어이구야……."

한번 더 주변을 둘러보고 아무도 없음에 벤치에 몸을 뉘였다. 세
상만사를 다 얻은 듯 편안해졌다. 척추가 우두둑거리며 제 자리를 잡
고 몸의 근육이 이완되며 나른해지자 거나하게 하품을 했다. 편하게
만 산 사람들은 이런 재미를 알까. 사람에게 어떤 제약이 없다면 그

들은 행복함 이라는 것을 과연 알 수 있을까? 태어나서부터 계속해서 복 받은 삶을 영위하는 사람들은 불행과 행복을 어떻게 구분할까. 이런저런 생각으로 지루함을 이겨보려는 성호의 눈에, 조금씩 열리는 병실의 문이 보였다.

"어? 검시관님!!"

"나 때문에 고생하네. 성호 씨."

성호는 잠시 얼어붙은 듯 누운 모습 그대로 자신을 향해 웃고 있는 재혁을 바라봤다. 멀쩡하게 서 있는 것이 좀 전까지 의식불명이었던 사람인지 의심스러웠다. 급히 몸을 일으켜 인사를 꾸뻑하는 성호의 등을 투닥이는 재혁이었다.

"괘, 괜찮으세요?"

"응. 계속 네가 지키고 있었던 거야?"

"아, 그건 아니고 제가 두 번째입니다!"

"내가 얼마나 이렇게 있었지?"

"음. 오늘로 이틀째 입니다."

"……그렇군."

재혁은 얕은 미소를 입에 머금었다. 성호의 짧은 눈치로도 그 미소는 무언가 슬퍼보였다. 그의 얼굴을 보자마자 어떤 일을 했어야 하는데 놀란 나머지 머리가 깜박거렸다. 해야 할 일인데 아직 하지 않은 일. 무엇이었더라? 몇 초 뒤 정신없이 핸드폰을 꺼내드는 성호의 손을 재혁이 잡았다.

"이, 이 형사님께 전화를 해야 돼서요."

"바쁠 텐데 무슨 전화. 좀 쉬게 나둬. 나 때문에 힘들었을 거야."

"그래도……."

"난 잠깐 화장실에 다녀올게. 내가 금방 전화하지 뭐."

"그래도 될까요?"

"다 내 잘못이니까."

"그건 또 무슨 말씀이신지……?"

재혁이 물끄러미 성호를 바라봤다. 순진한 눈빛이 어릴 적 자신과 닮아있다는 생각이 들어 괜히 웃음이 번졌다. 아마 요놈이 모르는 걸로 보아서는 호재나 은찬이 아무 말도 경찰에게 전하지 않은 것 같았다.

"못들은 걸로 해줘."

"아, 죄, 죄송합니다!"

"죄송은 무슨. 난 화장실 좀."

"네!!"

재혁은 약간 뒤뚱대면서도 천천히 한걸음씩 화장실로 걸어갔다. 성호의 부축을 만류하며 화장실 안으로 재혁이 사라지자 성호는 고민에 빠졌다. 성호 바로 전에 감시를 섰던 전임에 따르면 만약 연락하지 않았다간 경을 치고 말겠다는 의지가 확연했다고 했다. 재혁이 깨어나면 무조건 자신에게 먼저 연락하라는 협박에 가까운 폭언이 있었다는 것도 익히 들어 알고 있었다. 호재의 살기어린 말투를 직접 듣지 않은 이유로 이런 배부른 고민을 할 수 있었음을 성호는 모르고 있었지만 말이다.

아직 화장실에서 나오지 않은 재혁 몰래 성호는 핸드폰을 빼들었다. 그리고 전임이 주고 간 아무렇게나 쭉 찢어낸 쪽지에 적혀있는 번호를 하나씩 눌렀다. 신나는 음악의 통화대기음은 애초에 바라지도 않았다. 철커덕 거리는 소리와 함께 거친 목소리가 저쪽에서부터 들려오는 순간, 성호는 자신의 시야가 좀 이상해졌음을 느꼈다. 벤치에 앉아있어야 할 그의 몸이 웬일인지 병실바닥에 쓰러져 있었다. 핸드폰은 손에서부터 멀리 앞에 떨어져 손이 닿지 않았다. 아니, 손을 움직일 수가 없었다. 몸이 마비가 된 것일까? 뒤통수에서부터 온 몸을 울리는 충격이 뒤늦게 전해졌다. 성호는 곧 정신을 잃었다.

"미안해. 한동안 두통에 시달릴 것까지 미리."

재혁은 슬픈 얼굴로 화장실에서 들고 나온 대걸레의 목봉을 바닥에 툭 떨어뜨렸다. 하지만 핏자국은 하나도 없었다. 인간의 신체에 대해 수십 년을 연구하고 해부한 사람이라면 어느 곳에 얼마만큼의 충격을 주어야 사람이 기절한다는 것쯤은 잘 알고 있었다. 전화기에서는 이 형사의 목소리가 시끄럽게 울려나왔다. 재혁은 전화기를 들어 배터리를 뽑아버린 뒤, 성호를 일으켜 벤치에 눕혀놓고 그의 주머니에 핸드폰을 넣어두었다. 성호의 얼굴을 몇 초간 쳐다본 그는 천천히 걸음을 옮겼다. 옥상을 향한 첫 계단에 서니 절로 한숨이 나왔다.

"그놈의 계단 참 많기도 하다."

* * * *

"이런 씨벌!!!"

"꺄악!!"

"혀, 형사님!!!"

그리 많은 눈은 아니었지만 비와 섞여 내리는 통에 차가 자꾸만 삐끗거렸다. 왜 그런지 모르게 은찬에게 운전대를 쥐어주기 싫었던 호재가 그의 자동차 핸들을 잡은 지 10분도 채 되지 않은 시간이었다. 계획대로라면 유미를 집에 내려주고 잠깐의 잠이라도 청하려 근처 찜질방에 가려했는데 한 통의 전화가 핸들을 정확히 180도로 꺾게 만들었다. 도로위에 수막을 만들어놓은 질척한 눈 때문에 거친 소리를 내며 은찬의 차가 빙그르르 도로 위를 맴돌았다. 은찬과 유미가 놀래서 기절하기 직전인데도, 호재는 반대편 차선에 서자마자 악셀을 힘차게 밟았다. 꿍음과 함께 다시 한번 차는 급속도로 직진도로를 달렸다. 이대로 가다간 곧 도로가 완전히 얼어붙을 것 같은데, 이런 말도 안 되는 속도라면 그냥 어디든 들이받고 죽어버릴 것 만 같은 공포에 은찬이 유미를 자신의 품에 꼭 끌어안았다.

"무슨 일이에요 이 형사님!!"

"벼, 병원에 가야 해!"

호재는 이 불안한 감이 맞지 않기를 계속해서 빌었다. 병원까지의 거리는 얼마 걸리지 않았지만 1분 1초가 급한 상황이라는 것을 그는 알고 있었다. 처음 전화를 받자마자 둔탁한 소리와 핸드폰이 떨어져 깨지는 듯한 파열음이 들려왔고, 그리고 그 뒤로 아주 작은 목소리가 들렸다. 처음엔 그저 어디서 미친놈이 장난 전화질인가 보다 했는데 작지만 익숙한 목소리는 재혁의 것이 틀림없었다. 뭐라고 웅얼거리느지는 알 수 없지만, 10여년을 들어온 사람 음성을 모를 리 없는 호재였다. 그 작은 목소리가 그렇게라도 들릴 수 있기 위해선 매우 조용한 곳이어야 했다. 한밤의 고요한 병실의 어느 근처, 그쯤일 것이라는 확신이 들었다. 그리고 불안했다. 맨 처음 들렸던 둔탁한 소리 때문에 누군가가 상해를 입었으리라는 예감이 그를 사로잡았다. 설마 아직 제정신이 들지 않은 것일까? 날 죽이려던 그때처럼? 호재는 여러 생각에 가슴이 꽉 막혔다. 늦은 시각, 눈까지 퍼붓는 도로엔 몇 대의 차도 없었지만 그마저도 답답한지 호재는 아슬아슬하게 차들을 앞질렀다. 와이퍼는 쉬지도 못하고 눈을 닦아냈지만 그럼에도 눈은 마치 자석에 달라붙는 쇳가루처럼 시야를 가렸다. 뒤에서부터 빵빵거리며 신경질적으로 경적을 울려대는 소리도 얼마 지나지 않아 아득해질 만큼 악셀은 더 이상 들어갈 수 없을 정도로 꽉 밟혀 있었다.

"좀 천천히 달리세요. 이 형사님!!"

"어? 그, 그래. 미안허다잉."

은찬이 소리를 지르자 그때서야 정신을 차린 듯 호재는 천천히 악셀에서 발을 떼었다. 곧 희끄무레한 병원이 보이고, 호재의 가슴은 부서져라 쿵쾅거리기 시작했다. 은찬은 다른 정보 없이도 상황을 이해할 수 있었다. 호재가 이토록 흥분하며 병원을 찾을 일은 재혁 밖엔 없었기 때문이었다. 무슨 일이 생긴 걸까? 호재의 흔들리는 눈빛이 필시 좋지 않은 일이 벌어졌음을 의미했다.

이 불안한 가운데에서도 유미는 태어나 처음으로 호재에게 감사해하는 중이었다. 무슨 일이 됐든 은찬에게 보호를 받는단 느낌은 매우 평안하고 아늑했다. 의식을 찾기 못하고 있던 이 검시관에게 죄 책감이 들만큼. 하지만 그녀의 달콤한 꿈은 오래가지 못했다. 급브레 이크를 밟은 차가 심하게 덜컹대다 시끄러운 마찰음을 내며 병원 앞 에 멈춰 섰다. 유미가 고개를 들자 언덕배기위에 자리 잡은 하얀 건 물이 보였다. 어느새 호재가 차에서 내리고 그녀의 손을 잡아주던 은 찬마저 차에서 내리려하는데, 유미는 차마 그의 손을 놓지 못했다.

"괜찮아. 걱정 말고 차안에 가만히 있어. 알았지?"

"으, 은찬아."

"사랑해."

"응?"

은찬은 미소를 보이고는 차문을 닫고 호재와 함께 병원 안으로 뛰어 들어갔다. 유미는 자신도 마치 저들 옆에서 분초를 다투며 뛰는 것만 같은 착각이 들었다. 그러지 않고서야 이렇게나 얼굴이 달아오 르고 가슴이 두근댈 수 있을까. 세상에 이런 고백이 어디 있어. 그냥 안심시키기 위한 것이었을까? 그래도 정말 듣고 싶었던 사랑한단 말 은 메아리치듯 유미의 귓가에 계속해서 맴돌았다.

"나쁜 놈. 왜 하필 이럴 때…… 대답이라도 하게 해 주지."

말은 그렇게 하면서도 행복한 웃음을 지으며 은찬이 좀 전까지 있었던 자리에 몸을 기대보는 유미였다. 남아있는 온기가 떨리는 마 음을 안정시켜주었다.

성호도 유미 못지않게 행복한 시간을 만끽하는 중이었다. 일본 성 인물의 여자 배우를 품에 안고 큰 가슴에 얼굴을 비비적거리느라 바빴다. 딱히 무언가 하는 것도 아니고 그냥 그 짓만 계속해서 반복하는 모양이 마치 애정을 못 받고 자란 아이 같았다. 그녀의 도톰한 입술에 입을 포개려는데, 그녀가 그를 살짝 밀어내고 무슨 말을 하려고 했다.

"일어나."

"일어나 새끼야."

"일어나봐 좀!!!"

"어허헉!!!"

성호는 호재가 흔들어 깨우는 통에 황홀한 꿈에서부터 냉혹한 현실로 내던져졌다. 갑작스럽게 뒷목 쪽에서 통증을 느낀 듯 자신의 머리를 붙잡고 신음했다. 옆에서 걱정스런 눈빛으로 바라보던 의사가 그에게 다가갔다.

"괜찮아요?"

"네. 근데 머리가 아니라 목이……."

"목이요?"

지나치던 간호사나 의사들도 성호가 그저 잠든 것인 줄로만 알고 있었다. 호재가 정신없이 소리를 지르는 통에 의사가 달려와 성호의 상태를 보았다. 뒷목엔 시퍼런 멍이 하나 생겨있었다. 만약 머리 부분을 강타 당했더라면 기절을 넘어서 뇌출혈까지도 올수 있지만, 목뒤를 순간적으로 강하게 내리치면 그것보다는 덜 위험한 상황으로 일을 마무리 지을 수 있었다. 호재는 성호의 상처를 보고는 다행히 재혁이 미치지는 않았음을 짐작했다. 날이 선 날카로운 메스로 자신의 가장 아끼는 동생의 배를 가르려 했던 사람이라면, 성호의 머리엔 구멍이 나고 뇌수가 튀어나왔어야 옳았다. 제정신이 돌아왔음에도 성호를 기절시키려한 이유가 무엇일까.

"무슨 일이 있었는지, 빨리 이야기해봐!!"

"제, 제가 전화를 하려는데, 무언가 뒤통수를 치는 것 같았어요. 연락 하려고 하니까 검시관님이 극구 말리시기에 안하는 척 하다가, 핸드폰을 들었는데. 아야……."

"뭐? 연락을 못하게 해?"

왜. 왜 내게 알리는 것을 막았을까? 무슨 이유로. 호재는 머리 구석에서 끊임없이 정답을 외치고 있는 자아를 모른 척했다. 눈을 질끈 감고 있는 호재의 귀에 거슬리는 말소리가 들렸다. 옥상 쪽 계단에서부터 걸어 내려오는 두 명의 사내가 짜증스런 말투로 시끄럽게 떠들고 있었다.

"또 병원 밖에까지 나가야돼?"

"씨발, 이럴 거면 국가적으로 담배를 금지시키든가."

그 소리를 들은 것은 호재뿐만이 아니었다. 병실들의 차트를 체크하던 간호사 하나가 그들 앞으로 인상을 찌푸리며 다가섰다.

"병원은 금연인거 모르세요? 그리고 옥상은 밤중엔 잠가둬서 소용없어요."

"아니 병원에서 하늘도 전세 냈어요? 그리고 그냥 한번 가본 것 뿐이에요. 병실이 꼭대기 층이라 로비 밖까지 나가기가 너무 귀찮아서리. 그리고 뭐가 잠겨있어요? 자물쇠도 없던데. 뭐, 어쨌든 안 열리면 된 건가?"

"네? 분명히 자물쇠가…….."

"비켜봐!!"

호재가 소리를 지르며 그들의 앞을 가로질러 계단을 뛰어올랐다. 옥상 문을 묶어두었던 녹슨 자물쇠는 무언가로 내리쳐 부서져 있었다. 그것을 본 호재가 문으로 달려들려고 하는 것을 은찬이 간신히 말리고 자신이 대신 몸을 부딪치며 부셔져라 발길질을 했다. 은찬이 계속해서 문에 충격을 가하자 녹슨 경첩이 박살나며 문짝이 나가떨어졌다. 그리고 지지대처럼 문을 막고 있었던 각목하나가 눈에 들어왔다. 옥상으로 올라가는 계단 한편엔 무언가를 만들려다가 만 것처럼 건축 자재들이 놓여 있었는데, 대충 치워놓은 그곳에서 각목 하나를 주어다가 이 꼴을 만들어 놓은 것 같았다. 자물쇠를 부순 것도 아마 그것들 중 하나였을 듯했다. 은찬이 잠시 주위를 파악하는 사이, 호재가 급히 먼저 옥상 위를 밟았다.

눈이 내린 옥상의 풍경은 다른 이의 시선으로 볼 땐 참으로 아름다운 것이었다. 언덕 위에 높이 솟은 건물위에서 바라본 도시는 차분하고 경건했으며 고요했다. 그러나 호재는 눈이 원망스러웠다. 비와 섞여 내린 탓에 옥상의 바닥은 무척이나 미끄러웠다. 중심을 잡고 걸어보려던 호재의 발이 갑자기 멈췄다. 옥상의 가장자리에 걸터앉은 재혁이 눈에 들어왔다.

"……재혁이 형?"

"왔어?"

"씨, 씨벌, 거그 가만히 계쇼잉! 제발 가만히!"

순간 호재는 베란다 앞에서 뛰어내려버린 호균의 모습이 떠올랐다. 기시감을 떨치며 한걸음씩 재혁에게 다가갔다.

"병원이 겁나게 답답하긴 혀. 아무리 그려도, 남자가 약속은 지켜야재! 안그요? 은찬이 놈이랑 술 한잔 하기로 안했는가 재혁이 형!"

"술? 좋지~! 그런데 호재야."

"뭐?"

"미안하다고. 허허."

"미안하긴 썩을 뭐가 미안혀! 미안할거 하나도 없응께 그만 말 허고. 춥소잉. 내 손 잡으소. 재혁이 형."

호재의 손이 30센티만 더 다가가도 재혁에 닿을 듯 싶었다. 은찬도 호재의 뒤에서 긴장을 늦추지 못한 채로 웅크리며 중심을 잡았다. 옥상바닥은 까딱하면 미끄러질 듯 아슬아슬했다. 이것만 아니었더라면 당장에라도 뛰어가 재혁을 잡고도 남았겠지만, 그러다 잘못하면 밀어버리는 꼴밖에 안되기 때문에 둘 다 온 신경을 집중하고 있었다.

"하늘이 참 어둡다. 그렇지?"

"눈도 오고 좋구만 뭘 그래싸."

"꿈속에서 봤던 것처럼 정말 시커멓기도 하다."

"무슨 소리여?"

"그것처럼 검은……. 휴우. 쩝. 이제 그만 가자. 구경 다 했다."

재혁은 마치 아무 일도 없었다는 듯 바지를 툭툭 털고 일어났다. 엉덩이에는 눈이 녹아 물 자국이 생겨서 우스꽝스러웠다. 놀란 눈으로 그를 쳐다보는 호재와 은찬을 향해 재혁이 너털웃음을 지었다.

"허허. 뭘 그렇게 쳐다보냐."

"뭐, 뭐여?"

"뭐긴 뭐야. 그냥 눈 오는 거 감상 좀 했다. 왜!"

조심스럽게 호재의 옆으로 다가온 은찬이 떨리는 목소리로 말했다.

"검시관님. 정말 괜찮으신 거예요?"

"응 왜?"

"아, 아이 씨벌 난 놀랐잖아! 그럼 그렇다고 말을 해야재!"

"말 안했었나? 내가 그렇지 뭐. 니들이 이해해라."

"검시관님. 천천히 이쪽으로 오세요. 미끄럽습니다."

웃는 낯의 호재와는 달리, 은찬은 여전히 굳어버린 얼굴로 재혁을 바라봤다. 하지만 호재 또한 웃는 것처럼 보일뿐 두 눈동자엔 눈물이 가득 고여 있었다.

"형 언능 내려오소!!"

"그래 웃어. 넌 이 자식아 웃을 때 귀여워."

"뭐여? 평생에 그런 소린 첨 들어보는구마? 고맙긴 헌디, 언능이, 일루 오쇼."

"어? 호재야 근데 저거 뭐냐?"

"뭐 말이요?"

재혁이 그들의 뒤를 손으로 가리켰을 때, 호재는 무의식적으로 뒤를 돌아보았다. 그리고 가슴이 덜컥 내려앉았다. 알고 있었다. 재혁의 말처럼 그냥 앉아있었던 것이 아님을. 만약 그렇다면 성호를 때려 기절시키지도, 옥상 문을 부순 뒤 쉽게 열수 없도록 각목을 대놓을 이유도 없었음을. 이 문을 부수고 자신을 만나러 와줄 누군가를 기다린 재혁을 호재는 알고 있었다. 너무나 쉬운 문제에 너무도 당연한 답이었다. 살아갈 이유보단 죽어야할 이유가 훨씬 많았다. 대차게 문을 때려 박살을 내고 자신을 찾아줄 유일한, 그리고 재혁이 마지막으로 꼭 보고 싶었던 사람들. 그들에게 용서를 빌고 이젠 거둘 것이 없는 삶을 버리려는 듯 재혁은 그대로 자신의 몸을 허공에 내맡겼다. 돌아선 채 주저앉아버린 호재와는 달리 은찬은 떨어지는 재혁을 잡으려 급하게 손을 뻗었다. 하지만 재혁이 살아온 수십 년의 세월을 비웃기라도 하듯 중력은 무섭도록 빠르게 그를 죽음으로 끌어당겼다. 울부짖는 호재와 재혁을 부르는 은찬의 안타까운 목소리가 어두운 밤하늘에 울려 퍼졌다.

5부

자멸
自滅

* * * *

병원 앞은 네온사인이 가득한 거리처럼 화려해보였다. 몇 대의 경찰차가 수놓은 빛이란 것을 알기 전까지는. 은찬의 외제차는 천장부터 보닛까지 흉하게 찌그러져 있었다. 이동침대엔 퉁퉁한 재혁의 회색빛 얼굴이 아래에서부터 서서히 잠기는 지퍼 사이로 언뜻 보였다. 눈은 아까와는 다르게 참 예쁘게도 땅에 흰 꽃을 피웠다. 죽어버린 재혁의 얼굴에도 눈이 떨어졌다. 하나, 둘. 살아있었다면 수를 셀수 없었을 텐데. 이번엔 눈이 아닌 몇 개의 물방울이 죽은 남자의 얼굴위로 떨어졌다. 바디백의 지퍼를 마저 채우려는 손길을 누군가 잡고 놓아주지 않았다.

"괜찮으니까, 잠시만요."

초췌하리만큼 하얗게 변한 얼굴이지만 미색이 짙은 남자가 시체를 처리하던 이에게 말했다. 떨어지는 흰 눈만큼이나 아름다운 그의 얼굴이 고요히 사건의 뒤를 정리 중이었다. 정작 이래라저래라 쥐었다 폈다 하며 전두지휘를 하고 있어야할 작달막하고 단단해 보이는 남자는 죽어버린 재혁의 얼굴에 연신 눈물을 떨구었다.

"이 씨발새끼야! 개새끼야. 뭐가 미안해 씨벌놈아. 미안하믄 살아서 갚아야재! 디져불믄, 그냥 이라고 디져불믄 어떡하라고!! 물어내, 내 배때지 그은 것도 물어내고, 맘대루 디져분것도 물어내란 말이다!!"

"……이 형사님."

은찬은 호재를 붙잡으려던 손을 거뒀다. 저렇게 처지고 힘없는 모습의 호재를 본적이 있었던가. 그 유명한 '개호재'의 모습은 온데간데없이 사라지고 감당하기 어려운 운명에 던져진 남자의 울음이 공허한 하늘을 울렸다.

"눈이라도 감고 디지재……. 눈이라도. 잠시만! 잠시만 있어보쇼잉 재혁이 형!"

호재는 자신의 양손을 한여름의 똥파리마냥 마구 비볐다. 호들갑스러운 남자의 모습은 누군가에겐 우스운 모양새였다. 하지만 호재는 그마저도 간절했다. 더 빨리, 더 빨리 뜨거워져라. 우리 재혁이 형 추워서 눈도 못 감는다. 그렇게 데운 손을 재혁의 눈에 가져다댔다. 그제야 두 눈이 스르륵 감겼다. 호재는 애써 감정을 가라앉히고 은찬을 돌아보았다.

"은찬아."

"네."

"유미한테 가봐야 안 쓰것냐."

호재가 턱으로 병원을 가리키며 말했다. 병원의 응급실에서는 유미가 치료를 받는 중이었다. 재혁이 투신자살을 택했을 때, 그 최종 목적지는 땅이 아닌 은찬의 차 지붕이었다. 사랑한다는 말에 취해 살짝 잠이든 유미가 엄청난 굉음에 경기를 하듯 놀라며 깨어나 급히 뛰쳐나왔다가, 죽어버린 재혁과 눈이 마주치고 말았다. 그 자리에서 혼절한 유미는 병원의 응급실에서 진찰을 받고 있었다.

"언능 가봐라. 여기는 내가 있을 것잉께."

"그럼 금방 다녀오겠습니다."

은찬은 응급실의 방향으로 걸었다. 그런데 도착해 있을 땐 왜인지 심하게 숨이 가빴다. 자신도 모르게 죽을 만큼 뛰었다는 것을 나중에서야 알았다. 눈에 가득 눈물이 고인 채 자신을 보며 안아주라는 듯 양팔을 벌린 유미의 모습에 갑자기 가슴에서부터 무언가 울컥 솟아올랐다. 은찬은 달려가 그녀를 품에 꼭 끌어안았다. 유미는 그의 등을 살며시 토닥였다.

"난 괜찮아……."

눈에 흐르는 것이 무엇일까. 형이 죽은 이후 다신 울지 말자고 마음먹은 지가 어제 같은데. 울보가 된 것일까. 호재를 처음으로 형이라 부른 그 날에도 이렇진 않았는데. 무엇일까. 무엇이 날 이렇게 아

프게 할까. 은찬이 자신에게 계속 되물었다,

"너무 힘드셔서 그러셨을 거야. 네 탓이 아니야."

은찬은 자신의 눈물에 이유를 유미의 말 한마디에 깨달았다. 그는 미처 지금을 제대로 인지하지 못하고 있었다. 재혁의 죽음도 그저 '사건'으로 바라보고 있었던 것이었다. 처음 그를 봤을 땐 검시관 일을 어떻게 하고 있는지 신기할 만큼 소탈하고 평범한 중년의 아저씨였다. 하지만 호재와 함께 만나며 그의 속 깊은 이야기를 듣고 있으면 마치 큰 형처럼 느껴졌었다. 같이 말썽을 부리는 둘째 형인 호재와는 다른, 따뜻하고 정 많은 형. 어느 날엔가 은찬은 죽어버린 형에게 감사하다고 혼잣말을 했다. 형이 먼저 다른 세상에 간 대신, 내게 형처럼 좋은 사람들을 둘이나 안겨줘서 정말 고맙다고. 하지만 재혁은 이젠 이 세상에 없었다. 자신의 앞에서 차가운 시체가 되는 것을 형에 이어 또 한 번 막지 못했다.

유미는 은찬의 마음을 가슴 아프게도 잘 알았다. 가끔가다 만나는 자리에서도 질투가 나리만큼 그들의 이야기를 했었다. 은찬이 자신의 울음소리를 막아 보려는 듯 유미의 어깨에 얼굴을 묻었다. 그녀 또한 눈물이 흘러내렸다. 이런 것을 바란 건 아니었는데. 정말 멋있게 서로 격려하고 발전해가며 그를 지켜보고 싶었었는데. 유미는 은찬의 등을 가만히 쓰다듬었다. 은찬도 유미의 허리를 더욱 꽉 감싸 안았다. 서로가 서로에게 위로가 될 수 있다는 것 하나만이 그들을 버티게 하는 유일함이었다.

호재는 여전히 재혁이 마지막으로 머문 자리에 앉아있었다. 죽음의 흔적은 순식간에 사라지고 깨끗하게 비워져 언제나처럼 차가움만 남았다. 수십, 수백 명의 죽음을 목도해온 거대한 병원은 무덤덤하게 호재를 내려다보았다. 남자의 뒷모습은 참 초라했다.

호재는 자신의 생각이 틀리지 않았음을 되새겼다. 분명 그곳엔 무언가 있음이 확실했다. 귀신이 된 김석호와 호균, 잊히지 않는 섬뜩함의 21층 여자와 이현기까지. 이상한 점은 한두 가지가 아니었다. 골몰히 생각에 빠진 호재의 뒤로 발걸음 소리가 들려왔다. 은찬이 호재의 양 어깨에 손을 얹었다.

"이 형사님. 추운데 그만 일어서시죠."

호재가 은찬을 빤히 쳐다보다가 어이가 없었는지 웃어버렸다.

"아죠 디지게 쳐울었는갑네?"

"네?"

"눈이 토끼 같구먼."

"……."

"니도 생긴 거랑 다르게 정 많은 놈인갑다."

호재는 자리를 털고 일어났다. 한숨을 쉬자 차가운 밤공기가 한순간 뿌옇게 물들었다. 다시금 담배를 문 호재에게 은찬이 버릇처럼 라이터를 가져다 댔다. 그런 은찬의 모습에 호재는 또 웃음이 나왔다.

"아주 이젠 자동이구마."

"나중에 월급 주셔야 합니다."

"앰뱅하네. 크흐흐. 웃으믄 안된디 자꾸 이런다잉. 너 땀시."

웃음에 기쁨 따윈 없더라도 그냥 웃음이 나오면 웃어야지. 당장 내일 그 아파트로 달려가 처음부터 다시 시작해야 할지라도. 그렇게 호재는 생각했다. 호재의 웃음이 온통 슬픔과 괴로움뿐이라는 것을 은찬도 잘 알고 있었기에, 오히려 쉽게 웃지 못했다. 굳은 표정의 은찬을 풀어주려는 듯 그의 팔을 호재가 툭 쳤다.

"아직 죽은 거 아니다잉."

"네."

호재의 말이 어떤 뜻인지 알 것 같았다. 이대로 재혁을 보낼 순 없었다. 그러려면 잠시간의 휴식이 절실했다. 은찬은 호재에게 어디서 잠을 잘 것인지 물어볼 참이었다. 그에겐 집이라곤 없는 것만 같았으니까. 차에서 자거나 경찰서의 낡은 소파에서 대충 잠을 청하는 듯 했고, 보통은 재혁의 집에 가서 잠을 자곤 한 것 같았는데 더 이상 마땅히 갈 곳이라곤 없어 보이는 중년의 남자의 뒷모습은 더욱 지치고 고단해 보였다. 어떻게 할까 고민하다가 은찬은 호재에게 달려가 팔짱을 끼었다.

"뭐, 뭐여?"

"찜질방이나 가죠? 뻐근한데."

"아 거길 뭐덜라고 가냐? 간만에 예쁜 아가씨랑 이런저런 이야기나 하재? 어여 가! 귀찮게 하지 말고!! 아따 뭐여!! 워메, 놔야!! 이 잡것이 왜 이려!!"

호재는 말은 많으면서도 잠자코 은찬의 팔에 이끌렸다. 잠시라도 눈을 붙이면 마음이 나아질까. 그럴 리 없겠지만 당장은 은찬의 행동이 큰 위로가 되었다.

* * * *

"일어나. 일어나라고 꼬맹아."

차가운 얼굴의 여자는 좀 전까지 혼자서 방안에 앉아 자신의 머리를 쥐어뜯다가 베개에 얼굴을 파묻고는 고래고래 비명을 질렀다. 태경의 옷가지 하나를 끄집어내어 발기발기 찢어버리고 나서도 분이 풀리지 않은 듯 아빠 옆에서 잠이든 아이의 입을 막아 안방으로 끌고 들어왔다. 그러한 난장에도 태경은 잠에 빠져있었다.

잠에서 깬 아이는 엄마를 보는 것이 아닌, 마치 무서운 짐승을 보는 듯 두렵고 불안한 기색이 역력했다. 아이가 일어나자 그녀는 침대에서 다리를 꼬고 앉아 머리를 쓸어 올렸다. 언제나처럼 엄마는 예뻤지만, 무언가 달랐다. 꿈속에서 봤던 단발머리 꼬마아이는 계속해서 자신의 목을 조르며 들어가게 해달라고 안달이었지만 정인은 눈물을 삼키며 견디려 안간힘을 썼다. 그러나 자신의 엄마마저 이상한 얼굴이 된 채 무섭게 반짝이는 것을 손에 들고는 다리를 방정맞게 떠는 모습은 도무지 믿을 수도, 본적도 없는 광경이었다. 다리를 떨 때마다 손도 같이 떨리며 점점 손에 쥔 물건의 형체가 아이의 눈에 인식되기 시작했다. 그리고 그것이 무엇인지 알았을 때 아이는 침대 구석에 웅크리고 앉아 겁에 질린 표정으로 눈물만 흘렸다.

"야, 니 아빠 지금 뭐하는 줄 아니? 난 다 보여. 저 사람이 왜 저러는 걸까. 왜 날 거부하는 걸까. 가만 보면 말이지? 난 참 예쁘단 말이야. 예전에 나랑 비교도 안 돼. 그런데, 그런데 왜 날 밀쳐낼까? 혹시 말이지!"

여자는 시선은 그대로 정면에 둔 채 갑작스레 손을 뻗어 아이의 팔목을 잡았다. 어찌나 힘이 센지 아이의 손이 순식간에 새빨갛게 달아올랐다.

"으윽!!"

"이게 다 너 때문인 것 같거든? 병신을 낳은 죄의 책임이 누구한테 오겠어? 나야 나. 아니, 니 엄마란 년. 그러니 안고 싶겠냐고. 건강한 아이 하나 낳아주지 못하는 년을."

여자는 아무것도 모르는 어린 아이에게 낯 뜨거운 소리를 해댔다. 그녀는 저주의 말들을 자신의 딸에게 줄줄이 늘어놓았다.

"지금으로선 내 곁으로 돌아오게 할 방도가 없어. 이미 이 집구석에서 충분히 사랑스러워 못살겠다는 눈빛으로 네 년만 아껴주니깐. 게다가 우리 예쁜 아가도 네 몸속에 들어가질 못하더군. 그럼 뭐 어떡하겠어? 너도 생각 좀 해봐. 응? 내가 지금 뭘 하려는지."

아이는 엄마가 무슨 말을 하는지 조차 모르고 있었다. 엄마의 손에서 빠져나가려 애써보지만, 무섭도록 강한 힘에 비명만 나올 뿐이었다. 여자와 처음으로 눈을 마주친 정인은 이 사람이 자신의 엄마가 아님을 알 수 있었다. 태어나 단 한 번도 본적이 없는 냉정하고 차가운 미소가 다른 손에 들린 날카롭게 날이 선 칼날만큼 섬뜩하게 빛났다.

"눈을 감아보렴. 엄마가 재밌는 이야기 하나 해줄게!"

아이는 있는 힘을 다해 엄마의 팔을 물었다. 손에서 벗어나긴 했지만 안방의 방문은 열리질 않았다. 뒤에선 엄마가 칼을 들고 가만히 아이에게 다가왔다. 그런데 순간 여자의 시선이 흔들리며 칼을 쥔 손이 벌벌 떨려왔다. 현기증에 주저앉은 엄마의 모습과 함께 열리지 않을 것 같았던 안방 문의 손잡이가 움직였다. 아이는 밖으로 뛰어나가 아빠를 붙잡고 흔들었지만, 깨어나질 않았다. 자신의 방에 들어가 겉옷과 핸드폰만 챙겨 밖으로 도망쳤다. 엘리베이터를 탈 겨를도 없이 21층을 울며 뛰어 내려갔다. 그러나 힘들게 도착한 아파트의 현관문은 열리지 않았다. 다시 올라갈 수도 없는 상황에 아이는 지하주차장으로 향하는 계단 앞에 섰다. 추위에 몸이 떨려오자 아이는 웃옷을 걸쳐 입었다. 시린 손을 주머니에 넣었다가 무언가 만져진 탓에 꺼내 보았다. 병실에 찾아왔던 형사가 전해준 명함이었다.

* * * *

호재의 머릿속은 후회와 자책으로 가득 차 있었다. 애써 웃어도 마음은 재혁의 곁에서 단 한걸음도 벗어나지 못했다. 그것은 은찬도 마찬가지였다. 섬뜩하리만큼 진저리나는 고통에 가슴이 몇 번이나 옥죄였었다. 그렇다고 지금에 머물러 아파하고만 있으면 며칠 사이에 죽어나간 사람들의 수만큼이나 후회를 더할 것 같았다.

호재는 이를 악물었다가 머리를 양손으로 감싸기를 반복했다. 사실 둘의 외적인 모습은 전혀 심각해 보이지 않았다. 반바지에 반팔, 이미 땀이 배어 나오기 시작한 몸. 토굴 같은 방안엔 둘 이외에도 여러 사람들은 모두 같은 모습을 하고 있었다. 늦은 시간 때문인지 군데군데 누워서 이 더운 공간에서 잠까지 청하는 사람들도 있었다.

"덥다. 나가자잉."

"네."

넓은 메인홀로 터벅터벅 걸어 나간 두 사람은 중앙에 털썩 주저앉아 TV를 봤다. 은찬이 이곳에 호재와 함께 온 이유는 딱히 대단한 게 아니었다. 병원에 계속 있다간 아무 일도 할 수 없을 것 같았다. 은찬은 가끔씩 눈을 질끈 감는 호재의 모습을 볼 때마다 그가 얼마나 힘든 상황에서 버티고 있는지 안타깝기만 했다. 차라리 친구라면 어깨라도 두드려 주겠지만 은찬은 그럴 수도 없었다.

그저 같이 있어주는 게 위로의 전부였다. 긴 시간을 지켜본 건 아니었지만 은찬은 호재가 다른 누군가와 가까이 하는 것을 본적이 없었다. 그러나 그것은 은찬도 마찬가지였다. 물론 그 이유는 달랐다. 호재가 너무 급하고 제멋대로인 성격 때문인 반면, 은찬은 외모가 너무 뛰어났고 거기다가 붙임성도 없는 나머지 사람들이 가까이 하지 않았다. 만약 호재가 건설현장에서 일을 했었다면 지금보다 훨씬 더 성공했을 테고, 은찬이 연예계 쪽으로 진출했었다면 이야기가 완전히 달라졌을 것이었다.

호재는 그 아파트에만 온신경이 집중되어 있었다. 슬퍼할 시간에 차라리 조금 더 생각하자. 그렇게 생각한다 해도 무언가 나오지는 않겠지만, 그래도 멈춰선 안 됐다. 누군가 이 생각들 사이로 끼어들게 되면 호재는 그땐 정말 쓰러지고 말 것 같았다. 은찬도 마찬가지로 머리가 복잡했지만 가능한 아무 생각을 하지 않으려 애썼다.

시간이 지나 둘다 졸린 눈을 비비던 새벽 2시경, 은찬의 핸드폰이 갑자기 울렸다. 유미일까? 하지만 번호는 처음 보는 것이었다. 의문스러운 기분으로 핸드폰의 통화버튼을 눌렀다. 전화기 저편에선 두려움에 떨고 있는, 어디선가 들었었던 낯익은 여자아이의 목소리가 들려왔다.

　"괘, 괜찮으니까, 천천히 말해봐."

　"누구여? 읍!!"

　호재의 입을 은찬이 손을 뻗어 막았다. 은찬의 눈빛이 심상치가 않았다. 무슨 전화 길래 저렇게 긴장한 것일까? 호재의 눈빛 또한 초조함이 역력했다. 전화 한통, 연락 하나가 이렇게 불안한 적이 있었던가. 호재는 은찬의 손을 입에서 떼어내고 핸드폰의 반대편에 귀를 바싹 붙였다. 뭐라고 하는지 명확하진 않지만 울먹이는 여자아이의 목소리라는 건 확실했다.

　"응 우리 정인이 거기 가만히 있어!! 그리고 전화 끊길지 모르니까, 꼭 필요할 때만 연락해야 돼. 금방 갈게!!"

　전화기를 쥔 은찬의 손이 떨렸다. 윤정인. 이혜주의 딸이며, 불타버린 집의 주인인 이현기의 손녀이자 삭막한 병실 안에서도 귀엽기만 했던 사랑스러운 아이. 형사라는 증거를 대라는 아이에게 버릇처럼 건넸던 명함 한 장. 그때의 깜찍했던 목소리 대신 완전히 겁에 질려 떨고 있는 아이는 자신이 어두운 지하에 들어와 있다고만 반복해서 말했고, 엄마가 자신을 죽이려한다고 했다. 아이의 목소리는 결코 거짓이 아니었다. 목소리가 울리는 것으로 보아 지하라는 아이의 말은 사실인 듯 했다. 문이 열리지 않아 바깥으로 나갈 수 없었다는 아이의 목소리는 쉴 새 없이 떨리며 울고 있었고, 그것을 듣는 은찬 또한 숨이 막혔다. 은찬이 겨우 아이를 안심시킨 뒤 전화를 끊자마자 호재가 갑갑함을 참지 못했는지 은찬의 어깨를 잡고 흔들었다.

"뭐, 뭐여 뭔 일이여!!"

"태경의 아이, 정인이가."

"엉? 이 시간에 왜?"

"구해 달래요."

"뭐?"

"엄마가 자신을 죽이려 한다면서."

둘의 행동은 매섭게 빨라지기 시작했다. 순식간에 옷을 갈아입고 밖으로 나서는 동안 호재는 오래되고 낡은 수첩을 꺼내 들어 정신없이 누군가의 번호를 애타게 찾았다. 그러다가 윤태경의 번호에서 손이 멈췄다. 박살이 나버린 은찬의 차대신 택시를 잡아타자마자 전화번호를 눌렀다.

"언능, 언능 받아라 좀!!"

＊ ＊ ＊ ＊

아이가 나가는 모습만 물끄러미 쳐다보던 여자는 놓쳤던 칼을 들고 태경의 앞으로 걸어갔다. 이 칼로 위협을 해서라도 남자의 씨앗을 받아내야 했다. 그때 그녀의 머리를 누가 내리친 듯 여자는 옆으로 쓰러졌다. 마녀가 그녀의 옆에 서있었다. 혜주의 모습을 한 여자는 겁을 집어먹은 듯, 그러나 모골이 송연할 만큼 피맺힌 눈으로 마녀를 노려봤다. 그런데 마녀의 눈엔 눈물이 맺혀있었다. 왠지 괴로운 표정의 마녀가 다시금 분노를 가득 머금고 차갑게 입을 열었다,

"넌 그저 내 낭군님이 가족이라면 진저리가 나게끔 하면 됐어. 울타리가 무너져야 날 찾을 테니까. 지금 일이 쉬워지도록 이런 꼴을 보고만 있지만, 감히 네 년이 나설 게 아니야!"

"나라고 못해?"

"뭐?"

"나라고 아이를 가질 수 없냐고! 봐! 나도 이런 육체가 있잖아!"

마녀가 어이가 없다는 듯 여자를 바라보다가, 왼쪽 눈썹을 살짝 추켜세웠다.

"아, 아윽!!! 무, 무슨 짓이야!!"

여자가 머리를 붙잡고 고통스러워했다. 마녀는 비웃는 표정으로 여자를 바라보았다.

"정말 멋대로네. 아니면 원한 때문에 멍청해진 거야? 아이를 가진다고?"

"나, 나도 다 알아!"

"멍청한 년. 너희들에게 이런 일을 맡긴 게 후회스럽기까지 하네. 우리 그이의 능력으로 여자의 기억을 붙잡아 뒀었지. 네가 그 여자의 몸에 들어가서도 맘대로 움직일 수 있었던 건 다 그이 덕분이라고! 그리고 마녀의 몸이 아니라면 아이를 가진대도 아무 소용이 없어요.

이 멍청한 아줌마야! 자, 지금 내가 '환(還)의 주'를 맺었으니, 어떻게 될까? 그 몸에 있던 기억이 곧 널 먹어 치우겠지? 그리고 모든 것이 원래대로 돌아올 거야. 히힛!"

육체를 얻었다고 자만한 것이 문제였다. 제물로 바쳐져 귀신이 되었지만 악마는 그것에도 계약을 맺었다. '기억의 주인'은 육체와 영혼을 넘기는 대신, 영원한 기억과 복수를 약속했다. 다만 제물로 바쳐진 자들에게 좋은 기억이란 건 없었다. 오로지 분노로 점철된 기억들. 그래서 원한은 깊고 끔찍했다. 마녀가 말한 '환의 주'라는 것이 뭔지는 잘 모르겠지만, 혜주의 머릿속에 남은 행복했던 기억이 영혼의 악함을 침범하고 있었다. 이대로 가다간 혜주의 혼이 길을 찾을 것이고, 그렇게 되면 몸 밖으로 밀려나 어둠 속으로 기어들어가야 했다. 그런 그녀를 바라보던 마녀가 고개를 내저으며 말했다.

"어라. 그게 다가 아니야. 넌 제대로 일을 못했잖아? 게다가 나를 기만했어. 계약위반이라고!"

"그, 그게 무슨 소리야?"

"기억에서도 살수 없다는 거지. 석호 씨가 매일 죽는 구경도 안녕~ 이라는 거고."

"아, 안 돼! 그럴 순 없어!"

"그러게 왜 주제넘은 짓을 하려고 해 이 미친년아! 내 힘을 좀 빌려줬더니 그마저도 제대로 못하고 아이까지 도망가게 해? 낙인의 힘을 사용하는 건 해본 적이 없는데. 아 짜증나 진짜. 우리 그이한테 찾아달라고 해야지 뭐."

마녀의 뒷말은 들리지도 않았다. 복수는 둘째 치고 아이도 더는 볼 수 없다는 소리 아닌가. 원혼이 됐지만 같이 있을 수 있는 것으로 다행이라 생각했다. 석호가 매일같이 죽는 모습을 지켜보며 서로를 위로하면서. 어둠에 바쳐진 제물들은 그렇게 저주의 보상을 받았다. '바친 자'의 거듭된 고통과 후회를 바라보며 기뻐했다. 행복했던 기억에서만 살수도 있었지만 그들은 모두다 복수를 원했다. 그것마저 다 사라지고 이 육체 속에서 소멸되어야 하다니. 절대, 절대 그렇게 놔둘 순 없었다.

* * * *

태경은 은서와 사랑을 나누고 있었다. 그녀를 온통 집어 삼킬 듯 정신없이 꿰뚫었다. 끝에 다다를 때쯤, 태경의 귀에 이상한 소음이 일었다. 주변이 갑자기 눈에 들어왔다. 왜 이렇게 어두운거야. 왜 이렇게 검붉은 거지? 소음은 의문만큼 점점 커졌다. 더 시끄러워졌고, 결국 태경은 잠에서 깨어났다. 몇 초간 정신을 못 차리던 태경이 겨우 전화를 받았다.

"야 이 씨벌 윤태경!!!"

다짜고짜 욕을 하며 소리를 지르는 통에 놀라 번호를 확인하지만, 누군지도 알 수 없었다.

"누, 누군데 소리를……."

"니 딸, 니 딸 이 새끼야!!"

전화가 끊겼다. 무슨 말이야 갑자기. 잘 자고 있었는데. 얼마 만에 좋은 꿈이었는데. 태경은 웬 미친놈의 전화 때문에 짜증이 치밀었다. 다시 소파에 누워보려다, 자신이 품에 안고 잤던 아이가 없다는 것을 깨닫고 눈이 번쩍 뜨였다. 얼마 멀지도 않은 아이의 방으로 뛰어가 봤지만 아이는 없었다. 태경은 미어지는 마음을 붙잡고 안방으로 갔다. 안방엔 아내가 칼을 들고 힘겨운 표정으로 서있었다.

"혜, 혜주야!!"

"그래. 없어져 줄게. 꼬맹이년도 죽였어야 하는데!! 아, 아으윽!!"

태경은 아내의 말에 그녀가 더 이상 혜주가 아님을 알았다. 아이가 사라졌음에도 이상한 소리를 해대는 아내는 무언가 씌었거나 그녀를 닮은 괴물이었다. 그러나 그 괴물의 눈빛이 너무나 슬펐다. 뭔가 이상한 감정이 태경의 마음에서 교차했다,

"……너, 혜주 맞아?"

"아. 그게 이년 이름 이었지. 히힛. 아악!! 이대로, 이대로 돌려줄 순 없어, 이렇게는!"

"무, 무슨 말……혜주야!!"

태경의 앞에서 혜주는 자신의 가슴팍에 들고 있던 칼을 꽂았다. 표독스러운 표정이 일순간 사라지고, 고통을 느낄 새도 없이 당황한 얼굴의 혜주가 뒤로 쓰러졌다. 태경이 그녀에게 달려가 가슴에 꽂힌 칼을 뽑았다. 많은 양의 피가 쏟아져 나오자 태경이 울며 그걸 막아보려 손으로 눌렀다. 혜주는 그런 태경의 손을 붙잡고, 하지 말라는 듯 고개를 저었다.

"여, 여보. 태경 씨."

"혜주야!! 혜주야!! 아, 안돼. 혜주, 혜주야!!!"

"여보 우리 딸, 우리 딸 지켜줘요. 알았지?"

"안돼, 안돼!! 혜주야, 혜주야!!!!"

"우리 딸, 내가 끝까지 못 지켰어. 당신이 지, 지켜줘야……."

육체를 빼앗긴 혜주의 혼은 어둠 속을 헤매며 울고 있었다. 강탈당한 그녀에게 쉴 새 없이 어둠이 유혹했다. 내게 들어오라고, 그러하면 기억을 남겨준다고. 행복과 쾌락, 고통과 환멸조차 모조리 남겨준다고. 그러나 혜주는 정인을 지켜야 했다. 모든 걸 볼 수 있지만 비명을 지르는 것 밖에 할 수 없는 현실이 끔찍했다. 포기하고 싶었다. 그냥 어둠에 파묻혀 지금을 잊고 싶었다. 그러나 혜주는 자신의 영혼이 찢겨나가는 고통 속에서도 계속하여 부딪혔고, 정인이 칼에 찔릴 뻔한 순간을 겨우 막아낼 수 있었다. 그러나 스스로를 향한 칼날까진 막지 못했다. 자신의 몸을 찾았지만 고통스러운 죽음만이 남아있었다. 그래도 죽기 전에 태경의 얼굴을 볼 수 있었으니 다행이라 여겼다. 혜주는 끝까지 아이를 지키지 못했음에 눈물을 흘렸다. 시야가 흐려지고, 호흡이 가빠졌다. 곧 혜주는 사랑하는 태경의 품에서 숨을 거뒀다. 그러나 그녀의 영혼은 떠오르는 것을 거부했다. 아이가 지하에 있음을 마녀의 말을 통해 알았기 때문이었다. 기억을 담을 수 있는 육체가 죽어버렸기에 결국 아이의 얼굴마저 잊어버릴 테지만, 그래도 가야했다. 혜주는 자신을 향한 광명을 뒤로하고 스스로를 다시 어둠 속에 밀어 넣었다.

* * * *

핸드폰이 끊겨버리자 호재는 택시 바닥에 핸드폰을 내동댕이치려다 간신히 화를 참았다. 심지어 택시기사는 며칠 전에서야 겨우 운전대를 잡았는지 자꾸만 은찬에게 길을 묻기 바빴다. 물론 속도계가 80을 넘지 않는 것은 당연했다.

"이런 쌍놈의 것!! 전화 끊겼어 씨벌!!"

오래 된 전화기는 그만큼이나 상태가 좋지 않았다. 정인이가 언제 다시 전화를 해올지 모르는 상황에서 은찬의 전화를 뺏을 수도 없었다. 은찬도 무척이나 불안했지만 아이와의 통화를 계속 붙잡을 수는 없었다. 잘못하다가 이쪽이 아닌 아이의 핸드폰 전원이 나갈 것이 걱정되었다.

"아 씨벌 좀 빨리 못가요? 밟으란 말이여!!"

"그, 그랬다가 속도위반으로 걸리면 책임지실 겁니까?"

"앰병 내가 경찰이요 내가!! 걱정 말고 밟어!!"

"네 제가 그럼 막 밟겠습니다!! 정말 막 밟습니다!! 물론 지금쯤에서 우회전이겠지요!!"

"좌회전!!!"

"그럼 좌측 방향으로 막 달려보겠습니다!!!"

나름 열심인 택시기사였지만 상당한 길치였다. 내비게이션도 상태가 좋지 않은데 손님 상태는 더욱 좋지 않음에 미칠 것만 같았다. 진상손님 둘을 어느 아파트 앞에 내려주고는 택시는 금세 사라졌다.

근처가 어둡지 않았음에도 아파트에만 그늘이 진 것 같았다. 가로등의 불빛조차 닿지 못한 새카만 아파트는 아무 소리도 들리지 않았다. 사람이 살긴 하는 걸까. 문은 의외로 쉽게 열렸지만, 엘리베이터는 층수를 가리키던 불도 들어오지 않는 상태였다.

"엘리베이터도 고장이여?"

"어쩔 수 없습니다. 형사님은 일단 2101호에 가보셔야 할 것 같아요."

"그려. 그럴 수밖에 없것구먼. 정인인가 하는 꼬마아이 언능 찾아봐. 뭔 일이 생겼는지도 모르는 거잖여?"

"알겠습니다."

"찾으믄 일단 재깍 전화하드라고. 난 윤태경하고 그 마누라를 체포를 하든 뭣을 하든 사단을 낼 것잉께."

"네."

호재가 뛰어 올라간 뒤 은찬은 지하주차장의 계단을 밟아 내려가며 정인에게 전화를 걸었다. 그런데 어찌된 일인지 수신지역이 아니라는 말이 나왔다. 은찬은 핸드폰을 보며 한 계단씩 위로 올라갔다. 지하로 향하는 계단의 도입에 와서야 아슬아슬하게 안테나 표시가 떴다. 아까 자신에게 전화를 했던 건 지하가 아닌 바로 이곳이었다. 겁에 질려 전화를 하고, 저 어두운 아래에 스스로 기어들어갔단 말인가.

착잡함 가운데 더욱 무서운 생각이 그를 덮쳤다. 아이의 전화가 다시 울리지 않았던 것은 수신율 저하로 전화를 할 수조차 없었다는 이야기가 될 것이고, 극심한 두려움에 지금 어떤 급박한 상황에 놓여 있을지도 모르는 일이었다. 처음 마주친 병실에서 아이의 의료차트를 슬쩍 봤을 때 심한 천식을 앓고 있던 것을 은찬은 기억했다. 이런 상황이라면 굉장히 위험하다는 것을 아이도 잘 알고 있었겠지만, 항상 사랑으로 감싸주던 엄마라는 존재가 가장 무서운 것으로 다가왔을 땐 지하주차장 조차 마지막 보루가 될 수 있었을 것이었다. 그러한 생각을 하자 목구멍 끝까지 무언가로 꽉 찬 듯 숨이 막혔다. 어두운 지하로 한발자국씩 내 딛을 때마다 아이의 귀여웠던 얼굴이 떠오르자 더욱 가슴이 답답했다.

"정인아! 아저씨 왔어! 정인아!"

새까만 칠흑의 어둠 속에서 은찬은 액세서리처럼 항상 차고 있던 플래시를 꺼내들어 불을 켰다. 그러나 뿌연 안개 같은 게 자욱한 지하주차장에 작은 플래시의 휘도는 턱없이 모자랐다. 벽을 더듬으며 불을 켜줄 스위치라도 있을까 찾아봤지만 결국 손에 닿은 스위치란 건 은찬을 무시하듯 딸깍 거리기만 할뿐이었다. 마치 재를 뿌린 듯 회색빛 먼지가 가득한 탓에 먼 곳까진 비추어 지지도 않아 은찬은 눈을 찌푸리며 아이를 찾기 위해 있는 힘껏 소리를 질렀다.

"정인아!! 정인아!!"

이상했다. 웅웅거리며 시끄럽게 울려야 정상일 텐데 그의 목소리는 자신의 주변만을 맴돌다 사라졌다. 아무리 소리를 질러도 옆에 있는 사람에게조차 닿지 않는 기분. 극심한 공포와 날카로워진 신경에 은찬은 땀을 비 오듯 쏟았다. 아랫입술을 깨물기를 반복하며 정인이의 이름을 불러보지만 아이에겐 미치지 않는 듯 했다. 자신이 힘껏 내지르는 소리가 자신의 귀에 닿기도 전에 사라지는 것 같은 기분 나쁜 느낌에 자꾸만 몸서리가 쳐졌다. 그것도 모자랐는지 신발 바닥에 무언가 자꾸만 끈적끈적하게 달라붙는 통에 머리털까지 곤두설 지경이었다.

"대체 이, 이게 뭐야? 아, 아앗!!"

바닥에 빛을 비췄을 때, 은찬은 놀람과 공포에 플래시를 떨어뜨릴 뻔 했다. 시뻘겋게 물든 것도 모자라 곳곳이 검은색으로 변색할 만큼 오래 돼버린 피의 흔적들이 플래시를 비춰본 곳마다 가득했다. 은찬은 이를 악물고 정신을 잃지 않기 위해 버텼다. 새카맣고 희뿌연 먼지와 어둠이 가득한 지하에서 느낄 수 있는 공포란 건 상상을 초월했다. 형사마저도 공포에 떨게 할 어둠 속에서 아이는 어디선가 웅크린 채 눈물도 흘리지 못하고 죽어가는 건 아닐까. 엄마가 죽이려고 했다는데 그때 상처를 입었다면 어쩌지? 생각이 거기까지 미치자 은찬은 머리를 뒤흔들며 나쁜 생각을 떨치려 했다. 그때, 뒤에서부터 알 수 없는 이상한 소리가 들려왔다.

날카로운 것으로 바닥을 긁는 소리. 거기에 노인에게서나 느낄 수 있는 거친 숨결까지. 놀란 은찬이 뒤를 돌아보며 총을 빼들어 정면을 조준했다. 그러나 희뿌연 먼지가 가득한 곳에선 더 이상 아무런 소리가 들리지 않았다. 너무 긴장한 탓이려나? 순간, 어떤 포악한 힘이 발목을 붙잡고 끄집어 당겼다. 은찬은 비명을 지르며 앞으로 넘어졌다. 그의 주변으로 마치 칼날로 칠판을 긁는 듯한 소리가 점점 더 가까워졌다. 그리고 갑자기 어떤 것이 그의 다리를 타고 올랐다. 알 수 없는 것은 어느새 그의 상반신에까지 와있었고, 코가 썩어 문드러질 듯한 악취가 코에 느껴졌다. 은찬의 손에 들려 있었던 플래시는 손에서 떨어지며 원을 그리며 돌고 있었다. 플래시의 빛이 지나칠 때마다 이상한 얼굴이 보였다. 그렇게 자리를 맴돌던 플래시가 이윽고 멈춰 섰을 때, 은찬은 피하고만 싶은 그것의 얼굴을 마주쳐야만 했다.

"으, 으아아악!!"

언젠간 사람이었을 것 같았던 얼굴이 그를 바라보았다. 입안에 가득한 시커멓게 썩어버린 핏물은 치아 틈마다 엉겨 붙고 새카맣게 변색되었고, 점액질로 크게 방울져 은찬의 얼굴에 떨어졌다. 눈이 뭉개져 희끗한 뇌가 보였고, 그 뇌 중간 중간에 구더기 같은 게 들끓어 뭉쳤다 흩어지기를 반복했다. 은찬은 총을 빼들어 괴물의 머리에 쐈다. 굉음이 지하주차장을 울렸고, 머리가 터져나간 괴물은 순식간에 사라졌다. 그때 은찬의 손을 누군가 꽉 잡았다.

"아악!!"

"혀, 형사 아저씨……!"

"정인이니? 정인이 맞아?"

아이는 은찬의 품에 안겨 울음을 터트렸다. 어떻게 지금까지 여기서 버텼는지 믿어지지 않았다. 아이는 울다가 어딘가를 손으로 가리켰다. 그 곳엔 아주 희미한 빛과 함께 여자의 모습이 보였다 사라졌는데, 본 적이 있는 얼굴이었다. 다만 너무 빨리 사라져 누구인지 가물가물 했다.

"엄마가 지켜줬어."

"응? 뭐라고?"

"흐흑……. 엄마가, 정인이 지켜줬어."

앞뒤가 맞지 않는 정인의 말을 이해할 문답이 필요했지만, 아까의 소름끼치는 소음들이 다시금 주변을 휘감았다. 은찬은 정인을 한 손으로 끌어안고 다른 손으로 플래시를 비추며 올라가는 계단을 향했다. 아이는 그리 무거운 무게는 아니었지만 좀 전의 상황으로 남은 힘이라곤 모두 빠져버려 오로지 정신력으로 버텨야 했다. 나갈 방향조차 가늠하지 못할까 두려운 마음으로 플래시를 앞으로 비췄을 때 다행스럽게도 지하주차장의 문과 계단이 보였다. 그리 멀어 보이지 않는 곳까지 은찬은 죽을힘을 다해 뛰었다. 한걸음이라도 엉키거나 넘어지기라도 한다면 어둠속으로 빨려 들어가 뼈까지 바스라질것이란 불길한 확신이 들었다. 그런 그의 눈에 엘리베이터가 열려있는 것이 보였다. 밖으로 나가고 싶었지만 괴물들이 엄청난 속도로 밀려오고 있었다. 올라타자마자 닫힘 버튼을 누른 몇 초 사이, 괴물들이 문앞까지 밀려들었다. 꼭대기 층으로 올라가는 엘리베이터 안, 작은 창밖으로 지나치는 층마다 울부짖는 썩어 문드러진 인간 군상들이 그를 쫓았다. 숨을 너무 가쁘게 쉬는 아이를 보던 은찬의 주머니에서 벨소리가 들렸다. 유미였다.

"유미야, 유미야!!!"

급박한 은찬의 목소리가 들려나오자 유미도 놀라 비명이 나오려는 자신의 입을 막았다.

"은찬아? 무, 무슨 일이야?"

은찬은 어느 아파트의 이름을 말하며 경찰을 불러달라고 했다. 너는 여기에 절대 와서는 안된다는 은찬의 마지막 말은 간절함이 묻어났다. 그리곤 덜컥 전화가 끊겼다. 유미는 더 이상 병원에 누워있을 수 없었다. 링겔 바늘을 빼버리고 대기 중인 경찰에게 상황을 말한 후, 경찰차를 빌려 은찬이 있는 아파트로 향했다.

* * * *

호재는 20층의 계단에서 잠시 멈춰 섰다. 지나치게 긴장한 채 쉬지 않고 계단을 뛰어올라왔더니 다리에서 쥐가 날 것 같았다. 잠시 마음을 가라앉히고 다시 계단을 올랐다. 21층에 도착한 호재는 혹시 모를 상황을 대비하여 총을 꺼냈다. 21층은 그의 생각보다 훨씬 고요했다. 심지어 2101호의 문은 열려있었다. 가만히 문을 열고 들어가려는데 엘리베이터가 켜지고 올라오는 게 보였다. 비상계단 문 쪽에 급히 붙어 서서 올라오는 엘리베이터를 지켜봤다. 결국 21층에 멈춘 엘리베이터의 문이 열리며 여자아이를 안은 은찬이 튀어나오자 호재는 놀라 아이부터 받아들었다.

"뭐여, 엘리베이터가 다시 돼? 근디 야가 윤태경이 딸이여? 상태가 왜 이려?"

"심한 천식이에요. 목에 벤토린이 걸려있는데 지하에서 남은걸 다 써버린 것 같아요. 쇼크가 온 것 같은데, 유미에게 경찰에 연락해 달라고 말은 해둔 상태에요."

"여길 왜 올라와 근디!! 밖으로 나가야재!"

"혀, 형사님, 일단 들어가요 어서!"

은찬은 자초지종을 설명할 겨를이 없었다. 소음이 멀리서나마 들려왔다. 지하의 괴물들이 계단을 기어오르는 것을 알고 있는 은찬의 성화에 호재는 2101호의 문을 열고 들어갔다. 은찬도 집안으로 들어서자마자 아이를 바닥에 눕히고 인공호흡을 했다. 그러나 아이는 더욱 창백해질 뿐이었다. 호재는 어두운 방안에 불을 켜보려 했지만 어떤 스위치도 작동하지 않았다.

"정인아, 눈 좀 떠봐!! 정인아!!"

"윤태경 이 새끼는 아를 놔두고 어디로 간겨!!"

그러다 호재는 갑자기 이상한 생각이 들었다. 자신이 지금 2101호에 온 게 맞는 것인가? 혼란스러웠다. 그때 부엌의 맞은편 작은방에서 희미한 붉은 빛이 일렁였다. 땀을 쥔 손을 옷에 닦아내고 총을 바로 쥔 호재가 그 방으로 다가갔다. 안엔 젊은 여자가 정신을 잃은 채 바닥에 누워있었다.

"이봐요!! 정신 좀 차려……!!!"

호재가 여자를 붙잡고 흔들다 피에 젖은 옷을 보고 이미 죽었음을 알았다. 혹시 몰라 숨소리도 들어보고 맥박도 잡아보려 했지만 끝난 일이었다. 그때 발치에서 무언가 걸리적거리는 듯 끈적이는 액체가 느껴졌다. 낮게 깔린 이상한 웃음소리가 들렸고, 작은방의 사방에서 폭포처럼 검은 물이 호재와 은찬에게 밀려들었다. 둘은 순식간에 닥쳐오는 액체 안에 파묻혀 의식을 잃었다.

"아침이여 벌써?"

그의 이상한 꿈을 깨운 건 눈부신 태양이었다. 꿈자리가 사나웠는지 일어나자마자 담배를 꺼내 입에 물었다. 정신 사납게 털털거리는 낡은 선풍기를 잠시 끄고 사타구니에 손을 집어넣어 벅벅 긁었다. 악질 범죄자 놈들은 용의주도하다. 놈들을 잡기 위해 더운 날씨에도 밤낮없이 일을 하다보면 습진이 생기는 건 다반사였다.

"으메 냄새여. 씻어야것구먼."

자신도 모르게 몇 번이나 다시 냄새를 맡아보다가 호재는 옷을 벗어재끼고 샤워를 했다. 어제 잡아 쳐 넣은 놈은 정말 그의 말대로 하자면 '씨부럴놈의 새끼'였다. 강간에 강도에, 그것도 모자라 아동 성추행까지. 얼마나 숨기를 잘하는지 추적하는 데도 꽤 많은 시간을 쏟아야 했다. 호재는 그런 놈들을 하나씩 감방에 집어넣을 때마다 기억하기 싫은 일을 조금씩 잊는 기분이었다. 그런데 뭘 기억하고 싶지 않았을까? 에이 모르겠다. 귀찮아져버린 그였다. 샤워기의 물을 끄고는 조금은 허탈한 기분이 됐다.

프러포즈를 그녀가 받아준 탓에 오늘이면 이 아파트를 떠나야 했다. 결혼식도 없이 혼인 신고만 하는 거였지만. 신세대의 방식 같은 게 아니라 단순하게 경제적 문제로 결혼을 미뤘다. 호균이에겐 미안했지만 그도 호재와 같은 형사고 매일같이 경찰서에서 얼굴을 마주 봐야 하는데 뭘. 그래도 미안한 마음은 어찌할 수 없었다.

"형!! 라면 먹자!!"

"좋지! 동상."

호균의 목소리가 건너편 거실에서 들려왔다. 기세 좋게 대답한 뒤 머리를 수건으로 탈탈 털었다. 거울로 자신의 얼굴을 이리저리 쳐다보던 호재가 샤워실의 문을 열고 나왔을 때, 그를 깨웠던 눈부신 태양은 흔적조차 없었다. 새까만 어둠 속에서 구름에 가려 가끔 방안을 비추는 달빛은 없느니만 못한 음산함을 풍겼다.

"호, 호균아?"

이상하게 집이 너무 추웠다. 이렇게 추울 리가 없는데. 창문이 열렸나? 호재는 거실로 나간 순간 자신의 눈을 의심했다. 집안이 완전히 텅 빈 채 군데군데 쓰레기만 굴러 다녔다. 응당 있어야할 창문은 새시마저 모조리 떨어져 나가있었고, 여름 같지 않은, 아니 여름일수 없는 차가운 바람이 몰아쳤다. 호재는 주위를 두리번거렸다. 그리곤 작게 호균의 이름을 다시 불렀다. 대답 대신 달그락 거리는 소리가 부엌에서부터 들려왔다. 그곳에서 호균의 뒷모습이 보였다.

"호균아. 여기 이상하다. 왜 이러지?"

여전히 그는 대답하지 않았다. 대신 주저앉아 울기 시작했다. 고통에 신음하듯 괴롭고 끔찍한 울음소리에 호재는 등골이 오싹했다.

"왜, 왜 그래 호균아?"

어두운 부엌 앞 식탁에 약간의 달빛이 비쳤다. 호균은 천천히 의자에 앉았다. 그 모습을 본 호재는 비명을 지르며 뒤로 넘어지고 말았다. 피골이 상접한 호균은 이미 죽은 것이나 다름없었다. 빽빽했던 검은 머리칼은 듬성듬성 몇 가닥만 남아있었고, 눈에 검은자마저도 완전히 하얗게 변해버린 상태였다.

"미안해, 미, 미안해."

호균은 미안하다는 말만 반복했다. 그리고 한걸음씩 베란다로 걸어 나갔다. 호재는 떨리는 몸을 어떻게 할 수가 없었다.

"호균아!! 이 새끼야, 그 쪽 위험해!! 이 개새끼 너 거기서 떨어지면 다시는 내 얼굴 못 볼줄알어! 이 씨벌놈아!! 야, 야!!!"

그의 윽박지름도 호균을 멈출 수 없었다. 호균은 잠시 창가에 서서 달빛을 보는 듯 했다. 그러다가 호재에게 얇은 미소를 보이곤 아래로 떨어졌다. 호재는 눈을 질끈 감았다. 그 순간,

"형, 라면 먹자."

부엌에서부터 다시 호균의 목소리가 들려왔다. 호재는 차라리 정신을 잃어버리고 싶었다. 호균의 뒤로 아까는 보이지 않았던 하얀 두 팔이 보였다. 호균의 허리를 끌어안고 있었던 두 팔과 흰 손가락이 위로 올라와 그의 목을 감쌌다. 손가락이 말라붙은 호균의 목에 파고들었을 때, 그것을 본 호재는 비명을 지르고 싶었다. 하지만 이미 비명을 지를 만큼의 여력도 남아있지 않았다. 손이 호균의 목을 받치는 양쪽의 기립근을 잡아 찢어 놓을 때까지도 호균은 웃고 있었다. 더 기이한 것은 피한방울도 나오지 않는 그의 모습이었다. 완전히 말라버린 미이라 같았다. 호균의 목을 내던져버린 그녀가 호재를 향해 얼음 위를 미끄러지듯 다가왔다. 어디서 본 듯한 여자의 모습이었지만 기억이 나질 않았다. 그때, 갑작스럽게 기억들이 호재의 머리를 덮쳤

다. 자살해버린 재혁부터 순식간에 은찬과 아이까지 집어 삼킨 검은 색의 액체까지 모두다. 그러자 자신의 손에 쥐었던 총이 보였다. 호재는 힘겹게 총을 여자에게 겨누고 방아쇠를 당겼다.

* * * *

"내가 잘할 수 있을까?"

"그럼. 누구 동생인데."

처음으로 형과 나가는 수사였다. 언제나 형은 은찬을 인정해주었지만 정작 그는 자신이 정말 일을 잘 할 수 있을지 걱정했다. 이번엔 꼭 증거물을 찾아 범인 놈을 옴짝달싹하지 못하게 해주리라.

"어? 이게 무슨 냄새야?"

집에 들어서자마자 가스냄새가 진동을 했다. 유은호는 다른 수사진들에게 잠시 멈추라는 수신호를 보냈다.

"휴. 이거 조심해야겠는걸. 스위치 같은 건 절대 건드리지 말고, 문 열고 일단 환기시키자. 온통 가스로 가득 차있어."

"네 알겠습니다!!"

"네는 무슨."

은찬은 웃는 낯으로 창문을 열려고 했고, 다른 수사진들도 마찬가지로 조심스럽게 다른 창문 쪽으로 다가갔다.

"자, 잠깐만요!!"

은찬이 무언가 이상한 듯 창문을 열려고 하는 모든 이에게 소리쳤다. 창문 틈 사이를 플래시로 비추자 이상한 점이 포착됐다.

"이 전선줄, 어? 저기 까만 건 뭐지?"

"고무자석이에요. 자력을 이용했어요."

"자력?"

"네. 창문과 틀 사이에 고무자석이 있고, 아주 얇은 구리선 같은 게 연결되어 있어요. 온통 검은색으로 칠해놔 잘 보이지 않을 뿐이었던 거예요. 가스냄새 때문에 창문을 열거라는 계산이 있었을 겁니다. 보통 현관문만을 연다고 하면 일이 오래 걸릴 테니까요. 만약 눈치 없이 스위치를 켰다면 가스폭발로 이어질 것이고, 그 이유로 창문을 열었을 땐 범인은 소기의 목적을 달성하고 말일이었을 겁니다."

"오. 그렇군. 다들 창문엔 손도 대지 말고, 지문들부터 샅샅이 뒤져보자. 잘 했어 은찬아. 넌 문손잡이 쪽하고 현관에 지문들 좀 조사해."

"넵! 유 형사님!"

"아유 그러지 마라."

유은호는 그저 즐거워만 보이는 은찬이 조금은 걱정스러웠다. 어쨌든 중요한 사건인데. 그래도 웃는 녀석의 얼굴은 참 멋지기만 했다. 어느 정도 증거물을 채취하고 나서 은호는 시계를 보았다.

"여기 들어온 지 얼마나 됐지?"

"이제 10분 남짓입니다."

"일단 폭발물인지만 확인하자고. 이곳이 날아가 버리면 그나마 놈을 잡아넣은 보람이 없잖아. 24시간뿐이라고. 그 시간 안에 증거를 찾지 못하면 그 새끼 무슨 짓을 하고 다닐지 몰라."

지금은 증거확보가 우선이었다. 은찬은 다시 자신의 일에 열중하기로 마음먹었다. 은호는 선을 따라 차분히 폭발물일지 모르는 것을 찾아들어갔다. 오래된 가옥은 천장까지의 높이도 꽤나 높았다. 좀 약해보이는 지반 또한 불안한 원인이었다. 긴장감을 더해가는 수색 끝에 선에 직접적으로 연결된 작은 사제폭탄을 찾았지만 1분여밖에 남지 않은 타이머가 계속해서 0을 향해 돌고 있는 상태였다. 은호는 소리를 질렀다.

"나, 나가!!!!!"

폭발물을 확인하자마자 조사하던 모든 인원이 밖으로 뛰쳐나갔다. 도망 나오긴 했지만 증거물로 가득한 집이 날아갈 판국이었다. 그리고 1분, 또 1분. 폭발물 처리반에게 연락을 해놓고 난 후에도 집안에선 어떤 소음조차 없었다.

"이상한데요?"

"뭐야 이거?"

"들어가 볼까요? 처리반 오면 잘못하다간 증거 훼손되는데."

은호가 다른 형사와 이야기 하던 것을 듣던 은찬이 불안감에 휩싸여 형의 팔을 잡았다.

"형. 그래도 위험할 텐데."

"걱정하지 마. 금방 다녀올게. 넌 여기 가만히 있어!! 절대 따라오지 마!"

걱정 말라면서 자신에겐 가만히 있으라고 호통이라니. 그 후 2분여간은 20분은 될 듯 길게만 느껴졌다. 하지만 이내 형이 문을 열고 환하게 웃으며 손짓했다.

"이 새끼 바보야!! 불발이야 불발!!"

다행이었다. 많이 머리는 쓴듯하나 끝에 가서 모자란 범인 덕이었다. 다시금 자신의 자리에서 증거를 채취하려고 모든 사람들이 열중하려던 그때, 고막이 터져버릴 듯 엄청난 폭발음 이 들렸다. 그리고 현관에 서있는 은찬을 그의 형이 급하게 뛰어와 바깥으로 밀쳐냈다.

불발이라던 폭발물은 불붙은 도화선이나 다름없었다. 그것을 제거하려 했어도 다른 폭탄이 터졌을 것이고, 지금처럼 확인을 위해 들어갔어도 일정한 시간 이후에 다른 곳의 폭탄이 작동하게끔 만든 것 같았다. 폭탄이 시간을 두고 터지게 만든 것은 증거를 확보하려 다시 들어갈 경찰들을 짐작한 것이었다. 이 모든 것을 철저히 계산한 이유는 저질러온 무작위의 살인처럼 경찰들조차 트로피의 하나로 삼고 싶었던 범인의 끔찍한 술수였다. 그는 자신의 집을 지키려했다는 변명만 할뿐일 테고, 모든 것은 또다시 물거품이 되어 버릴 것이었다. 국내에선 흔히 범례를 찾기 힘들어 의외로 가벼운 형벌이 주어지는 가내폭발물유기. 영장조차 받지 못한 수색은 더더욱 문제였다. 그만큼 급했다. 외국으로 내빼려던 놈을 조사로 묶어두고, 급한 시간 안에 잡아넣을 증거를 찾기 위해선 어쩔 수 없는 선택이었다.

오래된 가옥의 기둥마다 설치된 폭탄은 순식간에 연쇄 폭발했고, 힘없이 무너져버린 집의 잔해에 깔려 내부에 있던 모두가 사망했다. 지옥의 한가운데에 선 은찬은 어찌할 바를 모르고 울부짖었다.

"형, 은호 형!!!"

그런데 은찬의 충격적이며 가슴 아픈 기억과는 달리, 온통 뭉개지고 박살이 난 그의 형이 쓰레기 더미에서 천천히 몸을 일으켰다.

"……형?"

"뭘 그렇게 놀란 눈으로 봐?"

"혀, 형이야 말로 괜찮은 거야?"

말은 어떻게 나오는 건지, 입은 무슨 말을 하고 있는 것인지. 은찬은 가늘게 흐느끼며 뚫어져라 형을 바라보았다. 눈을 깜빡일 수도 없었다. 형의 모습 하나라도 놓칠까 두려웠다. 은찬의 괜찮냐는 물음에 형은 너무나 편안한 얼굴로 뼈가 부러지고 살점이 찢어져 너덜거리는 팔을 흔들었다. 마치 붉은 솜이 가득 든 낡은 인형의 팔이 덜렁거리는 것 같았다. 피와 먼지로 얼룩덜룩해진 손은 가끔 주먹을 쥐었다가 펴며 경련했다. 그의 형은 웃는 채로 한쪽 발목이 절반쯤 끊긴 다리를 질질 끌며 은찬에게 다가왔다. 매캐한 화약 냄새와 먼지, 그리고 끔찍하리만큼 역겨운 피비린내가 풍겨옴에도 은찬은 아무것도 못 느끼는 로봇처럼 형이 내딛는 걸음을 바라보고만 있었다.

"흐흑……. 형."

"기다렸구나. 나랑 같이 가자. 이리와."

"살아 있는 거지? 아, 아프진 않아?"

"아프긴. 아무렇지도 않아. 이리오라니깐? 저쪽으로 나랑 가자. 저기가면 언제든지 행복해."

자신이 가리키는 방향을 따라 고개를 돌린 형의 후두부는 엄청난 압력에 터져나간 나머지 회색빛으로 변해버린 뇌가 보였다. 그럼에도 은찬은 형에게 되물었다.

"괜찮아? 괜찮은 거지 형? 나 때문에 죽어버린 건 아니지? 나 아니었으면 형 살 수 있었던 건데. 날 밀치는 대신, 혼자서 뛰쳐나올 수도 있었던 건데."

"죽기는 왜 죽어. 이렇게 살아 있잖아? 형이랑 같이 가자. 자, 내 손 잡아."

형이 내민 손을 은찬은 거부하지 못했다. 그저 그대로 이끌릴 뿐이었다. 걸어가는 곳이 시커먼 어둠 속인데도 은찬의 마음은 편했다. 그래. 저기로 가면 끝난다. 이대로, 모든 것이. 그러다 은찬이 뒤를 돌아봤다. 이상한 소리가 들린 듯한데, 그것도 상당히 큰 소리가. 의아해 하던 찰나, 또다시 들려왔다. 갑자기 이상한 기억이 머릿속으로 쏟아져 들어왔고, 형의 얼굴 대신 수염이 드문드문 지저분한 남자의 얼굴이 보였다. 저 남자는 누구지. 저 작고, 신경질적인 남자. 스포츠 머리에 수첩을 든 손에 종종 핏대를 세우던 남자. 욕 못하면 하루도 못 살 것 같은 사람.

"으, 은찬아!! 이놈의 새끼야!!"

"……이 형사님?"

"죽은 줄 알았잖여!! 흐흑."

호재가 은찬을 보며 울고 있었다. 그런데 이상할 정도로 안색이 좋지 않았다. 바닥엔 온통 검은색 액체 천지였다. 폭풍처럼 달려들었던 어두운 해일이 사라지며 남긴 흔적이었다. 그래서 은찬은 뒤늦게서야 알게 되었다. 호재의 다리에서 피가 쏟아져 나오는 것을.

총을 쏴도 소용이 없었다. 처음 봤지만 분명 낯익은 섬뜩한 여자는 호재를 비웃기만 했다. 다가올 때마다 아찔하게 풍겨 나오는 여인의 살 냄새가 믿을 수 없도록 호재를 뒤흔들었다. 온몸에 힘이 풀리고 정신이 아득했다. 당장 쾌락에 몸을 맡기고 싶었지만 그의 손엔 여전히 총이 들려있었다. 쓸 일 없다며 총알도 많이 넣지 않은 탓에 단 한 발 밖엔 남지 않았다. 나가야만 했다. 지켜야 할 사람이 있었다. 그래서 그는 자신의 다리에 총알을 박아 넣었다.

"와. 지독하시다. 진짜?"

여자가 고개를 절레절레 저으며 손가락을 튕기자, 안개처럼 펼쳐졌던 환상들이 순식간에 걷혔다. 옆에 쓰러진 은찬을 붙잡고 흔들어 깨우는 데는 성공했지만 생각보다 총알이 깊게 박힌 호재의 다리에선 피가 멈추지 않았다. 놀란 은찬이 손으로 눌러 피를 막아보려 했지만 호재의 정신은 이미 흐려져 갔다.

"호재 형, 호재 형!!"

"아가 댈고, 언능 가라잉."

"왜 그랬어. 왜!!"

"나가 형사인디, 아, 안글믄 쓰것냐."

"형, 호재 형, 형!!"

"헤헤. 아따, 인자 형 소리가 입에 붙었구만. 우리 은찬이."

은찬의 눈물을 슬쩍 닦아내자마자 호재의 손이 바닥에 툭 떨어졌다. 은찬은 호재의 가슴을 주먹으로 쳤다. 일어나라고, 그냥 욕 한 번 하고 이 망할 집을 나가자고. 새어나오는 비명을 삼키며 호재를 때리고 흔들어도 아무런 반응이 없었다. 은찬은 결국 울부짖었다. 이럴 거면 차라리 환상 속에서 은호를 쫓아갈걸 그랬다. 허망하게 죽은 호재를 보느니 그게 나았다. 그러다 호재의 마지막 말이 떠올랐다. 그는 울음을 멈추고 자리에서 일어났다. 입고 있던 외투를 벗어 호재의 얼굴에 덮어주고 정인을 찾으려 했는데, 아이가 없었다. 다행히 문은 열 수 있었기에 은찬은 재빨리 밖으로 나섰다. 순간 갑작스런 현기증이 일었다. 이리저리 흔들리는 버스 안에 서있는 기분. 은찬은 자신이 연 문의 호수를 보았다. 2102호. 그럴 리 없는데? 분명, 2101호였는데? 그렇다면 이곳은 윤태경의 집이 아니었다. 건너편의 집을 보자 그곳이 2101호였다. 발을 옮기려던 순간, 2101호의 안에서부터 거대한 손이 은찬의 상체를 움켜쥐고 2102호 안으로 끌어당겼다. 그리곤 천장에서 바닥으로 몇 번이고 은찬을 내팽개쳤다. 갈비뼈가 모조리 부서지고 폐가 터지며 은찬은 숨이 멎었다. 할 일을 마친 '그것'은 어둠 속으로 사라졌다. '전리품'을 손에 든 채로.

* * * *

태경은 비명을 지르며 울었다. 통곡도 잠시, 아이의 얼굴이 떠올랐다. 조심스럽게 혜주를 눕히고 밖으로 뛰어나가 현관문을 열려고 해보지만 열리지 않았다. 태경은 문을 붙잡고 비명을 질렀다. 악다구니를 쓰며 문을 부술 듯이 몸을 부딪쳤지만 누가 용접이라도 해놓은 양 흔들림도 없었다. 그런 태경의 뒤로, 들려서는 안 될 목소리가 들려왔다.

"팀장님."

"……네가 왜 여기 있어?"

"팀장님 보고 싶어서요. 너무 그리워서요."

실오라기 하나도 걸치지 않은 아찔한 나신의 은서가 꿈에서처럼 태경에게 안겼다. 여인의 체향이 독주처럼 이성을 마비시켰다. 안방에 아내의 시체가 있음에도 태경은 단단하게 발기하고 말았다. 그럼에도 태경은 그녀를 밀쳐버렸다. 정인, 정인이를 찾아야만 했다. 왜 그녀가 앞에 있는지조차도 이유를 찾을 새가 없었다. 그런 태경을 은서가 가로막았다.

"이래도 안 돼? 내가 꼭 그렇게 해야 직성이 풀리겠어요?"

"비켜! 저, 정인이를, 정인이를 찾아야 해!!"

도무지 밀쳐내기 힘든 얼굴. 사랑스러운 표정. 눈물이 그렁그렁 맺혀 말하는 은서에게 비키라며 소리를 지르면서도 태경의 마음 한편이 이상할 정도 뒤틀렸다. 은서는 여기 있을 수가 없었다. 주소도 알지 못하니까. 가까스로 이성을 붙잡은 태경은 기이한 은서의 말을 되짚었다. 이래도 안 된다는 말은 뭐야? 그리고 뭘 어떻게 하겠다는 거지? 태경은 은서를 붙잡고 그녀의 눈을 바라봤다. 저 눈, 눈빛, 애처로운 시선.

"누구야. 넌?"

눈물짓던 은서가 고개를 푹 숙이자 긴 머리칼이 얼굴을 가렸다. 그녀가 고개를 들었을 때, 은서는 다른 여자의 얼굴로 변해있었다. 태경은 질겁하며 비명을 질렀다.

"이건 어때?"

"으, 으아악!!"

옆집 여자. 보는 순간 사로잡혔던 맑은 얼굴의 여자. 태경은 놀라 뒷걸음질 쳤다. 그녀가 다시 한번 고개를 숙였다가 올렸을 땐, 생전 처음 보는 아름다운 여자의 얼굴로 다시 한번 변해있었다. 살짝 붉은 볼, 애태우는 입술, 깊고 짙은 매혹적인 두 눈동자. 풍만하고 말캉한 가슴아래 가녀린 허리와 아찔한 곡선을 그리는 엉덩이까지. 앞 선 두 번의 변화보다도 훨씬 아름다운 얼굴과 교태가 넘치는 육체 앞에 태경이 무너지기 직전이었다.

태경의 눈에서 눈물이 흘렀다. 아이를 찾아야 하는데, 혜주의 마지막 유언을 지켜야 하는데 음경은 커질대로 커져 그대로 두었다간 폭발할 것 같았다. 마녀의 다리 틈에서 시선을 돌리지 못하는 태경은 자꾸만 욕망에 사로잡히는 자신이 경멸스러웠다. 그때, 마녀가 입을 열었다.

"만수 씨. 많이 힘들어요?"

처음 들어보는 목소리. 어디선가 들어본 이름. 태경은 자신의 앞에서 용서를 빌던 노인의 말이 떠올랐다. 그때도 그가 자신을 만수라고 불렀다.

"자, 이거면 괜찮아 질 거야."

바닥에서 검은 액체가 부글거리며 차올랐다. 소름끼치도록 싫었던 꿈속에서의 검은 것들과 완전히 같았다. 욕조에서의 악몽처럼 익사할 것이 두려웠지만 차올랐던 끔찍한 액체는 금방 사라졌다. 이상한 형상 하나를 놔둔 채로. 의아함에 태경의 고개가 기울어졌다.

"정인아?"

아빠가 찾으러 갈 때까지 잘 숨어있을 줄 알았는데.

"장난치지 마, 아빠한테 그러지 마!! 정인아!!"

태경은 아이의 시체를 붙잡고 넋이 나가버렸다. 감정의 격류가 그의 심장과 뇌를 박살내고 하나 남은 이성마저 쓸어갔다. 오직 아이만이 그를 구원할 수 있었기에 그는 지금 자신이 어떤 표정을 하고 있는지 알 수 없었다.

"이히히. 아하하하!! 끝이다!! 정말 끝이야!!"

이 씨발 재수 없는 애새끼 잘 죽었다. 개좆같이 따갑게 구는 장인 꼰대새끼도 타 죽었고, 마음에서 걸리적거리기만 하는 혜주도 알아서 지목 긋고 뒤져버렸네. 이제 뭐하지, 뭐하지 나? 너도 웃어, 웃으라고!! 너무 재밌지 않아? 이야 고맙다! 너 덕분에 이제 자유다 자유!

"만수 씨. 그만 울어요."

"아아아아아악……!!!!"

웃음이 비명으로 바뀌기까진 오래 걸리지 않았다. 태경이 쓰러지자 마녀가 그를 떠안았다. 그 순간 마녀는 자꾸만 밀어냈던 이상한 감정이 가슴에서 꿈틀거리며 비집고 올라옴에 불쾌함을 느꼈다. 무엇일까. 대체 이 짜증나는 것은. 드디어 필멸자, '멸망의 자'를 잉태하기 위한 모든 준비가 끝났는데도 왜 기분이 이런 걸까. 1천의 제물과 '환생을 허락받은 자'까지, 정말 오랜 시간이 걸렸다. 수향은 어둠과 보낸 오랜 세월이 눈앞에 스쳐갔다. 오직 지금의 이유만으로 인간을 도륙하고 욕망을 유린했던 것은 아니었다. '그이'와의 즐거운 한 때를 위함이었다. 악마가 웃으면 수향도 기뻤고, 금방 흥분해버린 수향을 언제고 괴물은 만족시켜주었다. 그런데 만수를 알아보자마자 설레고 가슴 뛰었다. 그저 필멸자 때문인 줄 알았다. 수향은 자신의 존재 이유, 즉 낙인을 찍은 자들의 제물을 거두고 마지막엔 필멸자를 낳아야 함은 잘 알고 있었지만, 결과에 대해선 굳이 알고 싶지 않았다. 어느 날엔가 수향은 악마에게 물었다.

"멸망의 자를 갖게 되면, 어떻게 돼?"

「이 땅의 모든 인간이 멸망하게 된다.」

"우리도?"

「너와 난 인간이 아니기에, 그러하진 않다.」

과정과 방법이 궁금했지만 더 묻진 않았다. '그이'가 그토록 증오하는 인간이 모두 사라진다니 마녀는 기뻤다. 원한다면 무엇이든 해주고 싶었다. 항상 그렇게 생각했는데, 지금 마녀는 자신의 품에 안겨 울고 있는 태경이 이리도 자신을 흔들어 놓는 것에 당혹스러웠다. '그이'에겐 느끼지 못했던, 이젠 말할 수 없는 감정. 그게 자꾸만 마녀의 마음을 할퀴었다. 수향은 어둠에게 소리를 질렀다.

"나 왜 이래? 나, 나 왜 이러냐고!!"

수향은 자신의 가슴을 치며 복받치는 고통을 토해냈지만, 괴물은 입을 굳게 닫았다. 선한 기억을 찾은 마녀가 '멸망의 자'의 마지막 재료였기 때문에. 진정으로 서로를 사랑해서 교접을 이루어야 멸망의 자가 인간인 채로 어둠의 축복을 받을 수 있었다. 사랑이란 이름으로 수정되어 악마의 힘으로 인간을 멸망시키는 것. 그리하여 사랑의 본질을 욕되게 하고 그와 가장 반대되는 자를 태어나게 하는 것. 그것이 마녀와 '그것'의 사명이었다.

괴물이 지식의 주인이라고 불리는 이유는 책의 주인이기 때문만
은 아니었다. 지식과 기억, 악몽의 주인이자 축복과 저주의 괴물은
멸망의 자를 잉태하면 그에 귀속(歸屬)되어야 했다. 마녀의 뱃속에 자
라나는 필멸자가 인간을 증오하도록 만들 '식량'이었다. 때문에 마녀
는 두개의 자아를 갖고 있었다. 환생한 육체에 종속된 기억과, 어둠
에 담긴 마녀의 영혼. 마녀의 영혼은 기억에 먹히지 않기 때문에 인
간과는 달랐다. 그 이유가 마녀의 생존과는 아무 상관이 없다는 것을
그녀도 몰랐다. 필멸자의 그릇에서 저주받은 아이가 지식의 주인을
통해 길러지는 동안, 어둠의 힘이 사라진 마녀의 육체를 지키는 것이
자신의 혼이었다. 괴물이 필멸자의 양분이 되는 것으로 마지막을 맞
는다면, 배를 찢고 나올 아이 때문에 엄청난 고통의 끝에서 죽는 것
이 마녀의 마지막이었다.

실패를 거듭 하는 동안 몇 세기가 흘러갔다. 기억의 주인은 몇 번
이나 마녀의 죽음을 목도했다. 그리고 또다시 마녀를 기다렸다. 목표
앞에서 좌절하는 것은 인간뿐만이 아니었다. 엄청난 수의 제물을 거
두는 것 또한 마녀가 아니면 안됐다. 그토록 힘들었던 소명이 앞에서
이루어지기 직전이었다. 그런데 기뻐해야 할 지식과 기억의 주인은
불타는 마음을 거두기 힘들었다. 이 완벽한 순간이 두려운 것은 아니
었다. 그저 분노가 일었다. 마녀를 죽이고 나올 것도 결국 악으로 빚
은 '인간'이지 않은가. 기이한 모순이었다.

울던 태경이 갑자기 멎었다. 태경의 얼굴을 본 마녀가 급히 자신

의 오른손 손가락을 태경의 입에 넣었다. 혀를 깨물어 자살하려던 태경은 마녀의 손가락을 이로 짓이겼다. 마녀의 손에서 뜨거운 피가 터져 나왔다. 환상속의 그녀는 죽이기는커녕 상처조차 낼 수 없었지만, 현실은 달랐다. 엄청난 고통이었을 텐데도 마녀는 꾹 참았다. 마녀의 눈에서 눈물이 흘러내렸다.

"또 이렇게 당신을 보낼 순 없어. 이제 곧……. 모두 기억 날거야."

죽으려 했던 태경은 자신을 막은 그녀가 죽도록 미웠다. 이 손가락들을 깨물어 씹어뱉고 자신의 혀도 물어뜯으려 했다. 그런데 울고 있는 여자의 얼굴이 너무나 슬펐다. 입안에 따뜻한 피가 들어오자 자신도 모르게 꿀꺽 삼켜버렸다. 마녀의 피를 마시면 전생을 볼 수 있다는 사실은 전혀 몰랐기에 갑자기 지나치는 오래전 기억들이 쏟아져 들어오자 태경의 몸이 경련했다. 고운 한복을 입고 있는 그녀를 몰래 훔쳐보았고, 매일 밤 그녀를 생각하며 가슴 졸였다. 미소 짓는 표정, 울고 있는 얼굴. 만수의 기억이 격류처럼 흘러들어와 태경의 마음을 휩쓸었다. 태경은 눈물 젖은 두 눈으로 마녀를 바라봤다.

"수향……?"

태경이 자신의 이름을 부르는 순간, 그녀의 마음이 애틋함으로 붉게 물들었다. 태경은 다시금 눈부신 수향의 나신을 바라보다 급히 자신의 옷을 벗었다. 그리고 수향에게 깊은 입맞춤을 했다. 수향은 오래전 기억의 끝에서 느꼈었던 사랑이 가슴 가득 차오르며 눈물이 쉴 새 없이 흘러내리는 것을 느꼈다. 태경은 그녀의 눈물조차 놓치기 싫은지 혀로 핥고 양 눈에 입을 맞췄다.

"수향아."

"응…….. 만수 씨. 나 이제, 만수 씨 안 놓칠 거야. 두 번 다신, 절대."

드디어 필멸자의 마지막 의식이 시작됐다. 다시 만난 만수와 수향의 뜨거운 행위를 지켜보는 어둠의 주인은 속이 뒤틀리는 듯 이상했다. 질투인가. 아니 그 무슨 말도 안 되는 소리인가. 난, 지식과 어둠의 주인, 그리고 악몽의……. 그런데 그럼 뭐하나. 마녀가 없이는 아무 것도 할 수 없는데. 매일 같이 탐해도 모자람이 없었던 여자. 그리고 드디어 대업을 이루게 만든 마녀. 이후 자신의 삶을 모르는 불쌍한 것.

- 크크. 네 놈도, 홀린 것인가. -

어둠 속에서 한 형상이 나타났다. 조금 굽은 허리, 형형한 눈빛. 100살은 넘은 듯한 모습. 박순구였다.

「맘대로 기어 나오는 구나.」

- 네가 말했던 걸 그대로 돌려받겠구나. -

「무슨 말이냐.」

- 그러나 결국 무엇이 남더냐. 사랑. 그렇게 죽고 못 사는, 칭송해 마지않는 사랑! -

「멍청한 소릴 하는 것이 예나 지금이나 똑같군.」

- 이보게. 내가 나왔다는 것 자체가 이상하지 않은가? -

그러고 보니 박순구를 불러내려 한 적은 없었는데. 왜였을까? 어둠 속으로 박순구가 다시 빨려 들어가는 동안, 그는 새카맣게 변한 두 눈으로 '그것'을 바라보았다.

- 수향을 처음 본 그날, 어떠하였느냐? -

- 어둠 속에서 무슨 꿈을 꾸었느냐. -

- 필멸자? 인간의 말살? 아니! -

- 넌 오직 마녀만을 기다렸다. 그렇지 않느냐? 클클! -

흉내는 잘 내는 편이군. 괴물은 생각했다. 지금의 상황은 평소엔 말도 되지 않는 것이었다. 그 누구도 맘대로 어둠을 유영할 순 없었다. 모두가 '그것'의 의지였다. 그렇다면 지금 이 상황도 자신이 만든 것일 텐데. 있지도 않은 마음 같은 게 약해질 리 없었다. 그런데 왜 하필 박순구인 것이냐. 그리고 뭐? 사랑? 인간은 참 변하지 않아. 그때도 사랑타령 하던 노인네였으니. 괴물의 눈에 수향의 위에서 헐떡이는 태경이 보였다. 지금은 만수의 기억에 휩쓸려 있는데다 마녀의 유혹에 넘어간 상태이니 이대로 가면 모든 일이 수월히 끝날 것이었다. 식량이 될 자신의 미래는 그다지 기쁜 일은 아니겠지만, '관리자'가 내린 사명이니 당연히 감수하리라. '지식의 주인'은 인간이 쌓아 올린 악을 모두 다 알고 있었다. 모두다 없애버리는 게 맞았다. 그러나 마녀의 마지막을 생각하면 자꾸만 분노가 차올랐다. 인간을 멸망시킬 인간이라. 그런데, 그저 인간이 싫은 것 때문일까. 수향이 은서를 죽인 이유가 얼굴을 훔치기 때문만은 아니었듯이 분노의 원인은 괴물의 존재 이유와는 정반대의 것이었다.

수향이 몇 번이나 오르가즘에 다다를 때쯤, 태경의 토정이 임박했다. 그녀를 완전히 자신의 것으로 만들고 싶었다. 이번으로 부족하다면 한 달이고 두 달이고 짐승처럼. 태경이 절정에 치닫기 직전, 갑자기 뜨뜻한 것이 수향의 얼굴과 가슴에 쏟아졌다.

"아, 안 돼!!"

수향은 안타까움에 비명을 질렀다. 그의 씨앗이 밖으로 향한 것이 가슴 아팠다. 필멸자가 될 아이라 해도, 만수의 아이를 갖고 싶었다.

"괜찮아 만수 씨. 다시 하면……. 어? 어, 마, 만수 씨!!!!"

수향의 얼굴과 가슴에 쏟아진 것은 정액이 아니었다. 태경의 가슴에서부터 쏟아진 피였다. 그의 뒤에서, 괴물이 그 큰 손톱을 뒤에서부터 박아 넣은 모습에 마녀는 소스라치며 일어나 일갈했다.

"이게 무슨 짓이야!!!"

「괜찮다. 다음이 있으니.」

"누가? 누가 다음이 있대? 누구 맘대로 이런 짓을……! 꺄악!!"

「다음이라고 했을 텐데? 날 거역할 참이냐!!」

달려드는 마녀를 떼어낸 괴물은 태경의 가슴에 박혔던 손톱을 뽑아내고 피를 털었다. 자신의 죽음 앞에서 태경은 마지막으로 정신을 차렸다. 죽은 혜주와 정인이 떠올라 눈물이 흘러내렸다. 마녀의 안에 토정을 하였더라도 자살을 했을 것이다. 그러니, 됐다. 다만 죽어서도 스스로를 용서할 수 없기에 거듭 눈물이 터졌다. 태경이 숨을 거두기 직전, 그의 흐려지는 시선을 마녀가 붙잡았다.

"말했지? 두 번 다시, 보내지 않는다고!"

유유히 물러나던 '지식의 주인'은 갑자기 발걸음이 떨어지지 않았다. 마녀의 입에서 흘러나오는 주문에 처음으로 무척이나 당황스런 기분을 맞았다. 공포인지 두려움인지 모를 이유는 마녀의 '무지'에 있었다. 결과를 안다면 절대 맺어서는 안 되는 주가 그녀의 입에서 흘러나왔다.

"레스-피어리-테네브라스-이네이터눔, 서지-어-모르투스.(Rex fieri tenebras in aeternum Surge a mortuis)"

평범한 라틴어였지만 그것은 책에서 유일하게 마녀만이 완성 할 수 있는 주였다. 인간이 아무리 외워도 소용이 없는 주. 딱히 어떤 목적이나 저주를 위함도 아니었다. 수향은 그저 그것이 '불사의 객' 주라는 것만 알고 있었다. 책의 모든 것에 대해 어둠은 말해주었지만 그 주에 대해서만큼은 입을 다물었다. 그러나 '불사'라는 뜻이 뭔지는 알고 있었기에 마녀는 그 주를 외웠다. 만수를 이대로 보낼 순 없었다.

육체에서 불려나온 기억에 순응해버린 나머지 우둔한 짓을 하는 마녀에게 '그것'이 광포하게 달려들었다. 마녀는 자신을 죽일 괴물의 손톱 앞에서도 태경이자 만수를 바라보았다. 이미 숨이 끊어진 그의 앞에서 쓴웃음을 지었다. 불사의 객이 뭔지 몰랐어도, 그것이라도 해주고 싶었다. 마녀로서 할 수 있는 최선이었다. 그녀는 곧 다가올 죽음에 눈을 감았다. 그러나 죽음은 그녀의 등에 닿지 않았다.

괴물의 손톱은 마녀 대신 그녀의 책을 향했다. 책만 덮으면 주가 완성되지 않기에 그렇게만 하면 됐다. 굳이 마녀를 죽이지 않아도 되는 것이었다. 그러나 그를 감쌌던 어둠의 힘이 육중한 다리에서 사라지자 그는 무릎을 꿇었다. 날카로웠던 손톱도, 징그럽게 맞물리던 이빨도 순식간에 힘을 잃었다.

마녀는 응당 자신을 죽일 줄 알았던 괴물이 쓰러져 있는 게 처음엔 의아했다. 괴물의 몸과 아파트 전체를 감쌌던 검은색 액체가 흉포하게 한데 휘몰아치며 공중에 맴도는 것에 불길한 예감이 들었다. 쓰러진 괴물의 손을 마녀가 잡았을 때, 어둠의 기억을 읽고는 '그이'가 왜 그런 행동을 했는지 알게 된 마녀가 울음 섞인 비명을 질렀다. 사랑을 말할 수 없는 어둠의 왕. 대신 밤마다 자신을 품어주었던 나의 주인. 오랜 시간 동안 짐 지어진 운명을 따라오다 자신 때문에 모든 것을 포기했는데, 결국 그를 죽인 나, 마녀. 수향은 가슴이 찢어질 듯 아팠다.

어디로 갈지 갈팡질팡하던 시커먼 것들이 갑자기 태경의 몸에 붙어 그를 휘감을 때쯤엔 아파트의 모든 것에서 단말마의 끔찍한 비명이 지나쳤다. 낙인을 잃은 시체들은 완전한 죽음을 맞았고, 아파트의 모든 집, 모든 방엔 죽은 여자의 시신들이 처참하게 늘어섰다. 주인이 사라지자 어둠은 가졌던 모든 것을 토해놓고 있었다. 마녀는 이젠 한 줌의 재가 되어버린 괴물의 손을 공중에 날려 보냈다. 그리고 자신도 괴물이 죽은 자리에 몸을 뉘었다. 검은 책을 품에 꼭 끌어안고서.

"미안해. 미안해. 우리 여보."

마녀는 '그것'이 사라진 자리를 가만히 매만졌다. 누구에게는 끔찍한 괴물이었지만 자신을 지킨 유일한 낭군이었다. 마녀는 자신의 발부터 재가 되어 사라지는 것을 물끄러미 바라보았다. 고통 때문이었을까. 아름다운 눈에선 눈물이 흘러내렸다. 얼굴조차 사라지고 팔도 재가 되어 가던 마지막 순간, 피에 젖은 마녀의 검지가 살짝 움직였다.

* * * *

　이것이 죽음인 것인가. 그래, 당연하지. 나도 죽어야 마땅하다. 그런데, 이 검은 액체는 뭐야? 왜, 왜 내게 달려드는 거지? 뭐가 어떻게 되는 거야? 태경은 아직 숨이 끊어지지 않은 것도 모자라 시커먼 액체들이 자기를 감싸고 있는 것이 믿어지질 않았다. 그리고 그의 귀에, 누군가 자신의 이름을 불렀다.

　- 윤태경. -

　- 계약을 하라 -

　갑자기 계약이라니, 무슨 소리인가?

　"다, 당신은 누구지?"

　- 난 인간들이 딛고 있는 모든 곳. 버림받은 신이며 축복과 저주의 관리자. -

　태경은 무슨 말인지 알아들을 수 없었다. 처음에 들려온 계약이라는 게 뭔지 묻는 게 빠를 것 같았다.

　"무슨 계약을 말하는 거냐?"

　- 계약을 한다면, -

　- 태초의 힘으로 계약의 땅위에 모든 죽음을 환원시켜 주겠다. -

　여전히 모를 소리에 태경의 당황은 극에 달했다. 다만, 죽음을 환원시켜준다는 말에 아이와 아내의 얼굴이 떠올랐다. 혹시 모를 희망에 태경의 눈이 커졌다.

　"죽음에서 환원시킨다고?"

- 어둠에 속한 자들은 불가능하다. 그러나 그저 죽임을 당한 인간들은 삶을 돌려받을 것을 관리자의 이름으로 약속한다. 너의 아내와 아이도 생을 이어갈 것이다. -

태경은 눈에서 기쁨의 눈물이 터져 나왔다. 관리자는 태경의 머릿속에 사진처럼 또 다른 시체들의 모습을 보여주었다. 가드레일을 들이받을 뻔한 날 봤었던 작달막한 형사, 얼굴이 참 잘생겼었던 은찬의 처참한 시체, 그리고 마지막으로 차갑게 식은 은서가 나타난 순간, 태경의 가슴이 찢어지는 듯 했다. 이 모두를 살릴 수 있는 유일한 방법이 그의 앞에 있었다.

"저들 모두가 살아나는 것인가?"

- 완전한 삶을 환원 받는다. -

"완전한……삶?"

- 그렇다. -

"거짓은 아니겠지?"

- 이것은 계약, 절대 그럴 수 없다. -

어떤 계약인지 물어 볼 이유도 없었다. 그것이 지옥 불에서 영영 타는 조건이라 해도 행복하게 받아들일 각오가 되어 있었다. 태경은 이를 악물고 고개를 끄덕이며 소리쳤다.

"그렇다면, 계약을 하겠다!"

태경을 감싸고돌던 검은 액체들이 맹수처럼 그에게 달려들었다. 세포 하나하나까지 그것에 산채로 씹어 먹혔다. 비명조차 빨려 들어가는 끔찍한 고통의 순간들 사이, 태경의 귀에 관리자의 음울한 목소리가 들려왔다.

　- 넌 불사의 객이 되어 -

　- 지식의 주인으로 다시 태어날 것이며 -

　- 악몽의 지배자이자 기억의 강탈자가 될 것이다. -

　- 너의 사명을 잊지 말라. -

　- 마녀를 찾아, 인간을 멸망시켜라! 그리하여 모든 것이 다시 시작되도록. -

　빨려 들어갔던 태경은 어둠 속에서 빚어져 다시금 앞으로 나타났다. 윤태경은 악몽에서나 보았음직한 거대하고 육중한 괴물로 변해가고 있었다. 그를 감쌌던 어둠이 붉게 점멸되며 사라지고 나자, 완전한 모양으로 만들어진 어둠의 왕이 모습을 드러냈다. 태경의 온몸은 마치 불타오르듯 고통스러웠다. 머릿속엔 순식간에 말할 수도 없는 엄청난 지식과 수많은 기억들이 쏟아져 들어왔다. 탐욕에 젖은 증오와 불신, 지독한 악행들이 괴물이 된 인간의 마음을 짓밟았다. 그저 자멸이 아닌 지구의 모든 것을 사라지게 할 진짜 '괴물'들. 그들을 죽일 수 있는 것은 결국 인간의 형상으로 태어날 '필멸자'였다. 그를 위해 태경은 아름다운 짐승이 되었다. 인간에겐 그저 흉측한 괴물이지만, 관리자의 눈엔 그 어느 피조물보다 사랑스러운 야수였으며, 인간을 단번에 죽여 없앨 모든 것을 가진 어둠의 걸작이었다.

　버림받은 신의 슬픔과 분노, 어둠의 진실과 인간의 본성을 깨달은 태경이 결국 완전한 '그것'으로 변해버렸다. 당장 밖으로 뛰쳐나가 보이는 인간들을 다 죽이고 싶었다. 그러나 그때, 세 가지 저주와 축복이 그의 발길을 붙잡았다. 자신을 불러주기 전까진 나타날 수 없었고, 마녀가 아니라면 맘대로 현실화 할 수 없었다. 그랬기에 괴물은 깊은 잠에 빠졌다. 그를 깨울 누군가를 기다리면서.

마지막

기연
奇緣

* * * *

2019년 3월 11일. 한국의 모습을 한 단어로 표현하자면 '가면'이었다. 지독한 미세먼지 때문에 쓴 마스크로 인해 하나같이 얼굴을 알아보기 힘들었다. 서울의 한 카페, 맛있는 케이크가 즐비한 진열대 앞에서 손님들에게 메뉴를 가리키며 열심히 설명하느라 바쁜 정인이가 있었다. 주변엔 온통 남자손님들만 가득했는데, 정인의 얼굴을 보겠다며 서로 난리도 아니었다. 유학을 준비하면서 종종 엄마의 일을 돕곤했다. 엄마는 홀로 그녀의 뒷바라지를 하느라 머리도 많이 세어버렸다. 이렇게나마 시간을 내어 도울 수 있어서 행복했다. 그러나 기쁨도 잠시, 갑자기 누가 등짝을 세게 때린 나머지 정인이는 화들짝 놀랐다.

"아, 아얏!"

"너 그냥 들어가서 공부하랬지!!"

혜주가 정말 못 말린다는 표정으로 정인을 바라보았다. 정인은 혀를 내밀고 웃으며 엄마에게 애교를 살살 부렸다.

"……알았어. 드, 들어갈게."

"진작 그럴 것이지. 그래야 하늘에 계신 아빠가 좋아할 거 아냐. 자기 따라 그림도 잘 그린다고……."

"그만 좀 울어 엄마."

혜주는 어렴풋이 알고 있었다. 그 곳의 모두가 되살아났지만 홀로 사라진 남편의 이유를. 자신의 죽음 앞에 애처로이 울부짖던 태경을 기억했다. 다시 눈을 떴을 땐 몸엔 상처 하나 없었다. 급히 밖으로 나가자 열린 문밖으로 병실에서 만났던 형사와 정인이 끌어안고 울고 있었다. 혜주는 눈물바람을 하고 뛰어나가 정인을 끌어안았다. 하나밖에 없는 내 새끼. 우리 예쁜 딸. 아이는 처음에 몸이 돌처럼 굳었다가 이내 원래의 엄마임을 깨닫고 하염없이 그녀의 품에서 눈물을 흘렸다. 혜주가 우는 아이를 끌어안고 태경을 찾았다. 거실과 서재를 돌아봤지만 그는 어디에도 없었다.

끔찍하게 변해버린 아파트에서 경찰의 대대적인 조사가 시작된 후, 시체라도 찾길 바지만 모두 허사였다. 태경을 그리워 할 새도 없이 경제적인 문제가 밀려들었다. 어이없게도 불타버린 친정집의 화재보험금의 유일한 수령인이었던 탓에 일단 그것으로 단칸방을 얻고 몇 년 간 아르바이트를 하며 일을 배웠다. 정인이가 중3이 됐을 무렵, 남은 보험금의 일부와 모은 돈으로 작은 커피숍을 차렸다. 학업을 놓치지 않으면서도 열심히 같이 일한 딸아이 덕분인지 초반 몇 년을 고생한 이후엔 잘 자리 잡았다. 힘들 때면 남편 생각을 했다. 아무리 고생스런 삶일지라도 아이와 세상에 남을 수 있었던 이유는 모두 그 사람 덕택이라 믿었다. 아무 희생도 없이 죽은 사람들이 살아날 리는 없었기에. 고마운 건 그뿐만이 아니었다. 은서라는 여자만 빼고 그곳에서 되살아 난 모두가 힘들 때면 도움을 주고받는 절친한 사이가 되었다. 그중 가장 커피숍에 자주 드나드는 사람들은 유미와 은찬이었다. 새로 나온 책을 가져다준다는 핑계로 가게를 찾는 그들은 종종 일을 거들기도 했다. 그럴 때면 여자 손님들도 들이닥쳐 북새통을 이루곤 했다. 행복한 시간들이었지만 혜주는 여전히 태경을 잊지 못했다. 아이가 대학교를 졸업하고 유학을 준비하는 지금까지도. 태경이 보고플 때면 하늘을 바라봤다. 어느새 이렇게 컸어요. 우리 딸이. 여보. 보고 있어? 고맙고 미안해요. 당신 생각해서 웃는 얼굴만 보여주고 싶었는데. 나 또 운다. 혜주의 눈가에 눈물이 흘러내렸다.

"아유 또 이러시네. 뚝! 우리 더 행복하게 살자. 이젠 그만 울자 우리 엄마."

정인은 애써 눈물을 참았다. 지하에서 그녀를 감쌌던 하얀 빛엔 괴물들이 달려들지 못했고, 그 빛을 쫓아갔을 때 잘생긴 형사님을 만날 수 있었다. 그것이 진짜 엄마였던 것을 알았을 때 아무것도 하지 못하고 엄마가 영영 사라진 줄 알았다. 눈을 떠보니 천식도 사라져있

었고 엄마도 원래대로 돌아와 있었다. 그렇다 해도 아빠를 잃은 슬픔
은 언제나 가슴에 못처럼 박혀 있었다. 그래서 더 열심히 공부했다.
자랑스러운 아빠의 딸이 되고 싶었다.

엄마처럼 정인이도 다시 한번 하늘을 봤다. 뿌옇고 먼지가 가득
한 하늘 위에서 아빠가 날 볼 수나 있을까. 그래도 나 여기 잘 있어
아빠. 정말 정말 사랑하는 우리 아빠. 정인은 슬쩍 눈가를 닦고 엄마
의 가게를 나섰다.

"일 끝나면 집에서 봐. 어서 들어가!"

"응! 이혜주 여사님의 딸은 이만 물러 가오리다~!"

"아이구 아무렴 잘 살펴 가시옵소서!"

* * * *

"여보. 나 이 형사님 만나러 갔다 올게."

"왜 아직도 형사야 이젠 이 과장이지."

결혼한 지 10년이 넘었는데도 아직도 이 형사, 이 형사. 유미의 입
이 삐죽 나왔다. 여전히 너무 귀엽기만 한지 은찬이 그녀의 볼을 붙
잡고 마구 뽀뽀를 했다. 풀어지지 않을 것 같던 그녀의 맘이 눈 녹듯
스르륵 무너졌다. 평생을 기분 좋게 농락당하는 것만 같았다. 같이 살
면서도 여전히 설레는 건 심장에 문제가 있는 게 아닌가 싶었다. 그러
다 그때의 일을 떠올리니 또 한 번 등줄기가 섬뜩했다. 기껏해야 15
분 정도 만에 도착한 아파트는 생각했던 것과 달리 엄청나게 노후화

되어있었고, 엘리베이터는 당연하게도 움직이지 않았다. 유미가 계단을 오르는 동안 썩어버린 수십 구의 시체가 즐비하게 늘어서 있었다. 21층을 올라오며 몇 번이나 구역질을 했다. 은찬 때문에 미칠 지경이 된 그녀의 앞에 2101호와 2102호의 문이 동시에 열리며 사람들이 나타났다. 어리둥절한 표정의 호재, 마찬가지의 은찬을 보며 무슨 일인지 묻고 싶었는데, 은찬은 자신의 앞에 정인이가 나타나자 눈물을 흘리며 아이를 끌어안았다. 뒤이어 나타난 아이의 엄마 또한 아이를 끌어안고 울었고, 돌아선 은찬이 호재도 끌어안고 또 울다보니 결국 대성통곡의 장이 되어버렸다. 유미도 별수 없어서 같이 울어버렸지만 말이다. 상황이 진정된 뒤 다시금 전후사정을 은찬에게 물어보았지만 그는 웃을 뿐이었다. 그저 너를 보고 있어서 행복하다고, 정말 사랑한다며 그녀를 끌어안았다. 유미에겐 더 캐물을 이유가 없었다.

실종 됐던 모든 시신이 발견됐고, 신호균과 윤재덕의 시체도 그곳에 있었다. 그러나 기대할 건 없었다. 여자들의 시체에 끔찍한 상흔을 남긴 피의자들조차 썩어버린 시체로 발견됐으므로. 호균의 사망원인은 아사(餓死)로 밝혀졌지만 왜 거기서 사망하였는지는 알 수 없었고, 윤재덕의 일은 입막음이 본격적으로 시작되면서 호재와 은찬의 증언조차 아무런 힘을 발휘하지 못했다.

사라진 태경에 관해선 확증이 없는 관계로 그의 가족에겐 그저 실종이라 이야기 했지만, 그의 컴퓨터 속 숨겨진 폴더에서 찾아낸 여성의 그림이 2102호 여자의 얼굴임을 호재의 증언으로 알게 된 경찰은, 그들이 치정으로 얽힌 것이 아닌지 의심했다. 그것을 뒷받침하듯

2102호에서도 남녀가 그려진 아주 오래된 그림 하나가 발견되었다. 여자의 얼굴은 오염된 탓에 알아 볼 순 없었지만 남자는 한눈에 봐도 윤태경임을 짐작할 수 있었다. 다만 타블렛의 펜과 숯 조각이라는 차이만큼이나 엄청난 시간의 틈이 수사를 가로막았다. 심증은 갔지만 물증의 연결고리가 미약했다. 그랬기에 태경과 옆집 여자는 그저 실종된 것으로 처리되어 버렸다.

그 후, 호재와 은찬, 유미까지 모두 경찰을 관두었다. 끔찍한 어둠 앞에서 아무 것도 할 수 없었던 무력감과 다시 벌어진 실종 사건 앞에 형사이기 이전 인간인 호재조차 극도의 피로감을 맞았다. 호균의 시체가 발견된 것으로 만족해야 했다. 비록 되살아났지만 끔찍하게 맞았던 죽음은 은찬에게 가장 큰 트라우마를 남겼다. 거기에 증언을 모두 무시한 채 틀어막기에 급급한 윗선의 행태가 소름끼치도록 싫었다. 유미는 다 관두고 멀리 여행을 가자는 은찬의 말에 그저 행복했다. 더 이상 경찰일을 할 이유가 없었다.

호재는 어떤 인연인진 몰라도 곧 건설업에 뛰어들었고, 은찬과 유미는 해외로 여행을 떠났다. 1년이 지나 한국에 들어와 둘은 곧 결혼식을 올렸다. 그리고 다시 2년 쯤 지나 '굿프렌드'라는 서점을 차렸는데, 책을 좋아하는 유미의 선택이었다. 돈을 대줄테니 아예 대형서점을 열라는 아버지를 간곡히 만류한 그녀는 적극적으로 SNS에 홍보를 시작했다. 그렇게 10년이 지나고나니 전국에 몇 개의 체인을 둔 나름 명망 있는 프렌차이즈가 되었다. 아버지에게 빌린 자금은 이자까지 쳐서 진작 모두 갚은 지 오래였다.

자신과 같이 일을 안 한다며 툴툴대던 호재는 새로운 점포가 열리는 행사 때마다 쫓아왔다. 한편으로는 고맙기도 했지만 이것보다 돈이 된다며 자꾸만 남편을 자신의 일로 꼬드기는 모습에 유미의 속은 매번 뒤집어졌다. 지금도 그녀에게 가장 거슬리는 것은 이호재였다. 은찬이 쉬는 날이면 어김없이 이호재를 찾았으니까. 그리곤 오후엔 함께 정인이네 까페를 찾아가는 것으로 휴일을 마무리했다. 호재에 대한 질투는 유미에겐 영원한 풀지 못할 숙제 같았다. 그 좋은 머리도 키 작은 아저씨 앞에선 소용이 없었다. 게다가 심심하면 '정인이'를 입에 붙이고 사는 남편도 못마땅했다. 자기 아들도 그렇게 좀 예뻐해 주지. 애는 강하게 커야 한다면서 어제도 밤늦게까지 격투게임을 했다. 백이면 백 아빠를 이기지 못하는 10살짜리 아이는 울다가 잠이 들었다. 좀 이상한 방향으로 강하게 키우는 거 아닌가 싶었다.

"동혁이는 아직 자?"

"어젯밤에 펑펑 울더라. 거기서 소류겐 게임 '스트리트 파이터'에서 나오는 기술인 '승룡권'을 들리는 대로 발음한 것이 나올 줄 몰랐다면서. 한번 봐주지."

"강해져야 해. 격투게임은 마음의 단련! 아잣!"

"……그래. 뭐. 근데 안내장은 봤어? 현장체험학습."

"응."

"언제 가는지는 알아?"

"언젠가 가지 않을까?"

"정인이 유학 가는 날이 며칠이었지?"

"4월 10일."

"단박에 나오네. 아주 애정이 넘치셔. 그렇게 정인이가 예뻐?"

"진짜 연예인 해야 되겠더라 걘."

"……."

"삐졌어?"

"아니!"

"그럼 지금 막 이래도 되는 거겠네. 유미 씨?"

"무슨 짓이야! 애 조금 있으면 일어나는……!"

9시가 넘은 일요일 오전. 또 뜨겁게 달아오른 은찬과 유미가 2세를 만들 작정으로 안방의 문을 잠갔다.

* * * *

"요 새끼 이럴 줄 알았구먼. 또 늦는다 또."

호재는 한 건설업체의 과장이 되었다. 오래전 자신을 구해줬던 남자와 인연이 되어 호형호제 하며 지내는 중이었다. 생일이 빠르네 마네로 애매한 호형호제긴 했지만. 천천히 일을 배우며 자신의 적성을 깨달은 호재는 이젠 집 인테리어의 고수가 되어있었다. 요번에 아파트 부분 리모델링을 맡아 작업을 진행 중이었다. 직접 일을 하는 것보다는 중간중간 나서서 감독을 하면 되는 수준이었다. 실리콘이 잘 못 발라진 곳이 보이자 호재가 소리를 질렀다.

"어이 김 씨!! 여기 여기. 이거 나가 안 보믄 현장이 안돌아가는구

먼? 그리고 여그, 여그 바닥 왜 이렇게 물러? 보강재 깔았어? 안 깔았
재! 다시 까서 깔고 붙이고.

호재는 자신의 주머니를 찾았다. 진동이 울리고 있었다. 스마트폰
에 '왕년에 파트너'라고 적혀있는걸 보고 재빨리 받았다.

"너 또 거시기 해부렀냐?"

"형도 그게 뭐에요 상스럽게."

"아니 난 그냥 차사고 나부렀냐 뭐 그런 뜻이었는디? 나의 어느
부분이 상스러운지 모르것는디? 워, 워메!! 그라믄 너 지금 시방!!"

"아 그만 좀 놀려!! 형이라는 작자가 놀리는데 재미 들렸냐?"

"이노므 시끼가! 너 말은 까지 말랬재!! 콱!"

"콱, 뭐 어떻게 하시게?"

"어이 씨벌 놀래라!"

호재의 앞에 은찬이가 갑자기 나타나 전화기를 끊으며 웃고 있었
다. 호재는 그냥 한 대 쥐어박으려다가 웃음이 나와 버렸다. 그냥 요
놈만 보면 웃음이 나왔다. 그는 마냥 기뻤다. 은찬이 살아있는 것 자체
만으로도. 은찬도 마찬가지였다. 호재가 어울리는 직업을 찾은 것 또
한 다행이라 여겼다. 그래서 미세먼지로 가득한 날조차 축복 같았다.

"점심 먹고 가야돼요. 정인이네."

"나도 가고 싶은디 일요일에도 바쁘다잉. 특근이라 돈은 좀 나오
지만. 아 참 정인이는 곧 유학 가재?"

"네. 유미랑 저랑 더 자주 가봐야죠."

"그려. 근디 인자 너 책장사도 그만할 때 안되았냐? 거그보단 여

기가……."

"아이고 그만 좀 하세요. 지겹지도 않아요?"

"야!! 남자가 흙을 만지고 쇠를 벗 삼아야 남자 아니것어!"

"책을 읽는 것도 군자의 덕이지요."

"아이고 앰병 공자님 나셨네. 그나저나 또 감자탕이냐?"

"네. 형 만나야 그 맛이 나요. 45년째 감자탕 집인데 어련하려고요."

"너야말로 지겹지도 않냐? 이 형이 랍스타부터 스시까지 싹 다 사줄랑께 같이 가자잉. 야 철수야 같이 가자!"

열심히 벽지를 바르던 남자가 고개를 들었다.

"곧 끝나! 기다려 은찬아!"

"네 철수 형."

"어엉! 거그서 딱 멈춰봐. 뭐여. 너 철수한테도 형이라고 혀?"

"그럼요."

"……넌 막 아무나 형, 형 안 그런담서?"

호재가 슬쩍 서운한 눈치였다. 은찬은 유도탄에 오랜만에 불을 붙여보았다.

"철수 형이 사람이 좋잖아요? 욕도 잘 안하고, 마음씨도……."

"욕 하믄 나쁜 사람이여!! 니미 씨벌 내 마음씨가 뭐가!! 뭐가?"

이번엔 참 빨리도 명중해버렸다. 은찬은 웃음이 터졌고, 호재는 이마의 핏줄이 터졌다.

* * * *

"대표님. 이거 디자인 좀 봐주세요."

"응? 응 그래요."

은서는 잠시 생각에 빠졌었다가 이내 현실로 돌아와 자신에게 넘겨진 디자인 초안을 넘겨보았다. 맘에 들지 않은 부분에 체크를 하여 돌려보내자 직원의 안색이 안 좋았다. 벌써 여섯 번째 퇴짜. 그래도 은서가 맘에 들 때까지 하고나면 분명 성공적인 답이 나왔다.

은서는 다니던 회사를 5년 전에 관두고 부모님의 투자를 받아 자신만의 회사를 차렸다. TK디자인. 태경의 이름에서 따왔다. 이러한 사실은 아무도 몰랐다. 죽음에서 살아 나올 때에도 그녀는 눈치를 보며 맨 마지막에 나왔고, 진술엔 그저 아무것도 기억이 나지 않는다고 일관했다. 어떤 범행에도 연루되지 않았음이 밝혀진 후 은서는 무사히 풀려났다. 그날 밤 태경을 유혹하기 위해 갔다는 이야기를 한다면 그녀의 앞에서 울고 있는 그 사람의 아내와 딸을 볼 면목이 없었다. 알지도 못하는 여자가 자신을 죽일 수 있었던 이유도 혼자 간직할 비밀이었다.

열심히 일을 했다. 뒤처지기 싫어 밤을 새고 코피가 나면서까지도. 태경의 웃는 모습이 떠올라 자꾸만 눈물이 나는 밤을 수백 번 반복했다. 믿을만한 몇 명의 사람들과 함께 회사를 창업했고, 이젠 모던한 디자인을 잘 뽑는 회사로 업계에 소문이 자자한 TK디자인의 대표로 우뚝 섰다.

"보고 싶다. 우리 팀장님."

은서가 혼잣말을 했다. 아직도 그의 웃음이 잊히지 않았다. 태경을 그리워하는 만큼 언니의 얼굴도 떠올랐다. 14년 전 병원에서 사라진 언니, 은진은 어디로 갔을까. 언니를 생각하던 은서의 눈가에 눈물이 맺혔다.

* * * *

마녀는 마지막 순간 '역행의 주'를 이용해 스스로 어둠 속에 들어갔다. 육체는 타버렸지만 환생의 시간을 기다릴 순 없었다. 자신이 죽이고 다시 선택한 '그이'. 그랬기에 너무 늦으면 안 되었다. 마녀는 역행의 주를 맺을 때마다 죽음에서 되돌아왔던 시체들을 떠올렸다. 그것이 실체화되지 못하는 어둠의 환영이자 제물의 완전한 환수 때문이라는 것은 모른 채. 어둠의 왕이 바뀌자 이전의 모든 제물들이 원래 있어야 할 곳에 있어야 할 모습으로 토해져 나왔고, 그렇게 제물들이 어둠 안에서 사라져 가는 것을 보며 들어갈 육체가 없음을 알았다.

이대로 사라지나 싶었던 순간, 힘을 되찾고 살육전을 벌였던 곳에서 혼이 나가버렸던 은진이 떠올랐다. 은진의 손을 잡고 기억을 읽었을 때 기이한 인연의 끈이 이어졌었다는 것을 미처 몰랐었다. 어둠의 힘이 완전히 사라지기 전, 마녀는 텅 빈 은진의 육체에 자신의 영혼을 담았다. 그리고 곧 마녀의 혼은 은진의 기억에 침식당했다. 기억이 열리면 혼이 자신의 자리를 찾으며 빙의된 령은 사멸되거나 튕겨 나갔지만, 마녀가 머문 육신엔 원래의 영혼이 길을 찾지 못했다. 그랬기에 마녀의 혼은 사라지지 않았다. 다만 의식의 뒤편에 있어야 했다. 어둠 속에서 자신의 기억을 되찾을 때까지. 마녀의 손에 들려 있었던 책은 그녀가 사라지며 은진의 침실 옆에 가지런히 놓였고, 침식이 끝난 순간 은진이 마침내 눈을 떴다.

마녀임과 동시에 은진은 어떻게 혼수상태에서 벗어났는지 이유를 몰랐다. 옆에 놓인 거대한 검은 책을 누가 가져다 놓은 것인지도 전혀 알지 못했다. 왜 무거운 책이 가볍게 한손에 들리는 지도. 이상한 느낌에 책을 버려둔 채 경찰이 찾아놓은 자신의 물건들 중 핸드폰을 찾아들고는 은서에게 전화를 걸려다가 끊었다. 이유는 알 수 없지만, 이상한 불쾌함 때문에 은서의 목소리를 듣고 싶지 않았다. 대신 검은 책에게만 자꾸 눈길이 갔다. 예술에 미쳐 살았던 그녀인지라 고서로 보이는 책이 자꾸만 호기심을 자극했다. 책을 폈지만 아무것도 알 수 없었다. 무슨 내용인지, 어떤 말을 하려고 하는지도. 그럼에도 계속하여 책에서 눈을 떼지 못했다. 은서가 죽음에서 돌아온 새벽, 은진은 자취를 감춰버렸다.

그 후로 몇 년 동안 통장의 잔고를 이용하여 고서의 출처를 찾아 헤매었고, '네크로노미콘', 또는 '악마의 책', '무명의 책'등으로 불린다는 사실을 알았다. 일제강점기 때 우리나라에 흘러들었다가 행방이 묘연했었다는 사실을 알아내는 것만으로도 상당한 시간이 더 필요했다. 그럼에도 책이 왜 자신의 손에 들려있는지는 알 수 없었다. 그 중 '지식의 주인'을 불러내는 주는 이상하리만큼 관심이 갔다. 이름처럼 모든 비밀을 알려주진 않을까. 오랜 시간 동안 은진은 그것을 해독하는 데 공을 들였다. 그리고 며칠 전, 불러내는 방법과 주문을 모두 해독하였다.

은진은 사람이 없는 곳을 알아보다 14년 전 흉흉한 일이 생겨 무너뜨렸다던 아파트에 몰래 숨어들었다. 작년쯤에 굴지의 건설사가 부지를 사들여 50층이 넘는 규모의 거대한 주상복합 아파트가 들어설 예정이라고 안내판에 적혀있었다. 아직 골조에 시멘트만 굳어가고 있는 내부를 보다 괜히 눈물이 흘러나왔다. 이유모를 눈물을 닦아내고 '지식의 주인'을 불러내기 위해 6면의 구조를 찾았다. 먼저 완성된 모델하우스 겸 2층의 집 안에 들어온 은진은 주문을 확인해보려 한 글자씩 한 글자씩 또박또박 읽어보았다. 오망성은 그리지도 않은 상태였다. 그런데 그때, 그녀의 앞에 시커먼 어둠이 몰려들었다. 악취가 풍겨오고 검은 비바람이 몰아치는데도 은진은 두렵기는커녕 미친 듯이 두근거렸다. 뭐지? 왜 이런 거지?

바닥에 내려둔 책의 장이 제멋대로 넘어갔다. 그러다 '불사의 장'에 멈춰선 책의 하단에 '윤태경'이라는 글씨가 불로 지진 듯 새겨졌다. 혼란스런 그녀의 앞에 코끼리처럼 육중한 다리와 징그럽고 끔찍한 손과 손톱을 가진 거대한 괴물이 시커먼 액체로 변한 어둠과 함께 나타났다. 공포에 질려야 할 은진의 눈이 경탄으로 물들고 환희의 눈물이 흘러내렸다. 그리고 괴물을 향해 손을 뻗었다. 괴물은 가만히 그녀의 손을 잡았다. 어느새 은진의 눈은 묘한 색기가 흘러넘쳤고, 괴물을 감쌌던 검은 액체가 그녀의 육체도 같이 휘감았다. 그러자 은진의 기억에 갇혀있던 마녀의 영혼이 풀려나며 어둠에서부터 원래의 기억을 되찾았다. 수향은 원래의 모습으로 얼굴을 바꾸고 싶었지만 불가능했다. 이럴 것이란 건 알고는 있었다. 단월의 혼을 어둠에 바쳐 얻은 마녀의 힘 때문에 책은 여전히 가벼웠고, 은진과 달리 어둠에서 되찾은 기억으로 책의 모든 것을 마음대로 읽을 수 있었다. 다만 불사의 힘은 없었다. 그래서 맨 처음 얼굴을 바꿔보려고 했던 것이었다. 영원한 젊음과 아름다움이 사라져버렸음을 안 수향은 쓴웃음을 지었다.

"자기야. 부탁이 있는데 들어줄래?"

마녀는 항상 궁금했다. 환생 전의 자신이 누구인지를. 괴물이 고개를 끄덕이며 이전 '그것'의 기억을 보여주었다. 사람들에게 둘러싸여 불에 타 죽어가면서도 마녀는 '불사의 객'을 외웠다. 멀리 보이는 자신의 집, 쳐들어온 사람들이 짐작도 못한 비밀공간엔 불사의 장이 펼쳐진 검은 책이 있었다. 마녀를 보호하려다 수십 번씩 칼과 창에 찔려 겨우 숨이 붙어있던 그녀의 남편이 어둠에 휩싸였고, 태경 이전의 괴물이 되었다. 그 후 짐작도 되지 않는 세월을 기다리며, 유일한 사명을 이루고 말았을 순간조차 자신을 위해 버렸다는 것을 알고 나니 마녀는 마음이 아파왔다. 그러나 이내 아픔 같은 건 털어냈다. 자신이 다시 세운 어둠의 왕이 있지 않은가. 다만 이젠 처녀제를 치를 재료 같은 건 없기에 은진의 모습으로 늙어갈 것이었다. 어둠도 그녀에게 영원을 약속하지 못했고, 수향이자 은진도 그것을 잘 알고 있었다. 그래도 애써 웃으며 괴물을 바라봤다.

"보고 싶어서 참을 수가 있어야지."

괴물은 징그럽게 이빨을 내보이며 웃으며 말했다.

「기다렸을 것이다. 널 찾을 때까지. 그것이 영겁의 일일지라도.」

괴물의 말에 수향이 울음을 터뜨렸다. 괴물은 자신의 날카로운 손톱이 마녀를 다치게라도 할까 싶은지 조심스레 그녀의 등을 쓰다듬었다. 마녀는 그런 괴물이 사랑스러워 흉측한 손등에 입을 맞췄다. 그리고 자신의 볼을 타고 흐르는 눈물을 닦아냈다. 다시금 그와 어둠을 유영할 것을 생각하니 가슴이 뛰었다. 유한한 세월이기에 한시가 급했다. 수향은 잔뜩 기대에 찬 눈빛으로 괴물의 얼굴을 올려다보았다. 그녀의 흥분을 눈치 챈 어둠이 그녀의 옷을 모조리 찢어발겼고, 검은 액체가 괴물과 그녀 주위를 휘감았다. 빛 하나 들지 않은 검은 방, 여자의 신음이 날카롭게 울려 퍼졌다.

작가의 말

전하지 못한 말들

"이걸 어디서부터 건드리냐……."

2019년 1월, 글쓴이는 머리를 붙잡고 신음 중이었다. 2005년경 악
몽에 시달리던 끝에 이 지랄 맞은 것들에 당하고만 있느니 유에서 무
를 창조해보자는 심정으로 글을 썼었던 기억이 후회로 밀려들었다.
차라리 시작하지 말걸. 빨리 관둬버리고 다른 걸 쓸 것을. 그나마도 1
년이 지난 후엔 더 쓰질 못했다. 그래서 그냥 버려둔 것이 3년여. 그냥
두기엔 아쉬워서 완성이라도 시켜보자 싶은 마음에 2011년쯤 우격다
짐으로 끝낸 글은 일반 책으로 따졌을 때 600페이지 세권에 달했다.

출판사를 찾아다녔지만 신나게 퇴짜만 맞았다. 좋은 작품을 모른
다며, 미래를 내다볼 줄 아는 선구안은 없다며 스스로를 위로했다. 그

게 얼마나 오만하고 멍청한 생각이었는지를 6년이 지난 2018년 가을에서야 알게 되었다. 개인사정으로 몇 개월 있어보지도 못한 출판사에서 제대로 된 편집 일을 해보고 난 뒤 다시 본 글은 초거대 말미잘에 가까웠다.

그럼에도 글을 버리지 못한 것은 머릿속에서 이 글을 살릴 수 있을 전개와 마무리가 있었기 때문이었다. 이사를 앞둔 상황이었기에 대충의 구상만 잡고 글을 내년으로 미뤘다. 그렇게 맞은 2019년 1월. 일했던 출판사의 황명석 부장님이 연락을 하셨다. 썼던 글이 있다는 이야기를 한 적이 있었는데 그걸 기억하시고 연락을 주셨던 것이었다. 그렇게 '좋은친구' 출판사의 조병욱 대표님과 인연이 닿았고, 글에 난데없는 박차가 가해졌다.

다 써두었다고 생각했던 글은 3달이 넘겨서야 완성되었다. 퇴고와 추가 정도일줄 알았건만 다시 써야 할 부분이 더 많았다. 특히 인물들의 대화에 많은 신경을 쏟았는데, 태경의 캐릭터는 곽도원 배우님, 호재의 경우엔 이문식 배우님을 떠올리며 썼었다. 조금 더 이야기를 하자면, 괴물을 굳이 '그것'이라고 지칭한 이유는 가장 좋아하는 작가이자 칭송해마지 않는 스티븐 킹의 작품에 대한 오마주였고, 괴물의 외양은 '스폰'이라는 영화에서 봤었던 것에서 착안했다. 검은 책의 기본 바탕은 〈마녀의 방〉의 말미에 나오다시피 코스믹호러의 거장 '러브크래프트'의 소설 속 '네크로노미콘'을 가져왔다. 책이 까만 이유는 온갖 지식들이 계속 쓰인다면 결국 흑색으로 보일 것이라는 생각으로 설정하였다.

"그런데, 이 글은 주인공이 누구예요?"

2번째 교정이 끝나고 대표님께 글을 보내드렸더니, 읽고 나서서 하시는 말씀이셨다. 이 글의 주인공은 마녀 수향과 만수이자 태경이 맞다. 그러나 캐릭터의 비중을 전반적으로 고르게 설정하고 싶었고, 박순구와 단월, 은찬과 호재가 밸런스의 중심이 되었다가도 윤재덕의 이야기에선 그가 주가 되어 글이 전개되도록 했다. 그래서 각 부마다 따로 읽어도 큰 줄기가 되는 사건의 시작과 끝맺음이 있었고, 모두를 연결해서 읽어도 문제가 없도록 구성했다.

끝은 무조건 해피엔딩이길 바랐다. 열린 결말 이런 건 개인적으로 정말 '극혐'이니까. 기껏 이야기보따리를 풀어놓고선 어? 보따리가 비었네? 하고 가버리고 싶지 않았다. 그러다보니 필멸자가 태어나지 못했고, 모두가 지옥불이 타오르는 광경이 사라졌다. 악마도, 마녀도 없이 텅 비어버린 방은 너무 칙칙하지 않은가.(처음에 구상한 것이 이것이긴 했다.)

그렇다고 '인간'들에게게만 행복한 결말을 남기긴 싫었다. 모두에게 공평한 해피엔딩. 그랬기에 수향은 어둠을 헤매어 은진의 몸을 찾았고, '마녀의 혼은 기억에 잠식되지 않는다'라는 설정을 시작으로 다시 한번 글이 뒤바뀌어야만 했다. 엔딩을 위해서 크게 변혁을 겪은 캐릭터가 하나 더 있는데, 바로 '아름다운 짐승'이었다. 이건 처음 글 쓸 때부터 염두에 두어 놓고선 잊어버린 이유가 가장 컸다. 불사의 장에 두 명의 이름이 있었다는 것은 태경 이전에도 인간이 계약으로 맺어져 불사의 객이 되었다는 설정이었는데, 아무리 악마가 됐어도 애타게 기다리며 자신을 일깨워준 마녀를 아끼게 됐을 것이라는 설정은 나쁘지 않았다. 그것을 뒷받침 해줬던 소재는 희한하게도 '필멸자'였다. 이게 이렇게 들어맞을 줄은 작가도 몰랐으니까.

마녀와 괴물은 그저 악마적 유희를 위해 필요한 것일까? 거기서 시작한 의문이 필멸자에 닿았고, 필멸자를 만들기 위해서 마녀와 '지식의 주인'이 어떤 방식으로 사용될 것인지를 먼저 만들어 놓았었다. 그것들에 사랑이라는 오묘한 감정에 뒤섞이자 결국 마녀와 어둠마저 그들만의 해피엔딩을 맞았다. 칠칠치 못한 작가는 이 부분에서 혼자서만 눈물을 슬쩍 닦아냈었다는 이야기가……. 흠흠. 아무튼.

글이 완전히 완성된 것은 2019년 4월 초. 너무 오랜 시간이 걸렸지만 모든 것이 다행스럽고 모든 것에 고마운 날들이었다. 어느새 대학생이 된 첫째 딸 시영이, 씩씩하고 잘생긴 둘째 은찬이, 못난 남편 데리고 사느라 고생길이 훤한 집사람 등등 감사를 전할 분들이 너무 많지만, 아무리 그렇다 해도 지금 이 글을 읽어주신 분들이 최고다. 깊은 감사를 드리며 글을 마친다.

2019년 4월 10일. 마녀의 방문을 닫으며.